KB052232

콘크리트

콘크리트

하승민
장편소설

황금가지

차례

FILE 1.

마트,

죽느냐 사느냐

안덕에 어둠이 깔렸다.

공장이 작업을 멈추고 잠드는 시간이었다. 불청객 같은 안개
가 스며들고 나면 이 쇠락한 도시는 쥐와 까마귀의 차지였다.
주민들은 옷깃을 여미고 가로등 하나 없는 거리를 달아나듯
걸었다. 막힌 하수구가 역류해 도로에 썩은 물이 흘러들었다.
연이은 맹추위에 갈라진 논바닥은 시커멓게 물들었다. 안덕의
주민들은 농성이나 투표로 세상을 바꾸겠다는 생각을 하지 못
했다. 굿판을 벌이고 거나하게 취하는 것으로 고된 인생을 달
랬다. 그사이 고름 같은 구정물은 바다로 흘렀다. 안덕의 바다
는 언제나 비린내로 자욱했다.

안덕이 산업단지로 지정된 건 20년 전이었다. 행정구역이
시로 분류되어 있을 뿐 인구는 5만밖에 되지 않았다. 도농복합
시로 바다에 인접한 산업단지와 농사 지역이 공생했다. 맹터

고개는 두 지역의 경계였다. 안덕의 토박이들은 맹티고개 안쪽에 거주했다. 시가지로 나가려면 버스를 타고 한참을 돌아가야 했기 때문에 맹티고개를 걸어 이동하는 편이 더 빨랐다. 수십 년간 사람들이 지나며 만들어낸 오솔길에는 잡초도 자라지 않았다.

산업단지 지정 후 부동산 열풍이 불었다. 수도와 가스가 깔리고 공장이 들어섰다. 토건 회사에서 땅을 사들였다. 토박이들은 가만히 앉아서 목돈을 마련할 생각에 들떴지만, 안덕이 특수를 누린 건 초반 몇 해가 전부였다. 중국 수출이 주를 이루던 안덕의 산업은 경기 침체에 불안한 정세까지 더해져 몰락하는 중이었다. 연거푸 얻어맞은 스트레이트였다.

공장에 기생하던 재료상과 따스란 상가 거리 역시 하나둘 장사를 접었다. 그 와중에도 아직 죽지 않았다고 소리치는 작업장이 구부정하게 안덕의 중심가를 채우고 있었다. 공장 노동자의 대다수는 외국인이었다. 치안 문제가 종종 입에 오르내렸다. 불미스러운 일이 벌어질 때도 있었다. 주민과 공장 노동자는 서로를 피해 안덕에 공생하는 법을 배워야 했다. 한낮이면 쇠를 자르는 소리와 금속이 타는 냄새가 지글지글 끓었다. 그 생경한 풍경이 다른 나라에 와 있는 듯한 착각을 불러오곤 했다.

윤정두는 환풍기 스위치를 올렸다. 마트 창고에 득실거리던 곰팡내가 물러가고 냉기가 몰아쳤다. 찬 공기는 노스페이스패딩을 뚫고 뼈를 파고들었다. 곰팡내가 득실득실한 창고에 앉아 있는 것보다는 추위를 견디는 편이 나았다. 창고는 사무실을 겸해 만든 곳으로 모서리에 철제 책상이 놓여 있었다. 윤정두는 언 손에 입김을 불며 책상 위에 서류를 늘어놓았다. 관리비 고지서, 물류 배송 신청서, 세금계산서 같은 것들이었다. 한데 모아놓고 보니 가관이었다. 그게 다가 아니었다. 윤정두는 임금 체불 소명장을 들어 올렸다. 이걸 오늘 안에 처리해야 한다 생각하니 부아가 치밀었다. 뻣뻣해진 뒷목을 신경질적으로 두드렸다.

마트에서 일하던 캐셔는 적당히라는 걸 모르는 족속이었다. 좋게좋게 넘어가면 될 것을 일을 키우는 부류였다. 사사건건 시비가 붙는 통에 일을 그만두라고 했다.

"내가 뭘 잘못했어요?"

"그만두라는데 무슨 말이 많아."

캐셔는 고목이 무너지듯 고개를 가로저었다. 커다란 시계추가 좌우로 흔들리는 것 같았다.

"월급은요."

"무슨 월급이요."

"체불된 거 있잖아요. 초과 수당도 안 주셨어요."

"다 챙겨줄 테니까 오늘부터 나오지 마."

캐셔는 그 자리에서 유니폼을 벗고 마트를 떠났다. 물론 수당을 챙겨줄 생각은 없었다. 적당히 뭉개고 나면 적당히 찌그러질 줄 알았는데, 지난달 기어이 노동부에 진정을 넣었다. 애초에 찍소리 못하게 두들겨 패줬어야 했는데 가만 놔둔 게 화근이었다. 노동부에서 소명 요청이 날아온 뒤에야 그냥 넘어갈 일이 아니란 걸 깨달았다. 부랴부랴 방도를 찾다 고등학교 선배인 장정호를 떠올렸다.

안덕에서는 해결할 일이 있을 때면 장정호를 찾았다. 가족도 없이 혼자서 비철 공장을 운영하는 인물이었다. 정작 본인은 공돌이 소리가 듣기 싫다며 따로 시장 거리에 사무실을 차렸다. 안덕 범죄 예방 위원회 산하 기관 타이틀까지 달아놓고 회장 행세를 하며 지냈다. 으레 장 회장님 하면 장정호를 뜻하기 마련이었다. 공직에 몸을 담았던 적도 없고 든든한 비호 세력이 있는 것도 아니었지만 안덕에서 사업을 한다는 사람들은 어째서인지 장정호를 통해 일을 진행하려 했다. 복잡한 게 싫어서, 혹은 일이 커지는 게 싫어서일 수도 있었다. 장정호는 자신을 찾아온 사람을 매몰차게 대하는 법이 없었다. 안덕의 문지기답게 절차와 순리에 따라 일을 풀어나갔다. 가끔은 공권력이 절대 하지 못할 방법을 동원해 일을 해결할 때도 있었다. 안덕의 사업가들에게는 무료 법률 상담소인 동시에 심부름센터인 셈이었다. 누구도 권력을 쥐여준 적이 없었지만 이 60대의 노인을 함부로 대해서는 안 됐다. 장정호가 사라졌을 때는 일이 훨씬 귀찮아질 테니까. 말하자면 합의에 따른 암묵적 권력인 셈이었다.

"형님 이거 어떡합니까."

윤정두는 사무실에 들어서자마자 우는소리를 했다. 장정호는 비서를 시켜 차를 내오게 하고 정작 자신은 뜨겁지도 않은 커피믹스를 숭늉처럼 들이켰다.

"어쩌긴 그냥 돈 쥐여 보내. 일 키우지 말고."

"가오가 있잖습니까."

"이 친구 참. 가오가 밥 먹여주나."

장정호는 사람 좋은 웃음을 머금었다. 정말 기분이 좋아서 그러는 게 아니라는 걸 윤정두는 잘 알고 있었다. 장정호가 누군가를 타이르는 건 최후통첩인 경우가 많았다. 그 사실을 모르는 이들이 주제넘게 까불다 호되게 당하는 일이 부지기수였다.

"아 형님!"

"내 조카가 변호사 일을 하는데. 이번에 고향으로 내려온다니까 거기 부탁 좀 해봄세. 서류나 준비해둬. 소명장 같은 거."

"그냥 간단하게 정리해주시면 안 됩니까?"

윤정두는 볼멘소리를 했다. 서류라는 말을 듣자마자 피로가 몰려왔다.

"이게 간단한 방법이네. 귀찮은 거 피하려다 더 귀찮은 일이 생기는 법이야."

장정호가 지시한 이상 시키는 대로 하는 게 안덕의 도리였다. 조카가 변호사 일을 하고 있다니 일은 원만하게 처리될 것 같았고, 고등학교 후배인 윤정두에게 해가 되는 지시를 할 리도 없었다. 다만 캐셔에게 본때를 보여주지 못한 게 못내 아쉬웠다. 귀찮은 소명장을 써 내려가는 것도 못마땅했다.

윤정두는 기지개를 켰다. 낡은 몸뚱이가 살얼음 깨지는 소리를 내며 푸닥거렸다. 변호사가 오려면 한 시간을 더 기다려야 했다. 무뚝뚝한 나무통 같은 여자였다. 문자와 전화만으로도 남자를 얼어붙게 만드는 것도 능력이라면 능력이겠지. 상가 골목 입구 룸살롱에 새로 온 마담이 그렇게 야들야들하다는데, 일이 마무리되면 놀러 가서 허벅지 좀 주물러야겠다고 생각했다. 윤정두는 변호사에게 건넬 서류를 서랍에 넣고 자물쇠를 잠갔다. 입안이 텁텁했다. 창고에 쌓인 상자에서 탄산수 하나를 꺼냈다. 인공 감미료 향이 퍼지며 탄산이 입안을 사납게 찔러댔다.

변호사에게 연락이 올 때까지 잠이나 자야겠다고 생각하는 찰나, 밖에서 인기척이 났다. 마트가 쉬는 날이니 손님은 아닐 것이고 이 시간에 마트를 찾을 직원도 없었다. 문 열린 창고 밖에는 묵묵한 어둠이 기다리고 있었다.

"누구요?"

윤정두는 창고를 나섰다. 진열대 위 상품은 가지런히 정리돼 있었고 식품 칸 냉장고 팬 돌아가는 소리만 낮게 깔렸다. 어둠에 적응되기까지는 시간이 걸렸다. 시각에 앞서 후각이 먼저 반응했다. 휘발유 냄새가 코를 찔렀다.

"누구냐니까요."

윤정두는 마트 입구를 향해 걸음을 옮겼다. 발아래 액체가 흥건했다. 걸음을 옮길 때마다 휘발유 냄새가 진하게 퍼졌다. 윤정두는 스위치를 찾아 벽을 더듬었다. 그러는 중에도 마트 입구 쪽으로 계속 눈길이 갔다. 달빛으로 어른거리는 셔터 틈

사이로 그림자를 본 것 같았다. 마음이 급했다. 눈으로 확인한 건 아니지만 분명 마트 안에 누군가 있었다.

스위치를 확인한 윤정두는 제빨리 버튼을 눌렀다. 마트에 기어든 놈의 정체를 확인할 차례였다. 찌르는 듯한 형광등 불빛 아래 눈을 찌푸리고 주위를 살폈다.

마트는 정물화처럼 고요했다. 사람 그림자로 착각했던 건 바람막이 전시용으로 세워둔 마네킹이었다. 문밖으로 부는 바람이 연신 셔터를 두드릴 뿐, 사람의 모습은 보이지 않았다. 윤정두는 한숨을 내쉬었다. 보일러가 꺼진 마트 안에 냉기가 감돌았다. 뿜어져 나온 입김이 공기 속으로 흩어졌다.

휘발유 냄새가 질식할 듯 밀려왔다. 윤정두는 코를 감싸 쥐었다. 그 짧은 사이 휘발유 냄새 틈으로 비린내가 풍겼다. 건어물이 썩는 듯한 악취였다.

등 뒤에서 거대한 무언가가 굽혔던 몸을 펴는 게 느껴졌다. 삽시간에 정수리 위로 그림자가 졌다. 재빨리 몸을 돌렸지만 이미 억센 팔이 목을 감은 뒤였다. 윤정두의 다리가 허공에 떴다. 발을 버둥거려도 바닥에 닿지 않았다.

목이 따끔한가 싶더니 눈앞에 스프레이를 뿌린 듯 시야가 흐려졌다. 온몸에 힘이 빠져나가고, 그와 동시에 목을 감은 팔이 느슨해졌다.

윤정두는 바닥에 쓰러져 뒤를 돌아봤다. 괴한의 얼굴이 형광등 불빛이 만들어낸 그림자 속에 가려져 있었다.

괴한은 겨드랑이 사이로 손을 넣어 윤정두를 마트 밖으로 끌고 나갔다. 축축하게 젖은 등이 콘크리트 바닥에 닿았다. 괴한은 마트에서 지포 라이터를 찾아내 불을 붙였다.

폭음과 함께 마트가 화염에 휩싸였다. 윤정두의 등에도 불이 옮겨붙었다. 괴한은 묵직한 발길질로 윤정두의 등에 붙은 불길을 잡았다.

윤정두는 마트 앞에 주차돼 있던 차 트렁크에 실렸다. 나무토막 같은 몸이 끝없이 바닥으로 가라앉는 기분이었다.

트렁크는 춥고 어두웠다. 생선 썩는 비린내가 가득했다.

검푸른 해무 사이로 불기둥이 솟구쳤다. 불길이 벽을 타고 기어올랐다.

세휘는 한 걸음 물러났다. 구경꾼이 장사진을 이뤘다. 간판에 기포가 맺혔다. 물집이 터지듯 툭, 툭 녹아내렸다. 폭발음이 귀를 찢었다. 가스관을 건드린 모양이었다. 잔해가 쏟아졌다. 어어. 방화복에 불이 옮겨붙은 소방관 하나가 뒷걸음질을 쳤다. 동료 소방관들이 달려와 불길을 잡았다. 소방 호스가 뿜어내는 물이 닿을 때마다 불길은 자리를 바꿔 달아났다. 화염이 사그라든 자리에 거인의 손가락 같은 연기가 바람을 따라 춤을 췄다.

아직 해가 떨어지지 않은 시간이었다. 맹티고개 너머 모래 바람이 소용돌이를 만들었다. 소용돌이는 못된 손처럼 치마를 들어 올리고는 소금기와 황사를 남긴 채 사라졌다. 세휘는 옷을 가다듬었다. 입안이 사막처럼 건조했다.

길림마트는 외노자들을 위한 물건을 팔았다. 윤정두 사장은 소문이 좋지 않았다. 세휘가 변호를 맡은 인물이기도 했다. 그런 사람도 변호하고 승소해야 입지가 높아지는 법이었다. 입지가 높아져야 일거리가 늘었고 그래야 안덕에서도 자리를 잡을 거였다.

하늘에서 묵직하고 차가운 것이 내렸다. 손을 내밀자 손바닥에 하나둘 물방울이 맺혔다. "비다!" 구경꾼들이 소리쳤다. 하늘이 이쯤 하면 됐다고 말하는 것 같았다. 불길이 잦아들자 소방관들이 허탈한 시선으로 하늘을 노려봤다.

화재를 완전히 진압한 건 두어 시간이 지난 뒤였다. 구경꾼들이 집으로 돌아가는 시간이었다. 소방관들은 코스를 완주한 마라톤 주자처럼 도로 위에 널브러졌다. 검댕으로 범벅이 된 방화복이 얼마나 치열한 작업이었는지를 설명해주었다.

윤정두와는 연락이 닿지 않았다. 한 번 더 전화를 걸어봤지만, 철 지난 컬러링이 대답을 대신했다. 검은 동굴 같은 마트 입구 주위로 발자국이 무성했다. 현장 조사를 진행 중인 경찰 분위기가 심상치 않았다. 건물 주위로 노란 테이프를 둘렀다. 경광등이 달리기를 마친 심장 박동처럼 번쩍였다.

"하, 이것 참."

일부러 들으라는 듯한 탄식이었다. 고개를 돌리자 풍선껌 같은 볼을 실룩대는 남자의 옆모습이 보였다.

"저거 소방관 말고 경찰이 조사하는 걸 보면, 그냥 사고가 아닌 것 같은데."

남자는 분명 힐끔힐끔 세휘를 보고 있었다. 척추가 시큰했다. 해가 떨어진 이후의 안덕은 죽은 도시였다. 떠들썩한 밤은 안덕과 어울리지 않았다. 외국인 노동자가 많은 탓도 있겠지만 짐승처럼 떠도는 위험의 분위기를 감지해서이기도 했다. 치안이 좋은 지역은 아니었으니까. 세휘는 발가락을 꼼질 거리며 남자를 살폈다. 단정한 머리에 푸르스름하게 날이 선 면도 자국이, 당장 해코지를 할 인물로 보이지는 않았다. 남자의 말대로 눈앞에서 경찰이 조사하는 중이기도 했다.

"마트에 아는 사람이라도 있어요?"

남자가 말을 걸었다. 세휘가 대답하지 않으니 길림마트를 정면에 둔 채 눈만 돌려 다시 물었다.

"혹시 경찰이에요? 관계자 아니세요?"

세휘가 고개를 저었다. 남자는 이내 실망한 모습으로 푸념을 늘어놨다.

"좀 들어가게 해달라고 부탁하려 했더니. 옷은 왜 그렇게 정장으로 차려입었대요, 사람 헷갈리게."

위험한 인물은 아닌 게 분명해졌다. 대답할 필요가 없다고 느꼈고, 상대도 대답을 기다리는 건 아닌 것 같았다. 발가락이 얼얼했다. 봄이라고는 했지만 여전히 코트가 필요한 시기였다. 세휘는 깃을 여미며 까치발을 들었다. 소방관 한 명이 입구를 나왔다. 손에 덜렁거리는 게 까만 인형인가 싶었는데, 자세히 보니 까맣게 탄 고양이었다. 소방관은 녹색 플라스틱 통에 고양이를 던져 넣었다. 정리가 끝날 때쯤 얼마나 많은 사체가 통에 담길지 궁금했다.

형사가 다가왔다. 곰살맞게 웃는 얼굴은 기대할 수 없었다. 눈이 쭉 찢어진 모습을 보아하니 가짜 용의자들을 쭉 늘어놓고 목격자에게 범인을 고르라고 하면 주저 없이 선택당할 인상이었다. 표정이 풍부하지 못했는데 그건 아마 잠자는 시간을 제외하면 늘 찌푸린 채로 지내기 때문일 거였다. 형사는 새를 쫓듯 손을 휘휘 저었다.

"구경 끝났으면 집에 가세요."

형사의 얼굴에 귀찮은 기색이 역력했지만 남자는 도리어 반색을 하며 다가섰다. 남자가 안주머니에서 명함을 꺼냈다.

"기잔데요, 잠깐만 들어가 보면 안 돼요?"

남자가 풍기던 이질감이 그제야 이해가 갔다. 검찰에 있을 때부터 탐탁지 않은 존재들이었다. 여론 조성을 빌미로 이용해 먹을 수 있으면 그만, 평상시에는 침을 흘리며 사건을 찾아다니는 족속들이었다. 검사라면 애초에 엮이지 않는 게 좋았다.

"안덕일보?"

형사는 단란주점 전단지를 받은 것처럼 명함을 내려다봤다. 손가락 사이에 끼워둔 명함은 바지 주머니 속으로 사라졌다.

"아홉 시 뉴스가 와도 안 돼요. 필요하면 나중에 서에서 브리핑할 테니까 그때 얘기해요."

"그럼 무슨 일인지만 알려줘요. 사건 터진 거 맞죠?"

"아 기 참 현장 어지럽히지 말고 가요. 여기 아가씨도."

'아가씨라니. 우리 애가 초등학생인데요.'라고 말하고 싶은 걸 눌러 담았다. 형사가 휙 돌아 마트를 향해 걸었다. 가죽 잠바가 어둠 속으로 멀어졌다. 불구경을 했을 뿐인데 밥맛 없는 인간들이 둘로 늘었다.

기자는 장기전을 예상한 듯 주차장 입구 둔덕에 엉덩이를 깔고 스마트폰을 꺼내 들었다. 기사 송고 준비라도 하는 건가 싶었는데 화면에 뜬 건 웹툰이었다. 지방지 기자씩이나 되는 사람이 경찰에 아는 사람 하나 없는 걸 보면 초임이거나 어지간히 실력이 없는 모양이었다.

경찰은 쪽빛 천장 아래 휴대용 라이트와 랜턴을 들고 수색을 이었다. 손전등은 수시로 얼굴을 더듬으며 벌건 잔상을 남겼다. 화염에 화학 성분이 변한 것들이 코를 찔렀다.

세휘는 기자 옆에 자리를 잡았다. 시멘트 냉기가 엉덩이를 간질였다. 화면에 코를 박고 있던 기자가 인기척에 고개를 들었다. 복잡한 표정이었다. 세휘를 향해 어깨를 한 번 으쓱하고는 다시 화면에 눈을 고정시켰다. 정속 주행 하는 자동차 같았다. 고라니라도 나타나면 모를까, 웹툰이 완결될 때까지 눈 하나 깜빡 않을 것 같았다.

잠시 고민하던 세휘는 지갑을 꺼냈다. 신용카드와 현금 약간, 아들 사진으로 빽빽한 지갑 안쪽 지퍼를 열었다. 검사 신분증이 있었다. 앳된 얼굴의 세휘가 윙크하는 것 같았다. 검사 생활을 마감할 때 분실 신고를 했다. 사칭하겠다는 건 아니었다. 한때 검사로 일했다는 사실을 기억하고 싶어서였다. 자신에게도 힘이 있었다는 족보 같은 거였다.

기자 명함은 거절당했다. 검사 신분증은 어떨까. 써도 될까. 고민은 오래 하지 않는 게 좋다. 그게 세휘의 신념이었다.

폴리스라인 안쪽에서 서성이던 형사에게 다가갔다. 형사는 주머니에 손을 넣고 사타구니를 긁다 말고 세휘를 발견했다.

"저 서울지검 조세휘 검사인데요."

형사는 어둠 속에서 눈을 가늘게 뜨고 세휘가 내민 신분증을 살폈다. 원체 작은 눈이 쪽 찢어진 채 세휘를 응시했다. 형사는 신분증의 사진과 세휘의 얼굴을 몇 차례 번갈아 보고는 물었다.

"그런데요."

"이 사람 소송 걸렸어요. 제 안덕 지검 동료 검사가 수사 중이고요."

"아. 그거요. 임금 체불이죠. 서울지검 검사가 웬 관심입니까."

"안덕이 제 고향이라서 동료 검사가 물어봤어요. 아는 사람이냐고. 길림마트 사장이라던데, 마침 지나다 보니 불이 났네요. 무슨 일이에요?"

"안덕 지검 검사님 누구요?"

"박성동 검사요."

형사는 그런 이름이 있었던가, 하고 생각하다 고개를 끄덕였다.

"볼래요?"

"그러면 고맙고요."

"따라와요."

세휘는 형사를 따라나섰다. 형사의 말에 기자도 덩달아 휴대폰을 집어넣고 자리에서 일어났다. 눈을 휘둥그레 뜨고 세휘와 형사를 번갈아 쳐다봤다. 앞서가던 형사가 뒤돌아 말했다.

"거기 기자님은 서에서 보자니까요."

짜증 가득한 말투에 기자는 입맛을 다셨다. 세휘는 기자를 뒤로하고 마트로 걸음을 옮겼다. 비에 젖은 화재 현장이 가까워질수록 숨쉬기가 버거웠다. 유독 가스가 남아있어서가 아니었다. 가슴을 뒤덮는 갑갑함이었다. 소용돌이 한가운데로 들어서는 기분이었다.

불길이 쓸고 간 곳마다 무덤이었다. 화염에 직격으로 노출된 마트 진열대가 엿가락처럼 녹아 늘어졌다. 세휘의 시선은 유적처럼 남아있는 불의 흔적을 따랐다. 불길은 창고와 생필품 코너, 식자재 코너를 차례로 지나 창문을 향했다. 산소가 유입되면서 화염이 마트 전체를 휩감았을 것이다. 계산대에 잿더미가 된 현금이 그대로 있었다. 돈을 노리고 이 짓을 저지른 건 아니라는 뜻이었다.

"방화네요."

세휘가 말했다. 형사는 구둣발로 현장을 쓸며 대답했다.

"휘발유요. 대담한 놈이에요. 구석구석 뿌렸어요. 우발적인 게 아니에요."

"그것 때문에 경찰이 나선 거예요?"

"그것도 있고요."

형사는 길림마트 생선 코너 뒤에 위치한 사무실을 가리켰다. 안쪽에서 감식반이 작업 중이었다. 불에 탄 시체를 보여주려는 것일까 싶어 지레 겁이 났다.

"실종 사건이에요."

"화재 현장이잖아요. 사망 사건이 아니고요?"

형사는 감식반 사이를 비집고 들어갔다. 세휘가 그 뒤를 따랐다. 얼굴을 마스크로 가린 감식반은 피곤에 절어 있었다. 검댕으로 범벅이 된 사무실 책상 위에서 유리병 하나만 새파란 빛을 내고 있었다. 코르크 마개로 단단히 밀봉되어 있어 속에는 불길이 닿지 않은 상태였다.

"이것 때문이에요."

형사가 말했다. 허리를 숙여 유리병 안을 들여다보는 순간 사고회로가 멎었다. 뒷걸음질을 치는 세휘를 보고 감식반과 형사가 피식 웃음을 토했다.

유리병 속에 있는 건 창백한 엄지손가락이었다. 손바닥에서 떨어져나온 절단면은 매끈했고 오돌토돌한 지문까지 선명했다.

세휘는 뱀을 앞에 둔 개구리처럼 두어 걸음 떨어져 말했다.

"보통은 시체를 두고 손가락만 가져가지 않나요. 수집할 생각은 없었나 봐요."

"시체라고 단정 지으면 안 돼요. 확인되기 전까지는 실종입니다."

"누구 거예요?"

"지문 감식해봐야죠. 생긴 거로 봐서는 윤정두 사장 건 아닌 것 같은데. 아 참, 윤정두 사장은 점심 이후로 연락이 안 돼요."

세휘는 윤정두의 변호사가 아니라 검사 신분으로 이 자리에 있다는 걸 떠올렸다. 알고 있다고 대답하려던 걸 주워 삼켰다.

"용의자는 있어요?"

"한둘이 아니죠. 행실이 좋은 양반은 아니었으니까. 이 정도로 일을 벌여놨으니 곧 잡힐 거예요."

그렇게 말하는 모습이 답안지를 내밀고 칭찬을 기다리는 아이처럼 의기양양해 보였다. 세휘는 두고 보자는 의미로 어깨를 으쓱했다.

마트를 나오니 안개가 자욱했다. 시야를 가린 수증기 틈에서 옅은 불빛이 보였다. 여전히 스마트폰에 코를 처박고 있는 기자였다. 세휘가 나오는 걸 보고 옛 친구를 대하듯 손을 흔들었다. 거북이처럼 목을 빼고 다가오는 기자의 모습에 간절함이 가득했다.

"저기요 검사님."

기자가 어깨에 손을 얹어 세휘를 돌려세웠다. 울컥, 짜증이 솟구쳤다. 이 족속은 포기를 모른다. 정갈하게 세워 올린 셔츠 깃도 마음에 들지 않았다. 기자가 유용한 건 이사할 때 그릇 포장할 신문지를 찾을 때뿐이지 싶었다.

세휘는 그런 생각으로 기자를 쏘아봤다. 베일 듯한 눈빛에 기자가 놀라서 손을 뗐다. 두 사람 사이에 허연 입김이 피었다. 그 사이로 동그랗게 커진 기자의 눈이 껌뻑였다. 세휘는 돌아섰고 기자는 더 이상 따라오지 않았다.

집으로 돌아오니 자정이었다. 관객도 없이 저 혼자 켜진 텔레비전에서 웃음소리가 났다. 서울의 풍경이 거기 있었다. 석 달 전 세휘가 있던 곳이었다. 볼륨을 낮추고 소파에 앉았다. 대출 만기일이 돌아오듯 피로가 몰려 왔다.

엄마의 방에서 잠꼬대가 요란했다. 아버지가 세상을 떠난 후 엄마는 세상과 담을 쌓았다. 검사 생활을 청산하고 내려온 집에서 아버지의 흔적을 찾을 수가 없었다. 말린 고추, 메줏덩어리, 빨래 뭉치가 아버지의 자리를 빠른 속도로 침식했다.

안덕에 내려오던 순간 이십 년 전에 멈췄던 시계가 불현듯 작동하는 느낌이었다. 칠순이 된 엄마의 모습이 그랬고, 그 시간 동안 변하지 않은 집안 풍경이 그랬다. 하지만 모녀의 재회에 눈물을 닦을 시간은 없었다. 손자를 데리고 나타난 딸의 모습에 엄마는 망설임 없이 잔소리를 시작했다. 왜 고향으로 향하는 발걸음이 그렇게 무거웠는지 깨닫는 순간이었다. 세휘는 어차피 오래 머무를 생각은 없다고 엄마에게 쏘아붙였다. 엄마는 그래, 말 잘했다, 당장 올라가지 그러냐고 말했다. 두 사람의 다툼에 겁을 먹은 수민이 세휘의 엉덩이 뒤로 숨었다.

창고로 쓰던 방을 수리해 수민의 방을 만들었다. 열두 살짜리 아이의 마음에 들 리 없었지만 수민은 군소리를 하지 않았다. 부모의 결별을 경험한 아이의 어른스러운 대처였다. 이사하기 전 구입한 플레이스테이션과 엑스박스의 효과일 수도,

혹은 할머니의 심기를 거스를까 걱정이 됐을 수도 있었다. 어느 쪽이건 좋았다. 적어도 할머니와 엄마의 다툼에 겁을 먹었던 날보다는 나아지고 있었다. 학교에서 친구들을 사귀기 시작하면 이곳 생활에도 곧 적응할 거였다. 물론 그 친구들은 유년기의 추억으로 묻어둬야겠지만.

사정이 나아지면 언제라도 서울로 올라갈 작정이었다. 학군이 좋은 곳에 집을 얻어 수민이에게 새로운 친구들을 소개해줘야 했다. 의사나 변호사, 검사, 교수를 부모님으로 둔 아이들. 그 순간이 늦어질까 봐 자꾸 조바심이 났다.

세휘는 샤워를 끝내고 노트북을 꺼냈다. 전원이 들어오는 동안 냉장고에서 맥주를 꺼냈다. 알코올 도수 6도, 500mL짜리 캔맥주였다. 거품이 생기지 않게 컵에 따른 뒤 소주를 부었다. 어느 정도가 적당한지 알지 못했다. 그저 빈자리가 없을 때까지 소주를 채웠다. 한 모금 벌컥 삼키자 뜨끈한 기운이 사방으로 퍼졌다.

세휘의 음주 습관을 아는 건 남편뿐이었다. 안덕으로 내려올 때부터 남이나 마찬가지였다. 널따란 거실이 두 사람 사이에 장벽처럼 존재했다. 이혼 서류를 작성하고 난 후부터 얼굴을 마주 보고 말 한마디 한 적이 없었다.

남편은 연수원에서 만났다. 먼저 호감을 보인 건 세휘 쪽이었다. 데이트를 청한 것도, 동거 얘기를 꺼낸 것도 모두 세휘였다. 남편의 대답은 한결같았다. '그럼, 그럴까.'

그렇게 이어진 관계였다. 동거 기간은 3년이었다. 이쯤 되면 결혼도 해줘야 할 것 같았다. 1장이 끝나면 2장이 이어진다. 남편과의 결혼은 5장쯤 되는 곳에 있었다. 예습을 하지 못한 게 실수였다. 그 뒤에는 이혼과 지긋지긋한 양육권 분쟁이 기다리고 있었으니까.

검사 부부의 결혼식에는 화환이 즐비했다. 기억나지도 않는 업체 대표부터 연락이 뜸하던 대학 동창까지, 전시회를 하듯 꽃무덤이 줄을 섰다. 식장은 남편이 다니던 교회였다. 전날까지도 쌓여 있는 서류를 정리하다 잠들었다. 머리만 대면 잠들 수 있을 것 같은 날이었다.

주례는 카랑카랑한 목소리의 담임목사였다. 남편과의 인연이 얼마나 오래되었는지를 설명하는 서사 뒤에 덕담이 이어졌다.

"저는 항상 결혼 생활을 할 때면 A부터 E까지를 생각하라 얘기합니다. A는 아미고입니다. 부부는 친구 같아야 합니다."

B는 뷰티풀이었고 C는 크레이지였다. 단어 하나의 의미를 설명하는 데 5분이 걸렸다. 그러니까 30분이 넘는 주례사였다. 크레이지라는 단어를 듣는 순간 미쳐버릴 것 같았고 D와 E는 기억도 나지 않았다. Z까지 가지 않은 게 다행이었다. 다리가 욱신거렸다.

동거에서 이어진 결혼 생활이었지만, 둘만 있을 때 보다 훨씬 많은 것들이 삶에 개입하기 시작했다. 초대장을 준 것도 아닌데 깜빡이도 없이 끼어드는 것들에 지쳐갔다. 수민이 태어나고 나서는 인생이 무너지는 느낌이었다. 세휘는 수민이 초등학교에 입학한 후부터 술을 마시기 시작했다. 몽롱함이 좋았다. 애매한 것들, 불투명한 것들이 좋았다. 확실한 것을 모호하게 만들기 위해 술을 마셨다. 정의와 부패의 중간에서 술을 마셨다. 축하와 비난의 사이에서, 포만과 허기 사이에서 술을 마셨다. 그러다 보면 천당과 지옥을 오갔다. 좋은 날은 축하해야 했고 힘든 날은 견뎌야 했다. 어느 쪽이건 술이 필요했다. 말하자면 하나의 의식이었다. 역치가 너무 높아진 의식.

남편은 술에 취한 세휘를 뒤에서 껴안고는 했다. 가슴을 움켜쥐고, 성난 물건을 들이밀었다. 술에 취한 여자가 섹시하다고 말하면서. 아랫배는 통증으로 가득 찼고 세휘는 허우적대며 남편을 밀어냈다. 남편은 그게 계속하라는 신호인 줄 알고 육중한 체구를 세휘의 등에 얹었다. 일을 치르고 난 뒤면 변기에 앉아 거울을 봤다. 헝클어진 머리에 화장품이 번진 얼굴이 몽롱한 시야 속에서 자꾸만 일그러졌다. 세휘가 원했던 건 그런 게 아니었다. 발정 난 남편이나 경멸의 눈으로 바라보는 아들이 아니었다.

맥주가 소주로, 소주가 양주로 바뀌는 데는 오랜 시간이 걸리지 않았다. 술을 마시지 않으면 잠들지 못하는 날이 늘어났고, 어느 순간부터는 지긋한 욕지기가 식도를 타고 올라왔다. 변기를 부여잡고 토하던 세휘를 발견하던 날, 남편은 등을 두드려주는 대신 비난을 퍼부었다. 지쳤다고 말하는 남편을 향해 세휘는 가슴을 흔들었다. 언제는 이게 그렇게 좋다고 말하지 않았냐고. 어서 와서 핥으라고. 눈물로 얼룩진 시야 속에서 남편의 얼굴은 구정물을 마신 것처럼 구겨졌다.

"우리 이혼해."

빗물이 굳어 딱딱한 먼지가 내려앉은 창틀을 닦다 세휘가 말했다. 사흘 만에 남편을 본 어느 일요일 아침이었다.

남편은 바둑 채널을 보던 중이었다. 캐스터의 차분한 음성 위로 바둑돌 소리가 딱, 딱 울려 퍼졌다. 마지막 착수가 끝났을 때 남편이 대답했다.

"그럼, 그럴까."

이혼 절차를 밟으며 남편은 세휘의 음주 습관을 문제 삼았다. 양육권이 목표였다. 경력이 망가지는 거나 재산을 뺏기는 건 아무래도 좋았다. 수민을 잃을 수도 있다는 생각이 드는 순간 세휘는 무너졌다. 남편의 바짓가랑이를 붙잡았다.

수민이 엄마랑 살겠다고 말한 게 도움이 됐다. 네 엄마는 안덕이라는 촌동네에 내려간다는데, 그래도 괜찮겠냐고 남편이 회유했지만 수민은 상관없다고 했다. 안덕에서의 시간은 유예 기간이었다. 남편은 언제라도 이혼과 동시에 양육권을 가져갈 준비를 하고 있었다. 수민이를 서울에서 떼놓고, 그 사이 세휘는 자리를 잡아야 했다.

세휘는 사건 파일을 모아 놓은 폴더에서 윤정두 파일을 열었다. 워드 파일의 마지막에는 변호를 위한 진술 목록이 정렬돼 있었다. 세휘는 그 끝에 세 단어를 추가했다. 길림마트. 화재. 실종.

머리 위로 벌레가 기어가는 듯했다. 정수리에만 중력이 몇 배로 작용하는 것처럼 공간은 끝없이 침식했다. 단어들이 제자리를 찾지 못하고 꽃가루처럼 부유했다.

장정호는 비철 공장을 운영했다. 동이나 아연, 알루미늄으로 강판을 중국에 내다 팔았다. 작은 공장들은 식대도 쥐여주지 않고 근처 식당으로 직원들을 내몰았지만 당숙의 공장은 규모가 컸다. 공장 내 식당을 만든 게 5년 전이었다.

안덕의 구내식당이라는 게 안 봐도 뻔한 수준이었다. 정기적으로 나오는 위생 검사나 잘 통과하면 그뿐, 노동자 대우가 제대로일 리 만무했다. 수백 명의 인부를 위한 집단 급식 시설이었다. 온종일 쌀가마를 들어 나르고 채소를 썰어 끓여야 했다. 찐 쌀을 삽으로 젓고 거적 같은 탕을 끓여 내면 유니폼이 땀으로 푹 젖었다. 거기가 엄마의 일터였다. 당숙의 배려로 일자리를 얻었지만 실수가 잦았던 모양이었다. 소금 대신 설탕을 넣은 적도 있다고 했다.

"왜 그랬어 엄마?"

엄마는 무딘 갈고리가 박히는 듯한 목소리로 대답했다.

"나도 모르겠어. 먹어 보니까 짜던데…… 나이가 들면 미각도 무뎌지잖니."

그런 나이였다. 걸음은 느려졌는데 시간은 자꾸 빨리 흐르는. 저 혼자 무저갱으로 낙하하는 듯한. 그래서 설탕에서 소금 맛이 나는.

엄마는 고향으로 내려오겠다던 딸을 한사코 말리더니 정작 세휘가 내려오니 집안 어른을 만나 달라고 했다. 그래도 그분 덕에 입에 풀칠은 했다는 거였다. 당숙에게 딸이 고향으로 내려온다는 얘기를 한 모양이었다.

"내가 왜 그래야 하는데. 그 사람이랑 무슨 사이라고."

세휘가 볼멘소리를 했다. 당숙은 어렸을 때 몇 번 보았을 뿐 교류가 거의 없었다.

"그렇게 먼 사이도 아니야. 너네 아빠 사촌인데, 나이는 그분 이 어려도 촌수는 할아버지뻘이라더라."

엄마는 화초 잎을 하나씩 닦았다. 그 침묵이 불편했다. 분무 기를 빠져나온 수증기가 파리지옥처럼 이파리를 붙드는 동안 세휘는 출근할 채비를 했다. 구두를 신는 세휘의 등 뒤에 대고 엄마가 내뱉듯 던졌다.

"너 나한테 잘해야 해."

"내가 못 해?"

"말버릇이 그렇잖니."

"뭘 어떻게 더 잘하라는 건데."

"좀 고분고분하게 말이지. 재혼도 하면 좋고."

피가 헤까닥 도는 것 같았다. 세휘는 신던 구두를 집어 던졌 다. 엄마의 얼굴이 창백했다. 딸을 보는 눈빛이 아니었다. 해결 해야 할 일이 있을 때면 엄마는 언제나 그랬다. 복잡한 시험 문 제를 앞에 둔 표정. 도저히 풀어야 할지 모르겠다는 심정이 그 대로 투영된, 물빛 같은 눈. 두 사람 사이의 팽팽한 긴장은 툭 건드리면 끊어질 것 같았다. 먼저 입을 연 건 세휘였다.

"또 그 소리야? 애 듣는데 그런 소리 하면 좋아?"

"쟤도 알 건 알아야지. 애가 그렇게 신경 쓰이면 얼른 아빠도 구해주면 좋잖니. 돈은 있어? 대책 없이 내려온 거 아니야?"

"아 그만 좀!"

대화를 중단시킨 건 학교 갈 채비를 하던 수민이었다. 보란 듯 문을 덜컹 닫았다. 식탁 의자 위에 책가방이 주인을 잃고 놓여 있었다.

"봐라. 너 때문에 쟤가 언짢은가 보다."

언짢은 건 세휘도 매한가지였다. 논쟁은 그걸로 끝이었다. 어쨌건 출근을 해야 했고, 수민이는 할머니 손에 이끌려 학교에 갈 것이다. 엄마는 온종일 화초를 닦거나 연속극을 보면서 신세 한탄을 할 거였다.

엄마는 출근하는 세휘를 맨발로 따라 나왔다. 쏘는 듯한 세휘의 시선을 무시하고 기어이 주머니에 당숙의 주소가 적힌 종이를 집어넣었다. 사무실 주소와 집 주소가 하나씩이었다.

"절대 안 가."

"애도 참……"

시내로 향하는 마을버스는 30분에 한 대가 다녔다. 보수 작업도 제대로 되지 않는 아스팔트는 곳곳이 패여 바닥을 드러냈다. 움푹 팬 구덩이를 밟을 때마다 버스가 덜컹거렸다. 세휘는 꼭 노약자석에 앉아 갔다.

그렇게 소동을 벌이고 도착한 사무실이었다. 일이 손에 잡힐 리가 없었다. 손에 잡을 일이 없기도 했다. 조세휘 법률 사무소라는 간판에도 의뢰인이 없었다. 일부러 안덕에서도 유동인구가 가장 많다는 번화가를 택했는데도, 근처에 변호사 사무실이라고는 눈을 씻어도 찾을 수가 없는데도. 간혹 2층 사무실을 슬쩍 올려다보는 사람들도 있었지만, 세휘와 시선이 엇갈리면 없던 약속이 생긴 것처럼 속도를 높여 사라졌다. 안덕에 내려오기 전 이미 박성동이 경고한 일이었다.

연수원 동기인 박성동은 고객센터 상담원 같은 말투로 대화하곤 했다. 안덕 지청에 부임한 건 3년 전으로, 세휘가 고향으로 내려간다고 했을 때 적극 만류하던 인물이었다. 결국 사표를 던졌다는 말에 도와줄 게 있으면 언제든지 연락하라던 게 마지막 대화였다.

"로펌 들어갈 거야? 공단 근처라 개인 변호사들이 연합해서 만든 거 하나 있는데. 관심 있으면 소개해주고."

"로펌은 무슨. 기업 자문 관심 없어. 개인 사무실 열 거야."

"고향이랍시고 만만하게 보는 것 같은데 그럼 안 돼. 그런 동네는 다 인맥이야. 간판 하나 걸었다고 의뢰인이 제 발로 찾아오는 줄 알아?"

"무슨 인맥."

세휘는 이미 식은 커피잔을 앞에 두고 박성동의 말을 건성으로 흘려들었다. 박성동은 착착 소리가 나게 팔뚝까지 소매를 걷고 말을 이었다.

"그 지역이 그래. 민사는 변호사한테 가기 전에 먼저 찾는 사람들이 있어. 토호 세력이지. 자기들끼리 입을 다 맞춰 놓으니까 소송을 해도 결국 양쪽이 짜고 치는 그림이 돼버린다고. 우리는 도장만 찍는 거야. 형사사건이라면 얘기가 다르지만, 그렇기 때문에 법정까지 안 가려고 하지. 무슨 말인지 알겠어? 안덕은 그런 동네야. 그 동네의 법정이 존재한다고. 정말 거기서 변호사 생활을 하고 싶으면 인맥이 있어야 해. 길만 잘 닦아놓으면 그 지역 사건은 다 씹어먹지.”

성동은 강단이 있는 인물이었다. 영악한 데다 일이 되게 하려면 물불을 가리지 않는 성격이라 검찰 내부에서 이름이 높았다. 경쟁자가 있으면 찍소리도 못하게 갈아버려야 한다는 것이 박성동의 철칙이었다.

사무장 하나 없이 텅 빈 사무실에서, 세휘는 메아리처럼 울리는 성동의 말을 떠올렸다. 인맥이 있어야 먹고 산단 말이지. 세휘는 자리에서 일어섰다. 의자 다리가 바닥을 드르륵 긁었다.

당숙을 만난 건 그날 저녁이었다.

맹티고개를 넘으면 얕은 개울 위로 돌다리가 나왔다. 아스팔트가 잘 닦인 길도 있지만 세휘는 일부러 맹티고개 쪽을 택했다. 불혹을 넘긴 나이에 느끼는 감수성 같은 게 아니었다. 그편이 더 빨라서였다. 맹티고개 쪽으로 조금 빨리 걸으면, 삼십 분 정도면 시내에 도착할 수 있었다.

철거를 앞둔 집들이 무덤처럼 지나갔다. 인적이 뜸해지고, 구정물이 흐르는 도랑이 나타나면 거기가 맹티고개 입구였다. 표지판도 없지만 모두들 그렇게 불렀다. 밍티, 멍티 등으로 부르는 주민도 있었다. 맹티고개를 좋아하는 건 숨을 곳을 찾아다니는 아이들뿐, 어른들에게는 포크레인이든 불도저든, 중장비를 죄 동원해 밀어버려야 하는 눈엣가시였다. 공단 시설 건축 중에 얘기가 나오고, 예산까지 잡힌 적도 있었다. 첫 삽을 뜨기도 전에 중국발 경제 위기가 터진 게 문제였지만. 대신 시내로 돌아나가는 아스팔트 길이 뚫렸다. 맹티고개를 넘을 일이 줄어들면서, 좁은 길에 풀이 자라고 나뭇가지가 뿌리를 뻗었다. 맹티고개를 넘는 일은 더 불편해졌지만, 안덕 토박이들에게 급할 때 찾아야 하는 길이었다. 급하면 걷고 느긋하면 차를 탄다는 공식이었다.

미숫가루 같은 흙이 구두에 들러붙은 걸 보니 고향에 돌아왔다는 실감이 났다. 길이 끝나는 곳에서 물티슈를 꺼내 구두를 닦았다.

당숙의 사무실은 시장길에 있었다. 낮에는 공장 사무실에서, 퇴근 후에는 범죄예방위원회에서 일했다. 주로 지역유지들이 회원이었고 범죄자 갱생이나 보호관찰 감시를 보조하는 역할을 담당했다. 어디까지나 표면상의 직책이었고 실상은 법무부나 검찰의 물주나 다름없었다. 몇 해 전 스폰서 검사 사건 때도 지청의 범죄예방위원회가 지목되었다. 논란이 일자 슬그머니 발을 빼는가 싶더니 그새 더 탄탄하게 자리를 잡았다. 법무부나 검찰의 각종 행사에 필요한 돈을 대주곤 했는데, 지역에 따라서는 사무실이 각 지검 안에 위치한 경우도 있었다. 안덕이 굴러가는 방식이었다. 당숙의 경우에는 그 정도로 깊게 관여

되는 걸 원치는 않았는지 지역 연합회 산하 위원협의회 소속으로 활동하는 것으로 선을 그었다.

세휘는 사무실 앞에서 심호흡을 했다. 양꼬치 굽는 연기가 솜뭉치처럼 코를 덮었다. 코트에 냄새가 밸까 얼른 몸을 옮겼다. 엘리베이터도 없는 건물이었다. 좁고 가파른 계단이 이어졌다. 양쪽에서 사람이 지나가려면 몸을 비틀어야 하는 폭이었다. 퇴근 시간이었다. 3층에 있는 범죄예방위원회 위원협의회 사무실에 도착할 때까지 몇 번이나 벽에 바싹 등을 붙여야 했다. 건물을 떠나는 이들은 하나 같이 쓴 것을 삼킨 듯한 얼굴을 하고 있었다. 퇴근의 즐거움보다 다음날 출근을 먼저 걱정하는 부류가 있는 법이었다.

문은 열려 있었다. 벽을 둘러싼 책장에는 온갖 트로피가 진열돼 있었다. 보통은 행사가 있을 때마다 제작하는 싸구려 장식이었다. 춘계 체육대회 위촉 위원 감사패 같은. 직원들은 모두 퇴근한 모양이었고 사무실 가장 구석 협의회장 자리에만 사람이 있었다. 물어보지 않아도 당숙이라는 걸 알 수 있었다. 두툼한 손가락, 송충이 한 마리를 넣어 놓은 듯한 눈 밑 살, 완강하게 떨어지는 입꼬리가 어딘지 아빠를 닮았다. 세휘는 명패를 확인했다.

안덕 범죄예방위원회 지역연합회 산하 위원협의회 회장 장정호.

어지간히 타이틀을 중시하는 인간이었다. 피식 새어 나오는 웃음을 삼키며 인사를 했다. 연락도 없이 찾아갔지만 당숙은 기다리고 있었다는 듯 세휘를 맞이했다.

"그래 세휘구나."

당숙이 말했다. 외모와 달리 중간 톤의 부드러운 목소리였다.

"오늘 올 줄 알았으면 직원들 퇴근 좀 늦출 걸 그랬네."

"괜찮습니다. 제가 차라도 타 올까요."

"그래 주면 고맙고."

사무실에는 커피머신이 있었다. 캡슐을 넣고 버튼만 누르면 되는 거였는데도 작동법을 알지 못했다. 포장을 뜯어 뜨거운 물에 부으면 끝나는 건 줄 알았는데, 끓는 물 위에 커피 가루가 둥둥 떴다. 당숙은 허둥대는 세휘를 도울 생각은 않고 멀뚱히 지켜보고 있었다.

"잘 안 돼?"

당숙이 물었다. 발바닥이 벌겋게 달아올랐다. 커피 하나 못 타는 어른이 된 것 같았다.

"아니요. 방법을 잘 몰라서요."

"옆에 커피 믹스도 있어."

찬장을 열어보니 당숙의 말대로였다. 세휘는 손에 닿는 대로 봉지 하나를 꺼내 커피를 탔다. 당숙은 사무실 한가운데 놓인 소파에 기대 세휘를 기다렸다. 세휘가 타 온 커피를 한 모금만 마시고는 내려놓았다.

당숙은 상체를 살짝 숙이고 세휘를 조목조목 뜯어 살폈다. 면접을 보는 듯한 분위기였다. 세휘는 자세를 고쳐 앉았다. 당숙의 시선은 머리에서 허리와 종아리를 거쳐 다시 얼굴로 돌아왔다.

"그래. 맞아. 어렸을 때 얼굴이 좀 남아있네."

"저는 기억이 안 나는데요."

"그렇겠지. 오래전이었어. 자네 아버지 돌아가셨을 때도 한 번 보긴 했지."

역시 기억이 나지 않았다. 조촐한 장례식이었다. 수민이 숨이 끊어질 듯 빽빽 울어대던 것과 베로 지은 상복 안감이 유난히 까끌거려 불편했던 것만 생각이 났다.

"어머니한테 얘기는 들었고?"

"그냥 만나고 싶어 하신다는 말만 들었습니다."

"정신이 없으실 테지. 집안일은 힘들지 않으신가."

"빨래는 세탁기가 하고 밥은 밥솥이 하는걸요."

"막상 살아보면 안 그래. 그 연세에 혼자 살림하는 게 어디 그리 쉬울까. 이 촌동네에서 사람을 쓰는 것도 아니고, 딸은 나랏일 하시다 이제는 불쌍한 사람들 구제해주러 다니시니 어머니 혼자 세 사람을 봉양하는 셈이잖나."

"저도 변호사 일하는데요."

"그게 돈벌이가 되나? 안덕에서?"

당숙이 꿰뚫는 듯한 시선으로 세휘를 봤다. 몸에 서리가 내려앉는 기분이었다.

"아직 자리 잡기 전이니까요. 인맥도 쌓고 홍보도 해야지요."

"인맥 좋지. 그래서 안덕에 인맥은 좀 있고?"

"동기가 안덕지청에서 일합니다."

"그런 거 말고. 정치나 사업 쪽에 연줄이 있어야지."

"차츰 만들어가려고 합니다."

당숙은 뿌리가 뽑힌 나무처럼 기울었던 상체를 일으켜 앉았다. 허리가 뻐근한지 인상을 찌푸렸다.

"잘 생각해야 해. 노선을 확실히 정해. 인권 변호사를 할 건지, 기업 변호를 할 건지, 아니면 그냥 법률 자문으로 들어가도 좋고. 그것 말고도 많지. 뭐 정치를 해도 되고 말이지."

"정치요?"

"내가 줄이 있어. 높은 양반들 뒤치다꺼리를 좀 하고 있거든."

당숙의 말이 곧바로 이해가 가지 않았다. 시나리오에 없는 질문이었다. 그 의미를 깨달은 건 앞에 놓인 명판을 한 번 더 보고 나서였다.

안덕 범죄예방위원회 지역연합회 산하 위원협의회 회장 장정호.

안덕은 작은 동네였다. 평생을 이곳에서 보낸 당숙이었다. 혼자 힘으로 일가를 이룬 인물이었고 조직 구석구석에 손이 닿아있을 터였다. 그 인맥을 이용해 세휘를 정계에 진출시켜 주겠다는 의미였다. 그 목적은 정계 쪽에도 영향력을 넓히는 것이고, 닳을 대로 닳은 기성 정치인과 손을 잡기보다는 혈연이 있는 세휘를 내세워 새길을 터보겠다는 속셈이었다.

늙은 몸뚱이 위로 뻗은 가지를 본 것 같았다. 어디까지 닿아 있을까. 세휘는 재빨리 계산기를 돌렸다. 이미 몇 차례 계산기를 돌렸을 당숙은 세휘의 의견을 듣지도 않았다. 제멋대로 믿어버린 얼굴이었다.

늙은이의 꿍꿍이를 눈치챘다고 해서 제안을 거절할 이유는 없었다. 세휘에게도 도움이 될 일이었다. 서울로 돌아가 변호사 생활을 한다고 해서 뾰족한 수가 생길 것도 아니었고, 안덕에서 얼마나 오래 머물러야 할지도 알 수 없었다. 무엇보다 양육권이 중요했다. 가사조사관에게 당원 타이틀이라도 내밀 수 있으면 효과가 있을 것 같았다.

"실은 아이 양육권 때문에도 분쟁이 좀 있습니다."

"들었네."

어린아이를 어르는 듯한 말투였다.

"아이는 엄마랑 살아야지. 난 법 쪽은 잘 모르네. 가족도 없어서 양육권 같은 것도 잘 몰라. 무슨 조사 같은 걸 해서 결정한다던데 맞나?"

"맞습니다."

"조사가 언제 있는데?"

"아직 이혼 소송 중이니까요. 마무리하고 나면 시작할 겁니다."

"그래…… 그쪽도 차츰 준비하면 되겠네. 아무튼 정치 같은 건 나중 얘기고, 부탁할 게 좀 있어서 보자고 했네. 내 아는 동생 일 좀 맡아줬으면 하는데."

"무슨 사건인데요?"

"별거 아냐. 마트 직원들이랑 문제가 좀 있는데, 내가 볼 땐 그 친구가 잘못한 건 없어. 임금 체불 같은 거지 뭐. 사업하다 보면 그럴 수 있는 거 아닌가. 그런데 직원들이 어지간히 말이 안 통해야지. 노동부에 진정을 넣은 모양이야."

"소송도 생각 중이신가요?"

"그러건 말건 어차피 마트 측이 이기게 돼 있어."

당숙은 별 쓸데없는 걸 다 묻는다는 듯 대답했다. 그 말투가 결말을 아는 영화 줄거리를 읊는 것처럼 확신에 차 있었다.

"인사나 시키려고 하는 거라니까. 법률 조언이나 좀 해주고 그래. 자세한 이야기는 당사자한테 듣고."

당숙이 말한 아는 동생이 바로 윤정두였다. 결국 세휘는 자세한 이야기를 듣지 못했다. 당사자라는 사람은 엄지손가락 하나가 남은 화재 현장에서 사라졌다. 짐승의 뱃속처럼 검은 잿더미 속에서.

길림마트에서 돌아온 날 밤, 세휘는 늦은 시간까지 잠들지 못했다. 그 새파란 손가락이 뇌리를 떠나지 않았다. 그대로 잠이 들었다가는 악몽에 시달릴 게 분명했다.

'왜'와 '어떻게'가 꼬리를 물었다. 왜 손가락을 남겨 놓았을까. 왜 불을 질렀을까. 어떻게 누구의 눈에도 띄지 않고 사람 하나를 납치했을까. 수만 가지 가정과 가설 중 어떤 것은 그럴 듯했고 어떤 것은 공상과학 소설처럼 황당했다.

세휘는 이불을 걷고 자리에서 일어났다. 시계가 새벽 두 시를 가리키고 있었다. 스스로 질문과 답변을 던지느라 보낸 시간이었다. 가장 궁금한 질문 하나만큼은 답을 얻을 수 없었다.

누가 그랬을까.

세휘는 5년째 같은 휴대전화기를 썼다. 뒷면에 새겨진 사과 문양에는 스크래치가 무성했고 모서리마다 찍힌 자국이 남았지만, 휴대전화기에 있는 자료를 옮길 생각을 하니 엄두가 나지 않았다. 비밀번호만 넣으면 자동으로 데이터를 옮겨준다는 얘기도 들었지만 새로운 걸 배우는 건 귀찮은 일이었다. 물건 아낄 줄 모르는 주인을 만났지만 전화기는 용케도 오랜 시간을 버티고 있었다. 가끔 진동 모드가 저절로 꺼져버리는 걸 제외하면. 전화기는 술에 잔뜩 취해 잠들어있던 세휘를 최고 음량으로 깨웠다. 수화기 너머에서 잔뜩 독이 오른 당숙이 고래고래 소리를 쳤다.

"조카, 방화 용의자가 잡혔다는데 자네도 같이 좀 가지. 안덕 경찰서에서 보세."

당숙은 대답을 듣지도 않고 전화를 끊었다. 세휘는 엄지로 머리를 꾹꾹 눌렀다. 숙취였다. 그것도 예전과는 비교도 안 되는 숙취였다. 관자놀이부터 뒷골을 잇는 선을 가시나무로 죄어 놓은 것 같았다.

일요일 아침이었다. 세휘는 헝클어진 머리를 대충 넘기고 옷을 챙겨 입었다.

버스는 흙먼지를 일으키며 비포장도로를 달렸다. 배꼽이 출렁할 때마다 속에서 신물이 올라왔다. 거위 깃털로 빵빵한 패딩은 거추장스러웠고 목도리는 아나콘다처럼 목을 조였다. 안덕 경찰서까지는 5분여를 더 달려야 했지만, 당장 차를 세우고 토하고 싶었다.

당숙은 먼저 도착해 있었다. 당숙을 가운데 두고 다른 세 사람이 당장이라도 폭발할 것 같은 모습으로 서 있었다. 그 모습이 사냥개를 풀어 놓은 사냥꾼을 연상시켰다. 불안과 분노를 뒤집어쓴 무리가 허공에 삿대질하고 있었다.

"그 새끼 어디 있어. 방화범 나오라고 해."

고성이 귀를 찔렀다. 어찌 된 건지 경찰은 숙제하지 않은 아이들처럼 고분고분했다.

세휘를 발견한 당숙이 말했다.

"어, 왔는가."

경찰서의 시선이 일제히 세휘를 향했다. 당숙은 이른 아침부터 움직이는 게 영 적응이 되질 않는지 마른걸레를 짜는 듯한 헛기침을 토했다.

"형님, 인사는 나중에 하시고 급한 것부터 처리하시죠."

당숙에게 말을 건넨 건 사냥개 중 하나로, 발정이 난 듯 날뛰던 인물이었다. 골프채를 쥐고 있었는데 골프나 치자고 들고 온 건 아닌 듯했다. 세휘는 경찰서에 3번 아이언을 들고 설치는 무리와 이를 방관하는 경찰을 이해해보려 애썼다. 안덕이라서, 혹은 어르신들이라서. 어떤 것도 설명이 되지 않았다. 이 상황을 설명해 줄 유일한 답이 바로 앞에 있었다. 당숙과 함께라서 그래도 되는 거였다.

"안 사장, 골프채는 좀 내려놔. 연습장에 있는 걸 왜 여기까지 들고 오나. 차근차근 하지."

안 사장이라는 자는 당숙의 말에도 분이 풀리지 않는지 괜히 옆에 있던 화분에 화풀이를 했다. 아이언을 얻어맞은 화분 옆구리가 찢어지며 흙을 토했다.

"이 사람아 적당히 해."

이번에는 다른 사냥개들이 나서서 안 사장을 말렸다.

당숙은 제집처럼 경찰서를 배회했다. 시장 골목에 마실 나온 모양새였다. 사냥개들은 괜히 순찰 일지를 뒤적이거나 보안이 걸린 컴퓨터 자판을 누르는 당숙을 졸졸 뒤따랐다. 당숙이 멈춰선 건 영상 분석실 앞이었다. 옳거니, 하는 표정으로 뒤돌아서더니 족제비 형사에게 물었다.

"이거. 이거 CCTV 분석하는 거지? 뭐 좀 나왔나?"

족제비 형사가 업무 보고를 하듯 앞으로 나섰다.

"마트 직원이 마트 근처에서 배회하는 것만 찍혀 있고요. 그 외에는 지나간 사람이 없습니다. 용의자가 어슬렁거린 뒤에 곧 불이 났고요."

"형님, 볼 거 있습니까? 저 새끼 저거 아가리를 찢어버려야지요!"

안 사장이 다시 흥분했다. 귓불까지 벌겋게 달아오른 것이 당장이라도 취조실을 향해 달려갈 기세였다.

"거 진정 좀 하라니까."

당숙이 족제비 형사 앞으로 걸음을 옮겼다. 형사 쪽이 머리

통 하나는 더 컸지만 어쩐 일인지 당숙 앞에서는 왜소해 보였다.

"마트로 들어가는 입구가 세 군데야. 사무실로 바로 통하는 문이랑 창고 문도 있잖아. 정문에 있는 것만 진짜고 나머지 입구에 있는 CCTV는 모형이야. 윤 사장이 일부러 설치를 안 했지."

"맞습니다, 회장님."

"자네 말대로 마트 직원이 범인이라 치자고. 뻔히 다 보이는 카메라 앞에서 어슬렁거리다 뒷문으로 들어간다? 그 뒤에 사람 손가락을 자르고 불을 지를 것 같은가."

"듣고 보니 그러네요."

"그러네요는 뭐가 그러네요야. 형사 맞아? 이름이 뭔가?"

형사는 당숙의 질문에 합죽이가 됐다.

"이름이 뭐냐니까."

낮은 목소리였다. 협박이었다.

"최경식입니다."

당숙은 생각에 잠겼다. 장롱 속에 숨겨 둔 비상금을 꺼내는 것 같은 얼굴이었다. 잠시 후에 떠올랐다는 듯 손가락을 튕겼다. 딱, 하며 나뭇가지 부러지는 소리가 명쾌했다.

"자네 아버지가 버스 운전하시나?"

형사는 말이 없었다. 그 침묵이 대답을 대신한 셈이었지만 당숙은 만족스럽지 않은 모양이었다. 형사의 구겨진 셔츠를 잡아당겼다. 주름을 펴듯 좌우로, 위아래로. 셔츠가 제 모습을 찾아갈수록 형사의 얼굴이 구겨졌다.

"7번 시내버스 운전하시는 게 자네 아버지 아닌가?"

당숙이 셔츠 깃을 당겼다. 쥐고 흔드는 모양새였다. 젊은 형사의 몸이 앞뒤로 휘청였다. 울대가 왈칵 하는가 싶더니 대답을 토해냈다.

"……맞습니다."

"내 기억해두지."

떨떠름한 형사의 얼굴이 곧 침울해졌다.

"죄송합니다. 회장님."

형사가 휙 돌아서는 당숙의 등 뒤에 대고 말했다.

당숙의 시선은 시곗바늘처럼 주위를 빙 둘렀다. 어디 똑똑한 사람 없나, 싶은 표정이었다. 물도 없이 고구마를 삼킨 것 같던 당숙의 표정은 세휘 앞에서 비로소 피었다.

"그래. 우리 조카. 용의자 한 번 만나볼 텐가? 검사 출신이니까 취조 경험도 있을 거고, 의견이야 다양하면 좋지 뭐. 괜찮은가."

세휘는 반사적으로 고개를 끄덕였다. 당숙의 편을 들고 싶어서가 아니었다. 무뚝뚝하게 열린 동공이 진실을 요구하고 있었다. 숨통을 쥐고 흔드는 질문이었다.

"이쪽이 윤정두 사장 변호사네. 용의자 잠깐 만나보는 건 괜찮지? 정 뭐하면 형사 양반이 배석 좀 해주시고."

족제비 형사가 떨떠름한 표정으로 세휘를 안내했다. 나란히 걸으며 형사는 세휘에게 귓속말을 했다.

"우리 구면이죠. 검사라면서요."

"네. 사칭했어요. 신고하시든지요."

형사가 취조실 문을 벌컥 열었다. 50대의 남자가 송장 같은 얼굴로 의자에 기대 있었다. 살짝 벌린 입술 사이로 입천장이 보였다. 형사가 손에 쥐고 있던 신문으로 용의자의 어깨를 툭툭 쳤다.

"어이 어이. 일어나요."

용의자가 천천히 고개를 내렸다. 눈과 광대 밑으로 광활한 그늘이 졌다.

세휘는 코웃음을 쳤다. 용의자는 60킬로그램을 조금 넘길까 말까 했다. 납치는 고사하고 물통 하나 제대로 들지도 못 할 사람이었다. 족제비 형사가 팔짱을 끼고 그 옆에 앉았다.

"화재 발생 추정 시간대에 마트 근처를 배회하는 게 목격이 됐고, 며칠 전에 휘발유를 구매한 이력도 있어요."

형사가 이력서를 읽듯 말했다. 용의자는 항변이 없었다. 그저 아주 많이 지쳐 보였다. 밤새 심문이 이어졌을 것이다. 형사는 경찰이 근처 주유소를 모두 뒤져 남자의 신원을 확인했다는 말도 덧붙였다. 애썼다. 제대로 썼다면 더 좋았을 것이다.

"뭐 하는 분이에요?"

"마트 직원이요. 윤정두 사장하고 다툼이 있었어요. 임금 체불 문제였고, 그것 때문에 앙심을 품은 거죠. 손가락만 남겨 놓은 것도 경고를 하기 위해서였겠죠. 누구 손가락이냐가 중요한데…… 이놈 연쇄살인범일지도 몰라요. 변태 새끼."

형사의 설명에 용의자가 절레절레 고개를 저었다. 형사는 아랑곳하지 않고 설명을 이었다.

"휴무일에 윤정두 씨가 마트에 나와 있는 걸 아는 사람이 얼마나 되겠어요. 면식범이고, 동기도 분명해요. 휘발유도 가까운 데가 아니라 삼십 분은 더 가야 하는 곳에서 샀어요."

용의자는 원망이 가득한 목소리로 말했다.

"그러니까 몇 번을 말합니까. 거기가 더 싸다니까요."

"아니지. 거긴 휘발유를 살 때도 신분증 검사를 안 해서 그런 거잖아요."

세휘가 형사를 제지했다. 뺨 안쪽을 잘근잘근 씹는 형사의 얼굴에 아쉬움이 스쳤다.

"휘발유는 왜 샀어요?"

세휘가 물었다. 용의자의 시선이 작업화 끝에 머물렀다. 신발코에 젖은 흙이 채 마르지 않았다.

"콤프레샤 때문에요. 농사지으려면 필요해요."

"그날 왜 마트 근처에 있었어요?"

"지나가던 길이었어요. 그런데 이상한 사람을 봐서……"

형사가 그새를 참지 못하고 일어섰다.

"검사님. 부탁하신 거라 자리는 마련했는데 수사까지 하시면 곤란하죠. 그리고 이 사람 범인 맞아요. 딱 촉이 옵니다."

세휘는 한숨을 내쉬며 고개를 들었다.

"촉으로 수사하세요? 사건 담당 검사도 그렇게 알고 있는지 궁금하네요. 내부 진정 넣어봐요? 구속수사는 포기해야 할 텐데요."

형사의 얼굴이 짜증으로 일그러졌다. 세휘는 상관 않고 말을 이었다.

"애먼 사람 취조실에 붙잡아두는 형사라면 교통계 쪽으로 알아보시는 게 어때요. 도와드려요?"

"애먼 사람인지 살인범인지 두고 보자고요."

"그걸 알아보려고 이런 자리도 마련하는 거예요. 알아들었 으면 자리 좀 비켜주시죠."

형사가 거칠게 문을 닫았다. 찬바람이 휙 불었다.

용의자는 형사가 나간 뒤에야 고개를 들었다. 세휘가 마주한 건 차가운 눈이었다. 분노가 만들어낸 것이 아니었다. 공포였 다. 용의자를 감싼 공포가 서늘한 안개가 되어 취조실을 뒤덮 었다.

이 자는 범인이 아니야. 세휘는 한 번 더 확신했다.

"구해주러 간 거였어요."

용의자가 먼저 입을 열었다. 세휘는 형사가 앉아 있던 의자 에 자리를 잡았다.

"누가 마트로 들어가는 걸 봤어요. 오후 여덟 시를 조금 넘겼 을 때였어요."

"누구였어요, 그 사람?"

"얼굴은 못 봤어요. 등을 지고 서 있었어요. 뭐 별일 아니겠 지 싶었는데 한참 가다 보니 수상하더란 말입니다. 휴무일에 마트를 두리번거리고 있으니까요. 도둑인가 싶었죠. 그래서 주유소 다녀오는 길에 다시 마트에 들른 겁니다. 문이 잠겨 있으니까 밖에서 들여다봤죠. 아무도 없더라고요. 그런데 휘발유 냄새가 지독했어요. 안에서 불이 번지길래 달아난 겁니다."

"경찰에도 그렇게 얘기하셨어요?"

"몇 번이나요. 안 믿어요, 이 사람들."

당숙의 지인인 윤정두가 실종된 마당에 경찰이 이 사람의 말을 고이 들어줄 리 없었다. 없는 범인도 만들어낼 판이었다. 용의자는 떨고 있었다. 그 떨림에 맞춰 철제 의자가 덜그럭거렸다. 속에서 울화통이 터졌다. 뭐 하나 제대로 돌아가는 게 없었다. 세휘는 화제를 돌렸다.

"길림마트 직원이시라고요."

"제가 노동부에 진정을 넣었습니다. 벌써 석 달째 임금이 밀렸어요. 그 와중에도 사장은 벤츠를 타고 다니지요. 어떤 사람이냐고요? 쓰레기 같은 놈. 죽어도 싼 놈입니다."

"법정에서도 그렇게 말할래요?"

윤정두의 변호를 맡았다면 눈앞의 노동자는 취조실이 아니라 법정에서 만났어야 할 사람이었다. 편두통 같은 허기와 함께 궁금증이 밀려들었다. 그래서, 누가 그랬단 말인가.

부드러우면서도 단호한 세휘의 어조에 용의자는 금세 침울해졌다.

"그래도 살리려고 그런 겁니다. 그런 놈이라도요."

"나도 그 인간 살려보려고 여기 와서 이 짓거리 하고 있어요. 그러니까 말해보세요. 그날 봤다는 사람, 생각나는 대로 말해봐요."

"덩치가 컸고요. 머리가 수박만 했는데……"

"그런 사람이 한둘인가요. 좀 더 자세한 거 없어요?"

"글쎄요. 아 장갑을 끼고 있었는데. 그게 이 동네에서는 흔한 장갑이라서요. 작업장에서 주로 쓰는 안전장갑이요."

"옷 같은 건 기억 안 나요?"

"여기 사람들 입는 옷이 다 비슷비슷하죠. 등산복이나 낚시 할 때 입는 옷이요."

용의자의 말대로 안덕은 몰개성의 도시였다. 나일론 소재의 기능성 티셔츠, 무릎을 덧댄 등산 바지, 고어텍스 모자. 가판에서 발견할 수 있는 이월 상품을 걸치는 건 안덕에서 정체를 숨기는 가장 쉬운 방법이었다. 방금 지나친 사람을 다시 만나는 일이 다반사였다.

"어때?"

취조실을 나온 세휘에게 당숙이 물었다.

"범인 아니에요."

세휘가 말했다.

"괜히 애먼 사람 잡을 뻔했네. 자 오늘은 이만하자고."

당숙이 함께 온 무리들을 밖으로 몰았다. 다 잡은 범인을 놓친 것 같은 기분인지 사냥개들의 표정이 영 좋지 않았다.

"공무원 양반들이 다 잘 알아들었을 거야. 어여 돌아들 가."

"형님, 같이 안 가십니까?"

"난 우리 조카랑 할 얘기가 좀 있어서. 자네들은 먼저 감세."

안 사장이 돌아서는 길에 다시 한번 화분을 걷어찼다. 위태롭던 화분 옆구리가 비로소 아작이 났다. 흙과 자갈이 쏟아져 내리자 그제야 기분이 좀 풀리는지 독사 같은 미소를 지었다.

당숙이 경찰서에 머무른 건 삼십 분이 채 되지 않았다. 그 짧은 순간 당숙은 경찰서 하나를 장악했다. 순경부터 형사까지 모두의 시선이 당숙을 향했다. 그 중력의 기원이 재력이건 권력이건 기억력이건, 당숙은 가진 것을 자유자재로 활용할 줄 알았다. 법정에서 맞은 편에 앉았다면 귀찮은 상대였을 것이다. 안전핀을 제거한 수류탄을 들고 있는 기분이었다. 활용하기에 따라 자폭을 할 수도, 적을 제거할 수도 있다.

"우리는 좀 조용한 데로 옮길까?"

당숙이 세휘에게 말했다. 바라던 바였다. 묻고 싶은 게 산더미였다.

두 사람은 경찰서 밖에 놓인 벤치에 자리를 잡았다. 비가 내린 지 하루가 지났는데 밑동이 여전히 축축하게 젖어 있었다. 구름이 낮게 드리운 하늘이 갑갑했다. 절로 미간이 찌푸려지는 날씨였다.

"아까 형사가 그러는데. 화재 현장에서 검사 사칭을 했다고. 지금은 검사가 아니잖나?"

"신분증에 그게 적혀있지는 않거든요."

"강단이 있네. 좋아."

당숙은 잊어버릴까 연습장에 몇 번이나 끄적이듯 '강단이 있어.' 하고 중얼거리기를 반복했다.

"아까 같이 온 사람들 봤지? 고등학교 후배들이야. 골프채 들고 설치던 애는 안동철이라고 골프 연습장 사장. 횟집 하는 애도 있고 인력 사무소 하는 애도 있고."

"윤정두 사장은요?"

"윤 사장도 후배지. 어떻게 이런 일이 벌어지나. 방화에 실종 이라니."

"손가락 얘기도 들으셨죠?"

당숙은 보일 듯 말 듯 턱을 까딱였다. 알고는 있지만 말하고 싶지는 않다는 표현이었다. 처진 눈 밑으로 여태껏 보이지 않던 그늘이 졌다.

"아직 시체가 발견 안 됐다뿐이지 사실 살아있을 거라고 생각하지도 않아. 그래서 우리가 화가 난 거지. 형제 같은 놈이 그렇게 됐다고 생각하니."

"고등학교 선후배치고는 너무 친해 보이시는데요."

"동네가 좁아서 그래. 죽이 잘 맞는 것도 있고, 사업도 같이 하고. 이 나이쯤 되면 선후배도 없어. 서로 의지하는 거지."

당숙은 문을 걸어 잠근 것처럼 생각에 빠졌다. 관자놀이를 지나는 혈관이 툭툭 뛰었다. 자라는 것 보다 빠지는 게 더 많을 머리카락이 그 위를 덮었다. 검정으로 염색했지만 새로 나는 머리는 물 빠진 회색이었다. 예순에서 일흔 사이일 거라 짐작할 뿐, 나이를 말하기 어려운 외모였다.

"말이 나와서 말인데."

당숙이 손바닥에 턱을 괴고 말했다. 아까보다 성량이 줄었다. 거의 소곤거리다 싶은 크기였다.

"이 사건, 자네가 한 번 파보실 텐가."

"왜요?"

"해보지. 수완이 있으니까."

"경찰이 맡는 게 낫지 않나요. 저는 수사권도 없고요."

"공무원은 공무원 일을 하는 거고. 자네는 자네대로."

당숙은 허리를 돌려 경찰서를 가리켰다. 3층 건물의 하얀 외벽이 눈사태처럼 두 사람을 굽어봤다.

"이 도적 무리는 호시탐탐 나를 노리거든. 꼬투리 하나 잡으려고 혈안이니 빌미를 주면 안 돼. 나 하나 다치는 게 아니야. 내가 구린 일을 처리해드리는 높은 양반들이 있어. 그분들이 다치면 안 된단 말이야. 저쪽 정보는 받아내고, 우리 정보는 안 주는 거야. 젊고 똑똑한 사람이 하는 게 좋지."

'잡힐 꼬투리가 있으신가 보군요.' 세휘는 그렇게 물으려다 입을 닫았다. 당숙과 그 일당은 실종자의 가족보다 먼저 경찰서에 달려왔다. 고등학교 선후배 사이라는 것 말고 이들을 묶어주는 게 무엇일지 궁금했다. 척추가 차갑게 식는 것 같았다. 안 된다고, 위험하다고 경고하고 있었다. 그래. 자폭용 수류탄일지도 몰라. 세휘는 한발 물러서기로 했다.

"생각 좀 해보고 말씀드릴게요."

당숙은 실망한 표정이 아니었다. 오히려 그렇게 나올 줄 알았다는 듯 곧바로 다음 말을 이어나갔다.

"그러시게. 그리고 이걸 내가 먼저 봐버렸는데."

당숙이 품에서 서류 한 장을 꺼냈다. 봉투 겉면에 이름 석 자가 눈에 들어왔다. 유순남. 엄마의 이름이었다.

"자네 어머니 건강 검진 결과야. 얼마 전까지 우리 공장 식당에서 일하셨잖아. 결과 배송지를 내 사무실로 해두셨나 봐."

건강 검진을 받으라고 말했던 게 기억났다. 몇 달 전의 일이었다. 당숙이 이미 내용을 확인했는지 봉투는 뜯어져 있었다.

"이런 건 제가 먼저 보는 게 맞지 않나요."

"뭐 집안사람인데 어때. 그보다 여기 이 결과 때문에."

당숙은 집안사람이라는 말을 꾹꾹 눌러쓰듯 말했다. 세휘는 결과지를 넘겨받았다. 당숙이 세휘가 읽어야 할 곳을 확인시켜줬다. 몇 개의 단어가 갈고리처럼 날아와 눈에 박혔다.

경도 인지 장애. 기억력 장애. 추가 검사 소견.

"검사도 좀 더 하고 미리미리 치료받으시는 게 좋아. 사실 옆에 있던 사람들은 짐작은 하고 있었지만……"

"치매입니까."

"추가 검사 소견이라니까 확진은 아니야. 자네가 내려와서 다행이네. 어머니도 든든할 거야. 진료비가 문제지. 진행 속도가 빠를 수도 있어. 어떡할 건가? 당장은 수입 들어온 것도 없는 모양이던데."

말문이 막혔다. 생각해보지 않았다. 생각을 하고 싶지 않아서 내려온 고향이었다. 막연히 잘 될 거라 믿었다. 그 믿음이 쌓여서 진실이 되고 그 진실이 뿜어내는 향에 취해 지냈다. 당숙이 내민 진단서는 순식간에 장막을 걷어 냈다. 외면하고 싶던 진실이 그곳에 있었다.

"내 제안은 아직 유효하다네. 전에 말한 거 말이야."

정계 진출 얘기였다. 봄볕이 이마를 내리쬐고 있었다. 세휘는 손차양으로 그늘을 만들었고 당숙은 침잠하듯 땅으로 고개를 처박았다. 당숙의 목소리가 지하에서 올라오는 것 같았다.

"루트가 있어. 바로 중앙으로 진출하기는 쉽지 않아. 지역에서 기반을 다져야지. 이 나이가 되면 빤히 길이 보여. 자네 가슴팍에는 금배지가 하나 보이는데."

농담을 던진 당숙은 세휘의 반응을 기다리며 사람 좋은 웃음을 지었다.

"나는 여기서 생활한 게 있으니 연줄이 있고. 어때? 같이 한번 길을 닦아 볼 텐가."

"왜 이렇게까지 해 주십니까."

"뭐 어때. 집안사람인데."

이번에도 집안사람이라는 말에 유난히 힘이 들어갔다.

당숙이 먼저 자리에서 일어섰다. 현기증이 나는지 잠시 휘청거렸다.

"생각해보고 연락 주게."

당숙이 느릿한 걸음걸이로 멀어졌다. 벤치에 앉아 생각을 정리해야 했다. 손에는 엄마의 건강 검진 결과가 있었고 당숙은 매력적인 제안을 했다. 그 제안을 받아들이자니 윤정두 사건이 맘에 걸렸다.

당숙은 세휘를 가지고 놀고 있었다. 어떤 결정을 내릴지 빤

했다. 그래서 모든 제안을 던진 뒤 건강 검진 결과를 내민 거였다. 수임 들어온 것도 없지 않냐는 말과 함께. 인정하긴 싫지만 당숙의 말대로였다. 엄마 치료비는 생각을 못 했다. 정말 못 한 걸까. 안 했던 건 아닐까. 엄마를 없는 사람 취급했던 건 아니었을까.

집으로 돌아오는 걸음이 무거웠다. 마음이 저만치 앞서 걸었다. 안개가 생명체처럼 도시를 헤집었다. 소금기를 머금은 새하얀 운무였다. 불빛은 산만하게 퍼져 안덕의 곳곳을 찔러댔다.

'윤 사장 실종 사건 알아보겠습니다'

집으로 돌아온 세휘는 곧장 당숙에게 문자를 보냈다. 얼마 지나지 않아 답장이 왔다.

'내일부터 바로'

문자는 건조했다. 매체가 가진 특성이었다. 주종 관계를 확실히 하려는 당숙의 의도일 수도 있었다. 당숙과 조카가 아닌 갑과 을로 둘의 관계를 재정의하는 거였다.

다시 한번 문자가 울렸다.

'병원비'

병원비? 의아해하던 찰나, 은행 입금 문자가 왔다.

당숙의 이름이었다. 거절하기엔 무안한, 그러면서도 당장 급한 일에 요긴하게 쓸 수 있을 정도의 액수였다. 돈으로 사람을 다루는 데 익숙한 부류였다.

'고맙습니다'

문자를 보낸 세휘는 화면을 응시했다. 더는 답이 없었다.

침대에 누워 생각을 정리하고 있는데 신경질적으로 문이 열렸다. 엄마였다.

"집에 왔으면서 씻지도 않고 전화기나 보고 있니? 넌."

엄마는 마흔이 넘은 딸을 어른 취급하는 일이 없었다. 견고한 성을 침략하듯이 벌컥 문을 열어젖혔다. 세휘의 항변은 공허했고 그래서 무기력했다. 지는 싸움이었다. 그렇게 설계된 집구석이었다. 엄마와 세휘를 중재하는 건 아빠의 몫이었다. 그 아빠는 지금 잿가루가 되어 무덤 속에 있다.

세휘는 반항하듯 폰을 툭 집어 던지며 말했다.

"당숙 일 좀 도와드리기로 했어."

엄마는 무슨 일인지 묻지 않았다. 그저 당숙이라는 말이 좋은 모양인지 금세 아이처럼 즐거워하는 얼굴이 됐다.

"잘 됐다 잘 됐어. 아이고 그것참 잘 됐다."

세휘는 할 말을 잊었다. 경도 인지 장애. 기억력 장애. 책상에 놓여 있던 검사 결과지가 떠올랐다.

"밥은 먹었니?"

"아니 아직."

"수민이도 아직 안 먹었대. 밥통에 밥 있으니까 차려 먹어."

엄마는 문을 열어 놓은 채로 돌아섰다. 세휘는 서랍 깊숙한 곳에 검사지를 숨겼다. 창밖으로 운무가 넘실대는 안덕의 풍경이 눈에 들어왔다. 죽은 듯 고요하지만 내일 아침이 되면 다시 혀를 날름거리듯 펄떡일 공간이었다. 세휘도 그래야 했다.

왜. 어떻게. 도대체 누가. 윤정두 사장을 납치했는지 알아내야
했다.

세휘는 냉장고에서 손에 잡히는 대로 밑반찬을 집어냈다. 숙
주나물과 시금치, 김과 간장, 김치가 전부였다.

"수민아 밥 먹어."

아들은 게임을 하는 모양인지 답이 없었다. 세휘는 밥통을
열었다. 하얀 쌀에 손바닥 두께로 물이 찰랑거렸다. 엄마가 취
사 버튼 누르는 걸 잊은 거였다.

그래. 경도 인지 장애, 기억력 장애.

원망과 연민이 동시에 차올랐다. 엄마는 연속극에 정신이 팔
렸다. 화풀이는 애꿎은 밥통에 했다. 쌀물에 작은 파도가 일었
다. 그 물에 익사할 것 같았다.

"임펠러 스프레이 문제네. 몽키 가져와."

노용기의 말에 바하두르는 큰 눈을 껌뻑였다. 무슨 말인지
못 알아들은 눈치였다.

"뭐하냐. 몽키 가져오라니까."

바하두르가 가져온 건 드라이버였다. 용기는 건네받은 드라
이버를 한참 쳐다봤다. 한 뼘도 되지 않는 크기의 앙증맞은 드
라이버였다.

"이건 드라이버고. 그 옆에 있는 거. 그렇지. 그거."

바하두르가 비로소 알겠다는 듯 연신 고개를 끄덕였다. 드라
이버. 몽키. 드라이버. 몽키. 몽키 스패너.

땀이 흘렀다. 작업복이 축축했다. 통기가 되지 않는 재질이었다. 위아래가 하나로 이어진 점프 슈트였는데 몇 해 전 작업 중에 떨어뜨린 인두에 옆구리를 심하게 데인 후로는 반드시 착용하고 있었다.

바하두르는 무릎을 모으고 앉아 용기의 작업을 지켜보고 있었다. 네팔에서 온 이 청년은 호기심이 많았다. 지적 수준이 호기심을 따라준다면 아쉬울 게 없을 뻔했다. 지나고 나면 잊어버리기 일쑤였다. 언젠가 네팔로 돌아가면 가전 수리 상가를 차리고 싶다는 말에, 용기는 그러려면 십 년은 내 밑에서 일해야 할 거라고 대답해주었다. 아직 구 년이 남았다.

렌치로 튜브를 죄고 전원을 올렸다. 벌류트 펌프가 기침 소리를 내더니 곧 시커먼 매연을 뿜었다.

"수리 끝!"

용기의 말에 바하두르가 박수를 쳤다.

곧 농번기였다. 수리해야 할 펌프가 다섯 개 더 남았다. 가망이 보이지 않는 냉장고는 해체해서 고물로 팔아야 했다. 막 도착한 1톤 트럭에는 세탁기 하나와 선풍기도 실려 있었다. 모두 오늘 끝내야 하는 작업이었다.

용기는 고등학교를 마치고 바로 고물상을 차렸다. 안덕에서만 이십 년째였다. 처음엔 고장 난 가전제품이나 박스를 수거해 되팔았다. 공장지대인 덕에 수입이 쏠쏠했다. 박스와 폐자재가 쏟아졌다. 리어카가 트럭이 되고, 트럭 한 대가 세 대로 늘었다. 작은 고물상이 곧 대형 재활용센터가 됐다. 지천으로 널린 게 땅이었다. 그 땅에 고물을 쌓았다. 남들 눈엔 쓰레기였지만 용기에겐 금싸라기로 보였다.

정말 그랬다. 자고 일어나면 돈이 모였다. 저축에는 관심이 없었다. 즐기고 싶은 나이였다. 좋은 옷에 눈이 갔다. 좋은 음식, 좋은 집, 좋은 차. 수시로 근교 대도시로 나갔다. 술에 취해 지폐를 뿌렸다. 헐벗은 암컷이 가슴을 흔들며 춤을 췄다.

더 많은 돈을 벌고 싶었다. 고철에 둘러싸여 청춘을 보내고 있었지만 용기의 눈은 더 먼 곳을 향해 있었다. 멀끔한 양복 차림으로 일하는 직업이 갖고 싶었다. 대학생들의 하얗고 가는 손가락이 부러웠다. 서른을 앞두고 있었고, 조바심이 났다.

섣불리 사업을 확장한 게 실수였다. 고물상 말고는 손대는 일마다 실패였다. 치킨 프랜차이즈가 그랬고, 중고차 매매가 그랬다. 야심 차게 문을 연 모텔은 시작한 지 육 개월 만에 폐업 절차를 밟았다. 안덕까지 내려와 떡을 칠 인간은 없었다. 중국발 경제 위기도 한몫을 했다. 고물상 주인이 외교 정세까지 읽어야 할 줄 알았을까. 안덕이 몰락하며 고물 사업도 성장세가 꺾였다. 직원들을 내보내고 나니 외국인 노동자 세 명만 곁을 지키고 있었다.

남은 건 기술뿐이었다. 하얀 펜대 같은 손을 가진 친구들이 픽픽 쓰러질 때도 용기의 두터운 손은 꺾이지 않았다. 초심으로 돌아갔다. 선풍기, 세탁기, 컴퓨터, 청소기, 냉장고, 에어컨까지 건드리지 않은 게 없었다. 펌프는 손이 모자랄 정도로 주문이 쇄도했다. 일거리가 밀려들어도 한창 잘 나갈 때와 비교

하면 푼돈 수준이었다. 직원 월급이 빠져나가면 통장에 남는 건 얼마 되지 않았다. 마흔 줄에 접어든 지금, 그래도 그 사실이 다행이라고 여겼다. 어떻게든 지켜온 일터였다. 다만 시커먼 막막함이 밀려들 때가 있었다. 언제까지 이렇게 살 수 있을까. 한 번도 맛을 보지 않았다면 모를까 한 번 맛본 성공의 달콤함을 잊기는 힘들었다. 안덕의 공장이 힘찬 소음을 낼 때까지 그저 내색하지 않고 버티는 수밖에 없었다.

용기는 다음 펌프를 선반으로 들어 올렸다. 바하두르가 옆에서 함께 힘을 썼다. 장정 둘이 달라붙는데도 어지간히 무거운 게 아니었다. 절로 곡소리가 났다. 펌프를 올려놓으니 선반이 삐걱거렸다.

"여기 못 질 좀 해라."

용기가 선반 다리를 가리키며 말했다. 바하두르는 이번에도 고개를 갸웃거렸다.

"못! 못! 못 박으라고!"

망치질하는 시늉을 했다. 바하두르가 냉큼 망치를 가져왔다. 직접 박을 생각은 없는 모양이었다. 용기는 고개를 저었다.

"노용기 많이 컸네. 사람도 쓰고."

등 뒤에서 여자 목소리가 났다. 용기는 소리 나는 쪽으로 고개를 돌렸다. 중년의 여성이 보였다. 짧은 머리에 차가운 인상이었다. 용기의 기억은 브레이크를 밟은 트럭처럼 삼십 년 전으로 돌아갔다 튕겨 나왔다.

"세휘 누나? 누나 맞아?"

"오랜만이다 우리 용기."

용기는 망치를 내려놓았다. 기름때가 묻은 작업복은 생각도 않고 덥석 손을 잡았다. 세휘도 개의치 않았다. 손을 맞잡는 순간 용기의 기억은 수십 년 전으로 돌아갔다. 안덕에 공장이 막 들어서기 시작한 즈음이었다.

국민주택이라 불리는 주택 단지에는 아이들이 그득했다. 지방 거점 계획 단지였다. 비슷한 연령대의 부부가 비슷한 연령대의 아이들을 데리고 터를 잡았다. 주택 단지는 인쇄기로 찍은 것처럼 비슷해 보였다. 단층 구조에 작은 마당, 방 세 개에 화장실 하나, 마당에는 연탄 창고와 장독대가 있었다. 학교가 끝나면 책가방을 던져 놓은 아이들이 몰려나왔다. 숨바꼭질이건 술래잡기건 말뚝박기건 아이들은 뭐라도 하며 골목에서 시간을 죽였다. 집은 좁고 더러웠다. 골목은 현실에서 탈출한 아이들의 아지트였다.

용기에게는 누나가 없었고 세휘에게는 동생이 없었다. 주로 나쁜 쪽으로 죽이 잘 맞는 관계였다. 용기가 토크 렌치를 구해 온 날에도 도깨비 같은 두 아이는 못된 장난을 떠올렸다.

"이거 어디에 쓰는 거지."

용기가 물었다. 세휘는 기술 수업 시간에 배운 걸 그대로 읊었다.

"나사 풀 때 쓰는 거야."

"나사? 드라이버로 푸는 거 아니야?"

"큰 거 있어. 음, 예를 들면 저런 거."

세휘가 가리킨 건 트럭이었다. 용기는 렌치를 들고 트럭을 쳐다봤다. 트럭의 어디에 이걸 꽂아야 나사가 풀리나 고민하는 눈치였다.

"한 번 해볼까?"

용기는 세휘의 손에 들린 렌치를 한참 쳐다봤다. 대답을 기다리던 세휘가 앞장섰다.

"누나. 잠깐만."

세휘는 이미 볼트에 렌치를 끼운 뒤였다. 하지만 열 살 남짓한 아이들이 쉽게 타이어 볼트를 풀 수는 없었다. 힘을 쓰고 체중을 실어 봐도 꿈쩍하지 않았다. 고민하던 세휘가 토크 렌치를 타이어에 걸고 용기에게 말했다.

"뛰어와서 밟아."

용기가 시키는 대로 했다. 빡빡하던 이음새가 턱, 하고 풀어졌다. 그 순간이 좋았다. 무장을 해제하는 것처럼 정복욕이 솟았다. 맥없이 늘어진 타이어를 구경하고 싶었다. 둘은 온종일 렌치를 들고 보이는 대로 타이어 볼트를 풀어 버렸다. 왜 그랬는지는 지금도 알 수 없다. 잠긴 곳을 보면 열고 싶고, 묶인 것은 풀고 싶은 나이였다고 변명을 해본다. 세상은 모르는 것투성이였고, 그 호기심을 해결하는 건 어린이의 본분이라 여겼다. 토끼굴만 봐도 작은 심장이 콩닥대던 나이였다. 그 버거운 호기심이 어떤 결과를 가져올지, 당시에는 알지 못했다.

동네에 난리가 난 건 당연했다. 범인을 찾겠다고 동네 청년들이 나섰지만 돌아가지도 않는 머리에 열만 올릴 뿐이었다.

읍에 하나 있던 카센터만 노가 났다. 세휘는 용기에게 입단속을 시켰다. 세휘가 아니었더라도 입 하나 벙긋할 생각이 없었다.

그 난리통에도 꼭 소외되는 사람은 있기 마련이었다. 막걸리를 즐겨 마시던 쌀집 아저씨가 그랬다. 쌀집 아저씨는 읍내에서 쌀가게를 했는데 가게가 끝나면 항상 막걸리 한 대접을 담아 집으로 돌아왔다. 동네 사람들은 쌀집 아저씨가 털이 많아서 옷을 안 입어도 추위를 못 느낀다고 했다. 사람들 말대로 쌀집 아저씨 가슴과 어깨에는 수세미 같은 털이 듬성듬성 자랐다. 겨울에도 러닝셔츠에 얇은 점퍼 하나만 걸치고 배달을 나가곤 했다.

세휘와 용기가 눈에 띄는 대로 타이어 볼트를 다 풀어버린 다음 날도 쌀집 아저씨는 트럭에 쌀 열댓 포대를 실었다. 하나에 이십 킬로그램이 나가는 포대를 양어깨에 걸쳤다. 미식축구 선수처럼 두툼한 승모근 위로 김이 피었다. 한 번 나선 김에 동네 배달을 마치고 일찍 집으로 와 막걸리를 마실 생각이었다. 마누라가 수육을 해놓고 기다리겠다고 했다. 쌀집 아저씨는 부드럽게 엑셀을 밟았다. 평소보다 차가 좀 덜컹거렸지만 쌀 포대가 묵직해서 그런 거겠거니 했다. 저걸 다 팔고 돌아오면 지갑도 제법 두둑해질 것 같았다.

사건이 터진 건 용기의 등굣길에서였다. 용기의 등굣길에 사건이 터졌다. 쌀집 아저씨의 트럭이 뒤에서 다가왔다. 시멘트를 발라 놓은 직선 도로였다. 속도를 높여도 좋은 곳이었고, 쌀집 아저씨는 기어를 2단에서 3단으로 올렸다.

김수희의 남행열차가 창문을 벗어난 새처럼 안덕에 울렸다. 비 내리는 호남선 남행열차에 흔들리는 차창 너머로. 쌀집 아저씨는 핸들을 드럼 삼아 노래를 따라 불렀다. 커다란 덩치만큼 목청도 우렁찼다.

기분 좋게 흥얼거리던 노래가 비명으로 바뀐 건 순식간이었다. 볼트가 튕겨 나가자 트럭이 절름발이처럼 기울었다. 쇠를 긁는 소음과 함께 성난 말벌처럼 불꽃이 튀었다. 핸들을 돌려봐도 소용이 없었다. 통제를 벗어난 트럭은 삽시간에 중앙선을 넘었다. 짧게 내지르던 비명, 이 세계의 언어가 아닌 것 같은 포효, 용기는 두꺼비처럼 부푼 눈으로 그 광경을 목격했다. 쌀집 아저씨가 브레이크를 밟았다. 안전벨트가 팽팽하게 당겨지고 쌀집 아저씨의 두툼한 목에 같은 핏발이 섰다. 트럭이 회전했다. 타이어 자국은 시계 방향으로 원을 그렸다. 고무 타는 냄새가 아득했다.

트럭은 도랑을 건너 둔덕을 기어올랐다. 거름이 탄피처럼 튀었고, 트럭은 공중으로 날았다. 두어 바퀴를 돌아 바닥으로 내려왔을 땐 머리를 쥐어뜯은 듯 처참한 모습이었다.

용기의 손바닥은 땀으로 홍건했다. 짜증이 와락 밀려왔다. 숨고 싶었다. 전봇대 뒤로, 비닐하우스 안으로, 안덕이 아닌 어느 곳으로, 현실이 아닌 곳으로 달아나고 싶었다.

쌀집 아저씨가 뒤집힌 트럭에서 기어 나왔다. 얼굴 절반이 갈려 있었다. 열린 구멍으로 붉은 핏물이 쏟아졌다. 갑작스러운 소란에 동네 사람들이 달려 나왔다. 부상자를 다루는 법은 농사 교본에 나와 있지 않았다. 제사상에 올릴 돼지를 다루듯 쌀집 아저씨를 거칠게 일으켰다. 청년회장이 쌀집 아저씨를 차에 싣고 사라졌다. 용기는 등교 시간이 지난 것도 모르고 그 자리를 지켰다. 믹서에 갈아버린 듯한 트럭과 도로에 길게 깔린 핏자국이 생경했다. 눈 앞에 펼쳐진 광경이 브라운관 속의 일처럼 느껴졌다. 전파가 부유하다 덜컥 덫에 걸려 이 끔찍한 광경을 생중계하는 것 같았다.

현실을 직시한 건 그 이후였다. 사고를 겪은 아저씨는 퇴원한 뒤에는 쌀 포대 하나도 제대로 들지 못했다. 부인과 아들이 야반도주했다는 건 나중에 전해 들었다. 가방에 옷가지를 쓸어 담고 아들의 손을 잡아끌던 부인은 무슨 생각을 했을까. 이 사건을 일으킨 원흉을 원망했을까.

용기는 동이 트는 푸르스름한 산자락을 따라 걸었을 모자의 모습을 떠올릴 때마다 명치를 갈고리로 찍는 듯한 죄책감을 느꼈다.

쌀집 아저씨는 퇴원 후에도 쌀집을 계속했다. 전보다 느리고 약해 보였다. 용기를 만날 때면 반쯤 갈린 얼굴에 흉터가 가득한 얼굴로 억지로 웃음을 지어줬다. 용기가 대답 없이 서 있으면, 아저씨는 포댓자루를 들고 돌아섰다. 어눌한 말투로 운전을 조심하라는 조언도 잊지 않았다.

"조향력을 잃어버려서 그래."

용기가 죄책감에 세휘를 찾았던 날, 세휘는 그렇게 말해주었다. 무슨 소리인지는 몰랐지만 네 탓이 아니라고 말해주는 것 같았다. 그래. 조향력 때문이구나. 내 잘못이 아니야. 렌치 때문도, 타이어 때문도. 죄책감 같은 건 느낄 필요가 없는 거였어.

중학생이 된 후에 둘은 각자의 인생이 있다는 걸 깨달았다. 2차 성징이 알려준 교훈이기도 했다. 용기는 몸을 쓰는 쪽에, 세휘는 머리를 쓰는 데 자질이 있었다. 졸업식 날 1학년 무리에 섞여 있던 용기는 졸업자 대표로 상을 받는 세휘를 볼 수 있었다. 세휘의 이름이 크게 박힌 현수막이 걸렸다. 동네에 잔치가 열렸다. 동네 사람들이 모두 모인 자리였다. 세휘의 엄마가 딸 자랑에 힘을 쏟는 동안 세휘와 용기는 쌀집 아저씨가 불편한 몸으로 막걸리를 마시는 모습을 말없이 바라봤다.

바하두르가 못질하는 소리에 퍼뜩 정신이 들었다. 수십 년의 시간을 뛰어넘은 세휘가 눈앞에 있었다. 쇠를 가는 소리가 오후를 덮어버린 안덕이었다. 용기가 물었다.

"놀러 온 거야?"

"아니. 사무실 차렸어."

세휘가 명함을 건넸다. 용기는 탐조등으로 훑는 듯한 시선으로 세휘를 봤다. 이 동네에서? 변호사? 라고 묻는 것 같았다.

"당장 변호사 일을 하는 건 아니고. 누구 도와드리고 있어."

세휘는 괜한 항변을 했고, 용기는 그런 거야 아무 상관없다는 듯 아랫입술을 삐죽 내밀었다.

벽시계가 한 시를 가리키고 있었다. 늘 십 분 늦게 달리는 시계였다. 세상 기계는 다 고치는 용기였지만 시계만큼은 어찌지를 못했다.

"밥때 됐네. 먹고 갈래?"

"근처에 식당이 있어?"

"우리는 여기서 다 해 먹지. 나가서 못 먹어. 바빠서. 어이 바하두르."

용기가 바하두르를 불렀다. 바하두르는 큰 눈을 이리저리 굴리며 뛰어왔다.

"밥 먹자. 냉장고에서 김치 좀 꺼내고, 생선도 하나 구워. 아니다. 세 마리 구워."

용기가 얼른 움직이라고 바하두르의 등을 때렸다. 젖은 등에 손바닥이 착 달라붙었다. 용기는 파라솔을 펼치고 맥주를 꺼냈다. 드럼통이 식탁 대신이었다. 고철 천지인데도 묘하게 편안한 풍경이었다. 조경으로 심은 눈향나무가 홑이불처럼 바스락거렸다.

"같이 일하는 사람들은 다 외국인이야?"

세휘가 물었다.

"지금은 쟤 하나야. 여기 외국인 아니면 못 써. 그나마 오래 일하는 애들도 얼마 없고. 다 수도권으로 넘어가는 중이라서. 안덕 상황 알잖아."

공장이건 재활용센터건 상황은 비슷할 거였다. 베트남, 우즈베키스탄, 캄보디아, 네팔 등지에서 온 사람들이 노동력을 담당하고 있었지만, 그마저 사업이 축소되며 이탈이 심화하는 중이었다.

"얼마 전에 캄보디아 애 하나 있었는데 공장 들어갔어. 여기보다는 공장이 일하기 좋지. 하는 일만 하면 되거든."

"저쪽은?"

세휘가 프라이팬에 구운 삼치를 들고나오던 바하두르를 가리켰다.

"여기가 좋대. 이런 기술이 네팔 가서 써먹기엔 더 좋다고. 그리고 내가 좀 괜찮은 사장이거든."

"누가 뭐라니. 다른 애들은 안 만나?"

"같이 놀던 애들은 다 서울 갔지. 누나처럼."

바하두르가 드럼통 위에 프라이팬을 내려놓았다. 레스토랑 웨이터처럼 조심스러운 동작이었다.

"너도 같이 먹어."

용기의 말이 끝나기도 전에 바하두르는 밥 한 숟가락을 퍼넣고 있었다. 세휘도 수저를 들었다.

"누나 남편하고 따로 산다며. 애는?"

"소문 빠르네. 수민이 같이 내려왔지. 너는 아직 결혼도 안 했지? 만나는 사람은 있고?"

"그럴 틈이 있나."

용기는 보란 듯 작업복을 툭툭 털었다. 기름때가 그간의 시간을 말해주고 있었다. 용기는 입에 밥을 한 무더기 넣은 채로 말했다.

"누나 그런데 뭐 필요한 거 없어? 내가 도와줄 거라든지."

삼치 배를 가르던 세휘의 젓가락이 멈칫했다. 노용기는 삼치

와 젓가락 사이를 흐르는 동요를 놓치지 않았다. 지금이야 재활용센터를 운영하는 입장이지만 사업을 하며 이 바닥 저 바닥을 구른 노용기였다. 말 한마디를 할 때도 조심할 줄을 알았다. 필요한 거 있어? 라고 묻는다면 상대는 거리감을 느끼기 마련이었다. 노용기는 필요한 거 없냐고 물었다. 진짜 도와주고 싶다는 의미였다.

세휘가 생선을 뼈째 씹었다. 용기가 맥주를 들었다. 칙, 하고 김빠지는 소리가 경쾌했다.

"건배."

용기가 말했다. 알루미늄 캔이 부딪히며 거품이 일었다. 용기는 한입에 맥주를 들이켰다. 세휘는 입으로 가져가던 캔을 내려놓았다.

"요새 동네에 사건 있었지?"

"손가락?"

"응."

세휘가 대답했다. 용기도 소문으로 들은 얘기였다. 아는 사람들의 입에서 입으로 전해지는 이야기였고 아직은 쉬쉬하는 분위기였다. 이 바닥에 있으면 못 듣는 소식이 없었다. 다만 세휘가 사건에 관심을 갖는 게 의아했다. 용기가 아는 한 윤정두 사장과 세휘는 관련이 없었다. 작가나 기자라면 모를까, 변호사가 이런 일에 관심을 가질 만큼 한가하지는 않을 거였다.

"우리도 전해 듣는 이야기지 뭐. 누나 돕는다는 일이 그거야?"

"응. 혹시 아는 거 있으면 알려줄 수 있니."

"누가 부탁한 건데?"

세휘의 젓가락이 다시 한번 멈칫했고, 용기는 애써 답을 기다리지 않았다.

"그래 뭐. 듣는 얘기 있으면 알아볼게. 바하두르도 도움이 될 거야. 이 동네 외국인 애들끼리 모여 살거든."

"너무 많이 소문나면 안 돼."

"알았어. 우리야 이런 일 하다 보면 이런저런 얘기 들으니까. 그리고 애도 입 무거워."

바하두르는 두 사람 사이에 오가는 얘기를 아는지 모르는지 그저 총각김치를 입 깊숙이 밀어 넣었다. 세휘와 눈이 마주치자 싱긋 웃었다.

휠을 돌릴 때마다 화면이 위아래로 요동쳤다. 선거를 앞둔 여야 판세 분석 기사였지만 여백은 광고판이었다. 비키니, 탈모, 남성 수술, 성인 여드름, 비트코인, 간호 학원 광고가 순식간에 나타났다 사라졌다. 한병주는 남성 수술 광고를 클릭했다. 조루, 참지 마세요. 비뇨기과 소개 기사가 떴다. 돈을 받고 써 준 기사였다. 온라인 파트 인턴 기자가 병원에서 써 온 기사를 그대로 올리는 경우다. 병원은 제약회사 영업 사원에게 초고를 주문했을 것이고, 결국 기사를 쓴 건 제약회사 경리 직원인 셈이다. 한병주는 X 버튼을 눌러 창을 닫았다.

지방지, 그것도 인터넷 신문사였다. 하는 일이라고는 지역

거점 회사들의 입맛에 맞는 기사를 물어 오거나 우라까이*를 하는 게 전부였다. 연합사에서 던져준 기사를 잘라 붙인다. 조사를 바꾸고 형용사를 덧붙인다. 내키면 서비스로 부사도 몇 개 첨가한다. 끝. 실시간 검색어를 참고하는 경우도 있었다. 이럴 때면 몇 년 전 기사까지 불러와야 했다. 가십거리가 터지면 오 년 십 년 전 일을 어제 벌어진 일인 것처럼 재점화시켜 클릭 수를 늘리는 것이다. 클릭 하나가 돈이었고, 그게 기자 연봉이 됐다. 자극적인 기사는 돈이었다. 페이지뷰를 얼마나 높이는지가 기자의 가치를 증명하는 시대였다.

한병주는, 뭐 이런 시대가 된 것이 당연하지 않나 하고 생각하는 쪽이었다. 비디오 스타가 라디오 스타를 죽인다며 노래를 부르던 건 40년 전의 일이었다. 더 강한 자극이 필요했다. 독자에게도, 한병주에게도. 예나 지금이나 독자는 뉴스에 중독되기 마련이었다.

한병주에게 길림마트 사건은 놓칠 수 없는 소재였다. 화재 현장에서 마트 사장이 실종됐다. 구린 냄새가 가득했다. 안덕이 들썩여야 하는데도 이상하리만치 동요가 없었다. 경찰이나 관계자들이 사건을 숨기려 애쓰는 게 분명했다. 더 접근해야 했다. 가드를 뚫고 심장을 움켜쥐어야 했다.

이대로 묻을 사건이 아니라는 것만은 분명했다. 화재 현장을 목격하고 돌아온 날, 한병주는 편집국장에게 말했다.

---

* 다른 기자가 작성한 기사를 적당히 바꾸어 자신의 기사로 만드는 행위.

"이거 제가 맡을랍니다."

편집국장은 기자 생활 30년 차로, 중앙지에서 활동하다 십년 전 안덕에 자리를 잡은 인물이었다. 안덕의 부흥과 함께 자신의 인생도 활짝 필 거라 기대했었다. 그러니 안덕의 몰락이 편집국장의 인생에도 영향을 미친 건 당연한 결과였다. 편집국장은 출근 후 지역 인사와 안부 전화를 주고받는 일에 반나절을 보냈다. 나머지 절반은 화초를 가꾸는 데 할애했다. 분무기로 난초 잎을 닦던 편집국장은 한병주의 말에 귀찮은 티를 팍팍 드러냈다.

"정치 기사나 써. 곧 지방선거잖아. 재미없어 그거. 토막 기사 하나면 충분해."

"재미있게 만들어야죠. 이거 전국구 급입니다."

"전국구인지는 한 기자가 판단하나? 중앙지 출신이다 이거야?"

"국장님, 중앙지 얘기는 왜 하십니까."

"지금 한 기자 하는 모양새가 그렇잖아. 지방지면 지방지답게 가자고."

좌천으로 중앙지 계열사인 안덕일보에 배치된 한병주에게 중앙지 출신이라는 타이틀은 불편한 역사였다. 국장은 좌천당한 주제에 중앙지 출신이라는 걸 내세우는 거냐고 묻는 거였다.

"이게 느낌이 심상치 않다니까요. 겉으로만 화재 사건이지 뭔가 있어요."

"느낌으로 장사하나 이 사람…… 부고 내고, 결혼식 광고 내고, 지역 축제에 선거에 지금 중요한 게 한두 개가 아니라니까."

"국장님!"

"지역 사람들, 우울한 거에 관심 없어. 신문 팔아야지. 지난달 페이지뷰 봤어? 제목만 보고 클릭 안 한 기사가 수두룩해."

"제가 이거 제대로 섹시하게 만들어 본다니까요."

"화재 사건이 뭐가 섹시하다 그래. 아직 확실한 것도 없다며."

"뭔가 있다니까요."

국장은 길게 한숨을 쉬며 의자를 뒤로 뺐다. 벨트를 덮은 아랫배가 출렁거렸다. 안경코 아래 손을 집어넣어 기름기를 닦아내던 국장이 말했다. 어쩔 수 없다는 표정이었다.

"기자가 자존심만 갖고 어떻게 사나. 좋아. 한 번 파 봐. 그런데 이거 메인 아니야. 다른 기사 쓰면서 알아보는 거다."

한병주는 힘차게 고개를 끄덕였고, 국장은 엇나간 선택을 한 자식을 지켜보듯 고개를 절레절레 흔들었다.

"경찰 쪽에서 들은 건데, 이 사건에 관심을 가진 변호사가 있어. 여기 출신."

"그래요? 변호사가 왜 나서지. 윤 사장이랑은 무슨 사이래요?"

"변호사니까 변호하겠지. 장정호 회장 알아? 범죄예방위원회장 있잖아. 그 사람 조카야. 윤정두 사장은 장정호 회장 측근이고. 길림마트 소송 걸렸다며. 변호사 쪽에서 뭔가 알지도 모르니까 연락해보고."

국장은 여드름을 짜내듯 손톱으로 책상을 긁었다. 생각에 잠길 때 하는 행동이었다. 편백나무로 만든 책상 한 군데만 하얗게 색이 일어난 이유였다. 둘 중 하나였다. 좋은 취잿거리가 있거나 혼이 날 채비를 해야 하거나. 국장이 은밀한 얘기를 하듯 턱을 낮췄다. 한병주는 허리를 숙여 귀를 갖다 댔다.

"그리고 이거 아직 경찰 내부 이야긴데. 윤 사장 실종이야. 현장에서 손가락 하나 발견됐고."

이 바닥에서 십 년을 구른 국장의 취재력이었다. 차가운 구슬이 등줄기를 타고 흐르는 것 같았다.

"거봐요. 제가 뭔가 있다 그랬잖습니까. 경찰 수사 상황은 어떻답니까?"

"내가 다 떠먹여 주랴. 한 기자가 알아봐야지. 진짜 할 수 있어?"

"못 할 건 또 뭐래요."

"경찰에서 쉬쉬하는 분위기야. 확실하게 파악하기 전까지 기사 내지 마. 목줄 쥔 다음에 터트리는 거야. 그래야 흐지부지 안 돼. 나 골프 치러 간다."

국장이 몸을 일으켰다. 양쪽 팔걸이가 국장의 몸무게를 지탱하느라 열심이었다. 옷걸이에서 외투를 집어 걸친 국장은 뒤도 돌아보지 않고 사무실을 나섰다.

국장이 일어난 자리에 명함 하나가 놓여 있었다.

조세휘. 변호사. 기업, 민사 소송 전문. 안덕 시장 3길 27 경희빌딩 3층.

문이 닫혔다. 문에 달린 종이 고양이 방울처럼 딸랑 하고 울었다.

세휘는 불을 켜지 않았다. 창밖으로 볕이 쏟아졌다. 그게 맘에 들지 않아 블라인드로 창을 가렸다. 어둠이 좋았다. 그쪽이 더 익숙했다. 오랜 시간 야근에 익숙해진 탓이었다.

노용기가 점심부터 맥주를 내놓은 바람에 술 생각이 간절했다. 세휘는 소파에 목을 얹고 천장을 바라봤다. 말끔한 천장이 빙빙 돌았다.

안덕 토박이에 세휘와 친분도 있는 사이니 길림마트 사건에 대해 얻어낼 게 있지 않을까 싶어 찾아간 거였다. 성과는 없었다. 아는 게 있으면 알려준다는 약속이 전부였다. 당숙의 부탁으로 사건을 조사 중이라는 건 말하지 않았다. 일단은 숨기는 게 좋겠다 싶었고, 그게 괜한 의심을 키운 건 아닐지 걱정이었다.

입이 바싹 말랐다. 탁상 위에는 온더록스 잔이 놓여 있었고 그 안에 얼음이 맹렬히 녹고 있었다. 세휘의 손이 몇 번이나 냉장고를 향했다. 차가운 위스키가 숨 쉬고 있는 곳이었다. 발렌타인, 로열살루트, 조니워커, 레미마틴, 헤네시. 서울에서 하나씩 구입해 안덕까지 가져온 것들이었다. 헤네시는 바닥을 보이는 중이었고 레미마틴은 라벨이 위치한 곳까지 비웠다. 딱

한 모금이면 고도수의 알코올이 불안과 긴장을 증발시켜줄 거였다. 떨리는 손도 어지러운 머리도 진정되겠지. 하지만 아직은 그러면 안 되는 시간이었다. 한 모금만 입에 댔다가는 술이 자신을 삼켜버릴 거라는 걸 알고 있었다. 세휘는 아무것도 없는 어금니를 씹었다. 까끌까끌한 감촉이 허공을 감쌌다.

세휘는 로열살루트를 꺼내 라벨을 손톱으로 살살 벗겨냈다. 손을 움직여야 잡생각이 들지 않았다. 본드 자국이 남지 않도록 끄트머리를 긁고 있으면 세상에 중요한 일이라고는 말끔히 누드가 된 병을 마주하는 것밖에 없는 양 집중할 수 있었다.

그 사이 박성동은 수화기 너머로 열변을 토하는 중이었다. 세휘는 반쯤은 딴생각을 하며 성동의 말을 흘려들었다. 잔에 담긴 얼음이 딸깍 소리를 내며 미끄러졌다. 잔에 맺힌 물방울을 쓸어내렸다. 손가락 끝이 순식간에 차갑게 식었다.

"그런 거 맡지 말라니까. 무슨 변호사가 실종 사건을 조사해."

성동이 뱉은 단어 몇 개의 단어가 귀에 박혔다. 실종. 사건. 조사. 당장 집중해야 하는 과제였다. 라벨을 벗기는 게 아니라. 세휘는 술병을 냉장고에 집어넣으며 대답했다.

"정계 진출할 수 있다잖아. 네 말대로 이 동네에선 연줄만 만들면 되겠더라고. 어차피 여긴 보수 쪽 텃밭이고 당숙이 그쪽에 줄이 있대. 지역 인사랑 친해지고 나면 표는 모여. 비례로 자리 하나 받으면 더 좋고. 지역구로 시작하는 거야. 그리고 서울로 가는 거지. 중앙 정치로. 그림 좋잖아. 실종 사건을 해결해낸 지역 변호사."

"뭐 다 잘 해결돼야 말이지. 좋은 기회긴 한데, 연줄이 다가 아니야. 공천에 목숨 걸 거 아니잖아? 표 생각하면 인지도도 있어야겠고, 그러려면 여론도 생각해야지."

"여론?"

"언론이 중요해. 이미지 싸움이니까. 아는 기자라도 있어? 지방 신문 기자면 더 좋고."

벨이 울렸다. 평온했던 사무실이 삽시간에 시끄러워졌다. 어쩌자고 벨 소리는 하나같이 저 모양일까. 솔미도, 솔미도. 불편하고 불필요한 소음이었다. 불을 끄고 문까지 걸어 잠근 마당에 의뢰인이 찾아왔을 리는 없었고, 택배를 시킨 것도 가스 점검이 있는 것도 아니었다.

"잠깐만. 누가 왔나봐."

세휘는 문으로 다가갔다. 절이나 교회에서 나온 거라면 소리나 거하게 한 번 질러줄 심산이었다. 여전히 목이 탔고, 그에 비례해 신경은 날카로웠다.

"누구세요?"

"안덕일보입니다."

아는 목소리였다. 길림마트 앞 아스팔트에 엉덩이를 비비며 게임을 하던 기자였다. 세휘는 전화기 너머에서 기다리고 있는 박성동에게 말했다.

"야, 너 무당 자리 알아봐라."

"무슨 말이야."

"다음에 얘기해. 끊어."

문을 열자 복도에 난 통유리로 볕이 쏟아졌다. 세휘는 문고리를 잡은 채로 팔로 해를 가렸다. 어둠을 즐기던 눈이 햇빛 아래 놓이자 난잡한 잔상이 눈 앞을 가렸다.

기자는 구식이었다. 휘파람을 불며 구둣발로 박자를 맞추는 건 물론이고 몰골이 특히 그랬다. 밝은 곳에서 보니 한층 가관이었다. 섬세하게 다듬은 수염은 딱 인중까지였다. 하필 그때 면도기가 부러진 건가 싶었다. 옷은 생각 없이 걸친 게 분명했다. 체크 무늬 셔츠는 나름 멋을 부린답시고 입은 듯했지만, 그 위에 아가일 재킷을 걸치는 바람에 시선이 사방으로 분산되었다. 면바지는 얇은 허벅지를 넉넉히 감쌌다.

들어오라는 말도 하기 전에 기자는 발부터 들이밀었다. 동시에 재킷에서 명함을 꺼냈다.

"안덕일보 한병주입니다."

세휘는 잠금장치를 풀고 한병주를 안으로 들였다. 한병주는 주머니에 손을 찔러넣고 미수금을 받으러 온 건달처럼 건들거렸다. 세휘도 책상 위에 놓여 있던 명함을 건넸다. 한병주는 명함을 슬쩍 흘겨보고 수첩에 끼워 넣었다.

"구면이죠?"

한병주가 말했다. 스케이트 날이 얼음을 치는 것처럼 간결한 말투였다.

"왜 왔는지부터 말씀하세요."

"일이 재미있게 돌아가죠?"

"무슨 일이요?"

"길림마트 말입니다. 손가락이요."

경찰의 입이 얼마나 싼지 확인하는 순간이었다. 안덕이 좁은 동네라고는 해도, 한병주가 기자라고 해도, 너무 빨리 소문이 퍼졌다.

연수원에서 들었던 수업이 생각났다. 강사는 납치범의 30%가 수사망이 좁혀진다는 걸 알게 된 후 흔적을 없애기 위해 실종자를 살해한다고 했다. 몸값을 요구하지도 않는 상황이니 이미 윤정두는 살해당했을 가능성이 컸다. 그렇다고 해도 경찰은 너무 허술하게 대응하고 있었다. 그 족제비 형사가 흘렸을까. 능력이 부족하긴 해도 도덕성까지 결여된 인물로 보이진 않았다. 꼭 경찰 관계자가 아니라도, 내막을 알고 있는 사람이라면 누구나 소문을 낼 수 있을 것이다. 술기운을 빌려 안줏거리로 삼을 수도 있고 호사가들의 논쟁거리가 될 수도 있다.

그래서, 너는 얼마나 알고 있니. 세휘는 눈빛으로 한병주에게 물었다. 한병주는 세휘와 눈을 마주치지 않았다. 대신 파리를 쫓는 것처럼 주위를 두리번거렸다. 첫 대면 때처럼 여전히 허술해 보였다. 어쩌면 계산된 행동일지도 몰랐다. 상대의 경계심을 무너뜨리기 위해서. 전술일까. 연기라면 기똥차다. 세휘는 한병주를 소파로 안내하며 말했다.

"어쩌죠. 저도 잘 모르는 애긴데요. 변호 의뢰인이라 관심이 있었던 것뿐이에요."

한병주는 무거운 물건을 내려놓듯 소파에 앉았다. 창을 등지는 자리였다. 블라인드 틈으로 들어오는 저녁 햇빛으로 한병주의 실루엣이 붉게 넘실거렸다. 작고 지저분한 인간이었다. 세휘는 한병주의 맞은편에 자리를 잡았다.

"의뢰인이 실종됐으니 변호사님은 손을 떼셨겠어요."

"그렇죠."

"그런데 용의자를 만나셨다고요."

작고 지저분하고 능글맞은 인간. 세휘는 한병주를 정의하기 위한 단어 하나를 추가했다. 가지고 있는 패를 내보이지 않고 상대가 먼저 입을 열게 만드는 부류였다.

"그랬죠. 일을 계속할 수 있을지 확인해야 했으니까요."

"용의자를 만난 후에 장정호 회장과 말씀을 나누셨다던데요? 당숙이시죠?"

"네. 집안 어르신을 만나서 인사드렸죠."

"그렇습니까…… 그것뿐인가요?"

"그것뿐이에요. 묻고 싶은 건 그게 다예요?"

침묵이 길어졌다. 한병주가 머리를 굴리고 있었다. 포커페이스에 능한 인간은 아니었다. 아까운 시간을 낭비한다는 생각이 들자 짜증이 솟았다. 그럴수록 술 생각이 간절했다. 기쁠 때 드는 축배라면 모를까, 힘들어서 마시는 술은 독이었다. 그리고 지금까지 너무 많은 독을 마셨다.

세휘는 자리에서 일어섰다. 가죽 소파에서 잘 닦인 그릇을 문대는 소리가 났다. 한병주는 찢어지게 기지개를 켤 뿐 반응을 보이지 않았다. 세휘는 한병주가 알아들을 수 있게 문을 향해 몸을 돌려 섰다. 한병주는 세휘와 문을 잇는 공간을 두꺼비 같은 눈으로 훑었다. 허벅지 위에 팔꿈치를 올리고 깍지를 꼈다. 하프타임을 맞이한 농구선수처럼.

"그 사람 나쁜 사람입니다."

한병주가 말했다. 나쁜 사람이라니. 당숙? 윤정두? 세휘는 입구를 향해 돌아선 채 대꾸하지 않았다.

"법적으로는 문제가 없을지도 모르죠. 그런데 소문이 많더라고요. 길림마트는 임금 체불에만 연결된 게 아니에요. 탈세야 그렇다 치고 폭행에 협박 전과까지 있어요."

말이 길어질 분위기였다. 세휘는 자리로 돌아왔다.

"저 변호사예요. 그런 사람이라도 법적인 보호를 받으라고 변호사가 있는 거라고요."

"사람을 찾아야 변호를 하든지 말든지 하죠. 경찰은 못 믿겠다, 사람은 찾아야 한다. 변호 한 번 하겠다고 그렇게 사건을 캐고 다니실 리는 없고, 장정호 회장 부탁이 있었겠죠?"

이 깜찍한 기자 양반은 요 며칠간 세휘의 행적을 알고 있었다. 세휘는 다시 한번 한병주를 살폈다. 덜 깎은 턱수염, 체크 무늬와 아가일 무늬의 과한 궁합. 스마트폰 게임이나 하는 기자. 작고 지저분하고 능글맞은 인간.

영악한 인간.

"아는 거 공유 좀 하시죠."

"됐어요."

"변호사님. 저도 여기저기 줄이 닿아요. 검사 신분증보다 기자 타이틀이 더 효과가 좋을 때도 있고요. 재활용센터 사장보다는 유용하지 않겠습니까."

비릿하게 흘러가는 웃음을 본 것 같았다. 언제부터 지켜보고 있었을까. 지저분한 행동과는 달리, 한병주의 말이 틀린 건 아니었다. 재활용센터 사장과 지방 신문 기자. 같은 편에만 선다면 모두가 좋은 정보원이 될 거였다. 상대가 정보만 얻어내겠다고 달려들지 않는다면. 거기에 박성동의 말도 떠올랐다. 내 편이 돼 줄 여론이 필요하다고 했다.

내 편인가. 믿을 만한 인물인가. 그 사실을 확실히 해야 할 차례였다.

"정보 공유하면 그쪽한테는 뭐가 좋죠."

"특종이요. 필요하시면 변호사님을 좀 띄워드릴 수도 있겠고요. 당숙께서 정계에 연줄이 있으시잖아요. 물론 그쪽에도 관심이 있으시겠죠."

호락호락한 인간이 아니었다. 몇 가지 단서로 상황을 줄줄 유추할 줄 알았다. 형사보다 한병주에게 수사권을 주는 쪽이 사건 해결에 도움이 될 지경이었다.

"지방지에서 내는 특종을 누가 인정해준대요."

"중앙지가 인정해주죠. 걔들이 재판관이에요. 대한민국 기자들 어차피 다 우라까이잖아요. 베끼기만 잘해도 먹고 사는데, 이런 기사 하나면 좋다고 달려들겠죠."

"그럴 능력은 되시나봐요."

"됩니다."

"경찰에 아는 사람 하나 없는 기자한테 제가 뭘 기대해야 되나요."

"저 원래 중앙지에 있었어요. 설명하자면 복잡한데…… 좌천된 거예요. 계열사로."

그렇게 말하는 한병주의 눈빛이 불안했다. 늘어지게 침착하던 모습이 그 순간 흔들렸다.

"복귀하고 싶은 거예요?"

한병주가 고개를 끄덕였다. 복잡한 인물이지만, 통하는 게 있을 것 같았다.

"공유하시죠. 변호사님."

"좋아요."

세휘가 대답했다. 한병주가 수첩을 열었다.

"용의자 못 봤죠? 그 사람 혐의 없어요. 임금 체불에 연루된 마트 직원이 용의자니 정황은 그럴듯한데, 범인은 아니에요. 물건 하나 제대로 못 나르게 생겼던데요. CCTV에 잡힌 것도 없고요. 경찰은 아무 단서도 못 찾아낸 거죠."

"그건 우리도 마찬가지죠. 경찰도 그럴 법한 게, 흔적이 안 보인대요. 보통은 단서가 있어도 범인을 특정할 수 없는 게 문젠데 길림마트는 뭐가 있어야 말이지. 혼자서 손가락을 자르고 사라진 게 아닌가 싶을 정도라는데요."

"의심 가는 사람 있어요?"

"변호사님은요?"

"찾아봐야죠."

"이거, 범인이 마음먹은 거면 절대 한 번으로 안 끝납니다."

"연쇄 사건이라고요?"

"범인이 손가락을 남겨뒀어요. 돈은 그대로 두고, 불을 지르고. 화재 현장에 손가락 놔두는 게 제정신입니까. 촉이 딱 온다니까요. 제가 냄새 맡는 건 귀신입니다."

한병주가 수첩을 덮었다. 어차피 아무것도 적혀있지 않은 수첩이었다. 허공을 가르는 파열음이 사무실을 울렸다.

한병주를 입구로 안내하며 세휘가 물었다.

"중앙지에서는 어느 부서에 계셨어요?"

"저요? 연예부요."

세휘의 얼굴에 실망감이 스쳤다. 적어도 정치나 사회부일 줄 알았으니까. 한병주도 세휘가 느낀 실망감을 눈치챘는지 구태여 말을 이었다.

"연예부 기자들이 파파라치 짓도 하고, 또 달려들 때는 미친 듯이 물어뜯어요. 이래 봬도 서울에서는 잘 나갔어요."

"오케이. 오늘은 여기까지. 또 연락할게요."

왜 좌천됐는지 알만했다. 뭔가를 숨기는 사람은 그럴 이유가 있는 법이었다. 성추행, 뇌물, 대형 오보. 또 뭐가 있을까. 뭐든 상관없었다. 일단은 확실한 동기를 가진 정보원을 모으는 게 우선이었다.

문을 잠그고 나니 다시 적막이었다. 소파 주위를 빙빙 돌던 세휘는 냉장고를 열었다. 축배는 약, 아니면 독. 지금 마시는 건 약이 될까 독이 될까. 도열하듯 서 있는 위스키 사이에서 로열살루트를 택했다. 녹은 얼음을 비우고 스트레이트로 잔을 채웠다. 갈증은 사라지지 않았다. 대신 목이 탔다. 길림마트를 태우던 불길처럼 더운 기운이 몸을 휘감았다.

집으로 돌아온 건 밤 열 시가 넘어서였다. 술이 깨기를 기다렸지만 몽롱한 느낌이 가시질 않았다. 대문을 열기 전, 볼펜으로 손가락을 쿡 찔렀다. 통증은 알싸하게 팔목을 거쳐 어깨로 전해졌다. 이 느낌이 좋았다. 좋아하면 안 되는 것을 좋아하는 건 분명 아빠를 닮았다.

세휘는 현관에 구두를 던져 놓았다. 구두는 아무렇게나 구석에 자리를 잡았다. 이가 나간 마룻바닥이 세휘의 걸음에 맞춰 삐걱거렸다. 비틀비틀, 비틀비틀.

엄마는 화초를 닦고 있었다. 몸뻬바지에 티셔츠 차림이었다. 바닥을 훔치던 걸레로 정성스레 잎에 묻은 먼지를 지워나갔다. 정성을 들일수록 화초는 시들었다. 물을 너무 많이 준 탓이었다. 잎끝이 누렇게 떴다. 엄마는 그 상흔도 닦아낼 수 있을 거라 믿는 것 같았다. 더러운 걸레가 몇 번이고 잎을 쓰다듬었다.

"엄마. 수민이는."

엄마가 잠에서 깨어난 것처럼 뒤돌았다. 시선은 조도가 낮은 실내등을 지나 세휘를 향했다. 수민이가 누구더라? 하고 묻는 것 같았다.

"놀러 나갔나 봐."

"학교 갔다 왔어? 왔어 안 왔어?."

엄마는 대답을 하지 않았다. 그저 누렇게 뜬 화초가 못마땅한 듯 섬세하게 잎을 닦아 나갔다.

"엄마. 수민이 왔냐고 안 왔냐고."

"글쎄…… 왔었나 안 왔었나."

세휘는 수민의 방문을 열었다. 깔끔하게 정리된 침구 위에 게임 패드가 던져져 있었다. 방에는 가방이 없었고, 현관에 신발도 보이지 않았다.

수민은 세휘의 모든 것이라 해도 좋은 존재였지만 관심을 쏟을 시간은 많지 않았다. 세휘가 눈을 돌린 사이 수민은 한 뼘이고 두 뼘이고 제멋대로 자랐다. 그렇게 보낸 시간이 허무했다. 친구는 있을까. 학교생활은 어떨까. 누렇게 뜬 잎처럼 어딘가 상처를 받고 있는 건 아닐까.

수민이 자신의 자랑거리로 커 주길 원했다. 엄마를 따라 법대에 간다면 좋은 선택이 될 거였다. 얼마가 들어도, 어떤 희생이 필요해도 지원해줄 생각이었다. 똑똑한 아이니 그게 뭘 뜻하는지 알 것이다.

세휘는 집으로 돌아오는 어두운 골목을 떠올렸다. 바싹 마른 논두렁이 옆으로 늘어선 길이었다. 생기라고는 느껴지지 않는 죽은 것들의 늦봄이었다. 인적은 드물었다. 술이 깨며 퍼뜩 정신이 들었다.

세휘는 벗어 놓은 신발을 도로 신었다. 엄마는 허둥대는 세휘를 슬쩍 바라봤을 뿐, 다시 화초 닦기에 열중했다.

집 앞 골목에서 어느 쪽으로 갈지 몰라 좌우를 살폈다. 오른쪽은 맹티고개를 지나 시내로 향하는 길이었다. 맹티고개로 가려면 콩밭을 지나야 했는데, 거기서 허수아비 놀이를 하는 게 아니라면 수민이 갈 일이 없었다. 세휘는 왼쪽으로 걸음을 옮겼다. 국민주택 중심가로 향하는 길이었다. 30년이 넘는 주택들의 무덤이었다. 십여 년 전 맹티고개 너머에 시내에 번듯한 건물들이 들어설 때도 빠져나가지 못한 주민들이 이곳을 지키고 있었다. 시멘트를 몇 번이나 덧대 균열을 가린 담장은 원형을 알아보기 힘들었다. 더러는 흙벽이었다. 삭은 이엉이 절벽에 달린 듯 굼실거렸다. 하늘은 전선과 케이블로 가려져 바둑판을 보는 것 같았다.

한때는 이 길에도 아이들이 가득했다. 세휘와 용기도 그중 하나였다. 어른들은 러닝셔츠 바람으로 평상에 앉아 전을 부쳤다. 술 익는 냄새에 코가 간질간질했다. 시원하게 재채기를 하면 입술 위로 말간 콧물이 흘렀다. 손등으로 코를 훔치고 바지에 닦으면 언제 나타났는지 모를 엄마가 등짝을 때렸다.

이제는 깨진 유리창이 먼저 눈에 들어왔다. 고양이가 점령해버린 집도 있었고, 쓰레기장으로 쓰이는 집도 있었다. 좁은 골목 한쪽에서 아무렇게나 틀어 놓은 드라마 소리가 새어 나왔다. 부부싸움을 하는 듯 짧고 날카로운 비명, 가벼운 물건을 집어 던지는 소리, 무언가 깨지는 소리가 이어졌다. 조용히 좀 해. 맞은편 집이 창을 열고 소리쳤다. 민방위 사이렌처럼 지루하고 신경질적인 말투였다. 조용히 좀 하라고. 싸움이 한창인이들에게 그 말이 전해질 리가 없었고, 창은 곧 닫혔다. 세휘의 걸음이 빨라졌다.

골목이 끝나는 곳에 놀이터가 있었다. 국민주택의 한가운데였다.

아이들이 떠났다는 상징이었다. 아이가 없는 놀이터에 망령이 깃들었다. 모래인지 먼지인지 분간할 수 없는 것이 놀이터를 덮었다. 방치된 놀이기구는 세월을 얻어맞은 노인처럼 구부정했다. 길과 놀이터를 구획 짓던 펜스는 더 이상 제 역할을 하지 못했다. 입구에 놓인 가로등은 폐허가 된 제국을 지키는 수문장처럼 주황색 불을 밝히고 기침을 하듯 깜빡였다. 수명이 얼마 안 남은 전구는 곧 주민들의 무관심 속에 완전한 침묵을 맞이할 예정이었다.

가로등 불빛이 닿지 않는 곳에 그네가 있었다. 지상에서 한 뼘 높이, 작은 발이 진자운동을 했다. 수민이가 아니었다. 두세 살 정도 많아 보이는 여자아이였다. 교복 차림인 걸로 보아 중학생인 듯싶었다. 수민은 그 뒤에서 여자아이를 밀어주고 있었다. 악기를 연주하듯 섬세하고 일정하게. 여자아이는 그저 그네가 이끄는 대로 흔들리고 있었다.

세휘는 그네를 향해 다가갔다. 가로등에서 멀어지는 방향이었다. 아이들에게는 세휘의 얼굴이 제대로 보이지 않을 거였다. 가로등 불빛이 불길하게 깜빡였다.

"수민아?"

세휘가 몇 걸음 떨어진 곳에서 아들을 불렀다. 수민은 최면에서 깨어나기라도 한 것처럼 놀라 고개를 돌렸다. 그네를 미는 손이 멈추자 쇠와 쇠가 비비던 소리도 잦아들었다. 여자아이는 고개를 숙인 채 눈만 올려 세휘를 봤다.

"친구니?"

"응."

수민이 말했다. 여자아이는 단단히 주눅이 들어 있었다. 세휘는 무릎을 구부려 그 앞에 쪼그렸다. 여자아이가 천천히 일어나 인사를 했다.

"아줌마는 수민이 엄마야. 친구는 이름이 뭐니?"

"정도연이요."

기어들어 가는 목소리였다. 도연은 닳은 운동화로 연신 바닥을 쓸었다. 발길이 닿은 자리에 흉터 같은 젖은 흙이 드러났다.

"늦었네. 엄마 어디 계시니?"

도연이 다시 고개를 들었다. 검은자위보다 흰자위가 더 많이 드러날 때까지. 아이는 이유도 없는 죄책감에 불안해했다. 도연이 말했다.

"뒤에……"

세휘는 도연이 말한 곳을 향해 고개를 돌렸다. 진득한 건어물 냄새가 훅 코를 덮쳤다. 세휘는 더러운 것에 닿기라도 한 듯 쪼그려 앉은 채로 뒷걸음질을 쳤다.

검은 덩치가 눈앞에 있었다. 실루엣 위로 눈알이 새파란 안광을 뿜어냈다. 그럴 의도가 없더라도 그 존재가 위협이 되는 부류였다. 방수 재질의 멜빵바지를 입고 있었는데, 건어물 냄새는 거기서 시작되고 있었다. 한 손에는 낚싯대가, 다른 손에는 통발이 들려 있었다. 힘겹게 아가미를 퍼덕거리는 물고기 몇 마리가 그 속에서 뒤척였다. 젖은 머리카락을 따라 물이 뚝뚝 떨어졌다.

"도연이 엄마세요?"

"네."

돌가루가 날리듯 쉰 목소리였다. 세휘는 몸을 일으켰다. 마주하고 보니 새삼 그 거대함을 느낄 수 있었다. 도연이 엄마라고 일러주지 않았다면 성별을 짐작하지 못했을 거였다. 도연 엄마는 세휘를 내려다보며 정어리 같은 입술을 실룩거렸다. 귀찮은 기색이 역력한 얼굴이었다.

앞다리를 다쳐 제대로 걷지 못하는 믹스견 한 마리가 도연 엄마 옆에서 낑낑거렸다. 골절이 생긴 지 얼마 안 된 모양인지 발이 땅에 닿을라치면 서러운 신음을 토했다. 도연 엄마는 자신의 팔에 강아지 목줄을 묶어 놓았다.

"들어라."

엄마의 말에 도연이 그네에서 내려와 강아지를 안았다. 강아지의 신음이 도연의 품에 안긴 뒤에 서서히 잦아드는가 싶었지만, 돌연 고개를 돌린 강아지가 도연의 팔을 물었다. 고통을 참다못한 반사적인 행동이었을 것이다. 도연 엄마가 강아지를 떼어내 바닥에 던졌다. 차가운 바닥으로 날아간 강아지는 목줄에 묶여 주위를 빙빙 돌았다. 도연 엄마는 강아지를 향해 다가섰다. 강아지는 하얗고 짧은 솜털을 곤두세웠다. 작은 벌레 같은 눈동자가 바들바들 떨었다. 도연 엄마는 발을 무릎 높이로 들었다. 숨통을 끊어버릴 기세였지만, 도연이 제 몸으로 강아지를 덮었다. 도연 엄마는 황소처럼 거칠게 숨을 쉬었다. 차마 제 딸을 밟을 수는 없어서였을까. 아니면 세휘가 지켜보고 있어서였을까. 도연 엄마는 발을 거두고 동상처럼 서서 도연이 일어나기를 기다렸다.

강아지는 똥을 지렸다. 꼬리를 내리고 감기에 걸린 듯 온몸을 떨었다. 도연이 강아지를 안았다. 두 사람이 어둠 속으로 사라졌다. 세휘는 시야에서 멀어지는 둘의 뒷모습을 지켜봤다. 만약 이 여자가 취조실에 있었다면, 세휘는 주저 없이 이 악인을 감옥에 처넣어달라고 부탁했을 것이다.

도연 엄마의 팔은 쇠파이프 같았다. 아시바로 써도 좋을 것 같은 두께였다. 그 위로 자해 흔적이 가득했다. 싸우다 생긴 흔적일지도 모른다고 생각했지만, 그러기엔 조각을 한 듯 정갈했다. 불량한 학창시절을 보냈을 수도 있다. 여학생들끼리 담력 시험을 하는 걸 들은 적이 있었다. 칼로 손목을 긋는 거다. 한 번에 1센티미터씩. 흉터가 남을 깊이로 손목에서 팔목까지. 그걸로도 결판이 나지 않으면 비로소 싸움이 시작되는 것이다. 보통은 5~10센티미터 만에 결판이 난다고 했다.

"수민아, 집에 가자."

수민이 아쉬운지 몇 번이고 고개를 돌렸다. 세휘는 그런 수민의 등을 가볍게 밀었다. 수민의 발이 찍찍이를 떼듯 바닥에 붙었다 떨어지기를 반복했다. 수민을 데리고 집으로 가는 길은 아까보다 조금 더 어두워져 있었다. 낮게 깔린 구름이 별을 가렸다. 수민은 세휘의 손을 잡고 바짝 몸을 기댔다.

"어떻게 아는 사이야?"

세휘가 물었다. 수민이 음, 하고 잠시 고민하다 대답했다.

"놀다가 만났어. 놀이터에서."

"언제?"

"몰라. 두 달쯤 됐나."

"매일 만나?"

"보이면. 중학생이라서 바빠."

"이름이 뭐랬지?"

"도연이."

"누난데 그냥 도연이라고 해?"

"우리는 이름 부르기로 했어. 도연이도 그게 편하대."

두 달이면 안덕에 내려온 지 얼마 되지 않아 만난 사이라는 뜻이었다. 엄마에게 친구가 생겼다는 말도 하지 않았다는 게 서운하면서도 수민에 대해 모르는 게 늘어나는 건 아닐까 걱정이 앞섰다. 학교생활은 어떤지, 안덕에 내려온 게 후회되지는 않는지, 아빠를 못 봐서 힘들지는 않은지 물어보지 못했다.

"어떤 애니?"

"착해. 봉사활동도 하고."

그런 대답을 바란 게 아니었다.

"걔 좋아해?"

어떤 감정을 품고 있는지가 궁금했다. 열두 살짜리에게도 감정이라는 게 있다면. 있다고 해도 성숙하지 못한 감정일 것이다. 세휘는 아이의 순수함이라는 건 없다고 믿었다. 순수라는 건 무지의 동의어였다. 수민에게 이런 말을 한들 알아들을 리가 없었다. 크면 알게 될 것이다. 그때까지 길을 안내해주는 게 엄마의 역할이었다. 지금, 집으로 돌아가는 이 순간처럼. 수민을 잡은 손에 절로 힘이 들어갔다.

"엄마, 아파."

수민의 말에도 세휘는 손을 놓지 않았다. 앞으로 몇 년간은 그럴 것이다. 어쩌면 살아있는 동안 계속.

"앞으로는 엄마한테 얘기하고 나갔으면 좋겠어."

수민은 긍정도 부정도 아닌 고갯짓을 했다.

집으로 돌아온 수민은 곧바로 잠자리에 들었다. 세휘는 그 옆에서 수민이 잠드는 모습을 지켜봤다. 건넛방에서는 엄마가 코를 골았다. 바람이 세차게 불었다. 아이를 내놓으라고 말하는 유령처럼 편백나무 가지가 연신 창을 두드렸다.

잠든 아들을 보고 있으면 드문드문 어린 날의 기억이 떠올랐다. 조악하게 천을 덧댄 인형을 받고 기뻐했던 기억. 인형에 이불을 덮어줄 때면 몽글몽글 샘솟던 기이한 감정. 무기질에 쏟는 애정이 비합리적이라 여기면서도 어쩔 수 없이 간질거리던 배. 이제는 인형 대신 수민이가 있었다.

수민도 세휘가 그랬던 것처럼 옷장 속에 산다는 괴물이나 열두 시에 화장실에서 거울을 보면 귀신이 나타난다는 괴담 따위에 악몽에 시달릴 것이다. 지켜줘야 했다. 아이를 인생의 낙이라 여기는 이들을 가소롭게 여기던 시절도 있었다. 페이스북이나 인스타그램에 아기 사진을 도배한 이들을 비웃었다. 법정의 근엄한 얼굴은 간데없이 사각 틀 속에서만 행복한 인간들을. 이제는 자신도 그런 부류가 되었다는 걸 인정해야 했다. 이 매력 넘치는 열두 살짜리가 그렇게 만든 것이다.

지켜야 할 존재. 나의 전부.

고요를 깨고 전화가 울렸다. 건넛방에서 꽥꽥 비명을 지르듯 세휘를 찾았다. 수민이 깰까 후다닥 달렸다. 스팸 전화겠거니 했는데 액정 위에는 남편의 이름이 떠 있었다. 이름에서 자기로, 자기에서 여보로, 여보에서 다시 이름으로 저장된 존재였다. 목소리만 들어도 주름이 자글자글한 손등이 떠올라 소름이 돋는 존재였다. 열한 시가 넘은 시간에 전화를 한 건 수민의 목소리를 듣고 싶어서일 거였다. 세휘가 통화 버튼을 눌렀다. 남편이 피곤에 절어 갈라진 목소리로 물었다.

"애는."

"자."

"수민이랑 일주일에 세 번은 통화하는 거 약속했잖아."

"소송하든지."

"내가 그럴 수 있다는 거 알고 있잖아."

맞는 말이었다. 남편은 충분히 그럴 수 있었다. 인정하기 싫을 뿐이었다.

"언제까지 수민이 거기 둘 작정이야. 자리 못 잡을 것 같으면 서울로 올려보내."

"수민이가 나하고 있고 싶다잖아."

"지금이야 엄마가 좋겠지. 조금만 크면 상황이 달라질 거야. 걔가 축사 옆에서 사는 걸 좋아할 리 없잖아. 동네 애들은 수준도 안 맞을 거고."

"수민이 적응 잘하고 있어. 당신이 신경 쓸 문제가 아니야."

"그건 내가 나중에 확인해보면 알겠고. 돈 필요하면 얘기해. 내 자식이 옷도 제대로 못 입고 다니는 꼴 보고 싶지 않으니까."

"됐어. 나 수임한 건이 있어. 정치 쪽에서도 콜이 있고."

남편이 거친 숨소리를 냈다. 코웃음을 치고 있을 것이다.

"그래 잘하겠지. 올해까지야. 그 후에는 수민이 서울로 데려올 거니까 그렇게 알아."

세휘가 항변하려는데 남편이 먼저 전화를 끊었다. 이혼을 결심한 뒤로는 줄곧 이런 식이었다. 일방통행만 허용되는 관계였다. 세휘는 침대 위에 전화기를 내던졌다.

속이 부글부글 끓을 때는 어떻게 해야 하는지 알고 있었다. 차가운 걸 내려보내야 했다. 세휘는 집을 나서 신단지를 가로질렀다. 국민주택과 길 하나를 사이에 두고 아파트가 선인장처럼 듬성듬성 솟아있다. 이 시간에 문을 여는 가게는 편의점밖에 없었다. 몇 번 다녀가지도 않았는데 점원은 세휘를 알아보는 눈치였다. 세휘는 맥주 네 캔을 담았다. 끓는 속을 진정시키는 데는 세 캔이 필요했다.

술을 마시면 집중력이 약해진다고들 했지만 그건 반만 맞는 소리였다. 세휘에게 알코올은 상상력을 무한히 확장시키는 방법이었다. 과거 숱한 뮤지션들이 각성제에 의존했던 것도 그 때문이었다. 업 계열이건 다운 계열이건, 한계를 벗어나게 해주는 건 결국 약물이었다. 일단 알코올이 혈관을 휘젓고 나면 고요가 찾아왔다. 달뜬 뺨이 질척하게 젖은 것 같이 늘어지는 순간이었다. 차곡차곡 쌓아뒀던 생각의 가지는 날개를 달고 흩어졌다.

알딸딸한 취기의 끝에서 세휘는 탐문 수사 중 들었던 이야기를 떠올렸다. 윤정두 주변 인물을 조사하던 중이었다. 단서가 잡히지 않아 옆집 문을 무작정 두드리자 목이 다 늘어난 티셔츠를 걸친 여성이 나왔다. 박박 볶은 파마머리 한쪽은 칼로 썬 것처럼 눌려 있었고 얼굴에는 베개 자국이 또렷했다. 문 안쪽에서 아기가 빽빽 울었다.

"윤정두 씨 때문에 여쭤볼 게 있어서 그러는데요."

파마머리는 윤정두라는 이름이 나오자마자 오만 인상을 찌푸렸다.

"며칠 전에 형사분이 다녀가셨는데. 그쪽은 누구세요."

세휘는 검사 신분증을 내밀었다. 언제까지 이 사칭이 통할지 알 수 없었지만 될 때까지 써먹을 참이었다. 젊은 여자 검사 앞에서 파마머리는 무장을 해제했다. 가로 3cm, 세로 4cm의 증명사진을 박아놓은 신분증은 상대를 내 편으로 만드는 힘이 있었다. 파마머리는 그 정도가 심해서 여차하면 남편과의 불화까지 털어놓을 분위기였다. 세휘는 윤정두에 대해 물었다.

어떤 사람이었는지, 들리는 소문은 없었는지.

"좋은 사람은 아니었지."

파마머리는 한마디로 일축했다. 좋은 답을 얻기 위해서는 좋은 질문이 필요했다.

"자주 만나던 사람은 없어요? 수상한 사람이나요."

"글쎄…… 사업하는 사람이니까 만나기야 엄청 만나죠. 아, 예전에는 그 여자를 종종 만났는데."

"누구요?"

"그런 사람이 있어요. 우리 큰애랑 같은 학교 다니는 애 엄마라 그러던데."

"어디 사는 사람이에요?"

"국민주택 놀이터 근처예요. 딸이랑 같이 산다던데. 덩치 엄청나게 큰 여자 있잖아요. 예전에는 수시로 그 집에 가더니 요새는 잘 안 가나 보던데."

"그 여자를 만나는 게 왜 이상해요?"

"그렇잖아요. 그 여자는 직업도 없고, 좀 미친 사람 같아요. 씻지도 않나 봐요. 냄새가 지독하다던데. 그런 여자랑 윤정두 사장이랑 엮일 일이 뭐가 있겠어요."

"이름 아세요?"

"잠시만요…… 학부모 수첩에 연락처가 있을 것 같은데."

세휘는 파마머리가 알려준 이름을 받아적었다. 그 사이에도 아기 울음이 그칠 줄 몰랐다.

"아기 울면 청소기라도 틀어주세요. 갓난아기는 그러면 좀 편안해해요. 엄마 배 속에 있는 것 같아서."

무슨 헛소리를 하나 싶은 얼굴로 파마머리가 뒤돌아섰다. 별 소득이 없는 탐문 수사라고 생각했다. 시작도 끝도 없는 정보를 나열할 뿐이었다.

신단지에서 내려다보이는 우회 교차로에 경적소리가 요란했다. 연쇄 사건일지도 모른다는 기자의 말이 귓전에 맴돌았다. 만약 기자의 말이 사실이라면 다음 대상은 누굴까. 다음 희생자가 나타날 때까지 기다려야 하는 건 아닐까. 배 속이 텅 빈 듯 허기가 몰려왔다. 인적 없는 한낮의 복도에 서늘한 공기가 목을 휘감았다. 세휘가 엘리베이터를 기다리는데 닫힌 문 안쪽에서 잠시 후 청소기 소리가 났다.

당시에는 파마머리가 말하는 게 누군지 알지 못했다. 이제는 확실해졌다. 세휘는 남은 맥주를 목젖까지 털어 넣었다.

놀이터 근처, 덩치가 엄청나게 큰 여자라면 도연 엄마밖에 없다.

정인숙이라고 했다.

FILE 2.

횟집,

진실이 향하는 곳

김영남은 흐릿한 시야를 부여잡으려 눈을 찡그렸다. 다초점 렌즈를 쓰기 시작한 지 일 년이 지났는데도 초점을 잡는 데한 세월이 걸렸다. 벽시계의 초침이 느린 속도로 굴러가고 있었다.

시계는 70년대 후반 여당 지역 선거사무실에서 선물 받은 것으로 숫자판 10과 2를 잇는 선상에 대통령의 이름이 새겨져 있었다. 봉황무늬는 40년 전과 다를 바 없는 황금색으로 빛났다. 김영남은 가게에서 가장 잘 보이는 곳에 시계를 걸어두었다. 마네키네코나 복주머니를 가져다 놓지 않아도 대통령의 이름 석 자에 영험한 기운이 있는 것 같았다. 그 덕인지 손님은 끊이지 않았다.

시곗바늘이 대통령의 이름을 반으로 갈랐다. 토요일, 열두시. 맹티고개 안쪽 농축산인들은 마무리 작업을 하고 있을 것이고, 해안에 인접한 공업 지대는 다섯 시간 후에나 귀가를 시작할 거였다. 안덕이 움직이는 방식이었다. 지역과 일이 삶의 방식을 경계 지었다.

저녁 장사가 늦게 끝난 탓에 김영남은 열 시가 넘어서야 일어났다. 밥상이 차려져 있었지만 거들떠보지도 않고 가게로 나왔다. 집에서 혼자 먹는 식사는 소화불량을 유발하기에 딱이었다. 마누라는 무슨 늦바람이 불었는지 필라테스라는 걸 배운다고 지랄이었다. 두툼하게 튀어나온 뱃살과 엉덩이를 벅벅 긁어대는 모습이 꼴 보기 싫었다. 밤낮없이 전화질해대는 것도 맘에 들지 않았다. 여자란 정화가 필요한 존재였다. 적어도 일 년에 한 번, 가능하면 한 달에 한 번씩. 폐경이 끝난 이 여자는 휴지기가 없었다. 고삐를 풀어헤친 망아지처럼 끝없이 늙어갔다.

김영남은 부인에게 여자의 도리에 대해 일장 연설을 한 일이 있었다. 부인은 이 나이가 되도록 해준 게 뭐가 있냐며 바락바락 대들었다. 그 순간 김영남을 지탱하던 뭔가가 부러진 것 같았다. 주먹으로 유리창을 깼다. 손등에 피가 줄줄 흘렀다. 그걸 아내에게 뿌렸다. 그 후로 아내는 김영남을 동네 개새끼보다 조금 더 못 한 존재로 취급했다.

올해 서른다섯인 아들은 아버지를 이어 사업을 하겠다고 했다. 삼 년 전의 일이었다. 김영남은 선뜻 일억을 빌려주었다. 사업 자금을 어떻게 썼는지는 듣지 못했다. 대답을 듣는 게 두려웠다. 아들의 방에선 술과 담배 냄새가 진하게 풍겼다.

이제는 관성으로 움직이는 나이였다. 열한 시에 횟집 문을 열었다. 공단지대의 초입, 바닷가에서 오십 미터 정도 떨어진 횟집이었다. 파도가 방파제를 때리는 소리가 끊이지 않았다. 셔터를 올리면 시멘트 바닥 특유의 시큼하고 서늘한 공기가 마중을 나왔다. 뒤를 이어 비린내가 몰려들었다. 카운터 너머에 있는 스위치를 올리면 간판에 불이 들어온다. 수백 미터 밖에서도 볼 수 있는 간판이었다. 40년 전 횟집을 열었고, 그 사이 간판은 세 번을 갈았다. 작년에 새로 내 건 간판은 주먹만 한 전구로 사방을 둘렀다. 번쩍거리는 것이 좋았다.

은퇴를 하겠다 생각하면서도 가족을 생각하면 그럴 수가 없었다. 아들에게 횟집을 물려줄까 생각도 했지만 술과 담배가 아닌 다른 냄새가 날 것 같아 겁이 났다. 무엇보다 김영남은 주방을 사랑했다. 주방은 살아있던 것들이 죽는 공간이었다. 그 마지막 순간의 처절함이 늙은 심장을 발딱이게 만들었다.

김영남은 주방에 불을 켜고 어제 들어온 도미를 잡아 들었다. 꼬리 힘이 좋은 놈이었다. 나무 도마 위에 올려놓으니 아가미가 터질 듯 펄떡였다. 눈알이 사방으로 굴렀다. 김영남은 눈 위에 키친 타월 두 겹을 올렸다. 시각을 차단당한 도미는 조금 얌전해졌다.

회를 썰 때 망치로 기절시키거나 칼로 대가리를 잘라내는 건 김영남의 방식이 아니었다. 산채로 살을 자르는 것도 좋은 방식이 아니었다. 사람이나 동물이나 스트레스를 받으면 좋지 않은 법이었다. 손님 입에 넣을 거니까, 접시에 올려놓을 때까지 신선해야 했다.

김영남은 척수에 바늘을 꽂는 방법을 썼다. 일본에서 배운 기술로 장거리 운송에 유용했다. 바늘은 작살 구조로 되어 있어 정수리로 들어간 침이 척수를 긁어냈다. 신경이 죽어버리는 것이다. 두세 차례에 걸쳐 척수를 빼내고 나면 붉은 도미가 하얗게 변해버렸다. 살을 가르기 전 펄떡이는 생명력을 저장하는 방법이었다. 도미는 무슨 일이 벌어진 건지도 모르는 채 도마 위에서 얌전해졌다. 김영남은 만반의 준비를 끝낸 뒤에야 팔딱거리는 아가미에 사시미칼을 찔러 넣었다.

다시 시계를 봤다. 삼십 분이 지나 있었다. 첫 손님은 세 시에 도착할 예정이었다. 오늘 장사는 그걸로 끝이라 직원들에게는 한 시쯤 출근하라고 말해두었다.

경찰서 회식이 있는 날이었다. 지역 토박이 넷이 몰려가 경찰서를 뒤집어 놨으니 회포를 풀 자리는 마련해야 하지 않겠냐며 장정호 형님이 언질을 줬다. 공무원 나리들 편히 노실 수 있게 다른 손님은 받지 말라는 말과 함께. 형님 소리는 고스톱 잘 쳐서 듣는 건 아닌 모양이었다. 생각할수록 형님 말이 맞았다. 공무원은 이렇게 구워삶아야 한다.

경찰서를 한바탕 뒤집어 놨으니 그놈들도 정신을 차렸을 것이고 이제는 잘 달래줘야 할 차례였다. 그렇게 삶고 식히기를 반복해야 쫄깃쫄깃하게 요리가 되는 법이었다. 모름지기 경찰이란 자기 일이 아닌 이상 한가하게 구는 족속들이었다. 시체가 발견된 것도 아니고 확실한 용의자가 있는 것도 아니었다.

안전제일주의. 그 시답잖은 용어가 경찰을 지배하게 놔둬서는
안 되는 거였다.

검은 폐허가 돼버린 마트와 그 안에서 새하얗게 빛나던 손
가락 하며, 생사를 알 수 없는 정두의 소식을 기다리고 있으면
피가 끓다가도 맥이 풀려버렸다. 김영남은 듬성듬성 빠진 머
리를 정수리 쪽으로 쓸어올리며 열을 식혔다.

윤정두는 수십 년을 함께 한 친구였다. 장정호 형님을 모시
는 다른 친구도 마찬가지였다. 말도 꺼내기 힘든 고민을 함께
하고, 서로의 흉을 덮어주는 존재들이었다. 그들이 있어 몇 번
이나 고비를 넘겼는지 모른다. 일단 자기편이라는 생각이 들
면 손해를 두려워하지 않는 사람들이었다. 그 와중에도 장정
호는 손해를 보는 일이 없었다. 잃은 것은 반드시 되찾아내기
때문이었다. 장정호와 함께 있으면 세상이 달달하게 느껴졌
다. 돈 따위의 알량한 가치 때문이 아니었다. 적어도 안덕에서
는 장정호의 품 안에서 안전했다. 장정호를 모시는 동생이라
는 사실만으로도 머리를 조아리는 무리들이 수두룩했다. 동네
불량배 머리 몇 대 쥐어박는다고 해도 문제 될 게 없었다. 김영
남의 손이 닿는 곳이 마누라 엉덩이건 술집 여자 가슴이건 그
역시 문제 되지 않을 거였다. 그건 안덕에 사는 사람이라면 유
치원생도 아는 사실이었다. 김영남은 장정호의 카리스마에 반
했다. 무시무시한 지배력에 기꺼이 무릎을 꿇을 준비가 되어
있었다.

그런데 정두가 사라졌다. 김영남의 친구이자 장정호가 아끼

는 동생인 정두가, 감쪽같이 자취를 감췄다. 김영남은 길림마트 화재 소식을 듣고 곧장 경찰서로 향했다. 손가락까지 발견됐다는 소식을 듣고 뒷목을 잡았다. 요즘은 잘 먹지 않는 혈압약까지 챙겨야 했다.

정두가 실종을 당했는데도 기사는 달랑 한 꼭지였다. 실종과 화재 소식이 짤막하게 실렸을 뿐 손가락 얘기는 없었다. 안덕에서는 제일 구독률이 높다는 지역 신문이 이 모양이었다.

김영남은 살을 발라낸 도미를 냄비에 던졌다. 애호박, 무, 양파를 한 줌씩 썰어 넣고 고춧가루를 부었다. 김영남은 회를 접시에 올려 홀로 가지고 나왔다. 유리문 밖으로 바다가 시원했다. 간장에 와사비를 풀고, 소주도 한 병 꺼냈다. 회 한 점에 소주 한 잔. 몸이 뜨끈해졌다. 먹던 자리를 그대로 두고 바닥에 누웠다. 장판의 냉기가 더운 몸을 식혀주었다. 손에 배인 비린내로 코가 얼얼했다. 앞으로 몇 년이나 횟집을 운영할 수 있을까. 십 년은 무리겠지. 오 년은 가능할까. 그때가 되면 아들에게 물려줘야 할까. 아들이 이 비린내를 견딜 수 있을까. 길림마트에 불을 지른 건 누굴까. 윤정두는 어디로 사라져버린 걸까. 손가락은, 또 무슨 의미일까.

답이 없는 질문이 꼬리를 이었다. 눈을 감았다. 소주 반병에도 취기가 올랐다. 세상이 빙글빙글 돌았다.

문에 달아둔 벨이 울렸다. 직원이 출근한 모양이었다. 묵직한 발소리가 나는 것이 작년에 고등학교를 졸업하고 홀 서빙을 맡은 동진인 것 같았다. 군대도 다녀오지 않은 주제에 워커를 신고 다녔다. 홀 서빙은 신속하게 움직이는 게 중요하니 운동화를 신으라고 몇 번이나 주의를 줬는데도 들을 생각도 하지 않았다. 워커를 신은 동진은 언제나 굼뜨게 움직였다. 갈색 워커는 고무 밑창이 찌걱이는 소리를 내며 동진을 뒤따랐다.

"동진이냐?"

답이 없었다. 아직 고등학생 티를 못 벗은 동진은 제때 대답하는 법이 없었다. 주방에서 부르면 못 들은 척을 하다 목소리를 높이면 그제야 못 이긴 척 졸린 눈을 꿈뻑이곤 했다. 동진이 고분고분할 때라고는 월급날뿐이었고, 아직 월급날이 되려면 보름은 더 남았다. 어깨가 저릿저릿한 것이 또 혈압이 오를 것 같았다. 김영남은 분을 삭이고 눈을 감은 채 말했다.

"사장이 말하는데 대답을 해야지."

발소리는 머리맡에서 멈췄다. 종이를 구기는 듯 부스럭거리는 소리가 났다. 곧이어 팔이 벌에 쏘인 것처럼 따끔했다. 인중에 후춧가루를 뿌린 것처럼 매캐한 향이 번졌다.

"뭐야."

김영남은 벌떡 자리에서 일어났다. 먹다 남은 횟감과 소주잔 너머에 서 있는 건 동진이 아니었다. 마스크로 얼굴을 가리고 군복을 걸친 괴한이었다. 진흙탕을 구른 듯 빛이 바랜 군복 위로 듬성듬성 얼룩이 졌다. 괴한은 주사기를 가방에 넣으며 김영남의 반응을 살피고 있었다.

검고 깊은 눈이 김영남을 향했다. 감정을 제거한 눈이었다. 죽음을 기다리는 횟감에게서나 볼 수 있는 시선이었다. 고약한 장난 같은 게 아니었다. 그보다는 김영남이 정신을 잃기를 기다리는 것 같았다.

열린 창문으로 바람이 불었다. 커튼이 바스락거렸다. 그 소리가 꿈에서 듣는 것처럼 아득했다. 바닷바람 사이로 가스 냄새가 퍼졌다. 매운탕 끓던 소리는 이제 들리지 않았다. 대신 적막 틈새로 희미하게 가스 새는 소리가 났다. 치익, 하고 탄산음료를 딴 듯 맹렬하게. 주방으로 난 문 사이로 잘린 가스관이 보였다.

김영남은 균형을 잡지 못하고 바닥에 엎어졌다. 종아리 근육이 녹아버린 것 같았다. 괴한이 김영남을 들어 올렸다. 사람 하나를 어깨에 얹었는데도 성큼성큼 걸었다.

기억은 수차례 끊어졌지만 무슨 일이 벌어지는 알 수 있었다. 라이터 부싯돌 소리에 이은 폭음에 귀가 먹먹했다. 폭음 속에서 희미하게 눈을 떴다. 간판이 날아가고 있었다. 수백 미터 밖에서도 볼 수 있는 간판이, 40년을 지켜온 횟집이 화염에 휩싸였다.

'도와주세요. 살려줘.'

뻣뻣한 혀를 움직이려 했지만 목구멍이 자꾸만 말을 삼켰다. 혀만 뻣뻣한 게 아니었다. 바늘로 척수를 긁어낸 것처럼 온몸에 감각이 없었다.

탕, 하는 소리와 함께 어둠이 찾아왔다. 트렁크 속이었다.

한병주는 민원실 빈 의자에 자리를 잡았다.

2층으로 오르는 계단 옆에 위치한 민원실은 안덕의 규모에 어울리지 않게 널찍했다. 지역 주민을 위한 경찰이 되어야 한다는 서장의 신념이 만든 결과였다. 덕분에 가뜩이나 찾는 사람이 없는 민원실은 그래서 광활하고 쓸쓸했다. 민원실에 들어오기 위해서는 로비를 지나야 했는데 입구에는 '봉사와 정의'라는 문구가 전면에 달려 있었다. 로비 양쪽으로 진열대가 있었고 그 안에 트로피와 감사패가 듬성듬성 자리를 차지하고 있었다. 한병주는 그 옆을 지나며 차라리 경찰 피겨를 전시하는 게 낫지 않을까 생각했다. 칼 세이건의 말대로, 진열대를 별 의미도 없는 쇳덩이로 채우는 건 공간의 낭비였다.

민원실 정면은 과태료와 면허 업무 창구였다. 그늘진 구석에 위치한 창구는 고소, 실종, 진정, 정보 공개 담당이었다. 경찰서 민원 업무의 대부분은 과태료나 면허 처리라는 소리였다. 한병주의 관심은 물론 한적한 창구 쪽에 있었다. 민원이 있으면 이쪽에서 먼저 반응을 보일 거였다. 새로운 소식, 아니면 목격자. 바리케이드를 뚫는 건 작은 점 하나였다. 그 포인트 하나가 절실했다. 모든 취재는 거기서 시작되는 법이었다. 빈 수첩에 의미 없는 선들을 이었다. 오늘은 이 종이에 낙서가 아닌 것들을 채워 넣었으면 했다.

형사과는 2층이었고, 저녁까지 얻는 게 없으면 위로 올라가 볼 생각이었다.

민원실의 본분에 맞게 따뜻한 볕이 등을 쓰다듬었다. 민원 담당자가 찢어지게 하품을 했다. 젊은 경찰관이었다. 민원실은 격주로 토요일에 업무를 하니 끌려 나온 기분이겠다 싶었다. 기껏해야 경장쯤 될까. 전염성 강한 하품이었다. 한병주도 덩달아 입을 찢으며 기지개를 켰다. 경찰과 눈이 마주쳤다. 머쓱해진 두 사람은 서로 방향을 틀었다.

아랫배가 팽팽하게 당겨졌다. 아까부터 요의를 참고 있었다. 병원에서는 술과 담배와 스트레스를 멀리하라고 했다. 하여튼 당연한 소리만 하는 인간들이었다. 노력하지 않은 게 아니었다. 술은 마실 시간이 없었고, 담배는 끊은 지 몇 년이 됐다. 하지만 스트레스는 어쩔 수 없는 게 아닌가. 무책임한 처방 끝에 항생제 몇 알을 손에 쥘 수 있었다. 그게 다였다. 증상은 좀처럼 나아지지 않았다.

짐작건대, 안덕으로 발령된 것도 한몫했을 것이다. 연예부에 있을 때만 해도 훨씬 몸이 가벼웠다. 안덕에 내려온 뒤 부쩍 피로를 느꼈다.

한병주는 민원실을 나와 화장실 문을 열었다. 독한 락스 냄새 탓에 수영장에 들어온 기분이었다. 혁대를 풀었다. 잔뜩 조여 있던 방광이 포문을 열었다. 찌릿한 통증이 사방으로 퍼졌다. 작은 난쟁이들이 등판에서 축구를 하는 것 같았다. 기대와는 달리 영 시원하지 못한 오줌 줄기가 변기 위에 똑똑 떨어질 뿐이었다. 마지막 한 방울까지 쥐어짜도 개운하지가 않았다.

한병주가 소변기 위에서 안간힘을 쓰고 있을 즈음 바깥이 소란스러웠다. 귀에 익은 목소리가 들렸다. 한병주는 급히 바지를 추켜올렸다. 그 탓에 손에 오줌 방울이 묻었다. 에이 씨.

한병주는 손에 묻은 오줌 방울을 바지에 대충 닦고 밖으로 달려나갔다.

한병주의 시선이 멈춘 곳에 형사가 있었다. 길림마트 화재 때 만난, 족제비를 닮은 형사였다. 수사팀장으로 보이는 사람과 계단을 내려오는 중이었다. 건물을 나오지도 않았는데 벌써 담배를 빼 물었다.

한병주는 가방에 넣어뒀던 캡모자를 눌러쓰고 휴대폰 녹음기를 켜 주머니에 넣었다. 연예부 기자 시절부터 인이 박인 짓이었다. C양과 B군의 스캔들, 강모 씨와 윤모 씨의 불륜, 모 아이돌 밴드 리더의 약물 사건, 모두 엿듣고 잠입해 얻어낸 결과였다. 한병주는 그게 기자의 생리라 믿었다. 독자가 갈 수 없는 곳에 대신 침입하는 존재였다. 때로는 뻔뻔하게 얼굴을 디밀어야 할 때도 있지만 한병주의 스타일은 아니었다. 한병주는 민원실에 있던 서류 하나도 손에 들었다.

실외에 위치한 흡연 공간에는 테이블이 늘어서 있었고 그 위로 슬레이트가 아치를 만들었다. 바닥은 침 범벅이라 한병주는 지뢰를 피하듯 걸음을 옮겼다. 형사와 수사팀장 옆 테이블에 자리를 잡았다. 형사는 담배에 불을 붙이다 말고 한병주를 힐끔 쳐다봤다. 한병주는 눈이 마주치지 않게 등을 돌려 앉아 서류를 읽는 척했다.

두 사람은 숨 쉬듯 담배를 빨았다. 한병주는 휴대폰을 테이블에 놓고, 그 위에 민원 서류를 올려놓았다. 동전을 짤랑거리며 자판기로 향했다. 콜라 하나를 뽑아 계단 옆 벤치에 앉았다.

바람은 느슨하게 불었다. 햇빛이 신통치 않았다. 이런 날이면 좀이 쑤시고 군대에서 다친 무릎이 욱신거렸다. 기동성이 좋은 기자는 아니었다. 오십을 앞둔 마당이니 발로 취재하는 것도 얼마 남지 않았다.

기자는 누군가를 상처 입혀 이윤을 취하는 직업이었다. 이득을 얻는 사람도 있었지만 그 상대방이 얻는 피해가 더 컸다. 그걸 무시할 수 있어야 했다. 이 사건이 제대로 기사화되기만 한다면, 피해를 입는 건 가해자가 될 것이고 이윤을 얻는 건 한병주가 될 거였다. 그렇게 생각하면 마음이 좀 놓였다. 조금은 깨끗한 쓰레기가 된 기분이었다.

한병주는 남은 콜라를 마셨다. 탄산은 미지근했고, 설탕의 텁텁한 맛이 오히려 씁쓸했다. 수사팀장과 형사의 대화는 담뱃불이 필터를 그을릴 때까지 이어졌다. 형사는 거국적으로 모은 가래침을 뱉고 건물로 들어갔다.

한병주는 건물이 두 사람을 완전히 삼키는 걸 확인한 후 테이블로 돌아갔다. 이어폰을 꽂고 재생 버튼을 눌렀다. 잡음이 강했지만 녹음이 되어 있었다. 볼륨을 최대로 높였다. 바람이 만들어내는 소음 사이로 형사의 목소리가 들렸다.

"오늘 회식 횟집이죠?"

"어. 회 별로냐."

"좋죠. 그런 거 먹을 기분이 아니라서요. 너무 고급 아닙니까? 돼지고기면 됐지."

"우리 돈으로 먹는 거 아니야. 장정호 회장이 쏘는 거야."

"경찰서 뒤집어 놓고 그걸로 화해하자는 겁니까."

"그 양반이 사과할 위인이냐. 이거 목에다 칼 들이미는 거다. 먹었으면 밥값 하라는 소리야."

"아 우리 밥값은 나라님이 주는 거지 장정호 회장이 주나요."

"이 동네가 그렇게 생겨 먹은 걸 어쩌겠냐. 우리는 밥이나 먹고 일이나 하면 돼."

형사가 담배를 빠는지 대화는 잠시 멈췄다. 애잔한 대화였다. 배경음악을 넣고 카메라 워킹만 잘 잡아주면 드라마 대사로 써도 좋을 뻔했다. 에휴, 하는 탄식과 함께 형사가 말을 이었다.

"네. 일이나 해야죠. 처자식 먹여 살리려면."

"넌 총각이면서 무슨 걱정이냐. 내가 걱정이지. 애가 학교 안 간다고 난리다."

"왜요? 학교 폭력? 맞았어요?"

"걔가 때렸으면 때렸지 맞고 다닐 애냐. 무슨 바람이 불었는지 힙합 하겠단다."

"가수요? 랩 하는 거?"

"맨날 고등학생들 랩하는 프로 보면서 자기도 거기 나가야겠다고 방문 틀어 잠그고 살아. 사내새끼가 옷은 또 거지같이 입고 말이지."

"가수 좋잖아요. 돈도 많이 벌어요. 요즘은 인터넷에서 소문만 좀 나면 금방 유명해지고요."

"마! 그거야 실력 있는 애들 얘기지. 이 동네에서 무슨 가수라고. 예전에 카센터 하던 진국이가 전국 노래자랑 나가서 잠깐 유명해졌던 거 말고 안덕에서 딴따라로 성공한 사람이 있냐고. 오디션 프로그램 많지. 거기서 안덕 출신 본 적 있냐. 인구수가 적어서 그런 게 아니야. 여기는 농사나 짓고 기계나 만지는 곳이잖아. 인프라가 없다고 인프라가. 애초에 가능성이 없는 일에 뭐 그렇게 열심인지 모르겠다."

녹음기에 남은 시간은 일 분 정도였다. 신변잡기로 대화가 끝나나 싶어 초조해졌다. 한병주가 빨리 감기 버튼을 누르려던 찰나, 형사의 목소리가 낮아졌다. 마이크를 두드리는 바람 소리 사이로 형사의 목소리는 희미하게 이어졌다.

"팀장님. 길림마트 방화 사건 있잖아요."

"응. 엄지손가락. 감식 결과 나왔다며."

"그거 지문 등록 안 된 손가락이라는데요."

'응?' 하고 되묻는 수사팀장의 목소리가 유독 컸다. 뒤통수에 대고 누가 노크를 하는 것 같았다.

"누구 건지 몰라?"

"아직이요. 근데 여자 손가락이랍니다. 몇 년 된 것 같다는데요. 그동안 얼려뒀나 봐요."

"누가 그런 짓을 해."

"그러니까요. 미성년자일 수도 있고, 외국인일 수도 있어요."

"아 그거 또라이 새끼네."

두 사람의 목소리가 멀어지고 바람 소리가 점차 거세지더니 녹음이 끊겼다. 한병주는 이어폰을 뺐다. 도로를 달리는 자동차 소리도, 낮게 깔린 구름이 서쪽으로 이동하는 모습도 한병주에게 들어오지 않았다. '지문 등록 안 된 손가락이라는데요.' 형사의 목소리만 메아리처럼 귓전에 울렸다.

추리를 해봤다. 실종 현장에 남겨진 여성의 손가락. 우발적인 범행이 아니라는 건 분명했다. 다음 사건을 예고하는 것일 수도 있다. 경찰 쪽에서도 같은 생각을 하고 있다면 수사력은 지금보다 강화될 수밖에 없다. 연쇄 사건이라면 얘기가 달라지는 것이다. 범인이 노리는 게 뭔지는 알 수 없지만, 적어도 사건이 벌어질 때마다 꼬리를 밟힐 가능성이 높아지니까. 사건이 가리키는 하나의 지점이 생기기 마련이니 아무리 무능한 경찰이라도 다음 범행을 예측할 수 있게 된다. 범인은 그 사실을 알고도 이 짓을 벌였다. 자신이 있다는 뜻일까.

생각보다 큰 사건이 될 것 같았다. 한병주가 원하던 바였다. 아직 중앙지에서는 사건 내용을 모르거나 관심이 없는 것 같았고, 한병주에게는 제대로 된 기사를 쓸 시간이 있었다. 내심 다음 범행이 기다려질 정도였다. 기자는 누군가를 상처 입혀 이윤을 취하는 직업이고, 이런 식으로 괴물이 된다고 했다. 선배들이 걸었던 길을 자신도 걷는 것이다.

생각에 잠겨 있는 한병주 앞으로 분주한 발소리가 지나갔다. 단체로 족구 시합을 하는 게 아니라면, 무슨 일이 터진 게 분명했다.

고개를 들자 한 무리의 경찰이 연병장으로 달려나가고 있었다. 족제비 형사도 그 사이에 있었다. 너무 전형적이지 않나 싶은 가죽 잠바에, 상기된 모습으로 미루어보아 형사는 이미 전투태세였다.

5년 전 영화배우가 호텔에서 사망한 현장에서도 이런 모습을 본 적이 있었다. 프로포폴 중독으로 인한 우울증이 원인이었다. 욕실 손잡이에 끈을 묶고 그걸 반대편으로 넘긴 뒤 목을 맸다. 시신을 발견한 건 호텔 직원이었다. 체크 아웃 시간이 지난 뒤에도 연락이 없자 마스터키로 문을 따고 들어갔다. 실내에 가득했던 수증기는 영혼처럼 직원을 지나 흩어졌다. 욕실에 불이 들어와 있을 뿐, 암막 커튼을 쳐 놓아 밤처럼 어두웠다. 직원은 지배인에게 상황을 보고했다. 경찰에 신고를 한 건 지배인이었다. 어떻게 된 일인지 경찰보다도 기자가 먼저 현장에 도착했다. 한병주도 그날 호텔로 달려간 기자 중 하나였다. 욕조에 뜨거운 물이 넘쳤다. 유리창에 서리가 맺혔다. 목구멍으로 뜨거운 증기가 자꾸만 넘어왔다. 관할 지구 형사는 결론이 난 사건 현장을 살피는 데도 긴장을 감추지 못했다. 어딘듯 억울해 보이는 표정이기도 했다. 경찰 측에서 프로포폴 중독을 파악하고 있으면서도 일이 커지지 않게 무마시켜두었다는 사실은 나중에 알았다. 아마 외압도 있었을 것이다. 당시 현장에 있던 담당 형사는 얼마 지나지 않아 좌천되었다. 경찰로서는 희생양이 필요했을 것이다.

족제비 형사에게서 영화배우 담당 형사의 모습을 떠올린 건 왜였을까. 한병주는 곧장 뒤를 따랐다.

"뭐야. 뭔데?"

뒤따라 내려오던 수사팀장이 놀란 눈으로 물었다. 족제비 형사가 달려가며 대답했다.

"불입니다. 불."

"어디?"

"횟집이요."

"회식?"

"네."

"거기서 불이라고?"

"그렇다니까요."

허공을 바라보던 팀장은 그제야 상황 파악을 한 모양이었다. 족제비 형사를 따르던 팀장의 걸음이 빨라졌다.

"야, 일단 나도 같이 가자. 차는?"

"저기요."

경찰 밴 한 대가 거칠게 시동을 걸고 일행이 있는 곳으로 다가왔다.

두 번째 화재였다. 길림마트와 마찬가지로 장정호의 지인이 운영하는 곳에서 발생했다. 어쩌면 아직 확인하지 못한 다른 연결고리가 있을지도 모른다. 이번에도 손가락이 있을까. 횟집 사장이 실종된 상태일까. 여전히 확실한 것은 없었고, 그래서 눈으로 확인하고 싶었다.

밴이 브레이크를 밟으며 섰다. 흐느끼듯 미끄러지는 타이어가 흰 연기를 뿜었다. 머플러에서는 검은 매연이 피었다. 형사들이 차례로 밴에 올라탔다.

"저기요. 형사님."

한병주가 형사의 어깨를 잡아챘다. 뒤를 돌아본 족제비 형사의 몸은 짜증으로 폭발할 것 같았다. 그 긴장감이 한병주에게도 전해졌다. 스트레스를 받았으니 건드리지 말라고 말하는 어깨였다. 그러다 요도염에 걸린다고 말해주고 싶었지만, 그랬다가는 고맙다는 인사 대신 주먹이 돌아올 것 같았다.

"뭔데요."

형사가 던지듯 말했다. 대화를 길게 이어나갈 생각은 없다는 태도였다.

"저요. 저 기억하죠?"

"기억하는데 어쩌라고요."

"또 불이죠? 이번엔 어디예요?"

'아 씨발.' 형사의 입 모양이 그렇게 말하고 있었다. 주둥이에 볼펜을 쑤셔 넣고 싶었지만 한병주는 인내했다. 스무 살은 더 어려 보이는 형사가 욕을 해도 참아야 했다. 기자의 공격은 펜으로 하는 거였다. 그런 각오로 안덕에 내려왔다. 펜으로 사람 몇 명은 죽이겠다고. 그걸로 얻은 이름으로 다시 서울로 올라가겠다고. 형사는 방금 자신도 모르게 한병주의 살생부에 오른 거였다.

형사가 고개를 갸웃했다. 뭔가 중요한 것을 잊은 듯 생각에 잠긴 얼굴 위로 금세 낭패감이 스쳤다.

"저기요. 혹시 아까 담배 피울 때 우리 옆에 있지 않았……"

한병주는 폰을 꺼내 흔들어주었다. 형사의 얼굴이 폭발하기 직전의 폭죽처럼 붉어졌다.

"경식아 문 닫아라. 얼른 가자."

팀장이 말했다. 형사는 문이 닫히는 순간까지 한병주에게서 눈을 떼지 않았다. 출발하기 직전, 형사는 창문을 열고 말했다.

"아 기자는 좀 빠집시다."

말 한마디 한마디에 날이 섰다. 거기에 베이지 않으려, 한병주는 뒤로 물러섰다. 밴은 한병주를 스치듯 돌아 도로에 올라섰다. 경광등이 요란하게 돌았다. 사이렌 소리가 멀어졌다.

화재 발생 현장이 어디인지 알지 못했다. 다만 불이 난 거라면 119고 112고 가리지 않고 전화를 했을 것이고, 민원실에서 이미 이야기를 들었을지도 몰랐다. 한병주는 민원실로 달렸다.

퇴근을 준비하던 경찰관이 토끼 눈을 하고 한병주를 봤다. 한병주는 민원 상담대를 내리치며 다짜고짜 물었다.

"불났다면서요. 어디예요?"

경찰관은 한병주가 누구인지, 왜 그걸 물어보는지 궁금해하지 않았다. 봉사와 정의. 지역 주민을 위한 경찰. 서장의 신념대로, 민원 담당자는 친절했다.

"덕소횟집이요. 공단 진입로 입구에 있어요. 바닷가 근처."

조금만 더 기다리면 덕소횟집 월수입까지 읊어줄 것 같았다.

한병주는 곧장 택시를 잡은 뒤 세휘에게 전화를 걸었다. 한참 신호가 울린 뒤에야 세휘가 대답했다. 어딘지 몽롱하고, 귀찮은 듯한 말투였다. 자다 일어난 듯한 목소리였기 때문에 한병주는 시계를 확인했다. 오후 3시였다.

"한병줍니다. 한 건 더 생겼어요."

"누구요?"

"장정호 회장 지인인 것 같아요. 덕소횟집이라고, 공단 진입로에 있어요. 나도 가는 길입니다. 당장 와요."

전화기 너머로 우당탕 소리가 났다. 넘어졌거나 전화기를 떨어뜨린 모양이었다.

한병주는 통화 종료를 알리는 화면을 물끄러미 쳐다봤다. 뭐하는 여자인가, 싶은 심정이었다. 정보를 공유하자고 한 건 한병주 쪽이었지만 그건 서로가 도움이 될 때의 이야기였다. 주말이라고 해도 한낮에 잠에 빠진 사람이라면 얘기가 달랐다.

택시는 굽은 길을 빠져나갔다. 시야에서 낮은 건물이 사라지고, 멀리 공단 지역이 눈에 들어왔다.

회색 파도가 몰아치는 바다를 배경으로 횟집이 불타고 있었다.

세휘는 큰길로 나가다 말고 끝내 가로수를 붙잡았다. 속에서 신물이 올라왔다. 끝을 모르고 침이 고였다. 토할 때가 얼마안 남았다는 뜻이었다. 배가 부글부글 끓더니, 속에 있던 것이덩어리가 되어 쏟아졌다. 쉰내가 사방으로 퍼졌다. 불편한 기운이 가시자 세상이 제 색깔을 찾았다. 여전히 속이 쓰리고 세상이 빙빙 돌았지만. 입 주위에 번들거리는 침을 손등으로 닦았다.

지난밤이 떠올랐다. 새벽까지 자료를 뒤지다 결국 술병을 꺼냈다. 토요일이니까, 늦잠을 자도 괜찮겠지 하고 생각한 게 실수였다. 가슴이 답답해서 한 잔, 답이 없는 질문이 짜증 나서 한 잔, 그러다 헤네시 한 병을 다 비웠다. 텅 비어있는 술병을 보며 슬퍼하던 장면이 생각난다. 술병이 비어서 슬펐고 그걸 비워버린 자신이 초라해서 슬펐다.

공단 입구까지는 십 분 거리였다. 걸어갈 엄두가 나지 않아 택시를 잡았다. 창문을 열고 바람을 들이마시니 좀 진정이 됐다. 그러고 나니 옷차림이 눈에 들어왔다. 잠옷 대신 입는 티셔츠 위에 스웨터를 걸친 게 다였다. 급하게 찾아 입은 청바지는 대학교 때 입던 거였다. 힙합이 유행하던 시절이었다. 나이키 운동화가 청바지 밑단을 끝없이 밟아댔다.

초로의 택시 기사가 라디오 볼륨을 높였다. 도통 들을 일이 없는 AM 주파수에서 성인가요가 흘렀다. 아빠가 가끔 부르던 노래였다. 세휘는 노래를 따라 불렀다. 가사가 기억나지 않는 구간도 있었다. 발음을 뭉개고, 허밍으로 대신했다. 아빠가 꼭 그랬다. 술에 취해 돌아온 날이면 돈을 뿌리면서, 철 지난 노래를 불렀다. 얼큰하게 상기된 얼굴로 아빠는 담배를 피웠다. 어째서인지 아빠의 담배는 항상 짧았다.

살아있는 아빠를 본 건 3년 전 추석이 마지막이었다. 공판을 앞둔 시점이었다. 연휴가 끝나자마자 올라가야 한다는 세휘를 앉혀놓고 아빠는 느긋하게 얘기했다.

"너 아빠가 요즘 무슨 일을 하고 있는지 아니."

"공장 나가는 거 아니었어?"

"공장 그만둔 지는 좀 됐어. 아는 사람 일을 돕고 있지."

"무슨 일인데."

"자잘한 심부름 같은 거야. 집안 어르신 부탁으로."

"괜찮은 거야? 이상한 일 아니지."

아빠는 껄껄 웃었다. 코털인지 콧수염인지 구분이 되지 않는 털이 서리를 맞은 것처럼 하얬다.

"딸이 검사님인데 아빠가 나쁜 일 하면 되겠니. 아무리 돈을 많이 줘도 신념은 꺾지 않아. 그게 조씨 가문 내력이지. 너도 그랬으면 해."

묵직한 외로움이 세휘의 어깨를 눌렀다.

택시가 오르막길을 올랐다. 아빠를 가져간 바다가 눈앞에 나타났다. 그 안쪽에 잿더미가 된 횟집이 보였다. 지친 기색이 역력한 소방관들이 보도블록 위에 누워 있었다. 택시 기사가 낮은 탄식을 토하며 차를 세웠다.

바다 냄새에 코가 얼얼했다. 안덕의 바다는 산업 폐수와 축사 오물 옆에서 해풍으로 오징어를 말리는 곳이었다. 누군가에게는 일터였고 누군가에게는 하수처리장이었다.

세휘에게는 아빠의 무덤이었다.

아빠는 삼 년 전 이 바다에서 죽었다. 멱을 감던 것도 낚시를 하던 것도 아니었다. 아직도 이유를 모른다. 이안류가 안덕을 휩쓸던 날, 아빠는 바다에 들어갔다. 질식할 것처럼 습도가 높은 날이었다. 허리가 물에 잠기던 순간 파도는 아빠를 감아챘다. 옆집 살던 어니 아저씨가 아빠를 발견했다. 필사적으로 손을 흔들면서도 자꾸 먼 바다로 떠밀려 가더라 했다.

세휘가 안덕으로 내려왔을 때는 동네 잠수부들이 모두 동원돼 인근 바다를 뒤지던 중이었다. 그 노력이 무심하게 아빠는 이틀 뒤 해초를 뒤감은 채 방파제 사이에서 발견됐다. 파도가 일 때마다 통, 통, 방파제에 이리저리 부딪히면서. 세휘는 동네 사람들이 아빠를 건져 올리는 모습을 차마 보지 못했다. 물에 불어 희끄무레한 아빠를 마주할 자신이 없었다. 엄마는 집에 아들 하나 없는 게 이렇게 한이 된다며 눈을 흘겼다. 원망과 후회가 뒤섞여 잡탕이 되어버린 시선이 아직도 생각난다.

한병주가 유리창을 두드렸다.

"내려요."

바닥은 소방차가 뿌려댄 물길로 비가 온 듯 축축했다. 갑자기 일어서는 통에 숙취가 몰려왔다. 깨지 않았다면 지나갔을 두통이었다. 차에서 내린 세휘를 보고 한병주가 실소를 토했다.

"편하게 나오셨네요."

"집에서 바로 나온 거예요."

세휘가 입을 열자마자 한병주는 곰삭은 김치를 먹은 것처럼 눈을 찌푸렸다.

"술을 얼마나 마신 거예요."

"얼마 안 마셨어요. 무슨 일이에요?"

"자세히는 몰라요. 경찰서에서 대기하다 불이 났다길래 달려온 거예요. 여기 사장이 그쪽 당숙 아는 사람이라는데. 본 적 있어요?"

세휘는 어깨를 으쓱했다. 아마도 경찰서를 뒤집어 놨던 사냥 개 중 한 명일 것이다. 한병주가 말을 이었다.

"사장 이름은 김영남이고, 오늘 가게에 나간다고 한 이후로 연락이 안 되나 봐요. 지금 저랑 같은 생각 하고 있죠?"

"손가락?"

한병주가 고개를 끄덕였다. 한병주의 말대로 길림마트 화재 와 노골적으로 닮았다. 두 번째 사건이었고, 범인을 잡지 못하 는 이상 두 번으로는 끝나지 않을 사건이었다. 세휘는 불에 탄 횟집으로 시선을 옮겼다. 수조가 깨져 안에 있던 횟감이 바닥 에 뒹굴었다. 숯덩이가 된 외벽은 뼈대만 남았다. 말 그대로 폭 격을 맞은 듯한 모양새였다.

욕지기가 솟았다. 숙취 때문만은 아니었다. 현장이 너무 생 생해서였다. 범죄 현장에 와 있다는 사실이 불편해서였다. 검 사 시절 서류 앞에만 앉아 있던 경험이 오히려 독이 됐다. 기 소장에 나열된 살인, 강도, 사기, 강간 같은 단어는 수십 킬로 미터 밖의 일이었다. 법정에서 마주하는 가해자와 피해자에게 연민을 느끼는 일도 없었다. 정해진 규정에 따라 기소를 하고 구형을 하는 것으로 일은 끝났다. 사건은 끊이지 않았고 세휘 는 끝없이 날아오는 공을 쳐 내는 배구선수처럼 일했다. 그 경 험이 도리어 세휘를 면역이 없는 어린아이로 만든 셈이었다.

이곳은 현실이었다. 불에 탄 가게와 실종자가 있었고 세휘는 그 내막을 파악해야 했다. 그것도 경찰보다 먼저. 그게 당숙의 요구였다. 정계 진출이 그 대가였고, 그 결과 엄마를 간호하고 수민이의 양육권을 확보할 수 있게 되니 이 사건은 결국 가족이 걸린 문제였다.

횟집 앞을 어슬렁거리던 족제비 형사가 세휘를 발견했다. 툭툭 바닥을 차며 걷는 걸음걸이가 어색했다. 건달 앞에서 가오를 잡아 보려는 회사원 같은 모양새였다. 형사가 턱 끝을 치켜들며 세휘에게 물었다.

"현장 조사 오셨어요? 연락 못 받았는데."

확인하기 위한 질문이 아니었다. 영역을 침범당한 개가 짖는 것처럼, 따지는 말투였다. 진정시켰던 숙취가 다시 올라왔다. 세휘는 관자놀이가 얼얼하도록 문질렀다.

"잠깐만 보면 돼요. 지난번에도 보여주셨잖아요."

"그때는 검사인 줄 알았고요."

"검사였어요. 지금은 윤정두 사장 변호인이고요."

"됐고요. 가세요. 형사가 시다바리도 아니고."

하여튼 영화가 사람들을 다 조져놨다. 철 지난 경상도 사투리를 쓰는 것 하며, 형사가 건달 흉내를 내는 것까지. 앞으로 사건 현장마다 만나게 될 사람이었다. 지금 기세를 눌러놓지 않으면 앞으로 피곤해질 터였다. 가능하면 당숙을 함부로 입에 올리지 않는 게 좋겠지만 지금은 가진 걸 활용할 때였다.

"아버지는 잘 계시죠? 버스 기사 하신다고요."

잊고 있던 기억을 세휘가 되살린 모양이었다. 족제비 형사의 얼굴에 짜증이 가득했다. 형사가 침을 퉤 뱉었다. 침은 멀리 뻗지 못하고 발치께에 떨어졌다.

"눈이 많아서 현장 출입은 안 돼요. 본 것만 알려드릴게요."

형사가 목소리를 낮췄다. 세휘는 팔짱을 끼고 형사의 말을 기다렸다. 한병주가 헛기침을 하더니 덩달아 팔짱을 꼈다.

"김영남 사장 본 적 있죠. 전에 경찰서 찾아왔던 분들 중 하난데."

"장정호 회장 후배죠."

형사가 느린 속도로 고개를 끄덕였다. 의미심장하지 않냐고 묻듯이.

"출근한다고 나간 사람이 연락은 끊겼고, 가게는 불에 탔어요. 지난 사건이랑 똑같아요."

"이번에도 휘발유를 썼어요?"

"아니요. 가스관을 잘랐어요. 화재긴 한데 가스 폭발 사고예요."

"손가락은?"

"냉장고에 있었어요. 감식반 말로는 오른손 검지 같다는데요."

"누구 거예요?"

"검사해봐야 알죠."

족제비 형사의 말에 잠자코 있던 한병주가 끼어들었다.

"길림마트에서 발견한 건 지문 등록 안 된 거였다면서요."

족제비 형사의 눈이 잡아챈 듯 찢어졌다. 화염이 휩쓸고 간 화재 현장에서 그곳만 빙하기가 온 듯 싸늘했다. 형사와 한병주 사이에 냉기가 흘렀다.

"지방 신문 기자 주제에 귀도 밝으셔."

"말 좀 가려 합시다."

한병주가 들릴 듯 말 듯 한 목소리로 말했다. 세휘는 한병주를 돌려세워 물었다.

"지문 등록 안 된 손가락이요?"

"외국인 아니면 미성년자."

느낌이 심상치 않았다. 한병주는 이게 연쇄 사건이 될 거라고 했다. 세휘는 손금을 보듯 손가락을 폈다. 다섯 손가락이 무덤덤하게 세휘를 향했다. 엄지와 검지를 차례로 접어봤다. 한병주는 그런 세휘를 물끄러미 쳐다보며 말을 이었다.

"웃긴 게 세 시에서 네 시 사이에 벌어졌다는 건데. 대낮이잖아요. 대담해요. 아니면 이 동네 사정을 잘 알고 있거나."

"다들 불에만 정신이 팔렸겠죠. 그게 목적이지 않았을까요? 불을 지르고, 사람을 납치한다."

세휘의 말에 한병주는 어깨를 으쓱 올렸다.

"뭐 다른 이유도 있겠고요. 불은 흔적을 지우는 데도 용이하니까. 지문도 발견 못 하고, 족적도 확인이 안 돼요."

"카메라에는 뭐 찍힌 거 없어요?"

세휘가 형사에게 물었다. 지친 기색이 역력한 형사가 대답했다.

"찍혔으면 다행이고요. 서에 가서 알아봐야죠."

해가 저물고 있었다. 낮게 걸린 해가 안덕 바다를 온통 주황빛으로 물들여 놓았다. 세휘에게는 그 광경이 꼭 피 칠갑을 한 사건 현장 같았다. 먼바다에 파도가 높았다. 동풍이 서풍으로 바뀌는 시간이었다.

현장으로 돌아가려던 형사가 뒤로 돌았다. 세휘와 한병주를 번갈아 보더니 한숨을 쉬었다.

"사람이 실종됐어요. 이거 조심해야 하는 사건입니다. 범인을 자극했다가 무슨 일이 벌어질지 몰라요."

"그러니까 열심히 수사하셔야지요."

한병주가 지지 않고 대답했다.

"기자는 좀 빠지란 말입니다. 도둑처럼 도청이나 하시지 말고요."

"그렇게 치면 변호사도 빠지는 게 맞지 않아요?"

한병주는 잽싸게 세휘를 앞세웠다. 형사는 고개를 절레절레 젓고는 가죽 잠바 깃을 올렸다. 현장으로 향하는 형사 뒤에 대고 한병주가 주억거렸다.

"새끼 가오 잡기는."

한병주는 코를 팽 풀었다. 찐득찐득한 것이 바닥에 깔렸다. 세휘는 그 꼴이 보기 싫어 눈을 돌렸다.

흔적만 남은 횟집 앞에 김영남의 아내와 아들로 보이는 이들이 있었다. 멀대같이 키만 큰 아들은 폴리스라인을 넘지 못하고 발을 동동 굴렀다. 수사팀장이 직접 아들을 달랬다. 아내는 이미 체념을 한 것 같았다. 속을 파낸 수박처럼 공허한 얼굴이었다. 사건 현장과 김영남의 가족 사이에 세휘가 서 있었다.

피해자도 가해자도 아닌 위치에서, 불쑥 두려움이 고개를 내밀었다.

세휘는 정체 모를 존재를 들여다보려 하고 있었다. 그렇다면 범인은. 범인도 이쪽을 들여다보고 있지 않을까. 두 사람의 실종으로 누가 이득을 보는 것일까. 몇 명이 사라져야 가장 이윤이 높을까. 모든 것이 불확실한 가운데 이게 끝이 아닐 거라는 것만은 명확해 보였다.

멀찍이 떨어진 휴대폰 판매장에 스피커가 요란했다. 장사가 되지 않을수록 악을 쓰는 부류였다. 화재 사건이 벌어졌는데도 다른 세상의 일인 것처럼 무심했다. 매장 직원은 밖에 내놓은 테이블에 앉아 최신 가요 비트가 자장가인 양 졸고 있었다. 사장이 그 뒤를 한심하다는 얼굴로 지나갔다.

같은 건물 2층에는 당구장이 있었고, 그 옆은 PC방이었다. 노래방은 아직 문을 열지 않았다. 건물마다 달린 수십 개의 창이 세휘를 내려봤다. 매달리듯 팔짱을 끼고 걷는 연인도, 건물로 들어서는 청년도, 은행을 막 빠져나오는 아줌마도, 어느 것 하나 예사롭지 않았다. 사방이 눈이었다.

경찰이 인원 통제에 들어갔다. 오늘은 여기까지 하자는 뜻이었다. 긴장감이 사라지자 가라앉았던 구역질이 다시 올라왔다.

"밥 안 먹어요? 해장이나 하고 가죠."

한병주가 물었다.

"속이 안 좋아서요. 오늘은 이만하죠."

"어디 가는데요."

"좀 걷게요."

세휘는 바닷가 쪽으로 걸음을 옮겼다. 바다야 지천이었지만, 물에 발을 담글 수 있는 해변으로 가려면 공장 단지를 가로질러야 했다. 세휘가 원한 건 얼어버릴 듯한 냉기였다. 발바닥부터 꿈틀꿈틀 올라오는 이 열패감을 다스려야 했다. 그렇게 정수리까지 차가워지고 나면 다시 사건을 하나씩 곱씹어볼 생각이었다.

공장 인근은 출퇴근 시간이 아니면 인적이 드물었다. 건물과 건물의 공백 사이로 으스스한 소음이 울렸다. 박자에 맞춰 노래하듯 돌아가는 프레스였다. 쿵, 쿵, 하고 울리는 소리가 곧장 뒤를 따라오는 거인의 발걸음 같았다. 단지에는 수백 명이 일하는 공장 외에 열 명 남짓한 인원으로 운영하는 철공소도 있었다. 청계천에서 일을 시작한 이들이 도시 개발에 밀려 용두동에 자리를 잡았고, 지난 수십 년간 기술을 익혔던 이들이 다시 남양주와 구리시로 몰렸다. 안덕은 재개발에 밀린 철공소가 그 명맥의 끝자락에 부여잡은 지푸라기였다. 호흡기를 떼기 전의 요양소 같은 곳이었다.

열린 문틈 사이로 더운 기운이 훅 끼쳤다. 마스크를 쓴 용접공이 불꽃을 튀기며 쇠붙이를 이었다. 팔뚝과 종아리에 화상흉터가 가득했지만, 이골이 났는지 몸으로 옮겨붙는 불꽃을 툭툭 털었다. 다른 한쪽에서는 절단기로 쇠를 자르는 중이었다. 얼굴 없는 자들의 영역이었다. 세휘가 볼 수 있는 건 불꽃을 가리는 마스크와 쇠를 자르는 뒷모습이 전부였다. 썩은 사과처럼 검은 얼굴은 서로 구분이 되지 않았다. 수 톤의 힘으로 누르고 자르는 것이 쇠가 아니라 사람이라면 어떻게 될까. 문득 그런 생각이 들었다. 마스크 너머에 있는 존재가 노동자가 아닌 짐승이라면.

교대 시간이 된 모양인지 외국인 노동자들이 삼삼오오 걸어 나왔다. 토요일 오후를 맞이한 인부들은 멀끔한 외출복으로 갈아입고 공장을 나섰다. 머리를 포마드로 눌러 넘긴 것이, 시내로 놀러 나가는 모습이었다. 그들은 공장지대를 찾은 세휘에게 눈길도 주지 않았지만 지레 겁을 먹은 세휘는 걸음을 재촉했다.

바다가 가까워지자 공장 소음은 바람과 파도 소리에 묻혔다. 세휘의 불안감도 바람에 쓸려 옅어졌다. 귓바퀴를 얼얼하게 만드는 바람은 소금기를 머금고 있어 입술을 혀로 핥으면 짠내가 났다.

공장지대와 접한 곳에 방파제가 있었다. 아빠가 물에 불은 시체로 발견된 곳이었다. 거기서 해변 끝까지 걸을 생각이었다. 세휘는 신발과 양말을 벗고 바닷물에 발을 담갔다. 소스라치는 냉기에 아랫배가 저릿했다.

아빠가 말한 적이 있었다. 안덕은 결계 위에 세워진 도시라고. 아빠의 말대로라면 그 결계를 만든 건 사람이 아니라 자연이었다. 맹티고개와 바다가 기준이었다. 토박이와 외지인을 가른 건 맹티고개였고 인간과 자연을 갈라놓은 건 해안선이었다. 파도 너머의 공간은 온전히 자연이 차지했다. 구름이 태양의 꼬리를 쫓아 달렸다. 해가 지고 나면 달이 빛을 발하기 전까지 바닷가는 완전히 어둠 속에 침묵할 거였다.

방파제 쪽과 달리 해변가는 파도의 맹위가 미치지 않았다. 사람의 손이 닿지 않은 덕이었다. 다만 방파제가 몰아낸 파도가 해변가까지 밀려가며 끊임없이 모래를 쓸어갔다. 초승달 모양의 해변은 개발이 시작된 이후로 해가 갈수록 이지러졌다. 먼바다로 밀려 나갔던 캔, 플라스틱 용기, 라면 봉지, 슬리퍼 따위가 한쪽에 쌓였다. 정액이 빠져나가지 않은 콘돔도 한 곳에 있었다. 인적이 뜸한 틈을 타 이곳을 찾은 남녀의 흔적이었다. 모두 버려진 것들이었다. 세휘는 쓰레기 더미를 휘돌아 편암으로 된 바위에 올랐다. 마을 사람들이 머구리 바위라 부르는 그곳이 해변의 끝이었다. 개구리 콧구멍이 바다를 향해 코를 벌름거리는 듯한 모양새였다. 그곳에 앉아 있으면 바다가 한눈에 들어왔다. 어둠이 짙게 깔렸다. 먼바다는 정수리로 넘어가는 달빛을 받아 깨진 유리 조각처럼 반짝였다.

그 옆은 동굴이었다. 어른 서넛이 겨우 들어갈 만한 크기니 동굴이라기에는 조금 초라하지만, 아이였을 때부터 동굴이라 부른 곳이었다. 동굴의 가운데에는 고래처럼 물을 뿜어내는 웅덩이가 있었다. 하루에 몇 시간, 썰물일 때만 웅덩이가 모습을 드러냈다.

어른들은 아이들에게 동굴에서 놀지 말라고 했다. 웅덩이 아래에 물귀신이 나온다고 했다. 물귀신은 꼿꼿이 서서 사람을 꾄다고, 해초 같은 게 보이면 절대 눈을 마주치지 말고 도망가라고 했다. 물귀신이 자리를 바꿀 사람을 찾는 거라고 했다.

　그런 말을 들을 아이들이 아니었다. 어른들의 경고가 무색하게 썰물이 될 때까지 죽치고 앉아 물귀신이 나올 때를 기다렸다. 개중에는 몽둥이까지 들고 물귀신이 나타나면 후려치겠노라고 호언장담을 하는 애도 있었고, 물귀신 사진을 찍겠다며 카메라를 들고 온 애도 있었다. 세휘는 가만히 무릎을 모으고 앉아 귀신이 나타나길 기다리는 쪽이었다. 하지만 발목에 바닷물이 찰랑거릴 때까지 귀신은 나타나지 않았다. 이따금 파도가 몰려올 때마다 버섯 모양을 한 물기둥이 조롱하듯 솟구칠 뿐이었다.

　지금에 와서야 동굴이 덜컥 무서웠다. 입을 크게 벌린 동굴 속이 시커멨다. 그 속을 뚫어지라 쳐다보고 있으면 속에 숨어 있는 것들이 순식간에 튀어나올 것 같았다.

　눈앞이 멍해질 때까지 동굴을 바라보고 있는데, 그 아래 인기척이 있었다. 누군가 낚시를 하고 있었다. 빈 낚싯바늘이 두툼한 손에 이끌려 바다에서 딸려 나왔다. 애초에 미끼를 걸지 않은 건지, 영악한 고기들이 미끼만 뜯어 먹은 건지 알 수 없었다. 커다란 형체가 허리를 펴고 일어섰다. 머구리 바위 그림자에 숨어 있던 인숙의 모습이 드러났다.

　인숙의 키보다도 높은 바위 꼭대기에 앉아 있었지만 인숙이 팔을 뻗으면 충분히 발목을 낚아챌 수 있는 거리였다. 세휘는 저도 모르게 맨발을 모아 인숙의 반대편으로 보냈다.

　인숙은 부스럭거리는 소리가 거슬리는 듯 세휘를 한 차례

쏘아봤다. 세휘는 그것만으로 얼어붙었다. 표백된 구슬 같은 눈은 드럼통 구르는 소리를 내며 다시 낚싯바늘로 향했다.

기계 같은 노동에 숨이 가쁜지 인숙은 이따금 하늘을 올려다봤다. 목젖이 시추기처럼 꿀렁거린 뒤에는 검고 끈적한 가래가 딸려 나왔다.

"도연 엄마, 저 수민이 엄마예요. 전에 놀이터에서 봤죠."

세휘가 먼저 인사를 했다. 네. 인숙이 그렇게 대답한 것 같았다. 인숙은 낚시 도구를 챙겼다. 그간 옷을 한 번도 갈아입지 않았다고 해도 믿을 만큼 전과 같은 복장이었다. 방수 재질의 멜빵 바지와 통발이 그랬다. 아랫도리에서는 바다를 농축시킨 듯한 비린내가 확 풍겼다.

"이 시간에도 고기가 잡혀요?"

인숙은 대답 없이 통발을 내밀었다. 느리고 귀찮은 동작이었다. 통발 속에서 죽어가는 물고기가 꿈틀거렸다. 비늘이 떨어져 통발 구석에서 손톱처럼 빛났다. 인숙은 어깨 위에 낚시 도구를 얹었다. 철 수세미 같은 곱슬머리는 기름을 바른 듯 번들거렸다. 머리와 등에서 동시에 김이 피었다.

"가시게요? 저기 횟집에 불이 났다던데 혹시 들으셨어요?"

"아니요."

"여기 낚시하러 자주 오세요?"

"가끔요."

"저 시내에서 변호사 하고 있어요. 수민이랑 도연이가 친한 것 같은데, 혹시 도연 엄마도 도움 필요한 거 있으면 연락 주세요."

세휘가 지갑에서 명함을 꺼냈다. 인숙은 명함을 읽지도 않고 멜빵 바지 주머니에 쑤셔 넣었다. 변호사라, 그래서 어쩌라고 하는 듯한 행동이었다.

"오늘은 하루 종일 낚시하셨어요?"

"아니요⋯⋯ 서너 시간⋯⋯."

"그럼 그 전엔 뭐 하셨어요?"

인숙이 날카롭게 세휘를 쏘아봤다. 그 눈빛에 한 대 맞은 기분이었다. 질문을 더 했다가는 정말로 한 대 맞을 것 같았다. 나불대지 말고 찌그러져 있어. 인숙이 그렇게 말한 건 아니었지만 그보다 더한 소리도 들은 것처럼 심장이 방망이질 쳤다.

인숙은 공장지대 쪽으로 걸음을 옮겼다. 발길이 닿는 곳마다 화석 같은 발자국이 움푹 팼다. 파도가 수차례 그 흔적을 지워 나갔다. 으스름달 아래 푸르스름한 뒷모습이 멀어졌다. 세휘는 그 뒷모습에 불길에 닿은 흔적이 없는지 살폈다. 혹시나 해서였다. 사건이 일어난 횟집에서 해변까지는 걸어서 30분 거리, 차로는 5분이면 도착할 곳이었다. 세휘의 눈에는 그사이에 만나는 모두가 용의자였다. 인숙의 방수 바지에 검은 흔적이 어른거렸다. 달빛 아래 스치는 그것이 해조류인지 검댕인지는 알 길이 없었다.

인숙이 시야에서 완전히 사라진 뒤 세휘도 그 길을 따라 집으로 돌아갔다. 그 사이 수심이 깊어졌다. 발목까지 차올라 걸음이 느렸다. 이즈음 만조 때가 되면 새벽까지 물이 차 방파제를 집어삼켰다.

찰랑거리는 파도에 쓰레기더미가 밀려갔다 돌아오기를 반복했다. 부탄가스 통 하나가 구르며 연신 자갈과 부딪혔다. 그 모습을 보고 있자니 목덜미가 선득했다. 가스통이 뭔가를 말해주는 것 같은데, 그게 뚜렷한 형상을 만들어내지 못했다. 세휘는 가스통을 있던 자리에 던져두고 방파제 쪽으로 향했다.

물에서 발을 빼고 올라오니 안개가 가득했다. 공장마다 밝혀 놓은 불빛이 안개를 받아 사방으로 번졌다. 파도가 쉬지 않고 방파제를 때렸다. 머리 위로 물보라가 튀었다. 세휘는 머리를 한 번 털고 신을 신었다.

집으로 돌아가기 전 세휘는 바다를 돌아봤다. 목덜미를 서늘하게 만들던 사실이 뭐였는지 떠올라서였다. 덕소횟집은 휘발유가 아니라 가스 폭발로 인한 사고라고 했다. 화재라면 모를까, 폭발 시에는 잔해가 수십 미터까지 사방으로 튄다. 덕소횟집 사고 현장도 마찬가지였다.

아까 마주친 인숙의 머리가 번들거렸다. 달빛에 의지에 확인한 거라 그저 몸이 젖은 거라 여겼다. 생각해보니 좀 더 검고 진득한 형태로 빛났다. 꼭, 날아온 잔해에 맞아 머리를 다쳐 피가 난 듯이.

자정이 가까운 시간이었다. 셔터를 내린 상점들 앞에 고양이 몇 마리가 얼쩡거렸다 상인들의 발을 쿵쿵 구르며 고양이를 쫓아냈다. 구경하던 아이들이 깔깔대며 웃었다. 시장을 놀이터 삼아 돌아다니는 아이들이었다. 배만 볼록하게 나온 아이들은 돌려가며 뻥튀기 부스러기를 입에 넣었다. 콧물로 범벅이 된 뻥튀기가 입 주위에 꽃처럼 피었다.

상인회 경비가 파장을 알리는 호각을 불었다. 상인들은 이미 뜸해진 시장 거리를 정리하며 하루 번 돈을 세었고 아이들은 소리를 지르며 다른 골목으로 사라졌다. 영업을 끝낸 시장은 고요했다. 느린 속도로 잠들어가는 시장 거리를 바라보며 장정호는 블라인드를 닫았다.

위원회 사무실에 정적이 감돌았다. 누구라도 입을 열면 툭 끊어져 버릴 긴장감이 사무실에 가득했다. 노년의 평화를 빼앗긴 이들은 패잔병 같은 모습이었다. 정두와 영남이 즐겨 앉던 자리는 주인을 잃고 비어있었다. 남은 세 사람이 차지하기에 사무실은 너무 넓었다.

장정호의 머릿속은 실종된 동생들 걱정으로 가득했다. 물고기 밥이 됐을 수도 있다. 시내 모텔에서 시취를 풍기며 썩어가고 있을지도 모른다. 그런 생각을 하면 울분이 치밀었다. 찢어 죽이고 싶은 대상을 모르는 상태에서 장정호의 분노는 애꿎은 곳을 향하곤 했다. 오전에는 아무 잘못 없는 커피포트가 박살났다.

장정호는 각을 잡아 정리하는 걸 좋아했다. 군 생활 이후 쭉 그 습관을 지켜왔다. 3년간의 군 생활이 장정호에게 준 선물이었다. 통제와 균형이 장정호의 삶을 지탱하는 원칙이었다. 손이 닿는 곳에 모든 게 존재해야 했고, 사물은 제자리에 있을 때

가장 아름다운 법이었다. 통제를 벗어나려는 것들에는 제재가 필요했다. 자르고 다듬어서 균형을 맞춰왔다. 이번에도 그래야 했다.

장정호가 상석에 앉았다. 동철과 철진이 고개를 들었다.

"짐작 가는 놈이 있으신가."

대답이 없었다. 그럴 것이다. 우려가 되는 것이 있다면 언제나 초장에 해결했다. 싹은 진작에 잘라 뒀으니 썩은 덩굴이 장정호의 영역을 침범하는 일은 없어야 했다. 이건 외래종의 소행이었다. 배스나 황소개구리 같은.

심증이 가는 사람이야 얼마든지 있었지만 감으로 의심 가는 사람을 족치다 보면 그 수가 십수 명은 될 거였다. 관심이 집중되는 건 장정호가 원하는 바가 아니었다. 은밀하고 확실하게 종양을 제거해야 했다. 이 친구들과 함께라면 그럴 수 있을 것 같았다.

장정호가 동생들과 친해진 건 사업을 시작하면서부터였다. 고등학교 동창들이라고는 했지만 학창시절부터 관계가 돈독한 건 아니었다. 시간이 연결해준 사이였다. 안덕에서 벌어진 개발의 물결 속에서 살아남은 이들이었다. 그만큼 생존력이 강했다. 필요하다면 신념을 꺾을 준비가 돼 있다는 의미였다.

인맥이 있던 건 윤정두였다. 학교에 다닐 때부터 선도부 생활을 같이했던 후배였다. 죽도를 들고 맘에 안 드는 후배들을 후드려 패는 데 재미를 붙인 놈이었다. 사람 구실 하기는 글렀다 싶었는데, 그런 정두가 이십 년 전 마트를 하고 싶다며 조언을 구해왔다.

"하려면 제대로 해야지."

장정호의 말에 윤정두는 눈을 반짝하며 달려들었다.

"어떻게요?"

"돈밖에 더 있나."

장정호는 대규모 할인을 제안했다. 상권을 장악하면 돈이 되겠다 싶었다. 안덕이 재개발 물결로 꿈틀거릴 때였다. 건물이 들어서고 인구가 유입되면서 마트가 우후죽순으로 들어섰다. 신단지에 하나, 공장 단지 초입에 하나, 맹티고개 안쪽 국민주택 인근에 하나. 장정호의 제안대로라면 물건을 팔 때마다 손해 보는 장사였기 때문에 윤정두는 손사래를 쳤다. 장정호에게는 총알과 배짱이 있었다. 제살깎아먹기 경쟁이 반년간 계속되었다. 가장 먼저 손을 든 건 신단지에 입점해 있던 용산마트였다. 그 과정이 부드러운 건 아니었다. 용산마트가 장사를 접기 한 달 전, 사장인 용식이 야구 배트를 들고 길림마트를 찾아왔다. 길림마트 직원들이 막아서자 용식은 배트를 어깨에 얹은 채 말했다.

"비켜라. 나 건드리면 죽는다."

용식은 땅딸막한 키에 체중이 팔십 킬로그램은 됐다. 돌 같은 근육으로 그 속을 채웠다. 고등학교 시절에는 유도 선수였다고 했다. 무릎을 다쳐 운동을 계속하지는 못했지만 만두처럼 짓이겨진 귀가 과거를 말해주었다. 우직했고 참을성이 있었다. 마트가 경영 위기에 처했을 때도 직원 하나 자르지 않고 영업을 계속했다. 그러다 마침내 분통이 터진 거였다.

용식이 길림마트를 찾았을 때 장정호도 그 자리에 있었다. 회계 장부를 보며 앞으로의 계획을 얘기하던 중이었다. 소란이 길어지자 윤정두와 장정호가 사무실 밖으로 나왔다. 손님들은 벽으로 물러서 구경하기에 바빴고, 직원들은 사장과 난동꾼 사이에서 어쩔 줄을 몰랐다. 용식은 장정호가 이 사건의 원흉이라는 걸 단박에 알아차렸다. 용식이 배트로 마트 바닥을 쿵쿵 두드리며 말했다.

"사장님. 공장이나 운영하시면 됐지 뭐하러 마트 사업까지 참견하십니까. 같이 좀 먹고 삽시다."

"그렇게는 못 하겠는데."

장정호는 대번에 선을 그었다. 용식의 만두귀가 꿈틀했다. 두툼하게 접힌 뒷목이 붉었다. 직원들은 더 이상 자리를 지키지 못하고 손님들 사이에 몸을 숨겼다. 장정호가 재차 의견을 전달했다.

"못 하네. 야구 방망이 들고 우리 치러 온 사람한테는 더 안 되지. 돌아가. 돌아가서 가게 접을 준비나 해."

태연하게 응대했지만 사실 장정호는 한 대 거하게 얻어맞을 각오를 하고 있었다. 눈 딱 감고, 한 대 맞은 뒤에 폭행 사건으로 경찰을 부를 생각이었다. 딱 소리와 함께 멍해지는 관자놀이, 바닥에 쓰러진 자신을 부축하는 정두, 용식을 말리는 주변 사람들. 경찰이 달려오고 용식이 체포되고 나면 그 기세도 한 풀 꺾일 것이다. 용식이 장정호를 향해 내달렸다. 장정호는 질

끈 눈을 감았다.

정작 벌어진 상황은 장정호의 예상과 달랐다. 바닥에 나뒹군 건 용식이었다. 팔꿈치가 몸에 붙은 채 몸이 통나무처럼 굳었다. 눈알이 돌아간 건지 흰자위밖에 보이지 않았다. 장정호는 입맛을 다시며 고개를 돌렸다. 날렵한 체구의 사내 하나가 용식을 내려다보고 있었다. 머리 위까지 올라간 발을 부드럽게 접어 내리며, 장정호를 향해 씩 웃어 보였다. 장정호와 안동철의 첫 만남이었다.

그날 밤 윤정두가 횟집을 운영하는 친구가 있다며 자리를 마련했다. 술을 한잔하면서 액땜이라도 해야 하지 않겠냐고 했다. 셔터를 내리고 자리를 깔았다. 용식을 발차기 한 번으로 제압한 안동철은, 윤정두의 고등학교 친구이니 장정호에게는 학교 후배가 되는 셈이었다. 장정두의 잔을 받는 태도에 격식이 없었다. 한 손으로 잔을 드는 건 물론이고 술잔을 털어 넣을 때 고개를 돌리지도 않았다.

"몸 좀 쓰시네."

장정호가 말했다. 회 두 접시를 해치운 뒤였다. 벌겋게 달아오른 얼굴에 버릇없이 내민 아랫배 하며, 안동철은 예의라고는 없어 보였다. 담배 연기를 뻑뻑 내뿜으며 안동철이 대답했다.

"말씀 많이 들었습니다, 형님."

"언제 봤다고 형님인가."

"친구 형님이면 제 형님이죠."

"운동했나."

"이 친구 유단잡니다."

두 사람의 대화에 윤정두가 끼어들었다.

"형님이나 저나 이 친구나 다 같은 고등학교 나왔습니다. 아, 그리고 이 횟집 사장도요."

"김영남이라고 합니다."

얘기를 듣고 있던 횟집 사장이 꾸벅 인사를 했다.

"안덕이 워낙 좁으니 이렇게 되네. 사장님도 와서 앉지."

장정호가 악수를 건넸다. 김영남이 비닐을 씌운 목장갑을 벗고 머뭇거렸다. 생선 손질하던 손이 부끄러워서였다. 장정호는 개의치 않고 힘차게 손을 맞잡아주었다.

그렇게 네 사람이 한자리에 앉았다. 김영남이 남은 횟감을 아끼지 않고 내놓는 바람에 자리는 늦은 시간까지 이어졌다. 바다를 앞에 두고 마시는 술은 끝없이 들어갔다. 그날의 대화에는 모종의 목적 같은 것이 있었다. 누구도 말하지 않았지만 모두들 가슴 속에 은밀한 의지 하나씩은 숨기고 대화를 이었다. 술이 어지간히 취했을 때, 장정호가 동철에게 물었다.

"지금은 무슨 일 하시나?"

"태권도 도장 하다가 말아 먹었어요. 아 무슨 이 동네는 운동하겠다는 애새끼들이 없어. 인력 사무소 하는 친구가 있어서 가끔 소일거리나 하고 지내요."

"소일거리는 무슨. 노가다 하는 거지."

동철이 심기가 불편한 듯 인상을 찌푸렸다. 장정호가 말을 이었다.

"가게 하나 하실래? 내가 투자 좀 하지. 나는 본전만 뽑으면 되는데."

안동철이 눈을 반짝였다. 마른버짐이 핀 입 주변이 씰룩였다.

"뭐 하시려고요?"

"골프 연습장."

"제가 골프를 쳐봤어야 말이죠."

"그거야 배우면 느는 거고. 사장이 꼭 골프 쳐야 한다는 법도 없으니까."

"그게 아니라, 왜 저한테 그런 제안을 하시느냐 이게 궁금합니다."

"내가 사람들 모시고 다니려면 아는 사람 있는 데가 좀 더 편하지 않겠나."

"그런데 그게 왜 저냐고 여쭤보는 겁니다."

"아 이 사람 그렇게 말해도 말귀를 못 알아들어. 자네 사정이 딱하기도 하고, 오늘 보니 학교 후배기도 해서 동생 삼으려 그러네. 낯 뜨겁게 꼭 그런 말을 해야 하나."

제아무리 천둥벌거숭이라고 해도 먹고 살게 해주겠다는 데는 장사가 없었다. 장정호가 직접 동생으로 삼겠다고 나서는 데 절이라도 해야 할 판이었다. 잠시 어리둥절하던 안동철이 자세를 고쳐 앉았다. 두 손으로 술잔을 받았다.

길림마트는 그 후로도 일 년간 손해 보는 장사를 계속했다. 여름 세일, 겨울 세일, 밸런타인데이, 화이트데이, 크리스마스, 제헌절, 개천절, 광복절, 한글날, 국군의 날 세일. 오렌지 마트와 마리네 마트가 문을 닫았다. 인근 마트들이 하나씩 도산하기 시작하자 그다음은 일사천리였다. 나중에는 시장 상인들이 장정호를 찾아와 행사를 중단해달라고 요청하기에 이르렀다. 장정호는 그때마다 단칼에 요청을 거절했다. 손실 금액을 되찾는 데에는 일 년이 채 걸리지 않았다.

장정호는 약속대로 동철에게 골프 연습장을 차려주었다. 장정호가 운영하던 비철 공장 수익에 동철이 융통한 자금을 일부 더했다. 지분으로만 치면 장정호가 가게 수익의 대부분을 가져가야 했지만 장정호는 자신의 몫까지 동철 앞으로 돌려주었다.

"형님, 제가 이자라도 좀 드리겠습니다."

"내가 돈 때문에 이러는 것 같은가."

"그래도 제 마음이 안 그렇습니다."

"자리나 하나 비워줘. 매일 저녁 아홉 시에."

장정호는 하루 세 시간 골프 연습을 했다. 건초염에 걸렸던 두 달을 제외하고 하루도 거르지 않았다. 동철은 장정호가 연습을 끝낼 때까지 가게를 지켰다. 할 일이 없으니 뉴스를 보거나 신문을 읽었다. 천생 글하고는 거리가 먼 동철이었기 때문에 장정호가 운동을 끝내고 나오면 졸고 있기 일쑤였다.

"형님은 무슨 연습을 그렇게 열심히 하십니까."

동철이 졸린 눈을 비비며 물어보면, 장정호는 다 쓸 데가 있다고 대답하곤 했다. 장정호의 말대로였다. 혼자 연습을 하던 장정호가 언젠가부터 다른 사람들을 데리고 연습장을 찾기 시작했다. 동철도 그들을 알아봤다. 뉴스에서 보던 얼굴들이 골프 연습장을 드나들었다.

　장정호는 노년이 편할 정도로만 돈을 벌면 됐지, 싶은 생각으로 공장을 차렸다. 예순이 넘으면 일 년에 한두 번 나폴리나 산토리니를 찾았으면 했다. 하지만 욕심에는 상한선이 없었다. 더 높은 곳으로 데려다줄 줄이 필요했다. 팔이 얼얼하도록 골프를 연습했다. 이기기 위해서가 아니었다. 지기 위한 골프였다. 접대비가 매달 수백씩 들어갔다. 그만큼 인맥이 늘었고 든든한 납품처가 생겼다. 안덕이 몰락하는 중에도 장정호의 공장만큼은 흔들림이 없었다. 이름이 오르내리자 안덕이 알아서 기기 시작했다.

　성공가도였지만 장정호는 인생의 정점에 선 것이 아니었다. 장정호도 결국은 장기판의 말이었다. 게임이 시작된 이상 이겨야 했다. 자리를 유지하기 위해서는 탐탁지 않은 일도 해결해야 할 때가 있었다. 이를테면 안덕시 국회의원이었던 박해남의 부탁이 그랬다.

　박해남은 전국구 선거에서 초선으로 당선된 뒤 안덕시 국회의원에 당선된 2선 의원이었다. 정계 입문 전까지는 안덕의 공장 단지 건설 인프라를 맡고 있던 건설사의 부사장으로 일했다.

　"세탁소 하나 차려야겠네."

　양주병이 절반쯤 비었을 때 박해남이 꺼낸 말이었다. 시내에 위치한 지하 주점이었다. 안덕으로 자금이 쏟아지던 시기였다. 안덕은 배탈이 나는 줄도 모르고 합법과 불법의 경계에 선 돈을 마구 받아먹었다. 그 돈을 소화시킬 곳이 필요했다.

안덕에는 아파트와 오피스텔에 공실이 수두룩했다. 박해남의 제안은 그 공실을 활용해 돈세탁하자는 거였다. 지역 건달을 활용해 눈먼 돈을 뿌리고, 헐값에 오피스텔을 대여하게 한 뒤 잔금을 치를 시점에 계약을 취소하면 계약금은 합법적인 자금으로 변했다. 장정호가 그 사업을 맡았다. 공장주에 불과했던 장정호가 건달 사이에서 세탁소 주인으로 불리는 이유였다. 종종 공장에 와 물티슈와 목장갑을 팔던 건달들이 발길을 끊은 것도 그즈음이었다.

일거리가 늘어나자 오피스텔을 관리할 사람이 필요했다. 동철이 이철진을 소개했다. 동철이 태권도 도장을 말아먹고 쉬고 있을 때 도움을 받았던 인력 사무소 사장이라고 했다.

"형님한테도 도움이 될 겁니다. 심부름시킬 거 있으면 하십쇼."

철진은 땅딸막한 키에 장사 체형이었다. 넓은 하관에 말뚝처럼 단단한 목을 가지고 있었다. 키만 좀 컸으면 애초에 군인이 됐을 거라고들 했다. 장정호가 넘겨받은 불법 자금은 지역 건달들에게 전해졌고 철진이 부동산 업자와 함께 계약 업무를 맡았다. 석 달만 지나면 검은돈이 표백한 것처럼 깨끗한 돈으로 변했다.

그렇게 모인 다섯이었다. 가족이 없는 장정호는 동생들을 살갑게 챙겼다. 동생들 역시 그런 장정호에게 예를 갖춰 대했다.

행복한 시절이었다. 그 행복에 비례해 누군가는 피해를 봤다. 장정호는 그게 세상의 이치라 믿었다. 제로섬. 승자의 득점은 패자의 실점이었다.

정두와 영남에게 해코지를 한 건 그 패자 중 하나일 거였다. 어떤 패자가 이런 짓을 꾸민 건지 알아야 했다. 하지만 영악한 범인은 단서를 남겨 놓지 않았다. 동철이 말했다.

"돈을 노린 건 아닙니다. 그랬으면 지금쯤 연락이 왔겠죠."

"그럼 뭐가 필요해서 이러는 걸까."

동철은 대답하지 않았다. 할 말이 없어서가 아니라 할 말이 너무 많아서였다. 원한, 복수, 정의. 이유를 대자면 끝도 없었다.

"범인이 우리를 노리는 거라면 경찰보다 우리가 먼저 움직여야 하네. 이 짓거리 하는 놈을 경찰에 넘겨줬다가는 우리까지 엮여."

"형님, 제가 사람 좀 풀까요?"

철진이 나섰다. 돈세탁을 맡으면서 건달들과 신뢰가 퍽 깊어진 상태였다. 장정호가 닿지 못하는 곳까지 손을 쓸 수 있는 인맥이 있었다.

"동생 쪽에서 사람 풀었다가는 이 동네 사람들이 다 알게 될 거야. 좀 기다려봐. 우리 조카가 조사 중이야."

장정호의 말에 동철이 피식 웃었다.

"여자 변호사가 뭔 힘이 있습니까."

"그래 봬도 검사 출신이야. 나도 손을 쓰고 있고."

"형님. 우리가 함께한 세월이 이십 년이 넘습니다."

"그렇지."

"우리가 형님 피붙이나 마찬가지 아닙니까."

"무슨 말을 하고 싶은가."

"만약이라는 게 있지 않습니까. 여차하면 우리가 한 번에 날아가는 수가 있습니다."

"무슨 말을 하고 싶은 거냐니까."

"어느 한쪽을 버려야 할지도 모른다는 겁니다."

장정호는 머리를 한쪽으로 기우뚱 기울였다. 아랫입술을 잘근잘근 씹었다.

"내가 동생들 배신할까 봐 걱정되나?"

"그래도 만약이라는 게 있으니까요."

"그럼 지금이라도 경찰에 가서 우리가 한 일들 다 까발리지 그래."

동철은 장정호의 비아냥에도 동요하지 않았다. 도리어 눈을 가늘게 뜨고 장정호의 시선을 피하지도 않았다.

"저희는 뭐 형님 시키시는 대로 해 왔습니다."

"자네는 책임이 없다 그거지."

"그게 아니라 형님."

"좀 얌전해졌다 싶더니 또 기어오르네."

동철은 그제야 좀 주눅이 든 것 같았다. 애꿎은 소파 팔걸이를 주먹으로 툭, 툭 쳐댔다. 철진이 나서 상황을 정리했다.

"저희야 뭐 믿을 사람이 형님밖에 더 있습니까. 형님. 몸 조심하십쇼."

"그냥 하는 안부 인사로는 안 들리는고만."

철진이 쓴웃음을 지었다. 동철은 나가는 순간만큼은 허리를 숙여 예를 갖췄다. 동생들은 곧 시장 골목 너머로 자취를 감췄다. 불안했다. 불안한 응어리가 그림자처럼 커져 모두를 집어삼킬 것 같았다.

장정호는 동생들이 떠난 자리를 정리했다. 소파를 두들겨 엉덩이 모양으로 구겨진 자리를 펴고 쿠션을 바로 놓았다. 각을 잡고 나니 마음도 정리된 기분이었다.

안개가 깔린 시장으로 나섰다. 집으로 가기 전 시장 골목을 한 번 둘러보는 게 일과였다. 생각을 정리하는 시간이었다. 적어도 영업을 끝낸 시장에서는 사람을 만날 일이 없다는 것도 좋았다. 목이 타게 만드는 일이었다. 부탁을 받거나 부탁을 해야 할 때, 그걸 거절하거나 수락해야 할 때마다 오만 가지 갈등이 솟았다. 시장은 거미줄 같은 인과 관계에서 벗어날 수 있는 공간이었다.

멀리서 아이들이 깔깔대는 소리가 들렸다. 장정호는 그 소리가 들리지 않을 때까지 반대편으로 걸었다. 길은 어둡고 축축한 곳으로 이어졌다. 식당가를 지나 옷가게와 잡화점이 늘어선 길이었다. 머리 위로 늘어선 차양이 가로등 불빛까지 가로막았다.

화재 현장에 놓여 있었다던 손가락이 뇌리를 떠나지 않았다. 세휘를 좀 더 닦달해야겠다. 그러기 위한 돈과 인맥이었다. 경찰 쪽은 그대로 놔두는 게 나았다. 괜히 들쑤셔 놓을 필요는 없었다. 동생들을 건드린 인간이 있다면 자신의 손으로 해결을 봐야 하니까.

골목이 끝났다. 장정호는 걸음을 돌리려다 구석에서 움직임을 발견했다. 하악, 하고 우는 고양이였다. 앞다리가 올무에 걸려 움직이지 못했다. 털을 곤두세우고 발톱을 장전한 채였다. 장정호를 보고 경계를 하는 게 아니었다. 고양이의 신경은 어둠 속을 향해 있었다.

"누군가."

장정호가 말했다. 그림자 속에 있던 인숙이 모습을 드러냈다. 작은 안광이 희번덕거렸다. 썩은 생선 냄새가 예고 없이 다가왔다. 보도블록이 늪지대 위에 놓인 것처럼 인숙의 걸음에 맞춰 아래로 꺼졌다.

"어. 인숙 씨."

안덕에서 밤이 어울리는 여자는 두 부류가 있었다. 하나는 분내를 풀풀 풍기고 다니는 화류계 쪽이었고 다른 하나는 용역이나 공장 잡일을 돕는 쪽이었다. 인숙은 두말할 것 없이 후자였다. 사람들은 인숙을 전염병처럼 싫어했다. 인숙도 사람들을 피해 다니긴 마찬가지였다. 문 닫힌 시장 거리를 배회하는 인숙을 보니 그동안 이 여자도 참 외로웠겠다는 생각이 들었다.

"오랜만이네. 딸은 잘 크고? 몇 살이지?"

"중학교 2학년입니다."

장정호는 손을 꼽았다. 여덟 살이 일 학년이니까 육 학년이면 열셋, 거기에 2를 더하면…… 열다섯 살이었다.

"이름이 뭐라고 했더라."

"도연입니다."

"그래. 정도연. 잘 키워야 하네."

"노력하고 있습니다, 회장님."

장정호는 뒷짐을 졌다. 인숙도 같은 자세였다. 배를 앞으로 내민 것이 등 위에 뭔가를 숨긴 눈치였다.

"뒤에 뭘 들었나?"

"아무것도 아닙니다."

"아무것도 아니긴. 생선인가 보네. 오늘도 낚시했나?"

인숙이 뒤로 물러섰다. 장정호가 다가섰다.

"뭔지 보자니까."

"별거 아닙니다, 회장님."

"돌아서게."

인숙이 한 걸음 더 물러섰다. 장정호는 두 걸음 더 다가갔다.

"뭐냐니까."

장정호가 이를 보이며 웃었다. 보여주지 않으면 억지로 돌려세울 생각이었다. 적어도 안덕에서 먹고 사는 사람이라면 장정호의 말을 무시해선 안 됐다. 자존심과 오기의 문제였다. 인숙도 더는 버티지 않고 손에 든 것을 앞으로 내밀었다.

통발에 들어있는 고양이였다. 숨은 붙어 있었지만 호흡이 가빴다. 작은 머리와 수염에 젤리 같은 핏덩이가 묻었다.

"요새 동네 고양이들이 잘 안 보인다 싶더니만 인숙 씨가 그런 거야?"

"팔까 싶어서 몇 마리 잡아봤습니다."

"팔아? 길고양이 사는 사람이 있어?"

"나비탕이라고…… 약으로도 씁니다. 개소주 하는 양 씨한테 갖다 주면 한 마리에 몇 천 원씩 받습니다. 관절염에 좋다고 노인들이 찾는 모양입니다."

장정호가 혀를 찼다.

"이 사람 그런 거로 돈 벌 생각하지 말고 애나 잘 키우라니까."

"쓸만해 지려면 몇 년 걸리지 않습니까. 그때까지 먹고 살아야죠."

올무에 걸린 고양이가 사포를 문지르는 소리를 내며 하악, 울었다. 인숙이 다가가자 재빨리 손등을 긁었다. 금세 핏방울이 맺혔지만 인숙은 주저앉고 손바닥을 휘둘렀다. 고양이는 벽에 머리를 박고 휘청였다. 인숙은 고양이가 정신을 잃을 때까지 뒷다리를 잡아 바닥에 패대기쳤다. 축 늘어진 고양이가 통발에 담겼다.

"동네 애들이 고양이를 좋아해. 너무 많이 잡지는 말게."

"워낙 빨라서 그러지도 못합니다."

인숙은 통발을 어깨에 짊어졌다. 고양이 다리가 그물 밖으로 빠져나와 덜렁거렸다.

"너도 세상 참 힘들게 산다."

장정호는 고양이를 짊어지고 시장 골목을 빠져나가는 인숙을 보며 그렇게 중얼거렸다.

신단지는 아파트 3개 동이 모여 형성된 통합 단지였다. 국민주택과 길 하나를 사이에 뒀다. 2차선 도로는 그 폭이 십 미터도 되지 않았지만 그 길이 모든 걸 갈라놓았다. 경제력도 교육 시설도 하다못해 환경미화원의 숫자도 모두 신단지 쪽이 앞섰다. 국민주택 주민들은 같은 시민을 이렇게 차별할 수가 있냐고 시청에 투서를 넣기도 했지만 정책을 만드는 양반들도 모두 신단지에 살았다.

신단지의 아이들은 국민주택 아이들을 거국이라고 불렀다. 거지가 사는 국민주택의 줄임말이라고 했다. 다른 지역에서 '휴먼시아 거지'가 언론에 오르내리는 동안 안덕 내에서는 이 단어가 한동안 논란이 됐다. 국민주택 아이들은 별명이 뭐가 됐건 별 신경을 쓰지 않는 눈치였고 그럴수록 신단지 아이들은 기를 쓰고 분란을 일으킬 소재를 찾아다녔다. 아이들 사이의 대립은 국민주택에 살던 중학생 정용수가 신단지의 고등학생 김진준의 눈에 못 하나를 찔러 넣고 나서야 끝이 났다.

못 배워먹은 국민주택 주민들에 대한 성토가 끊이지 않았고, 두 거주 구역 사이에는 보이지 않는 벽이 섰다. 하지만 언제나 실상은 보이는 것과 다른 법이었다.

7년 전 여름, 고등학생이었던 진준은 하교 중이던 용수를 발견했다. 서로 안면이 없었지만 진준에게 용수는 사냥이 가능한 먹잇감으로 보였다. 진준의 뺨이 붉게 달아올랐다. 인적이 드문 골목으로 조금만 몰아붙이면 일은 쉽게 끝날 것 같았다. 진준은 다음날 학교에 가서 자신의 영웅담을 늘어놓을 생각에 들떴다.

용수는 오디를 먹으며 걷고 있었다. 오디 즙으로 입술과 손가락이 파랗게 물들었다. 진준이 자신을 뒤따르고 있다는 걸 알아챈 건 국민주택 초입에 이르렀을 때였다. 진준은 바닥에 구르는 돌멩이를 툭, 툭 차며 사냥이 시작되었음을 알렸다. 용수는 뒤를 힐끗 돌아보고는 냅다 주택 단지 안쪽으로 달려갔다. 진준이 뒤를 쫓았다.

중학생이었던 용수가 세 살 터울인 진준을 당해낼 도리가 없었지만 추적이 이뤄지는 곳이 국민주택이라면 얘기가 달랐다. 용수는 미로 같은 골목이 계속되는 곳으로 달아났고, 그 와중에 진준은 생전 처음 오는 곳에서 길을 잃었다. 평소 비하하기를 주저하지 않았던 거지 소굴, 거지 국민의 거주지였다. 멱살을 잡고 뒤흔들어 놓으려 했던 중학생이 자신을 이곳에 내팽개쳤다는 사실을 용납할 수가 없었던 진준은 되는대로 주택 단지를 뒤지기 시작했다.

주민들이 이탈하기 시작한 시점이었다. 더러는 국민주택을 떠나 신단지로 이주했고, 아예 안덕을 떠난 집도 있었다. 비어 있는 집들이 허리를 숙이고 진준을 내려다볼수록 화가 치밀었다.

진준이 다시 정용수를 발견한 건 다섯 시 무렵이었다. 집으로 돌아가지 않고 폐가 계단에 앉아 남은 오디를 맛보던 중이었다. 포식자를 따돌렸다는 안도감에 미처 경계하지 못했다. 땀으로 범벅이 된 진준을 발견한 용수가 바들바들 떨었고, 진준에게는 환희의 순간을 즐길 여유가 남아 있지 않았다. 당장 달려가 목을 쥐고 흔들어 놓아야 했다. 수중에 들어오는 것이 과자 부스러기라 해도 남김없이 전리품으로 챙길 요량이었다. 그게 실수였다.

국민주택의 폐가는 관리가 이루어지지 않아 서서히 무너지는 중이었는데 그중에는 썩은 나무 둥치가 길을 막고 있다거나 폐자재가 도처에 놓여 있다거나 하는 일이 많았다. 용수를 향해 달려가던 진준은 발치에 놓인 나무 둥치를 보지 못했다. 발이 걸려 넘어져 아래 놓여 있던 콘크리트 더미에 얼굴을 박았다. 이전 집 주인이 집을 꾸밀 때 대못을 박았던 조각으로, 진준이 넘어졌을 때 그 못이 하늘을 향해 솟아있던 상태였다. 뚝, 하는 소리와 함께 못이 눈을 꿰뚫었다. 퍼뜩 정신을 차린 용수는 진준을 뒤로하고 달아났다. 아득한 비명이 국민주택 구석구석 퍼졌다.

진준은 경찰 진술에서 거국이 하나가 자신의 눈에 못을 찔러 넣었다고 했고 경찰은 용의자를 찾을 수 없었다. 그도 그럴 것이, 진준이 묘사한 용의자라는 건 중학생이 아니라 자신보다 머리통 하나가 더 큰 거한이기 때문이었다. 소문이 꼬리를 이었다. 결국 중학생을 괴롭히려던 고등학생이 제풀에 넘어져 눈을 다친 사건은 국민주택에 거주하는 흉악한 살인범이 순진

한 신단지 주민을 끌고 가 실명을 시켜버렸다는 얘기로 둔갑했다.

적어도 그 이후로 신단지의 아이들이 국민주택 아이들을 괴롭히는 일은 현저히 줄었다. 거국이라는 말도 자취를 감췄다.

그 신단지가 김영남의 집이었다. 세휘는 폰에 찍힌 주소를 한 번 더 확인했다. 국민주택이 내려다보이는 아파트로 15층 건물의 14층이었다. 한병주가 말했다.

"횟집 사장 좋은 데 사네."

"사셨네, 라고 하는 게 맞죠."

"아직 안 죽었다니까요."

"확률로 보면 죽은 거나 다름없어요."

"확률로 보면 우리는 범인을 잡은 거나 다름없는데요."

세휘가 피식 웃었다.

"가요."

당숙이 마련해 준 자리였다. 가족들도 만나서 수사에 도움이 될 만한 것들이 있는지 알아보라고 했다. 김영남의 부인과 아들이 맞은 편에 앉았고, 네 사람 사이에 변호사와 기자 명함이 차례로 놓였다. 아들이 명함을 들어 뚫어지게 쳐다봤다. 한병주가 물었다.

"명함에 뭐 묻었어요?"

"한쪽 눈이 잘 안 보여서 이래요. 어렸을 때 다쳐서요."

아들이 대답했다. 왼쪽 눈 아래가 칙칙한 회색이었다. 꺼내지 않아야 할 말을 했다 싶었는지 한병주는 앞에 놓인 커피를 후루룩 마셨다.

"남편분 실종에 대해서 여쭤보고 싶은 게 있어서요."

"네. 장정호 회장한테 들었어요."

그렇게 말하는 부인의 목소리에 날이 섰다. 애써 회장이라 는 호칭을 붙이는 느낌이었다. 커피잔으로 향하는 손이 바르 르 떨렸다. 아들은 그런 엄마를 힐끗 보고는 소파에 등을 기댔 다. 얘기할 테면 해보라는 자세였다. 부인은 커피가 묻은 입술 을 닦고 말을 이었다.

"이게 다 장정호 회장 때문입니다. 우리는 탐탁지 않았어요. 그 사람 때문에 남편이 인생을 말아먹었어요. 집에는 소홀하 고, 자식한테도 관심이 없었죠. 장사가 잘되면 뭐 합니까. 가족 을 버렸는데요. 이제는 횟집까지 접게 생겼으니……"

창밖으로 길게 경적이 울렸다. 그 소리가 부인의 입을 막 았다.

"남편분께서 만나던 사람은 없었나요. 원한을 살 일이라든 지."

"경찰한테도 얘기했지만, 그럴 위인이 못 돼요. 만나는 사람 이라고 해봐야 장정호 회장 주변 사람들뿐이고요. 일만 했어 요. 조금만 쉬면 단골 뺏긴다고. 편하게 사는 법을 모르는 사람 이에요."

잠자코 있던 한병주가 끼어들었다.

"제가 알고 있는 거랑은 좀 다른데요. 김영남 씨도 분쟁에 휘 말린 적이 있었어요. 근처 식당이 몇 달을 못 가서 죄다 문을 닫았다던데요. 솔직히 바닷가에 횟집이 하나밖에 없는 게 말이 됩니까. 공단 초입이니 목도 좋잖아요. 거기 회식할 만한 게 덕소횟집 하나밖에 없잖아요."

"장정호 회장이 손을 썼으면 썼지, 그 이는 한 거 없어요. 친구를 잘못 만난 게 죄랄까. 40년을 일했어요. 애가 태어나기도 전부터 운영한 가게라고요."

남편에 대한 원망보다 신뢰가 더 큰 아내였다. 세휘는 남편과 양육권 문제로 다투고 있는 자신의 처지를 떠올렸다. 남편을 향한 믿음 같은 건 불륜 사실을 확인한 이후 소각해버렸다. 남편 역시 그랬을 것이다. 벌겋게 취한 눈으로 변기통을 부여잡은 세휘를 볼 때마다.

"남편분께서 특별히 하는 말씀은 없던가요. 요즘 분위기가 이상하다거나요."

"우리는 생활하는 시간대가 달랐어요. 내가 밥 차려놓고 나가면 남편이 가게에 나가요. 남편이 돌아오면 우리는 자고 있고요. 얼굴 보기도 쉽지 않았어요. 쉬는 날도 없이 일하는 사람이니까."

"마지막으로 얘기를 나눠보신 게 언제였나요."

부인이 생각에 잠겼다. 손가락을 하나씩 접으며 날짜를 세고 있었다. 그 모습을 보던 아들이 먼저 입을 열었다.

"한 달 전."

어머나, 그렇게 됐니, 싶은 표정으로 부인이 아들을 봤다. 아들은 확신에 찬 말투로 말했다.

"그때 돈이 좀 필요해서 아버지하고 얘기를 한 기억이 나요. 제가 하는 사업에 투자 한 번 하신 뒤로는 큰돈을 주신 적이 없어요. 용돈이 다였지. 그게 좀 모자라서 부탁을 했어요. 친구들이랑 대천에 놀러 가기로 했거든요. 친구들이랑 놀러 간다고 하니 선뜻 용돈을 주셨는데……"

별일 없을 거라고 말을 못 했다. 불안하고 간절한 눈빛이 이번에는 한병주를 향했다. 아들의 잘못된 선택이었다.

"실종된 지 일주일이 지나면 보통 둘 중 하납니다. 가출해서 숨어 있거나 죽었거나. 이번 일을 보면 가출하신 건 아닌 것 같네요."

빈말이라도 듣기 좋은 말을 하는 게 나을 텐데 이 능구렁이 같은 인간은 약한 사람들 앞에 자비가 없었다. 와르르 무너져 내리는 것 같은 아들과 달리 부인은 체념한 것 같았다. 부인은 더 이상 김이 나지 않는 커피를 습관처럼 후 불어 마시고 말했다.

"변호사님, 뭐 좀 여쭤볼게요. 바깥양반 횟집이 저렇게 됐는데 보상 좀 받을 수 있을까요. 우리는 그런 거 하나도 몰라요. 남편이 안 나타나면 재산 처분은 어떻게 하면 되는지…… 이럴 때도 세금으로 몇십 프로씩 가져가고 그래요?"

갑자기 달라진 태도가 당황스러웠다. 얻은 것은 없었고 생각할 것은 많았다. 곱게 대답해줄 마음은 한참 전에 희석된 상태였다.

"그건 제 전문이 아닌데요. 보험사나 경찰한테 말씀하시는 게 좋아요."

부인이 샐쭉한 얼굴로 아들에게 물었다.

"횟집 보험 들어놨다든?"

"그걸 내가 어떻게 알아요."

"그러게. 너네 아빠가 못나서 그렇다. 너 일 좀 가르치고 그러라니까 다른 일에만 정신 팔려서."

부인이 달래듯 아들의 머리를 쓰다듬었다. 아들이 부인의 손을 쳐내고 일어섰다. 발을 쿵쿵 울리는 것이 고삐 풀린 망아지 같았다.

"에이 씨. 사람들 앞에서 쪽팔리게!"

아들이 소리를 지르고 현관문을 닫았다. 아파트 복도에 천둥 같은 소리가 쩌렁쩌렁 울렸다. 부인은 한바탕 소란에도 개의치 않고 커피를 입으로 가져갔다.

"남편이야 그렇다 치고, 내가 아들만 잘되면 아무 걱정이 없는데. 쟤가 겉만 어른이지 속은 아직 애라서요."

세휘는 부드러운 미소를 지어줬다.

"애들 키우는 게 다 그렇죠."

"아이가 몇 살이에요?"

"저희 애는 아직 어려요. 이제 열두 살밖에 안 됐어요."

"귀여울 때네요. 우리 진준이도 그 나이 때는 예뻤는데."

부인은 과거에 젖은 표정으로 먼 곳을 쳐다봤다. 시종일관 우울하던 모습이 잠시나마 다림질을 한 것처럼 반듯했다. 부인의 시선이 닿은 곳에 아들과 함께 찍은 사진이 있었다. 횟집 앞바다가 배경이었다. 높게 파도가 이는 순간이었다. 푸른 날씨였고 입자가 고운 물보라가 사방으로 튀었다. 사진 속의 아들은 양쪽 눈이 멀쩡했다. 아들의 어깨에 손을 올리고 있는 부인의 얼굴도 표백한 것처럼 밝았다.

"화재 보험 드는 건 의무니까 걱정 안 해도 돼요."

집을 나서기 전 한병주가 던지듯 말을 꺼냈다. 부인은 조금은 안심이 된다는 얼굴로 두 사람을 배웅했다.

태양이 머리 꼭대기에 있었다. 그림자 하나 없는 시간이었다. 세휘는 아무것도 먹지 못한 채 오전을 날린 상태였다. 속이 쓰렸다. 아무것도 얻어내지 못했다는 데서 오는 쓰라림이기도 했다. 사무실로 돌아가기 전 요기를 해야겠다는 생각을 하던 차에 김영남의 아들이 보였다. 시내에 갔을 줄 알았더니 고작 전봇대 뒤에서 어슬렁거리고 있었다. 세휘와 눈이 마주치자 아들이 주저하며 다가왔다.

"저 드릴 말씀이 있는데요."

아들이 말했다. 양팔을 옆구리에 딱 갖다 붙인 것이, 제 엄마를 대하던 태도와는 사뭇 다른 모습이었다.

"얘기해요."

"같이 만나는 분들 말고, 일을 돕는 사람이 하나 있었어요."

"누군데요?"

"정인숙이라고 들었어요. 이름만 알고 뭐 하는 사람인지는 몰라요. 어지간한 남자보다 덩치가 커서 한 번 보면 잊어버리기 힘들어요. 가끔 횟감 가져와서 가게에 팔고 그랬는데, 한두 마리씩 파는 걸 보면 그게 본업은 아닌 것 같아요. 장정호 회장이랑 같이 있을 때도 종종 식사하는 걸 봤는데. 그런데 이상하죠? 그때마다 상을 따로 써요. 무슨 머슴처럼."

"경찰에 얘기했어요?"

"별일 아닌 것 같아서 그땐 생각을 못 했어요. 괜히 문제가 될 수도 있을 것 같고…… 괜히 이상한 소리 했다가 그 사람이 해코지라도 하면 어떡해요."

길림마트 사건 당시에도 그랬다. 정인숙의 이름이 나올 때면 사람들은 께름칙한 게 있는 듯 말을 맺지 못하곤 했다. 괴물 같은 여자니 그럴 법도 했다. 하지만 그럴 법도 하다, 라고 생각하는 순간 수사는 끝이 난다. 수사의 기본은 데이터를 수집하는 거다. 관련 인물들의 리스트를 종으로 열거하고 행적을 횡으로 나타내면 접점이 나타났다. 세휘는 머릿속 데이터베이스에 정인숙의 이름을 올리고 태그를 달았다. 요관심 인물.

"엄마가 하신 말은 신경 쓰지 마세요. 오래 아프셨어요. 난소에 탁구공만 한 종양이 생겨서…… 난소를 통째로 덜어냈대요. 애를 둘 갖고 싶다고 하셨는데 그러질 못했죠. 그래서 저한테 애착이 강해요."

"자식이 하나뿐이면 그렇죠. 저도 이해해요."

그렇게 말하고 나니 수민이 보고 싶었다. 넌 저 형처럼 크지 말라고 말해주고 싶었다. 한병주만 옆에서 무슨 영문인지 모르겠다는 듯 운동화로 바닥을 벅벅 긁었다.

엄마의 상태는 눈에 띄게 나빠졌다.

어찌나 짧은 시간 안에 상태가 악화됐는지, 괜찮았던 적이 있었던가 하는 생각이 먼저 들 정도였다.

사건 파일을 정리하고 집으로 돌아갔을 때도 그랬다. 숯검댕으로 변한 냄비가 세휘를 마주했다. 집안에 연기가 가득했다. 문이란 문은 죄다 열려 있었지만 느슨한 바람은 탄내를 온전히 몰아내지 못했다.

"수민아."

세휘가 거실에서 아들을 불렀다. 대답이 없었다. 게임기가 널브러져 있을 뿐 방에도 아들은 보이지 않았다.

"수민아."

대답이 돌아온 건 베란다 쪽이었다. 커튼 너머에 엄마와 수민이 있었다. 세휘를 발견한 수민이 맨발로 달려 나왔다. 귓속말하려는 듯 양손을 모았다. 세휘가 귀를 갖다 댔다.

"엄마. 할머니 좀 이상해요."

"어떻게 이상한데?"

수민이 미간을 찌푸렸다. 마땅히 설명할 단어를 찾지 못한 눈치였다.

"아무튼, 이상해요."

검게 탄 냄비가 불길했다. 아직 열기가 가시지 않았다. 그 너머 벽이 아지랑이에 휩쓸려 일렁였다. 현기증이 났다. 턱관절이 얼음처럼 딱딱하게 굳었다.

"엄마. 이리 좀 와봐."

"왔니? 빨래 널고 있어 지금."

"이리 좀 와보라니까."

"애는 왜 소리를 질러."

엄마가 빨래 바구니를 들고 거실로 들어왔다. 세상 느긋한 얼굴이었다. 세휘와 수민의 굳은 표정을 의아하게 바라봤다. 주름진 콧잔등이 씰룩였다.

"무슨 냄새니 이거? 냄비 탔어? 생전 안 하던 요리를 하니까 이러지."

세휘의 눈이 부풀어 올랐다. 흰자위에 혈관이 툭툭 불거지는 소리를 들은 것 같았다. 엄마의 말을 듣는 순간 세휘를 누르고 있던 고민은 아무것도 아닌 것이 되어 버렸다. 조약돌을 걷어내고 바위를 어깨에 얹은 기분이었다. 세휘는 머릿속으로 지도를 그렸다. 치매 진단이 가능한 병원. 종합 병원이어야 했고 차를 타고 30분은 나가야 했다.

"수민아 할머니랑 방에 가 있어."

"뭐 하고 있어?"

"티브이 보고 있어."

세휘는 우선 병원에 전화했다. 진료가 가능하겠냐고 물었고, 한 시간 안으로 올 수 있겠냐는 답변을 받았다. 세휘는 그러겠다고 했다. 오후 두 시에 세휘의 부탁을 받고 차를 끌고 올 사람은 노용기밖에 없었다. 노용기는 나른한 목소리로 전화를 받았다. 수화기 너머 장윤정의 노래가 들렸다.

"용기야. 차 좀 태워줘."

"트럭? 왜?"

"엄마 모시고 병원 가게."

영차, 하고 용을 쓰는 소리가 들렸다. 자리에서 일어난 모양이었다.

"아주머니 아프셔?"

"그런 게 있어. 돼, 안 돼."

"어디까지 가는데."

"시내 병원."

"삼십 분은 걸리겠네. 동네 한 바퀴 돌려던 참이었는데 좀 돌아가면 되니까 태워줄게."

집으로 오는 데 십 분은 걸릴 거라던 용기는 오 분 만에 도착했다. 옆자리에 바하두르가 함께였다. 세휘와 엄마가 뒷자리에 앉았다. 좁은 트럭이 꽉 찼다. 비포장도로가 끝나자 아스팔트가 깔린 길이 이어졌다. 그 끝에 병원이 있었다. 소독약을 방향제처럼 둘러놓은 병원이었다. 옷에 베인 냄비 타는 냄새를 조금이라도 지워주길 바랐다.

엄마는 옆에 앉아 주위를 두리번거리다 물었다.

"그런데 여기 왜 온 거라고 했지?"

"검사받으려고."

"건강 검진받은 지 얼마나 됐다고."

"그거랑 다른 거야. 당숙도 검사 한 번 받아보는 게 좋겠대."

"그래?"

엄마는 당숙의 제안이라니 수긍을 하는 눈치였다.

"검사 언제 하니? 집에 가서 밥해야 하는데."

"기다려 엄마. 좀. 기다리자."

"나 배고픈데."

세휘는 엄마의 손을 주물렀다. 살과 가죽이 따로 노는 손이었다. 주름지고 연마된 손등은 녹은 설탕처럼 물컹했다. 세월이 지나면 딱딱해져야 하는데 사람의 몸은 그렇지 않았다. 엄마는 얼마나 더 흐물흐물해지는 걸까.

"유순남 씨."

간호사가 엄마의 이름을 불렀다. 가끔 잊고 사는 이름이었다. 엄마도 세휘의 이름을 잊어버리는 때가 올 것이다. 그러면 어떻게 해야 할까. 어깨에 있던 돌덩이가 명치로 내려와 숨을 턱 막히게 했다. 검사는 길지 않았다. MRI가 낡은 냉장고 소리를 내며 엄마를 훑었다.

잠시 기다린 뒤에 의사를 만날 수 있었다. 30대 중반쯤 되었을까, 평생 치매 같은 건 모르고 살 것 같은 인상의 의사가 인지 검사 차트를 들여다보며 말했다.

"알츠하이머 소견이 있습니다."

사무적인 말투였다. 세휘도 그에 맞춰 대답했다.

"다른 말로 치매죠."

"알츠하이머성 치매입니다. 치매에도 종류가 있고 단계가 있어요. 일단……"

의사는 몇 가지 단어로 확인사살을 했다. 관자놀이에 총알이 박히는 기분이었다. 그 이후의 얘기는 거의 귀에 들어오지 않았다. 보호자, 수발, 관리, 검진 같은 단어가 눈앞에 일렁였다.

엄마가 무슨 생각을 하고 있을지 궁금했다. 아무것도 읽을 수 없었다. 질리고 질려서 아무것도 느끼지 못하게 돼버린, 텅 빈 얼굴이었다.

세휘는 앞으로의 삶이 예전과 같지 않을 거라는 걸 알 수 있었다. 어쩌면 안덕을 떠날 수 없을지도 몰랐다. 액셀러레이터만 밟으면 되는 줄 알았던 인생에 몇 번의 장애물이 등장하긴 했지만, 이건 아예 길을 끊어버린 수준이었다. 이런 시련을 기획한 작가가 있다면 당장 달려가 펜대를 머리에 찔러 넣고 싶은 심정이었다.

신경 쓸 일이 하나 늘었지만 머리는 솜뭉치를 쑤셔 넣은 것처럼 불투명했다. 앞으로 어떻게 살아야 하나, 하는 생각이 들었다. 남편은 죽자고 세휘의 약점을 들춰낼 것이고 수민도 안덕의 생활에 지쳐갈 것이다. 엄마는 상태가 악화되지만 않으면 다행이었다. 당숙의 비호도 언제까지 이어질지 확실하지 않았다.

"대학병원 가보시는 게 좋아요."

의사가 마지막으로 전한 조언이었다. 대학병원에 가면 좋은 의사, 좋은 시설이 있다는 건 어린애들도 아는 사실이었다. 그 뻔한 얘기를 하고 진료비를 받아낸다는 게 도무지 맘에 들지 않았다.

문제는 괜찮은 대학병원이 죄다 서울에 있다는 거였다. 아직은 안덕을 떠나서는 안 됐다. 서울로 올라간다는 건 남편이 짜

놓은 덫에 대가리를 밀어 넣는 꼴이었다. 세휘는 의사에게 꾸벅 고개를 숙이고 병원을 나섰다. 엄마는 느린 걸음으로 세휘를 따랐다.

병원을 나오니 용기와 바하두르가 기다리고 있었다. 짐칸에는 아직 멀쩡한 냉장고 한 대가 실려 있었다. 용기가 물었다.

"집으로 가?"

"일단은."

돌아가는 길에는 바하두르가 운전대를 잡았다. 아직 운전이 서툴러 연습이 필요하다고 했다. 아스팔트 길이 끝나자 비포장도로가 이어졌다. 바하두르가 운전하는 트럭은 유난히 위아래로 출렁였다. 엉덩이가 시트에 처박힐 때마다 얼음찜질하는 것처럼 욱신거렸다. 엄마는 속 편히 잠들어있었다.

노용기는 집 앞에서 차를 세웠다.

"너 잠시만 기다리고 있어. 엄마 모셔다드리고 나올게."

"누나는 집에 안 가고?"

"물어볼 게 있어. 얘기 좀 하자."

세휘는 엄마를 일으켜 집으로 들어갔다. 짐을 내려놓는 것처럼 엄마를 침대에 눕혔다. 구불구불한 파마머리가 베개에 눌려 납작했다. 느슨하고 약해진 엄마였다. 진료가 피곤했는지 엄마는 이불을 덮고 곧 새우잠을 잤다.

노용기는 차에서 내려 기지개를 켜는 중이었고, 바하두르는 조수석 의자를 뒤로 젖히고 글로브 박스 위에 발을 얹고 있었다.

"바하두르 쟤는 요새 뭘 하고 다니는지 틈만 나면 자. 봄이라 그런가."

"이런 건 봄도 아니지. 요즘 날씨는 애매해."

세휘의 말대로 겨울도 여름도 아닌 날씨였다. 하늘은 머리에 닿을 듯 낮았다. 모래를 머금은 바람이 머리칼을 헝클어 놓았다.

"국민주택 근처 사는 사람인데. 덩치 큰 여자 알아?"

덩치 큰 여자, 라고 했을 뿐인데 노용기가 단박에 고개를 끄덕였다.

"정인숙? 그 여자 왜?"

"그냥 어떤 사람인가 싶어서. 그 집 딸이 우리 애 친구야."

"이 동네 온 지 한 오 년쯤 됐나. 나하고는 별 상관이 없어서. 아, 바하두르가 그 집 딸이랑 좀 알아."

"어떻게?"

"한국어 수업. 그 집 딸이 자원봉사를 한대. 똑똑해 아주."

열다섯 살짜리가 외국인 노동자 과외를 한다는 말은 들은 적이 없었다. 도연이 그 정도로 똑똑할 거라는 생각도 못 했다. 놀이터에서 만났을 땐 겁먹은 쥐새끼 같았으니까. 하긴 그 정도는 돼야 수민이와 말이 통할 것이다. 수민이가 도연과 친하게 지내고 싶어 하는 것도 조금은 이해가 갔다. 여전히 탐탁지 않았다. 도연이라면 상관없지만, 그 어미가 문제였다.

"그 사람 좀 오싹하지."

"조금 오싹하다니. 오줌 쌀 뻔했어."

노용기가 피식 웃으며 트럭 문을 탕탕 두드렸다. 바하두르가 총에 맞은 것처럼 놀라 일어났다. 노용기는 배를 쥐고 웃어젖혔다.

"바하두르한테 더 물어봐. 나는 오줌통 좀 비우고 올게."

바하두르가 창문을 내렸다. 멀뚱멀뚱한 얼굴이 순진하다 못해 귀여워 보일 지경이었다. 이십 대 초반이라고 했지만 어린 티가 가시지 않았고, 그런데도 차분했다. 타국에 건너올 때 당돌함과 맹렬함, 치기 어린 감정은 버려두고 온 모양이었다. 세휘가 물었다.

"네팔 어디서 왔어요?"

"굴미…… 탐가스요."

"거긴 잘 모르겠네요. 나 히말라야는 가봤어요. ABC 등반."

세휘가 지팡이를 짚고 산을 오르는 시늉을 했다. 바하두르의 얼굴에 슬며시 웃음이 번졌다. 충치로 이가 까맸다.

"도연이한테 한국어 배운다면서요?"

도연이라는 이름이 나오자 바하두르의 얼굴에 화색이 돌았다.

"어머. 뭐야. 도연이 좋아요?"

"네. 귀여워요. 선생님인데 귀여워요."

"둘이 친해요?"

"친구 하기로 했어요."

"한국어 많이 늘었어요?"

"네."

"공부 열심히 하셨나 보네. 일하는 건 재밌어요?"

"네."

바하두르가 수줍게 말했다. 대화가 길어질수록 문장은 짧아졌다. 애가 잘 가르치는 건 아니구나, 하고 생각했다. 도연은 차가운 인상에 말수도 적은 아이였지만 사람을 끄는 매력이 있는 모양이었다. 어쩌면 어른이 아니라 또래들과 있을 때만 밝은 모습일지도 몰랐다. 보고 자란 어른이라는 게 정인숙과 그 주변 사람들뿐일 테니 그럴 수도 있겠다 싶었다.

"도연이 엄마도 가끔 만나요?"

정인숙을 언급하는 순간 바하두르가 꿈틀, 했다. 고향에 놔두고 온 감정들이 순식간에 바다를 건너 몸속에 들어온 것 같았다. 삽시간에 둘 사이의 공기가 냉랭해졌다.

"그 사람은 잘 몰라요."

잘 모른다고 말하고 싶은 게 아니었다. 바하두르는 그 이름을 입에 담지 말라고 말하고 있었다. 왜요? 뭘 봤어요? 뭘 알고 있는데요? 따져 묻고 싶었다. 바하두르는 자물쇠처럼 입을 다물었다. 바하두르의 표정은 최종심 선고를 기다리는 원고의 것이었다. 죄책감과 불안, 얕은 기대가 회반죽처럼 섞인.

바하두르는 돌아앉아 창틀에 팔을 올렸다. 작업복 소매를 팔뚝까지 걷은 채였다. 울퉁불퉁하게 단련된 전완근 위에 몇 센티미터 간격으로 자해한 흔적이었다. 흉터는 손목에서 시작해 팔뚝까지 이어졌다. 우발적인 행동의 잔상이 아니었다. 검사시절 목격했던 자해의 패턴은 이처럼 정교하지 않았다. 어디로 튈지 모르는 아이처럼 사방으로 뻗치기 마련이었다. 바하두르의 흉터는 달랐다. 조각을 한 것처럼 간격이 일정했고 길이도 비슷했다. 표식에 가까웠다. 너와 나는 같은 사람이라는 걸 문신처럼 새긴 흔적이었다.

정인숙의 흉터와 꼭 닮은 모양새였다.

바하두르는 세휘의 시선을 알아채고 화들짝 놀라 소매를 내렸다. 그러고는 멋쩍은지 아스팔트에 고인 물웅덩이에 얼굴을 비춰봤다. 생선 삶은 구정물, 돼지고기를 익히고 남은 하수가 지하로 흘러 들어가지 못해 머무는 곳이었다. 회색 거울 위로 바하두르의 얼굴이 일렁였다.

"얘기 좀 했어?"

용기가 바지춤을 잡아 올리며 돌아왔다. 낡은 트럭은 몇 차례 시도 끝에야 시동이 걸렸다. 사이드미러로 바하두르의 눈이 보였다. 빗물 자국으로 얼룩진 거울을 통해 바하두르도 세휘를 보고 있었다. 시선이 엇갈리는 게 어색해 세휘는 운동화로 바닥을 슥슥 비볐다. 용기가 창문을 열어 손을 흔들었다.

안덕에 들어와 살겠다는 사람이 없으니 집값은 떨어질 대로 떨어졌고, 그 사이 나이가 들어버린 주민들은 오래된 가전제품을 내다 버렸다. 모든 것들이 빠르게 부패하고 있었다. 그렇게 다 삭아버리고 나면, 안덕에 남는 건 대체 뭐가 있을지 궁금했다. 그때가 되면 용기도 바하두르도 더는 버티지 못하고 새 터전을 찾아 나서야 할 거였다.

세휘는 냉장고를 싣고 떠나는 트럭의 뒷모습을 한참 쳐다봤다. 트럭이 골목을 꺾어지나 시야에서 사라졌다.

국민주택에서 편의점을 가려면 따스란 상가 거리나 신단지까지 나가야 했다. 따스란 상가 거리는 맹티고개를 넘어야 했기 때문에 30분은 걸리는 데다 밤이 되면 문을 닫았다. 24시간 연중무휴로 운영할 수 있는 편의점은 신단지에 있는 게 유일했다.

안덕에서는 야간 영업을 해도 매출이 많지 않았다. 밤이 되면 상가들은 경쟁하듯 셔터를 내렸다. 닫힌 상가 건물 사이에서 편의점은 쓸쓸한 불빛을 내뿜었다. 축사에 기생하던 날벌레들은 밤이 되면 편의점으로 몰려들어 해충 퇴치 램프 위에서 산화했다.

편의점 주인은 언제나 졸았다. 낮에도 졸았고 밤에도 졸았다. 평일과 주말을 가리지 않고 졸았다. 세휘가 편의점을 찾을 때면 계산대 위에 턱을 괴고 있다가 차임벨 소리에 무거운 눈꺼풀을 들어 올렸다. 피곤에 절어 말라가면서도 편의점 내외는 아르바이트를 쓰지 않았다. 이 동네의 산수라는 게 딱 그랬다. 퇴직금을 쏟아부어 마련한 편의점은 무슨 일이 있어도 지켜야 하는 가보 같은 거였다. 그래서 간이 썩고 폐가 쪼그라들어도 신단지 편의점은 문을 닫는 일이 없었다. 그저 뻑뻑한 눈을 비비고 축 처진 아랫배를 문지르며 안덕에도 새봄이 오기를 기다렸다. 넓적다리 조각 치킨과 맥주를 찾는 이들이 있어 밤에도 곧잘 장사는 됐다. 맥주는 네 캔에 만 원이었다.

세휘는 맥주를 고를 때 알코올 도수만 따졌다. 높은 것에서 낮은 순으로 하나씩 집어 들었다. 하나를 빼낼 때마다 밀려 나오는 캔들은 처량한 소리로 서로 부대꼈다.

"이번에도 골고루 고르셨네요."

주인이 또 알은체했다. 안덕에는 어울리지 않는 호의였다. 단골을 챙기기 위한 수완이었지만 세휘에게는 부담스러운 친절이었다. 카드를 꽂고 비닐에 맥주를 담는 시간이 조회시간처럼 길게 느껴졌다. 허리가 뻐근했다.

집으로 돌아온 세휘는 엄마가 태운 냄비를 버리고 새 솥에 밥을 안쳤다. 엄마는 배가 고프다고 투정이었다. 세휘는 잠시만 기다리라고 하곤, 냉장고에서 상해가는 밑반찬을 버리고, 그나마 숨이 살아있는 것들로 찌개를 끓였다. 엄마는 재활용 상자에 들어가 있는 냄비를 보며 뭔가 떠올랐는지 인상을 찌푸렸다. 세휘는 수민이까지 불러 밥을 먹이고 방으로 들어갔다. 아직 해가 떨어지지도 않은 시간이었지만 맥주를 따서 한 모금을 마시고 박성동에게 전화를 걸었다.

"여. 수사 잘 돼가?"

차가운 안덕과 따뜻한 서울을 전화기가 파이프라인으로 연결시킨 것 같았다. 방 안 온도가 순식간에 올라갔다.

"수사는 경찰이 하는 거고. 나는 정보나 모으는 거지."

"그래 그 정보. 궁금해할 것 같아서 좀 알아봤는데. 지금 얘기해줘?"

"내가 술을 좀 마셨어. 답답해서. 근데 정신은 말짱하니까 읊어봐."

거짓말이었다. 이미 취기가 올라 볼이 뜨끈했다. 혀까지 꼬였다면 박성동은 내일 얘기하자며 전화를 끊어버릴 거였다.

"담당 검사한테 보고서 올라온 거 슬쩍 봤어. 검시 결과 나왔는데. 두 번째 손가락은 윤정두 사장 거래. 잘라낸 지 얼마 안 됐다는데."

"도미노 같네. 아직 살아있을 것 같아?"

"확실한 것만 얘기하자. 적어도 손가락을 자를 때까진 살아있었던 것 같아."

"놀리고 있군."

계획적인 범죄였고, 보란 듯이 패턴을 만들고 있었다. 팔에서 힘이 쭉 빠져나갔다. 경찰도 어쩌지 못 하는 놈을 변호사 하나가 찾아낼 수 있을까, 하는 우려 탓이었다. 수사관도 없다. 맨몸으로 덩굴 숲에 던져진 기분이었다.

"야 너는 술 좀 끊어라. 안덕에 있으면 좋은 공기 마시면서 건강해질 줄 알았더니 서울 있을 때 보다 더 마셔 어떻게 된 게."

"남이사."

세휘는 빈 맥주캔에 양주를 쏟아부었다. 입천장 가득 열이 올랐지만, 아무 맛도 느껴지지 않았다. 미각이 사라지고 통각만 남았다. 언제부턴가 그랬다.

"끊어. 다음에 얘기해."

세휘는 아득히 멀어지는 박성동의 목소리를 가로막고 말했다. 종료 버튼을 누르고 침대 귀퉁이에 전화기를 던져 놓았다. 문자 한 통이 도착했지만 확인하지 않았다. 이 시간에 전달된 문자라면 남편일 거였다. 수민이는 잘 지내고 있냐고 묻는 거겠지. 만사가 귀찮았다. 그대로 곯아떨어졌고, 서너 시간이 지나 잠에서 깼다. 갈증 탓이었다. 아랫배도 묵직했다.

화장실로 가 바지를 깠다. 화장실은 며칠 사이 물때 범벅이었다. 두 벽과 바닥이 만나는 곳, 타일 줄눈이 그어진 곳마다 어김없이 곰팡이가 뿌리를 박았다. 락스를 사다 뿌리고 싶었다. 화장실에도, 안덕의 바다에도. 이끼와 곰팡이가 낀 곳마다 락스를 들이부어서 이 동네를 깨끗하게 표백하고 싶었다.

거실로 나온 세휘는 집을 한 바퀴 둘러 봤다. 달빛이 넘어질 듯 기울어져 거실로 들어왔다. 검푸른 조명이 은은했다. 설거지를 하다 말았는지 그릇 위에 세제가 허옇게 말라붙었다. 아침에 처리해야 할 일이었다. 엄마를 살펴야 하고, 수민이를 학교에 보내야 하고, 사무실로 출근해 새로운 단서가 없는지 전화를 돌려야 한다. 바하두르와 정인숙의 연결고리를 찾아야 한다. 당숙에게 진척 상황을 전달하고, 다시 실종자들의 주변 인물들을 탐문해야 한다.

그런 생각을 하고 있는데 슬그머니 문이 닫히는 소리가 났다. 살금살금 걷는 것이 수민의 발걸음이었다. 야광으로 희미하게 빛나는 시계를 봤다. 새벽 두 시였다.

세휘는 수민의 방으로 갔다. 아들은 이불을 머리까지 덮고 있었다. 하얗고 얇은 종아리가 이불 밖으로 나왔다. 가슴팍이 숨소리에 맞춰 오르내렸다. 새근새근. 작은 오케스트라를 보는 것 같았다. 살짝 열린 창으로 바람이 불었다.

아이가 자라는 모습이 오이 같았다. 몇 년만 지나면 길고 거칠어지겠지. 수민이가 자랄수록 얼굴에 남편의 모습이 보였다. 빨래집게처럼 집히는 콧잔등과 칼로 베어 벌어진 듯한 눈매가 그랬다. 아빠의 흔적도 있었다. 상처를 주고, 상처를 받고, 사랑하고 증오했던 이들의 모습이었다. 세휘는 그 언저리에 자신의 모습이 있지 않을까 조목조목 뜯어봤다. 내 배를 헤집고 태어난 자식이니 응당 그래야 했지만, 도저히 닮았다고 할 만한 곳이 없었다. 내색하지 않았지만 못내 서운했다. 성격만큼은 자신을 닮았으면 했다. 온전한 분신이 되어 자라줬으면 했다. 아니, 그래야 한다. 남편을 닮은 모습으로 자라는 건 용서할 수 없었다. 세휘는 홀쭉해진 아랫배를 쓰다듬었다. 열 달 동안 수민이 자랐던 곳.

오 년 전, 수민이가 초등학교에 들어가던 날 집에 있던 동화책을 치워 버렸다. 백과사전과 문제집으로 그 자리를 채웠다. 조개처럼 벌어지던 수민의 입이 떠오른다. 엄마, 내 추억은 다 어디 있어요? 하고 묻는 것 같았다. 정작 수민의 입에서 나온 말은 앞으로 열심히 공부하겠다는 거였다. 어떻게 하면 칭찬을 받는지 아는 아이였다. 세휘는 그 지적 수준에 맞는 환경을 조성해주는 게 자신의 임무라고 생각했다.

세휘는 침대맡에서 일어났다. 커피잔을 휘저은 것처럼 현기증이 일었다. 숨을 크게 들이키는데, 뭔가 이상했다. 수민의 것이 아닌 숨소리, 그리고 비릿한 냄새. 정인숙이 풍기던 생선 비린내가 방안을 유령처럼 떠돌고 있었다.

세휘는 스위치를 올렸다. 잠든 줄 알았던 수민이 벌떡 일어났다. 세휘는 딱지를 떼듯 이불을 들쳤다. 앙상한 수민의 몸이 드러났다. 다리를 모으고, 아랫도리를 양손으로 감추고 있었다. 단박에 얼어붙은 채 세휘에게 용서를 빌고 있었다. 이미 눈 아래 눈물이 그렁그렁했다. 세휘의 시선은 수민이 감추려 하는 침대 뒤편으로 향했다. 침대와 벽 사이에 공간이었다. 수민은 그 사이에 몸을 넣고 있는 걸 좋아했다. 부유하던 냄새와 숨소리의 진원지가 그곳에 있었다.

"너 여기서 뭐하니."

세휘가 말했다. 침대 옆에 숨어 있던 도연이 모습을 드러냈다.

세휘가 가까이 오라고 손을 까딱했다. 도연은 얇은 블라우스 차림이었다. 머리카락은 헝클어져 있었다. 마스카라가 번진 눈은 멍이 든 것처럼 검었다. 립스틱 자국이 입술부터 턱까지 쭉 이어졌다. 침대 머리맡에 화장품 몇 개가 놓여 있었다. 세휘의 것이었다.

"뭐 하고 있었는지 묻잖니."

도연의 얼굴이 비눗방울처럼 부풀었다. 금세 허벅지 위로 눈물이 떨어졌다. 이래서 애들은 안 된다. 여차하면 질질 짤 궁리부터 하니까. 여자아이라면 이미 눈물이 가진 힘을 알 나이였다. 그게 더 못마땅했다. 수민이 도연을 대신해 대답했다.

"우리 아무것도 안 했어. 그냥 이야기한 거야."

"넌 조용히 하고 있어. 얘, 지금 몇 시니 대체."

도연이 손등으로 눈물을 훔쳤다. 마스카라 자국이 이번에는 옆으로 길게 번졌다.

"조금만 놀다가 곧 가려고 했어요."

"엄마는?"

"집에 계세요."

"들어가기 싫니?"

도연이 고개를 들었다. 간절한 눈빛이었다.

"엄마가 괴롭혀?"

도연은 걸레를 짜듯 얼굴을 찡그렸다. 눈물이 댐을 터뜨린 것처럼 흘렀다. 수민이 원망스레 세휘를 쳐다봤다.

"집에 가자. 아줌마가 데려다줄게."

세휘가 손을 내밀었다. 도연은 닭장 속 병아리처럼 세휘의 손을 피했다. 이리 와. 도살장에 끌려가는 게 아니잖아. 엄마한 테 가는 거라고. 우리 아들이랑 붙어 있지 말고 너네 엄마나 괴롭히란 말이야. 술기운이 올랐다. 아마 얼굴이 벌게져 있을 것이다. 수민이 이 모습을 어떻게 바라볼지 걱정이었다. 세휘의 손이 몇 차례 허공을 저었다. 뜻대로 되지 않자 화가 치밀었다. 이 새파랗게 어린 것들한테 휘둘리는 건 용납할 수 없었다. 세 휘는 도연의 손목을 잡아끌었다. 도연은 생각했던 것보다 훨 씬 가벼웠다. 물고기처럼 딸려 나온 도연을 현관으로 데리고 왔다.

"신발 신어."

도연은 거실에 엉덩이를 깔고 신을 신었다. 블라우스가 말려 올라가 허벅지가 드러났다. 이걸로 우리 아들을 꼬셨니. 고작 이거 가지고. 겨우 열다섯 살짜리가. 화장까지 하고. 세휘는 도 연의 블라우스를 내렸다. 그 화장품이 얼마짜리인지나 알아? 창녀 같은 년.

"가자."

세휘가 도연을 앞세웠다. 느릿느릿 걷는 도연의 등을 떠밀었 다. 그럴 때마다 도연은 고꾸라질 것처럼 휘청였다.

도연의 집은 놀이터 근처였다. 우측으로 돌아 몇 블록을 지 나면 되는 곳이었다. 세휘의 집과는 걸어서 5분 거리였다. 세 휘의 눈을 피해 둘이 만날 방법은 얼마든지 있었다.

"여기니?"

"네."

도연은 대문을 열지 못하고 주저했다. 세휘는 한 번 더 도연 의 등을 밀었다. 불이 꺼진 집이 염소 아가리 같아 보였다. 정 인숙에게 아이를 밀어 넣는 형국이었다. 이래도 괜찮은가 하 는 생각이 머리를 스쳤지만, 그래서 어쩔 건가 싶었다.

"앞으로는 우리 집에 오지 마. 수민이한테도 그렇게 얘기할 거야. 알겠니?"

도연은 세휘를 한 번 뒤돌아보고는 집으로 들어갔다. 세휘는 무슨 일이 터지지는 않을까 그 자리에서 기다렸다. 골목에 내 놓은 쓰레기가 가득했다. 쓰레기 수거일은 화요일과 목요일이지만 몇 주는 치우지 않은 것 같았다. 음식물 쓰레기를 섞어 버렸는지 파리가 들끓었다. 도연의 집에서 불이 켜지고, 잠시 후 다시 꺼졌다. 정인숙의 솥뚜껑 같은 손바닥이 아이를 향해 날아들지는 않은 모양이었다.

세휘는 빈집이 즐비한 주택가를 지나 집으로 돌아왔다. 수민의 방문은 닫혀 있었다. 깨워서 얘기할까 하다 말았다. 잘못을 한 건 도연이지 수민이가 아니니까. 새벽 세 시가 가까웠다. 편의점에서 사다 놓은 맥주를 마셨다. 금세 배가 불렀다.

한동안 잠이 오지 않더니, 얼마 지나지 않아 걷잡을 수 없이 졸음이 쏟아졌다.

주말에는 굿판이 벌어졌다. 윤정두와 김영남의 가족들이 돈을 모았다. 당숙도 범죄예방위원회 이름으로 지원을 했다. 북과 꽹과리 소리로 안덕이 들썩였다. 신단지 주민들이 소음으로 민원을 넣어도 소용이 없었다. 경찰과 공무원이 도리어 중재 역할을 맡았다. 이게 다 안덕을 위해서라고, 이런 흉흉한 일이 또 벌어지지 않으려면 마을 전체를 잘근잘근 밟아 한을 달래야 한다고 신단지 주민들을 설득했다.

박수무당이 칼무를 추며 인파를 갈랐다. 까딱 칼이 태양 빛을 반사해 사방으로 번뜩였다. 애동은 무령을 흔들며 그 뒤를 따랐다. 세휘에게는 그 모습이 우스꽝스러워 보였다. 답을 잃은 이들의 우매한 발악 같았다. 시체도 발견하지 못한 마당에 혼을 정화하겠다며 사령제를 하는 모습이 가관이었다.

당사자가 아닌 이상 굿이라는 게 축제와 다를 바가 없어서, 동네 사람들이 죄다 구경을 하겠다고 모였다. 박수가 지나는 길에 인숙도 있었다. 도연의 어깨에 손을 올리고 있었다. 그 모습이 어쩐지 딸이 달아나지 못하게 잡은 듯 보였다. 수민은 처음 보는 굿판이 신기한지 산책 나온 강아지처럼 사방을 기웃거렸다. 국민주택 아이들은 굿상에 오른 떡에 손을 대다 호되게 야단을 맞고 달아나곤 했다. 형사도, 당숙도 구경을 나왔다. 골프장 동철과 인력 사무소 철진은 언제나처럼 당숙의 곁을 지켰다. 외국인 노동자들은 한국의 무속신앙을 서커스 보듯 지켜봤다. 윤정두와 김영남의 가족들만 거적 위에 앉아 연신 고개를 조아렸다.

국민주택에서 시작된 행렬은 맹티고개를 넘어 공단까지 이어졌다. 세 시간짜리 굿이었다. 옮긴 자리마다 부적을 태워 날렸다. 붉은 쾌자와 무복은 소용돌이처럼 춤을 췄다. 오방색으로 치장한 패랭이가 박수의 고갯짓에 따라 널을 뛰자 어지럼증을 호소하거나 헛구역질을 하는 이들도 있었다. 노인들은 무당이 솜씨가 좋다고, 신내림을 제대로 받은 모양이라고 추어올렸지만 세휘가 볼 때는 그저 반복된 착시의 효과였다. 멀미가 나게 할 만큼 현란한 춤사위라면, 그걸 세 시간이나 반복할 수 있는 체력이라면 그것도 실력이겠다 싶었다.

제의의 마지막 장소는 공단 끝 바닷가였다. 세휘의 뒤에서 쉴 새 없이 훈수를 놓던 노인들이 박수의 옷을 빌려 입고 춤을 췄다. 그동안 애동들이 방파제 앞으로 굿상을 옮기고 양쪽으로 도열했다. 병풍을 바다 쪽으로 늘어놓고 굿이 재개됐다.

박수는 온갖 신의 이름을 불렀다. 필요하다면 예수와 무함마드까지 데려올 기세였다. 박수가 눈깔을 뒤집었다. 굵은 목소리는 가늘고 높게 변했다. 애동이 흔드는 무령의 흔들림이 격해지고, 박수의 칼무도 그에 따라 속도를 더했다. 꽹과리와 북이 박자도 없이 난타를 당하는 듯, 귀가 얼얼하게 피로해졌다 싶을 때 박수의 까딱 칼은 바다를 향했다. 모든 소리가 순식간에 멈췄다.

"저기 간다. 용선을 타고 간다. 용왕신님, 용신님…… 굽어살피시오, 넋을 건져 극랑왕생 시켜주시오……"

시커먼 물이 소용돌이칠 뿐 바다는 대답이 없었다.

"그랬구먼. 푸닥거리를 제대로 못 해서 그런 거였어."

구경하던 노인들이 말했다. 박수는 실종자들이 바다에 수장돼 용왕 곁에 있을 거라 말한 거였지만 노인들은 박수가 대단한 답이라도 찾아냈다는 듯 칭송을 아끼지 않았다. 실종자 수색이나 범인 색출에는 도움이 될 게 전혀 없었지만 이상하게도 안덕의 주민들의 면면에는 만족감이 감돌았다.

뒤를 돌아보니 족제비 형사가 양손을 가지런히 모아 기도를 올리고 있었다. 참았던 웃음은 그제야 터져 나왔다. 무속 신앙에 기대는 형사에게 뭘 기대해야 하나 싶었다. 생각해보면 다행스러운 일이기도 했다. 형사보다 세휘가 실체에 더 빨리 접근할 가능성이 높다는 뜻이니까.

굿이 끝나자 방파제 앞은 곧 아이들 차지가 되었다. 구경꾼들이 사라진 굿판은 이가 빠진 것처럼 쓸쓸했다. 당숙은 바닷가로 굿판이 이어지기 전 집으로 돌아간 모양이었다. 정인숙은 굿상을 기웃거리는 도연이 사라지지 않을까 열심히 뒤를 쫓는 중이었다.

도연이 수민이를 발견하고 병풍 뒤에서 손을 흔들었다. 수민도 굿상 앞을 뛰어다니는 아이들 사이에서 도연을 발견했는지 눈인사를 건넸다. 그 짧은 순간 둘은 세휘의 존재를 잊어버린 것 같았다. 세휘는 수민의 손을 잡아끌고 집으로 돌아왔다. 한시라도 둘이 붙어 있는 게 마뜩잖았다.

집으로 돌아온 세휘를 반긴 건 당숙의 신발이었다. 수민이 집을 찾아온 당숙을 의아한 얼굴로 쳐다봤다. 이 사람은 무해한 사람인가, 하고 묻는 눈치였다. 제 할머니가 당숙에게 차를 대접하는 모습을 보고 곧 안심했다.

"수민이 씻고 방에 들어가 있어."

세휘가 말했다. 수민은 다람쥐처럼 방으로 들어갔다. 게임기 켜는 소리가 나고, 방문이 닫혔다.

"네가 안 찾아뵈니 직접 오시잖니."

엄마가 말했다. 당숙은 뜨거운 차를 숭늉 불듯 식히며 말했다.

"괜찮습니다. 놔두세요. 아쉬운 사람이 찾아야죠. 굿판 구경은 잘했나?"

"네."

"이런저런 얘기 좀 하려고 찾아왔네. 얼굴 본 지도 좀 됐잖나."

"자주 연락드렸어야 하는데 죄송합니다."

당숙이 손사래를 쳤다.

"그런 말 들으러 온 게 아니니 걱정 마시고. 정계 쪽에는 언
질을 줬어. 박해남이라고 지역 의원이셔. 상황이 좀 정리되면
당에서 연락이 갈 거네."

상황이 정리돼야 연락이 간다는 소리겠죠. 세휘는 하고 싶은
말을 삼켰다. 당숙의 말에 엄마가 더 좋아했다.

"당숙, 혹시 애 혼사 자리는 없을까요."

"아 엄마!"

"저는 애가 걱정돼서 그래요. 지 남편하고 갈라선 후로 술을
너무 많이 마셔요. 맥주를 하루에 서너 캔씩 마신다니까요. 냉
장고에도 양주병이 수두룩해서……"

"엄마! 그만하라고."

"아이고 내가 주책이네. 설거지나 해야겠다."

엄마가 자리를 떴다. 세휘는 허벅지 위로 주먹을 말아쥐었
다. 당숙이 목소리를 낮추고 말했다.

"엄마는 상태가 괜찮으신가."

"알츠하이머랍니다."

"확진인가."

"그런 것 같아요. 얼마 전에는 냄비를 통째로 태워버렸는데
도 기억을 못 하셨어요."

"그렇군. 필요한 거 있으면 말하시게."

"신경 써주셔서 고맙습니다."

"그래. 내가 부탁한 건 어떻게 돼가고 있나."

당숙의 목소리가 한 단계 더 낮아졌다. 본론으로 들어가자는 얘기였다.

"지금까지 손가락 두 개가 발견됐지요. 길림마트에서 발견된 건 윤정두 사장의 것이 아니랍니다. 오래전에 얼려놨던 거라네요. 아직 누구 건진 모르고요. 김영남 사장 실종됐을 때 덕소횟집 냉장고에서 발견된 게 윤정두 사장 손가락이에요."

"그래서? 말해보게."

"뭘 말입니까."

"자네가 생각하는 거. 앞으로 벌어질 일을 짐작해보라는 말이네."

"세 번째 사건이 없으리라는 법이 없죠. 다음번에 누군가 실종된다면, 그때 발견되는 건 김영남 사장의 손가락이겠고요. 연쇄 사건이라면 말입니다."

"그래. 연쇄 사건이라면 말이지. 그런 거야 수민이도 짐작할 수 있을 걸세. 간단한 산수잖아. 중요한 건, 다음엔 누가 실종될 거냐는 거지."

쏘는 듯한 눈빛이었다. 눈을 관통해 뒤통수를 노려보고 있는 것 같았다. 그 눈에 세휘에게 미래의 일을 묻고 있었다. 확증은 없지만, 짐작은 할 수 있었다. 범인은 메시지를 전달하는 중이었다. 시간이 갈수록 메시지는 명확해지고, 그에 따른 공포도 강해질 거였다. 범인은 그 순간을 즐기는 중이었다. 범행이 완

성되는 순간 메시지도 확실해질 것이다.

다음 희생자 역시 사냥개들 중 하나일 거였다. 당숙이 그 사실을 모를 리 없었다. 세휘에게 그걸 물어보는 게 아니었다. 그걸 알고서도 입을 다물 수 있겠냐고 물어보는 거였다.

"저는 모르겠네요."

당숙은 시선을 거두지 않았다.

"범인은 오늘 우리와 함께 있었을 걸세."

마을 사람들이 죄다 뛰쳐나온 굿판이었다. 마을 사람 중에 범인이 있을 거라고 짐작하는 거였다.

"이번 일이 잘 해결되면 정계에도 진출하고, 아이와도 같이 지내게 될 거야."

"노력하겠습니다."

"노력하는 거로는 안 돼. 잘 해내야지. 경찰보다 빨리 알아내지 못하면 없던 일로 해야 해. 그게 조건이네."

괜히 코가 가려웠다. 세휘는 세차게 재채기를 했다. 엣헤능, 엣헤능.

설거지를 마치고 돌아온 엄마가 말했다.

"느이 할머니가 꼭 그렇게 재채기를 했다. 엣헤능 엣헤능 하고."

엄마는 세휘 옆에 앉았다. 당숙을 마주 보며 말했다.

"전에는 애 아빠하고 일하시더니 이제는 우리 딸까지 챙겨 주시네요."

당숙은 인자한 미소를 지었다. 세휘가 당숙에게 물었다.

"전부터 궁금했는데요. 아버지가 당숙이랑 무슨 일을 했어요?"

"그냥 이런저런 일 도와준 거네. 집안사람이니까 심부름 같은 걸 해준 거지. 일을 참 잘했네. 자네가 아버지를 똑 닮았지."

구체적인 내용은 하나도 없는 대답이었다. 세휘도 억지로 캐묻지 않았다. 대신 다른 질문을 했다.

"그럼 혹시 정인숙 씨는요? 그분도 이런저런 심부름을 해주시고 했다던데."

정인숙의 이름을 들은 당숙의 낯빛이 나무껍질처럼 변했다.

"이것저것 많이 알아보셨네. 잘하고 있어. 잘하고 있는데, 그 사람은 신경 쓰지 않아도 돼. 이번 일과 관계없어."

이번 일과 관계가 없다는 말은 사실일지도 모른다. 하지만 신경 쓰지 않아도 된다는 말에는 동의할 수가 없었다. 갈피가 조금 잡히는 것 같았다. 당숙은 인숙이 범인이 아니기를 바라는 거였다.

"그만 가겠네. 또 연락하지."

당숙이 일어났다. 언제 그랬나 싶게 온화한 얼굴이었다.

굿판이 벌어진 이후, 한동안 누군가 실종되는 일은 없었다. 정말 효험이 있었나 착각할 정도였다. 하지만 아직 엄지손가락의 주인이 누군지 알지 못했고, 수사에 진척이 없기도 마찬가지였다. 안덕은 온 동네를 들었다 놓은 실종 사건을 묻어두고 다시 일상으로 돌아갈 준비를 하는 듯 보였다.

안동철이 골프장에서 사라진 건 한 달 후의 일이었다.

FILE 3.
골프장,
엿이나 먹으라지

손등 위로 성에가 떨어졌다.

락앤락 박스와 비닐봉지 위로 설원이 펼쳐졌다. 인숙은 빙
하기를 맞은 원시인처럼 그 속을 헤집었다. 팬이 도는 소리가
시원찮았다. 십 년 전 중고로 구입했을 당시 이미 십 년이 넘
은 모델이었다. 바하두르가 몇 번이나 손을 봤지만 그때뿐이
었다. 수리를 마치고 돌아갈 때마다 수명이 다 됐다고, 이제 바
꿔도 된다고 했다. 인숙은 조금만 더 쓰고 어차피 버릴 거라고,
일이 끝날 때까지만 놔두자고 했다. 변화는 좋은 게 아니었다.
변화가 생기면 문제가 뒤따랐다. 냉동실처럼 얼어있을 때 세
상은 아름다웠다.

그래서 겨울의 끝이 달갑지 않았다. 코가 야릇하게 간질거리
는 기분도, 얼어있던 것들이 녹으며 피어나는 시큼한 냄새도
마음에 들지 않았다. 인숙은 잠시 성에 사이에 손을 집어넣고

피부를 딱딱하게 만드는 한기를 즐겼다. 손등이 금세 시퍼렇게 변했다.

사람들은 인숙을 괴물 같은 여자라고 했다. 인숙을 마주한 사람들은 어떤 표정을 지어야 할지 몰랐다. 경화성 수지 같은 안면은 웃음과 무표정의 중간값에 머물렀다. 인숙의 등 뒤에서 소곤대는 대화가 들리지 않아도 어떤 내용인지 짐작할 수 있었다. 그리다 만 것 같은 눈썹 아래 크로마뇽인처럼 튀어나온 광대뼈가 아치를 그렸다. 이마는 당구공 같은 굴곡을 그렸고 머리카락은 가느다란 철사를 꿰매 놓은 것 같았다. 여드름 투성이의 피부는 분화구 같았다. 그런 외모에 걸맞은 힘이 있었다. 두툼한 살덩이 아래 숨어 있는 근육은 하루가 다르게 탄탄해졌다.

끔찍한 여드름이 열일곱 소녀의 몸을 뒤덮었던 해, 인숙은 자신의 힘을 깨달았다. 얼굴은 물론이고 팔과 등에도 찐득한 고름이 솟았다. 인숙은 그게 불치병이라고 생각했다. 영원히 지워지지 않을 흉터라 여기고 불운한 인생을 받아들이기로 마음먹었다. 사실 인숙의 여드름은 잘 씻기만 해도 사라질 화농성 피부질환이었지만 누구도 그 사실을 알려주지 않았다. 응당 그 외모에 어울리는 결말이라는 듯 품평하고 조롱하기에 바빴다. 인숙은 서서히 고립되었다. 인숙을 괴물로 만든 건 인숙의 본성이 아니라 인숙을 대하는 사람들의 태도인 셈이었다.

인숙은 책 읽는 걸 좋아했다. 시시한 동화 같은 게 아니었다.

인숙은 무협지를 읽었다. 교실에 굴러다니던 걸 몇 번 보다가, 단박에 매료당했다. 『와룡승천기』라는 소설이었다. 시정잡배였던 주인공이 무공 초식을 익혀 가족의 원수를 갚는 내용으로, 두 시간짜리 영화로 만들면 족할 내용을 억지로 늘려 스무 권으로 만들어 놓은 대본소 소설이었다. 플롯과 플롯의 사이에 자극적인 소재가 엉경퀴처럼 들러붙어 있었지만 열일곱 인숙에게 그 전략이 제대로 먹혔다. 밤잠을 마다하고 퀴퀴한 종이 사이에 코를 박았다. 책을 덮으면 현실이었고, 책을 펼치면 그곳이 강호였다. 수려한 산자락, 만두를 찌는 시장 거리, 노동을 끝내고 국수를 말아 먹는 노인들, 그리고 가문의 원수. 경공, 운기조식, 주화입마, 호신강기…… 눈을 감아도 줄거리를 줄줄 욀 수 있었다.

인숙이 가장 좋아하는 장면은 주인공의 혈이 뚫리는 장면이었다. 영험한 신산에 들어가 수련을 하던 중 폭포 아래 동굴을 발견하고, 그곳에서 전설로만 전해지던 『규화보전』의 사본을 발견해 비로소 무림 고수로 거듭나던 장면. 자신을 무시하던 자들 앞에서 기공을 펼쳐 천하를 호령하는 길로 나아가는 발판을 마련하던 순간.

그날도 소설에 몰입해 있었다. 정육점 불빛은 모든 걸 형광분홍빛으로 물들여 놓았다. 얼른 식사를 끝낸 인숙은 곧바로 책을 펼쳤다. 주인공은 동굴 속에서 『규화보전』을 따라 무공을 연마하는 중이었다. 광배근이 폭발할 듯 수축과 이완을 반복하며 마침내 몸에 쌓여 있던 독소를 배출하고 혈이 뚫릴 참이었다. 한 페이지만 더 넘기면 그 장면이 나올 거였다. 인숙은 괄약근을 움찔하게 만드는 긴장을 즐기며 그 순간을 기다리고 있었다.

누군가 인숙의 어깨를 콕콕 찔렀다. 인숙은 천천히 고개를 들었다. 도마가 해를 등지고 인숙을 내려다보고 있었다. 정육점 불빛에 반사된 도마의 얼굴은 잘 다진 고기 같았다.

도마는 한량이었다. 위협이 되기보다는 귀찮은 존재였다. 가끔 물건을 훔친다는 소문도 있어 근처 상인들에게는 경계의 대상이기도 했다. 꼴사나운 영웅심리라는 게 그렇듯 도마는 그런 소문을 즐기는 부류였다. 요란한 무늬가 그려진 옷을 즐겨 입었다. 한여름에도 긴팔 옷만 입었다. 왼쪽 소매는 언제나 고무줄로 질끈 묶고 다녔다. 왼쪽 손이 뭉텅 잘려나가고 나무토막 같은 손목만 남아서였다. 조직에서 일할 때 손을 잘렸다고 했다. 그게 목숨을 부지하는 대가였다고, 묻지도 않았는데 떠벌리고 다녔다. 도마 위에 올려놓은 채 손이 잘렸다고 해서 별명이 도마였다. 공장에서 졸다 프레스에 깔려 그렇게 됐다는 건 공공연한 비밀이었다.

그런 도마가 인숙의 가게를 기웃거리고 있었다. 인숙이 책을 덮고 일어났다. 도마는 인숙의 외모에 불편한 내색을 숨기지 않았다.

"너는 사람이 부르는데 대답도 안 해?"

인숙은 대꾸하지 않았다. 대신 좁쌀만 한 눈으로 도마를 쳐다봤다.

"오늘 남는 고기 좀 있지?"

인숙은 고개를 저었다.

"있잖아. 자투리 고기."

"없어요. 왜요."

"구워 먹으려고 그러지."

정육점을 하다 보면 고기가 남기 마련이었지만 그걸 도마에게 주기는 싫었다. 모두 돈을 내고 고기를 먹었다. 정육점 저울은 나이가 몇 살인지, 학교를 얼마나 다녔는지, 연봉이 얼마인지 물어보는 법이 없었다. 살코기의 무게를 재고 그 가격을 표시할 뿐이었다. 사람들은 저울 위에 찍힌 비용을 내고 정육점을 떠나면 그뿐이었다. 도마라고 예외가 될 순 없었다.

인숙이 다시 책으로 눈을 돌렸다. 이야기 속으로 빠져들려는데 도마가 다가와 책을 뺏었다. 인숙이 손을 뻗었지만 도마는 원숭이처럼 달아났다. 인숙이 씩씩거리며 일어났다. 가게 밖까지 따라 나왔지만 도마는 조금도 주눅 들지 않았다. 오히려 달아나는 도마를 붙잡으려던 인숙이 보도블록에 걸려 넘어졌다. 거대한 덩치가 바닥으로 무너지며 요란한 소리를 냈다. 넘어진 곳은 하필 도마의 발아래였다. 발가락이 욱신거렸다. 누군가를 발아래 무릎 꿇려 놓는 게 익숙해 보이는 도마는 이내 실소를 토했다. 페이지 몇 장을 넘기던 도마가 말했다.

"무협지 같은 걸 보고 있었네."

인숙이 일어서 손을 내밀었다. 도마는 책을 뒤로 숨겼다.

"고기 주면 갈게."

"못 줘요."

도마가 책을 들어 올렸다. 인숙이 보고 있던 페이지를 집었다. 바짝 약이 오른 인숙을 놀리듯 책을 찢기 시작했다.

인숙은 도마를 향해 성큼 다가섰다. 생각하고 움직인 건 아니었다. 눈앞에 벌어지고 있는 상황을 끝내고 싶었을 뿐이었다. 도마가 움찔하는 사이 멱살을 쥐었다. 꽃무늬로 장식된 셔츠가 팽팽하게 당겨졌다.

"뇌 이 쌍년아."

도마가 낮은 음성으로 말했다. 여드름으로 범벅이 된 두꺼비 같은 여고생이 자신의 멱살을 쥐는 걸 용납할 수 없다는 말투였다. 인숙의 두툼한 귀에는 도마의 말이 들리지 않았다. 인숙이 도마를 어깨 위로 들어 올렸다. 도마의 몸통이 가련한 꽃잎처럼 허공에 떴다. 인숙은 귀찮은 가구를 정리하듯 도마를 바닥에 내던졌다.

도마가 떨어진 곳은 보도블록과 도로의 경계선이었다. 팔꿈치부터 바닥에 내리꽂혔다. 하필 성한 쪽 팔이었다. 도마의 어깨가 뒤틀리는 게 보였고, 표정은 불쏘시개처럼 서서히 일그러졌다.

도마가 악다구니를 썼다. 지나가던 차들이 창을 내리고 무슨 일인가 하고 쳐다봤다. 도마는 아랑곳없이 신생아 같은 울음을 토했다. 그 울음소리가 어찌나 처연하고 컸는지, 몇 달이 지나도록 동네 사람들은 도마를 손가락질했다.

팔에 깁스를 한 도마는 더 이상 사람들에게 귀찮은 존재가 되지 못했다. 잘려나간 손목 위로 포크를 달았다. 국이라도 떠먹게 포크 숟가락이 낫지 않겠냐고 조롱하는 사람도 있었지만, 도마의 자존심이 그것만큼은 허락하지 못했다. 그 후로 도마는 인숙을 마주치면 슬금슬금 달아났다. 도마가 얌전해졌으니 인숙은 동네 사람들에게 은총을 베푼 셈이었지만, 인숙의 처지는 조금도 나아지지 않았다.

여드름투성이의 열일곱 소녀는 스무 살 처녀가 되어 고향을 떠났고, 몇 년이 지나 안덕에 모습을 나타냈다. 어디서 났는지 모를 두 딸과 함께였다. 인숙의 등장에 안덕이 잠시 술렁였던 건 사실이나, 외모와 달리 행실은 얌전했기 때문에 주민들의 입에 오르내리는 일은 없었다. 가끔 길을 가다 마주치는 아이들이 자지러지게 우는 게 전부였다. 그럴 때면 인숙은 두툼한 미간을 찌푸리며 어두운 곳으로 모습을 감추곤 했다.

인숙은 송곳을 들었다. 바하두르는 성에가 끼면 전원을 끄고 문을 열라고 했다. 몇 시간 지나면 성에는 사라진다는 거였다. 그럴 인내심이 없다는 게 문제였다. 성에 더미 귀퉁이에 송곳을 꽂았다. 벽과 천장에 들러붙어 있던 성에가 후드득 떨어졌다. 손 위로 얼음 조각이 떨어질 때 느껴지는 따끔한 쾌감이 좋았다.

얼음 덩어리를 제거하자 언제 넣어둔 건지도 기억 못 하는 것들이 모습을 드러냈다. 검은 봉지 속에는 음식물 쓰레기가 들어있을 거였다. 바하두르가 알려준 방법이었다. 밖에 내놓으면 길고양이가 봉지를 헤집어 놓거나 벌레가 꼬이니 얼려서 내놓는 게 좋다고. 육포와 생선도 있었다. 낚시를 마치면 그날 먹을 찬거리를 제외하면 모두 냉동실에 밀어 넣었는데, 그러고 잊어버린 것들이 한 무더기였다.

도연이 방에서 나왔다. 작은 크로스백을 어깨에 걸었다. 굿판을 구경하고 와서는 평소보다 몇 곱절 어두워 보였다. 아이의 얼굴에서 판다 같은 눈두덩이를 볼 거라고는 생각도 못 했다. 인숙이 물었다.

"어디 가?"

도연은 신발을 신으며 대답했다.

"복지원이요."

인숙은 머릿속으로 달력을 그렸다. 두 번째 토요일, 외국인 노동자를 위한 과외가 있는 날이었다. 도연이 인숙과 떨어져 밤을 돌아다니는 게 영 못마땅했지만 어쩔 도리가 없었다. 두 사람 모두 할 일이 있는 날이었다. 도연이 떠난 집은 텅 빈 우물 같았다. 왁, 하고 소리를 지르면 확성기처럼 내뱉은 말을 돌려줄 것 같았다.

인숙은 입구를 뒤집어 말리던 등산화를 챙겼다. 화장실 수납함에서 칼슘이나 마그네슘 같은 건강 보조제도 챙겼다. 거기에 신경 안정제까지 더하니 인숙의 손은 빨갛고 파란 알약으로 무당벌레 같은 모습이었다. 한때 인숙은 자신이 먹는 약 이름을 줄줄 외웠지만 이제는 기억이 가물가물했다. 인숙은 벤조다이아제핀, 베엔조오다이아이아제에피인, 하고 소리를 내봤다. 기억은 흐릿해도 약효가 어떤지는 알고 있었다. 빨갛고 큰

약은 정신이 또렷해지고, 노랗고 동그란 약은 긴장을 풀어주고…… 인숙은 알약을 단박에 털어 넣었다. 변기가 내려가듯 식도에서 꾸르륵 소리가 났다. 욕조 바닥에 가라앉아 포크댄스를 추는 기분이었다. 귓가에서 연신 비눗방울이 포롱, 포롱 하고 터졌다.

냉동고에서 상자를 꺼냈다. 뚜껑을 열고 랩에 쌓여 있는 물건을 꺼냈다. 몇 겹을 감쌌는지 속에 있는 것은 보이지도 않았다. 인숙은 블라우스 단추를 풀듯 천천히 랩을 제거해나갔다. 시간이 아무리 오래 걸려도 괜찮았다. 그럴 가치가 있었다.

마지막 한 꺼풀이 떨어져 나가자 새파란 손가락이 모습을 나타냈다. 김영남의 세 번째 손가락이었다. 꽝꽝 얼어붙은 것이, 못을 박을 수도 있을 것 같았다.

인숙은 보온병에 얼음을 반쯤 채우고 손가락을 넣었다. 그위에 다시 얼음을 부었다. 새 주사기를 뜯어 케타민을 담았다. 주사기를 거꾸로 들어 공기 방울을 빼내는 것도 이제는 손에 익었다. 바늘이 구부러지거나 주사기가 깨지는 걸 막기 위해 여행용 파우치에 넣었다. 공구 통과 보디백까지 둘둘 말아 집어넣으니 낚시 가방 하나가 꽉 찼다. 장독 안에 들어있던 휘발유통도 챙겼다. 방수복을 입고 짐을 들었다.

이번에는 차가 말썽이었다. 맥빠진 기침 소리를 낼 뿐 시동이 걸리지 않았다. 잠시 바하두르를 부를까 고민하던 인숙은 그냥 걷기로 결심했다. 바하두르에게 보여서 좋을 게 없는 상황이었다. 거사를 미룰 수도 없는 노릇이었다. 버스를 타는 건 말도 안 되는 소리였다.

인숙은 집으로 돌아가 거실 커튼을 뜯었다. 햇빛에 바래 삭은 천 조각이 거미줄처럼 딸려 나왔다. 사람들이 눈치채지 못하게 휘발유통을 커튼으로 감쌌다. 어깨가 뻐근하게 저려왔다. 기괴한 모습일 테지만 안덕의 주민들은 인숙의 기행을 외면했다. 그게 좋은 방패가 되어주었다.

맹티고개를 넘어야 했고, 경찰서를 지나야 했다. 시장을 가로질러 해안가까지 가야 비로소 골프 연습장이었다. 인숙은 30분 남짓한 거리를 쉬지 않고 걸었다. 등이 땀으로 젖었다. 아랫배가 쓰렸다. 월경이 시작된 걸 모르고 있었다. 생리대 사는 것도 까먹었다. 시큼한 냄새가 아랫도리에서부터 올라왔다.

인숙은 자신에게 주어진 사명이나 이 일이 가져올 파장 같은 건 생각하지 않았다. 툭 터져 나오는 여드름처럼, 안덕에도 고름 같은 압력이 쌓이고 나면 모든 사건의 전말이 알려지는 순간이 올 거였다. 얼른 미래로 달려가 그 순간을 보고 싶을 뿐이었다. 대신 인숙은 골프장에서 어떻게 일을 처리할지 생각했다. 돌발 상황은 언제나 발생하니 예행연습은 많을수록 좋았다. 안동철이 납치에 대비하고 있다면, CCTV가 예상치 못한 곳에 설치되어 있다면, 아직 퇴근하지 않은 직원이 남아있다면…… 인숙은 작업에 방해가 될 요소들을 하나씩 떠올리고 제거해나갔다. 멍한 표정과는 달리 머릿속은 바삐 움직였다. 그에 맞춰 걸음도 빨라졌다.

골프 연습장에 도착했을 때는 영업이 한창이었다. 경쾌한 타

격음이 들렸다. 나이스 샷, 하고 외치는 소리, 박수 소리, 웃음 소리가 끊이지 않았다. 머구리 바위는 바다를 향해 우두커니 서 있었다. 인숙은 해안이 내려다보이는 난간 아래 자리를 잡았다. 눈향나무 아래 축축하게 젖은 흙 위에 엉덩이를 깔았다. 지루하고 나른해 졸음이 몰려왔다. 작업을 시작하려면 시간이 한참 남았다. 신경 안정제가 약효를 발휘하는 시점이었다. 인숙은 눈을 감았다.

꿈속에서 하늘을 날았다. 무협지의 주인공이 펼치던 경공술처럼. 폴짝폴짝, 산토끼처럼 이 산에서 저 산으로 뛰어다녔다. 발아래 초원이 펼쳐졌다. 노란 풀이 자라는 초원이었다. 덤불은 빛바랜 갈색으로 얼룩이 졌다. 피가 묻은 옷 색깔이 꼭 그랬다. 락스를 들이부어도 쉽게 지워지지 않는 얼룩이었다.

평화롭던 초원에 일대 소란이 벌어졌다. 허공을 활보하는 인숙의 등 뒤로 거대한 그림자가 드리웠다. 인숙은 공중에 뜬 채로 뒤를 돌아봤다. 손가락 다섯 개가 구름을 뚫고 인숙을 향해 다가오고 있었다. 초원의 짐승들이 손가락을 피해 달아나기 시작했다. 인숙은 그곳에 멈춰 손가락에 맞섰다.

손가락이 지나가는 곳은 온통 손가락이 됐다. 풀숲에서 해파리 촉수 같은 손가락이 자랐다. 노란 풀이 보랏빛 손가락이 됐다. 뾰족하고 동그랗고 꿈틀거리는 손가락의 물결이 인숙을 향해 다가왔다. 인숙은 잭나이프를 꺼내 손가락을 베어나갔다. 잘려나간 손가락에서 다른 손가락이 솟아났다.

조금씩 숨이 가빠왔다. 인숙은 호흡을 가다듬으며 해안으로 피했다. 바다로 달아나면 손가락은 따라오지 못할 것 같았다. 인숙은 바닷가에 난 좁은 동굴로 몸을 숨겼다. 하지만 손가락의 물결은 그 틈을 놓치지 않았다. 소매와 바지 사이로 손가락이 비집고 들어왔다. 엄지가 귀를 후비고 검지가 코를 파고들었다. 어떤 손가락은 혀를 타고 들어와 기도를 막았다. 온몸이 구더기 같은 손가락으로 뒤덮였다. 손가락의 파도였다. 멀리서 초원을 향해 다가오는 밀물이 온통 손가락으로 득실거렸다.

관자놀이를 드릴로 뚫는 듯한 통증에 눈을 떴다. 머리가 깨질 것 같았고 갈증이 심했다. 한 번에 여러 가지 약을 먹으면 꼭 그랬다. 인숙은 생수 한 병을 다 비우고 나서야 정신을 차렸다.

골프 연습장 가득했던 사람들은 보이지 않았다. 열한 시였다. 인숙은 화단 턱을 따라 골프 연습장으로 향했다. 안동철은 영업이 끝나면 직접 뒷정리를 했다. 마음씨 좋은 사장이라서가 아니라 직원을 못 믿어서였다. 청소가 제대로 됐는지, 사라진 장비는 없는지 일일이 챙기는 거였다. 포스기를 끄고 현금을 챙기는 것도 안동철이 직접 했다. 그러니 영업 종료부터 30분 정도, 안동철은 혼자였다.

인숙은 골프 연습장 뒷문으로 돌아 공구 통을 꺼냈다. 니퍼를 꺼내 철망을 끊었다. 밤공기에 이슬이 맺혀 니퍼가 몇 번이나 미끄러졌다. 인숙은 겨우 머리통 하나가 들어갈 크기의 구멍을 만들어냈다. 낚시 가방을 밀어 넣고 포복으로 기어들어가 차단기 앞에 섰다. 여기까지가 인숙이 그려놓은 시나리오였다. 유일하게 연습장 사무실에서 시선이 닿지 않는 길이었다. 예외 상황은 벌어지지 않았다. 인숙은 두꺼비집 스위치를 내리고 전선까지 잘라버렸다. 늦은 밤이었지만 검은 물감으로 덧칠을 한 것처럼 어둠이 깔렸다.

"에이 뭐야 시팔."

안동철의 목소리였다. 오늘 밤 인숙의 사냥감이 될 남자였다.

골프 연습장은 2층 구조로 정면에 필드가 야구장처럼 펼쳐져 있었다. 녹색 그물망은 폴대에 체중을 싣고 임산부의 배처럼 늘어졌다.

머리 위로 철제 바닥을 구르는 발소리가 들렸다. 콩을 볶는 것 같았다.

안동철이 씩씩거리며 1층으로 내려왔다. 인숙은 그늘 속으로 몸을 숨겼다.

"정비한 게 언제라고 또 전기가 나가."

듣는 사람이 없는데도 안동철은 혼잣말을 했다. 단순한 푸닥거리가 아니었다. 안동철은 자신도 모르게 어둠을 두려워하고 있었다. 어둠 속에 숨어 있을지도 모를 상대에게 말을 걸고 있는 거였다. 내가 여기 있으니 조심해 달라고. 그렇게 부탁하는 거였다. 고양이 수십 마리를 잡아 본 적이 있는 인숙은 안동철이 품은 공포를 느낄 수 있었다. 곱게 다림질한 셔츠 아래로 식은땀이 흐르고 있을 거였다.

안동철이 차단기 앞에 섰다. 두꺼비집 전원을 몇 차례 올렸다 내리기를 반복했다. 그런 뒤에야 전선이 끊어져 있는 걸 발견했다. 구름이 걷히고 달빛이 내렸다. 안동철의 입에서 새하얀 입김이 뿜어져 나왔다. 떨고 있었다. 거위 털로 된 파카를 입고 있었으니 추워서 그러는 건 아닐 터였다. 안동철이 뒷걸음질을 쳤다. 주위는 고요했고 수풀에서 벌레 소리만 간간이 울렸다.

안동철은 돌연 달아나기 시작했다. 출입구로 향하는 길목에서 갈팡질팡하다 멀리 있는 출입구 대신 2층으로 가는 계단을 택했다. 철제 계단을 마구 뛰어올랐다. 자신감 넘치는 모습은 간데없었다. 실체를 모른다는 공포가 자신감을 증발시켜버린 모양이었다.

인숙도 그 뒤를 따랐다. 신나게 계단을 올랐다. 2층에 도착했을 때 안동철은 자취를 감춘 뒤였다. 한층 깊어진 고요가 골프장에 내려앉았다. 인숙은 호흡을 가다듬었다. 안개 같은 입김이 잠시 시야를 가렸다.

서두를 게 없는 일이었다. 밤이슬이 맺힌 잔디를 밟아 축축해진 발자국은 남자 탈의실로 이어져 있었다. 인숙은 안동철이 남긴 자취를 따라 탈의실 문을 열고 들어섰다. 청소가 끝난 탈의실은 옅은 락스 냄새를 풍겼다. 바닥에 물기가 말라가고 있었다. 드라이기와 면봉, 스킨과 로션이 가지런히 놓였다. 어둠 속에서 아침을 기다리는 정물이었다. 인숙은 그 정적을 깨고 싶지 않았다. 죽음 같은 고요함을 헤엄치듯 밀치며 걸었다.

"어디 계세요?"

인숙은 낭랑한 목소리로 말하고 잠시 기다렸다. 아무 반응이 없었다.

"안동철 씨?"

유리문을 열어젖혔다. 샤워실이 눈앞에 펼쳐졌다. 청소부는 샤워기 하나까지 흐트러지지 않게 꽂아 놓았다. 모로 고개를 돌린 채 벽에 매달린 샤워기의 행렬은 십자가에 못 박혀 있던 남자를 연상시켰다. 인숙은 가지런히 정렬된 샤워기를 아무렇게나 돌려세웠다. 그편이 더 자연스러웠다. 인숙은 모든 샤워기를 흩트려 놓은 뒤 뜨거운 물을 틀었다. 수도꼭지에서 왈칵 물줄기가 쏟아졌다. 샤워실 유리마다 습기가 가득 찼다. 적막이 몰려가고 나자 그제야 분위기가 좀 살았다. 인숙은 습기 찬 거울 하나를 닦아냈다. 거기에 인숙의 모습이 비쳤다. 머리카락은 덩굴처럼 뻗쳤고 눈썹 끝은 철 수세미 같이 구부러진 여자였다. 그 모습으로 평생을 산 여자였다. 티셔츠는 젖은 흙과 나뭇잎, 잔디로 범벅이었다. 마스크 위에 점을 찍어 놓은 것 같은 눈이 스스로를 노려보고 있었다. 노동으로 구겨진 피부에는 군데군데 반점이 솟았다. 인숙은 그게 구원자의 모습이라고 생각했다. 십자가에 매달려 있어야 했던 사람은 자신이라고. 인류의 원죄를 떠안고 회계로 구원받을 사람이었다고. 안덕이 아니라 베들레헴에서 태어났어야 했다고. 인숙은 거울 너머의 여자를 향해 손을 뻗었다. 차갑고 평평한 유리가 몇 번이나 인숙의 손을 밀어냈다. 인숙은 공구 통을 휘둘러 거울을 깼다. 파편이 비처럼 쏟아져 내렸다. 샤워실이 삽시간에 요란해졌다. 인숙은 도망치듯 탈의실을 빠져나왔다.

샤워실에도 탈의실에도 안동철의 모습은 보이지 않았다. 정숙한 사물들의 공간이 인숙을 맞이했다. 일이 뜻대로 진행되지 않으니 화가 뻗쳤다. 인숙은 공구 통에서 몽키스패너를 빼들었다. 그리고 탈의실 옷장을 하나씩 박살 내기 시작했다. 얇은 합판이 움푹 팼다. 그러고 있노라니 힉, 하고 바람 빠지는 소리가 났다. 발아래 사물함에서 나는 소리였다. 입을 막은 채로 지르는 비명소리였다.

인숙은 책망하듯 머리를 쥐어박았다. 사방이 숨을 공간이었다. 골프장 옷장은 사람 하나가 들어갈 만큼 널찍했다. 인숙은 몽키스패너로 14번 옷장을 천천히 열었다. 안동철이 비 맞은 쥐처럼 그곳에 숨어 있었다.

좁은 공간이었다. 어떻게 여기 숨을 생각을 했을까. 신변에 위협을 느끼면 넓은 곳으로 가는 게 상식일 텐데, 사람들은 그러지 않았다. 본능인 것처럼 좁고 어두운 곳으로 몸을 숨겼다. 이성을 잃은 공간에는 파멸이 자리 잡기 마련이었다.

안동철의 손에 들린 전화기에서 연결음이 울렸다. 상대는 전화를 받지 않았다. 인숙은 힐끔 액정을 봤다. 장정호의 이름이 떠 있었다. 안동철은 바들바들 떨기 시작했다. 인숙은 안동철의 손에서 전화기를 빼냈다. 안동철은 홀린 듯 전화기를 건넸다.

'연결이 되지 않아 삐 소리 후……'

인숙은 전화기를 바닥에 놓고 체중을 실어 밟았다. 몽키스패너로 전화기가 가루가 될 때까지 두들겼다. 전화기에서 검은 연기가 피었다. 인숙은 손바람으로 연기를 몰아냈다. 연기는 옅은 먹구름처럼 창을 빠져나갔다.

인숙은 망가진 전화기를 안동철을 향해 밀었다. 검은 액정 위로 안동철의 얼굴이 구겨졌다.

"살려줘."

인숙은 못 들은 척했다. 지키지 못하는 약속은 하는 게 아니었다. 명령조로 말하는 것도 마음에 들지 않았다. 인숙은 낚시 가방에서 케타민이 든 주사기를 꺼냈다. 거꾸로 들고 공기를 빼자 케타민이 분수처럼 솟았다.

느긋한 인숙과 달리 안동철은 호시탐탐 달아날 기회를 노리고 있었다. 인숙이 주사기에 탐닉한 사이, 안동철이 돌연 몸을 일으켰다. 그대로 인숙의 얼굴을 향해 발을 날렸다. 코뼈 주저앉는 소리가 두개골을 파고들었다. 인숙은 코뼈보다 주삿바늘을 먼저 챙겼다.

"아저씨 그러다 다쳐요."

인숙은 흐르는 코피를 닦으며 말했다. 손에 든 주사기는 여전히 안동철의 목덜미를 향해 있었다.

"이 개 같은 년."

안동철은 탈의실에 있던 골프채를 주워들었다. 이제는 상황이 바뀌었다는 듯 자신만만했다. 인숙의 콧잔등을 스칠 것처럼 골프채가 붕붕 소리를 냈다. 인숙은 발광하는 안동철의 모습을 심드렁하게 바라봤다.

"너 내 친구들 어떻게 했어."

인숙이 한 걸음 다가섰다. 안동철이 인숙의 머리를 향해 골프채를 휘둘렀지만 인숙은 가볍게 허리를 숙여 피했다. 뱀 혓바닥 같은 골프채가 시원하게 허공을 갈랐다.

"죽였어? 나도 죽이려고?"

이번에는 다리를 노렸지만 역시 인숙은 제자리에서 폴짝 뛰어 안동철의 공격을 피했다. 오히려 안동철이 불리해 보이는 상황이었다. 그럴수록 동작은 커지고, 초조해졌다.

인숙은 귀찮다는 듯 안동철을 밀쳤다. 안동철은 열려 있던 옷장 문에 머리를 찧었다. 두피가 찢어져 피가 쏟아졌다. 옷이 말려 올라가 배가 허옇게 드러났다. 인숙은 안동철의 배꼽 위에 냅다 주사기를 찔렀다. 바늘이 뱃가죽을 뚫는 감촉이 몸을 감쌌다. 인숙은 케타민이 안동철의 혈관 속에서 날뛸 수 있도록 실린더를 끝까지 밀어냈다.

공포가 이성을 넘어서 핏발이 바짝 선 눈으로, 안동철은 다시 골프채를 쥐었다. 배에 꽂힌 주사기가 덜렁거렸다. 인숙은 그사이 널브러진 짐을 챙기고 휘발유를 구석구석 뿌리기 시작했다. 안동철이 휘두른 아이언이 몇 번이나 인숙의 널찍한 등에 박혔지만 아까보다 현저히 위력이 떨어진 채였다.

기다리면 되는 게임이었다. 안동철도 인숙도 그 사실을 알고 있었다.

안동철은 마침내 입구 근처에서 골프채를 꼬라박고 쓰러졌다. 인숙은 감전된 것처럼 꿈틀거리는 안동철을 신발 끝으로 몇 차례 걸어찼다. 개구리처럼 엎드린 안동철은 쌔근쌔근 숨소리를 낼 뿐 반응이 없었다. 인숙은 안동철을 끌어내 보디백에 담았다. 격변이 지나갔는데도 안덕은 고요했다. 인숙은 허리를 한 번 펴고 방귀를 뀌었다. 허리춤 사이로 고약한 냄새가 기어 올라왔다.

손가락을 전시할 차례였다. 주사기를 꺼낼 때보다 몇 곱절은 조심해서 손가락을 꺼냈다. 얼음 속에서 숨을 죽이고 있던 김영남의 중지가 밤공기에 되살아났다. 퍼런빛이 가시고 마디마디에 홍조가 돌았다. 인숙은 손가락을 자르던 순간을 떠올렸다. 피가 퐁퐁 솟던 그 순간. 힘줄을 끊고 뼈를 썰었다. 목에 난 뾰루지를 짜내는 느낌으로 작업했다. 단면이 매끈하지 못한 게 못마땅했다.

손톱은 라이트가 가장 잘 비치는 방향에 두었다. 화재를 진압하고 경찰이 도착했을 때 햇빛을 받아 반짝이는 손톱을 발견했으면 했다. 장엄하게 뼈큐를 날리는 것이다. 인숙은 골프 핀 위에 손가락을 고정시키고 유리병을 덮었다.

모든 작업을 끝낸 인숙은 마지막으로 불을 붙일 곳을 찾았다. 불이 번지기 쉬운 곳을 노려야 했다. 손가락이 있는 곳은 피해서, 나무에 물을 주듯 정성을 다해 남은 휘발유를 뿌렸다. 라이터를 당기자 불길이 연습장을 점령했다. 탈의실과 사무실을 집어삼키고, 인숙을 할퀴려 혀를 널름거렸다. 욕심이 많은 포식자였다. 인숙은 안동철을 어깨에 얹었다. 생각보다 무거워 무릎이 휘청했다.

바다는 멀지 않았다. 난간 아래로 보디백을 굴리고, 비탈을 따라 내려가면 해안에서 보디백을 회수할 수 있었다. 난간 아래는 십 미터쯤 되지만 안동철이 죽을까 걱정은 되지 않았다.

인숙은 주변을 둘러보고 보디백을 굴렸다. 검은 가방이 방향을 잃은 타이어처럼 모래 바닥을 향해 질주했다. 그 모습을 보고 있자니, 벌레를 풀어 놓은 듯 배가 꿈틀거렸다. 인숙은 소리를 삼켜 웃었다.

벽에 맞은 적구가 대회전을 그리며 백구를 때렸다. 공이 굴러간 곳에서 에어컨 설비 일을 하는 방인식이 울상을 짓고 있었다. 최경식은 그런 방인식을 못 본 척하며 큐대를 쥐었다. 적구가 또 한 번 시원하게 돌았다. 오시도 히네루도 빨기*도 제대로 먹혔다.

"오늘 생일인가. 최 형사 왜 이래."

열쇠와 도장 가게를 운영하는 오정호가 추임새를 넣었다. 방인식은 십 분에 한 대꼴로 담배를 피워대는 골초였고 오정호는 취하지 않은 모습을 본 적이 없는 주정뱅이였다. 적당히라는 걸 모르는 인간들이었다. 안덕에는 그런 인물들이 많았다. 유흥거리가 없으니 취미가 맞다 싶은 게 있으면 끝을 볼 때까지 후벼팠다. 누구는 장기를 뒀고 누구는 오락실에서 살았다. 최경식의 경우에는 당구였다. 눈을 감고 있으면 빨간공 하얀공이 손에 잡힐 듯 어른거렸다.

---

* 당구에서 사용하는 은어로서 오시-밀어치기, 히네루-회전, 빨기-끌어치기를 뜻한다.

새벽 2시였다. 밀린 업무를 끝내고 당구장으로 들어서자 두 사람은 기다렸다는 듯 최경식을 맞이했다. 최경식은 손에 익은 큐대를 쥐고 볼을 때렸다.

"짜장면 먹어가면서 해."

오정호가 불어터진 짜장면을 들어 보였다. 최경식은 눈길도 주지 않고 말했다.

"형님은 큐대 놓는 순간 끗발 떨어지는 거 모르십니까."

"알지. 방 기사 좀 봐주면서 하라고 그러는 거지."

"그간 인식 형님이 저한테 따간 게 얼마나 되는데 그러십니까."

최경식이 또 한 번 점수를 냈다. 내리 일곱 개째였다.

"너 다음부터는 핸디 올려야겠다."

방인식이 말했다. 한 개만 더 빼면 끝나는 경기였다. 방인식은 시합이 끝나지도 않았는데 담배를 꼬나물고 지갑에서 게임비를 꺼냈다. 쓰린 속만큼이나 입이 텁텁한지 가래를 뱉었다.

좀 애매한 곳에 공이 섰다. 적구는 괜찮았는데 황구가 키스를 내기 딱 좋은 위치였다. 최경식은 신중하게 각도를 쟀다. 엉덩이를 쭉 뒤로 빼고 한쪽 눈을 감은 모습이 영락없는 저격수 같았다.

"수사를 그렇게 해라 시키야. 너 손가락 사건은 단서 좀 잡았냐."

오정호가 말했다. 연신 울상이던 방인식도 손가락 사건이라는 말에는 귀가 솔깃한지 곁으로 다가왔다.

"그래. 너 썰 좀 풀어봐. 몇 개 말해주면 내가 당구비가 대수냐. 술도 산다."

"형님들, 다마 하나만 빼고 다 읊어 줄 테니 기다리쇼 좀."

최경식은 전완근을 느슨히 푼 채 큐대가 달걀인 양 손가락 위에 얹었다. 그립은 완벽했고, 힘도 타이밍도 부족할 것이 없었다. 이대로 쭉 밀어주면 끝나는 게임이었다. 마침내 큐대를 뻗으려는 찰나, 전화가 울렸다.

"야 안 받냐."

방인식이 말했다. 눈으로 흘깃 최경식의 전화기를 보고 있었다.

"안 받습니다. 게임 끝나고 받아도 돼요."

"너 받는 게 좋을 것 같은데."

"아 형님 끝까지 야지 놓기* 있습니까."

"아니 그게 아니고. 서에서 전화왔다. 너네 팀장."

전화기에 팀장의 이름이 떠 있었다. 경찰서 번호가 아닌 팀장 개인 번호였다. 팀장은 여간 급한 일이 아니고는 개인 전화로 연락을 하는 일이 없었다. 서에 있다가 어딘가로 달려가는 중이라는 소리였고, 팀장이 직접 전화를 할 만큼 급한 일이 터졌다는 뜻이었다.

최경식은 무겁고 초조한 얼굴로 전화를 받았다. 짧은 대화였고 그저 몇 번 고개를 끄덕인 게 전부였다. 통화가 끝난 뒤 최

---

* 조롱이나 야유한다는 뜻의 은어.

경식은 아쉬운지 딱 하나 남은 점수판을 흘겨봤다.

에라이. 최경식은 큐대를 던지고 잠바를 입었다.

"다음에 봅시다."

"이 시간에 사건인가."

"불났대요."

"또? 그 손가락 그거? 굿까지 했는데 소용이 없나."

최경식은 모른 척하라는 눈치를 보냈다. 오정호가 알았어, 알았어 하는 듯 손을 들어 보였다. 최경식은 바람처럼 당구장을 빠져나갔다.

수심 가득한 오정호와는 달리 방인식은 헤실거리기 바빴다. 꺼내뒀던 지폐를 도로 지갑에 넣었다. 오정호가 그런 방인식을 딱하게 바라봤다.

최경식은 방진 마스크를 벗었다. 먼지가 쏟아졌다. 코가 간질간질하더니 기어이 재채기가 터졌다. 라이트 아래 섬은 안개가 자욱했다.

골프장은 훈제 오리 내장처럼 그을려 사악한 제단 같은 모습이었다. 공이 있어야 할 핀 위에 손가락이 있었다. 나뭇가지 같은 중지가 엿 먹어, 하고 말하는 듯했다. 속이 부글부글 끓었다.

범인은 감시 카메라의 사각지대를 피해 철망을 끊었다. 전원을 내린 데다 전선까지 절단한 놈이었다. 지난 두 번의 사건에서도 아무 흔적을 남기지 않았다. 치밀하고 영리했다. 단, 이

번만큼은 실수했다. 골프 연습장에 방염처리를 했다는 사실을 몰랐던 것이다.

골프 연습장은 전소되지 않았다. 불은 휘발유를 뿌린 곳만 태웠을 뿐, 더 이상 기세를 뻗지 못했다. 불이 다 사그라들고 나서야 도착한 소방차가 어색하게 사이렌을 울리다 말았다.

덕분에 단서가 남았다. 동철을 끌고 간 흔적과 그 옆으로 찍힌 마른 진흙 자국이 스키드마크처럼 뚜렷했다. 최경식은 그 주위를 서성이며 조바심을 달랬다. 발자국은 많은 정보를 담고 있다. 키, 몸무게, 성별, 생활 환경을 파악할 수 있다. 정보가 중첩되면 용의자의 범위는 줄어든다. 안덕은 작은 동네였다.

경찰서를 찾아왔을 때 화분을 부수던 안동철의 모습이 떠올랐다. 다혈질인 남자가 곱게 끌려갔을 리는 없다. 기습이었을까. 하지만 발자국은 사무실이 아니라 여자 탈의실에서 시작했다. 바닥에는 골프채가 널브러져 있었다. 격투의 시간이 길지는 않았다. 탈의실 옷장 주변에 흩뿌려진 혈흔은 넓게 퍼지지 않았다. 범인이 순식간에 안동철을 제압해버렸다는 뜻이었다. 휴대전화는 단단한 물건으로 내려친 듯 망가져 있었다.

안동철이 마지막으로 전화를 한 건 장정호 회장이었다. 장정호는 전화를 받지 못했다고 했다. 자고 있었다고, 그게 미치도록 후회가 된다고 했다.

감식반이 도착한 건 오전 일곱 시였다. 벌써 세 번째 사건이니 쉬쉬하긴 글렀다. 이제는 전국구 사건이었다. 언론도 기사 작성을 끝냈을 것이고, 윗선에서 곧 압력이 내려올 거였다. 팀장은 이미 새벽에 서장에게 불려갔다. 이 지경이 되도록 뭘 했냐는 질책이 이어지고, 팀장은 열중쉬어 자세로 고개를 숙이고 있을 것이다. 그러지 않았으면 했다. 턱을 치켜들고 되물어 줬으면 했다. 여태까지 서장님은 뭘 하셨냐고.

최경식은 과학 수사 조끼를 입은 연구원에게 물었다.

"얼마나 걸릴까요."

혈흔을 채취하던 연구원은 고개도 돌리지 않고 대답했다.

"일주일이면 됩니다."

"일주일이면 사람 둘은 더 죽겠네요."

연구원의 볼이 씰룩거렸다. 그래서 어쩌라고, 혹은 내 사정인가요, 하고 말하는 것 같았다.

"머리카락 같은 것도 있을 거잖아요."

최경식의 말에 연구원이 기어이 뒤를 돌아봤다. 몇 년 감금 돼 있다 나온 듯 창백한 얼굴이었다. 두꺼운 안경에 마스크를 착용하고 있어 나이를 짐작할 수 없었다.

"여기 탈의실인데요. 옷도 갈아입고, 머리도 말리는 곳이요. 여기 있는 머리카락을 다 가져다 분석하라고요?"

그래서 어쩌라고, 혹은 내 사정인가요, 하고 말하듯 어깨를 으쓱해줬다. 1층이 분주했다. 수색견이 당장 튀어 나갈 자세로 짖었다. 사체 탐지를 전문으로 하는 개였다. 시체 썩는 냄새를 기가 막히게 찾아낸다고 했다. 핸들러는 자부심이 가득 담긴 말투로 얘기했다. 하지만 수색견은 그 기대에 부응하지 못했다. 방향을 찾지 못하고 헤매다 무책임하게 검은 바다를 향해 컹, 하고 짖었다. 핸들러는 수색견의 목줄을 쥐고 끌려가다시피 했다.

세휘와 한병주도 뒤늦게 현장에 도착했다. 2층을 올려다보는 두 사람을 발견하고 최경식은 가볍게 눈인사를 했다. 조바심이 났다. 단서가 남았다고, 곧 범인을 잡을 수 있다고 말해주고 싶었다. 최경식이 형사 생활을 하면서 깨달은 게 있다면, 상대가 시장에서 나물을 파는 노파가 됐건 한글도 못 배운 유치원생이 됐건 '모른다'라는 말을 하는 건 분하다는 사실이었다. 지난 두 번의 사건을 통해 그 과정을 여실히 경험했다. 개인이 무시당하는 건 괜찮았다. 형사와 안덕의 공무원이 통째로 야유를 받는 건 견딜 수가 없었다. 이번은 전과 다를 거였다.

같은 시간 1층에서 최경식을 올려다보고 있던 세휘는 덜컥 겁이 났다. 족제비 형사의 표정은 많은 것을 설명하고 있었다. 패배자의 얼굴이 아니었다. 희망의 조각을 찾아낸 듯 목울대가 울렁였다. 세휘는 경찰보다 먼저 진상을 파악해야 한다는 당숙의 과제를 떠올렸다. 장작처럼 목이 탔다.

택시를 잡지 못해 삼십 분 남짓 걸어온 참이었다. 한병주의 말을 빌리자면 오지게 늦었다. 도착했을 때는 화재 진압이 끝난 뒤였다. 불이 붙기는 했지만 번지지 않았다고 했다.

"방염처리를 했다네요. 이딴 골프 연습장에 말이에요. 불안한 게 많은 사람이었나 봐요."

한병주의 말투는 무뚝뚝하고 건조했다. 목소리가 잠겼다. 자다 나온 게 분명했다. 추리 소설에 흔히 등장하는 형사처럼 같잖은 추정까지 더했다.

"신중한 걸 수도 있고요."

"여기 세워진 게 20년 됐어요. 자잘한 보수를 빼면, 그동안 한 번도 내부 공사를 한 적이 없었대요. 추가 공사를 한 게 일주일 전이에요. 실종 사건이 연달아 터지고 나서란 말이죠. 감시 카메라 개수도 두 배로 늘렸어요. 아날로그 방식을 택한 게 실수였지. 전원이 내려가면 작동이 안 되거든요."

"그럼 저 인간은 왜 저렇게 즐거워 보이죠."

세휘가 최경식을 가리켰다.

"물어보면 알겠죠."

최경식은 주저 없이 폴리스라인을 넘어왔다. 미술관 도슨트*라도 된 것처럼 현장을 설명할 준비까지 마친 모습이었다. 세휘가 묻기도 전에 최경식이 읊었다.

"화재가 크지 않은 건 아실 테고. 손가락 나왔고, 안동철 사장은 실종이요. 발자국이 있어요. 감식 들어가면 일주일 후에 결과 나와요. 오케이?"

"발자국이 어떻게 생겼는지도 알았으면 하는데요."

"일주일 걸린다니까요."

"커요?"

"커요."

"얼마나 큰데요."

---

* 박물관이나 미술관에서 관람객들에게 전시물을 설명하는 안내인.

"엄청 커요. 삼백 미리 정도."

"운동화?"

"등산화 같던데요."

세휘는 휙 돌아섰다. 커다란 등산화. 두 뼘이 좀 안 되려나. 양손을 펼쳤다. 그 정도 크기의 신발을 신을 사람은 안덕에 얼마 없을 거였다. 인숙도 그중 하나였다. 당숙은 인숙에게 관심을 끄라고 했지만 세휘는 한순간도 인숙을 용의 선상에서 제외시키지 않았다.

세휘는 한병주의 팔을 잡아끌었다. 한병주는 거하게 하품을 했다.

"잠은 이따 자고, 안동철 조사한 거 있죠. 이쪽도 당숙 심부름하던 사람이에요."

"내가 왜 졸리는지 압니까. 조사하느라고 잠을 못 잤단 말이에요."

한병주는 다이어리를 꺼냈다. 중간에 붙은 포스트잇에 안동철의 이름이 적혀 있었다. 한병주가 그 페이지를 펼치며 말했다.

"안동철 이 사람 가족도 없어요. 결혼을 두 번 했는데 다 이혼했어요. 폭행 전과가 있는데, 술 취해서 한 건가 봐요. 형이 하나 있는데 데면데면하대요. 지금은 진주 살고 있어서 만날 일도 없고요."

"친구라면 그 다섯 명이 다겠네요. 정인숙과는 친분이 없대요?"

"특별한 연결고리는 없어요."

"정인숙 좀 파봅시다."

"안 그래도 파고 있어요. 횟집 아들이 얘기한 뒤로요."

세휘의 미간이 송충이처럼 꿈틀했다. 단독수사는 그냥 넘어갈 문제가 아니었다. 협력을 맺기로 한 이상 모든 상황을 공유받아야 했다. 세휘가 리드, 한병주는 협조의 관계에서 일이 진행되어야 안전했다.

"저한테 미리 얘기 좀 하시죠. 우리 협력관계잖아요."

"맞아요. 사심 없이 수사한다는 가정 하에요."

"사심이요?"

세휘가 목소리에 날을 세웠다. 다이어리 너머 무뚝뚝한 동공이 세휘를 향했다.

"혹시라도 당숙이 연관돼 있으면 내가 묻어둘 것 같아요?"

"그럴 수밖에요. 어차피 정계 진출이 목적 아닙니까. 그 발판이 당숙인데 제가 기사 터뜨려도 괜찮겠어요?"

"밟아도 되는 발판인지 확인할 필요도 있겠죠."

한병주는 다이어리를 내려놓았다. 다이어리는 팔에 매달린 원숭이처럼 천천히 흔들렸다.

"그러시다면야 뭐. 그쪽 당숙한테 구린 게 많지만, 그걸로 사람 못 잡아넣죠. 경찰도 몇 번이나 물었다 놨어요."

"그래서, 정인숙에 대해서 알아낸 거 있어요?"

"아직이요. 하나만 잡아내면 고구마 줄기처럼 딸려 나올 것 같은데, 인간이 교류가 없어요. 직장도 없고. 스토킹이라도 해야지 원."

"그건 내가 할게요."

당숙의 상태가 궁금했다. 언제까지 침착할 수 있을지. 공포는 폐로 들어오는 물 같았다. 차가운 공포가 폐포를 스치고 나면 발버둥 쳐도 소용이 없다. 당숙도 그 사실을 알고 있을까. 목젖까지 찰랑이는 물을 보면서도 모든 것을 통제하고 있다고 믿고 있을까.

소리 없이 들끓는 전쟁터. 언론사 사무실은 그런 곳이라야 했다. 안덕일보는 지난 몇 년간 그러지 못했다. 휴양지처럼 나른하고 안전했다. 기자에게는 감옥이나 다를 바 없는 곳이었다. 긴 유배 생활이 비로소 종지부를 찍는 느낌이었다. 안덕일보는 언론사의 관심을 한몸에 받고 있었다.

하루에도 몇 번씩 서울에서 연락이 왔다. 국장의 전화기는 쉴 틈이 없었다. 한병주는 손을 내저으며 목을 긋는 시늉을 했다. 연락받기 싫다는 뜻이었다. 한병주가 노트북으로 기사를 읽고 있으면, 국장은 목을 가다듬고 전화를 받았다. 국장은 많은 말을 하지 않았다. 응. 아니. 안 돼. 그건 아니고…… 그렇단 말이지. 그래. 그래야지…… 전화를 끊고 나면 언제나 난감한 표정을 지었다. 소처럼 끔뻑끔뻑하던 눈은 결국 한병주를 향했다. 그러고 나면 어김없이 한병주의 전화기가 울렸다. 이름만 알던 기자, 얼굴만 알던 기자, 기자의 친구, 상사까지 모든 인맥을 통해 한병주에게 연락했다.

가장 짜증 나는 건 연예부장의 연락이었다. 좌천시킬 때는 언제고 무슨 낯짝인지 싶었다. 하긴, 그래야 그 자리까지 간다. 능글맞은 능력을 인정받았다는 뜻이었다.

"병주야. 형이다."

연예부장의 목소리는 한병주를 단숨에 좌천당하던 날로 되돌려 놓았다. 축축한 그 날의 분위기, 차가운 에어컨 바람이 목덜미를 스치던 기억이 떠올랐다. 팔리아멘트 호텔 3층이었다. 거대한 샹들리에가 시계추처럼 그네를 탔다. 저녁 여덟 시였다. 건물 밖은 시위대의 목소리로 들끓었다. 민주노총과 한국노총이 결합한 대규모 시위였다. 금속노조와 화학노조가 조끼를 걸치고 전경부대와 대치했다. 서울역, 청계천, 종각에서 사전 집회를 끝낸 시위대까지 광화문에 가세했다. 도로 통제에다 퇴근 시간이 겹쳐 교통 체증은 최고조에 이르렀지만 팔리아멘트 호텔 3층, 250평짜리 이벤트홀은 결계 속에 존재하는 다른 공간이었다.

한병주는 달콤힌 위스키에 담긴 올리브를 혀 위에 놓고 굴렸다. 눈앞에는 연보라 드레스를 입은 조유진이 있었다.

조유진의 매니저가 한병주에게 연락을 해왔다. 연예 기사 쪽에서는 인지도를 넓혀 나가던 시점이었다. 조유진 역시 신작 영화에 출연하며 유명세를 떨치던 중이었으니, 소속사에서도 장래를 위해 미리 관계를 만들어두면 좋겠다는 판단을 한 거였다. 일종의 투자인 셈이었다. 투자가 말로만 되는 건 아닌지라 소속사에서는 한 시간짜리 단독 인터뷰를 제안했다. 한병주로서는 거절할 이유가 없는 제안이었다. 소속사에서 질문지까지 미리 만들어둔 참이었다. 앵무새처럼 읊기만 해도 단독 기사가 줄줄 나오는 자리였다. 일이 이렇게 잘 풀려도 되나 싶어 불안할 지경이었다.

팔리아멘트 호텔 이벤트홀은 영화제로 한창이었다. 드레스 코드가 있는 자리라 간만에 셔츠도 입어야 했다. 넥타이로 조여 맨 목이 불편했지만 거울에 보인 모습이 싫지 않았다. 연회장 독채에 앉아 조유진과 질문을 주고받았다. 샹들리에가 달빛처럼 반짝였다. 살짝 열린 문 사이로 스윙재즈를 연주하는 밴드의 모습이 눈에 들어왔다. 조유진은 화면보다 수억 배는 아름다워 보였다. 췌장 정도는 내줘도 좋지 않을까 싶은 미모와 흑요석 같은 그 눈빛에 빠져들어 허우적대고 있을 때였다.

전화기에 연예부장의 이름이 뜬 건 인터뷰가 막 끝난 시점이었다. 한병주는 태평양을 허우적대는 기분으로 전화를 받았다.

"어 형. 인터뷰 잘 끝났어요. 내일 조유진 단독 인터뷰 나갑니다."

"야 병주야. 어떡하냐."

연예부장의 첫마디는 한병주를 팔리아멘트 호텔 이벤트홀에서 꺼내 시위대가 집결한 아스팔트 바닥에 내팽개쳤다. 이명 같은 경적소리를 귀에 한 움큼 집어넣은 듯했다. 비키라고. 물러서라고. 빵, 빵.

"무슨 일인데요."

"너 지방 좀 내려가야겠다. 오보 낸 거, 그게 좀 일이 커질 모양이야."

"그 취재 때문이에요? 오보 아니라니까. 얼굴 좀 보고 얘기합시다."

"내가 내일 시간이 안 돼."

"형. 이러면 됩니까. 지금 꼬리 자르기 하는 거요."

"내가 그런 것 같냐."

"형이 안 막은 건 확실하네. 나 하나 잡는 거로 끝낸다 이거 아니요."

"그렇게 됐다. 준비하고 있어. 내일 당장 내려보낸다는 거 내가 일주일 정도 미뤘다."

그게 연예부장과의 마지막 대화였다. 같은 공간에 있다고 느꼈던 이들이 갑자기 한병주를 경계하는 듯했다. 한병주는 연회장으로 나섰다. 조유진은 다른 기자들에 둘러싸여 플래시 세례를 받고 있었다. 한병주의 눈에 들어온 건 스테이크였다, 금시막한 티본 스테이크였다. 제대로 정장을 차려입은 영화제 관계자가 그걸 한 점 썰어 입에 넣고 있었다. 까맣게 벌어지는 입, 겉만 적당히 익은 고기 조각, 선명하게 붉은 살점. 한병주는 다시 이곳으로 돌아올 수 있을지 궁금했다.

연예부장은 점심이 한창이던 때 연락을 해왔다. 한병주는 짜장면 한 그릇을 막 먹어 치우던 참이었다.

"왜 형이 전화를 해요."

한병주는 면발을 씹으며 말했다. 입안 가득 달고 쓴 맛이었다. 오줌보가 쿡쿡 쑤셨다. 얼른 화장실로 달려가 시원하게 오줌을 쌌으면 했다.

"병주야. 오랜만이다. 안덕 내려가서 어떤가 해서 연락 한 번 했어."

"나 내려온 지가 벌써 오 년 됐는데 이제사 연락을 합니까."

"그러니까 연락도 하는 거지. 어떠냐 거기 생활."

"공기 좋고 물 좋소."

"좋기는. 난리라더만. 정리하고 서울 올라올 때 되지 않았나."

"불러줘야 가죠."

"야 긴소리 말고, 너 취재한 거 있지. 사건 파고 있었다며."

한병주는 마주 앉은 국장을 째려봤다. 국장은 시치미를 뗐다.

"정보 좀 줘라. 사회부 애 하나 내려보낼게. 싫으면 직접 기사 써도 되고."

"아니 그렇게 부탁을 하면서 애를 내려보냅니까. 직접 오시지 않고."

"연예부 사람이 어떻게 실종 사건 취재하러 내려가냐."

"난 연예부 아니었수. 애를 내려보내건 형이 직접 오시건 알아서 하시고, 귀찮게 하지 마쇼."

전화를 끊었지만 연예부장의 투덜대는 소리가 안덕까지 들리는 듯했다. 전국의 이목이 쏠린 마당에, 본사에서 한병주의 푸닥거리를 받아줄 여유는 없었다. 우라까이에 소문을 더해 기사가 쏟아졌다. 딱 경찰이 아는 수준으로 기사가 작성된 걸 보면, 그쪽에서 정보를 흘린 모양이었다. 사건에 별명이 붙었다. 안덕 손가락 사건. 기자의 창의성이라는 게 그 수준이었다.

"기사 좀 써주지 그러니."

국장이 쏟아지는 전화를 무시하다 못 해 한병주에게 말했다.

"싫어요."

한병주는 단칼에 거절했다.

"넌 왜 그렇게 무디냐. 이거 기사 써주는 게 남는 장사다. 한 번 해주고 나면 계속 너한테 부탁할 거야. 그게 아니면 직접 내려와서 취재할 거고. 뭐가 더 낫냐. 방송국 카메라 다 불러올 셈이야."

한병주는 아랫입술을 삐죽 내밀었다.

"그놈들 좋으라고 하는 거 아닙니다. 국장님이 부탁하셔서 하는 거예요."

"그래. 고맙다."

국장의 입꼬리가 씰룩했다. 농을 걸고 싶은데 분위기를 살피는 눈치였다. 안녁으로 이목이 쏠린 건 간만의 일이었다. 한병주는 국장이 이 상황을 즐기고 있다는 걸 알 수 있었다. 한직으로 내려와 있지만 천성이 기자였다.

한병주는 덮어놨던 노트북을 열었다. 그곳에 청량한 가을하늘이 있었다. 나파밸리의 포도밭이라고 했다. 캘리포니아에 가 본 적은 없었다. 출장을 빼면 한국을 벗어난 적도 없었다. 화면 속으로 뛰어들고 싶었다. 보라색 포도 향이 나는 것 같았다. 방방 뛰는 풀 냄새와 흙먼지를 덮어쓰고 캘리포니아의 태양 아래 걷고 싶었다. 고개를 조금만 들면 노트북 너머 낮고 우중충한 회색 하늘이 펼쳐졌다. 안덕의 색이었다. 한병주가 있는 곳이었다.

한병주는 기삿거리가 될 법한 것들을 한데 모았다. 불확실한 것들은 빼고, 확실한 것들을 간추렸다. 무능력한 형사와 사연이 있어 보이는 장정호 일당, 그들을 돕는 변호사 이야기는 나중을 위해 남겨뒀다. 직접 세상에 알리고 싶은 이야기였다. 그걸 걷어 냈는데도 워드 파일로 세 페이지가 넘었다. 장사가 될 것 같았다. 악의로 가득 찬 기사가 될 거였다. 독자들은 분노하고, 의심을 품고, 정의가 실현되는 것을 확인하기 위해 기사를 검색할 거였다. 기업은 독자들이 모이는 곳에 광고를 집행할 것이고 클릭률, 전환율, 페이지뷰, 유니크 비지터 같은 수치가 마케터에게 전달될 것이다. 마케터가 숫자를 토대로 광고 효율을 분석고 나면 활자는 사라지고 숫자만 남는 것이다. 기사의 내용이 당위를 잃는 것은 그 순간이다. 범인은 자신이 저지른 일이 누군가의 연봉이 된다는 걸 알고 있을까.

메일을 보내고 나니 국장이 흐뭇하게 웃고 있었다.

"국장님은 참 속도 편해요."

"속이 안 편할 건 또 뭐냐. 이 바닥이 다 이런 거지."

그런 거였다. 이 바닥은 원래 이래서 이렇게밖에 흘러가지 못하는 거였다. 그러니 실수 한 번에 꼬리 자르기를 하겠다고 좌천을 보내고, 좌천 보낸 후배에게 필요한 게 있답시고 몇 년 만에 연락하고, 그게 통하지 않으면 윗사람을 구워삶고, 그걸 뻔히 알면서도 조력을 해야 하는 거였다. 이 모든 걸 관통하는 가치가 돈인 셈이었다. 돈이 밉다가도 사무치게 그립곤 했다. 육즙이 줄줄 흐르던 스테이크와 눈부신 샹들리에가 그리웠다. 돈으로 만든 제단에서 일하고 싶었다. 체면을 차리고 언론인의 자부심을 유지하기에는, 안덕에는 소똥 냄새가 너무 많이 났다.

"가슴이 답답하냐."

"네?"

"답답하냐고. 울분이 터지고 응어리가 지고 그러냐고."

"꼭 그런 건 아닌데…… 뭐 비슷한 것 같긴 하네요."

"그러면 병 생긴다. 내가 네 나이 때 딱 그랬어. 그러다 암 판정받았잖냐. 마음 잘 다스려라. 그래야 기자 생활 오래 하지."

"그게 맘대로 됩니까. 천성이 이렇게 생겨 먹었는데요."

"그러니까 수련도 하고 도 닦기도 하고 그러는 거잖냐."

"기자가 어디서 도를 닦습니까. 기사나 쓰는 거지."

"기자가 기사만 쓰면 치질 걸린다. 가끔 종이 냄새도 맡고 그래."

국장은 사무실 한구석을 가리켰다. 작은 철문이 있는 곳이었다. 그 너머에는 창고를 개조한 서고가 있었다.

안덕일보는 인터넷 신문이 되기 전까지는 윤전기를 돌리는 지역 신문이었다. 시간이 지나면서 안덕일보도 온라인 신문으로 모습을 바꿨고, 온라인 신문협회에서 인터넷 신문협회 소속이 됐다. 불과 3년 전의 일이었다. 필요 없는 것들은 다 없애

버리자는 판단으로 온갖 잡기가 끌려나가는 마당에 국장은 서고 만큼은 지키길 원했다.

서고는 그 이전의 역사를 모아둔 곳이었다.

"들어가라고요?"

"머리 좀 식혀. 옛날 기사 좀 봐."

"그런다고 머리가 식혀집니까."

"해보라니까 그러네. 안덕에 무슨 일이 있었는지부터 공부 좀 하라고. 안덕이 네 생각처럼 호락호락한 동네가 아니야."

국장은 한병주를 창고로 밀어 넣고 문을 닫았다.

철문은 방음이 잘 됐고 서고에는 창문이 없었다. 여관방 같은 곰팡내로 코가 얼얼했다. 한기가 가볍게 와닿는 공간이었다. 그 속에는 온갖 사건이 큐브처럼 복잡하게 얽혀 있었다.

한병주는 연두색 등을 켰다. 벽면을 빙 둘러 철제 선반에 신문이 켜켜이 쌓여 있었다. 국장의 작품이었다.

군대에서 행정병으로 일했다던 국장은 그 시절의 향수를 가지고 있었다. 시간이 날 때마다 서고를 정리했다. 시간이 많다는 뜻이었다. 국장은 정치, 경제, 문화, 사회, 사건 사고 순서로 중요한 기사들이 빼곡히 도열해 뒀다.

한병주의 눈길을 끈 건 사건 사고, 그중에서도 실종 사건 섹션이었다.

한병주는 테이블 앞에 앉아 신문 기사를 읽어나가기 시작했다. 안덕으로 사람들이 몰려들기 시작한 90년대 후반 기사부터였다. 거기서부터 시작할 생각이었다.

스크랩 파일 한 뭉치가 두툼하게 잡혀 나왔다. 별로 없을 거라 생각했던 실종 사건은, 안덕에서만 일 년에 수십 건씩 발생하고 있었다. 주로 IMF 시절 이후에 몰려 있었다. 그래프를 그려보면 경제 위기 관련 기사의 빈도와 실종 사건 기사가 비례 곡선을 그릴 거였다.

국장은 연결된 두 개의 사건을 스테플러로 묶어 놓았다. 실종이 강력 범죄로 이어진 사례는 많지 않았다. 알고 보니 집을 나갔다더라, 한 달 만에 돌아왔다더라, 로 끝나는 게 대다수였다.

96년, 중학교를 졸업한 직후 실종된 강명숙은 한 달 후에야 안덕으로 돌아왔다. 경찰은 집으로 돌아가지 않겠다고, 자신의 얘기를 들어달라고 소리치던 강명숙을 타일러 집으로 돌려보냈다. 머리가 산발이 된 강명숙이 다시 경찰서를 찾은 건 일주일 후의 일이었다. 경찰은 강명숙의 아버지인 박병철에게 구속 영장을 청구했다. 강명숙이 중학생일 때부터 이어진 성폭행이 이유였다. 박병철은 당연히 항변에 항소를 했고, 결과는 3년 징역형이었다. 강명숙이 집을 떠난 동안 박병철이 보낸 문자 메시지가 증거로 작용했다.

98년, 경찰은 생활고를 비난하며 유서를 쓰고 사라진 김진수의 신발을 머구리 바위 위에서 발견했다. 썰물이 빠져나간 시간이었기 때문에 경찰은 콧방귀를 뀌었다. 그 시간에 물에 빠져 죽으려면 수백 미터는 걸어가야 했을 거라고 했다. 김진수는 다음날 파도에 밀려와 같은 자리에서 발견됐다. 목격자는 당시 김진수의 다리와 팔이 불린 오징어 같은 모습이었다고 했다.

99년에는 시내 부동산에서 일하던 정희수가 사라졌다. 정희수가 집 계약 날짜에도 연락이 닿지 않자 세입자들이 연달아 경찰에 신고를 했다. 그때쯤에는 정희수의 남편도 안덕을 떠난 뒤였다. 상가 두 채를 두고 중복으로 받아 놓은 계약금이 삼억이 넘었다. 헐값에 나온 매물이니 얼른 찜해 놓으라는 말에 열한 명의 세입자들이 당했다. 정희수는 속초에서 한 달 후에 덜미를 잡혔다. 남편은 아직도 발견되지 않았다.

실종 기사는 있지만 결말이 없는 경우도 부지기수였다. 사람이 사라진 건 화제가 되지만 그 사람이 멀쩡히 돌아오는 일에는 아무도 관심을 두지 않으니까.

퍼뜩 생각나는 것이 있었다. 한병주는 서고 문을 열고 나왔다. 국장은 이미 퇴근한 뒤였다. 한병주는 서울로 올려보낸 기사 파일을 열었다. 날 것이었지만, 한병주의 눈에는 펄떡이는 재료로 보였다. 문장을 가다듬었다. 묘사를 더하고 감정을 실었다. 단어가 문장이 되고, 문장이 문단을 이뤘다. 단어 하나를 두고 몇 분을 고민했다. 그 고민의 끝에 터져 나온 결론을 타이핑했다. 해가 저물 때쯤에는 한병주의 눈앞에 그럴듯한 르포 기사의 도입부가 있었다. 막 작성한 기사 한 부를 출력했다. 프린터가 먹은 종이를 게워냈다. 활자화된 기사는 모니터로 볼 때보다 훨씬 훌륭해 보였다. 출판물의 힘이었다. 한병주는 실종 사건 스크랩의 마지막에 그 기사를 꽂아 넣었다.

5년 만에 안덕의 창고에 스크랩된 사건이었다. 이 기사가 결말도 없이 휘발되지 않았으면 했다. 반드시 자신의 손으로 기사를 끝내고 싶었다. 정의심이 아니었다. 그냥 한 방 먹여주고 싶었다. 돌아온 탕아. 렘브란트의 그림처럼 무릎을 꿇고 회개할 생각은 없었다. 그때쯤이면 이 사건의 가치는 지금의 수준이 아닐 테니까. 안덕에서 썩을 인물이 아니었다는 걸 그때야 깨달을 것이다.

그러니, 이 사건은 단순한 장난이 아니어야 했다. 범인은 치밀한 사이코패스에, 시대와 사회에 대한 분노를 품고 있어야 했다. 실종자들의 끝은 구역질이 날 만큼 비참한 것이어야 했다. 사건의 전말을 읽기만 해도 며칠은 식사할 수 없어야 했다. 잔인하고 포악해야 했다. 사람이 아니라 짐승이 벌인 일이라야 했다. 만약 그렇지 않다면 그렇게 만들어야 했다.

"이 사람 왜 이렇게 연락이 안 돼."

장정호는 인력 사무소 문을 열자마자 소리쳤다. 일거리를 찾아온 노동자들이 토끼 눈을 하고 장정호를 쳐다봤다. 장정호는 아랑곳 않고 철진에게 향했다. 공장 부속품을 확인하듯, 어깨와 팔을 만졌다.

"형님, 어쩐 일이요. 불심검문 하는 것도 아니고."

장정호가 고개를 들었다. 하루 사이 수척해진 모습이었다. 염색 머리 아래로 흰머리가 돌았다. 이마 주름은 숟가락으로 긁어낸 듯 골이 깊었다. 병풍 뒤에서 향냄새를 맡다가 되살아났다고 해도 믿을 판이었다.

"어제 동철이도 사라졌네."

철진은 당장 그 말이 무슨 말인지 이해하지 못했다. '어제', '동철이', '사라졌다'. 그 문자의 의미를 곱씹는 동안 얼굴에 웃음기가 남아 있었다. 웃음기가 완전히 증발된 건, 장정호가 재차 말을 덧붙인 뒤였다.

"골프장에도 불이 났어. 또 손가락이 나왔다고."

철진의 얼굴색이 어찌나 순식간에 변했는지, 발목 아래로 피를 몽땅 쏟아낸 것 같았다. 납빛이던 얼굴은 잠시 후엔 붉게 물들었다. 장정호는 철진의 어깨를 잡아 자리에 앉혔다.

"자네, 당분간 절대 혼자 있지 말게. 절대!"

철진의 목이 힘없이 떨어졌다. 무릎 위에 올려놓은 팔꿈치가 겨우 몸을 지탱했다. 살짝 벌어진 입 가장자리에 침이 고였다.

"동철이 연락 안 됩니까? 그럴 놈이 아닌데요. 걔가 운동을 몇 년을 했는데 납치를 당합니까."

"손가락이 나왔다니까."

"어디 퍼질러 자고 있을지도 모르잖습니까. 술 좋아하잖아요. 여자 하나 끼고 놀고 있겠죠."

아니라는 걸 알면서도, 그렇게 믿고 싶은 거였다. 장정호는 어쩔 수 없이 철진의 기대를 뭉개야 했다.

"이 사람아. 골프장에서 피가 발견됐어. 그 사람 거 맞다네."

철진이 이를 악물었다. 턱 근육이 매섭게 부풀었다. 똘똘 뭉쳐 쥔 주먹이 떨렸다. 핏발이 선 눈을 부라렸다.

"형님. 내 걱정은 마쇼. 나야 늘 사무소에 있고요. 오전 다섯 시부터 사람들이 득실거린다니까요. 지금 같아서는 그놈이 내 앞에 나타났으면 싶어요. 아가리를 잡아 찢어 놓을랍니다."

정말 그럴 것 같았다. 다섯 명 중에서도 두 사람의 친분이 가장 두터웠다.

안동철이 망해가던 태권도장을 살리겠다고 용을 쓸 때 같이 돈을 부은 것이 철진이었다. 결국 태권도장을 말아먹고 쉬고 있을 때 계속 일거리를 구해주던 것도 철진이었다.

철진이 바닷가에서 시비가 붙었을 때, 외국인 노동자들에게 둘러싸여 몰매를 맞던 걸 발견하고 근처 공장을 죄다 뒤져 결국 그들을 찾아낸 건 동철이었다. 철진은 코뼈가 부러졌지만 외국인 노동자들은 팔이 부러졌다. 치료가 끝나고 돌아왔을 때, 동철은 기어이 외국인 노동자들에게 치료비와 위로금까지 받은 뒤에 강제추방을 시켜버렸다. 사실 시비를 건 건 철진이었지만 안동철에게 그런 건 중요하지 않았다.

"형님이 디 문세 아니요. 혼자 사는 양반이."

"나야 주위에 사람이 많지 않나. 자네가 걱정이지."

"나 안 그래도 조직에서 연락 왔어요. 에무엘이요. 내가 사라지면 일이 어떻게 되겠습니까. 똥줄 타는 건 그쪽이니까요. 벌써 사람 몇을 붙여놨어요."

철진이 말하는 엠엘이라는 건, Money Laundry의 약자였다. 돈세탁이라고 하면 될 것을 꼭 엠엘이라고 불렀다. 발음이 잘 안 되는지 에무엘, 에무엘 했다. 건달들이 먼저 시작했는데 철진까지 물들었다.

장정호는 밖을 내다봤다. 땅딸막한 것들 둘이 입구를 지키고 있었다. 경계를 선다기보다는 시간을 때우는 듯 보였다. 발아래 담배꽁초가 듬성듬성 놓였다.

"저것들 영 시원찮은데. 뭐 저런 피래미들을 보내."

"피래미라도 있는 게 어디요. 걱정 마시고 형님이나 신경 쓰세요."

철진의 말대로 사무소에는 일감을 구하러 온 인력도 있었고 에무엘이 보낸 건달들도 대기 중이었다. 그래도 장정호는 안심이 되지 않는지 재차 당부했다.

"혼자 있으면 안 되네. 알았지?"

"알았다니까요. 나 일해야 하니까 얼른 들어가요."

철진은 장정호의 뒷모습을 봤다. 본인 걱정이나 하시지 싶었다. 목소리만 쇠처럼 날카로웠지, 등과 허리가 많이 굽었다. 예전 같지 않은 것이다.

그러고 보면 제대로 사는 건 철진 본인밖에 없지 않나 싶었다. 돈을 꽤나 모았다. 콩고물이 떨어지고, 그걸 잘 모으면 콩도 되고 돈도 되는 법이었다.

통장 잔고가 좀 늘어나니 세상 모든 게 돈으로 보였다. 일당의 1할을 수수료로 받으니, 사람도 돈으로 보였다.

안덕에서는 철진을 거치지 않으면 일용직을 구하기 어려웠다. 쇠락하는 도시에 건설현장직이 쏟아질 리도 없었고 기껏해야 공장 식당이나 상하차 작업에 투입되는 게 고작이었는데 철진이 바로 그쪽 업계를 쥐고 있었다. 에무엘을 맡기로 한 조건이 그거였다. 인력 유통망을 쥐고 있는 건 그 나름의 권력이었다. 뒤를 봐주는 존재들까지 있으니 이 아름답고 편한 인생은 좀 더 이어져야 했다.

정두와 영남도, 동철도 생각이 없어 당한 건 아니었다. 누군지는 몰라도 귀신같이 다가와 동생과 형들을 데려가고 있었다. 철진은 그간의 행적을 떠올렸다. 선행보다 악행이 많았고 동지보다 적이 많은 인생이었다. 하지만 아무리 생각해도 이런 짓을 저지를 만한 인물은 생각나지 않았다. 그럴 싹수가 보이는 놈들은 같은 편으로 만들거나 찍 소리도 못 하게 밟아버렸다. 앞으로도 그래야 했다. 섣불리 이 몸을 건드리지 못하도록 굳건히 방어해야 했다.

생각이 이어지는 사이 대기자는 곱절로 늘어나 있었다. 철진은 한 명 한 명을 분류해 일터로 내보냈다. 공장과 작업 현장에서 보내온 트럭이 사람을 실어날랐다. 철진은 계산기로 하루 예상 수익을 누르려보고 속 편히 배를 두드렸다.

'욕심 많은 다람쥐, 도토리를 먹다가, 왼 볼 오른 볼, 입이 뻥! 입이 뻥!

욕심 많은 다람쥐, 땅콩을 먹다가, 윗배 아랫배, 배가 뻥! 배가 뻥!'

유치원에 다닐 때 부르던 노래였다. 원래 내용이 그랬는지 고약한 애들이 가사를 바꿔 부른 건지는 모르지만 세휘의 기억에 남은 가사는 그랬다.

우편함 앞에서 그 노래를 떠올렸다. 입이 뻥, 배가 뻥. 전기, 수도, 가스, 통신비, 주민세…… 우편함에 지로 용지가 쌓이다 못 해 밖으로 터져 나올 지경이었다. 배달원이 신경질적으로 밀어 넣은 흔적이 보였다.

처음부터 이러지는 않았다. 엄마의 집에는 고지서 함이 따로 있었고, 납부한 것과 그렇지 않은 것을 구분해 관리했다. 납부한 고지서는 종류별로 다시 구분했고 한 달이 지나면 가위로 잘게 잘라 쓰레기통에 버렸다. 세휘가 기억하는 엄마는 그랬다. 파마를 해서 머리를 부풀려 놓는 일은 없었다. 두피와 머리카락을 구분하기 어려울 정도로 기름을 발라 머리를 정리했다. 가르마는 오차 없이 반으로 나눴다. 발에 딱 맞는 구두에 양산을 챙기는 것도 잊지 않았다. 그러니 엄마는 설탕과 소금을 헷갈려서는 안 되는 거였다. 수민이 집에 돌아온 뒤 어디에 놀러 나갔는지 잊어버려서는 안 됐다. 안경을 쓰는 것도 괜찮고 주름이 느는 것도 자연스러운 일이겠지만, 고지서는 제때 오려서 버려야 했다.

엄마가 낯설었다. 우리 엄마를 돌려 내라고 떼를 쓰고 싶었다.

세휘는 고지서 더미를 엄마 앞에 던져 놓았다. 엄마는 눈 앞에 펼쳐진 난장판에 물끄러미 세휘를 올려봤다. 무슨 말을 해야 할지 알 수 없었다. 애당초 하고 싶은 말이 있던 것도 아니었다. 무언의 시위였다.

울고 싶은 건 세휘였지만 엄마의 눈물이 먼저 터졌다. 엄마는 앙상한 팔뚝을 무릎 위에 올리고 얼굴을 묻었다. 작은 어깨가 들썩였다.

"저리 가."

세휘가 엄마의 어깨를 쓰다듬는데 엄마는 신경질적으로 세휘를 밀쳤다. 엄마의 눈이 붉었다. 주름을 타고 눈물이 맺혔다. 어서 가라고, 엄마가 손짓했다.

세휘는 고지서를 모았다. 밀린 수납금을 송금했다. 통장 잔고가 그만큼 줄었고, 그 사실을 알리는 문자가 왔다. 문자는 출금액과 잔액을 간결하게 표시했다. 폰 안에 있는 모든 게 간결했다. 최근 통화 목록이 그랬고 캘린더 일정이 그랬다. 수민의 학교 일정과 엄마의 진료 일자가 적혀 있을 뿐 세휘에 대한 내용은 없었다. 인생을 도둑맞은 기분이었고 그래서 슬펐다. 세휘의 중요한 것들을 훔쳐 간 이들이 아들과 엄마라는 사실이 더 슬펐다.

세휘는 가위를 들었다. 엄마가 그랬던 것처럼 고지서를 오렸다. 가위는 사각사각 종이를 잘라 나갔다. 검은 봉지 속으로 해체된 고지서가 쏟아졌다. 고아가 된 느낌이었다. 길을 잃었다. 표지판이 있었지만 어디가 맞는 길인지 알 수 없었다.

안덕에서 사는 게 참 재미없다는 생각이 들었다. 도시를 흉내 낸 시골의 미숙함, 바다 비린내, 세상 돌아가는 이야기는 모르고 이 좁은 곳에서 버둥대는 모습이 구렸다. 20년을 지냈는데 좀처럼 정이 들지 않는 동네였다. 그런 생각을 하다 보니 엄마가 불쌍했다. 세휘가 떠나고 난 후로 엄마는 참 쓸쓸하고 외로웠겠다는 생각이 들었다. 이 재미없는 안덕에서 더 뭉툭해져버린 인생은 어땠을까. 치매에 걸려 기억을 조금씩 잘려나가는 인생은 또 얼마나 재미없을까. 세휘는 수도세를 자르고 적십자 지로 용지를 자르고 가스비를 잘랐다. 누구 주소인지 알 수 없게 잘게 잘랐다.

다음 용지를 집어 올리는데 고지서가 아닌 봉투 한 장이 딸려 올라왔다. 왜 이걸 못 봤을까 싶게 붉은 봉투였다. 수신인도 발신인도 없었다. 문구점에서 쉽게 구할 수 있는 거였다. 이제 막 겨울이 지났으니 크리스마스 카드일 리는 없었고, 수민의 친구가 보냈다기에는 굳이 우편함에 편지를 넣을 이유가 없어 보였다. 청첩장이라면 미리 연락을 해왔을 테고, 안덕에서는 광고 전단지를 봉투에 담아 보내는 일도 없었다. 축복과 감사, 안부의 의미를 걷어 내고 나니 봉투의 붉은 색이 불길했다.

세휘는 봉투를 열었다. 속에서 폴라로이드 사진 한 장이 떨어졌다. 횟집에서 불이 나던 날을 찍은 사진이었다. 진화가 끝난 횟집은 숯덩이가 돼 있었고 사진 속의 세휘는 횟집 앞에 서 있었다. 멀리서 찍은 사진이었다. 사진을 찍은 사람은 안전거리를 확보하고 술에 취해 해롱대는 세휘를 잡아냈다. 혹시나 사진에 지문이 있지 않을까 뒤적여 봤지만 장갑을 끼고 작업한 듯 아무 흔적이 없었다. 대신 사진 뒤에 적힌 글씨를 발견했다. 발로 쓴 듯 삐뚤삐뚤한 필체였다.

'다음은 누구?'

두려움이 목을 조였다. 스멀스멀 기어오르는 공포가 아니었다. 다이너마이트처럼 일시에 몸을 휘감는 종류였다. 범인이 세휘를 무시하고 있는 게 아니었다. 세휘만 범인을 쫓고 있는 게 아니었다. 범인은 세휘를 감시하다 못 해 메시지를 보내고 있었다.

봉투 속에 남은 사진이 있었다. 세휘는 봉투를 뒤집었다. 당숙이, 이철진이, 엄마가, 수민이, 한병주가, 노용기와 바하두르가 후두둑 떨어졌다.

'다음은 누구?'

사진마다 뒷면에 같은 글귀를 새겨 놓았다. 꾹꾹 눌러쓴 필체였다.

사건을 맡은 후 한 번도 하지 않았던 생각이 스멀스멀 기어올랐다. 너무 깊게 들어와 버린 게 아닌가 하는 생각. 손을 떼야 하는 게 아닌가 하는 생각.

세휘는 참았던 숨을 토했다. 더운 기운이 인중을 지나 몸 밖으로 빠져나왔다. 그 자리를 소름 돋는 한기가 채웠다. 세휘는 경찰에 가서 사진에 대해 털어놓기로 마음먹었다. 가족이 위협당하고 있다고, 지켜달라고. 하지만 그 전에 당숙을 만나야 했다.

"엄마 나 나갔다 올게."

엄마는 대답하지 않았다. 세휘는 잘게 잘린 고지서를 쓰레기봉투에 집어넣었다. 반밖에 차지 않았지만 그대로 입구를 묶어 밖에 던져 놓았다. 그리고 버스를 타고 시장으로 향했다.

버스는 덜컹거렸고 그 탓에 멀미가 났다. 붉은 봉투 안에 든 것이 복잡한 산수 문제처럼 느껴졌다. 봉투를 몇 번이나 만지작거렸다. 까끌까끌한 재질의 종이가 때처럼 밀려 나올 뿐, 아무것도 말해주지 않았다. 세휘는 버스 창문을 조금 열었다. 바깥 풍경이 느리게 흘렀다. 이즈음의 풍경은 언제나 느리게 흘렀다. 해가 지는 것도 느리고 꽃이 피는 것도 느리고 사람들의 걸음도 느렸다. 세휘의 마음만 조급했다. 별 도움도 되지 않는 조급증이 저만치 앞서 걸었다. 그 마음을 알 리 없는 버스는 한없이 여유롭게 시장으로 향했다.

범죄예방위원회에 도착하니 비서가 나른하게 늘어져 있었다. 적당히 따뜻한 대기가 사무실을 채웠다. 방금 끊인 듯한 헤이즐넛 커피 향이 감돌았다. 당숙은 의자를 벽 쪽으로 돌린 채 졸고 있었다.

비서가 약속이 있었나, 하고 캘린더를 뒤지는 사이 세휘가 당숙 앞으로 갔다. 비서는 고개를 갸웃하며 세휘를 뒤따랐다.

"약속하고 오셨어요?"

세휘는 탁자에 대고 노크를 했다. 당숙은 기지개를 켜며 일어났다. 잠이 덜 깬 눈으로 세휘와 비서를 번갈아 봤다. 노기를 띤 세휘의 얼굴을 보고 심상치 않은 일이 있구나, 하고 짐작한 모양이었다.

"이런 걸 받았습니다."

세휘는 탁자 위에 폴라로이드 사진을 쏟아 놓았다. 당숙은 이 모든 게 지루하다는 듯 길게 하품을 했다. 비서는 당숙의 눈치를 보며 헤이즐넛 커피를 내 와야 할지 세휘를 쫓아내야 할지 고민하고 있었다. 당숙이 손짓해 비서를 물러나게 했다. 그리고 사진으로 눈을 돌려 그곳에 찍힌 사람들을 하나씩 살펴보기 시작했다. 당숙이 한병주를 가리키며 물었다.

"이건 누군가."

"안덕일보 기자예요."

"기자?"

당숙의 미간이 일그러졌다. 기자가 사건에 엮이는 게 탐탁지 않을 거였다. 세휘가 먼저 변명을 했다.

"정보가 많아서요. 당숙 얘기는 안 나오게 단도리 할 겁니다."

"무슨 얘기? 나는 문제될 게 없어. 언론에 오르내리는 게 귀찮은 거지."

퍽이나. 세휘는 속으로 코웃음을 쳤다.

"그러시겠죠. 아무튼 이 기자가 당숙 이름을 적는 일은 없을 거예요."

"내가 피해자가 된다면 말이 다르겠지만."

당숙은 자신의 사진도 가리켰다. 그러면서도 얼굴색 하나 변하지 않았다.

"이쪽은?"

이번에는 노용기와 바하두르의 사진을 들었다. 화투패를 돌리는 듯한 자세로 손장난을 했다.

"어릴 때 동네 친구요. 친한 사이였습니다. 지금은 재활용 센터를 운영하고 있고요. 옆에 있는 외국인은 센터 직원입니다."

"나머지는 아는 얼굴이군. 적어도 여기 있는 사람들은 직접 사진을 찍지 않은 게 분명한데. 그것 말고도 공통점이 있나?"

"범인일 리가 없는 사람들입니다. 모두 안덕에 살고 있고, 저와 당숙 주변 사람들이에요."

"경찰에 말했나."

"아직이요."

"잘했네."

"이거 협박입니다."

당숙은 허리가 뻐근한지 자리에서 일어섰다. 블라인드 사이로 비치는 해가 번거로운 벌레라도 되는 것처럼 손으로 차양을 쳤다.

"그래서? 사람 셋이 사라졌네. 그런 사건이야. 경찰도 손을 못 대고 있어. 이 정도 협박이면 귀여운 수준 아닌가. 나는 좋은 신호라고 생각하는데. 무서운 거야. 접근하고 있다는 거지. 코너에 몰린 쥐새끼가 발악하는 걸 수도 있어."

"하지만 아직 누구 짓인지 모르는데요."

"내가 탐정 놀이나 하라고 자네한테 일을 준 것 같은가. 아니야. 내 눈과 귀가 되어 달라는 거지. 때가 되면 범인은 그물에 걸려들 거야."

"경찰에 맡기는 게 좋아 보입니다."

"경찰은 안 돼. 말했잖아. 그 공무원 놈들은 날 잡아먹으려 한다고. 빌미를 주면 안 된다니까."

"대체 뭘 숨기시는 겁니까. 경찰을 놔두고 왜 제가 알아내야 하는 거냐고요. 제가 해코지를 당할지도 모르는데요."

준비했던 말을 할 때였다. 당숙이 그럴 만한 동기를 제공했다. 세휘는 못을 박는 말투로 말했다.

"저는 못 하겠습니다. 당장 정리하고 서울로 올라갈게요."

비서가 커피를 내왔다. 헤이즐넛 향이 훅, 코로 들어왔다. 당숙은 앞에 놓인 커피잔을 세휘 쪽으로 밀고 자리에 털썩 앉았다. 엄지로 턱 끝을 받치고, 한동안 세휘의 쇄골 근처를 노려봤다. 소가 내뿜는 듯한 콧김이 손끝을 지나 세휘에게 닿았다. 당숙은 화가 나 있었다. 처음 보는 모습에 세휘는 지레 주눅이 들었다.

"자네 검사 됐을 때 아버지가 기뻐하셨지."

"압니다."

"자네가 아는 게 중요한 게 아니야. 내가 어떻게 기억하는지가 중요한 거라네. 자네한테야 좋은 아버지였겠지만 우리한테는 무뚝뚝한 양반이었거든. 원체 감정을 드러내지 않는 사람이었어. 그런 사람이 온종일 실실거리고 웃어. 그래서 핀잔도 주고 그랬는데. 어깨에 힘이 바짝 들어가더라고. 안 그렇겠나. 나 같아도 그러지. 그런데 자네 아버지는 그것뿐이었어. 내색하는 법이 없었네. 손해를 보더라도 자네 도움받을 생각은 안 했을 거야. 우리는 그래. 내 주변 사람들은 다 그래. 순리대로 살아. 줄 건 주고 받을 건 받아. 힘이 있으면 좀 더 많이 받는 거지. 착취에도 품위가 있어. 하물며 거래라면 말할 것도 없지.

우리는 거래를 하고 있는 거라네."

긴 서사의 끝에 당숙의 본심이 터져 나왔다. 당숙이 지금의 사태를 거래라 부른다면 세휘에게도 할 말은 있었다.

"거래라고 하셨죠. 제가 얻는 게 있어야 거래죠. 이쯤 되면 제가 잃을 게 더 많아 보이는데요."

세휘는 폴라로이드 사진을 가리켰다. 그곳에 세휘가 잃게 될 것들이 인화돼 있었다. 범인은 설명이 부족할까 봐 친절하게 서명까지 해뒀다. '다음은 누구?' 하고.

"손해를 줄여주는 것도 거래라면 거래겠지."

"무슨 뜻입니까."

"지금 손을 떼면 우리 일은 없었던 거로 하겠네. 어머니를 위한 지원도 없을 거고 정계 진출도 물 건너갔다고 봐야겠지."

"상관없습니다."

"양육권 문제도 있을 텐데. 최선을 다해서 자네가 가지지 못하게 하겠네. 어머니한테 들었는데, 술을 많이 마신다지? 엄청나게 많이."

눈알이 부푸는 것 같았다. 바이스로 가슴을 죄는 것 같았다. 당숙은 애초에 세휘에게 이윤을 남겨줄 생각이 없었다. 목줄을 쥐고 있는 건 당숙이었고 세휘는 분명 그사이의 기 싸움에서 밀리고 있었다.

"어떨 것 같은가. 법원이 알코올 중독자에게 양육권을 넘길 것 같은가. 안덕에 오자마자 검사 사칭한 일도 있었다지. 그건 나중에 얘기해보자고. 커피 마저 들게."

세휘는 셈이 빨랐다. 당숙의 말대로 고분고분 행동하는 게 싫었다. 하지만 지는 싸움을 포기할 정도의 산수 실력은 있었다. 뻣뻣한 손이 커피잔으로 향했다.

"헤이즐넛이네. 향이 좋지? 그걸 마시면서 마음을 좀 가라 앉혀. 그리고 밖으로 나가. 탐문도 하고 경찰 쪽도 뒤져보면서, 범인이 잡힐 때까지 최선을 다하는 거야."

하고 싶은 말은 가시처럼 자꾸만 목에 걸렸다. 아직 뜨거운 커피를 꿀꺽 삼켰다. 당숙이 이어 말했다.

"어떤가. 협박은 이렇게 하는 거야. 자네도 배웠으면 좋겠네. 유용하거든."

방화범이 잡혔다. 국민주택 폐건물에 불을 붙이고 있는 걸 순찰 중이던 경찰이 발견했다. 짚단에 불길이 치솟기 시작한 찰나였다. 방화범을 검거한 건 서른다섯 살의 안명현 경사와 스물일곱 박재민 경장이었다. 박재민 경장이 소방차를 불렀기 만 좁은 골목으로 소방차가 들어오기엔 역부족이었다. 사이렌 소리가 대책 없이 울려 퍼지는 사이 집 하나가 고스란히 재가 됐다.

방화범은 모두 셋이었다. 둘은 박재민 경장이 화재 신고를 하는 사이를 틈타 달아났다. 안덕 경찰서로 이송된 방화범이 그 사실을 밝혔다. 범인은 눈물로 범벅이 된 얼굴로 모든 걸 털어놓았다. 인적사항, 가족관계, 직업까지.

방화범은 명안 초등학교 3학년 2반 모건우였다. 달아난 범인도 그리 멀지 않은 곳에서 붙잡혀 경찰서로 끌려 왔다. 모두 같은 반 아이들이었다.

모방범죄였다. 인명피해는 없었다. 누군가에게 원한이 있는 것도 아니었다. 호기심이었다고 했다. 부모의 입을 통해, 뉴스를 통해 들은 이야기를 실행에 옮기고 싶었을 것이다. 도덕성과 지성을 제거하고 나면 방화는 쉬운 범죄였다. 작은 불쏘시개만 있어도 건물 하나를 날려버릴 수 있으니까. 지붕 위로 솟아오르는 불길을 보면서, 아이들이 느낀 건 희열이었을까 두려움이었을까. 열 살짜리 아이들의 미성숙한 두뇌가 두 감정을 믹서에 넣고 갈아버렸을지도 모른다. 한 데 섞인 채 몽글몽글 솟는 기분에 도취해 하늘로 솟는 유독가스를 멍하게 쳐다봤을지도 모른다. 부식성 강한 전염병이었다. 아이들 사이로 번지는 전염병이 수민이까지 병들게 할까 봐 무서웠다. 그 불안이 세휘를 지배했다. 불안은 세휘를 약하게 만들었고, 약해진 세휘는 예민해졌다.

"집에 폴라로이드 사진기 있니."

세휘는 모건우를 앞에 두고 물었다. 살집이 두툼한 아이였다. 피부는 뽀얗고 볼이 불그스름했다. 경찰서의 분위기에 짓눌려 목이 어깨 아래로 움츠러들었다. 모건우는 오렌지 주스를 꼭 쥐고 있었다. 이 삭막한 세상에, 범죄를 저질러 경찰서에 끌려온 이 상황에, 설탕 덩어리의 달콤한 액체가 구원을 가져다줄 것처럼. 아이는 잘못 이해하고 있었다. 구원은 곧 경찰서를 찾아올 부모의 지위에 달려 있었다. 혹은 무릎 건강이나. 아니, 어찌 됐건 아이의 나이가 모든 걸 해결해 줄 거였다. 그 사실을 알 리 없는 아이는 세휘의 말을 고분고분 듣고 있었다.

"그게 뭔데요."

"즉석카메라야. 사진을 찍으면 바로 인화가 되는 거."

"없어요."

"없어? 진짜 없어?"

"네…… 죄송해요."

죄송할 일은 아니었지만 그 말을 들으니 힘이 빠졌다. 모건우의 집에 폴라로이드 사진기가 있었으면 했다. 장정호와 그 일당에게 원한을 가진 부모가 사진을 찍고, 세휘를 협박하고, 사람들을 납치하고, 그런 부모 밑에서 자란 아이가 방화범이 되어 있기를 내심 원했다. 말이 안 된다는 건 처음부터 알고 있었다. 모건우는 악당과는 거리가 멀었다. 그저 순진하고 호기심 많은 장난꾸러기였다. 장난이 지나치면 죄가 되는 법이었다.

"왜 불을 질렀어?"

"그냥……"

"그냥?"

"그냥 해보고 싶어서요."

"게임 하면 되잖아. 아줌마 아들도 맨날 그러고 노는데."

"추워서 그랬어요."

"왜 말이 다르니? 그냥 해보고 싶었다면서. 게다가 벌써 봄이잖아. 춥긴 뭐가 추워."

모건우는 고개를 푹 숙였다. 무릎 위로 말아쥔 주먹에 힘이 들어갔다.

"애들이 안 놀아줘서요."

"애들이 안 놀아준다고 불을 지르니?"

모건우는 끝내 울지 않았다. 통곡이라도 하면 세휘의 마음이 조금은 편할 것 같았다. 수민의 또래인 아이는 안덕에서만 자랐다. 흙과 짚단이 더 친한 아이였다. 토크 렌치를 들고 동네 타이어를 모조리 풀어버렸던 그 시절의 세휘 같았다.

"변호사님. 애 부모님 왔어요. 그만 일어나세요."

직장에서 끌려온 부모가 그곳에 있었다. 언뜻 보기에도 쉰은 넘어 보이는 부부였다. 늦둥이가 방화범이 되었다는 소리에 얼굴이 하얘져 경찰서까지 달려온 게 뻔했다. 세휘는 자리를 비켜주었다.

다음은 누구. 그 문장이 머리에 맴돌았다. 아직 정해지지 않았다는 건지, 세휘의 행동에 따라 선택지를 달리 하겠다는 건지. 아니면 다음 희생양을 정해놓았으니 각오하라는 소린지. 고약한 퀴즈였다. 그래서 폴라로이드 카메라만 보면 손발이 차게 식었다. 어디선가 자신을 지켜보고 있을 범인을 생각하면 물안개 같은 한기가 목덜미를 스쳤다.

집으로 가는 버스가 도착했다. 세휘는 뒤도 돌아보지 않고 버스에 올랐다. 뿌옇게 물때가 앉은 창 너머로 커플이 멀리 걸어가고 있었다. 세휘는 버스 창문에 뺨을 갖다 댔다. 뺨이 얼얼하게 식었다. 버스는 신단지를 크게 한 바퀴 돌아 국민주택으로 향했다. 멀미가 났다. 합성 피혁으로 짜기운 의자에서 엉덩이는 자꾸 미끄러졌다. 세휘를 내려놓은 버스는 뭐가 급한지 뒤도 돌아보지 않고 먼지를 뿜으며 사라졌다.

당숙이 수민이를 걸고 협박했다. 함께 할 수 없게 만들어주겠다고 했다. 이가 갈리는 일이었다. 수민이를 위해 챙겨야 할 게 한두 가지가 아니었다. 무엇보다 정인숙의 딸에게 빠져 있는 게 마음에 들지 않았다. 당숙은 정인숙에게 관심을 끄라고 했다.

연결되지 않을 것 같은 사실들 속에 정인숙이 뿌리를 박고 있었다. 세휘가 쥐어야 하는 칼자루가 있다면, 분명 정인숙이 될 거였다. 수민이에게서 정인숙과 그 딸을 몰아내야 했다. 당숙과 정인숙 사이에 무슨 일이 있었는지를 알아내야 했다. 그러고 나면 세휘도 수민이도 제자리를 찾을 수 있을 것 같았다.

가로등이 주섬주섬 불을 밝혔다. 그 아래 푸드 트럭이 보였다. 퇴근 시간이면 국민주택 입구에 자리를 잡고 전기 통닭을 파는 트럭이었다. 전기 오븐 앞에서 꼬챙이에 꿴 통닭이 나체로 익었다. 바닥이 기름으로 번들거렸다. 트럭 주인은 전기 오븐을 조명 삼아 책을 읽고 있었다. 계절과는 상관없는 바람막이 차림이었다. 그 모습을 보고 있자니 떠오르는 장면이 있었다. 누군가에게는 통닭이 가족을 위한 간식거리지만 세휘에게는 좀 다른 의미였다.

법대 시절 세휘는 법률 연구회 멤버였다. 거창하게 말해서 법률 연구회지 실은 밥 같이 먹을 사람을 찾는 동아리에 가까왔다. 그래도 명목은 유지해야 하니 가끔 판례나 사회 문제에 대한 토론이 벌어질 때도 있었다.

고시원에 갔어야 할 복학생이 눈치 없이 법률 연구회에 나오곤 했는데, 그중에서도 남영동이라는 선배가 제일 열심이었다. 하필 대공분실이 있던 남영동과 이름이 같았다. 하루는 동아리방에서 죽을 치고 있는데 남학생 둘이 배가 고프다며 짜장면에 탕수육을 시켰다. 남영동이 꼽사리를 끼겠다며 빼갈을 같이 주문했다. 오후 수업이 시작되려면 두어 시간 남아 있던 세휘도 엉겁결에 합류했다.

밥이 뒷전이 되고 술이 전면에 나서는 데는 그다지 오랜 시간이 걸리지 않았다. 얼굴이 불콰해진 남영동이 고문치사 사건을 화두로 던졌다.

"입장 차이라는 게 있는 거지. 그때 고문하던 사람들도 처음부터 그랬겠냐고. 조직이 그렇게 만드는 거야."

탕수육을 우물우물 씹던 남학생이 불쾌하게 고개를 들었다.

"그럴 만한 인간들이니까 대공분실에서 일한 거지. 형은 사상이 틀려먹었어요."

남영동은 지지 않았고 받아쳤다.

"그 사상 때문에 죽은 게 몇이냐. 나는 피 안 볼 거다."

"대한민국 정치사에서 피 안 본 사람이 누가 있어요."

옆 동아리방에서 풍물패가 꽹과리를 때렸다. 저건 자진모리 장단일까 굿거리일까. 박자 감각 없는 세휘가 궁금해하고 있을 때, 남영동이 말했다.

"궁금하면 한 번 해볼까?"

어째서 대화가 거기까지 흘렀는지 알 수 없었지만, 두 사람은 대공분실의 고문이 어느 정도 수준이었는지를 두고 논쟁을 벌였다. 남영동은 참을 만하다는 입장이었다. 그러니 죽는 순간까지 입을 안 열지 않았겠냐고 했다. 참다, 참다, 입을 연 게 아니라 죽어버린 거였을 거라고. 이래 봐야 결론이 나지 않으니 직접 체험해보자는 데까지 이야기가 진행됐다.

남영동이 윗도리를 벗었다. 그 사이 빼갈을 먹던 신입생이 교내 신축 건물 공사 현장에서 쇠파이프를 구해왔다. 털이 숭숭 박힌 남영동의 팔다리를 노끈으로 묶고, 남학생 둘이 책상 양쪽에 쇠파이프를 얹어 매달았다. 준비가 끝나자 스탠드 하나만 남기고 불까지 껐다.

"와, 이거 느낌 묘하네."

형사 역할을 맡은 학생이 엠티 갔을 때 사뒀던 행주를 얼굴에 올렸다. 남영동은 묶인 손을 틀어 엄지를 들어 올렸다. 남학생은 주전자에 담아온 물을 부었다. 코와 입이 있는 자리에서 울컥, 물이 쏟아지는 순간 시시하게 결론이 났다. 남영동의 패배였다.

"이거 못 참는다. 박종철도 그때 다 불지 않았겠냐. 경찰이 오바한 거지. 이미 다 나왔는데 더 말하라고."

남영동이 노린 게 그거였지 싶다. 정의라면 뭐든 할 수 있다고 믿는 순진한 후배들에게 일침을 날리는 거. 그들이 신처럼 떠받드는 민주 열사를 조롱하고 싶었던 것이다. 남영동의 말에 발끈한 후배들이 달려들었고, 신념이 있다면 어떤 고문도 참을 수 있다는 쪽과 인간은 본질적으로 죽음의 공포를 이길 수 없다는 쪽으로 나뉘어 논쟁이 이어졌다.

정작 세휘의 관심은 딴 데 있었다. 평생 고문 같은 건 당하지 않고 살겠지, 라는 생각이 머리를 스쳤다. 일에 치여 살거나 원하지 않는 업무를 맡는 일은 있겠지만. 아마도 대학을 졸업하고 나면 평탄한 인생을 맞이할 것이고, 그러면 죽을 때까지 얼굴에 행주를 덮어쓰는 일은 없을 거였다.

세휘가 홀렁 티셔츠를 벗자 동아리방이 순식간에 조용해졌다. 세휘는 손을 내밀었다. 남영동이 세휘의 의도를 알아채고 쇠파이프에 팔을 묶어 주었다. 행주가 얼굴을 덮자, 남영동의 말이 무슨 뜻인지 알 수 있었다. 묘한 느낌이었다. 무기력하고 두려웠다.

엄지손가락을 들자 구멍으로 물이 들어왔다. 평생 다시는 하고 싶지 않은 경험이었다. 어둠과 물이 감각을 장악했다. 그 투명한 물이, 부드럽게 찰랑거리는 액체가, 이질감 가득한 고체가 되어 기도를 턱 막았다.

남영동은 세휘보다 2년 먼저 사시를 패스하고 변호사가 되었다. 십여 년 후에는 부산에서 제법 이름 있는 세법 변호사가 됐다고 했다. 세휘는 남영동이 합격한 이듬해에 검사가 됐다. 수십 년 전 통닭 자세로 용의자를 고문할 것을 지시했던 조직의 일원이 된 거였다. 검사가 된 후 세휘는 가끔 법률 연구회에서 있었던 일을 떠올렸다. 무릎 뒤로 꼬챙이를 꽂아 당장 자백을 받아 내고 싶던 순간이 몇 번이나 있었다. 쉽게 한탕 하고 후줄근한 생활을 청산하려는 이들을 볼 때마다 그랬다. 한탕을 위해 돌이킬 수 없는 상처를 안기는 것도 주저하지 않는 이들이었다. 새파란 신입 변호사에게 인생을 맡긴 피고는 법원에 들어설 때까지만 해도 생기로 빛났다. 세휘가 구형할 때까지도 희망을 놓지 않았다. 판사가 최대한 쉽게 풀어쓴 판례도 이해하지 못하고, 그저 변호사의 낯빛이 어두워질 때 같이 울상이 되더니, 구형이 이루어지고 난 뒤에야 무너져내리는 인생을 세휘는 몇 번이고 지켜봤다.

정인숙도 그런 사람인지 알아내야 했다.

"한 마리 주세요."

트럭 주인이 일어섰다. 고온의 맥반석 앞에서 트럭 주인의 얼굴은 익어버릴 듯 붉었다. 고무장갑을 낀 손이 제일 위에 있던 통닭 하나를 꺼냈다. 무릎과 날개 죽지가 유독 검게 탄 놈이 종이봉투에 담겼다.

거실로 들어가니 수민은 선풍기 앞에 앉아 앞머리를 쓸어 올리고 있었다. 어려운 문제가 있는지 미간을 잔뜩 찌푸렸다. 세휘가 문제지 위에 통닭을 놓았다. 아직 따뜻한 기운이 가시지 않았다. 수민은 이게 뭐야, 싶은 얼굴이었다.

"닭이야. 먹자."

"밥 먹었는데."

수민의 당돌한 눈망울이 세휘를 향했다.

"여섯 시밖에 안 됐잖아. 할머니가 밥 해줬어?"

"아니. 밖에서 먹고 왔어."

"누구랑 먹었는데."

그렇게 말하는 세휘의 목이 울컥했다. 수민은 이미 대답을 알고 있지 않냐고 묻는 것 같았다.

"도연이랑."

"넌 개 말고 친구 없니."

"서울에 있지."

세휘는 가방을 내려놓고 앉았다. 나무로 된 마룻바닥은 차가 웠지만 수민의 날 선 말투를 받아 내는 것보다는 수월했다.

"치킨은 간식이니까. 또 먹자."

세휘는 엄마도 불렀다. 엄마. 닭 먹자. 닭 먹자 엄마.

엄마는 부스스한 머리를 하고 안방에서 나왔다. 아주 잠깐, 세휘를 보는 얼굴이 꼭 낯선 사람을 보는 듯했다.

세휘는 여전히 뜨거운 닭을 뜯었다. 손가락 끝이 화끈거렸다. 참았다. 닭 껍데기가 바삭하게 갈라졌다. 사지를 가르고 날개를 뜯었다. 척추를 반으로 쪼개 먹기 좋게 토막을 냈다.

다리 하나를 수민에게 건네려 하니, 수민은 이미 날개를 쪽쪽 빨고 있었다. 기름기가 번들번들한 얼굴로 헤헤, 하고 웃었다.

조금 이른 사춘기를 맞이한 걸까. 그렇다면 차라리 다행이겠다. 예방주사를 맞는 기분으로 지낼 수 있다.

"아들, 엄마랑 평생 같이 살 거지?"

세휘가 물었다. 수민은 기분 좋게 고개를 끄덕했다.

"엄마도 할머니도 나랑 같이 평생 살아야 해."

수민이 말했다. 평생의 무게를 알고 하는 말이냐고 묻고 싶었다. 늙고, 암에 걸리고, 치매가 오고, 알코올 중독으로 허덕이는 엄마라도 데리고 살 수 있겠냐고 묻고 싶었다. 엄마가 수민의 머리를 쓰다듬었다. 먹물 같은 머릿결이 찰랑거렸다. 끊어질 듯 이어지는 행복이었다. 무딘 칼이라도, 갖다 대면 금방 동강 날 평온함을 양쪽에 달고 세휘는 그네를 타고 있었다.

삼 년 넘게 사용한 패브릭 소파는 인숙의 체중을 감당하지 못했다. 엉덩이 모양으로 닳은 패드가 꼭 분화구 같았다. 흉터 같은 소파의 흔적을 물끄러미 쳐다보는 인숙의 시선이 아련했다.

우람한 태양 빛이 거실을 휘저었다. 봄이 끝난 지 얼마나 됐다고 몇 주 동안 수은주가 펄떡거렸다. 문을 닫으면 땀이 흘렀다. 어쩔 수 없이 창문을 조금 열어 놓았는데 그 사이로 계속해서 소리가 새 들어왔다. 사람의 말소리는 거슬렸고 바람이나 동물의 소리는 참을 만했다. 인숙은 노래를 틀었다. 어떤 거라도 괜찮았다. 통제할 수 있는 거라면 문제가 되지 않았다.

인숙은 거실에 도구를 죽 늘어놓았다. 눈금 주사기 열셋. 녹색 라벨이 붙은 유리 약통 일곱. 펜치, 니퍼, 톱, 고무망치, 줄자, 노끈, 랜턴, 조리용 저울, 비커, 샬레, 사이즈별 보디백, 휘발유, 라이터. 거실이 발 디딜 틈 없이 가득 찼다.

'난 열린 존재야. 진화된 존재. 남들이 가지 못하는 곳에 갈

수 있고 먹지 못하는 걸 먹어. 하지 못하는 걸 하고. 그래. 그게 나야. 사이코 살인자 같은 게 아니라.'

준비물은 흡족했지만 그걸로 만족하면 안 된다. 그럴 때 꼭 실수하니까. 골프장을 죄다 태우지 못한 건 명백한 실수였다. 불이 붙지 않으면 단서가 남고 단서가 남으면 추적을 당하고 추적을 당하다 덜미를 잡히면 모든 게 끝난다. 정의를 구현하지 못한 강호의 협객으로 남아 책장을 닫을 수는 없었다. 인숙은 팔뚝에 모로 새겨진 흉터를 만졌다. 집중을 위한 의식이었다. 실수할 때마다 팔에 흉터가 늘었다. 주머니칼로 휙, 긋고 나면 피가 몽글몽글 솟았다. 팔뚝을 타고 피가 바닥에 흐를 때까지 내버려 둬야 했다. 그러고 나면 귓구멍을 관장한 것처럼 개운했다.

실수하지 않으려면 두 가지가 필요하다. 시뮬레이션과 트레이닝. 인숙은 그 두 단어를 소리 내 발음했다. 처음엔 구르지 않던 혀가 이제는 제법 버터를 바른 것 같았다.

시뮬레이션은 자면서도 할 수 있다. 거사를 치르기 직전에 점검 차원에서 해보는 게 좋다. 트레이닝은 쉬지 않아야 했다. 35도를 넘는 날씨라도. 인숙은 티셔츠를 벗고 선풍기 앞에 자리를 잡았다. 팔굽혀펴기를 시작했다. 겨드랑이에서 생선 비린내가 발광했고 가랑이에서 흐른 구정물이 팬티를 적셨다. 가슴이 바닥에 닿기 직전 몸을 들어 올렸다. 중력을 거스르는 반복 동작이 심장을 뛰게 만들었고, 인숙은 그러도록 내버려 뒀다.

몸을 만들기 시작한 후로 가슴이 작아졌다. 전사의 가슴을 닮아가는 거라고 믿었다. 아마존의 여인족, 아마조네스의 현신이었다. 야들야들한 살결도 국민학교를 졸업하면서 떠나보냈다.

땀이 턱을 타고 마룻바닥에 떨어졌다. 명치 끝을 집게로 뽑아낼 듯 가슴팍이 아리는 가운데 인숙은 세휘를 떠올렸다.

걸음걸이부터 직업까지 두 사람은 모든 게 달랐다. 태생이, 아니 인종이 다른 것 같았다. 세휘는 태양 아래를 활보했고 인숙은 야음이 어울렸다. 세휘에게는 제 배를 찢고 나온 아들이 있었고, 인숙에게는 납치한 애들만 둘이었다. 그나마 하나를 떠나보내고, 이제는 하나만 남았다. 인숙은 어쩌다 자신이 세휘와 얽혀버렸는지는 알지 못했지만 이것도 순리대로 흘러갈 거라는 믿음이 있었다. 자신이 과업을 완수하는 사이 세휘도 원하는 바를 이루게 될 거라는 걸 알았다. 세휘는 인숙을 의심하고 배척해야 할 대상으로 여기겠지만 인숙은 그러지 않았다. 둘은 상호작용해야 하는 존재였다. 세휘가 이 일에 관여한 이상, 세휘가 있어야 모든 사건의 종지부를 찍을 수 있는 거였다.

인숙의 몸놀림이 커졌다. 못으로 이은 나무 바닥이 삐걱였다. 그 소리에 맞춰 리드미컬하게 팔을 굽혔다 폈다. 윗몸일으키기까지 마치자 땀이 비 오듯 흘렀다. 마지막 운동은 욕실로 옮겨서 해야 했다. 거실을 더럽히기 싫어서였다.

욕실은 40와트 전구와 리놀륨 바닥재로 이루어진 좁은 공간이었다. 산 것을 죽이는 곳이었다. 욕조에 동물의 털과 가죽이 방치되어 있었다. 인숙은 그곳에서 더운 숨을 토했다. 한때 살아 움직이던 것들의 살 냄새가 물컹한 질감을 띄고 다가왔다. 땀을 식히고 있으니 거미 한 마리가 종아리를 타고 기어 올라왔다. 창문으로 한두 마리씩 기어들어 오더니 이제는 창고를 점령해버렸다. 그것들이 담벼락 아래 버려놓은 개와 고양이 가죽 위에 득실거렸다. 거미는 사체의 눈알을 파먹고 그 속을 놀이터처럼 기어 다녔다. 인숙은 거미가 허벅지까지 올라올 때까지 기다렸다가 힘껏 내리쳤다. 검고 북슬북슬한 거미는 허벅지 위에서 풍선껌처럼 터졌다. 거미를 잡는 건 쉬운 일이었다. 인력 사무소 철진과 장정호 회장은 전처럼 쉽지 않을 거였다. 수사망이 좁혀지고 있었다. 경계도 심해졌을 것이고, 위험을 감수해야 하는 순간도 올 거였다. 그러니 준비를 해야 했다. 어떻게든 해야 했다. 그때가 되면 모든 얘기를 할 수 있을 것이다. 이유에 대해서. '왜'에 대해서.

정작 사람들은 어떻게 실종자들을 처리했는지, 어떻게 휘발유를 구하고 불을 질렀는지에만 관심이 있었다. 이유야 뻔하지 뭐, 로 퉁치고 넘어가면 편해지기라도 하는 걸까. 원한 관계로 인한 범죄였다고 한 줄 설명하고 나면 그만인 걸까. 하지만 이건 그런 문제가 아니었다. 훨씬 복잡하고 난해한 주제였다.

수건으로 땀을 닦아내고 있는데 도연이 돌아왔다. 도연은 인숙 앞에 있을 때면 언제나 겁먹은 얼굴이었다. 사마귀같이 길고 가는 다리로 인숙을 피해 걸었다. 벌거벗은 인숙이 원시인이라도 되는 것처럼 경악하면서.

"인사 안 하니."

책망하려는 건 아니었지만 도연은 모루에 얻어맞은 것처럼 놀라 고개를 꾸벅 숙였다. 같은 말을 해도 인숙의 입에서 나오는 단어는 그 무게가 달랐다.

"다녀왔습니다."

도연은 다음 지시를 기다리듯 꼼짝도 하지 않았다. 도연은 바닥에 널린 도구들을 보고 있었다. 인숙은 도연이 볼 수 없도록 도구를 말아 구석으로 치웠다. 보디백에 담긴 도구들이 서로 부딪치며 요란한 소리를 냈다.

"걱정 안 해도 돼요, 엄마. 나는 엄마가 무슨 일을 해도 괜찮아요."

도연이 도토리만 한 입으로 말했다. 제 엄마가 무슨 일을 저질러도 용서하겠다고 말하고 있었다. 하지만 이 당돌한 10대 여자아이는 정작 제 엄마가 현장에서 어떻게 일을 처리하는지 모르고 있었다. 사람에게 주사를 놓고 휘발유를 뿌려 불을 지르는 그 현장을, 고기가 타는 냄새와 피비린내를 옆에서 보더라도 용서할 수 있을까. 그게 궁금했다.

"누가 걱정한다고 그래."

"맞아요. 아무도 걱정 안 해요. 엄마는 옳은 일을 하는 거니까요. 그렇죠?"

옳은 일이라는 건 없었다. 해야 하는 일과 해서는 안 되는 일이 있을 뿐이었다. 그 사이에 갈등이 존재했고, 그게 인숙을 끊임없이 괴롭혔다. 인숙을 지탱하는 건 신념이었다. 괴물로 한 평생을 살아온 인숙에게도 신념이라는 게 있었다.

도연이 방으로 걸음을 옮겼다. 도연은 무게가 없는 유령처럼 걸었다. 이 더운 날씨에도 땀 한 방울 흘리지 않았다. 정수리까지 바짝 묶은 머리는 한 올도 빠져나오지 않고 고무줄에 단단히 죄어 있었다. 흐트러지는 법이 없는 아이였다.

인숙은 널브러진 도구를 마저 치웠다. 도연은 방에 들어가지 않고 인숙이 거실을 치우는 모습을 지켜봤다. 거대한 둔부가 꿈틀거리는 걸, 굴곡 사이로 땀이 맺혀 구르는 걸, 시큼한 비린내가 거실에 퍼져 나가는 걸 관조하고 있었다.

"들어가 어서."

"도와드려요?"

"네가 누굴 도와. 이건 어른이 하는 일이야."

"저도 어른이에요."

"아직 어른이 되려면 몇 년은 남았어."

"언제 어른이 되는데요? 엄마는 언제부터 어른이었어요?"

"기억 안 나."

"맞아요. 그런 건 기억을 못 하는 거예요. 나도 모르게 어른이 돼 있는 거라고요."

말꼬리를 붙잡고 늘어지는 도연이 불편했다. 인숙은 못 들은 척 수돗물을 들이켰다. 건조하게 갈라진 몸에 물이 들어가자 생기가 돌았다. 인숙은 끝도 없이 물을 마셨다.

"저한테도 책임이 있는걸요."

도연이 말했다. 인숙은 손등으로 입술을 훔치며 되물었다.

"무슨 책임."

"수연 언니요. 죄책감 때문에 그러는 거잖아요. 저도 언니 같은 일을 겪지 말라고 그러는……"

인숙이 매섭게 도연을 노려봤다. 꺼내지 말아야 할 이름을 내뱉은 도연이 흠칫했다.

"누가 너더러 그런 것까지 신경 쓰랬니. 넌 그냥 모른 척하고 살아."

"그럴게요. 엄마. 한마디만 더 하고요. 아무도 인생이 이런 거라고는 말해주지 않았겠죠. 하고 싶은 걸 하면 되는 것 같아요. 저도 그걸 응원해요."

도연은 도망가듯 방으로 들어갔다. 살포시 문이 닫혔다.

기억과 시간이 모든 걸 망가뜨렸다. 뒤죽박죽된 인생이었다. 언제부터 꼬였는지 알지 못했다. 안덕으로 이사를 오면서부터였는지, 정육점에서 일하면서부터였는지, 아니면 냅디 괴물 같은 몸 골로 배어나면서부터였는지. 아무튼, 이 복잡한 실타래를 풀고 싶었다.

인숙은 거미 한 마리를 더 터뜨리고 화장실로 가 숫돌을 들었다. 신문지를 깔고 숫돌 위에 물을 뿌렸다. 머리카락을 따라 계속 땀이 흘렀다. 주머니칼을 꺼내 앞머리 몇 가닥을 잘라냈다. 훨씬 편했다. 겨드랑이에서 풍기는 비린내는 썩은 멸치를 문댄 것 같았고 팬티는 엉덩이골을 사이에 두고 흠뻑 젖었다. 인숙은 개의치 않고 칼을 갈았다. 손가락에 붙은 근육과 뼈를 잘 도려낼 수 있도록.

　태풍이 오고 있다.

　멀리서, 회색 구름을 몰고. 콘크리트를 찢을 듯 벼락이 내리
쳤다. 먼바다에 파고가 높았다. 이미 연안 파도는 덩어리로 몰
려와 씨름선수처럼 방파제를 밀어내고 있었다. 세휘는 천둥소
리에 잠을 깼다. 눈곱이 묵직했고 목이 말랐다. 방광이 터질 것
같았다. 소변을 쏟아내고 나니 한기가 들었다. 한 번 더 천둥이
쳤다. 비가 쏟아지기 직전의 막막한 습도에 불쾌감은 최고조
에 달했다.

　세휘가 가장 싫어하는 날씨였다. 선풍기 하나로 버티기에 안
덕의 여름은 지독하게 끈적했다. 세휘가 장만해둔 에어컨은
실외기가 고장 난 채 방치돼 있었다. 엄마는 아빠가 세상을 떠
난 후로 에어컨을 틀지 않았다. 필터에 곰팡이가 피고 배기판
이 부식하는 사이 엄마도 조금씩 삭아버렸다. 제 기능을 하지
못하는 에어컨은 더운 바람만 뿜어냈다. 작동하는 건 온도계
기능뿐이었다. 세휘는 잠깐 에어컨을 틀었다 껐다. LED 모니
터가 실내 온도를 측정했다. 35도였다.

　수돗물에 땀을 닦아내고 화장실을 나왔다. 도마 위에 칼이
놓여 있었고 가스레인지 위에 물이 끓었다.

　"엄마?"

　대답이 없었다. 세휘는 소리를 높여 다시 엄마를 불렀다. 졸
린 눈을 한 수민이 문을 열고 나왔다.

"수민아 할머니 못 봤어?"

수민이 천천히, 걱정 섞인 얼굴로 고개를 저었다.

엄마가 치매에 걸린 이후로 집안은 언제나 소란스러웠다. 조금만 주의를 게을리해도 엄마의 흔적을 놓치기 일쑤였다. 잠에서 깨면 엄마가 어디 있는지 살피는 게 일상이 됐다. 엄마는 베란다에서 속옷 차림으로 서 있거나 화장실에서 나오지도 않는 똥을 기다렸다. 다행히도 엄마가 집 밖을 나서는 일은 없었다. 엄마는 고양이가 된 것처럼 바깥세상을 무서워했다. 엄마에게 세상이란 쇠로 된 구루마가 굴러다니는 곳이었다. 사람들이 쪽 찢어진 눈으로 자신을 노려보는 곳이었고 거대한 하늘이 낮게 깔려 질식할 것 같은 공간이었다. 더군다나 태풍이 부는 시기였다. 안덕의 태풍은 특히나 유별났다. 해안가에 위치해 있어 태풍의 전조만 있어도 휴교령이 떨어졌다. 바람이 우산을 꺾어버렸다. 낡은 담장은 맞바람을 이기지 못하고 무너졌다. 비가 내리기 시작하면 논이 넘쳐 길바닥에 우렁이가 굴러다녔다.

그러니 이 날씨에 엄마가 밖을 나설 리는 없었다. 세휘는 혹시나 하는 생각으로 현관 신발장을 뒤졌다. 엄마의 신발이 보이지 않았다.

엄마가 가진 신발은 운동화 두 켤레와 슬리퍼, 구두, 작업화가 다였다. 매시 소재의 낡은 운동화를 주로 신었는데 바닥이 터져 모래나 작은 돌이 끼기 시작한 지 오래됐다. 세휘가 안덕에 내려온 지 얼마 되지 않아 아디다스 워킹화를 하나 사 놓았지만 엄마는 익숙한 게 좋다며 낡은 운동화만 찾았다.

하지만 정작 보이지 않는 건 작업화였다. 공장에서 일할 때 신던 것으로 앞코에 징이 박혀 있었다. 안전화라고도 불리는 것으로 발가락을 보호하기에 좋았지만 무거웠다. 공장을 오 갈 때만 신을 뿐 평상시에 신기 좋은 건 아니었다. 그마저도 주 방에서는 장화를 신으면 되는지라 작업화는 아직도 새것 같은 모습으로 몇 달을 은둔했다. 엄마는 왜 하필 작업화를 신고 나 갔을까. 불편하게, 그것도 이 날씨에. 열심히 생각하는 와중에 짧은 문장 하나가 떠올랐다.

'다음은 누구?'

위에서 정수리를 잡아당기는 듯 머리칼이 쭈뼛 섰다.

세휘는 부엌을 살폈다. 작은 핏자국이 보이지 않는지, 침입 의 흔적은 없는지, 무엇보다 보란 듯 전시해놓은 손가락이 있 는지를. 외부에서 들어온 흔적은 보이지 않았다. 물건도 제자 리에 있었고 몸싸움을 한 정황도 찾을 수 없었다.

그걸로 안심할 일이 아니었다. 엄마가 제 발로 밖으로 나갔 다고 해도 문제였다. 세휘는 멀리서 몰려오는 구름 덩어리를 걱정스레 바라봤다.

"수민아 너 자고 있어. 할머니 좀 보고 올게."

"할머니 나가셨어?"

"걱정할 거 없으니까 너 좀 더 자."

"밥은?"

평소에는 밥 먹기를 싫어하던 수민이 유난히 칭얼댔다. 세휘는 냉장고에서 우유와 식은 고구마를 꺼내 올려뒀다.

"일단 우유 먹고 있어. 갔다 와서 먹자."

"이거 차가운데."

"데워 먹어. 전자레인지에 2분만."

"엄마가 해 줘."

"너 엄마가 할머니 찾으러 간다고 이러는 거야?"

세휘의 목소리에 날이 섰다. 수민은 금세 주눅이 들었다. 열두 살밖에 되지 않았으니 어른의 손이 필요한 나이였다.

언젠가 이 모든 게 수민을 위한 거였다는 걸 알아줬으면 했다. 10년 후에는 그럴 수 있을까. 아마 20년 후에는 가능하겠지. 세휘는 서른이 된 수민을 상상해봤다. 남편과 세휘를 반씩 섞어 놓은. 몇 가지 유니폼을 갈아입혀 보았다. 아무래도 의사 가운이 제일 잘 어울렸다.

"직접 데워 먹어. 너도 혼자서 할 줄 알아야지."

세휘는 멀뚱히 서 있는 수민을 뒤로하고 밖으로 나섰다. 흉포한 바람이 몰아쳤다. 집마다 지붕에 얹어 놓은 방수천이 폭동을 일으킨 듯 요동쳤다. 옆집 사는 소분이 엄마가 근심 가득한 얼굴로 담벼락을 살폈다. 담은 맞바람을 맞으면 곧 넘어갈 듯 연약해 보였다. 소분이 엄마 얼굴에 가득한 주름처럼, 담에도 금이 갔다. 손바닥만 한 몰티즈가 소분이 엄마의 종아리에 젖은 종이처럼 달라붙어 낑낑댔다. 눈꺼풀처럼 쳐진 털이 눈을 가렸다. 사람이었다면 소분이 엄마만큼이나 늙은 나이일 거였다.

"아줌마 우리 엄마 못 봤어요?"

세휘가 물었다. 소분이 엄마는 눈을 가늘게 뜨고 한참 동안 세휘를 봤다. 뜨끈한 서글픔이 솟았다. 소분이 엄마는 세휘가 어릴 때부터 옆집에 살았다. 강아지를 몇 마리나 키웠다. 그중에 제일 아끼던 강아지 이름이 소분이었다. 세휘가 가끔 지나가다 먹을 걸 주곤 했다. 소분이 엄마는 그럴 때마다 세휘의 머리를 쓰다듬으며 그렇게 착한 어른이 되어야 한다고 했다. 머리에 닿는 딱딱한 손바닥이 싫지 않았다.

"너 누구더라."

"아줌마, 저 세휘요."

닫혔던 동굴 문이 열리듯 소분이 엄마가 눈을 크게 떴다.

"어머나 너 세휘니? 내려왔다는 얘기는 들었는데 얼굴은 이제야 보네."

질책이 담긴 말투였다. 독한 위스키 한 잔이 절실했다. 파란 병에 담긴 진이나 진갈색 럼도 괜찮겠다. 그걸로 속을 좀 데우고 나면 이 노인과의 대화도 담백하게 여겨질 거였다. 하지만 술병은 대부분 사무실에 있었고, 그걸 가져다 얼음까지 채워 스트레이트로 들이킬 여유는 없었다. 세휘는 억지 미소를 지었다.

"별일 없으시죠?"

세휘는 방금 내뱉은 말을 주워 담고 싶었다. 한가하게 수다나 떨자는 걸로 보일까 봐 걱정이 됐다. 소분이 엄마는 유난스레 손을 휘저었다.

"흉흉한 소문이 돌아서 잠도 못 자. 너도 불안하지 않던? 그 무슨 손가락 사건인가 하는 그거."

"네. 저도 알아요. 아줌마, 그런데 자고 일어나니 엄마가 안 보여서요."

"느이 엄마 저기 맹티고개 너머로 가시더라."

"거긴 왜요?"

"모르지 뭐. 태풍이 온다니까 뭐 챙길 거라도 있었나. 식당 가시지 않았으려나?"

맹티고개를 넘어 왼쪽으로 꺾으면 바로 공단 가는 길이었다. 당숙의 공장도 그곳에 있었다. 걸어서 가려면 삼십 분도 넘게 걸릴 길이었다.

"언제 보셨어요?"

"글쎄. 나도 바람 때문에 지붕 날아갈까 봐 나온 거니까, 한 십 분 됐나."

불편한 신발을 신고 멀리까지 가지는 못했을 거였다. 세휘는 맹티고개로 방향을 틀었다. 길음이 자꾸만 빨라졌다. 수풀과 나무가 쌓아 놓은 성벽이 종아리를 긁었다. 땀이 흐르고 벌레가 옷깃으로 달려들었다. 아빠와 걷던 길 그대로였다. 조금 좁아지고 수풀이 길게 자랐지만. 안덕은 변했지만 맹티고개는 살아남았다. 유적 같은 곳이었다.

아빠 허리까지 키가 컸을 무렵이 생각났다. 세휘는 쉬지 않고 질문을 해댔다. 해를 등에 지고 있어 아빠의 얼굴이 잘 보이지 않았다. 세휘는 눈을 찌푸리고 물었다.

"이건 무슨 풀이야?"

"강아지풀이지."

"이건 무슨 나무야?"

"송백나무야. 향나무라고도 하고."

"왜 향나무라고 하는데?"

"글쎄. 향이 좋아서 그런가."

세휘는 잎을 짓이긴 뒤에 코에 갖다 댔다. 엄마가 쓰던 화장품이나 학교 앞에서 팔던 달고나 냄새를 기대했지만 코를 따갑게 만드는 녹색 향취가 강하게 다가올 뿐이었다. 세휘가 재채기를 했다. 엣헤능. 엣헤능.

"이건 무슨 벌레야?"

아빠는 지치지 않고 대답해줬다. 하지만 질문이 계속될수록 호기심이 두려움으로 변했다. 세상에는 알아야 할 것들이 너무 많았고, 그걸 모두 알기에 세휘의 머리는 너무 작게 느껴졌다. 적어도 아빠 같은 허벅지와 굵은 목이 있어야 그 위에 동그랗고 단단한 머리를 세워 놓을 수 있을 것 같았다.

그 사실을 깨닫고 나니 끝없이 막막했다. 아빠가 없으면, 도대체 어떻게 해야 한단 말인지. 혼자 살아가려면 얼마나 많은 걸 머리에 때려 넣어야 하는지. 강아지풀을 양손에 쥐고 울고 있는 세휘를, 아빠는 어깨에 얹었다. 아빠는 괜찮다고, 크면 다 알게 되는 것들이라고 말해줬다. 세휘의 엉덩이가 아빠의 어깨 위에서 덩실덩실 춤을 췄다. 둥실, 몸이 뜨니 사방으로 펼쳐진 논밭과 바다가 눈에 들어왔다. 그랬다. 30년 전에는.

세휘는 꼭대기에 오르기 위해 마지막으로 발끝에 힘을 줬다. 숨이 턱 막히게 만드는 바람이 바다에서 불어오고 있었다. 오른쪽에 시장이, 가운데 위치한 따스란 상가 지대가, 그리고 왼쪽의 공단 지대가 한눈에 들어왔다. 아직 시야를 가릴 만한 높은 건물은 없었다. 앞으로도 그럴 일은 없을 것이다. 안덕에서 대통령 후보라도 나온다면 모를까.

내리막길을 걷는 건 훨씬 어려웠다. 뜨거운 바람이 불었다. 바다에서 오는 바람이었다. 맹티고개에 막혀 방향을 잃은 바람이 사방으로 휘몰아쳤다. 낮게 깔린 구름은 여전히 비를 뿌릴 생각이 없어 보였다. 세휘는 콧김을 훙 하고 뱉었다.

이쯤이면 엄마를 따라잡아야 했지만 도통 흔적이 없었다. 교차로에 선 세휘는 좌우를 두리번거리며 어디로 갈지 고민했다. 결국은 바다를 향해 걷고 있었다. 어쩐지 거기에 엄마가 있을 것 같았다. 아버지를 삼킨 곳. 엄마의 기억에서 영원히 지워지지 않을 곳. 냄비 공장과 등산화 공장 사이로 난 음습한 길을 따라 길으면 끝 바다였다. 태풍의 가장자리에서 파도가 들끓었다. 허연 거품이 수면을 연신 덮었다. 그때마다 진한 비린내가 진동했다.

엄마는 방파제에 앉아 있었다. 머리끈은 어디에 팔아먹었는지 흰 머리가 바람을 따라 춤을 췄다. 엄마는 더 이상 파마를 하지 않았다. 흰머리도 그대로 내버려 뒀다.

엄마가 처음으로 머리를 볶은 건 세휘가 고등학생이 되던 날이었다. 학교를 마치고 돌아오니 소분이 엄마도 쌀집 아줌마도 호박 농사짓는 새댁도 모두 똑같은 머리를 하고 있었다. 동네 아줌마들이 한 번에 몰려가 싼 가격에 시술했다고 했다. 용수철처럼 질기고 튼튼한 머리였다. 엄마는 그게 편하다고 했다. 세휘는 브로콜리처럼 늘어선 대가리의 향연이 꼴 보기 싫었다. 몸빼바지에 펑퍼짐한 브라를 걸쳐 가슴이 배꼽까지 늘어진 것도 마음에 들지 않았다.

그래도, 그때가 나았다.

발아래 물거품이 몇 번이고 조각났다. 엄마는 끝없이 부서지는 파도를 보며 뭔가를 중얼거렸다. 아빠와 얘기를 하는 걸까. 아빠 무덤은 거기가 아닌데. 아니면 남편을 데려간 바다에 저주라도 하는 걸까.

세휘는 엄마 옆에 앉았다. 엄마가 힐끔, 세휘를 쳐다봤다.

"엄마 왜 여기까지 나왔어?"

엄마가 고개를 갸웃거렸다.

"바다 구경하고 싶어서 왔지."

"공장 간 거 아니었어?"

"공장을 왜 가 내가. 이제 일도 안 하는데."

세휘의 눈은 작업화를 향했다. 일도 안 할 거면서 왜 작업화를 신고 나왔냐고 다그치려다 입을 다물었다. 아마도 엄마는 떠오르는 대로 둘러댈 것이고, 세휘는 그런 엄마를 닦달하지 못할 것이며, 그 때문에 감정이 상하는 건 세휘가 될 테니까. 그게 너무 뻔히 보였으니까. 세휘는 말을 돌렸다.

"엄마 당숙이 일 주니까 좋았어?"

당숙 얘기가 나오자 엄마가 한쪽 엉덩이를 씰룩였다. 너 말
잘했다, 라고 하는 듯 무릎을 '탁' 쳤다.

"우리는 당숙한테 잘해야 해. 너 아버지 그렇게 되시고 나서
챙겨주는 사람 하나 없더라. 그나마 당숙은 우리 가족이니까
나서준 거지."

"엄마, 그런데 그 당숙 그렇게 좋은 사람 아니래."

"안다. 필요한 사람인 건 맞지. 도움이 되지 않든?"

"돼. 많이 될 거야."

"거 봐라. 너 잘되라고 하는 일이지. 의지할 건 가족밖에 없
다고 네 아비가 그랬다."

이게 다 너 잘되라고 하는 일이다. 이게 다 너를 위한 일이
다. 너만 잘 되면 엄마는 바랄 게 없다. 그런 말을 입에 달고 살
았다. 치매가 와도 그 생각만큼은 머리에서 지워지지 않을 거
였다. 엄마의 부채의식이었다. 규모를 알 수 없는 빚이었다.

"가자 엄마."

세휘는 엄마의 손을 잡았다. 탄력을 잃은 손가죽이 귤껍질을
얹어 놓은 것처럼 미끄러졌다.

뒤를 돌아보니 사방이 모래 먼지였다. 소용돌이를 타고 올라
가는 기류 아래 공장 노동자들이 작업장으로 돌아가는 중이었
다. 하나같이 빛바랜 항공 점퍼였다. 결국은 교복에서 군복으
로, 다시 유니폼을 갈아입는 인생이었다. 장소와 시간이 바뀐
것뿐이다.

모래바람이 세휘 모녀를 한 차례 쓸고 지나갔다. 세휘는 눈

에 들어간 먼지를 빼내기 위해 모래 먼지의 반대편으로 몸을 틀었다.

그때 세휘의 눈에 뭔가 들어왔다. 파도가 연이어 방파제를 때리는 곳이었다. 사람의 형상을 한 것이 어른거렸다. 잠시 바다로 밀려났다가 파도에 실려 돌아왔다. 지나가는 사람들의 눈에는 그게 보이질 않는지 하나같이 무심하게 지나쳤다. 세휘는 그쪽을 향해 다가섰다. 체크 무늬 셔츠가 물에 떠 있었다. 물귀신이 꼿꼿이 서서 산 사람을 유혹하는 것처럼, 그 움직임이 꼭 세휘를 부르는 것 같았다.

"엄마 좀 기다려봐."

세휘는 냄비 공장 뒷마당에서 파이프 하나를 주워 왔다. 방파제를 하나씩 건너 뛰어 바다와 맞닿은 곳으로 향했다. 그 위에 배를 깔고 엎드려 파이프를 내밀었다. 파도가 너울 쳐 자꾸만 헛손질했다. 파이프 끝에 걸릴 듯 말 듯 하던 천은 허리가 뻐근해질 때쯤에야 물을 잔뜩 머금은 채 모습을 드러냈다. 파이프를 쥔 손이 후들거렸다. 숨이 턱 막혔다.

피가 묻은 옷이었다. 세휘가 알고 있는 옷이었다. 당숙을 비롯한 네 사람이 경찰서에서 난동을 피우던 날, 김영남이 입고 있던 옷이었다. 정장 바지에 어울리지 않게 얹어 놓은 듯한 녹색 체크 무늬 셔츠였다. 두근거리는 심장 소리가 돌풍을 뚫고 귀를 두드렸다.

바다는 말이 없었다. 무심하게 먼바다에 떠도는 부유물을 실어 나를 뿐이었다. 머구리 바위가 비웃듯 세휘를 보고 있었다.

엄마는 물이 뚝뚝 떨어지는 셔츠를 손에 쥔 채 돌처럼 굳은 세휘가 낯선지 자꾸만 팔을 잡아당겼다.

안덕 경찰서는 필요 이상으로 넓었다. 90년대 중반, 안덕이 시로 격상되기 전 군수의 의지가 반영된 결과였다. 사막에 세워진 라스베이거스를 꿈꾸는 인물이었다. 허허벌판이었던 안덕이 산업단지로 지정되고 시로 격상되기까지 했으니 군수가 꾼 꿈이 아주 헛된 건 아니었다. 나이 지긋한 노인들은 시골에서 썩기는 아까운 사람이라고, 큰물에서 놀아야 할 사람을 우리가 잡고 있는 건 아닌지 모르겠다며 안타까워하곤 했다. 노인들의 말대로 군수는 괜찮은 안목을 갖고 있었다. 사리에 밝고 상황을 판단하는 능력이 뛰어나, 가끔은 미래를 예견하는 것이 아닌가 싶은 모습을 보여주곤 했다. 군수가 예측하지 못한 건 딱 두 가지였다. 곧 IMF가 터진다는 것과 그로부터 2년 후 자신이 췌장암에 걸린다는 것. 안덕이 시가 된 건 고작 3년 뒤의 일이었고, 군수는 안덕에 온갖 공장이 들어서는 모습을 보지 못하고 세상을 떴다.

경찰서 정문에는 군수의 이름이 새겨진 기념석이 있었다. 생전 성품을 말해주듯 눈에 띄지 않게 낮은 곳에 위치했고, 지랄맞은 안덕의 날씨를 묵묵히 견뎌내야 했다. 그 위로 낙엽이 시체처럼 쌓였다. 경찰관들은 업무 시간에도 비를 들어 낙엽을 쓸어내야 했다. 문제는 낙엽이 엄청나게 쌓인다는 거였다. 돌풍이 부는 날이면 경찰서는 정문부터 건물 입구까지 낙엽으로 가득했다. 낙엽을 치우고 길을 내놓지 않으면 서장의 호통이 정수리에 꽂히기 일쑤였다. 서류에 쫓기던 경찰들은 앞마당에서 치운 낙엽을 뒤뜰에 쌓기 시작했다. 덕분에 뒤뜰 그늘진 곳에서 발목까지 쌓인 낙엽은 축축이 썩어갔다. 벽과 건물이 사방을 막고 있어 다른 세상의 문을 연 것처럼 조용해졌다. 멀리서 바람이 으르렁대는 소리가 침을 꿀꺽 삼키게 만들었다.

"목소리 좀 낮춰요."

족제비 형사가 손짓을 동원해가며 말했다. 영 불편한 얼굴이었다. 세휘를 불러낸 걸 후회하는 눈치였다. 세휘는 세휘 나름대로 아침부터 불려 나온 것이 못마땅했다. 절로 목소리가 높아지는 와중에 조용히 하라는 소리나 듣고 있자니 짜증이 솟았다.

"왜 오라고 한 건데요."

족제비 형사는 은밀한 돈거래라도 하는 듯 허리춤에 꽂아놓은 서류를 꺼냈다.

"족적 검사 나왔어요. 이거 등산화라는데요."

세휘는 건네받은 서류를 넘겼다. 조금은 정신이 들게 만드는 소식이었지만, 브랜드 이름을 보는 순간 맥이 탁 풀렸다.

"이 동네에 아라리 등산화 가진 사람 수천 명은 돼요."

형사가 어쩌겠냐는 듯 어깨를 으쓱했다. 아라리는 안덕 공단 설립 초창기부터 자리를 잡은 브랜드로 한때 중국 수출에 주력하며 강소기업 소리까지 들었지만 지금은 폐업 점포에서 떨이로 팔려나가는 신세였다. 생산 공장이 안덕에 있으니 유통

마진을 빼고 판매할 수가 있었고, 장이 서는 날이면 공장 직원들이 등산화며 바람막이 같은 것들을 팔아대곤 했다.

"알려주니 고맙긴 하네요."

세휘가 말했다. 형사는 낙엽이 쌓인 곳에 침을 찍 뱉고는 대답했다.

"받은 게 있으니 돌려드려야죠."

"아. 옷 찾은 거. 김영남이 입고 있던 게 맞나보네요."

바다에서 김영남의 옷을 건져 올린 날, 생각지도 못했던 난리가 펼쳐졌다. 정작 옷을 찾은 세휘는 뒷전이었다. 쥐 떼 같은 기자 무리가 몰려왔지만 경찰이 쳐 놓은 라인을 넘지는 못했다. 몇 미터 떨어져 사진을 찍느라 입맛을 다실 뿐이었다.

물론 세휘는 족제비 형사에게 연락을 하기도 전에 한병주를 불렀다. 덕분에 제대로 된 사진을 찍은 건 안덕일보뿐이었다. 한껏 거드름을 피워도 좋을 것 같은데 한병주는 그러지 않았다. 다만 카메라 액정에 담긴 셔츠 모양이 마음에 들기 않는디며 몇 번이고 다시 촬영을 해댔고, 엄마는 더운 바닷바람을 맞는 데 지쳤는지 그 옆에 서서 투정을 부렸다.

"다른 단서는 없어요? 평발 같은 것도 알 수 있잖아요. 마모 흔적이라거나."

"이게 평면족윤적이라고, 족적검사가 다 같은 게 아니에요. 발자국이 혈흔 때문에 남은 건데 그건 피해자 혈액이었고요. 족적 체취라고 해봐야 젤라틴 전사하는 게 전부인데 거기서 얻을 수 있는 자료가 별로 없어요. 이것도 겨우 건진 거래요.

방염처리를 했어도 불은 났으니까."

"의심 가는 사람은 없어요?"

족제비 형사의 눈이 더욱 가늘게 찢어졌다. 바늘 같은 눈빛
이 세휘를 찔러댔다. 선의는 끝이라고 말하는 얼굴이었다.

"변호사가 왜 이 사건에 그렇게 관심을 가져요. 요즘 그쪽 소
문이 돌아요. 사건 캐고 다니는 사람이 얼굴 팔고 다니는 거 아
닙니다. 범인이 노리기라도 하면 어쩌려고요."

걱정하는 말투는 아니었다. 빈정대는 쪽에 가까웠다. 그러
다 크게 한 번 다치지, 라고 핀잔을 주는 것 같았다. 폴라로이
드 사진이 생각났다. 아무것도 모르는 족제비 형사가 나불대
는 모습이 아니꼬웠다. 세휘가 두려워하는 건 범인이 다가 아
니었으니까. 수민이와 함께할 수 있는지가 걸린 문제였다.

"제 앞가림은 제가 할 건데요."

"그러시든지요. 검사 사칭은 이제 안 하시고요?"

"아버지는 계속 버스 운전하시죠?"

세휘가 지지 않고 받아치자 형사는 크게 빗나간 주먹을 바
라보는 복서처럼 피식 웃었다.

"그만두셨어요. 땅 팔았거든요. 쉬신대요."

"그쪽도 쉬어가면서 하세요. 이제 무서울 게 없다고 생각하
시나 본데, 집안 생계를 짊어졌으면 몸조심하셔야죠."

"검사님이야 말로요. 참, 변호사님이지."

세휘가 아랫입술을 잘근 씹었다. 이 족제비를 닮은 경찰은
도무지 질 생각을 하지 않았다. 그게 서로를 피곤하게 만든다

는 걸 모르는 인간이었다. 세휘가 화두를 돌렸다.

"지금 인사이동 시기죠. 팀장님도 승진 얘기 나오겠네요."

"그것 때문에 이 사건이 중요한 거예요. 이것만 해결하면 특진도 가능하다니까요."

"사람 목숨이 달렸는데 너무 잿밥에만 관심 있는 거 아니에요?"

"사람 목숨을 구하면 잿밥 좀 줘도 되는 거 아닌가요."

"도리가 있지요."

"법조계는 어떤지 몰라도 경찰 생활이 그렇게 녹록한 게 아니니까요. 승진을 해야 애들 학교도 보내고 음악도 시키고 그러죠. 불철주야 노고가 많다고 박카스 한 병 사주지는 못하면서 말이 많으십니다."

"불철주야 노고가 많은 경찰이 왜 아직도 범인은 못 잡고 있대요."

"잡힙니다, 이눔."

"그래요. 그때 되면 셔츠 찾은 것도 참작해줘요."

"언제까지 생색낼 겁니까."

"받은 게 있어야 그만두죠."

"족적 결과 알려드렸잖아요. 모자라요?"

"저울질할 줄 모르시네. 아무 단서도 못 되는 수사 결과랑 실종자 셔츠랑, 어느 쪽이 더 중요할 것 같아요."

"어차피 둘 다 언론플레이 못 하는 정보입니다. 바닷물에 얼마나 빠져 있었는지도 모르는 셔츠도 무슨 도움이 되겠어요.

그냥 변호사 양반이 경찰도 챙겨주는구나, 싶어서 도와드리는 거니까 서로서로 봐가면서 하자고요. 입 싹 닦는 일은 없을 테니까 걱정 그만하시고요."

"그래요. 말 나온 김에 경찰 수사 상황은 어때요?"

"실종자 주변 탐문 수색, 현장 조사 결과 기다리기 같은 거죠."

"하나만 걸려라 하고 기다리는 거로 보이네요."

"경찰 되면 제일 먼저 배우는 게 뭔지 압니까. 참는 거예요. 씻지도 않고 먹지도 않고 차에서 잠복하는 것부터 배운다니까요. 이 인간들 허술해 보여도 기다리는 데는 도삽니다."

그렇게 기다리다 실종자가 셋이나 발생했다. 무능함을 참 구구절절 설명한다 싶었다. 형사가 등을 돌렸다. 세휘는 형사가 뒤뜰을 빠져나갈 때까지 자리를 지켰다. 젖은 낙엽이 운동화 밑창에 붙어 자작거렸다. 손가락으로 낙엽을 떼어냈다. 아무리 흔들어도 나뭇잎은 좀처럼 떨어질 줄을 몰랐다. 질척거리는 모든 것에 진절머리가 났다.

어쩌면 형사의 말이 맞을지도 몰랐다. 그림자 같은 범인이 꼭꼭 숨어 있어서, 저쪽이 먼저 잡혀주기 전까지는 기다리는 수밖에 없을지도. 그래서 직관이나 사고력보다는 인내심이 정말로 중요한 건지도. 20년을 넘게 살았던 안덕이지만 세휘는 아직도 안덕을 제대로 이해하지 못했다. 어른이 되어 마주한 안덕이 그 전과는 다르게 느껴지기 때문이기도 했다. 안덕도 변하고 세휘도 변했다. 소똥 냄새와 각다귀로 가득했던 이 동네는 어느새 범인을 품은 요새가 돼 있었다. 물밀듯 몰려온 외지인과 무능한 공무원 사이에서 세휘는 몸서리치게 외로웠다.

소나기가 내리기 시작했다. 느린 속도로 다가오는 태풍의 전조였다. 낮게 깔린 구름이 저주파의 곡을 연주하듯 웅웅거렸다.

보이지 않는 손이 밀고 있는 거야. 수민은 흔들리는 그네를 보며 생각했다. 영원할 것 같은 진자운동이 이어졌다. 페인트가 벗겨진 마찰 부위마다 녹이 슬었다. 손으로 만지면 구릿빛 녹물이 묻어 나왔다. 그걸 모르는 아이들이 그네를 타다 노랗게 변한 손을 보며 엄마를 찾았다. 바닥에 슥슥 비비면 될걸. 엄마한테 매달리는 아이들을 보면 마음이 불편했다. 어차피 모두는 혼자가 된다는 사실을 모르는 것들이었다.

바람이 트위스트를 추기 시작했다. 지진이 난 것처럼 사방에서 먼지가 솟구쳤다. 아이들이 엄마 손을 잡고 집으로 돌아갔다. 비바람이 악을 쓰며 달려들었지만 수민의 귀에는 달콤한 노래가 되어 돌아왔다. 까끌까끌하게 입안을 돌아다니는 모래도 설탕을 핥는 것 같았다. '그래. 요거트 푸딩 맛이야.' 수민은 생각했다.

오백원짜리 요거트 푸딩은 수민이 하루도 거르지 않고 먹던 간식이었다. 이름만 요거트 푸딩일 뿐 실상은 설탕에 과일 향료와 소다를 넣어 도넛 모양으로 부풀린 불량식품이었다. 그걸 알 리 없는 수민에게 요거트 푸딩은 시금치 무침보다 백배는 맛있게 느껴졌다. 설탕에 길든 수민의 혀는 쌉쌀한 나물 맛을 거부했고 엄마가 차려 놓은 녹색 식단 앞에서 투정하기에 지칠 때면 학교 앞으로 달려가 요거트 푸딩을 맛봤다. 혀에 닿자마자 녹아버리는 향료 맛은 황홀했다.

수민은 어깨가 묵직해지는 걸 느꼈다. 도연이 졸리는지 머리를 기대고 있었다. 앞이마에 난 잔털이 코끝을 간질였다. 재채기가 나올 것 같았지만 도연이 깰까 봐 코를 움켜쥐었다. 도연이 몇 살이나 나이가 많았는지 잊어버렸다. 누나라고 부르지 말라고 했다. 불편하다고. 친구 사이에 호칭은 필요가 없다고. 도연아, 라고 부를 때면 세상에서 가장 아름다운 미소가 돌아왔다.

도연의 손은 따뜻했다. 손만 그런 게 아니라 도연이라는 존재 자체가 온기를 내뿜었다. 싱긋 웃을 때 몰려나오는 촉촉한 입김, 수민은 그 온대성 기후에 휩쓸려 죽어버리고 싶었다.

"비 오면 좋겠다."

도연이 말했다. 심장이 콩닥콩닥 뛰었다. 기우제라도 지내고 싶은 심정이었다. 인디언이 기우제를 지내면 무조건 비가 온다고 했다. 비가 올 때까지 기우제를 지내니까. 수민도 그럴 자신이 있었다. 돼지 목이라도 베어서 도연 앞에 바칠 각오가 돼 있었다. 그런 마음을 아는지 모르는지, 도연은 대체로 심드렁했고 근심으로 가득해 보였다. 아마 엄마 때문일 거였다. 건어물 냄새로 가득한 도연의 엄마. 언제나 머리와 겨드랑이가 축축하게 젖어있고, 개와 고양이 가죽을 집에 쌓아두는 여자. 도연은 엄마 얘기를 하는 일은 드물었다. 가끔 동네에 큰 사건이 터진 다음 날이면 평소보다 더 어두운 얼굴이 되어 있을 뿐이었다.

엄마와 아빠가 수민을 앞에 두고 어느 쪽과 함께하고 싶냐고 묻던 날이 기억난다. 수민은 주저 없이 엄마를 택했다. 엄마의 얼굴이 로또에 당첨된 것처럼 환하게 피던 모습이 떠오른다. 아빠는 언제나 굳어 있던 얼굴이 좀 더 딱딱하게 굳었을 뿐이었다.

수민이 엄마를 택한 건 엄마가 더 좋아서가 아니었다. 안덕으로 내려가는 걸 원한 것도 아니었다. 퀴퀴한 냄새를 풍기는 이불과 코인 노래방 하나 없는 동네는 지금도 마음에 들지 않았다. 학교 앞에서 팔던 요거트 푸딩을 먹을 수 없다는 것도 견디기 힘들었다. 다만 아빠가 더 싫었다. 엄마가 술을 마시는 건 엄마의 문제였지만, 아빠가 다른 여자를 만나는 건 가정을 흔드는 문제였다. 그런 아빠라면 벌을 받아야 한다고 생각했다.

"집에 안 가도 돼?"

도연이 물었다. 수민은 두 손을 배꼽 앞으로 모아 꼼지락거리며 대답했다.

"응. 가기 싫어."

"왜? 엄마 기다리시잖아."

"그래서 가기 싫어."

"맞아. 아이 취급받는 거 싫지."

"엄마가 싫은 건 아니야."

"알아. 나도 그랬어."

"엄마가 안 싫었어?"

수민이 놀란 눈을 하고 물었다. 구역질 나는 여자였다. 도연을 괴롭히는 그 여자를, 정작 도연은 미워하지 않는다니.

"미울 게 뭐가 있니. 엄만데."

"새엄마잖아."

"그것도 아무 상관없는걸."

"나이가 많아서 그런가. 도연이 넌 벌써 어른 같아. 나도 크면 너처럼 돼?"

"금방 따라잡을 거야. 남자애들은 원래 빨리 크거든."

그 말을 믿을 수 없었다. 아무리 빨리 자라도 도연 같은 사람이 되지는 못할 것 같았다. 우아하고 느린 걸음걸이, 비밀을 간직한 표정, 그 와중에 장난기를 머금은 입술, 남자인지 여자인지 구분할 수 없는 중저음의 목소리. 세상에서 가장 신비한 미소라는 호칭은 모나리자가 아니라 도연에게 돌아가야 했다.

"저 아저씨 힘들겠다."

생각에 잠겨 있던 도연이 물었다. 혼잣말과 대화의 경계에 있는 말투였다. 도연의 눈은 일을 마치고 돌아오는 등산복 차림의 남자를 향해 있었다. 남자는 놀이터 쪽을 힐끔 바라보고는 지친 다리를 끌며 집으로 돌아갔다. 도연은 언제나 주위를 살폈다. 초점 없는 눈이 온 세상을 읽었다. 몸은 안덕에 있어도 세계를 향해 안테나를 뻗었다. 시간이 날 때면 도연은 중국과 미국의 무역 전쟁, 유럽의 난민 정책, 시리아 내전 같은 얘기를 들려줬다. 그것뿐이 아니었다. 양자 역학, 블랙홀, 상대성 이론 같은 물리학은 물론이고 법학 심리학 역사 정치 문학까지 모르는 게 없었다. 수민에게 도연은 선생님이었고 친구였고 도서관이었다. 무엇과도 바꿀 수 없는 안식처이기도 했다. 벙커 같은 따스함을 사랑했다. 수민은, 도연을 사랑했다.

"너는 어때? 너는 안 힘들어?"

도연이 물었다. 도연이 그렇게 말하면 힘든 일이 없어도 힘들어야 할 것 같았다. 그래서 고개를 끄덕이고 눈물을 한 바가지 쏟고 품에 안겨 원 없이 울고 위로를 받아야 할 것 같았다.

"나도 힘들어. 엄마 아빠가 따로 사는 것도 힘들고 여기서 지내는 것도 힘들어. 그나마 네가 있어서 다행이야."

수민은 그렇게 말하고 도연과 맞잡은 손에 힘을 줬다. 도연이 손가락을 꼼지락거리며 수민과 몸을 좀 더 밀착시켰다. 가슴 위에서 난쟁이가 달리기하는 것 같았다. 엄마를 따라온 걸 후회한 적도 있었지만, 이제는 아무 문제가 없다.

"아직 어리니까 괜찮아. 아무도 인생이 이런 거라고는 말해주지 않았겠지. 하고 싶은 걸 하면 돼."

도연이 고개를 들었다. 작고 가느다란 입술이 수민을 기다리고 있었다. 수민은 천천히 고개를 숙였다. 호흡이 느껴질 거리였다. 코인 노래방이 다 뭐람. 요거트 푸딩이 뭐 어쨌다고. 거리가 좁혀질수록 귀에서 종이 울렸다. 혀끝이 달콤하고 알싸했다. 손으로 쓰다듬는 것처럼 부드러운 입김에 몸이 녹을 것 같았다.

"너희 뭐 하니."

뒤에서 세휘의 목소리가 들렸다. 폭발하기 일보 직전의 세휘가 그곳에 있었다. 수민의 낙원이 순식간에 사라졌다. 머리에 가득하던 천사가 불던 나팔이 멎었다. 부드럽던 미풍은 돌풍이 되어 귓가에 몰아쳤다. 선명한 갈색으로 은은하던 하늘은 낮고 검은 비구름이 되어 차양을 드리웠다. 수민은 저도 모르게 도연을 잡고 있던 손을 놓았다. 오히려 도연이 수민의 팔짱을 끼고 비 맞은 고양이처럼 들러붙었다.

세휘는 수민을 찾아 나온 참이었다. 국민주택 한 바퀴를 다 돌고 마지막으로 들른 곳이 놀이터였다. 놀이터에 있을 거라고 생각하지 않아서였다. 그러지 않기를 바랐다. 도연이와 같이 있는 꼴을 보니 눈이 뒤집혔다. 엄마 말이 그렇게 우습냐고 따지고 싶었다. 수민에게 바싹 붙어 있는 도연을 당장 떼 놓고 싶었다. 인숙에게서 풍기던 비린내가 도연에게도 묻어 있을까 봐, 그게 수민에게 옮을까 봐 걱정이었다. 비린내 나는 아들과 그 여자친구라니. 도연의 이마가 정수리 아래 뻥 뚫린 공간으로 함몰할 것처럼 구겨졌다. 수민을 부여잡은 손톱은 생선 비늘을 연상시켰다. 그게 꿈틀할 때마다 생선 아가미가 숨을 쉬는 것 같았다.

"수민아. 집에 가자."

수민은 못을 박아놓은 것처럼 도연에게서 떨어지지 않았다. 그 행동에 결연한 의지마저 느껴졌다. 짜증이 솟구쳤다. 세휘는 격노가 자신을 휘감지 않도록, 그래서 정신줄을 놔버리지 않도록 목소리를 낮췄다. 조용하고 단호하게 수민을 향해 말했다.

"가자, 수민아."

세휘의 말에 반응한 건 오히려 도연 쪽이었다. 도마뱀처럼 붙어 있던 팔이 스르륵 풀렸다. 수민이 일어섰다. 정말로 가라는 거냐고 묻는 듯 수민의 시선이 도연을 향했다. 도연은 보일 듯 말 듯 한 움직임으로 고개를 끄덕였다. 수민은 두말하지 않고 돌아섰다.

세휘는 수민을 앞세워 걸었다. 뒤를 돌아보니 도연은 놀이터 벤치에 앉아 무릎 사이에 얼굴을 파묻고 있었다. 바닥에 손가락으로 뭔가를 그리는 것 같기도 했다.

집으로 돌아온 수민은 곧장 방으로 들어갔다. 문을 쾅 닫지도, 신경질적으로 발을 구르지도 않았다. 아무 일도 없었다는 양 구는 모습이 도리어 세휘의 화를 돋우었다. 세휘는 수민의 방으로 따라 들어갔다. 문을 닫으려던 수민은 힘으로 버텨봐야 싸움이 되지 않는다는 사실을 깨닫고 한발 물러섰다.

수민은 걸어 다닐 때부터 자기 방을 가졌다. 남편과 세휘는 수민을 두고 사사건건 의견이 맞지 않았지만, 수민에게 방을 줘야 한다는 데는 뜻을 같이했다. 자식의 독립성을 기른다거나, 부부의 시간을 확보하기 위해서가 아니었다. 수민을 서양의 방식으로 키우고 싶어서였다. 부부가 서양인이 아닌 바에야 온전히 그 방식을 체득할 수는 없었고, 반쪽짜리 훈육은 기괴한 교육 방식으로 자리 잡았다. 세휘는 수민의 방문이 닫히고 나면 온 신경을 그쪽에 쏟았다. 노랫소리가 들리지는 않는지, 학교에서 이상한 걸 가져오지는 않았는지, 숙제는 끝냈는지, 학원 공부는 밀리지 않았는지. 수민의 아지트는 아지트보다는 감시에 용이한 수용소에 가까웠다. 부부는 귀한 아들이 공부에 집중할 수 있도록 텔레비전 소리를 줄이고 걸음도 조심했다. 닫힌 문 너머의 공간은 부부가 효과적으로 자식을 통제하기 위한 우리였을 뿐, 수민의 것은 아니었다.

다만 수민의 의지로 문이 닫히고 나면 세휘도 남편도 그곳에 함부로 침범할 수는 없었다. 세 사람의 필요에 의해 만든 규칙이었다. 그러니 수민의 방에 따라 들어간 세휘는 수민에게 바이러스와 같은 존재일 거였다. 허리에 손을 올린 채 자신을 내려다보는 바이러스를 앞에 두고 수민은 무시하는 쪽을 택했다.

침대에 양반다리를 하고 앉은 수민은 게임기를 켰다. 화면에 플로리다의 해변이 펼쳐졌다. 수민이 직접 꾸몄을 게임 속 캐릭터는 일기예보를 보지 않고 나왔는지, 땡볕이 쏟아지는 거리에서 혼자 반바지에 가죽 잠바 차림이었다. 캐릭터가 수민의 손가락이 시키는 대로 도로를 달렸다. 수민이 캐릭터에게 어떤 지시를 내려야 할지 고민하는 동안 캐릭터는 작은 원을 그리며 달리고 있었다. 저러다 어지러워 쓰러지겠다 싶을 때쯤 수민은 맞은 편에서 달려오던 노란 택시를 발견했다.

캐릭터가 택시 앞에 섰다. 택시는 캐릭터를 피해 돌아나가려 했지만, 수민은 그 앞을 막아섰다. 운전기사는 놀란 기색도 없이 경적을 울렸다.

수민은 택시에서 기사를 끌어냈다. 셔츠를 두어 개 풀어헤친 택시 기사가 선글라스를 바닥에 내팽개쳤다. 수민은 선글라스를 밟아 뭉개고 택시 기사를 때려눕혔다. 그리고 버둥거리는 택시 기사를, 말 그대로 패기 시작했다. 당위가 없는 폭력이었다. 저항하지 못 하는 상대를 두고 일어선 캐릭터가 품에서 권총을 꺼냈다. 싸움을 말리려던 행인들은 총을 보고 물러섰다. 수민이 볼륨을 최대로 높였다. 조이스틱 오른쪽 버튼을 꾹 눌렀다. 스피커가 찢어질 듯 총성이 울렸다. 한동안 이명이 떠나지 않았다. 얼얼한 고막이 진정될 때쯤 플로리다의 회색 콘크리트는 붉은 핏물로 물들었다. 택시 기사는 이미 고깃덩이였다. 몇 번의 총성이 더 울린 뒤에는 다진 고기가 되어 있었다.

세휘는 침대에 놓여 있던 게임 케이스를 들었다. 표지에 청소년 이용 불가 딱지가 선명했다. 세휘는 게임기 전원을 뽑았다. 행인의 비명과 사이렌 소리가 자취를 감췄다. 검은 화면 속에 수민과 세휘의 모습이 비쳤다.

벌어진 입속에서 혀가 달싹였다. '미안해요, 엄마. 말 잘 들을게요.' 그게 세휘가 원하는 답이었다. 하지만 수민은, 그 정 많고 사랑스럽던 수민은, 정답에서 멀찍이 떨어진 답을 내놓았다.

"아빠한테 이를 거예요."

수민의 말이 세휘의 스위치를 올려버렸다. 횡격막이 바쁘게 오르내렸다. 수민은 세휘가 자신의 팔을 붙잡고 침대에서 끌어 내리자 상황이 전과 같지 않다는 걸 깨달았다. 흑요석을 박은 듯한 수민의 눈에 금세 습기가 찼다.

세휘는 수민을 거실로 끌고 나왔다. 수민을 거실 한가운데 세워둔 세휘는 그대로 소파에 앉았다. 일은 저질렀지만 뭘 해야 할지 알 수 없었다. 때릴까? 한 번도 해본 적이 없었다. 야단을 쳐야 하나? 뭐라고? 야단을 치는 건 남편의 몫이었다. 세휘의 역할은 아들을 사랑해주는 거였다.

갑자기 벌어진 난리 통에 엄마가 방에서 나왔다. 차렷 자세로 얼어있는 수민을 보고 엄마가 말했다.

"아이고 애 잡겠다. 그쯤 해라."

"엄마는 가만 좀 있어요."

비난의 화살을 엄마에게 돌리고 나니 그제야 말문이 열렸다. 잘 다듬은 세휘의 손톱이 찌를 듯 수민을 향했다.

"너 벌써부터 엄마 말을 안 들으면 어떡해. 시골 내려와서 그래? 시위하는 거니?"

수민은 아무것도 모르는 엄마를, 아이의 세계를 이해하지 못하는 무심한 어른을 책망하듯 고개를 푹 숙였다. 수민의 반응에 세휘는 풀이 죽었다. 침잠하는 말투로 세휘가 말했다.

"수민아. 그냥 서울 올라갈까?"

목석처럼 얼어있던 수민이 반응한 건 그때였다. 서울로 올라간다는 말에 얼굴이 하얗게 질렸다. 그 모습이 세휘를 절망으로 몰고 갔다. 안덕이냐 서울이냐가 중요한 게 아니었다. 엄마냐 아빠냐도 문제가 되지 않았다. 세휘는 하고 싶지 않던 질문을 던졌다.

"너 도연이 때문에 그래?"

"아니에요."

"그럼 왜 그러는데. 서울로 올라가면 왜 안 돼."

수민은 열심히 머리를 굴려봤지만 마땅한 변명을 찾지 못했다. 할 수 있는 거라고는 그저 발을 동동 구르는 것뿐이었다. 수민의 관심은 오로지 도연을 향해 있었다. 서울로 올라간다는 건 도연과 함께할 수 없다는 말과 같은 거였다. 더 몰아붙였다가는 무릎을 꿇고 빌 기세였다. 얼굴이 창백했다. 잠깐이지만 눈이 희번득 돌아가는 것 같았다.

수민은 선 채로 허리를 숙였다. 하수구 뚫리는 것 같은 소리와 함께 쉰내가 올라왔다. 배 속에 있던 가스를 따라 반죽 같은 음식물이 밀려 나왔다. 토사물이 바지와 양말을 적셨다. 축축하고 퀴퀴한 기운이 사방에 퍼졌다. 세휘는 자신도 모르게 오물이 튈까 발을 소파 위로 올렸다.

"거 봐라. 내가 애 야단치지 말랬잖아."

엄마는 꼭 일이 끝난 뒤에야 생색을 내곤 했다. '거 봐라.', '내가 뭐랬니.', '내 말을 안 들으니 그렇잖니.', '그럴 줄 알았다.', '내가 다 알고 있었다.'. 짜증 나는 어법이었다.

"우리 손주 할머니한테 오렴."

엄마가 수민을 불렀지만 수민은 바닥에 흥건한 토사물에 갇혀 옴짝달싹하지 못했다. 세휘는 조금 누그러진 말투로 얘기했다.

"뭐 해. 화장실 가서 씻어."

수민이 밍기적 움직였다. 젖은 양말이 닿은 곳마다 진득한 발자국이 남았다. 세휘는 걸레를 들었다. 얼기설기 이은 나무 바닥 사이로 잘게 다진 음식물이 끼었다. 걸레가 아니라 이쑤시개가 필요했다.

안덕에 내려와 아들의 토사물을 치울 거라고는 생각하지 못했다. 치매에 걸린 엄마를 간병하거나 연쇄 실종 사건을 수사하게 될 거라는 기대도 한 적이 없었다. 하나씩 해결해야 했다. 우선 인숙과 담판을 지어야 했다.

인숙에게 뭐라고 말할지 생각했다. 우리 아들을 당신 딸과 그만 만나게 하라고 해야 할까. 당신이 위험해 보이니 내 아들을 근처에 두는 게 싫다고 해야 할까. 하이타이를 삼킨 양 속에서 거품이 끓었다. 세휘는 쿰쿰한 냄새를 풍기는 걸레를 싱크대로 가져갔다. 생각보다 행동이지. 걸레를 빨고 쥐어짜고, 다시 헹구고 쥐어짜기를 반복했다. 손을 털고 나니 발은 이미 현관을 향하고 있었다. 세휘는 등 뒤에 서서 엄마의 처분을 기다리는 수민에게 말했다.

"도연이네 가서 얘기 좀 해야겠다. 그 집 엄마 얼굴 좀 봐야겠어."

화장실에서 뭔가 털썩 떨어지는 소리가 났다. 구둣주걱을 발뒤꿈치에 밀어 넣던 세휘의 눈에 소름 끼치도록 당황한 수민의 표정이 들어왔다. 팬티만 걸친 수민 뒤로 화장실 전구가 누렇게 빛을 뿜었다. 그 아래 칫솔이 떨어져 있었다. 수민은 거품을 헹구지도 않고 문을 나서는 세휘를 한참 지켜봤다. 전원이

나간 청소기처럼, 방향을 잃은 모습이었다.

인숙의 집은 렉킹볼로 몇 차례 만져주면 흔적도 없이 무너질 단독 주택이었다.

원래는 동네에서 집 잘 가꾸기로 소문난 사람이 살던 곳이었다. 잘 익은 거름을 먹은 느티나무가 울창하게 자라 그늘을 드리웠고 목련 나무와 철쭉에서는 색색의 꽃이 피었다. 전 주인이 대구에 터를 잡기 위해 떠난 뒤 몇 번 주인이 바뀌었지만 모두들 그 정원을 아꼈다. 이제는 그때의 모습이 간데없었다.

손으로 담장을 쓸자 벽돌 눈금 사이로 시멘트 가루가 쏟아졌다. 담장 위에 꽂아둔 병 조각은 날카로움을 잃고 모래 결정으로 산화할 준비를 마쳤다. 말라비틀어진 덩굴이 담장을 덮었다. 정수리 위로 낮게 깔린 하늘과 폐허 같은 피조물 앞에서 어깨가 움츠러들었다.

벨을 누르기 전에 집 주위를 둘러보고 싶었다. 세휘는 뒤편으로 돌아갔다. 두 집을 갈라놓은 담장 사이에 좁은 공간이 있었다. 창고가 없는 집들이 그곳에 쓸데없는 물건을 던져 놓곤 했다. 재건축이 한창일 때는 그 공간에 쌓여 있던 쓰레기가 트럭 분량으로 쏟아져 나올 때도 있었다. 인숙의 집에는 뭐가 있을지 궁금했다. 담장이 높아 안을 들여다보려면 받침이 필요했다. 세휘는 널려 있는 벽돌을 모아 발판을 만들어 올라섰다.

눈 앞에 펼쳐진 건 강아지와 고양이, 새 같은 작은 동물들의 사체였다. 내장과 가죽만 남아 있었다. 동물의 털에 엉겨 붙어 있던 쇠파리가 연신 날아오르며 고약한 소음을 만들어냈다. 썩은 육수가 하수구로 흘렀다. 거미 몇 마리가 하수구 입구를 어슬렁거렸다.

세휘는 욕지기가 터져 나오는 걸 참으며 벨을 눌렀다. 누군지 묻지도 않고 문이 열렸다. 도연이 고개를 내밀었다.

"들어가도 되니."

머뭇거리는 도연 앞으로 세휘가 성큼 다가섰다. 손잡이를 우악스럽게 밀어젖히자 도연이 문고리를 잡은 채 물러섰다. 세휘는 그 틈에 집 안으로 들어갔다.

"엄마 아직 안 오셨는데……"

도연이 기어들어 가는 목소리로 말했다. 차라리 잘 됐다 싶었다. 인숙의 방해 없이 집을 살펴볼 기회였다.

인숙의 집은 생각했던 것보다 깔끔했다. 가구와 살림살이가 각을 맞춰 정렬돼 있었다. 사방에서 락스 냄새가 풍겼다. 얼마 지나지 않아 마취제를 맞은 듯 후각을 기능을 상실했고 인스턴트 레몬 향에 관자놀이가 지끈거렸다. 인숙이 몰고 다니던 생선 비린내와 집 뒤에서 썩고 있는 사체 냄새가 더 이상 나지 않는 것만큼은 다행이었다.

"엄마 언제 오시니?"

"일 끝나면 오셔서…… 언제 오시는지 몰라요."

식탁 위에는 조촐한 찬거리가 놓여 있었다. 놋그릇에 잡곡밥이 반만 남아 굳어가는 중이었다. 세휘는 남은 밥을 밥통에 담고 물을 약간 부어 취사 버튼을 눌렀다. 도연이 그 모습을 신기하게 쳐다봤다.

"굳은 밥도 이렇게 하면 다시 먹을 수 있어."

도연이 잘 모르겠다는 듯 어깨를 으쓱했다. 아홉 시였다. 중학생 딸을 두고 집을 비운 엄마가 어디에 갔을지 추리를 해봤지만 재깍 떠오르는 답이 없었다. 짧은 순간, 내일 또 다른 실종과 화재 사건 소식을 듣게 되는 건 아닌가 하는 걱정이 스쳤다.

세휘는 주인이 없는 집을 제 것인 양 둘러봤다. 뒷짐을 지고, 천천히 인숙의 공간을 살폈다. 도연이 그 뒤를 따랐다.

낚시 도구나 가득할 거라고 생각했는데 짐작지도 못했던 책장이 눈에 들어왔다. 아이들이 읽을 법한 책이나 문제집은 하나도 없었다. 여덟 칸짜리 책장을 가득 채운 건 주로 심리학 서적이었다. 가스등 같은 영문 소설과 칼 융, 프로이트 정도는 그럴 수 있다 치더라도 아들러나 오토랑크의 책도 꽂혀 있었다. 스탠리 밀그램의 『권위에 대한 복종』, 히틀러의 『나의 투쟁』까지 발견했을 때는 감탄이 섞인 탄식이 나왔다.

"이런 건 누가 읽니?"

'누가'가 아니라 '읽니?'에 방점을 찍은 질문이었다. 장식으로 꽂아뒀거나 내다 팔기 위해 모아 놓은 책이 아니냐는 의미였다.

"엄마가요."

"정말로 엄마가 이걸 봐?"

도연이 뱉은 말을 믿을 수가 없어 세휘는 재차 물었다. 인숙의 두툼하고 거친 손이 이 책을 넘겼을 거라고는 상상할 수 없었다. 도롱뇽 같은 뇌에 이런 지식이 담겨 있을 거라고도 생각할 수 없었다. 도연은 왜 아니겠냐고 되묻듯 고개를 갸웃거렸다.

책장 한쪽에는 사회복지사 자격시험 문제집이 있었다. EBS 로고가 박혀 있었다. 앞쪽만 몇 번 읽어 본 듯 손때를 탔고, 뒷부분은 새것처럼 깨끗했다.

"엄마가 사회복지사 시험도 준비하시나 보다."

"아뇨 그건 제 거예요."

도연이 기다렸다는 듯 말했다. 눈을 반짝였다. 고작 중학생밖에 안 된 아이가 진지하게 기출 문제를 읽었을 리는 없으니 인숙이 되는대로 책을 한 권 구해준 게 아닌가 싶었다.

"복지사가 쉬운 일이 아닌데."

세휘는 몇 마디 덧붙이려다 말았다. 꼰대처럼 굴고 싶지 않기도 했지만, 아직 도연을 향한 캐묵은 감정이 식지 않아서이기도 했다. 애정과 동경 사이에 적을 둔 도연의 눈이 수민을 더듬는 게 싫었다. 요사스러운 외모에 반해버린 수민을 방치하고 싶지도 않았다.

각을 잡고 생각해보자면 도연의 잘못은 아니었다. 도연이 수민의 방에 숨어 있던 날, 발딱 일어선 수민의 아랫도리가 떠올랐지만 어린아이들의 호기심으로 넘길 수 있는 문제였다. 타이르면 괜찮아질 일이었고 엄마 입장에서 한 번쯤 겪어야 하는 일인 듯도 싶었다. 다만 도연이 인숙의 딸이라는 게 문제였다. 거구의 변종, 생선 비린내 나는 여자의 딸.

도연은 잠시 생각을 하더니 말했다.

"저는요, 사람들을 돕고 싶어요. 불쌍한 사람들이 많잖아요."

'네 엄마나 돕지 그래.'

날 선 대답이 튀어나오려는 걸 주워 삼켰다. 도연은 진심인 듯싶었다.

"복지사가 돈을 많이 버는 직업은 아닌데."

"돈은 지금도 없는걸요. 앞으로도 없을 거고."

결론이 나왔다. 이 아이는 세상 물정 모르는 모지리 혹은 대책 없는 낙천주의자 둘 중 하나였다. 전자는 멍청해서 싫었고 후자는 그냥 싫었다.

"아줌마가 할 말이 있어서 왔어."

"알아요. 수민이 때문에 그러시는 거."

"넌 알면서도 그래? 너희 둘 안 만났으면 하는데."

"아줌마, 저희 그렇게 걱정하실 필요 없어요."

"그건 내가 판단할 문제 아니니?"

도연은 입을 다물었다. 닥치라고 하지 않았을 뿐 더 이상 대화를 이어나갈 생각이 없는 세휘의 눈치를 제대로 읽었다.

"너네 엄마는 너한테 뭐라고 안 해? 수민이는 초등학생밖에 안 됐어. 같이 놀 나이는 아니잖아."

"엄마는 관심도 없는걸요."

그렇게 말하는 도연이 우울해 보였다. 동정심을 사기 위한 전략인지 진심 섞인 말인지 헷갈렸다. 손에 묻은 먼지를 털고 있는데 등 뒤에서 까슬까슬한 바람이 불었다. 경첩 사이를 뜨거운 바람이 두들겼다.

"엄마 오시나 보네."

세휘가 말했다. 사이다처럼 청량해 보이던 도연의 낯빛이 재를 뿌린 것처럼 검게 변했다.

"아줌마, 여기 오시면 안 돼요. 엄마가 보면 안 돼요. 어서 가세요."

"애는 무슨. 내가 못 올 데 왔니."

문이 열렸다. 인숙이 들어왔다. 세휘의 키를 넘어 드리운 그림자가 해를 가렸다. 척추를 타고 올라온 불편함에 닭살이 돋았다. 바람을 타고 인숙의 비린내가 몰려들었다. 이제는 생선 비린내를 넘어서 썩은 고기 냄새를 풍겼다. 돼지 내장이 뱃속에서 떠다니는 기분에 욕지기가 솟았다.

현관에 선 인숙은 지친 모습이었다. 물에 담갔다 건져 올린 듯 푹 젖었다. 미역처럼 엉겨 붙은 머리에서 바닷물이 뚝뚝 떨어졌다. 세휘의 눈이 화살처럼 날아가 인숙의 발에 박혔다. 아라리 등산화를 신고 있었다.

인숙이 든 통발 속에는 고양이 세 마리가 들려 있었다. 축 늘어진 것이 생사를 알 수 없었다. 인숙은 고양이를 통발 담은 채 화장실에 던져 넣었다. 다른 손에는 장바구니를 들고 있었다. 어디서 샀는지 숨이 죽은 파와 고깃덩어리가 보였다. 세휘를 기겁하게 만든 건 그 양이었다. 인숙의 덩치를 고려하더라도, 두 사람이 먹기에는 너무 많아 보였다.

"뭐예요. 남의 집에."

인숙이 입을 연 건 장바구니를 싱크대 위에 올려놓은 뒤였다.

"허락받았는데요. 따님한테요."

"얘 집이 아니라 내 집이에요."

"할 얘기가 있어서 왔어요. 시간 되시면 잠깐 얘기 좀 해요, 우리."

인숙은 귀에 먼지 덩어리를 쑤셔 박은 것처럼 세휘의 말을 못 들은 척 돌아섰다. 공룡 같은 등짝이 시야를 채웠다. 도연이 제 엄마가 시킬 일이 있을까 뒤를 졸졸 따랐지만, 인숙은 자신의 허리까지 밖에 오지 않는 도연을 없는 사람 취급했다.

인숙이 고기를 썰었다. 칼이 도마 위로 떨어질 때마다 인숙의 팔에 새겨진 흉터가 발광했다. 세휘가 물었다.

"전부터 궁금했는데요. 그 흉터요."

인숙이 어리둥절한 표정으로 세휘를 돌아봤다. 내 몸에 흉터가 어디 있냐고 묻는 것 같았다. 세휘가 인숙의 팔뚝을 가리켰다.

"비슷한 흉터를 봐서요. 지금 보니 거의 똑같네. 바하두르라고 알아요? 도연이가 한국어 과외를 한다던데."

"모르는데요."

인숙이 세휘의 말을 끊고 도마 위로 칼을 내리쳤다. 중식도가 허공에서 번쩍였다. 도연이 어깨를 움츠렸다. 인숙은 썰어놓은 고기를 양은 냄비에 옮겨 담았다. 세휘는 인숙 옆으로 다가섰다. 팽팽하게 당겨진 인숙의 턱 근육을 볼 수 있었다. 그 위로 찐득한 땀이 흘렀다.

"왜 온 건지 얘기 안 해요?"

인숙이 말했다. 인숙의 행동에 정신이 팔려 수민 얘기를 잊고 있었다. 변호사나 탐정이 아니라 엄마로 행동해야 할 때였다.

"애들 문제 때문에요. 둘이 친하게 지내는 건 좋은데 거리는 좀 두는 게 좋지 않아요? 도연이는 벌써 중학생이잖아요. 수민이는 아직 많이 어리고."

"그런데요."

"네?"

"문제 있어요?"

"당연하죠. 요즘 애들이 얼마나 조숙한데요. 알 거 다 아는 나이에 남자랑 여자가 서로 만나는 건 조심해야죠."

"조숙하고 알 거 다 알면 애가 아니라 어른 취급을 해줘야 하는 거 아닌가."

싸릿가지를 얽어놓은 얼굴로 툭툭 던지는 말이 제법 날카로웠다.

"수민이는 아직 어려요."

"알 거 다 안다면서요. 애들도 생각이 있겠죠."

심장이 얕고 빠르게 뛰었다. 소득 없는 탐색전이었다. 인숙은 도연을 쳐다봤다. 사슴처럼 떨고 있는 딸을 보자 풀린 매듭이 묶인 듯, 눈빛이 돌아왔다.

"얘기 끝났으면 그만 가요."

인숙의 말과 함께 또렷해질 것 같았던 세계가 순식간에 자취를 감췄다. 방파제 틈으로 난 더러운 바닷물 사이에서 둥둥 떠다녔다던 아빠가 떠올랐다. 당숙의 섬뜩한 협박, 인숙과 바하두르의 팔에 선명한 흉터, 몽롱하게 취한 수민의 얼굴이 안개 속에 뒤섞였다. 윤정두, 김영남, 안동철. 사라진 이들의 이름이 떠올랐다. 옅은 안개를 조금만 헤치고 나가면 그 실체가 손에 잡힐 것 같았다.

세휘는 팔을 걷었다.

"요리하실 거면 도와드릴까요."

"됐어요."

"아뇨 도와드릴게요."

"됐다니까."

인숙이 성난 소처럼 돌아섰다. 손에 든 중식도가 세휘의 뺨을 스쳤다. 피부가 샤악, 하고 벌어지는 게 느껴졌다. 광대가 흐르는 피로 뜨끈했다.

세휘가 뒷걸음질을 쳤다. 인숙이 다가와 거리를 좁혔다. 인숙의 중식도는 세휘의 옆구리를 어슬렁거리고 있었다.

도연이 두 사람 사이를 막아섰다. 인숙의 팔이 전원을 끈 것처럼 힘없이 떨어졌다.

"가세요 아줌마. 제발."

도연이 간절한 눈빛으로, 세휘에게 떠나라고 말했다. 세휘는 턱 끝으로 흘러내린 피를 닦았다. 인숙은 중식도를 수돗물에 씻고 파를 썰기 시작했다.

양은 냄비 안에서 핏물을 뿜어내는 고깃덩어리는 대여섯 명이 며칠간 버틸 양이었다. 세휘는 묵묵히 칼질하는 인숙의 뒷모습을 바라봤다. 인숙이 준비하는 식사가, 그 양이 줄어드는 순간이 올까 봐 덜컥 두려웠다.

도연이 세휘의 팔을 잡아끌었다. 도연은 거실로 나온 세휘를 앉히고 구급상자에서 반창고를 꺼냈다. 소독약을 뿌리고 상처를 다루는 솜씨가 정갈했다. 피는 멎었지만 맥이 뛸 때마다 상처가 욱신거렸다.

도연은 집을 나서는 세휘를 창밖으로 내다보고 있었다. 공허하게 뚫린 눈이 이쪽을 응시했다. 데친 나물처럼 시든 모습이었다.

의문은 남았지만 적어도 인숙에게 뭔가 있다는 것 하나는 확실해졌다. 이 시간까지 뭘 하다 들어왔는지, 당숙과 무슨 일을 도모했던 건지, 하나씩 파고들 생각이었다. 그 과정이 어렵고 위험할지도 모르지만 그래야 했다. 그게 수민을 위하는 일이었다.

세휘는 인숙의 집 앞에 놓여 있던 쓰레기봉투를 들었다. 거미 몇 마리가 보금자리를 잃은 것에 화를 내며 후드득 떨어졌다. 주변에 손바닥만 한 거미가 득실했다. 요즘 일대에 가득하다는 거미 떼였다. 몇 마리를 밟자 뽁뽁이처럼 내장이 터져 녹색 즙이 흘러나왔다.

집으로 돌아온 세휘는 화장실에 쓰레기봉투를 던져 놓고 책상 서랍을 열었다. 로열살루트가 또르르 굴러 나왔다. 맥주컵

한 잔을 가득 채워 들이켰다. 취기가 올랐다. 욱신거리던 뺨의 상처가 아무렇지 않게 느껴질 때쯤 쓰레기봉투를 갈랐다. 수세미, 머리카락, 락스 병, 일회용기 같은 것들이 리놀륨 타일 바닥에 쏟아졌다. 주삿바늘이나 복면 같은 게 나올 거라 기대했던 세휘는 금세 허탈해졌다. 그 공허함을 달래기 위해 다시 술을 찾았다. 얼마 지나지 않아 로열살루트가 바닥을 드러냈다.

안덕에 내려온 후 오히려 술이 늘었다. 술이 들어가지 않을 땐 통증이 몸속을 기었다. 목에서 명치로, 장으로, 척추를 타고 올라 등으로, 발끝으로. 벌레처럼 기어 다니는 통증을 추적하다 견딜 수 없어질 때면 그 불쾌한 감각이 사라질 때까지 술을 부었다.

잠들기 위해 술을 마실 때도 있었다. 역치를 넘겨버린 몸은 이제 술에도 반응하지 않았다. 그럴 때면 잠이 들 때까지 최선을 다해 기다려야 했다. 가수면 상태에서 뒤척이다 보면 새벽 네다섯 시를 넘기는 날이 태반이었다. 알코올은 머리를 정화하지 못하고 골로 갈 때까지 타락시켰다. 가스 불이건 수도꼭지에서 떨어지는 물소리건, 잠이 드는 순간에 머릿속에 떠오르는 것이 있으면 그때부터 불면의 밤이었다. 미친 양 떼가 들소처럼 목장을 달렸다. 그럴 때면 양을 한 마리씩 잡아다 진정제를 놔야 했다. 꿈이 널을 뛰었다. 현실과 상상의 경계에서 눈을 떴다 벌어진 일과 생각한 일을 구분하지 못했다. 벽으로 돌아누웠다 반대로 뒤척이기를 반복했다.

그날 밤, 마구잡이로 떠오르는 상념 속에 실종자들의 환영이 떠올랐다. 안개 같던 형상이 덩어리로 뭉쳐 주위를 빙글빙글 떠다녔다. 실종자들은 손가락이 하나씩 사라진 손을 흔들었다. 인숙이 그 뒤에서 기괴한 웃음을 짓고 있었다. 통발에 담긴 손가락은 산에서 채취한 버섯처럼 덜렁거렸다. 도연과 수민은 개처럼 목이 묶여 끌려다녔다. 세휘는 소리를 지르려 했지만 뭔가가 목구멍을 꽉 틀어막았다. 엄마가 목을 조르고 있었다. 회색 눈을 까뒤집고, 가지 말라고.

뱀이 명주실을 비비는 것 같은 소리에 눈을 떴다. 창문 쪽에 인기척이 있다. 꿈의 연장선인 줄 알았지만 사그락 소리가 이어졌다. 옆구리에 식은땀이 흘렀다. 조심성 많은 불청객은 문 틈에 올라타 한동안 세휘를 들여다보듯 움직임이 없더니, 창문 밖 마당으로 뛰어내렸다.

마취에서 깨어난 듯 몸이 풀렸다. 세휘는 덜그럭거리는 몸을 일으켜 창밖을 봤다. 대문을 빠져나가는 그림자가 있었다.

"거기 서!"

찢어지는 고함이 국민주택에 울렸다. 세휘는 옷을 걸치고 그림자를 따라 나갔다. 발에 채는 캔 소리가 요란했다. 죽은 집들이 사열하듯 세휘를 둘러쌌다. 꿈이었을까. 취기가 만들어낸 환각이었을까. 밤 중에 소란을 일으킨 세휘를 향해 퀭한 시선이 쏟아졌다. 낮게 드리운 구름은 생리 전날 같은 갑갑함으로 비를 뿌릴 준비를 하고 있었다.

한 블록 건너에서 쓰레기 봉지가 무너지는 소리가 났다. 두 사람이 소곤대는 것 같았다. 세휘는 인기척이 있는 방향으로 걸었다. 코너를 돌았을 때 눈앞에 나타난 건 노용기와 바하두르였다.

"누나?"

노용기가 귀신을 본 것처럼 놀랐다. 바하두르의 검은 얼굴에서는 표정을 읽기 힘들었다. 동그란 눈만 공중에 둥둥 떠서 세휘를 쳐다보고 있었다.

"너 여기서 뭐 해."

"고물 수집하지. 누나는 이 밤 중에 뭐해."

"이쪽으로 아무도 안 왔어?"

"안 왔는데. 너 누구 봤어?"

용기가 바하두르에게 물었다. 바하두르는 고개를 저었다.

세휘의 어깨를 누르던 중량이 턱, 하고 바닥에 떨어지는 것 같았다. 뭔가 간절한 것이 있었다. 채워지지 않는 허전함이었다.

"이크."

노용기가 바닥에 득실거리는 거미를 밟아 터뜨렸다. 녹색 내장이 죽 그어진 모습을 보고 나니 뱃속이 굼실굼실하게 만드는 결핍의 정체를 알 것 같았다. 살아 있다는 안도감, 그걸 확인하고 싶은 거였다. 죽은 것들과는 다르다는 것, 실종되지도 않고 이곳에 살아 숨 쉬고 있다는 걸 느끼고 싶은 거였다.

"너 캔이랑 병도 모으니."

세휘가 물었다. 용기는 백 점짜리 시험지를 자랑하듯 고철

더미를 내밀었다.

"돈이 꽤 돼. 알루미늄 캔은 킬로당 천 원 정도 떨어지니까. 안덕에 이 일 하는 사람이 별로 없거든. 밤에 한 바퀴만 돌아도 노다지지. 동네 청소하는 기분도 들고."

"내 것도 가져갈래?"

"나야 좋지."

세휘는 집에서 양손 가득 포댓자루를 들고 나왔다. 모두 술병과 맥주캔이었다.

"이렇게 많아?"

"안에 더 있어."

용기가 세휘를 도왔다. 적막한 국민주택에 캔 소리가 시끄럽게 울렸다. 바하두르는 습기가 가득한 포댓자루를 들어 트럭 짐칸에 밀어 올렸다. 이미 고물과 고철 더미로 가득했던 트럭이 퍼즐을 끼워 맞춘 것처럼 가득 찼다.

"누나 덕에 횡재했네. 고기도 먹겠다. 오늘은 그만할까?"

용기가 바하두르에게 동의를 구하듯 말했다. 바하두르는 당구공처럼 커다란 눈을 꿈뻑이는 것으로 대답을 대신했다. 용기는 작업복 지퍼를 내렸다. 밤새 이어진 노동의 흔적을 말해주듯 하얀 민소매 티셔츠가 땀으로 얼룩졌다.

"바하두르 너는 기숙사로 가. 수고했어."

바하두르는 자꾸 발뒤꿈치에 밟히는 작업복을 끌어당기며 골목을 지나 사라졌다. 용기는 차에 올라 시동을 걸었다. 겉으로 보면 당장 폐차를 해도 시원찮을 차였지만 엔진 소리는 참

기름처럼 부드러웠다. 세휘가 용기를 따라 조수석에 앉았다.

"집에 안 가고?"

"몰라. 잠이 안 와."

"그래? 그럴 때는 산책이라도 해야지. 가고 싶은 데 있어?"

"아무 데나. 사람 없는 곳이면 좋겠어."

"괜찮은 데가 있지."

용기는 국민주택 뒤로 차를 몰았다. 신단지의 반대편, 시내에서 멀어지는 방향이었다. 불빛 하나 없는 축사가 소똥 냄새를 진하게 풍기는 곳이었다. 그 끝에 용기의 재활용 센터가 있었다.

납빛 구름이 아니었다면 쏟아지는 별을 볼 수 있는 곳이었다. 시동을 끄고 문을 열자 숨 막히는 바람이 두 사람을 맞았다. 축사가 인접한 데다 산을 등 뒤에 둔 재활용 센터에 상주하는 고인 바람이었다. 무거운 공기에 짓눌린 풀벌레가 두꺼비처럼 울었다.

"저거 누나 혼자 다 마신 거야?"

"그런 거 아니야."

엄마도 가끔씩 맥주를 마시니 거짓말은 아니었다. 냉장고 야채칸에 양주가 몇 병이 들어있는지 알면 용기는 뒤로 나자빠질 거였다.

"여기는 밤인데도 덥네."

"그러니까 조용하지."

"좀 쉬자. 술 있어?"

용기는 또? 하고 묻는 얼굴로 컨테이너를 가리켰다.

재활용 센터에는 와 본 적이 있었지만 컨테이너까지 들어가는 건 처음이었다. 작은 주방은 외부에 있었고, 침대와 협탁이 컨테이너 방 하나를 차지했다. 나머지 방에는 옷장이 있었다. 집이란 잠자는 곳이라는 모토에 딱 맞는 구성이었다.

용기는 땀으로 젖은 작업복과 티셔츠를 세탁기에 던져 넣었다. 세탁기가 드럼 소리를 내며 돌았다.

용기가 맥주병 두 개를 들고 나타났을 때 세휘는 침대 절반을 차지하고 앉아 있었다. 세휘는 건배도 하지 않고 맥주병을 입에 꽂았다. 탄산이 목구멍에서 마구 터졌다.

용기는 침대 아래 바닥에 자리를 잡았다. 울대를 꿀떡이는 세휘를 애처롭게 바라봤다. 세휘는 손등으로 입을 닦았다. 맥주는 절반이 사라졌다. 뒷맛이 개운하지 않았다.

"그렇게 많이 마셔도 돼? 내일도 출근해야지."

세휘의 눈에 들어온 건 재활용 센터를 운영하는 안덕의 토박이가 아니었다. 쌀집 아저씨가 바닥에 갈려버린 다음 날, 악행이 드러날까 두려워하는 소년이 거기 있었다. 의식을 애처롭게 지탱하던 실이 끊어졌다.

세휘는 침대 아래로 내려갔다. 용기는 더운 김을 내뿜는 콧구멍을 피해 머리를 돌렸다. 세휘는 용기의 뒤통수를 움켜잡아 앞으로 돌려세웠다.

"누나."

세휘의 입술이 용기의 말문을 막았다. 미끄러운 혀가 단단한 치아를 뚫고 속으로 들어갔다.

"누나."

"조용히 좀 해."

"그게 아니라……"

세휘가 입술을 뗐다. 두 사람의 입과 입 사이에 끈적한 타액이 거미줄처럼 늘어졌다.

"그게 아니라…… 침대에서 하자고."

노용기의 왼손은 이불을 걷었고, 오른손은 이미 세휘의 가슴을 더듬고 있었다. 세휘는 콘돔을 찾으려다 말았다. 용기는 파운딩을 준비하는 격투기 선수처럼 세휘의 가슴에 끊임없이 머리를 비볐고, 뻣뻣한 머리카락이 턱을 긁을 때마다 조금 쓰렸다.

귀신 울음 같은 바람이 창을 때렸다. 살을 갉아먹는 환희가 지나가고 찾아온 것은 무력감이었다. 용기는 세휘의 배 위에 정액을 쏟아내고 모래처럼 무너졌다. 그때 세휘의 머리에 떠오른 건 안에다 해도 괜찮지 않았나 하는 생각이었다. 이 나이에 무슨 임신 같은 걸 걱정한다고.

세휘는 남은 맥주를 마저 마셨다. 용기가 옆으로 돌아누워 말했다.

"누나 취했지."

"죄책감 느낄 필요 없어."

"아니 더 좋은 게 있어서."

용기가 협탁 서랍을 열어 약통을 꺼냈다. 종이봉지에 하나씩

포장된 보라색 캡슐이 세휘의 손바닥에 놓였다.

"한 알만 먹으면 돼. 나른해질 거야."

용기가 먼저 약을 입에 넣었다. 세휘도 용기를 따라 약을 삼켰다. 역겨웠다. 약 기운 탓만은 아니었다. 담배도 한 적이 없는데, 이러고 있는 자신이 싫었다. 낮은 곳으로 끌어내리는 안덕이 싫었다. 안덕의 축축한 땅은 모든 걸 늪지대처럼 빨아당겼다. 그 속에 있는 건 모두 썩어서 악취를 뿜었다. 자작거리는 물웅덩이에도 축축한 대기에도 악취가 있었다. 몸이 나른해졌다. 물속에 있는 것 같았다.

"안덕은 이상한 동네야."

세휘가 말했다.

"익숙해지면 괜찮아. 오히려 살기 좋지. 룰만 익히면."

"그게 문제야. 법전이라도 있대? 안덕 살기 가이드북이나 생활 수가라도 있냐고. 기분대로 한다는 거잖아."

흠. 용기는 낮은 천장을 바라보며 숨을 뱉었다.

"내 경우에는 말이지, 그 덕에 사업을 키울 수 있었거든. 융통성만 좀 있으면 안 되는 게 없더라고. 개간하면 안 되는 부지도 술 몇 번만 마셔주면 다음 날 굴착기가 들어와. 공장 재활용품도 독점으로 수거하지. 폐철 처리도 여기서 다 한다고. 이 일에 눈독 들이는 사람이 없었을까. 아니야. 물론 그걸 위해 포기해야 하는 것도 있긴 한데 뭐 대단한 건 아니야. 자존심? 룰을 만드는 사람들한테 굽신거릴 필요가 있는 거지. 근데 그건 돈이 안 들어. 허리만 숙이면 장사가 되는데 그걸 왜 마다하겠어."

"룰을 만드는 사람, 당숙도 그중 하나지?"

"얘기가 나와서 말인데."

용기가 돌아누웠다. 약 기운으로 몽롱해진 눈이 세휘의 가슴을 더듬었다.

"장 회장님 말이야. 너무 엮이지 않는 게 좋겠어."

"무슨 말이야."

"그냥. 누나 생각해서 하는 말이야."

"너 숨기는 거 있지."

세휘가 가슴을 여미고 허리를 세웠다. 혼탁한 눈이 괜한 말을 뱉었다 싶어 세휘를 똑바로 쳐다보지 못했다.

"말해."

겁 많던 동네 동생 노용기는 어느 틈에 재활용 센터 사장으로 되돌아왔다. 뭔가 있다는 생각에 정신이 번쩍 들었다. 용기가 거스러미를 뜯어내며 말했다.

"정인숙 큰딸 얘긴데."

"그 집 애 하나잖아. 도연이 말고 딸이 있어?"

"있었어. 수연이라고. 가끔 그 사람들이 수연이를 불러내곤 했다던데. 소문이 안 좋아."

세휘는 아예 일어나 앉았다. 용기는 이럴 걸 예상했다는 듯 움직임이 없었다.

"그 사람들이라니. 당숙이랑 또 누구."

"누구긴 누구야. 늘 붙어 다니던 그놈들이지."

"실종자들?"

속에 벌건 불이 붙었다. 목주름이 팽팽하게 당겨지고 짜증이 확 치밀었다. 세휘는 용기를 향해 쏘아붙였다.

"헛소문 퍼뜨리지 마."

용기는 억울하다는 듯 입술을 삐죽 내밀었다. 용을 쓰던 거스러미가 마침내 뜯겨져 나왔다. 손톱 가장자리가 붉게 패였다.

"내가 그랬나 뭐. 그냥 사람들이 그러더라는 거지. 그런데 누나 이거 계속 팔 거야? 불안해. 해코지라도 당하면……"

세휘는 얼마 남지 않은 맥주를 마저 들이켰다. 약 기운은 달아난 지 오래였다.

"그래서 수연이라는 애는 어디 있는데."

"가출했어. 몇 년 전에."

밖에서 인기척이 났다. 용기는 쪼그라든 제 물건이 덜렁거리는 것도 아랑곳하지 않고 벌떡 일어났다. 창밖으로 바하두르의 얼굴이 보였다. 손으로 차양을 만들어 안을 들여다보고 있다. 표정 없는 눈이 철창 안 동물을 구경하듯 했다.

세휘가 화들짝 놀라 옷을 걸쳤고, 바하두르는 이내 모습을 감췄다.

"야! 야 인마!"

용기가 소리쳤다. 태풍이 몰고 온 바람은 컨테이너 벽을 연신 때렸다.

소변이 아니라 바늘을 뽑아내는 것 같았다. 한병주는 저도 모르게 신음을 토했다. 피를 뽑는 건 아닐까 수시로 시선이 아래를 향했다. 부들부들 떨면서, 그래도 방광은 용케 한 방울씩 오줌을 밀어내고 있었다. 몇 번이나 화장실을 들락거리느라 잠을 설쳤다. 새벽이 다 돼서야 겨우 잠이 들었다. 하품이 터져 나왔다.

몇 달을 손가락 사건에만 매달렸다. 경찰서를 기웃거리고 실종자들의 가족과 주변인을 탐문했다. 맹티고개를 수십 번씩 넘나들었다. 국민주택과 신단지를 오가며 수첩에 사건 일지를 채워 나갈 때면 채워지지 않는 허기로 신열이 끓었다.

일주일 전엔 김영남의 부인이 뒤따라오는 한병주를 무시하고 문을 닫는 바람에 코뼈가 부러질 뻔했다. 철문이 안면을 때리는 순간 아득하게 날아가는 정신을 붙잡아야 했다. 눈 하나가 망가진 김영남의 아들이 바닥에 널브러진 한병주를 일으켜 줬다.

그게 다였다. 사건의 실체를 알아내겠다고 호기롭게 나섰지만 진전은 없었고 방광은 늙은이 불알처럼 축 늘어진 데다 코는 풍선처럼 부풀었다.

그 와중에 선거판은 급변하고 있었다. 여당 스캔들이 문제였다. 선거 공작, 임용 비리가 한 번에 터져 나왔고 예산안 처리는 기약 없이 늦어지고 있었다. 러시아와 일본 사이, 일본과 중국 사이, 중국과 미국 사이에서 휩쓸려 다닌다는 비판도 거셌다. 선거기간에 맞춰 작전 세력이 움직이고 있다는 건 뉴스에서 볼 수 없었다. 언론은 힘이 있는 자의 편이었고 갈등과 논란을 조장해 균형을 무너뜨리는 존재였다. 여당 지지 그래프는 거짓말처럼 하강 곡선을 그렸다. 신이 난 건 야당 쪽이었다. 어차피 안덕이야 야당 텃밭이었지만 최근 여당의 상승세에 불안하던 차였다. 이때가 기회랍시고 정치권에서 기자를 불러모았다. 중앙지에서 마련한 저녁 식사 자리라고 했지만 그 뒤에 박해남이 있다는 걸 모르는 기자는 없었다.

작은 중국집에 기자들이 하나둘 들어왔다. 회식 자리가 생겼다는 말에 서울에서 내려온 기자도 있었다. 기자들은 진전이 없어 지쳐가던 차였다. 뭐라도 건지면 특종이 될 게 분명한데 도통 실마리가 보이질 않았다. 그러니 자리를 잡는데도 눈치 싸움이 벌어진 건 당연지사였다. 정보를 재화로 맺어진 경제 연맹이었다. 기자들은 중앙지와 지방지, 사회부와 정치부 사이에 보이지 않는 경계를 긋고 정보를 찾기에 분주했다.

한병주는 그 어느 쪽과도 섞이고 싶지 않았다. 국장의 부탁이 없었으면 참석도 하지 않았을 자리였다. 국장은 손가락 사건 보다 박해남의 거취에 관심이 있었다. 아무 말도 하지 않아도 되니 귀 열고 눈 뜨고 분위기만 살펴달라고 했다. 한병주는 일찌감치 가장 구석에 놓인 2인석에 자리를 잡았다. 한병주의 맞은편이 모든 기자가 노리는 자리였다.

넉살 좋게 그 자리를 차지한 건 입사 동기인 주성욱이었다. 대학을 졸업하고 언론사 면접을 볼 때 만난 사이였다. 한병주는 한 살이 많은 성욱에게 형 대접을 해줬다. 안덕으로 좌천되기 전까지는 종종 술 약속을 잡던 사이였다.

시골 중국집답지 않게 제법 코스 요리가 구색을 갖췄다. 한 병주 앞에는 칠리 새우와 동파육이 놓였다. 요리보다는 고량 주에 먼저 손이 갔다. 성욱이 잽싸게 고량주를 낚아채 한병주의 잔에 따랐다.

"너는 이런 데 처박혀 있으면 안 심심하냐. 연락이라도 좀 하고 그러지."

"그러는 형은 왜 이제사 내려오는데."

"안덕이 뭐 좋다고 내려오나. 난 서울이 좋더라. 사람 많고 집값 비싸도 도시가 좋지."

성욱이 칠리 새우를 헤집었다. 머리를 떼놓고 껍질도 벗기지 않은 새우를 오독오독 씹었다.

"나는 새우 껍질 벗기는 게 그렇게 귀찮더라."

"그러면서 사람 옷은 잘도 벗기지."

"야 무슨 큰일 날 소리를 하냐. 내가 누구 옷을 벗겼다고."

"이상한 생각 하지 마시고. 형이 기사 써서 옷 벗은 사람이 한둘이냐고."

반은 칭찬이었다. 성욱은 정치부 기자 생활을 하면서 스캔들 몇 건을 폭로했다. 데스크에서 거르고 남은 것만 대여섯 건이 됐으니 실상 알고 있는 건 그 몇 배는 될 거였다. 발에 무좀이 생기는 것도 마다하지 않고 뒤를 캔 결과였다. 덕분에 성욱의 발은 언제나 짓물러 있었고 고약한 냄새가 났다. 발로 잡은 기사는 꼬리를 자르는 게 전부였다. 대가리를 자르려면 혀를 써야 하는데 성욱은 마흔이 훌쩍 넘도록 그 이치를 깨닫지 못했다.

"손가락 사건은 어때. 클릭률 좀 나와?"

"기삿거리가 있어야 클릭을 하지. 처음에는 돈 좀 됐는데 지금은 시들시들해. 그래도 큰 거 하나 터지면 뒤통수 맞겠다 싶으니까 다들 몰려온 거고. 장사하려고 니주* 까는 거지. 지금은 아니야. 스캔들 다뤄야 돈 된다. 알지?"

"형도 손가락 사건 맡았어?"

"아니. 나는 저 인간 담당."

성욱이 가리킨 곳에 박해남이 있었다. 보좌진 두 명과 함께 중국집에 들어섰다.

"왜? 냄새나?"

"안덕에 있는 인간들 치고 안 구린 놈이 어디 있냐. 넌 여기서 지낸 지가 몇 년인데 그것도 몰라."

"알아. 아는데 형이 캘 수 있겠냐고."

"나도 모르겠다. 뭐 적어도 선거판 돌아가는 건 읽어야지."

박해남은 테이블을 돌아가며 기자들과 이야기를 나눴다. 박해남의 말을 받아 적는 기자도, 녹음기를 꺼내는 기자도 없었다. 박해남은 술을 마시지 않았다. 쉬지 않고 잔을 바꿔치기하는 건 옆에 앉은 보좌관이었다. 빈자리가 보이기 무섭게 요리도 새로 나왔다. 여러모로 불편한 회식 자리였다. 얼큰하게 취

---

* '복선을 깐다'라는 뜻의 방송업계 은어.

했다 싶을 때 한병주가 물었다.

"형, 이거 얼마짜리야?"

"김영란법 때문에 그래? 괜찮아. 이거 깨끗해. 배탈 안 나."

그렇게 말하는 성욱이 일그러지고, 슬퍼 보였다. 한병주는
그날 변기를 부여잡고 많은 것들을 쏟아냈다.

성욱의 말대로 배탈은 나지 않았다. 문제는 요도염이었다.
사무실에 나와서도 몇 번씩 화장실을 들락거려야 했다. 소변
을 볼 때마다 찌르는 듯한 통증이 함께 했다. 가끔씩 제대로 서
있지 못할 정도의 통증이 몰려왔다. 그럴 때면 끄응, 하는 신음
이 절로 터졌다. 전원을 내렸다 끈 듯 정신이 아득한 곳까지 날
아갔다 돌아오곤 했다.

바지춤을 끌어 올렸다. 미처 탈출하지 못한 오줌 방울이 팬
티 속으로 흘렀다.

화장실을 나오니 세휘가 있었다. 국장은 약속도 없이 찾아온
변호사를 멀뚱멀뚱 바라보는 중이었다. 국장의 손톱은 조금
전까지 삽질하다 온 것처럼 지저분했다. 벨트를 파묻은 아랫
배 탓에 셔츠는 터질 것처럼 팽팽했다. 책상에는 다이어리 하
나가 놓여 있을 뿐, 노트북은 닫혀 있었고 모니터에서는 선풍
기 같은 화면 보호기만 열심히 돌아가고 있었다.

세휘 역시 국장 앞에서 어버버 거리기는 마찬가지였다. 한병
주를 만나러 왔는데 국장을 먼저 마주친 탓이었다. 세휘가 황
급히 지퍼를 올리는 한병주에게 말했다.

"시원해요?"

"그러면 좋겠수다. 왜 왔어요?"

"안덕일보 옛날 기사요. 다 모아놨죠?"

"있죠. 서고에. 전부는 아니에요. 저 양반이 자기 관심 있는 것들만 모아뒀어요. 스캔도 안 해놨고. 찾고 싶은 자료가 있으면 일일이 뒤져야 해요."

"문 좀 열어줘요."

"아 뭔데요."

"우리 아직 협력관계 맞아요?"

"아니었던 적이 있습니까."

"그쪽이 저 몰래 정인숙 파고 다닐 때가 그랬죠. 당숙 운운하던 게 누구시더라."

아, 그거요. 한병주는 턱을 까맣게 덮은 수염을 쓸었다.

"장 회장은 여전히 나한테 걸림돌이고, 변호사님한테는 좋은 발판이니까요. 그 사람이 연관돼 있으면 우리가 제대로 공조할 수 있겠냐는 말이죠. 선거판도 딱 장 회장한테 유리하게 돌아가고 있어요. 사건 해결되면 변호사님이야 한자리 얻으실 테고요. 더 설명해야 해요? 나만 나가리되는 거 아닌가, 이런 걱정이 든단 말입니다."

"한 기자님도 특종 쓰고 싶다면서요. 나도 이 사건 파야 해요. 그래서 협조하기로 했잖아요. 한 기자님이 먼저 제안한 거잖아요."

"여전히 그렇습니다. 그런데 확신이 있어야 할 거 아닙니까. 장 회장님이랑 무슨 일이 있었는지, 새로 알게 된 게 있는지,

이런 거 저한테 알려주기로 했잖아요? 숨기는 거 없으세요?"

세휘는 관자놀이 위로 울툭불툭 튀어나오는 혈관을 꾹꾹 눌렀다. 편두통이 솟았다. 법원이 알코올 중독자에게 양육권을 넘길 것 같으냐고, 수민을 두고 협박하던 당숙의 목소리가 귀에 생생했다. 짜증을 담아 대답했다.

"사심이 없다고 말했죠. 당숙이 사건과 연관돼 있으면 내가 먼저 잡아넣겠다고 했죠. 밟아도 되는 발판인지 확인해보겠다고 했잖아요. 머리에 우동 사리 말고 뇌를 넣어요. 기자가 무슨 기억력이 그따위예요."

한병주는 수염을 쓸던 상태로 얼어붙었다. 가자미처럼 눈을 모으고 세휘가 쏟아내는 말을 정리하느라 열심히 우동을, 아니 머리를 굴리는 중이었다.

"아니 근데 이 사람이……"

한병주가 세휘의 어깨 위로 손을 올렸다. 미친놈. 세휘는 뺨을 니빌있나. 국깅의 니끼마한 목소리가 아니었다면 한병주의 손바닥이 세휘의 눈두덩이에 안착했을 거였고, 그러면 두 사람의 협조는 그 순간 끝났을 것이다.

"그런데 두 사람 말이지."

국장은 화분에 물을 주며 말했다. 도자기 화분 속 손바닥만 한 분재 위로 물방울이 맺혔다. 안덕일보 사무실에서 유일하게 값이 나가 보이는 물건이었다.

"어쨌든 사건은 파고 봐야 하는 거 아냐? 그다음에 얘기해도 늦지 않잖아. 패를 다 까놓자고요. 한 기자도 변호사님도. 그러려고 찾아오신 거 아니에요?"

두 사람 모두 감정 다툼으로 해결될 일이 없다는 건 잘 알고 있었다. 국장의 말대로 일단은 패를 돌려야 블러핑이건 레이즈건 올인을 해서 죽건 살건 할 거였다. 먼저 감정을 추스른 세휘가 말했다.

"전에도 이 동네에 실종 사건이 하나 있었어요. 정인숙 큰 딸이요."

"큰딸이 있었어요?"

한병주는 미간을 잔뜩 찌푸리고 생각하더니 말을 이었다.

"못 봤는데. 내가 이 동네 실종 사건은 다 스크랩했다고요."

국장은 화분이 찰랑거릴 정도로 물을 부어 놓은 뒤 허리를 폈다. 눈을 꿈뻑꿈뻑, 한숨을 내쉬고 손가락을 까딱거리며 잘 떠오르지 않는 옛 기억을 되살리려 애썼다. 아, 하는 탄식과 함께 국장이 말했다.

"한 기자야. 너는 내가 정리한 거 그냥 가져다 쓴 거면서 생색을 내냐. 따라와."

국장은 서고 쪽으로 걸음을 옮겼다. 바깥 공기가 들어오자 정화기가 맹렬히 회전했다. 묵은 종이 냄새가 한기를 띄고 서고 밖으로 뛰쳐나갔다.

"중요한 것들만 정리한 거예요. 내 개인 자료실이랄까. 정치 기사 같은 건 없는 것도 많아요. 그건 중앙지에서 더 잘 쓰지. 이건 안덕에서만 관심 있는 것들이에요."

국장이 설명하는 사이 한병주는 실종 팻말이 붙은 섹션 앞에 자리를 잡았다.

"국장님, 실종 쪽은 제가 다 정리했다니까요."

"그러니까 거기가 아니라고."

국장이 멈춰선 곳은 지역 축제 섹션이었다. 어수선한 자료실 속에서도 가장 관리가 안 되는 영역이었다. 구부정한 철제 위에 상자가 있었고 누런 신문지가 전단지와 뒤섞였다. 국장은 먼지를 털어내고 상자를 뒤졌다. 잠시 후 국장이 빼낸 건 파일첩에 들어있는 지난 기사였다. 흐릿한 잉크 냄새를 풍기는 신문 조각이 자료실 책상에 놓였다.

'소향여고 정수연 양이 37회 개교기념일을 맞아 플루트를 연주하고 있다.'

"안덕 옛 지명이 소향인 거 알아요? 여기 향나무가 많았거든요. 비가 잘 오나, 날씨가 좋나. 향나무는 지천으로 깔렸는데 키는 작달막한 거지. 그래서 소향. 안덕으로 이름을 바꾼 건 3공화국 시절이에요. 선비 마을이라고, 편안하고 덕이 많은 동네라고 그렇게 바꾼 건데 그거 다 구라야. 여긴 옛날부터 외세 침략이 잦았거든요. 동네를 지킨 건 드센 농부랑 어부들이었지 뭐. 그게 자격지심이 있었는지, 족보 사듯이 동네 이름을 바꿔버린 거예요."

국장의 목소리가 물속에서 들리는 듯 아득했다. 세휘는 코를 박고 축제 사진을 들여다봤다. 모기 같은 다리에 호리호리한 몸매, 잘 반죽한 떡 같은 손, 플루트를 연주하는 수연의 어디서도 인숙의 모습은 발견할 수 없었다.

"이 기사 내가 썼어요."

국장의 이름이 사진 아래 적혀 있었다. 사진 / 기사 @권국현.

"이게 무슨 상관입니까."

"정인숙이 딸이 실종됐다면서 경찰을 찾아온 게 이 기사 나가고 일주일 후였어요. 정작 실종 기사는 못 썼지만. 그게 재미있는 점이죠. 수연이는 공식적으로 실종된 적이 없어요."

국장은 의자에 앉아 오래된 가게 문을 열듯 추억을 풀어냈다.

"오 년쯤 전이었나. 정인숙이 안덕에 내려왔어요. 이상한 가족이었죠. 두꺼비같이 생긴 여자가 인형처럼 예쁜 딸 둘을 데리고 연고도 없는 곳에 자리를 잡았으니까. 폭행 사건에 몇 번 얽힌 적이 있어서 저도 몇 번 봤던 기억이 나요. 수시로 마와리* 돌고 경찰서에서 하리꼬미** 하는 게 재미있었거든요. 기자는 다리가 생명이에요. 지금은 몸이 불편해서 젊은 기자들이 대신해 주지만."

국장은 개구리 같은 아랫배를 툭툭 치며 말을 이었다.

"정인숙을 처음 봤던 게 경찰서였어요. 유치장 안에 갇혀서 이를 바득바득 갈고 있더라고요. 안면이 있는 경찰들한테 물었죠. 저 여자 뭐 하는 여자냐고. 이웃집이랑 시비가 붙었는데 관절을 분리해 놨대요. 어깨 아래로 하나씩. 무슨 말인지 알아요? 어깨, 팔꿈치, 손목, 손가락 관절까지 모조리 아작을 냈다는 거예요. 그냥 사과하고 끝낼 일이 아니었어요. 그때 나선 게

---

*기자들이 사건 취재를 위해 관할 경찰을 도는 일을 뜻하는 은어.

** 경찰서에서 숙식하면서 취재하는 일을 뜻하는 은어.

누군지 알아요?"

"장 회장이었겠죠."

잠자코 듣고 있던 한병주가 말했다. 국장이 콧김을 휙 뿜었다.

"맞아. 장정호 회장. 무슨 수를 쓴 건지 정인숙이 하루도 안 돼서 풀려났어요. 돈으로 해결했는지 힘으로 눌렀는지는 몰라도. 궁금한 건 왜 그랬냐는 거죠. 끝내 알 수 없었어요. 아무튼, 정인숙이 풀려나던 날 경찰서를 찾아온 딸 둘을 보고 기겁을 했다니까요. 경찰들은 멧돼지 같은 정인숙을 보고 바들바들 떨지, 무슨 일이라도 터질까 봐 다들 긴장하고 있는데 문을 열고 천사가 들어온 줄 알았어요. 주눅 든 모습이긴 했지만 제 엄마를 모시고 집으로 가더라고요."

세휘는 말을 삼키고 사진을 들여다봤다. 도트 단위로 새겨진 잉크가 작게 속삭이는 것 같았다. 점과 점이 모여 만들어낸 수연의 얼굴이 세휘를 향해 돌아보는 것 같았다. 거기에 대고 묻고 싶었다. 지금 어디에 있는 거냐고. 플루트를 내려놓고 입을 좀 열어 보라고, 네 엄마가 무슨 짓을 벌인 건지 말해보라고.

"근데 국장님은 왜 이런 말을 지금에야 해주십니까."

국장이 눈을 동그랗게 뜨고 되물었다.

"네가 언제 나한테 물어본 적이나 있었냐. 나는 실종 사건 파는 줄만 알았지. 정인숙 파는 줄 알았으면 맨발로 나서서 도와줬겠다."

국장이 세휘를 향해 웃어 보였다. 뒤에서 한병주가 똥 씹은 얼굴을 했다.

"아무튼 그 후에 수연이가 사라졌어요. 정인숙이 실종 신고를 했고, 당연히 경찰은 정인숙부터 의심을 했죠. 혐의점은 발견되지 않았어요. 수사는 생각보다 빨리 끝났어요. 경찰이 가출로 처리했거든요. 시체가 발견된 것도 아니고, 본인이 일기장에 집이 싫어서 나간다고 적어 놓기까지 했다니까요."

"그래도 수사는 해야 하지 않아요?"

"실종자가 연간 육만 명이에요. 육만 명. 대부분은 가출이고요. 범죄와 연관된 건 일 퍼센트도 안 돼요. 우선순위가 밀릴수밖에 없죠. 그땐 별로 대단한 게 아니라고 생각했던 모양이에요. 보험을 노리고 잠적하는 일도 있대요. 7년 동안 실종 상태면 사망으로 처리돼서 보험금이 나오거든요. 그러니까 실종사건은, 사실 너무 많아요."

틀린 말은 아니었지만 미심쩍은 기분은 사라지지 않았다. 밑을 덜 닦은 것처럼 찝찝한 기분을 삼키고 있으니 국장이 이어 말했다.

"수연이가 마지막으로 목격된 곳은 안덕 터미널이었어요. 목격자가 직접 신문사와 경찰에 제보했고요. 그러니까 더욱 실종이라고 보긴 어려웠던 거지."

"제보자가 누군지도 알아요?"

"그럼요."

국장은 서고 안쪽에 있는 책상 서랍을 열었다. 연도별로 정리된 다이어리가 쏟아져 나왔다. 포스트잇과 테이프가 덕지덕지 붙어 원래 보다 두 배는 되어 보이는 두께였다.

"여기 있네요. 조승호. 이 사람 신문사 한번 찾아오라고, 아니면 내가 찾아라도 가겠다고 했는데 안 나타났어요. 그 후로 연락도 안 됐던 것 같네요."

"그렇군요."

세휘가 말했다. 연락이 됐을 리가 없지. 조승호는 여고생이 실종된 후 방파제 사이에서 시신으로 발견됐으니까. 아빠 이름을 다른 사람 입을 통해 들은 게 얼마 만인지 기억도 나지 않았다. 여고생 실종 기사가 나온 날짜를 다시 확인했다.

3년 전. 아빠가 돌아가시기 두 달 전의 일이었다.

하늘이 먹을 간 것처럼 검었다. 태평양에서부터 때 이른 태풍이 북상하는 중이었다.

태풍 루사 이후 20년 만에 최대 규모라고 뉴스가 난리였다.

지난밤 일이 기억나지 않았다. 인숙은 양철통에 망치질하듯 머리를 쥐어박았다. 단편적인 이미지가 팝콘처럼 튀었다 사라졌다. 5년을 넘게 살았던 집이 남의 것인 양 낯설었다.

인숙의 눈에 못 보던 신발이 들어왔다. 밖에서 시작된 진흙 자국이 현관까지 이어졌다. 에어펌프 위로 하얀 나이키 로고를 박은 남자아이의 운동화였다. 안개 같은 노래 한 자락이 떠올랐다.

'여우야 여우야 뭐하니.'

얼마 전에도 들었던 것 같은데. 누가 불렀더라. 거실로 한 걸음 내디뎠다. 나무판이 삐걱대며 울었다. 요즘은 멍하게 있는 시간이 더 늘었다. 동면을 준비하는 곰처럼 머리는 비우고 배를 채웠다. 신경을 날카롭게 갈아놔야 실수가 없다는 말은 반만 맞는 말이었다. 거사를 준비하는 기간에는 여유가 있어야 했다. 운동을 하고 개와 고양이로 단백질을 듬뿍 섭취해야 결정적인 순간에 실수를 하지 않는 거라 믿었다.

'밥 먹는다.'

락스를 쏟아부어도 사라지지 않는 피비린내가 몰려들었다. 싱크대에 처박힌 그릇 가장자리에 우유 자국이 딱딱하게 굳어 있었다. 두 아이가 시리얼을 꺼내 먹은 흔적이었다.

'무슨 반찬.'

패브릭 소파에 앉았던 듯 작은 엉덩이 모양으로 파인 자국과 수민이 벗어 놓은 양말이 눈에 들어왔다. 나머지 일은 도연의 방문 너머에서 이어지고 있을 거였다.

'개구리 반찬.'

문고리에 손을 올렸다. 차가운 쇠붙이의 촉감에 뭔가 떠오를 듯했지만 지난 밤의 기억은 잡히지 않는 수증기처럼 머리를 맴돌았다. 수민이 언제부터 와 있었더라. 어제 인사를 했던가. 기억이 제멋대로 뒤엉켜 시공을 헤집었다.

'죽었니 살았니.'

인숙은 유도선수처럼 문을 잡아챘다. 두려움을 떨치기 위해서였다. 문틈으로 살짝 보이는 하얀 다리를 목격했을 때는 잠깐 주저했다. 피를 쏟아낸 수민이 거기 있을까 봐. 간밤에 난도질을 해대던 꿈의 희생자가 혹시나 수민이었을까 봐. 자신의 손으로 수민과 도연을 조각냈을까 봐.

'살았다!'

수민이 거기 있었다. 도연의 머리를 무릎에 올려놓고 다정하게 볼을 쓰다듬고 있었다. 인숙은 두툼한 손바닥으로 자신의 뺨을 쳤다. 골이 띵하고 울리고 나니 눈앞에 보이는 것이 환각이 아니라는 걸 알 수 있었다. 안도감과 불안이 동시에 아래턱을 조였다. 이 인형 같은 피조물들이 지난 몇 개월간 공들인 작업을 허사로 만들어버릴지도 모른다는 생각이 들었다.

도연이 잠에서 깨어났다. 고양이 발바닥 같은 핑크빛 코를 벌름거리다 인숙과 눈이 마주쳤다. 도연의 움직임은 한없이 느렸다. 그 느리고 우아한 동작으로 자리에서 일어나 화장실로 향했다. 샤워기에서 떨어지는 물줄기가 욕조 바닥을 때렸다.

"도연이가 오라고 했어요."

묻지도 않았는데 수민이 말했다. 인숙이 불두저 같은 머리를 디미는데도 꿈쩍하지 않았다.

"졸린데 잠을 잘 수가 없다고 했어요. 아줌마가 밖에서 무슨 일을 벌이는 것 같아 무섭다고 했어요. 같이 있어 달라고, 잠들 때까지 머리를 만져달라고 했어요. 머리 만져주면 잠이 잘 온다고."

인숙은 수민이 지껄이는 말을 이해할 수 없었다. 잠을 자라고 머리를 만져준 사람은 한 명도 없었다. 철사 같은 머리에 닿으면 돌이 될 것처럼, 화들짝 손을 떼기 마련이었다.

오랜만에 들어와 보는 도연의 방이었다. 인숙은 유적을 발굴하는 고고학자처럼 방을 살폈다. 떨어져 나간 벽지를 딱풀로 이어 붙인 흔적이 보였다. 절개된 상처를 봉합한 듯 세심한 솜씨였다. 침대 아래 옷걸이에는 손수 세탁한 원피스 두 벌이 걸려 있었다. 하나는 도연이 좋아하는 레이스가 달린 흰색 원피스였고, 하나는 수연이 입던 시폰 원피스였다. 아직 도연에게는 사이즈가 컸지만 계절이 갈 때마다 잊지 않고 꺼내 관리했다. 그게 언니를 기억하게 해주는 부적인 것처럼. 인숙은 어깨에 달린 꽃 모양 브로치를 만지작거리다 불에 덴 듯 양손을 뗐다. 더 오래 만지면 묻어둬야 할 기억이 되살아날 것 같았다. 그게 무슨 기억인지는 알 수 없었지만 뱀 가죽처럼 불쾌한 건 분명했다. 책상 위에는 책 한 권 없었고 서랍은 텅 비어있을 거였다. 가끔 거실 소파에 앉아 복지사 자격시험 문제집을 뒤적일 뿐, 도연이 학교 공부하는 모습은 본 적이 없었다.

인숙은 수민 옆에 앉았다. 침대가 인숙 쪽으로 기울었다. 그탓에 수민이 인숙 쪽으로 다가왔다. 은은한 샴푸 냄새도 따라왔다. 신선한 향이 코에 닿자 아득한 곳으로 가라앉는 것 같았다.

'이래선 안 돼. 엮이면 안 된다고.'

인숙은 무표정한 수민을 보고 생각했다. 변호사가 집까지 찾아와서는 안 되는 거였다. 도연이 샤워를 끝내려면 멀었다. 그 말간 계집애는 제 언니처럼 구석구석 깨끗이 씻어댈 테니까. 수민은 도연이 돌아오기를 기다리며 얼굴에 홍조를 띠었다.

인숙은 복숭아처럼 익은 수민의 뺨을 후려갈겼다. 수민은 침대 머리맡으로 밀려나 뒹굴었다. 광대가 금세 부어올랐다. 인숙이 몇 차례 더 주먹을 던졌고, 수민은 인숙의 주먹을 묵묵히 받아 내는 듯싶었다. 도연을 향한 애정이 이 아이를 이렇게 만들었겠지. 하지만 어쩔 수 없는 열두 살짜리 남자아이였다. 매질이 이어지자 눈물이 후두둑 흘렀다. 인숙은 그제야 주먹을 거뒀다.

"가라."

인숙이 말했다.

"도연이는……"

"가라."

수민이 일어섰다. 통이 넓은 반바지 아래 얇은 다리가 종이짝처럼 떨었다. 심하게 기침을 했다.

집을 떠나기 전 수민은 도연이 있는 화장실을 향해 몇 차례 고개를 돌렸다. 도연이 나와 이 불합리한 상황을 해결해주길 원하는 눈초리였다. 인숙은 돌덩이 같은 손을 들어 어서 떠나라고 위협해줬다. 수민은 떨어지지 않는 걸음을 겨우 옮겼다.

인숙은 도연의 베개에 머리를 묻었다. 모시 베개에서는 아기 정수리 같은 냄새가 났다. 아기 정수리 냄새를 맡아본 적은 없지만 로맨스 소설에서 읽은 적은 있었다. 완도 버스 터미널 대합실 쓰레기통에 처박혀 있던 책이었다. 버스가 오기 전까지 몇 장만 읽어볼까 하던 것이 어느 틈에 절반을 넘기고 있었다. 젖꼭지가 딱딱하게 굳은 채로 버스를 기다렸다. 그날 읽었던 로맨스 소설의 끝이 어땠는지는 잘 기억이 나지 않지만 아기 정수리 냄새에 대한 묘사만 흉터처럼 머리에 남아 불쑥 인숙의 가슴을 찌르곤 했다.

도연은 더운 김을 뿜으며 샤워를 마치고 돌아왔다. 수민이 있어야 할 자리에 누워 있는 인숙을 향해 저주하는 듯한 눈빛을 쏘았다. 인숙은 도연을 들어 자리에 눕혔다. 도연은 저항하지 않았다.

인숙은 도연 옆에 누웠다. 손바닥에 머리를 괴고 등을 돌려 돌아누운 도연의 어깨를 토닥였다. 머리를 만져주면 잠이 잘 온다는 수민의 말이 생각났다. 검은 도랑이 흐르는 듯한 도연의 머리에 손을 갖다 댔다. 도연은 이불을 깊게 뒤집어썼다.

"밥 먹어야지."

세휘는 예고 없이 문을 열었다. 조이스틱을 붙잡은 수민은 모니터 속으로 빨려들 것 같았다. 화면 속 가죽잠바는 여전히 플로리다 해변에서 행인을 때려잡는 중이었다. 콘크리트 바닥이 치솟아 오른 거리 한복판에서 차단기가 내려왔다. 이어 경찰차가 도착했다. 붉고 푸른 경광등이 소용돌이쳤다.

"밥 먹어."

세휘가 다가섰다. 수민은 어깨를 움츠렸다. 자꾸만 반대쪽으로 고개를 돌렸다. 세휘를 미치게 만드는 건 이런 긴장감이었다. 버튼만 누르면 잭나이프처럼 튀어나올 불편함이었다. 세휘는 팔짱을 끼고 수민이 돌아보기를 기다렸다. 한동안 버티던 수민의 어깨는 얼마 지나지 않아 맥없이 처졌다. 푸르스름한 기운이 수민의 광대에 번졌다.

"너 얼굴 돌려봐."

수민은 울상이 됐다. 30만 원짜리 구스 이불에 실례했을 때의 모습이 딱 이랬다. 몇 년 전에 벌어진 일이었다. 남편은 여덟 살짜리 아이를 베란다에 한 시간 동안 세워놨다. 민소매 차림을 한 수민의 등을 떠밀며 네 엄마가 얼마나 힘든 줄 아느냐고 물었다. 이불 빨래가 보통 일이 아니라고. 수민은 집안일이야 도우미 아줌마가 하는 게 아니었냐고 되묻고 싶었겠지만 피부를 파랗게 얼린 추위 앞에 침묵했다.

세휘는 남편에게 동조하지 않았다. 공감하지 않아서가 아니었다. 수민을 변호하고 싶어서도 아니었다. 다만 너무 피곤하고 귀찮은 날이었다. 수민은 최종 선고를 기다리는 피고인처럼 늘어져 남편의 핀잔을 받아 냈다. 그날 수민의 얼굴이 꼭 지금 같았다. 야단맞을 걸 아는 얼굴이었고, 잘못한 걸 인정하는 표정이었다.

세휘는 수민의 어깨를 확 잡아챘다. 달의 뒤편을 본 것 같았다. 수민의 반대쪽 뺨은 분화구처럼 부어 있었다. 눈 아래에 달걀을 집어넣은 것처럼 시퍼런 멍이 들었다.

"누가 이랬어?"

"도연이 엄마가."

수민은 말끝을 흐렸다. 세휘의 시선은 책상 위 영어 문제집 끝에 떨어졌다. 앞쪽 삼 분의 일 가량에만 손때가 올랐고 뒤는 새것처럼 깨끗했다. 수민은 지금쯤이면 중학교 영어 과정을 밟고 있어야 했다. 깨끗한 교실에서 영양소를 고려한 식단과 함께 학원 수업으로 진도를 앞서 나가야 했다. 수민의 학교는 학원 몇 개를 돌리지 않으면 금방 뒤처지는 곳이었다. 안덕에 내려온 이후 수민은 꾸준히 레이스에서 밀려나고 있었다. 잠깐 쉬고 정비한 뒤 서울로 복귀해 양육권을 얻고 변호사 일을 이어나가겠다는 계획은 단단히 틀어져 있었다. 선로를 잘못 연결한 기차에 올라탄 것 같았다.

"왜. 그 여자가 왜 그랬는데."

세휘가 다그쳤다. 수민은 무릎을 가슴 쪽으로 끌어당겨 앉았다. 손을 떠난 조이스틱은 책상 아래 처박혔고 통제력을 잃은 모니터 속 가죽잠바는 경찰에 붙잡혀 아스팔트 위를 기었다. 'Mission Failed'. 수민의 얼굴에 아쉬움이 스쳤다.

"집에 오지 말라고 했어."

미친년. 눈이 헤까닥 도는 것 같았다. 내 아이가 얼굴이 퉁퉁 부을 정도로 맞았다. 그 사실을 모르고 있었다는 게 더 화가 났다.

"넌 그걸 그냥 맞고 있었어? 엄마한테 말도 안 하고?"

모든 상황이 꿈 같았다. 지난 시절의 안덕은 최소한 아이들을 보호해야 한다는 공감대가 있는 곳이었다. 진드기나 거머리에 고생하던 아이들은 있었어도 어른들이 아이에게 무력을 행사하는 일은 없었다. 벌에 쏘인 아이가 있으면 그날로 양봉장은 자리를 옮겨야 했다. 설사 그게 장난기 가득한 아이들이 모험심에 벌통을 걷어차다 벌어진 일이라고 해도. 세 살짜리 여자아이가 개에 물렸던 날, 백구는 그날로 솥에 들어가 수육 신세가 됐다. 제일 먼저 삽자루를 들고 나선 게 백구 주인이었다. 세월이 흐르긴 한 모양이었다. 열대야의 모기로부터 어린 세휘를 보호해주던 방충망은 말라붙은 핏자국 같은 녹이 슬었다. 지루한 침묵이 이어졌다.

세휘는 인숙의 집으로 가 문을 두드렸다. 텁텁한 바람이 국민주택 담장 사이로 몰아쳤고 망가진 전등 같은 태양은 맹티 고개 너머로 가라앉았다.

도연이 문을 열었다. 걸쇠를 건 채였다.

"문 열어."

세휘가 말했다. 도연은 전처럼 고분고분하지 않았다.

"열라고."

세휘가 씩씩거리며 말했다. 도연이 뒤를 쳐다봤다. 인숙이 서 있었다. 손바닥만큼 열린 틈새로 인숙의 손에 들린 책이 보였다. 쇼펜하우어, 자연에서의 의지에 관하여. '지랄하네.' 속에서 욕이 튀어나왔다.

"할 얘기 있으니까 문 열라고."

인숙은 턱을 치켜들더니 잡상인을 쫓아내는 듯한 투로 말했다.

"닫아."

도연이 손잡이를 잡아끌었다. 세휘는 문틈으로 발을 집어넣었다.

"열라고. 열어. 우리 아들 얼굴에 손을 대? 너 따위가?"

할 수만 있다면 멱살을 쥐고 흔들고 싶었다. 인숙은 딱 세휘의 손이 닿지 않을 곳에 서서 움직이지 않았다. 동요 없는 눈, 늑대 아가리 같이 이죽대는 입꼬리를 마주한 순간 세휘를 지탱하던 끈이 끊어졌다. 지면이 없는 곳으로 추락해 다시 올라오지 못할 곳으로 낙하하고 있었다. 경찰은 안 된다는, 인숙은 파지 않아도 된다는 당숙의 경고는 삽시간에 증발했다. 실종 사건도 새하얗게 지워졌다. 거대한 상실을 메운 건 사랑과 분노였다.

세휘는 덜덜 떨리는 손으로 경찰을 불렀다. 나른한 목소리의 파출소 당직 순경이 전화를 받았다.

"폭행 사건이요."

세휘는 목격하지도 않은 상황을 현장에 있었던 것처럼 묘사했다. 아들의 얼굴이 망치 같은 주먹에 얻어맞아 얼마나 망가졌는지, 그 모습을 보는 엄마의 마음이 어떻게 무너졌는지도.

곧 출동하겠다는 답변을 받고 세휘는 계단에 앉았다. 짭짤한 바람이 연신 뒷골을 때려댔다. 소금기로 머리가 뻣뻣해질 때쯤 경찰이 도착했다. 차에서 내린 건 앳돼 보이는 순경 둘이었다.

"신고하셨어요?"

귀찮은 표정이 역력했다. 세휘가 문 안쪽을 가리켰다.

"경찰입니다."

순경은 초인종에 대고 말했다. 스피커에서는 송출이 끊긴 라디오 채널 같은 잡음이 났다. 경찰이 재차 말했다.

"폭행 사건 신고받고 왔어요. 문 좀 열어요."

잡음이 끊어졌다. 곧 모습을 드러낸 건 노숙자 같은 모습의 인숙이었다. 자다 깬 모양인지 머리는 산발이었다.

"저 사람 맞아요?"

순경이 물었다.

"네."

세휘가 대답했다.

"정인숙 씨? 뭐 좀 물어볼 게 있는데요."

비로소 문이 활짝 열렸다. 인숙이 혀로 입술을 핥았다. 코를 훌쩍 들이마셨다. 경찰 둘이 있었지만 조금도 주눅 들지 않았다. 오히려 어린애 다루듯 내려다봤다. 충분히 그럴 수 있는 덩치였다. 인숙의 트레이닝 바지는 무릎이 늘어났고 회색 맨투맨 티셔츠는 인숙이 그 속으로 기어들어 갔다고 하는 게 좋을 정도로 꽉 끼었다.

인숙은 이런 때가 올 줄 알았다는 것처럼 양손을 내밀었다. 순경 하나가 피식 웃었다.

"그런 거 아니고요. 선생님. 신고가 들어왔어요. 애 때리셨다는데요."

"맞아요."

인숙은 경찰 제복을 앞에 두고도 동요하는 기색이 없었다. 당황한 건 순경 쪽이었다.

"진짜 때린 거 맞아요?"

"네."

순경의 표정이 돌변했다. 인숙에게 밖으로 나오라고 손짓했다.

"같이 좀 갑시다."

인숙은 순찰차를 향해 성큼성큼 걸었다. 세휘는 그 무책임한 뒷모습을 잠자코 쳐다봤다. 처음엔 어리둥절하다가 곧 속이 부글부글 끓었다. 피가 쏙 빠져나갔다가 파도처럼 몰려들기를 반복했다. 수민의 퉁퉁 부은 멍 자국이 떠올랐다. 조서를 쓰고 며칠 구류됐다가 나오겠지. 벌금이나 내고 나면 끝나겠지. 세휘는 처음으로 법이 자신의 편이 아닌 것 같다고 느꼈다.

주위를 두리번거렸다. 화분 하나가 눈에 들어왔다. 말라 죽은 꽃이 고개를 처박은 화분이었다. 세휘는 화분을 손에 쥐고 달려가 인숙의 뒤통수에 내리꽂았다. 토기 화분이 먼지처럼 으스러졌다. 기습 공격에 인숙이 휘청했다. 머리카락이 허공에 나부끼며 생선 비린내가 허공으로 퍼졌다. 순경 둘이 세휘를 제지했다. 세휘는 놓으라고 소리쳤다. 순경 둘이 세휘를 뜯어말리는 사이 인숙은 다시 일어섰다. 양손을 가지런히 앞으로 모은 채 악다구니를 쓰는 세휘를 지켜봤다. 엉겨 붙은 머리에 흙이 내려앉아 거름으로 모자를 만들어 쓴 것 같았다.

"그냥 가시죠."

엉겨 붙은 세 사람을 향해 인숙이 말했다. 착 가라앉은 목소리에 체념이 담겨 있었다. 도구를 써서 후두부를 가격했으니 현행범으로 잡혀가야 하는 쪽은 세휘였지만, 경찰은 거대한 인숙의 몸을 순찰차 안으로 밀어 넣느라 여념이 없었다. 순경

하나가 남아 세휘에게 물었다.

"합의 보실 거예요?"

순경은 제발 그랬으면 좋겠다는 표정이었고, 세휘는 단호하게 고개를 저었다.

"애 진단서 떼실 거죠."

"그럼요."

"오늘은 유치장에 있을 거고요. 진단 결과 보면 답 나오겠네요. 댁에 가 계시면 연락 드릴게요."

순경은 세휘의 인적사항을 적은 뒤 순찰차에 올랐다. 사이렌이 출발을 알리는 기차처럼 경적을 울렸다. 한차례 소란이 끝나고 나니 소름 끼치도록 적막했다.

발소리가 들렸다. 돌아보니 도연이 서 있었다. 애가 있다는 사실을 까맣게 잊고 어미를 경찰차에 실어 보낸 거였다. 경찰에 실려 떠나는 제 어미의 모습도 봤을까. 화분에 뒤통수를 얻어맞던 모습은. 세휘는 울컥히는 감정을 추스르고 인숙의 집을 떠났다. 가로등이 어둑어둑한 골목을 지나기 전 뒤를 돌아보니 도연은 여전히 그 자리에 있었다. 세휘는 내키지 않는 걸음을 돌려 도연에게 돌아갔다.

"엄마 오늘 안 오실 거야. 알아?"

"네. 경찰서에 갔으니까요. 수민이를 때린 거죠?"

도연은 도덕 시험지에 답을 써넣듯 또박또박 말했다.

"오늘 혼자 잘 수 있겠니."

"네. 괜찮아요. 신경 써주셔서 고맙습니다."

도연이 꾸벅 인사를 했다. 얇은 원피스 한 벌 사이로 나뭇가지 같은 팔다리가 뻗어 나와 있었다. 이 아이에게도 단란한 가정이라는 게 존재했을까. 아니, 평생에 한 번이라도 그런 게 존재할까. 수민만 아니었다면 세휘도 이 아이를 동정했을지 모를 일이었다.

"너도 참 안됐다."

세휘가 들릴락 말락 한 혼잣말을 했다. 도연은 고개를 갸웃거렸다.

"엄마 곧 나오실 거야. 그때까지 아줌마랑 있을래?"

도연은 냉큼 집으로 들어갔다. 친엄마는 아니라고 해도, 제 엄마 머리를 화분으로 후드려 팬 여자한테 신세를 지긴 싫겠지. 그렇게 생각하며 걸음을 옮기려는데 뒤에서 대문 닫히는 소리가 났다. 도연이 그새 이불과 옷가지를 챙겨 나왔다. 소풍 가는 것처럼 신난 모습이었다.

집으로 돌아가니 수민은 게임을 이어 하는 중이었다. 가죽 잠바는 경찰을 놀리듯 도망치고 있었다. 부드러운 엔진 소리와 함께 플로리다의 야자수가 휙휙 뒤로 사라졌다. 문지방 너머로 힐끔 밖을 내다보던 수민은, 세휘와 함께 나타난 도연을 보자 눈이 토끼처럼 휘둥그레 벌어졌다.

"너는 내일 병원 가자."

세휘가 말했다. 수민은 이미 곤죽이 되도록 얻어맞았다는 사실을 잊은 것 같았다. 게임을 멈추고 거실로 나왔다.

"도연이는…… 오늘만이야. 우리 집에서 재울 거야."

수민의 얼굴이 환해졌다. 안덕에 내려온 이후로 처음 보는 표정이었다. 기쁨이 흘러넘치다 못 해 소름이 돋는 것 같았다. 도연에게서 눈을 뗄 줄 몰랐다. 얼굴이 붉게 상기됐다. 인숙에게 얻어맞은 자리마다 얼룩덜룩 열꽃이 피었다.

반면 도연은 몇 번 와 봤을 텐데도 처음 오는 것처럼 어색해했다. 고개를 푹 숙인 채 눈을 빼 들어 주위를 살폈다. 어쩌다 수민과 눈이 마주칠 때만 알 듯 말 듯 한 미소를 지었다.

집안이 분주한 걸 느낀 엄마가 거실로 나왔다. 아픈 허리를 제대로 펴지 못했다. 최근 들어 오락가락하는 일이 더 잦았다. 차도는 고사하고 악화되지만 않았으면 했는데, 병이 진행되는 속도가 생각보다 빨랐다.

"수민이 할머니야. 인사하고."

도연히 엄마를 향해 허리를 숙였다. 엄마는 눈앞에 나타난 인형 같은 아이가 마음에 드는 모양이었다. 등을 토닥이더니 곧 턱이 빠지라고 하품을 했다. 열 시가 넘었다.

"엄마, 잘 시간이야. 어서 가서 자요."

엄마는 방으로 들어가는 대신 텔레비전을 켰다. 머리에 고무장갑을 뒤집어쓰고 바지와 티셔츠를 바꿔 입은 코미디언이 광인처럼 무대를 뛰어다녔다. 웃기지도 않는 분장이었다. 엄마는 웃었다.

세휘가 목소리를 높이려는데 도연이 엄마 옆으로 가 앉았다. 수민도 냉큼 그 옆에 자리를 잡았다. 엄마가 양팔을 벌려 두 아이를 안았다. 도연은 생전 맡아보지 못한 구수한 냄새가 신기

한 듯 코를 벌름거렸다.

세휘는 주방에 앉아 세 사람이 만들어낸 기묘한 풍경을 감상했다. 치매에 걸린 엄마와 사랑에 빠진 아들과 범죄자의 딸인 게 확실한 아이. 세휘가 꿈꾸던 그림은 아니었지만 묘하게 조화를 이루는 풍경이었다. 아마도 세 사람 모두 행복해 보이기 때문일 거라고, 세휘는 생각했다.

딸을 갖고 싶었던 적이 있었다. 수민이 태어난 지 얼마 되지 않았을 때였다. 포대기에 싸여 울음을 뽑아내고 있던, 겨우 팔뚝만 한 아기의 얼굴에서 남편의 모습을 발견했다. 윤곽이라고 할 만한 게 없는 밋밋한 얼굴이었지만 분명 그랬다. 동그란 이마에서 이어 내려오는 낮은 코는 재채기를 하기 전 남편의 모습을 똑 닮았다. 두툼한 손발도 그랬다. 반면 세휘의 모습은 흐릿하게 가려져 닮은 구석을 일일이 설명해줘야 그럴 수도 있겠군, 하고 납득을 할 것 같았다. 유모차를 끌고 나가면 눈치 없는 노인들이 애가 남편을 쏙 닮았다고 말했다. 그때마다 남편의 얼굴에 괜한 뿌듯함이 스쳤다.

수민이 커 가면서 딸을 가지고 싶다는 생각은 줄어들었지만 여전히 가슴 한쪽에선 자신의 염색체를 물려줄 수 있는 존재를 원했다.

남편과 조금 더 노력을 했다면 딸을 가질 수도 있지 않았을까. 어쩌면 그 아이가 꼭 도연을 닮은 모습은 아니었을까. 도연이 딸이 된다면 어떨까. 그런데 둘이 큰 뒤에도 여전히 사랑하는 사이면 어쩌지. 안 돼. 너희 둘은 남매야.

속으로 막장드라마를 거하게 한 편 찍고 나서야 상상이 끝났다. 돈을 받고 자리를 채운 관객이 억지 리액션을 해대던 코미디 프로도 함께 끝이 났다. 엄마는 종이를 빨듯 코를 골았다. 도연과 수민은 엄마가 깨지 않게 조심해서 자리에 일어났다.

"엄마, 도연이 제 방에 재워도 돼요?"

"안 돼."

수민은 잠시 실망했지만 내일 아침에도 도연을 볼 수 있다는 것만큼은 못 견디게 기쁜 모양이었다. 잘 자. 내일 봐. 두 아이는 몇 번이고 다짐하듯 인사했다.

세휘는 침대 안쪽에 도연을 눕혔다. 도연은 두더지처럼 이불 속을 파고들어 반대편에서 고개를 내밀었다.

"할머니가 아프시다고 들었어요."

이 대책 없는 아이는 자기 엄마가 폭행죄로 구류 중인데도, 더군다나 그 피해자의 집에 와 있는데도 치매 노인을 걱정했다. 앞뒤 분간이 안 되는 걸까 멍청할 정두로 순진한 걸까. 머리가 지끈거렸다. 오늘은 술을 못 마시겠구나, 하는 생각에 목이 탔다. 먹다 남은 로열살루트를 떠올리며 세휘가 물었다.

"너네는 그런 얘기까지 하니."

도연은 무릎을 모아 팔로 감싸 쥐었다. 사각거리는 이불 촉감이 마음에 드는지 발가락을 꼼지락거렸다.

"우리는 얘기를 많이 해요. 학교 얘기도 하고, 게임 얘기도 하고요. 수민이는 인기가 많아요. 서울에서 왔다고 애들이 관심이 많대요."

그런 말은 듣지 못했다. 수민이 잘 지내고 있어 다행이라 여겼다.

"집 얘기도 해?"

"그럼요. 수민이가 아줌마 얘기도 많이 해요. 똑똑하고 예쁘시다고요. 요즘 힘들어하시지만 금방 기운을 차리실 거라고요. 수민이는 아줌마를 진짜 좋아하는 것 같아요. 그런데 남자아이라서 그런 내색을 잘 못 하나 봐요."

이렇게 말을 많이 하는 도연은 처음이었다. 궁금증이 밀려들었다.

"너 복지사 하고 싶다고 그랬지."

"네. 그래서 복지원에서 봉사활동도 하고 있어요. 나중에 자격증 따면 요양원에도 나갈 거예요."

"할머니가 치매야. 너 치매 노인도 본 적 있어?"

"복지원에 두 분 계세요. 중증은 아니고 초기요."

"너 몇 살이지?"

"열다섯이요."

"너 우리 집에서 알바 할래?"

세휘는 자신도 모르게 튀어나온 말에 놀랐다. 뱉고 보니 영안 될 말은 아니었다. 엄마가 언제 또 집을 나가버릴지 걱정이었다. 안덕에서 마땅한 요양사를 찾기도 힘들 거였다. 방학 동안에는 도연에게 엄마를 맡겨도 좋을 것 같았다. 인숙을 유치장에 보내버렸다는 죄책감도 경감시킬 기회였다.

도연의 대답은 들을 필요도 없었다. 이미 복지사가 되기라도 한 것처럼, 도연은 기대에 부풀어 있었다.

"그러자. 너 방학 동안에 우리 집에 와. 와서 할머니 좀 봐 드려. 밤에는 내가 있을 거니까 낮에만."

"그럴게요. 저 잘할 수 있어요."

피고용인에서 고용인의 입장으로 돌아서자 세휘도 비로소 자신의 지위를 되찾은 것 같았다. 그것만으로도 위안이 됐다. 다만 여전히 인숙이 걱정이었다.

"도연이 엄마는? 엄마는 어떤 사람이야?"

종달새처럼 재잘거리던 도연이 입을 꾹 다물었다. 그저 엄마에 대해 물었을 뿐인데 하얗던 얼굴이 보랏빛으로 변했다.

"여긴 괜찮아. 여긴 안전해."

세휘는 도연을 안았다. 한 아름으로 넉넉히 안을 수 있는 몸집이었다. 도연이 세휘의 품을 파고들었다. 창밖으로 무수히 많은 잎이 서로 몸을 비비며 음산한 신음을 토했다. 두통이 관자놀이를 뚫었다. 세휘는 한동안 잠들지 못했다.

유치장 불이 꺼졌다. 붉은 전구 하나만 수시로 깜빡였다. 인숙은 거기서 검은 짐승의 눈을 봤다. 지옥에서 날리는 윙크였다. 생이 끝나고 나면, 갈 곳은 불구덩이로 뒤덮인 지옥밖에 없다고 말하는 것 같았다. 옳은 일을 한 결과라면 아무래도 괜찮았다. 인숙은 뽀송한 섬유 유연제 냄새가 나는 모포로 다리를 덮었다. 시큰거리는 무릎을 주물렀다. 관절에서 눈을 밟는 것처럼 뽀드득 소리가 났다.

밖에서 벌어지고 있을 일을 상상했다. 눈을 감고 있었지만 안덕 시내 모습을 훤히 그릴 수 있었다. 검은 사막 같은 국민주택과 그곳을 가로지르면 마주하는 맹티고개를, 그리고 맹티고개를 따라 흐르는 실개천과 고개 너머에 위치한 시장의 풍경을. 시장 골목을 따라가면 마주하는 마트, 골프 연습장, 그리고 그 반대편 따스란 상가 지대의 횟집까지. 한때 번영했던 왕국은 이제 불에 그을리거나 폭삭 내려앉아 재기가 불가능한 상태였다. 인숙은 그 사이를 천천히 걸었다. 고막을 찢을 듯 날카로운 비명이 서서히 잦아들었다. 생명이 꺼지는 소리였다. 콘크리트가 무너지고, 땅이 갈라졌다. 바싹 마른 나무와 풀에 불이 옮겨붙었다. 납빛으로 변한 공장 지대에는 개미 새끼 한 마리 얼씬하지 않았고 바다는 태풍으로 소용돌이쳤다. 검은 해초 같은 파도가 달을 가릴 기세로 솟구쳤다가 땅으로 곤두박질쳤다. 파도에 실려 나온 손가락들은 실지렁이처럼 바닥을 기며 숨을 곳을 찾았다. 낙뢰가 떨어질 때마다 온 세상이 기겁을 하며 떨었다. 인숙은 그곳의 여왕이었다. 몰락한 왕국의 지배자였다.

인숙은 감았던 눈을 떴다. 폐허가 된 안덕은 사라지고 낮은 천장에서 붉은 전구가 깜빡였다. 안덕의 정수리 위에 먹구름이 깔렸다. 켜켜이 쌓인 구름층이 너무 두꺼워 태양도 안덕을 비추지 못했다. 대낮이 한밤중 같이 느껴지는 시간이 이어질 것이고 안덕에 다시 해가 비치려면 몇 주는 기다려야 할 거였다.

일은 계속 진행될 것이다. 그래야 한다. 그렇게 설계되었다.

변호사의 얼굴이 볼만할 것이다. 장정호 회장도. 그 얼굴을 직접 볼 수 없다는 게 아쉬웠다. 인숙은 맨바닥에 등을 깔고 누웠다. 철창 너머 태풍이 다가오는 걸 느낄 수 있었다.

FILE 4.

인력 사무소,

아무도 인생이 이런 거라

말해주지 않았네

이건 분명히 암이야.

철진은 생각했다. 윗배에서 아랫배로, 핀볼 게임을 하듯 묵직한 이물감이 자리를 옮겼다. 혈변을 보는 일도 없었고 피곤을 느끼는 것도 아니었지만 암에 걸렸다는 생각을 떨치지 못했다. 병원은 찾지 않았다. 죽을 때가 되면 어차피 남은 평생을 병실에서 지낼 테니까. 철제 침대만큼은 피하고 싶었다. 푹신한 매트리스와 나무 프레임을 사랑했다. 원하는 만큼 등을 지질 수 있는 전기장판과 병원밥을 바꾸기는 싫었다. 암덩어리도 내가 키운 거니까 내가 안고 사는 거지 뭐. 철진은 근육 하나 없는 배를 쿡쿡 누르면서, 근본 없는 논리를 펼치고는 했다.

노모가 곁에 남은 유일한 혈육이었다. 형은 월남전에서 죽었고, 여동생은 출가외인이라며 부양을 거절했다. 애가 대학에 들어갔다며 연락이 온 게 마지막이었다. 등록금이라도 보태주

길 기대했던 것 같지만 철진에게는 그럴 온정이 남아 있지 않았다. 오빠는 사람이 뭐 그렇게 모질어. 동생의 마지막 말이 귓전을 때렸다. 이제는 가물가물한 목소리였다.

"내가 죽어야 너희들이 한 번 모이지 싶다."

어머니는 지독한 농담을 잘도 했다. 가끔은 농담이 아닌 것 같이 느껴질 때도 있었다. 뭐가 됐건, 어머니 장례식은 아직 먼 일이었다. 아흔이 가까운 노인네가 지나치게 정정했다. 어머니는 매일 산책을 나갔다. 태풍이 불어도, 비가 와도 하루를 쉬지 않았다.

"집에 좀 계세요."

"안 움직이면 그게 죽은 거야. 한식에 죽으나 청명에 죽으나 어차피 죽는 건 매한가지니 신경 쓰덜 말어. 애미 돌아다닐 때가 좋은 건 줄 알아."

돌아가실 때도 됐죠. 철진은 속으로 말을 삼켰다. 노모는 태풍 한가운데로 우산을 펼치고 나섰다. 잔소리를 해도 듣지 않을 걸 알고 있었다. 고집 센 1930년산 육신은 잠시 바람에 휘청였지만 기어이 그 속을 뚫고 전진했다. 두 혈육 모두 고단한 인생이었다.

철진은 새벽 다섯 시면 인력 사무소를 열었다. 주변을 배회하던 이들은 시간을 맞춰 사무소 앞으로 몰려들었다. 안덕에서 일당을 좀 벌어야겠다 싶은 사람이면 모두 철진을 거쳐야 했다. 사무소에는 언제나 사람이 북적였다. 다른 지방으로 가기엔 정착금이 모자라고, 안덕에 머무르자니 일거리가 없는 어중간한 사람들의 이합집산이었다.

몰락해가는 안덕이었지만 공장에는 늘 일손이 부족했다. 제품 만드는 일이야 교육이 필요하니 일용직을 쓸 수 없었지만 엔지니어만 필요한 건 아니니까. 청소도 해야 하고, 짐도 날아야 하고, 부자재 수거나 사무 보조를 맡을 사람도 필요했다. 일거리가 항상 있는 건 아닌지라 정규직으로 뽑긴 뭐하고, 일회용으로 쓰면 딱 좋을 자리에 철진은 사람을 꽂아 넣었다.

철진은 적재적소에 사람을 배치할 줄 알았다. 에러가 나는 법이 없었고 어쩌다 문제가 생기면 그 문제를 바로잡을 줄 알았다. 사람은 고쳐 쓰지 못 하는 법이라고들 했지만 철진은 그 말을 믿지 않았다. 가죽 혁대와 물 먹인 야구 배트면 사람은 쉽게 교정할 수 있었다. 소문은 은밀하게 퍼졌고, 당장 돈이 궁한 노동자들은 철진 앞에서 순한 양처럼 굴었다.

돈 버는 게 재미있어 결혼도 못 했다. 문제는 철진이 밥 먹는 것보다 오입질하는 걸 너 좋이한다는 거였는데, 다행히 이쪽 바닥에는 여자가 많았다. 안덕 걸레 치고 철진을 거쳐 가지 않은 엉덩이가 없었다.

이제는 다 지난 이야기였다. 영광의 시대는 저물고 안덕과 함께 몰락해 가는 입장이었다. 거기에 친구들의 실종까지 이어졌다. 감정 표현이 서툰 철진이었지만 친구들이 돌아오면 시원하게 대가리를 한 대 갈겨줄 생각이었다. 물론 이 일을 저지른 놈은 쥐도 새도 모르게 물고기 밥으로 만들어줘야 했다.

스트레스로 하루하루가 정상이 아니었다. 오줌발마저 시원찮았다. 화장실을 다녀오면 꼭 손에 오줌이 묻었다. 쿰쿰한 냄새가 사방에 진동했다. 철진은 밤 열 시가 되도록 돌아오지 않는 인력을 기다리는 중이었다. 펄프 공장에 보낸 세 명이었다.

공장 사장은 작달막한 키의 곰씨라는 인간으로 주변 펄프 공장이 죄다 문을 닫을 때까지 버텨낸 인물이었다. 얼굴이 얽어 곰보라고 불리다가 그래도 공장 사장님인데 체면이 있지 않냐는 항변에 곰씨가 됐다. 참을성 하나는 혀를 내두를 정도여서, 공장 식구들을 모조리 해고하면서 몇 번의 불경기를 버텼다. 배가 고파 헛것이 보일 때도 있었다고 했는데, 어쩌다 정신을 차려보니 혼자 살아남아 있더라고 했다. 살아남은 것까지는 좋았는데 문제는 그때부터 일거리가 몰려들었다는 거였다. 언제까지 경기가 좋지는 않을 걸 알았기 때문에 직원을 충원하지는 못하고, 철진에게 부탁해 잡부를 쓰는 거로 급한 불을 껐다. 가지고 있는 인력은 모조리 이쪽으로 보내라는 곰씨의 부탁을 거절하고 세 명만 파견했다. 다섯 시까지는 돌려보내라는 철진의 말에 알겠다고 하고서는 열 시가 넘도록 연락이 없는 거였다. 여차하면 찾아갈 참이었다. 결국은 어두컴컴한 공장지대로 나설 엄두를 내지 못하고 의자로 돌아왔다. 철진이 안절부절못하는 건 실종 사건의 다음 차례가 자신일지도 모른다는 불안감 때문이었다.

장정호 형님은 미덥지 못했다. 자기만 믿으라고 큰소리를 치더니 벌써 세 명째 실종을 당했다. 조카라는 변호사는 뭐 하나 제대로 하는 게 없어 보였다. 그 멸치 같은 여자는 얼마 못 가

나자빠질 게 뻔했다. 철진이 손을 쓸 차례였다. 돈세탁을 해준 조직을 찾아가 자초지종을 설명했다.

"그렇게 불안하면 경찰에 연락해요."

용두는 손등 위까지 도배한 문신을 문지르며 말했다. 대낮에도 밤처럼 어두운 용두의 사무실이었다. 덕소종합상사라는 글귀가 창문마다 한 장씩 붙어 있었다. 너구리굴처럼 담배 연기가 자욱해 철진은 연신 기침을 토했다.

용두는 싸구려 정장에 주먹만 한 금반지를 두른 돼지였다. 푸르스름하게 깎은 머리가 조명을 받아 빛났다. 조직에서 실무를 맡은 놈이었다. 철진의 설명을 듣고 별거 아닌 일로 귀찮게 한다는 듯 한숨을 쉬었다.

"경찰에 뭐라고 말해. 다음이 내 차례라고?"

"그러시면 되겠네. 민중의 지팡이가 모른 척할까요."

"사정이 있어. 경찰은 안 돼."

"저도 납득 좀 합시다. 무슨 사정이 있는데요."

"사정이라는 게 원래 말 못 할 것들이지 않나."

"그럼 저도 못 도와드리고요."

용두가 언성을 높였다. 멀찍이 떨어져 짜장면을 먹고 있던 용두의 부하 둘은 철진을 힐끔힐끔 쳐다보기 시작했다. 호흡이 뒤엉켰다.

"내가 경찰을 부르면. 그래서 경찰이 이것저것 캐기 시작하면. 용두 자네도 그렇고 나도 그렇고 피차 불편하지 않겠나."

용두의 눈썹이 꿈틀거렸다. 철진의 말을 곱씹는가 싶더니 자리에서 벌떡 일어섰다.

"영감님 지금 한 말 무슨 뜻입니까. 저희 협박하십니까."

용두가 주억거리며 다가왔다. 철진의 얼굴 위로 큼지막한 그늘이 졌다.

"상황을 설명했잖나. 피차 불편한 거라고. 나도 이 조직만큼 켕기는 게 많은 사람이네. 우리 한배를 탔다고."

"그러니까 왜 배를 뒤집으려고 하시냐고요. 죽으려면 혼자 죽지 왜 성한 사람 물귀신 못 만들어 안달이냐 이 말입니다. 영감님이 상어 밥이 되건 생선 밥이 되건 상관없어요. 나 신경 쓸 게 많은 사람이요. 우리 애들 빼려면 명분이 있어야죠. 그냥 불안하다, 이게 다 아닙니까."

"범인이 누군지 몰라도 분명 우리를 노리고 있다니까."

용두가 탁자를 내리쳤다. 뜨끈한 콧김이 정수리에 닿았다. 부하 하나가 자리에서 일어나 다가왔다.

"형님, 영감님 밖으로 모실까요."

부하가 물었다. 용두는 양손을 허리춤에 얹고 이 상황을 어떻게 해결해야 하나 고심 중이었다. 용두가 마음을 돌린 건 시종일관 주눅 들어있던 철진이 버럭 소리를 지른 뒤였다.

"그래. 죽자. 나 밖으로 내보내고 다 같이 죽자고. 살인마가 이 노인네를 노리고 있다는데 그것 하나 못 도와주나? 이게 동업자 정신이야? 내가 조직 자금 세탁하느라 얼마나 용을 썼는데. 경찰 귀에 이 소리가 들어가면 나 하나만 죽겠어? 그래도 나 그런 사람 아니야. 이 이철진, 의리가 있는 사람이라고. 절대 안 불어. 아무렴. 동지들 등에 칼을 꽂고는 못 살지. 용두 자네는 그래도 건달이라고 의리 깨나 있는 줄 알았더니 내가 사람을 영 잘못 봤구먼."

철진은 의자를 내팽개쳤다. 될 대로 되라는 심정이었다. 마음 같아서는 조직이고 뭐고 도끼로 절단을 내놓고 싶었다. 분위기가 싸늘했다. 두 사람을 지켜보고 있던 부하의 눈이 얼음처럼 차가웠다. 반면 철진의 어깨는 분노와 절망으로 부글거렸다.

"영감님."

용두가 한풀 꺾인 말투로 말했다. 철진은 끓는 화를 감추지 않았다.

"됐네. 나 알아서 하겠네. 자네들 입장이 어떤지 잘 알았으니까 이제 나 없이 사업 꾸려가면 되겠지."

"섭섭하셨습니까."

"섭섭하네. 익울히고."

"하 참."

용두의 목소리는 전에 없이 따뜻했다. 두툼한 굳은살이 박인 손이 동정하듯 어깨를 두드렸다.

"그렇게까지 나오시니 제가 어쩔 수가 없네요. 애들 몇 명 보내겠습니다. 세 명 정도면 되지 않겠습니까."

용두가 철진의 어깨를 가볍게 두드렸다. 복잡한 생각들이 머리를 휘저었다. 이놈이 왜 갑자기 태세전환을 했는지는 알 수 없었다. 어쨌건 철진에게는 손해 볼 게 없는 일이었다.

"용두 자네가 그렇게까지 해준다면 나야 고맙지. 말이 나와서 말인데 우리가 보통 사인가. 한두 해 같이 한 사이냐고. 자네들 위해서 위험도 무릅쓰고 이 일을 하는 거 알잖나."

"맞습니다. 영감님 덕분에 저희가 깨끗한 돈 쓰고 있는 거지요. 압니다. 댁에 가 계시면 며칠 내로 애들 준비해서 보내드리겠습니다."

용두는 얼마 후 나무젓가락 같은 양아치 둘을 사무실로 보냈다.

철진이 곰씨를 어떻게 손봐줄까 전전긍긍하는 동안에도 젓가락 둘이 사무실 안팎을 지켰다. 사무실에 있는 놈은 그중에서도 마른 놈이었는데 이름은 듣지 못했다. 철진은 버섯이라는 이름을 지어 주었다. 대가리를 깎아 놓은 게 꼭 팽이버섯처럼 생겼다. 자지 같다는 소리였다.

자지 머리를 한 버섯은 지루해 보였다. 턱이 빠지라고 하품을 하고, 눈물도 훔치고, 스트레칭도 하고, 원투도 날려보고, 주머니칼도 가지고 놀았다. 그러다 철진의 명함에 시선이 멎었다. 버섯은 잠시 생각하다 주머니칼로 철진의 명함을 난도질했다. 사무소 이름도 철진의 이름도 죄 조각이 났다. 그걸 재떨이에 담아 불을 붙이고는 히죽 웃었다. 그 짓거리를 구경하고 있으려니 울화통이 터졌다.

"너는 하루 종일 그러고 있을 거냐."

버섯이 철진을 쏘아봤다. 엉덩이 한쪽만 책상에 걸치고, 몇 달 치를 차압한 것 같은 인상을 한 방에 몰아 썼다.

"그럼 뭐 하라고요."

"인마 심심하면 망이라도 좀 보든지."

"안 심심한데요. 칼 가지고 노는 게 재밌어서요."

버섯은 주머니칼로 손가락 끝을 살짝 그었다. 금세 피가 지문을 타고 흘렀다.

"칼 잘 들죠. 제가 찾아봤는데요, 사람 피가 얼마나 빨리 흐르는지 궁금하더라고요. 초속 20센티미터랍디다. 큰 혈관에서 그렇게 흐른다는 건데, 엄청 빠르지 않아요? 이걸로 동맥 하나만 샥 끊어도 버틸 장사가 없겠더라고요. 구멍 뚫린 가죽 같은 거지요. 이 칼 하나 있으면 무서울 게 없다 이겁니다."

버섯이 보란 듯 칼날에 형광등 불빛을 반사시켰다. 눈알이 얼얼했지만 철진은 지지 않고 눈을 부릅떴다. 버섯은 주머니에 손을 쑤셔 넣고 턱으로 밖을 가리켰다.

"아이고 우리 이철진 사장님 눈에 힘 빡 주셨네. 그 눈으로 끽겁 좀 보기 그래요. 여기 개미 새끼 한 마리 얼씬 안 하잖습니까. 밖은 내 친구들이 보고 있고요."

철진은 자신을 향해 내민 턱 끝을 후드려 패고 싶은 마음을 참고 밖을 봤다. 버섯의 말이 틀린 건 아니었다. 사무소 밖은 태풍이 불고 있다는 사실을 빼면 조용했다. 밤 열 시가 넘은 시장은 방수포를 뒤집어쓴 가게들이 휴식을 취하고 있을 뿐, 인적은 드물었다. 가끔 태풍에 자재가 날아갈까 겁을 먹은 상인이 근처를 기웃거렸다. 바람은 잦아들 기미가 보이지 않았다.

"그런데 영감님. 영감님은 조직 돈세탁하는 거 좋습니까."

"좋지. 나야 뒤 봐주는 사람도 생기고, 돈세탁이야 어차피 현금장사 하는 입장이니까 어려운 일도 아니고."

"그러다 덤터기 쓰면 어쩌시려고요."

"용두가 그러기야 하겠냐. 나 혼자 보낼 수도 없을걸."

"아 영감님 순진하시네. 이 바닥이 그리 호락호락합니까."

"호락호락 안 할 건 또 뭐냐. 넌 세상을 너무 암울하게 본다."

"저도 들은 게 있으니까 그러지요."

뒷덜미가 싸늘했다. 버섯 녀석이 괜히 농을 거는 것 같지는 않아 보였다.

"왜. 용두가 뭐라 하던데."

"용두 형님이 왜 저희들 여기 보냈는지 아십니까."

"나 지키라고 보낸 거지."

"그건 명분이고요. 영감님 허튼짓하는지 살피라고 하대요. 사람 고쳐서 못 쓴다고. 그날 살벌하셨다면서요. 그 정도로 세게 나오는 거면 무슨 짓을 저질러도 이상하지가 않다면서, 저희보고 좀 보고 있으라 하셨거든요."

그날, 돌연 다정하던 용두의 모습이 떠올랐다. 어깨를 두드리며 기운 내라고 말하던 게 사실은 까불지 말라는 협박이었다. 살아보겠답시고 감옥에 들어간 꼴이었다. 그래도 죽는 것보다는 나을 거였다. 그걸 위안으로 삼았다. 이 비실비실한 것들이라도 있어야 목숨을 부지할 수 있는 거였다.

"와보니까 어떠냐. 뭐 구린 구석이 있어 보이냐."

"별거 없네요. 용두 형님은 뭐가 걱정인지 몰라요."

"원래 그 자리에 있으면 걱정이 많다."

"에이. 용두 형님 안 그래요. 세상 속 편한 양반인데요. 일이야 밑에 애들이 다 하니까 양복 입고 점잔 빼고 있으면 알아서 일이 척척 되는걸요."

"그게 안 그렇다니까. 옆에서 보면 몰라."

"그래도 뭐 그 자리 한번 가 보고 싶네요."

"살아 있으면 가겠지. 오래 살아라. 몸조심하고."

"영감님이나 신경 써요. 오늘내일하시는구만."

이놈들은 예의를 얼마에 팔아먹었는지 생각 없이 말을 뱉었다. 무표정하게 바라보는 철진의 시선에 머쓱했는지 버섯은 재떨이에 침을 뱉고는 뒤통수를 슥슥 긁었다.

"저놈도 그 때문에 와있냐?"

"네. 밖에서 누구 만나시나 싶어서요."

"그런데 왜 저렇게 대충 일하냐. 코빼기도 안 보인다."

"비 피하고 있겠죠, 뭐."

철진은 창밖으로 고개를 내밀었다. 바닥에는 담배꽁초가 가득했다. 입구를 지키고 있어야 할 놈이 보이지 않았다. 지겨워서 당구라도 치러 간 건가 했지만 당구장은 걸어서 10분 거리였다. 아무리 생양아치라도 조직에서 보낸 거니 함부로 행동하지는 못할 거였다. 철진은 문을 열고 창밖으로 고개를 내밀었다. 비바람이 몰아치자 서류가 날렸다. 버섯이 외쳤다.

"영감님 태풍 온다는데 문은 왜 열고 그래요. 비 들어와요."

철진은 밖으로 몸을 더 뺐다. 비가 오니 밖에 있는 놈이 건물

안으로 들어왔나 했지만, 입구에는 센서가 있어 불이 켜지게 마련이었다. 뒷머리가 젖을 때까지 밖을 내다봤지만 담배 연기 하나 올라오지 않았다.

건물 모퉁이까지 시선이 닿았다. 빌딩 두 개가 맞닿아있는 데다 막힌 골목이라 시장 상인들이 리어카나 박스를 쟁여놓는 곳이었다. 어둑한 통로에 고인 빗물이 수백 개의 동심원을 만들어냈다. 그 끝에 놓인 구두가 눈에 들어왔다.

젓가락 둘이 사무소를 찾아왔던 날이 떠올랐다. 철진은 혀를 끌끌 차며 신발이 그게 뭐냐고 핀잔을 줬다. 신변 보호를 맡겠다고 찾아온 마당에 코끝이 뾰족한 구두를 신고 와서였다. 게다가 장례식장에 온 것 같은 검은 정장 차림이었다. 그래서야 힘이나 쓰겠냐고, 옷 좀 편하게 입는 게 좋지 않겠냐고 조언을 했지만 도통 듣지 않았다. 건물 밖에서 보초를 맡은 놈은 시도 때도 없이 구두를 닦았다. 거울처럼 윤이 나는 구두에 가만히 얼굴을 비춰보며 흐뭇해했다. 철진으로서는 속이 터지는 일이었다.

그 구두였다. 빗물이 그 위로 흘러내렸다. 구두의 주인은 미동도 하지 않은 채 바닥에 드러누워 있었다.

입구 센서가 작동했다. 암흑이 장식한 시장 골목에 빛이 쏟아졌다. 그 찰나, 판초 우의를 걸친 덩치 하나가 건물로 뛰어드는 게 보였다.

"야 문 닫아라."

철진이 말했다. 버섯이 볼멘소리했다.

"창문은 사장님이 열었잖아요."

"사무소 문 잠그라고 좆대가리 새끼야!"

새파랗게 질린 철진을 보고 버섯이 발기하듯 벌떡 일어섰다. 사무소를 향해 계단을 오르는 발소리가 가까워졌다. 버섯이 달려가 문을 잠그려는 순간 그보다 빠른 속도로 문이 열렸다. 버섯이 그 바람에 밀려나 나동그라졌다.

열린 문 너머에 서 있는 건 흠뻑 젖은 남자였다. 마스크로 얼굴을 가렸다. 빗물이 구불구불한 머리카락을 타고 흘렀다. 빗물이 흐르는 길 끝, 단단해 보이는 손에 망치가 들려 있었다. 의도는 명확했고 남자는 조급해 보였다.

'이쪽은 둘 저쪽은 하나.'

철진은 생각했다. 단순한 산수였지만 몸이 쉽게 움직이지 않았다.

꼴에 건달이라고 그래도 버섯이 먼저 움직였다. 둘이 맞붙기 전, 남자는 기합을 넣었다. 그 행동이 위안이 됐다. 오밤중에 망치를 들고 나타난 괴한도 무적은 아니라는 소리였다. 버섯은 칼, 남자는 망치. 둘은 쉽사리 거리를 좁히지 않고 대치했다. 목에 바람구멍이 나거나 대갈통이 부서지거나였다.

남자가 먼저 움직였다. 움직임이 컸지만 속도가 빨랐다. 순식간에 거리를 좁혀 버섯의 머리를 향해 망치를 휘둘렀다. 판초 우의가 펄럭이며 빗물이 튀었다. 버섯은 몸을 모로 돌려 남자의 공격을 피하는 동시에 주머니칼을 아래에서 위로 그어 올렸다. 샤악, 하고 판초 우의가 벌어졌다. 마스크로 얼굴을 가려 표정은 보이지 않았지만 한순간 남자가 주저하는 것이 느껴졌다. 버섯도 그 순간을 놓치지 않았다. 물러선 남자를 향해 오른발을 크게 한 걸음 내디디며 주머니칼을 휘둘렀다. 단숨에 끝내려는 듯, 경동맥을 노린 공격이었다. 칼끝이 아슬아슬하게 목덜미를 스쳤다. 조금만 깊이 들어갔으면 남자는 앰뷸런스 대신 리무진에 실릴 뻔했다.

목울대에서 새어 나온 피가 핏물에 번졌다. 남자는 손등으로 피를 훔치고 망치를 장도리 쪽으로 바꿔 잡았다. 버섯은 공격에 성공하고 나자 자신감이 붙은 모양이었다. 칼을 양쪽으로 번갈아 쥐며 남자가 들어오기를 기다리고 있었다. 남자가 다시 버섯을 향해 달려들었다. 버섯이 칼을 앞세워 방어 자세를 취했다. 남자는 버섯과 맞붙기 전 몇 걸음 앞에서 갑자기 자세를 낮췄다. 발이 엉키며 고꾸라진 건가 싶었지만 그게 아니었다. 남자는 넘어지던 자세 그대로 버섯의 발가락에 장도리를 꽂아 넣었다. 구두코가 들쳐 일어났다. 버섯이 비명을 질렀다. 깽깽이걸음으로 물러나면서도 남자를 향한 칼끝은 돌리지 않았다. 남자가 버섯의 허벅지를 향해 태클을 걸었다. 두 사람이 엉겨 붙은 채로 바닥에 뒹굴었다. 누구의 것인지 알 수 없는 숨소리와 비명이 사무소를 채웠고, 그 사이 둘은 들고 있던 무기를 놓쳤다.

싸움에 익숙한 건 버섯 쪽이었다. 남자의 팔을 뿌리치고 몸을 돌려 뒤를 잡았다. 팔로 목을 말아쥐고, 보아뱀처럼 남자의 다리를 감았다. 남자는 저항할 수 없이 온몸이 열린 채로 철진을 마주했다. 버섯이 숨을 헐떡이며 말했다.

"영감님, 망치. 망치."

철진은 남자의 발치께에 놓인 망치를 집어 정수리 위로 들어 올렸다. 피딱지 사이로 털과 머리카락이 덕지덕지 붙은 장도리가 눈에 들어왔다. 이 속에 친구들의 피도 섞여 있을 거라 생각하니 분노가 치밀었다. 이놈이다. 물고기 밥으로 던져줘야 하는 인간. 친구들의 행방을 확인하고 나면, 그다음에는 사료로 갈아버려야겠다고 생각했다.

"영감님 어서요."

버섯의 목소리가 삶은 빨래처럼 늘어졌다. 힘이 빠지고 있는 거라 생각했다. 젓가락 같은 팔로 남자의 덩치를 감당하려니 그럴 법도 했다. 철진은 손을 단단히 말아쥐고 남자의 관자놀이를 향해 망치를 휘둘렀다. 골프채를 휘두르는 듯한 스윙은 시원하게 허공을 갈랐다. 어느 틈에 버섯의 손에서 빠져나온 남자가 자리에서 벌떡 일어섰다.

무슨 일이 벌어진 건지 이해할 수 없었다. 철진의 시선이 황급히 버섯을 찾았다. 버섯은 애벌레처럼 꼼지락거릴 뿐, 정신을 차리지 못했다. 반쯤 넋이 나가서는 사장님 어서요, 사장님, 하고 중얼거렸다.

허벅지였다. 과녁에 명중한 다트처럼, 그곳에 주사기가 꽂혀 있었다. 실린더 속에 약물이 찰랑거렸다.

남자는 판초 우의에 묻은 빗물을 털어냈다. 무기를 들고 있는 건 철진 쪽이었고, 남자는 버섯과의 격투로 힘이 다 빠졌을 거였다. 위압감이 없어야 하는데도 철진은 움직일 수 없었다. 남자의 고개가 철진을 향했다. 모든 게 귀찮다는 눈빛이었다.

"당신, 외국인이지."

철진이 말했다.

"눈 보면 알아. 마스크는 왜 썼어. 어차피 나 죽는 거 아냐? 내 친구들처럼 나도 잡혀가서 죽는 거 아니냐고. 나한테 왜 이러는데. 우리한테 왜 이러는데. 룸살롱에서 보냈어? 우리 때문에 사업 망한 놈이 있어? 불법 체류 문제야?"

남자는 철진을 보며 크고 깊은 눈만 꿈뻑였다.

"말 좀 하라고!"

철진이 발을 구르며 소리쳤다. 화가 머리끝까지 치솟았다. 지금이라면 남자의 머리 위로 장도리를 내리꽂을 수 있을 것 같았다. 남자는 지쳤고 방심한 듯 보였으니 그럴듯한 계획이었다. 목각인형을 조종하는 듯 우스꽝스러운 공격을 남자가 가볍게 피해내기 전까지는. 철진은 제풀에 넘어져 바닥에 뒹굴었다. 남자가 쓰러진 철진 앞에 섰다.

"망치. 주세요."

철진은 머리를 감싸 쥐었다. 환갑이 넘은 육신이 왈칵 눈물을 쏟아냈다. 장정호 형님 말대로 이런 사이코하고는 싸우는 게 아니라 숨어야 했다. 뒤늦은 후회였다.

남자가 손을 내밀었다. 철진은 그 위에 망치를 올려놓았다. 남자는 깍지를 끼고 스트레칭을 했다. 관절이 꺾일 때마다 두꺼운 나뭇가지가 뚝뚝 끊어지는 소리가 났다.

남자는 약에 취해 곯아떨어진 버섯의 허벅지에서 주사기를 뽑았다. 실린더에 약물이 반쯤 남아 있었다. 그걸 책상 위에 올려놓고, 망치로 손바닥을 툭툭 치며 철진을 바라봤다. 무슨 말인지 알 것 같았다. 철진은 주사기를 들었다. 남자의 검고 깊은 눈이 이제는 해골 같아 보였다. 눈알을 파낸 자리처럼 공허한 구멍 사이로 바람이 불었다.

"무슨 원한이 있는 건지만 말해보라니까. 얘기 좀 하자고."

대답이 없을 거라는 걸 알면서도 철진은 다시 물었다. 남자는 손가락만 까딱까딱하며 철진을 기다렸다.

철진은 팔에 주사기를 꽂았다. 실린더를 밀었다. 약물이 퍼져 나가는 자리마다 근육이 주저앉는 것 같았다. 일 초에 20센티미터. 버섯의 말대로, 과연 피는 엄청나게 빨리 흘렀다.

철진이 비틀거리자 남자가 다가와 철진을 눕혔다. 그 모습을 보니 죽이지는 않겠다 싶어 안심됐다. 다만 태풍 속에서 철진을 기다리고 있을 노모가 걱정이었다. 판초 우의가 몸을 덮었다. 철진은 차갑게 식은 방수천 아래 생선처럼 포장됐다.

곰씨 공장으로 파견된 세 명의 노동자가 사무소로 돌아온 건 그로부터 삼십 분이 지나서였다. 좁은 시장 골목을, 열한 시가 넘은 시간에, 그것도 비를 맞으면서 돌아오는 건 오로지 철진이 무서워서였다. 수수료는 당일 지급이 원칙이었다. 다음 날 해가 뜨기 전까지 수수료를 철진의 책상 위에 올려놓지 않으면 다음 일거리가 없는 건 물론이고 안덕에서 취직하는 건 포기해야 했다. 때문에 보통은 기꺼이 사무소로 돌아와 수당의 1할을 철진에게 돌려줬다.

그날 곰씨의 펄프 공장에서 잔업을 하던 세 사람 역시 약속한 시간에 수수료를 지불하고 얌전히 사라질 계획이었다. 문제는 잔업 수당이었다. 곰씨는 철진의 연락을 씹으면서, 파견 노동자들에게 잔업을 부탁했다.

"잔업 시간은 시급 쩜오배 쳐줄게. 오케이?"

마다할 이유가 없었다. 20킬로그램짜리 펄프를 차에 싣느라 허리가 부서지는 것도 몰랐다. 일당만 생각하면 힘이 났다. 수당은 일이 끝난 즉시 현금으로 지급됐다. 곰씨는 봉투에 담은 돈을 건네면서, 철진에게 잘 말해달라 신신당부를 했다. 셋 중 가장 젊은 희종이 볼멘소리했다.

"그런 말은 곰 사장님이 직접 하셔야 하는 거 아닙니까. 잔업 수당도 쥐꼬리만큼 주면서 철진 사장님까지 저희보고 맡으라고요?"

공무원 시험을 준비한다고 했지만 애저녁에 포기한 듯 보이는 희종은 기어이 곰씨에게서 만 원을 더 받아 냈다. 함께 잔업을 한 방글라데시 출신 깔리와 코가 붉은 박정근도 덕을 봤다. 박정근은 봉투에 든 수당을 세며 말했다.

"이거 잔업 수당도 똥 떼나? 받아본 적이 있어야지."

똥을 뗀다는 건 인력 사무소에 내는 수수료를 의미했다. 셋이 입만 맞추면 삥땅 좀 쳐도 되지 않겠냐는 은밀한 제안이기도 했다. 박정근은 나머지 두 사람을 둘러봤다. 눈을 마주친 깔리는 돈 봉투를 뒤로 숨기며 말했다.

"철진 화내."

괜히 수수료 안 낸 걸 들켰다가 불똥이 튈까 두려운 눈치였다. 희종도 생각 못 한 수수료가 아깝기는 마찬가지였다.

"보고 잘하면 잔업 수당은 똥 안 떼지 않으려나요."

"퍽이나. 이 시간까지 기다린 게 억울해서 잔업 수당은 더 칠지도 몰라."

정근이 말했다. 그간 철진에게 당한 게 억울한지 고개를 절레절레 저었다.

결국 세 사람은 잔업 수당도 시급으로 계산해서 그 중 5퍼센트만 떼고, 나머지는 각자 챙기는 거로 합의를 봤다. 혹시나 철진이 뒤지기라도 할까 봐 초과 수당은 딴 주머니에 챙겨 넣었다. 정근은 그제야 기분이 좋아져 실실 웃음을 흘렸다.

"돈도 많이 받았는데 삼겹살에 소주나 할까?"

"깔리 힌두교잖아요."

"힌두교는 뭐 고기 못 먹나."

"먹죠. 그런데 돼지는 안 돼요."

"그래? 깔리 너 돼지고기 못 먹어?"

깔리는 불에 덴 듯 손을 저었다.

"안 돼. 노 돼지고기. 노 삼겹살."

"그렇다고 소를 구울 수는 없잖냐. 파전이나 먹을까."

그런 얘기를 하고 있으려니 세 사람 모두 무척이나 허기가 졌다. 어디서 삼겹살 익는 냄새가 나는 것도 같았다. 불판이 앞에 있는 듯 열기도 느껴졌다.

"신기하네."

정근이 코를 킁킁거리며 말했다. 냄새는 점점 진해졌다. 기관지가 메케하게 달아올랐다. 시장 골목 하나를 꺾자마자 그 이유를 알 수 있었다.

눈앞이 벌겠다. 뭉갠 토마토 같은 파편이 세 사람 앞으로 날아들었다. 이크. 희종이 서둘러 발을 뺐다.

철진의 사무소가 있는 건물이 통째로 타고 있었다. 그 앞에 양복을 입은 사람 둘이 쓰러져 있었다. 멀리서 울리던 사이렌 소리가 점점 가까워졌다.

양복 입은 사람을 깨우러 다가가던 깔리가 뭔가를 발견하고는 소스라치게 놀랐다. 희종과 정근도 그걸 확인하고 얼굴을 찌푸렸다. 유리병 속에 전시된 손가락이 건물을 감싼 화염 앞에서 이제 막 녹기 시작한 참이었다.

"시팔. 오늘 밥은 다 먹었네."

정근이 말했다.

인력 사무소 정문에서 보초를 서던 건 임종혁으로, 고등학교 졸업 후 대구 동성로의 클럽에서 기도 일을 하다 안덕으로 넘어온 인물이었다. 남자라면 큰물에서 놀아야 한다는 소리를 귀에 인이 박이도록 듣고 자랐지만 사주에 청개구리가 있다는 얘기가 있을 정도로 반골 기질이 강했던 임종혁은 대가리 노릇을 해보겠다며 기어이 안덕으로 내려왔다. 기도 생활을 하며 알게 된 형님의 추천이었다. 대구와는 달리 안덕에서 하는 일은 서류 작업이나 심부름이 전부였다. 좀이 쑤시던 판에 철진의 보초를 구한다는 말을 듣고 얼른 지원했다.

보디가드라고 해서 대단한 일일 줄 알았는데 온종일 사무소 건물 앞에서 어슬렁거리는 게 다였다. 시장 상인들이 생선에 꼬인 파리 쫓는 걸 구경하는 게 일상이었다. 처음에는 사람 구경하는 재미라도 있었는데 그마저 이틀 지난 뒤에는 무덤덤했다. 얻은 건 무릎과 허리 통증, 흡연량, 스마트폰 게임 레벨 정도였다.

임종혁은 그날 범인의 얼굴을 보지 못했다. 비를 맞으며 담배를 태우고 있으려니 엄마 생각이 났다. 찐득한 대구 사투리도 그리웠고, 클럽 앞에서 정장을 입고 서서 골뱅이들 바라보던 것도 그리웠다. 이 짓도 더는 못 해 먹겠다고, 서울로 가든 고향으로 내려가든 해야겠다 생각하던 차에 갑자기 목덜미가 따끔했다. 정신을 차렸을 때는 땀내에 절은 세 사람이 자신을 내려나보고 있었고, 건달은 붙길에 휩싸여 세상에 종말이 온 건가 하는 생각이 들었다.

철진이 버섯이라 부르던 건달의 본명은 윤영우였다. 임종혁과는 또래였지만 말을 섞은 적은 없었다. 그도 그럴 것이 임종혁과 윤영우가 몸담고 있던 조직이라는 게 그저 필요에 의해 알음알음 구성된 집단에 가깝기 때문이었다. 목적에 따라 얼마든지 뭉쳤다 흩어질 수 있었고 사람을 쓰고 버리는 데도 용이했다. 말하자면 스타트업 업계에서 유행하는 애자일 조직에 가까운 형태였는데, 문제는 인재 채용에 그리 공을 들이지 않았다는 거였다. 윤영우가 경찰서에서 한 진술이라는 게 죄다 변명 천지여서 자신이 철진을 지켜내기 위해 목숨을 걸고 애를 썼다는 둥, 칼까지 휘두르며 격투를 하느라 허벅지에 주삿바늘이 들어오는 것도 몰랐다는 둥, 무용담에 가까운 말만 늘어놓았다. 그래서 범인이 누군지 제대로 봤냐는 질문에는 그저 몸이 재빠르고 힘이 센 남자인 것 같더라는 말만 되돌아왔다.

두 사람의 몸에서 발견된 건 케타민 성분이었다. 수사관은 케타민이 수면 마취에 흔히 쓰이는 약물이라 구입 경로를 알아내기가 힘들 거라고 했다. 애초에 수사를 위한 목적이라면 그쪽은 건드리지 않아도 좋다는 조언이었다.

"뭐, 지금까지 상황은 이렇습니다. 두 분이 예뻐서 알려드리는 게 아니에요. 아무래도 안덕이 좀 흉흉하고, 가까운 분들이 계속 변을 당하시니까 걱정돼서 이러는 겁니다."

최경식은 취조실에 앉아 세휘와 장정호에게 말했다. 그 말이 맞을 거였다. 장정호가 협박하던 최경식의 아버지는 땅을 팔고 버스 운전을 그만둔 상태였고, 네 명의 친구들을 잃은 장정호는 무척 초라해 보였으니까. 적어도 최경식은 사사로운 감정에 휘둘려 수사를 그르치는 인물은 아니었다. 다만 능력이 열정을 따라가지 못하는 게 문제였다.

장정호의 얼굴은 새파랗게 질렸고, 세휘는 실망했다. 취조실 의자는 세휘가 다리를 떨 때마다 함께 삐걱였다.

인숙이 아니었다. 아침까지 유치장에 갇혀 있는 걸 세휘가 직접 확인했으니 적어도 이번 사건은 인숙의 소행이 아닌 게 분명했다. 처음으로 목격자가 등장한 사건이기도 했다. 귀신이 한 짓은 아니라는 소리였다.

당숙은 팔꿈치를 책상에 올리고 얼굴을 찌푸렸다.

"조카랑 잠깐 얘기 좀 할 수 있을까."

"그러세요."

최경식이 문을 닫고 나가자 취조실에 무거운 침묵이 찾아왔다. 세휘의 머리가 바삐 움직였다. 당숙에게 끌려다닐 필요가 없는 상황이었다. 안덕일보 자료실에서 당숙의 치부를 확인하던 순간, 인숙의 가족사와 수연의 실종 사실을 알게 됐을 때, 상황을 반전시킬 카드 한 장은 세휘에게 넘어왔다. 세휘는 당숙이 숨기고 싶던 게 뭔지 알고 있다.

세휘가 물었다.

"그날 경찰서를 찾아오셨던 분들이 차례로 실종되고 있잖아요. 당숙도 그게 무서운 거 아닙니까. 그런데 제가 알아보니 숨기는 게 있는 것 같은데요."

당숙의 멍한 시선이 천천히 돌아 세휘에게 닿았다. 소중한 것을 잃어버린 당숙의 눈빛은 축축하고 질척거리는 진흙 같았다. 당숙이 모든 걸 놓아버린 건 아닌가, 하는 생각도 들었지만 곧 혀끝에 분노를 담은 대답이 돌아왔다.

"말해봐, 조카. 개 같은 조사 결과 좀 들어보게. 자식새끼 걸고 무슨 소리를 지껄일지 궁금하네."

범죄자에게도 유형이 있었다. 정확히는 법정에 끌려오기 직전의 범죄자를 분류하는 방법이었다. 수긍형, 반문형, 반발형.

가장 악질은 수긍형이었다. 신사 같은 말투로 고분고분하는 것 같다가도 결정적인 순간에 뒤통수를 치는 부류였다. 보통은 영리한 족속들이 그 방법을 썼다. 판을 읽을 줄 아는 놈들이 그랬다. 반문하는 쪽은 충분히 영리하지는 못한 이들이었는데, 판세를 엎어보려다 도리어 제풀에 말려 넘어지는 경우가 많았다. 어쭙잖은 드라마나 보면서 법정의 현실을 잘못 인식하고 있는 경우였다. 반발형은 상대적으로 다루기가 쉬웠다. 말로 하는 유도 같다고 할까. 거세게 돌진하는 상대의 힘을 이용해 슬쩍 다리만 걸어주면 도리어 상대가 크게 다치곤 했다. 발끈하며 달려드는 데는 이유가 있는 거였다. 약점을 가리기 위해서. 상처를 들키지 않기 위해서. 당숙이 어느 위치에 있는지 궁금했다.

세휘는 거칠어진 당숙의 말을 흘려넘겼다. 기세 싸움의 시작이었다. 밀려서 좋을 게 없는 도발이었고, 이럴 때는 무시하는 게 상책이었다. 몇 차례 무시가 반복되면 상대가 먼저 꼬리를 내리기 마련이었다.

"정인숙의 딸이요."

말을 던져 놓고 당숙의 반응을 살폈다. 동요하는 모습은 보이지 않았다. 오히려 흐릿하던 표정이 점차 또렷해지고 있었다.

"수연이라는 큰딸이 있었죠. 안 좋은 소문이 돌던데요. 물론 당숙과 친구분들이 연관된 얘기였고요. 이거 아닌가요? 당숙과 친구분들이 정인숙의 딸을 건드렸어요. 정인숙은 지금 복수를 하는 거고요. 경찰서에 있는데도 사건이 벌어진 건……

공범이 있겠죠. 그게 밝혀질까 두려워서 저한테 정인숙은 파지 말라고 한 거 아니냐고요."

당숙은 이걸 어떻게 조질까 싶은 얼굴로 세휘를 봤다. 멍한 표정은 완전히 사라진 채였다.

"자네 아버지는 우리랑 친했네."

"옛날얘기를 들으려는 게 아닌데요. 아버지 얘기를 꺼내면 제가 좀 고분고분해질까 봐 그러세요?"

궁금증이 도졌다. 어쩌면 아빠도 사냥개였을까. 더러운 사건에 어쩌면 아빠도 발을 담갔을까. 당숙은 워, 워 하고 말하며 손바닥을 내밀었다.

"자네를 위해서 그러는 게 아니야. 내가 지금 이 아둔한 조카를 패버리지 않을까 걱정돼서 그래. 내가 진정하고 싶어서 꺼낸 얘기라고. 그러니까 말 좀 끝까지 듣지."

당숙은 수민을 걸고 세휘를 협박하던 순간의 모습으로 돌아와 있었다. 긴장감에 벽 끝이 팽팽하게 당겨졌다.

"자주 어울리지는 못했지만…… 그래도 어렸을 때부터 알던 사이니까 정이 있었지. 그래서 혈연이 무서운 거야. 자네와 어머니를 보면 그 사람 생각이 나. 가는 길 못 챙겨줬던 것도 마음에 걸리네. 좋은 사람이었단 말이야. 내가 데리고 다니는 동생들, 그래 지금 실종 당한 애들. 걔들한테는 약한 구석이 있어. 다들 알고 보면 괜찮은 놈들이었지. 그런데 정인숙 그 인간은 달랐어. 양심을 번거로운 짐짝처럼 여기는 사람이었다고. 순수하게 잔인하다고 해야 하나. 그래서 가장 은밀한 일을 시킬 수 있었지. 그쪽은 나를 도왔거든. 무슨 말인지 알아? 정인숙도 내 동생 중 하나였다고. 숨은 동생이지."

당숙은 잠시 말을 멈췄다. 당숙의 손에 핀 검버섯이 꿈틀거렸다. 입속에 맴도는 말을 어떻게 쏟아낼지 생각하는 것 같았다.

"그 여자가 나한테 직접 딸년을 바쳤어. 우리가 힘으로 그런 게 아니라고. 그년이 조공한 거야."

누군가 목을 조르고 있다 놓은 것처럼 당숙의 얼굴이 붉게 물들었다. 토해놓고 나니 시원해진 모양이었다.

"친딸도 아니었어. 전 남편 애들을 키우는 거라 하더군. 애정도 없었을걸. 동생들하고 나눠 먹었지. 상납도 하고. 박해남. 그 사람이 우리 고객이었단 말이야. 나름 야심이 있었어. 죽이 잘 맞았지. 정인숙은 건드리지 말라고 했던 말이 이제 이해가 가나."

"아버지도 그런 일을 함께 했나요."

당숙은 고개를 저었다.

"아니. 그런 사람이 아니었지."

쓸쓸한 말투였다. 그 속에 아쉬움이 묻어났다.

"복수라고 했나. 공범이라고 했나. 확실한가. 증거가 있냐고."

"없습니다."

"확실하지 않으면 손을 대지 않을 거야. 증거를 가져와. 그게 자네가 살길이야. 그리고 이 일이 끝나면 잊어버려야 해. 이건 위내시경 같은 거야. 수면 마취 경험해 본 적이 있겠지. 깨고 나면 아무것도 기억이 안 나잖아. 모르고 넘어가면 되는 거야. 과실만 가져가면 되네. 자네도 그걸 원하잖아."

"도연이라고, 인숙에게 딸이 하나 더 있어요. 걔도 언젠가 그렇게 되는 거예요?"

"우리 일이네. 위내시경 같은 거라고 했지?"

"걔 같은……"

세휘가 다 들릴 혼잣말을 했다. 당숙은 어느 틈에 소중한 것을 잃은 사람의 모습으로 되돌아가 있었다.

"경찰에 얘기하시죠."

"그렇게는 못 하지. 자네는 계속 자네 할 일을 하게. 나는 내일을 하겠네. 자네 아버지는 신념과 맞지 않은 일은 아예 시작하지도 않았어. 하지만 시작한 일은 반드시 끝장을 냈지. 자네가 아버지를 닮았으면 좋겠네. 치매에 걸려 오락가락하는 어머니 말고."

세휘는 자리에서 일어났다. 취조실 문을 열고 밖으로 나갔다. 당숙은 어깨를 늘어뜨리고 자리를 지켰다. 초점 없는 눈이 허공에 머물렀다.

방학이 시작됐다. 수민이 학교에 가지 않는 한 달이 시작된다는 의미였다. 안덕에는 아이를 맡아줄 곳이 없었다. 보습학원은 오전반만 운영했고 태권도 도장도 겨우 한 시간 보내 놓는 게 전부였다. 열두 살짜리 아들을 라이딩 없이 혼자 내보내는 것도 불안했다. 대치동 길가에 즐비했던 학원차의 행렬이 사무치게 그리웠다. 그나마 도연이 하루 세 시간씩 집에서 일을 해주기로 했으니 조금은 숨통이 트일 거였다.

7월의 바람은 습기와 소금기를 머금고 찾아왔다. 그 조합이 세휘를 숨 막히게 만들었다. 반면 거미 떼는 살판이 났다. 태풍이 다가오는 해안가에서부터 이어진 행렬이었다. 썩은 해초와 뒤섞여 모래사장에 닿은 거미 떼는 검은 파도처럼 무리를 지어 다녔다. 아파트 벽과 국민주택을 가리지 않는 검은 물결이었다. 방제작업을 해야 하지 않냐고 주민들이 아우성이었지만 시청에서는 일단 태풍이 지난 뒤 두고 보겠다고 일축했다. 시장 상인들이 제일 먼저 피해를 봤다. 태풍에 판자가 날아가는 와중에 거미 떼까지 득실거려 장사는 일찌감치 접은 상태였다. 덕분에 시장 한 가운데 자리한 광장은 며칠째 텅 비어있었다.

하지만 방학식이 있던 날만큼은 때아닌 소란으로 시끄러웠다. 세휘는 광장에서 벌어지는 소란을 지켜보고 있었다. 바람에 날아가는 우산을 붙잡고 길을 가던 사람들이 걸음을 멈췄다. 박수무당이 광장으로 끌려 나왔다. 무당의 머리채를 쥐고 흔드는 건 김영남의 아들 진준이었다. 그 영험하다는 무당이 유리 눈을 뒤집어 깐 진준 앞에서 꼼짝을 못 했다.

"굿하면 괜찮아진다고 했냐 안 했냐."

진준은 무당의 머리채를 쥐고 흔들었다. 무당은 미역 줄기처럼 늘어진 머리칼을 추스르지도 못한 채 바들바들 떨었다. 진준은 박수무당을 끌고 가 건어물 가게 앞에 패대기쳤다. 뭉쳐 있던 거미 떼가 기다란 다리를 끌고 사방으로 흩어졌다.

무당의 입이 달싹였다. 거세게 내리는 비가 슬레이트를 때렸다. 뭐라고? 진준은 귀를 바싹 갖다 대고 물었다.

"정성이 부족해서 그래요……"

진준이 어이가 없다는 듯 웃었다. 그걸 듣고 있던 세휘도 코웃음을 쳤다. 근처에 있던 모든 사람들 모두 같은 마음이었다. 진준이 말했다.

"삼백만 원으로는 정성이 모자라든? 귀신들이 그 돈으로는 만족을 못 하겠다 그러더냐고."

진준이 손을 치켜들었다. 얇은 손바닥이 무당의 뺨 위에 떨어졌다. 누구도 말릴 생각을 못 했다. 오히려 그 모습을 속 시원하게 여길 사람도 있을 거였다. 무당은 팔을 들어 진준을 막았고 진준의 손은 번번이 목표를 빗나갔다. 팔을 휘두르는 속도가 점점 느려지더니, 마침내 힘이 빠진 진준은 무당의 머리카락을 놓았다. 터벅터벅 자리를 옮겨 건어물 상자 위에 주저앉아 허망하게 중얼거렸다.

"우리 아버지 돌려놓으란 말이다. 우리 아버지……"

더운 빗물이 머리 위로 쏟아졌고 그보다 뜨거운 눈물이 뺨을 적셨다. 아비를 잃은 자식의 분노였다. 정작 세휘에게는 바로 몇 걸음 너머에서 벌어지고 있는 신파가 드라마를 보는 것처럼 생경했다.

진준은 분이 풀리지 않아 박수의 멱살을 쥐었다. 박수의 하얀 목은 진준이 이끄는 대로 끌려다녔다. 삼베 무복은 박수의 목과 어깨에 바둑판 같은 생채기를 그렸다. 박수는 방어도 할 줄 몰랐다. 쏟아지는 폭력을 샌드백처럼 받아 내더니 급기야 입에서 선지가 왈칵 쏟아졌다. 핏물이 비에 섞여 바닥을 물들였다. 그러길 한참이었다. 바닥에 번지는 피를 바라보던 박수에게서 터져 나온 것은 살려달라는 애원도, 참회의 목소리도 아니었다. 조금 전까지만 해도 젖은 고양이 같던 박수는 갈라진 목소리로 말했다.

"구린내가 진동을 하네."

가면을 벗어버린 박수는 서슬 퍼렇게 날뛰던 진준도 한 걸음 물러서게 만들었다. 묵직한 빗소리를 뚫고 박수가 말을 이었다.

"이 동네는 제대로 된 게 없어. 이런다고 죽은 아비가 살아나나. 자식 노릇 제대로 한 적 없는 것들이 뒈지고 나서야 효도한다고 나서지. 범인을 잡고 싶으면 경찰을 찾아. 하고 싶은 말이 있으면 기자를 찾고. 무당은 굿하고 귀신놀음 할 때나 찾아오라고. 이 꼬라지 보고 있으면 네 아비가 억울해서 귀천을 못 하겠다. 이 잡것아. 호래자식아. 에라이 거미만도 못한 놈아. 악취가 난다. 너도 이 땅도 구린내투성이야."

진준의 어깨가 툭 떨어졌다. 화를 걷어 낸 자리에 남은 건 왜소한 애꾸눈이었다. 진준은 보이지 않는 한쪽 눈을 자꾸 비볐다. 빗물이 머리칼을 타고 끝없이 흘러내렸다.

광장의 소동은 한순간 잠잠해졌다. 비가 억수 같이 내리는 와중에 시간이 멈춘 것 같았다. 모두가 한쪽을 쳐다보고 있었다. 유독 어둡게 느껴지는 방향이었다. 세휘는 고개를 돌렸다. 광장의 난리 통 뒤로 인숙이 지나고 있었다. 사람들은 인숙이 지나갈 수 있도록 길을 텄다. 배려보다는 회피에 가까운 동작이었다. 누군가가 코를 잡고 뒷걸음질을 쳤다. 인숙은 신경 쓰지 않고 묵묵히 갈 길을 갔다. 세휘를 발견한 한병주가 손짓했다.

"무슨 일이래요."

"굿판에 삼백만 원을 썼나 봐요. 그게 효험이 없었던 거고."

"그렇다고 사람을 저렇게 잡나……"

"우리도 저 꼴 나기 싫으면 얼른 일 처리 하죠. 잠복은 어땠어요?"

한병주는 인숙이 잡혀가던 날부터 세휘의 부탁으로 쭉 경찰서를 지켰다. 인숙이 미심쩍다는 걸 알고서는 곧바로 들러붙는 모습이 꼭 사냥개 같았다. 구류가 끝났다는 걸 알고 연락한 것도, 집으로 가는 길에 시장이 있으니 경찰서 말고 시장에서 만나자고 얘기한 것도 한병주였다.

"구류 기간 끝나고 풀려나는데, 생긴 거하고 다르게 똑똑해요. 시간 되자마자 조곤조곤 따지던데요."

"뭐라고요?"

"법 같은 거죠, 뭐. 미란다 원칙 같은 거. 구류 동안에 처우가 적절했는지."

"도연이 얘기는 안 해요? 둘째 딸."

"그러게요. 그 얘기는 도통 안 하던데요. 아무튼 경찰들도 지쳤는지 그냥 가라고 하더라고요. 냄새는 또 어찌나 지독한지. 씻는 걸 한 번도 못 봤어요. 세수도 안 한다니까요."

"한동안 인숙 좀 따라다녀 봐요."

"내가 지금 뭐 하고 있던 거로 보여요?"

"파파라치 놀이요."

"알면 놀게 냅둬요."

수상하거나 음흉하거나 거칠거나 유약한 인간들로 가득한 안덕에서 한병주는 얼마 안 되는 정상인이었다. 야전병원처럼 피가 터지고 비명이 들려도, 등 뒤를 맡길 수 있는 건 한병주뿐이었다. 믿음직한 인간이라서가 아니라 목표가 일치해서였다.

"나는 정인숙 맡고. 변호사님은 뭐 하시게요?"

"단서가 없는 사건은 없죠."

"찾은 건 있고요?"

"가 볼 데가 있어요. 의심 가는 사람도 있고요."

"정인숙이 구류 중에 사건이 벌어졌어요. 공범 말이에요?"

"아직은 몰라요. 괜한 사람 잡고 싶지 않으니까 확실해지면 얘기할게요."

"공조하는 거 잊지 말고요."

"정인숙 관찰하는 거나 잊지 마시죠."

인숙이 광장을 벗어나 시장 골목 너머로 사라지는 참이었다. 한병주가 이크, 하며 인숙의 뒤를 따랐다. 세휘는 재활용 센터로 향했다.

용기는 좁은 처마 아래에서 삼겹살을 굽고 있었다. 숯 위로

떨어진 기름이 자글자글 끓었고 컨테이너 안은 연기로 가득
했다.

"바람이 집 쪽으로 불잖아. 집에 고기 냄새 다 배겠다."

세휘가 말했다. 얼굴을 처박고 숯을 피우던 용기가 멋쩍게
웃었다.

"왔어? 거미 때문에 못 살겠어. 이렇게 하면 좀 괜찮을까 싶
은데 배만 고프네."

세휘가 옆에 앉았다. 지붕을 때리는 빗소리가 요란했다. 이
런 곳에서 잘도 산다 싶었다. 사방이 산이라 태풍이 지나고 나
면 물웅덩이마다 장구벌레가 자랄 거였다. 거미가 지나고 모
기떼가 오는 것이다. 안덕의 모기는 이불도 뚫고 신발도 뚫었
다. 세휘에게도 자고 일어나면 눈두덩이나 발가락이 팅팅 부
었던 기억이 있었다. 벽에 붙은 모기를 때려잡으면 길고 끈적
한 피가 벽지에 묻었다. 휴지에 물을 묻혀 벽지를 닦아내는 게
여름날 아침 일과였다. 고층 아파트에 지내던 세휘에게는 옛
날 일이었지만 용기에게는 여전히 현재 진행 중인 일이었다.

태풍에 숯이 사방으로 날렸다. 용기는 개의치 않고 고기를
구웠다. 쪼그라든 지방을 걷어 내고 탄 부분을 가위로 자르는
게 고깃집 사장 못지않았다. 용기는 잘 구워진 한 점을 들어 세
휘에게 건넸다. 세휘는 입을 아 벌려 고기를 받았다. 용기가 맥
주를 땄다. 알코올이 몸을 한 바퀴 돌자 오히려 갈증은 심해졌
다. 연거푸 캔 두 개를 비웠다. 용기가 걱정스레 세휘를 쳐다
봤다.

"술 너무 많이 마시는 것 같아. 차라리 이걸 먹어."

용기가 꺼낸 건 보라색 알약이었다. 캡슐을 열자 흰 가루가 나타났다. 용기는 가루를 맥주에 부었다. 탄산이 터지며 맥주가 넘쳤다. 실험실 소독약 같은 냄새가 났다. 세휘는 코를 막고 단숨에 들이켰다. 귀에서 물방울 소리가 들렸고 몸은 나른하게 가라앉았다.

바람은 바닥에 있어야 할 것들을 하늘로 밀어 올렸고 구름은 비가 되어 쏟아졌다. 태풍의 사정거리 안에서 재활용 센터만 평온하게 느껴졌다. 고소한 백탄향 때문인지 용기의 존재 때문인지는 알 수 없었지만 잠시나마 복잡한 일들을 잊을 수 있어 좋았다. 치매에 걸린 엄마나 손가락만 남겨놓은 살인 사건은 먼 곳의 이야기 같았다. 언제 그런 일이 있었나 싶게 허무맹랑한 소리처럼 느껴졌다. 세휘는 용기의 어깨에 머리를 기댔다. 물방울이 터지는 것 같은 고동 소리가 아득하게 울렸다.

용기의 팔과 종아리에 조각한 듯 크고 작은 흉터가 빽빽했다. 평소에는 잘 보이지 않았던 게 이상할 정도였다.

"어떻게 생긴 거야?"

"물건 나르다가. 이 일이 좀 험해."

세휘는 용기의 셔츠를 열었다. 숨어 있던 흉터가 마저 드러났다. 용기는 세휘의 손이 여기저기를 훑도록 내버려 뒀다. 일관성 없는 흉터의 나열이었다. 어떤 건 같은 자리에 몇 번씩 상처가 생긴 것 같았고 어떤 건 딱 한 번 깊게 팬 듯 보였다. 베이거나 찢어지거나 데인 흉터도 몸을 장식했다.

"이 일을 하면 다들 이렇게 돼?"

"나는 조심성이 없어서 그렇지. 군대에서는 공병이었고, 자
동차 정비소에서 일한 적도 있어. 안덕이야 공사판이었으니까
노가다도 많이 뛰었지. 철공소에서는 용접하다 불꽃에 데인 적
도 많아. 파상풍 걸린 적이 있는데 그때부터는 뾰족한 쇠끝만
봐도 무서워. 이제는 이골이 났으니까 흉터 생길 일은 없지."

용기가 세휘의 입에 마지막 고기 한 점을 넣었다. 용기의 손
은 세휘의 가슴을 주무르고 있었다. 까끌까끌한 손가락이 젖
꼭지를 더듬을 때마다 다리가 저렸다.

세휘는 흉터 자국이 지렁이처럼 꿈틀거리는 모습을 지켜봤
다. 흉터. 이 흉터가 궁금했다. 바하두르에게도 흉터가 있었다.
정인숙과 똑같은 모양이었다. 분명 용기의 몸에 새겨진 상처
와는 형태가 달랐다.

"네팔 동생은 어떻게 지내니."

세휘는 용기의 지퍼를 내렸다. 팬티 한가운데가 이미 축축했
다. 그 속에 든 성기가 빳빳하게 고개를 쳐들었다.

"바하두르? 글쎄. 여기 그만두고 나서는 무슨 일 하는지 몰
라."

용기는 세휘의 머리를 아랫도리 쪽으로 끌어당겼다. 느낌이
좋지 않았다. 마뜩잖은 표정으로 용기를 밀어냈다.

"그만뒀어? 언제?"

"좀 됐어. 우리 같이 있었던 날…… 걔가 몰래 훔쳐보고 있
었잖아. 뭐 나는 대수롭지 않게 생각했는데 좀 불편했나 봐. 지

발로 나가겠다길래 알았다고 했지."

세휘는 그간의 기억을 되살렸다. 존재감과 외모로 이목을 끈건 인숙이었다. 반면 바하두르는 가까이 있으면서도 눈에 띄지 않았다. 외국인 노동자가 넘쳐나는 안덕에서 네팔인 한 명정도야 눈에 띄는 존재도 아니었을 것이고 재활용 센터에서 일하니 어디든 접근하기가 쉬웠을 것이다. 흉터를 봤을 때 눈치챘어야 했다. 너무 늦은 건 아닌가 싶은 조급증이 몰려왔다. 알약을 먹은 걸 후회했다. 의식은 심연을 빠져나오려 안간힘을 쓰고 있었지만 계속해서 눈이 감겼다.

"나 화장실 좀."

세휘는 물에 빠진 듯 허우적대는 용기를 두고 화장실로 갔다. 양쪽으로 늘어선 벽이 자꾸만 세휘를 향해 쓰러졌다. 변기 앞에 자리를 잡고 목구멍에 손가락을 집어넣었다. 목젖에 손가락이 닿았다. 역한 하수구 냄새가 코를 찌르는 것과 동시에 명치 언저리가 꿀렁였다. 소화 덜 된 고기가 코르크 마개를 뽑은 것처럼 변기에 쏟아졌다. 몇 차례 더 게워내고 나니 조금 정신이 들었다. 찬물로 입을 헹궜다.

술기운이 가시자 현실이 훅 다가왔다. 거울 속에 제대로 망가진 여자 하나가 보였다. 펌을 한 머리카락은 갈피를 못 잡고 제멋대로 뻗어 있었고 그 끝에서 물이 떨어졌다. 용기가 헤집고 간 블라우스는 단추 하나가 풀어진 채 가슴골을 드러내고 있었다.

정신을 차려야 했다. 젖은 손으로 뺨을 때려 봤지만 볼은 부분마취를 한 것처럼 반응이 없었다. 세휘는 차가운 타일 바닥에 엉덩이를 깔았다. 그간 애써 정리했던 단서들이 마구잡이로 뒤엉켰다. 당숙 주변 인물이 차례로 사라졌고, 방화가 있었고, 범인은 흔적을 남기지 않았지만 인숙에게는 용의점이 있었고, 당숙은 인숙을 찾지 말라고 했고, 당숙과 실종자들은 인숙의 딸을 범했고, 그 딸은 친딸이 아니었고, 다른 딸은 하필 수민이 죽고 못 사는 아이였으며…… 엄마는 치매에 걸려 정신이 없는 데다 거미 떼가 안덕을 뒤덮었고 20년 만에 가장 강한 태풍이 불어 안덕의 바다는 머구리 바위를 넘어 맹티고개까지 삼킬 기세로 파도를 일으키고 있었다. 그 난잡한 상념 속에서 세휘의 머리에 놓치고 있던 단서 하나가 떠올랐다.

폴라로이드. 사진 속 용기는 분명 카메라를 똑바로 쳐다보고 있었다. 세휘는 다시 뺨을 때려봤다. 찰싹 소리와 함께 볼이 얼얼했다.

"너 최근에 폴라로이드 사진 찍은 적 있어?"

용기는 졸린 눈으로 세휘를 봤다. 실실 웃는 게 이미 약 기운이 퍼지는 모양이었다. 세휘가 용기의 어깨를 잡고 흔들었다.

"뭐?"

용기가 되물었다.

"사진. 폴라로이드 사진. 찍은 적 있냐고."

"요새 그런 걸 누가 찍어."

용기는 세휘의 가슴을 향해 손을 뻗었다. 세휘가 그러지 못하게 막았다. 젖을 찾는 아이처럼 허우적대던 용기는, 퍼뜩 생각나는 게 있는지 움직임을 멈췄다.

"아 그렇지. 바하두르가 사진 찍은 적 있어. 네팔 가면 가족들한테 보여준다고."

"이거니?"

세휘가 백에서 사진을 꺼냈다. 우편함에서 발견한 날 이후로 쭉 가지고 다니던 거였다. 용기는 초점을 맞추기 위해 안간힘을 썼다. 사진을 뚫어지라 쳐다보던 용기가 대답했다.

"맞네. 이걸 왜 누나가 가지고 있어."

사진 속의 바하두르가 세휘를 쳐다보는 듯했다. 왜 이렇게 늦었어요. 왜 이제 알았냐고요, 하고 말하는 것처럼.

"야. 정신 좀 차려봐. 바하두르 어디 가면 만날 수 있어?"

"기숙사가 있어…… 아직 안덕에서 일하면 거기 있을 거야."

용기의 손이 힘없이 떨어져 내렸다. 볼록 튀어나온 아랫배를 셔츠가 겨우 가렸다. 그 아래 열린 지퍼 사이로 튀어나온 물건은 가리지 못했다.

"나 간다. 바지 입어."

용기는 점점 몽롱하게 취해갔다. 세휘는 그 모습을 물끄러미 보다 컨테이너를 빠져나왔다. 입구에 있던 장우산을 빼 들고 비바람이 몰아치는 밤거리로 나섰다. 다시 뺨을 세게 때렸다. 비에 젖은 손이 볼에 찰싹 달라붙었다.

기숙사는 재활용 센터 바로 옆이었다. 기숙사라기보다는 고시원에 가까웠고, 고시원보다는 창고라고 부르는 게 나아 보였다. 외국인 노동자 전용 시설로, 버려진 거나 마찬가지였던 땅에 공장 조합이 돈을 모아 컨테이너를 놓았다. 어떻게 하면 가장 저렴하고 효율적으로 건물을 올릴 수 있을지 고민한 끝에 탄생한 노예선이었다. 컨테이너 하나에 네 명이 지내는 구조였다. 화장실과 샤워 시설은 실외에 있었다. 낡은 찬장, 낡은 식탁, 낡은 세탁기 같은 것들을 공동으로 이용했다.

창문을 열어둬야 여름날의 열기가 조금은 빠져나갈 수 있었고, 그사이 몰려드는 각다귀를 피하기 위해 이불 위로 모기장을 펼쳤다. 방에서는 잠을 자는 게 전부였고 보통은 텔레비전이 있는 방에 열댓 명이 모여 앉았다. 세휘가 기숙사에 들어섰을 때 바하두르도 그곳에 있었다. 구석에 앉아 낄낄대던 바하두르는 세휘를 발견하고 어색하게 굳었다.

"바하두르. 나 좀 봐요."

누군가 리모컨을 들어 텔레비전 볼륨을 낮췄다. 바하두르기 지세를 고쳐 앉았다. 이 앳된 얼굴의 네팔 청년이 실종 사건의 범인이라고 믿기는 힘들었다. 하지만 안덕에 내려와 목격한 일들은 하나같이 천박하고 치사했다. 유년기 추억의 공간은 휴지처럼 구겨졌고 새로 펼쳐진 현실에 적응해야 할 때였다. 우선 앞에서 방울만 한 눈동자를 굴리며 떠는 이 외국인을 족치는 것부터 시작해야 했다.

"요새 무슨 일 해요?"

"공장 나가요. 왜요?"

"무슨 공장?"

"생선 다듬어요. 왜요?"

말끝마다 붙는 '왜요'가 거슬렸다.

"지난 주말에는?"

"놀았어요. 여기 친구들하고 시내에서."

세휘의 시선은 맞은편 컨테이너를 향했다. 입구에 영어와 한글로 쓴 바하두르의 이름표가 붙어 있었다. 문이 열려 있어 안이 훤히 보였다. 종교색이 물씬 풍겼다. 불교 묵주가 누우면 손 닿는 곳에 놓여 있었고 머리맡은 원색의 천으로 장식되어 있었다. 모래가 담긴 화로에는 얼마 전까지도 피웠던 것 같은 향이 꽂혀 있었다.

세휘는 다짜고짜 바하두르의 방으로 들어섰다. 바하두르가 세휘를 뒤따랐지만 잔뜩 성이 난 세휘를 제지하지는 못 했다. 노랗고 빨간 천을 떼어내 바닥에 팽개치는 게 시작이었다. 이불을 뒤집었지만 아무것도 나오지 않았다. 염주알이 바닥에 흩어졌다. 바하두르는 세휘가 벌이는 소란을 물끄러미 바라보고만 있었다.

세휘는 씩씩거리며 옷장을 뒤집었다. 여름 티셔츠부터 겨울 외투까지 쑤셔 넣어둔 옷장이었다. 그 아래 속옷과 양말이 쏟아졌다. 기름때 묻은 작업복 사이에서 마침내 세휘가 찾던 물건이 나왔다. 세휘는 의기양양하게 폴라로이드 카메라를 바하두르에게 내밀었다. 정작 바하두르는 영문을 모르겠다는 표정이었다.

"그게 왜요."

"이걸로 사진을 찍었지. 그걸 나한테 보냈잖아. 협박했잖아."

"사진 찍은 적은 있어요. 보낸 적은 없어요."

"거짓말. 이 사진. 이거 네가 찍은 거 맞잖아."

세휘는 용기와 바하두르가 찍힌 사진을 내밀었다. 바하두르는 사진을 흘깃 보고 대답했다.

"잃어버린 거예요."

"잃어버려?"

"협탁에 놔뒀었는데 없어졌어요."

"그걸 믿으라고?"

"진짜예요."

"네가 사진을 찍고 이걸 나한테 보낸 게 아니라고?"

"안 그랬는데요."

바하두르는 세상에서 가장 순진한 얼굴로 그렇게 말했다. 무력감이 세휘를 휘감았다. 바하두르의 말대로였다. 카메라 하나가 증거가 될 것도 아니고, 경찰에 들고 가서 떼를 쓸 수 있는 것도 아니었다. 그저 모르는 일이라고만 하면 되는 거였다.

한참 소란을 피우고 있는데 옆 컨테이너에서 누군가 나왔다. 우즈베키스탄이나 카자흐스탄쯤 되는 곳에서 왔을 법한 남자였다. 양손 가득 쓰레기봉투를 들고 있었다. 남자는 밤중에 벌어진 소란에 골이 났는지 고향 말로 투덜거리며 컨테이너 뒤로 봉투를 던져 놓았다. 컨테이너 뒤쪽은 가건물을 하나 더 세우려다 공사가 중단된 공터로, 지금은 기숙사의 쓰레기더미를 버리는 용도로 쓰였다. 안덕의 청소차는 일주일에 한 번 다

녀갔고 다음 수거일은 아직 이틀이 남아 있었다. 지난 5일간의
흔적은 아직 검정 봉투 속에서 잠자고 있는 셈이었다. 그 속에
바하두르의 흔적도 있을 거였다. 세휘의 눈이 반짝였다. 곧장
남자가 봉투를 던져 놓은 건물 뒷공간으로 갔다. 그 모습을 본
바하두르가 자리에서 벌떡 일어섰다.

'이미 한 번 해봤는데 못 할 것도 없지.' 세휘는 그런 생각으
로 가장 가까이 있는 봉투를 열었다. 짐승의 배를 가른 것처럼
내용물이 쏟아졌다. 이국땅에 기거하는 이주 노동자들에게 분
리수거는 먼 나라 이야기인 모양이었다. 누가 쓰던 건지도 모
를 목장갑을 꼈다. 지붕 위로 요란하게 비가 쏟아졌다. 차라리
그편이 작업하기 편했다.

세휘는 쓰레기봉투를 열어 바닥에 쏟았다. 쥐와 거미 떼가
지나갔고 장갑이 축축하게 젖었다. 역한 냄새에 숨이 찼다. 목
장갑을 낀 보람도 없이 팔목까지 시큼한 액체가 묻었다. 몇 달
전만 해도 검사였던 자신이 이제는 쓰레기 더미를 뒤지고 있
다는 사실에 자괴감이 몰려왔다. 세휘는 그런 생각이 한 번 자
리를 잡으면 걷잡을 수 없게 된다는 걸 알고 있었다. 과거를 미
화하는 순간 현재는 지옥이 된다.

영수증, 캔, 페트병, 감자 껍질, 생선 뼈가 바닥에 쏟아졌다.
태풍이 가벼운 곳들을 사방으로 날려버리면 세휘는 빈공간에
다시 쓰레기를 쏟았다. 여섯 개째 봉투를 찢는 순간 억센 손 하
나가 세휘의 팔을 낚아챘다. 바하두르 옆방에 있던 우즈베키
스탄인지 카자흐스탄인지에서 온 남자였다. 세휘는 애써 치운

쓰레기를 태풍 속에 쏟아버리는 미친년이었다. 외국인 몇이 이 미친년을 구경하려 고개를 내밀었다. 관자놀이 근처에 대고 손가락을 빙빙 돌리거나 어깨를 으쓱하는 무리 속에서 바하두르의 모습은 보이지 않았다.

"좀 더 찾을게. 찾고 내가 치운다니까."

남자는 러시아말을 내뱉으며 세휘를 한쪽으로 몰았다. 남자의 우격다짐에 가볍게 밀려나던 세휘는 주머니에서 지갑을 꺼냈다. 만 원짜리 대여섯 장이 딸려 나왔다.

"이거 받아."

남자는 냉큼 지폐를 받아 주머니에 넣었다. 세휘는 됐지? 하고 묻는 듯 남자를 쳐다봤다. 남자는 세휘의 말을 잘못 이해한 건지, 어깨를 한 번 으쓱하고는 함께 쓰레기를 뒤지기 시작했다. 검정 봉투를 들어 바닥에 쏟은 뒤 세휘가 원하는 걸 쉽게 찾을 수 있도록 내용물을 흩어 놓았다.

안덕이 외지인을 그렇게 만들었을 것이다. 거래를 하는 양 당사자의 균형이 맞아야 탈이 없었다. 시장에서 진준에게 얻어맞던 박수무당은 그 대가를 지불하지 못 한 거였다. 받은 만큼 지불하고 나면 적어도 해를 당할 걱정은 없었다. 남자는 씩씩거리며 쓰레기봉투를 해체했다. 굳은살이 멍게처럼 붙은 손은 보이지 않을 만큼 재빨랐다.

태풍이 쉬려는지 비바람이 잠시 멈췄다. 그러더니 짙은 안개가 꼈다. 맹티고개 너머에서는 천둥이 쳤다. 하여간 지랄 맞은 날씨였다. 땀이 흘러 브래지어까지 축축하게 젖었다. 봉투를 헤집던 남자는 세휘가 뭘 찾는지도 모르면서 손에 잡히는 것들을 코앞에 들이밀었다. 고장 난 라디오 부품, 쿠폰을 오려 낸 전단지 조각, 페트병을 본 세휘가 연거푸 고개를 저었다. 그럼 이건? 남자의 집게 손끝에 사진 한 장이 달랑거렸다. 초점이 나간 폴라로이드 필름 사진이었다.

세휘가 물었다.

"이거 어디서 찾았어? 웨어? 웨어 워즈 잇?"

남자는 커다란 비닐봉지 안에서 백화점에서나 볼 법한 종이 봉투 하나를 내밀었다. 안에는 초점 나간 사진이 몇 장 더 들어 있었다. 뒤에는 한글 연습을 한 듯 삐뚤삐뚤한 글씨가 쓰여 있었다. 봉투를 뒤지는데 뾰족한 것이 손을 찔렀다. 오랜 시간 쓸 일이 없어서였는지 황갈색 녹으로 뒤덮인 주삿바늘과 빈 앰플 더미였다. 지문의 굴곡 사이로 핏방울이 솟았다. 세휘는 입으로 피를 빨아 뱉어냈다. 손가락을 입에 넣고 새는 발음으로 물었다.

"바하두르 어디 있어."

남자는 어깨 으쓱하더니 엄지로 등 뒤를 가리켰다.

"갔어? 사라졌다고? 어디로?"

"몰라."

안개가 걷히고 다시 비가 쏟아졌다. 처마 아래로 빗방울이 끝없이 떨어졌다.

퀴퀴한 냄새를 풍기는 목장갑 아래 땀이 맺혔다.

잠을 뒤척이길 몇 시간째였다. 그물처럼 얽힌 상념이 장정호를 옭아맸다. 빠져나올 수 없는 덫이었다. 그 덫은 백색 소음으로 가득했다. 방향 없이 달려드는 소음에 결국 장정호는 이불을 걷어찼다. 호시탐탐 노리고 있던 상념은 일제히 장정호를 향해 달려들었다.

안덕은 도시의 규모에 비해 사건 사고가 많았다. 도난 같은 건 사건 축에도 들지 못했다. 타이어가 빠지며 머리 절반이 바닥에 갈린 쌀집 사장이나 물귀신이 되어 안덕 앞바다에 떠오른 친척 정도는 돼야 뉴스거리가 됐다. 장정호는 방관자로, 혹은 사건의 해결사로 등장하며 안덕을 조종했다. 이 좁은 땅이 자신의 손아귀에 있는 기분으로 인생을 살았다. 드러나지 않는 권력은 등 뒤에서 장정호를 든든히 보살펴줬고 권력에 취한 이들은 장정호 앞에 머리를 조아렸다. 그런 안덕이 지금 장정호를 향해 반기를 들고 있었다. 권력의 성에 생채기를 내고, 약탈을 일삼고 있었다. 이세 안덕은 안전한 곳이 아니었다. 달아나야 했다. 그 생각을 하는 것만으로도 수치스러웠다. 장정호를 괴롭히는 건 그 사건들이었다. 뭐가 이 사단을 만들었는지 기억해보려 했지만 떠오르는 게 없었다. 어쩌면 그 모든 사건이 거대한 물줄기가 되어 장정호를 덮치려 하는 건지도 몰랐다.

거실은 어두웠다. 아침이 돼도 해가 뜨지는 않을 것 같았다. 금방 물러갈 태풍이 아니었다. 비바람은 참을성 없는 채권자처럼 연신 창을 때렸다. 주방과 거실을 차례로 기웃거리던 장정호는 책상 앞에 앉았다. 서재 양쪽 벽을 책으로 채워 놓았지만 그중 한 권도 읽은 게 없었다. 서점에서 사회과학 분야를 그대로 떼다 가져온 거였다. 책보다는 그 너머에 있는 게 중요했다. 공산당 선언부터 군주론까지, 두 뼘 정도 되는 책을 덜어내면 금고가 나왔다. 처음 집을 지을 때 주문을 한 것으로 장정 넷이 들러붙어 낑낑대며 설치했다. 장정호는 비밀번호를 누르고 금고를 열었다.

어쩌다 이렇게 돼 버렸는지 아무리 생각해도 답을 찾을 수 없었다. 인생의 고비가 있을 때마다 최선의 선택을 하며 달려왔다. 옳은 선택만 한 건 아니었다. 수습을 하는 게 최선일 때도 있었다. 그렇게 시간을 벌었다. 금고 속에 있는 건 그 결과였다.

장정호는 금고 속에 놓인 보고서를 꺼내 책상에 놓았다. 다시는 읽을 일이 없을 거라 믿었던 보고서였다. 처음 보고서를 읽었던 날이 떠올랐다. 평생 이렇게 조잡한 보고서는 처음이었다. 보고서를 내밀고 흐뭇하게 웃던 조사관에게도 똑같이 말해주었다.

"이렇게 조잡한 보고서는 처음이군" 하고.

담당 수사관은 애초에 이 보고서를 상부에 올릴 생각이 없었다. 장정호를 압박하기 위한 용도로, 잘만 하면 조금 더 높은 곳까지 영향력을 미칠 수 있을 거란 기대로 한 글자씩 타이핑을 했다. 수사관은 원하는 바를 이뤘다. 얼마 후 전주로 내려가 한식당을 차렸으니까.

창밖에서 천둥이 번쩍였다. 장정호는 활자를 응시했다. 노안으로 흐릿한 눈에 힘을 줘봐도 달라지는 건 없었다. 건조한 문체였지만 아직까지도 문장 하나하나가 조소를 띠고 있었다. 서명이 있어야 할 곳은 비어있었다. 상부에 보고되기 전에 손을 쓴 덕이었다. 손끝에 침을 묻혀 종이를 넘겼다. 피의자 란에 새겨진 조승호의 이름은 뽑으려 할수록 속으로 파고드는 가시처럼 눈에 박혔다.

장정호도, 다른 동생들도, 정인숙도 아닌 조승호였다. 가장 착한 동생이라서 그런 거였다. 약한 인간이 가장 먼저 밟히는 법이었다.

조승호의 눈앞에 보고서를 내민 건 싸리눈이 휘날리던 겨울, 김영남의 덕소횟집에서였다. 멀리서 파도 소리가 철썩였다. 왜 납니까. 승호는 그렇게 물었다. 왜 접니까, 가 아니라 왜 납니까, 하고.

"하고많은 인간 중에 왜 하필 나를 골랐냐고요. 그간 뒤치다꺼리 많이 했잖아요. 이제는 강간범 누명까지 쓰라고요?"

장정호는 아구창을 거하게 날리고 싶은 마음을 누르고 아나고를 깻잎 위에 퍼 담았다. 까끌까끌한 깻잎과 함께 잔가시가 연신 잇몸을 찔렀다. 입안에 퍼지는 피 맛은 비렸고, 그런 장정호를 쳐다보는 조승호의 눈빛은 서늘했다.

"일단 먹어. 배가 불러야 머리도 제대로 돌지."

"배가 부르면 돼지밖에 더 되겠습니까."

장정호는 잔에 소주를 채웠다. 밤공기가 냉랭하게 횟집을 메웠다. 힐끔 고개를 들어 조승호를 봤는데 장정호를 잡아먹을 것 같은 표정이었다. 장정호는 괜히 주방을 향해 핀잔을 줬다.

"영남 동생. 오늘 회가 좀 거칠다."

"좀 잘게 썰 걸 그랬나요. 다시 올릴까요."

"됐네."

아나고는 소주에 섞여 식도를 긁으며 아래로 내려갔다. 장정호의 얼굴이 벌겋게 익었다. 조승호의 얼굴은 다른 이유로 붉었다.

"딸은? 제수씨도 잘 지내시나."

"사람을 이 꼴로 만들어놓고 가족 안부를 묻습니까."

"이 상태가 됐으니 묻는 거 아닌가. 별일 없이 끝날 거라니까."

"제 딸이 지금 검사입니다. 제 아비한테 이런 일이 있는 걸 알면 가만있겠습니까?"

"그러니까 이 양반아. 수사관과 협의가 된 일이라니까. 그 작자도 결국엔 실적이 아니라 돈을 원하는 거라고. 자네 이름을 걸면 집행유예로 끝날 거라지 않나. 우리가 잡혀가면 실형 산다니까. 좀 봐주게 동생."

조승호가 길게 콧김을 뿜었다. 장정호에게는 그게 수락의 신호로 보였다. 장정호는 조승호의 소주잔을 채우고 주방에 외쳤다.

"여기 사케 하나 가져옴세. 회 좀 더 썰어. 매운탕도 하나 내오고."

횟집에 고춧가루 향이 퍼졌다. 주방에 있던 김영남은 기침을 해대면서도 두 사람의 대화에 집중하고 있었다. 혹여 조승호가 거절할까 두려워하는 빛이 역력했다. 김영남을 비롯한 일당의 인생이 걸린 문제였다.

조승호는 강간범, 강간범들, 하고 중얼거렸다. 장정호가 역정을 냈다.

"강간이 아니라니까. 모두가 합의한 일인데 그 모양새가 좀 안 좋은 것뿐이야. 여기서 누가 피해를 봤다 그래. 말 좀 해보라니까. 누가 피해자냐고."

"정인숙 큰딸이 원했답니까. 환갑이 넘은 노인네들이랑 떡을 치고 싶어 하더냐고요."

"자네가 해봤어? 수연이 걔랑 해봤어? 그 송아지만 한 계집애가 어딜 봐서 고등학생으로 보여. 알 거 다 아는 나이야. 표정 하나 안 변하고 옷을 벗어젖히더라니까."

"어른들이 그렇게 만든 거겠지요."

"내 아버지는 소백정이었네."

"삼촌이 도축업자였다는 건 저도 압니다. 그게 면죄부가 됩니까."

장정호는 벽에 등을 기댔다. 바닥은 지글지글 끓었지만 말라붙은 벽지는 서늘하게 등을 식혔다. 찬 기운을 타고 신물이 올라오는 걸 술로 달랬다. 뱃속이 뜨끈했다.

"아버지가 소를 죽여서 돈을 버는 게 얼마나 부끄러웠는지 몰라. 아버지는 소를 잡은 날이면 꼭 술에 취해 돌아왔어. 돈을 뿌렸지. 지폐가 공중에 휘날리면 형제들이 죄다 그걸 잡느라 혈안이었어. 난 미동도 하지 않았는데, 지는 기분이 들었거든. 그러고 있으면 아버지가 물어보는 거야. 우리 막내는 돈이 싫니. 나는 그게 아니라고 대답했지. 소 비린내가 싫다고 했어. 거짓말은 아니었어. 피 냄새가 흙벽에 숭숭 박혀 있는 것 같았거든. 아버지 눈이 조금 슬퍼 보였던 것 같아. 그래도 일을 그만두지는 않으셨다네. 소를 잡거나 소를 팔면서 한세월을 보냈어. 가끔 내일 죽일 소를 집에 끌고 오는 일이 있었는데, 나는 새벽에 일어나서 고삐에 묶인 소 콧잔등을 긁어주곤 했어. 그래야 할 것 같았어. 그때 내 나이가 아홉 살인가 그랬지. 아이들은 가끔 말도 안 되는 행동을 하곤 하지 않나. 어쩐지 소 눈망울을 보고 있으니까 그런 생각이 들더라고. 이 미물이 잘못한 게 뭐가 있는가 하는. 반항심이었는지도 몰라. 아직까지도 무슨 심정으로 그랬는지 모르겠네. 소를 풀어줬지. 물안개가 미치도록 자욱한데, 소가 무서운지 도통 도망을 못 가. 갈대 몇 가닥을 뽑아서 엉덩이를 후려치니 그제야 슬금슬금 움직이더라고. 그러다 또 멈춰. 부지깽이를 가져다 정강이를 갈기니 움메, 하면서 울더라네. 고맙다는 뜻이었는지, 귀찮다는 뜻이었는지 모르겠어. 그러더니 눈앞에서 불이 번쩍이더라고. 소 뒷발에 맞은 거야. 코가 부러졌지. 소는 안개 속으로 사라졌고, 나는 그 뒷모습이 완전히 보이지 않을 때까지 바닥에 누워 있었어. 코피가 자꾸 흘러서 숨쉬기가 어려운 와중에도 다행이다 싶었지. 그다음은 어땠는지 아는가.”

김영남이 매운탕을 내왔다. 붉은 탕 위로 대구 대가리가 삐쭉 솟아 있었다. 장정호는 그날 생각이 나는 듯 코를 훌쩍이며 대구 대가리를 숟가락으로 꾹꾹 눌렀다.

"아버지한테 다리가 부러지도록 맞았지. 코가 부러졌는데도 말이야. 형들이 나서서 말려야 했어. 소는 결국 죽었다네. 큰형이 직접 소를 잡았지. 남은 고기는 그날 저녁 밥상에 올라왔네. 무슨 말인지 알겠는가. 그렇게 되는 거야. 어쩔 수 없는 일들이 있는 거라고. 선의나 정의감이 마음을 가볍게 해 줄지는 모르지. 그런 것들이 밥을 먹여주는 건 아니야."

김영남은 주방을 서성이며 둘의 대화에 귀를 기울였다. 장정호는 매운탕 한 숟가락을 입에 퍼 넣고는 이야기를 마무리하고 싶은 듯 소리 나게 식탁 위에 탁 내려놓았다.

"모두에게 도움이 되는 일을 하시게."

그날 조승호의 억울함으로 가득한 눈빛이 어찌나 쓸쓸해 보였는지 독기 가득했던 장정호의 마음도 약해질 지경이었다. 장정호는 준비해뒀던 마지막 말을 꺼냈다.

"가족은 내가 책임지겠네."

술에 취해 비틀거리던 조승호의 뒷모습은 무척 쓸쓸해 보였다. 도살장에 끌려가기 전날 안개 속으로 사라지던 소의 뒷모습을 연상시켰다. 조승호는 그렇게 방파제 사이로 사라졌다.

조승호가 익사체로 떠오른 건 다음 날 아침이었다. 실족사였다. 먼바다로 떠밀려가던 조승호를 목격한 주민이 있었지만 누구도 장정호를 언급하지는 않았다. 유서가 발견되지 않았다는 걸 알고 장정호는 안도의 한숨을 내쉬었다. 훌륭한 마무리였다. 수연의 거처를 파악할 수 있다면 더욱 좋았겠지만. 부디 세휘가 제 아비를 찾아 안덕에서의 일을 영원히 잊고 지내길 기원할 뿐이었다. 세휘는 조승호가 죽음에 이르게 된 이유를 영원히 모를 거였고, 그편이 모두에게 좋았다.

장정호가 저지른 악행 중 유일하게 찝찝함을 남긴 사건이었다. 해결하지 못한 질문 하나가 끊임없이 장정호를 괴롭혔다. 인숙과 박해남은 공범, 조승호는 죽었고 수연은 실종 상태인 마당에 대관절 누가, 왜, 인제 와서 지난 일을 헤집고 있는 건지. 그걸 알지 못해서 속이 터졌다.

장정호는 금고에서 현금을 챙겼다. 며칠간 쓸 옷가지도 한데 모아 캐리어에 담았다. 보고서는 불을 붙여 쓰레기통에 처박았다. 양철 쓰레기통이 녹을 듯 이글거렸다.

세휘는 그날 새벽 장정호의 집을 찾았다. 검은 천을 드리운 하늘은 밤사이 잠잠해지나 싶더니 이내 걸레를 짜내는 양 비를 쏟아부었다. 세휘는 벨도 누르지 않고 문을 두드렸다. 새벽녘이 돼서야 겨우 새우잠을 청하려던 장정호는 귀신을 본 것 같은 얼굴로 문을 열었다. 문을 두드린 사람이 세휘라는 걸 확인한 뒤에도 체인을 풀지 않았다. 당숙의 눈은 세휘가 아닌 그 뒤를 살폈다. 혹시 누가 따라온 건 아닌지 확인하는 눈치였다. 당숙은 남색 어둠과 한 서린 비바람이 몰아치는 허공을 한참이나 응시했다.

"뭔가 이 시간에."

"일단 들어가요, 당숙. 얘기 좀 해요."

잠을 못 잔 건 세휘도 마찬가지였다. 먹지를 바른 듯 눈 아래가 퀭했고 옷은 비에 젖어있었다. 오는 길에 편의점에 들러 아스피린을 샀다. 술 대신 약을 집어 든 세휘를 보고 아르바이트생은 고장 난 로봇처럼 허둥댔다. 세휘는 침을 가득 모아 아스피린을 삼켰다. 바스러진 가루에 혀가 아렸다.

"바하두르일지도 몰라요."

장정호가 눈을 게슴츠레 떴다. 새벽부터 무슨 뚱딴지같은 소리를 하느냐는 얼굴이었다. 세휘는 폴라로이드 카메라와 구겨진 사진, 주삿바늘이 들어있는 비닐봉지를 내밀었다. 쓰레기로밖에 보이지 않는 것들이 눈 앞에 펼쳐지자 장정호는 미간을 찌푸렸다.

"뭐야 이거. 쓰레기통이라도 뒤진 거야?"

세휘가 고개를 끄덕였다. 장정호는 굳은 얼굴을 하고서 세휘를 안으로 안내했다. 쓰레기통에는 잿더미가 된 서류 뭉치가 담겨 있었고, 옷장은 긴 여행을 떠날 채비를 마친 듯 공허했다. 묵직한 28인치 캐리어는 신발장 앞에서 조바심을 냈다.

장정호의 집은 별장을 연상시켰다. 왁스를 얇게 펴 바른 나무가 벽지를 대신했고 지난겨울 거실에 온기를 전해주던 벽난로에는 검은 숯이 땡땡하게 굳어 있었다. 그 옆에 먼지 쌓인 장작이 한가득이었다. 높은 천장에는 샹들리에가 달려 있었는데 그게 장정호의 집에서 유일하게 반짝이는 물건이었다. 나머지 존재들은 모두 늙어가는 중이었다. 거미줄이 힘없이 늘어져내렸고 나무 기둥 옹이에는 곰팡이가 폈다. 이가 맞지 않는 나무 틈새는 바람이 불 때마다 삐걱였다. 세휘의 눈에는 그 모든 게 조금 휘어진 듯 보였다. 용기의 컨테이너에서 먹은 약 기운이 남은 탓인지도 몰랐다.

"바하…… 그게 누군데."

장정호가 물었다. 소파에 기대어 앉은 모습이 평소보다 몇 배는 지쳐 보였다.

"바하두르요. 외국인 노동자요. 정황이 맞아요. 사진도 그렇고. 기숙사를 뒤졌더니 이런 게 나왔어요. 앰플에 적혀 있는 거로 검색을 해봤어요. 수면제로도 쓰이고 최면 용도로도 쓰인대요. 납치할 때 사용한 게 분명해요."

"인상착의 좀 설명해봐."

"외국인이고요. 네팔 사람인데 얼굴이 검고……"

그게 다였다. 달리 설명할 말을 찾을 수 없었던 세휘는 입을 다물었다. 생각해보면 바하두르에 대해 아는 게 없었다. 재활용 센터에서 몇 번 만난 게 전부였다. 세휘가 입을 열기를 기다리는 장정호를 보고 있으니 숨이 목에 걸렸다. 얼굴이 검고…… 얼굴이 검은데…… 그다음 말이 도무지 생각나지 않았다. 세휘의 손이 주머니를 향했다. 그곳에 사진이 있었다. 세휘는 비에 젖은 사진의 물기를 닦아 탁자 위에 올렸다. 활짝 웃는 용기 옆, 바하두르는 알 듯 말 듯 한 미소를 띠고 있었다.

"여기. 이 사람이요."

장정호는 바하두르의 얼굴을 뚫어지라 쳐다보고는 세휘를 향해 밀어냈다.

"걔가 왜 그랬을까."

"짐작 가는 일이 없어요?"

"5분 전까지만 해도 모르던 인간인데 알 게 뭐야."

장정호는 말하다 말고 벽에 걸린 광주리에서 귤을 꺼냈다. 세휘에게도 하나를 내밀었지만 먹을 기분이 아니었다. 신 음식이 들어갔다가는 위장이 남아나지 못할 것 같았다. 이미 찰랑거리는 위산으로 속이 쓰렸다. 장정호는 이로 잘근잘근 귤을 씹으며 물었다.

"바하두르는 지금 어디 있는데."

"사라졌어요. 진짜 조심해야 해요, 당숙."

당숙, 하고 부르니 없던 친밀감도 생길 판이었다. 저도 모르게 혈연이길 거부하던 참이었다. 정작 장정호가 위기에 처했다는 생각이 들자 몹쓸 친근함을 느낀 건 점박해서였다. 당숙까지 납치되면 좋을 게 없었다. 잃을 게 많은 쪽은 여전히 세휘였다.

"여길 떠야겠어. 외국으로 가는 게 좋겠어. 그동안 자네는 그 외국인 소재를 파악해 보라고."

"비행기가 뜰 수 있을까요."

장정호는 귤을 까느라 노랗게 변한 손가락으로 커튼을 걷었다. 상공에 펼쳐진 건 하늘이 아니라 검은 소용돌이였다. 쇠도 가루로 만들어버릴 것 같은 비구름이 쉼 없이 몰아쳤다. 쇠창

살 같은 비가 내리고 그 사이로 벼락이 내리꽂혔다. 안덕은 태풍의 직격탄을 맞는 중이었다.

"안 되겠는데요."

"그럼 우리나라 어디라도 좋아. 제일 빨리 출발하는 기차가 언제지."

"어디로 가시게요."

"서울로 가야지. 아는 사람들이 좀 있어."

"바로 가세요?"

"동네방네 소문낼 일 있나. 잠깐만 피하면 돼."

세휘가 재빨리 스마트폰을 뒤졌다. 가장 빠른 기차가 일곱 시에 있었다. 서울까지는 두 시간 거리니 아홉 시면 당숙은 안덕을 빠져나갈 수 있었다. 밖은 빗소리로 요란했다. 시간을 짐작할 수 없는 날씨였다. 벽에 걸린 괘종시계가 요란하게 종을 쳤다. 여섯 시였다. 장정호는 세휘가 검색을 하는 사이 택시를 불렀다.

"따라와. 짐 들고."

세휘는 집을 나서기 전 당숙의 집을 둘러봤다. 주인을 떠나보낼 채비를 마친 집은 그래서 더 쓸쓸해 보였다. 샹들리에의 불이 꺼지고 나니 들리는 거라곤 창을 때리는 빗소리와 벽을 파고든 바람이 만들어낸 공명이 전부였다. 당숙은 얼마나 오래 혼자였을까. 이 집에 타인이 들어온 건 또 언제였을까. 벽에 걸린 액자에는 해가 들어오는 만큼만 누렇게 바랜 글자가 새겨져 있었다. 파사현정(破邪顯正). 그릇된 것을 깨고 바른 것을 드러낸다는 뜻이었다. 그래서, 그른 건 뭐고 바른 건 뭐냐고 묻고 싶었다.

택시는 태풍을 뚫고 달렸다. 뻑뻑한 와이퍼가 빗물을 몰아내면 참을성 없는 구름은 그 자리에 고스란히 물벼락을 퍼부었다. 기차 출발을 30분 앞두고 역에 도착했다. 장정호는 비를 피해 날아온 비둘기들이 모여있는 대합실 의자에 자리를 잡았다. 비둘기가 신경질적으로 날갯짓을 하며 구석으로 달아나자 장정호는 신발까지 벗고 발을 뻗었다. 세휘는 그 맞은편에 서서 주위를 살폈다. 졸린 눈의 역무원은 비옷도 벗지 않고 벽을 타고 내리는 비를 바라보고 있었다. 빗물은 바닥으로 흘러내려 웅덩이를 만들었다. 그 위로 비둘기가 똥을 쌌다.

세휘와 장정호를 빼면 승객은 두 명이 다였다. 동남아 출신 노동자가 한 명, 늙수그레한 중년 남성이 한 명이었다. 안덕 역에 서는 기차가 뜸해진 지 오래였다. 아직은 산업단지가 남아있어 명맥을 유지하고 있지만 곧 역을 폐쇄한다는 얘기도 심심찮게 돌았다. 지역 국회의원인 박해남의 공약이 안덕을 관광단지로 변화시켜 이곳에 KTX가 들어오게 하겠다는 거였다. 어차피 표를 던져줄 사람들은 그 말을 믿지 않았고, 나이 지긋한 노인들은 혹여 땅값이 오를까 솔깃해하는 눈치였다.

지켜보는 눈이 있으니 바하두르가 나타나 장정호의 손가락을 잘라버릴 것 같지는 않았다. 장정호는 심드렁하게 밖을 한 번 쳐다보고는 기차에서 먹을 달걀과 커피를 샀다. 그 모습이 워낙 느슨해 보여 실소가 터졌다.

대합실 벽 텔레비전에서 뉴스가 나오고 있었다. 일주일 정도 장마가 이어진다고 했다. 대한민국 곳곳이 물난리였다. 태풍의 영향력이 점점 심해지는지 비가 사선으로 내리기 시작했다. 머리가 아니라 뺨에 비가 쏟아질 판이었다.

퍼붓는 비를 뚫고 기차가 도착했다. 도착을 알리는 안내 방송은 질 나쁜 마이크 탓에 조회 훈화 말씀처럼 뭉개졌다. 장정호는 짐을 들 생각도 하지 않고 플랫폼으로 나섰다. 캐리어를 기차까지 끌고 간 건 세휘였다.

"바하두르라는 놈 발견하면 말이지."

장정호는 문 앞에서 캐리어를 넘겨받으며 말했다.

"절대 경찰에 신고하지 말고 나한테 얘기해. 무슨 수를 써도 좋으니까 그렇게 하라고."

그렇게 말하는 장정호의 목소리가 비닐봉지처럼 떨렸다. 아직 꾹꾹 눌러 담은 분노를 터뜨릴 시기가 아니라고 얘기하는 것 같았다. 그래 봐야 당장은 힘없는 노인네였다. 세휘는 그 노인네가 자신의 목줄을 쥐고 있다는 걸 인정해야 했다. 자신이 카드를 쥐고 있다고 생각했던 적도 있었지만 여전히 세휘의 갈망이 더 컸다. 장정호는 세휘가 눈치도 못 채는 사이 목줄을 채웠다. 사냥개들은 다 사라진 지금, 당숙은 새로운 사냥개를 구한 셈이었다.

기차가 출발하기 직전 세휘가 말했다.

"당숙. 제 정계 진출은…… 우리 수민이는…… 양육권 말인데요……"

쏟아지는 빗소리가 장정호의 말을 집어삼켰지만 그 귀찮음 가득한 표정과 손짓으로 답을 읽을 수 있었다.

"나중에. 나중에 얘기하자."

장정호는 힘겹게 캐리어를 끌어 올렸다. 뒷모습이 구부정했다. 장정호는 불행에 맞서 전진하는 투사 같은 게 아니었다. 장애물 앞에서 냅다 후진 기어를 넣고 뒤로 질주하는 패배자였다. 건사해야 하는 것이 제 한 몸 밖에 없는 장정호는 졸지에 겁쟁이가 되어버렸지만 세휘는 상황이 달랐다. 범인을 잡고 당숙을 살려내야 했다. 그게 수민이를 위한 길이었다. 엄마를 구하는 길이었다. 이 사건의 끝에는 영광과 평안이 있을 거라 세휘는 믿어 의심치 않았다.

바하두르가 유력한 용의자로 떠오른 마당에 주저할 것도 없었다. 정인숙도 간과해선 안 되는 인물이었다. 둘 사이에 뭔가 있는 게 확실했고, 당숙이 안덕을 떠나있는 동안 세휘는 그 연결고리를 확인할 생각이었다.

다만 피곤이 몰려왔다. 밤을 꼬박 새운 참이었다. 대지를 흔드는 천둥소리가 자장가 같았다. 집으로 돌아간 세휘는 젖은 발을 닦고 죽은 것처럼 잠이 들었다 깼다. 무슨 꿈을 꾼 것 같았지만 기억나지 않았다. 깨어 있을 때 벌어진 일도 잘 기억이 나지 않는 요즘이었다.

밖이 소란스러웠다. 열두 시가 넘었다. 이미 학교에 가 있어야 할 수민의 목소리가 들렸다. 세휘는 지끈거리는 관자놀이를 누르고 거실로 나섰다. 수민은 불어터진 라면 앞에 앉아 엄마와 실랑이하는 중이었다.

"배고프다며. 이거라도 먹어야지."

엄마는 퉁퉁 불은 라면이 애벌레라도 되는 것처럼 손사래를 쳤고, 수민은 억지로 라면을 들이밀었다. 정말로 할머니가 걱정된다기보다는 무슨 실험을 하는 것 같은 모습이었다. 수민의 입가에 옅은 미소가 번졌다.

세휘가 다가가 냄새를 맡았다. 라면에서는 식초를 부은 것처럼 시큼한 냄새가 났다.

"라면 언제 끓인 거야?"

"하루밖에 안 됐어."

어제 끓여 놓은 라면인 모양이었다. 집을 비운 사이 벌어졌을 일을 상상했다. 태풍 때문에 학교에 가지 않는 날, 둘이서 라면을 끓여 먹었고⋯⋯수민은 하루 사이 쉬어버린 라면을 할머니더러 마저 먹으라고 들이밀고 있는 거였다. 혈관이 바싹 마르는 기분이었다.

아픈 엄마와 혼자 있는 아들에게 느껴야 할 죄책감에 앞서 화부터 치밀었다. 그 상황을 즐기는 듯한 수민 때문이었다. 분명 배달 음식을 시켜 먹으라고 했는데, 그 돈은 또 어디로 간 걸까.

"너 할머니한테 왜 그래."

세휘는 수민의 손을 탁 쳤다. 라면이 나무젓가락에서 미끄러졌다. 수민은 실험을 방해받은 게 화가 났는지 눈을 치켜떴다. 엄마가 아니라 귀찮은 악당을 보는 눈빛이었다. 방아쇠에 손가락을 걸어 다니면 엄마가 사라질 거라 믿는 눈빛이었다. 그러지 못해 속상한 얼굴이었다.

세휘는 파리채를 들었다. 채 부분을 손에 쥐고 손잡이로 수민의 어깨를 때렸다. 생각보다 큰 소리가 났다. 수민이 아, 하고 소리쳤다. 세상 모든 사물이 동시에 소리치는 기분이었다. 낡은 에어컨이 웅웅거리고 냉장고 모터가 요란하게 돌았다. 박자를 맞춰 쿵쾅거리는 세탁기가 소음을 더했다. 그 사이에서 세휘와 수민 두 사람은 그림 속 인물처럼 정지 상태였다. 세휘가 매를 드는 것도, 수민이 엄마에게 매를 맞는 것도 둘 모두에게 처음 있는 일이었다.

수민의 어깨가 손잡이 모양으로 부어올랐다.

"할머니한테 왜 그러냐니까. 너 대체 뭐가 문젠데. 할머니한테 이따위로 행동하질 않나, 하루 종일 게임만 하질 않나."

수민은 대답하지 않았다. 영원히 지워지지 않는 낙인이 어깨에 새겨신 깃처럼 매 맞은 자리를 입으로 불었다. 숨소리는 점점 빠르고 거칠어졌다. 수민은 떨리는 아랫입술을 깨물더니 일어나서 제 방으로 들어가 버렸다.

"박수민!"

방문이 쾅 하고 닫혔다. 엄마는 천둥이 친 것처럼 어깨를 움찔했다. 당장 달려가 수민을 거실로 끌어내고 싶은 걸 참았다.

겨우 서너 달 사이의 일이었다. 서울에서 내려온 지 백일도 안 돼 귀여운 열두 살짜리 아들은 종잡을 수 없는 골칫거리가 되어있었다. 모자간의 갈등은 살면서 몇 번 겪을 거라 예상했지만 수년 뒤의 일일 줄 알았다. 준비가 되어있지 않기는 세휘도 수민도 마찬가지였다.

세휘는 퉁퉁 불은 라면을 변기에 부었다. 좌변기가 시뻘겋게 변했다. 소용돌이 속으로 빨려 들어가는 라면 국물 위에 눈물을 쏟고 싶었다.

손을 씻고 거실로 나오자 엄마는 물끄러미 세휘를 올려봤다.

"배고파. 밥 먹자."

세휘는 모진 자녀 교육을 마다하지 않던 엄마와 치매에 걸린 노인 사이의 간극을 좁혀보려 애썼다. 아무리 노력해도 그 차이가 좁혀지지 않았다. 불과 석 달 사이에 달라진 건 수민만이 아니었다. 엄마의 건강도 눈에 띄게 안 좋아지고 있었다. 언뜻언뜻 정신이 돌아올 때가 있었지만, 그 간격은 뜸했다.

'엄마, 나도 힘들어.' 그렇게 말하고 싶었다. 엄마 배에 머리를 대고 누워 칭얼거리고 싶었다.

"기다려 엄마. 티브이 보고 있을래? 드라마 볼까?"

세휘는 채널을 몇 차례 돌려 주말 드라마 재방송을 찾아냈다. 볼륨을 높이고 드라마의 세계와 현실 세계가 중첩되고 나서야 집이 정돈된 것처럼 느껴졌다. 세휘는 냉장고에서 찬거리를 꺼내 식은 밥과 함께 섞었다. 달군 프라이팬 위로 밥알이 튀었다. 접시에 볶음밥을 담아 상에 올렸다. 엄마는 화면으로 빨려들 것처럼 드라마에 집중했다. 별 볼 일 없는 사랑 이야기였지만 젊은 배우들이 엄마의 관심을 끈 것 같았다. 특히 정장에 넥타이를 한 남자 주인공에게서 시선을 뗄 줄 몰랐다. 안덕은 무책임하게 늙어가기만 했고, 공장은 정장보다 작업복이 어울리는 곳이었으니 아마 엄마가 본 정장 차림의 젊은 남자는 결혼식장의 남편이 마지막이었을 것이다.

엄마가 식사를 하는 동안 세휘는 아스피린을 한 알 꺼내 먹었다. 헝클어진 머리칼이 자꾸 뺨에 붙었다. 언제 그칠지 알 수 없는 태풍이 이어졌다. 대낮에도 어둑어둑해서 긴 밤이 계속되는 느낌이었다. 이 비바람이 멎어야 두통이 덜할 것 같았다.

식사를 끝낸 엄마는 개수대에 접시를 던져 놓고 방으로 들어갔다. 지독한 스릴러의 한 장면이 끝났다. 세휘는 컷 사인을 들은 배우처럼 무너졌다. 손끝으로 진이 빠져나갔다. 그 와중에도 머리는 바삐 돌았다. 잠들기 전 이미 다음 할 일들을 정리해둔 게 다행이었다. 세휘는 머릿속에 만들어 둔 바인더를 천천히 넘겼다. 그 첫 장에 적힌 미션은 용기에게 전화하기였다.

"어 누나. 잘 들어갔어?"

용기의 목소리는 함께 술을 퍼마시고 약을 한 게 맞나 싶을 만큼 씩씩해서, 좀 억울했다. 세휘는 이야기가 길어질까 싶어 바로 본론을 꺼냈다.

"너 바하두르랑 연락돼?"

"안 그래도 누나 말 듣고 연락 한번 해 봤는데. 걔 전화 중지시켰어."

혹시나 하는 마음이었지만 돌아오는 대답은 뻔했다. 세휘가 재차 물었다.

"갈 만한 곳은 없고?"

"글쎄. 기숙사에 가 본 거 아니었어?"

"거기서 봤는데 사라졌어. 너 혹시라도 바하두르하고 연락되면 바로 나한테 말해야 돼. 들리는 얘기가 있어도 알려주고. 누가 목격을 했다거나 하는 거. 무슨 말인지 알지."

"알겠는데…… 누나 걔가 무슨 일 저질렀어?"

걱정이 뚝뚝 묻어 나오는 말투에 모든 걸 털어놓을 뻔했다. 아랫배까지 털이 북슬북슬한 아저씨 대신 세휘의 손을 잡고 세상 모든 걱정을 혼자 하던 아이가 수화기 너머에 있는 것 같았다. 지금 상황에서 도움이 될 것 같지 않은 감정을 향해 무게추가 기우는 것 같았고, 그래서 말을 아껴야겠다고 생각했다. 세휘는 인사도 하지 않고 전화를 끊어버렸다.

바인더의 두 번째 페이지에는 정인숙의 이름이 있었다. 괴물 같은 여자의 신변을 확인할 차례였다. 이번에는 한병주에게 전화를 돌렸다. 네, 하고 졸린 목소리가 대답했다.

"잤어요?"

"네."

"정인숙은요?"

"방금 전까지 지켜보다 집에 온 거예요. 그 사람, 이 날씨에도 낚시했어요."

"고기가 잡혀요?"

"잡히긴 하죠. 운 좋으면. 근데 얕은 바다에서는 안 잡혀요. 배를 타고 나가면 모를까. 그러고 보니까 좀 이상하네…… 동굴 근처는 깊은 바다가 없거든요."

"동굴? 머구리 바위에 있는 그거요? 거기서 뭘 했대요."

"낸들 아나요…… 태풍 때문에 미쳤나 보죠."

정적이 흘렀다. 한병주의 숨소리는 나른했다. 태풍 한가운데 소란을 떨다 왔으니 지금은 귀에다 경적을 울려도 졸릴 거였다. 그러거나 말거나, 세휘는 한병주의 말을 곱씹었다. 전에도 머구리 바위 근처에서 정인숙을 목격한 적이 있었다. 이 날씨에 바닷가에서 뭘 했을까. 바다를 곁에 끼지 않고는 살 수 없다는 것처럼 온몸에 비린내를 풍기는 여자였다. 두고 온 게 있을까. 확인할 게 있었을까. 이 태풍 속에서도 꼭 거기까지 가야 했을까.

"아 맞다."

한병주는 나른한 숨소리를 멈추고 말을 이었다.

"낚시하러 가면서 무슨 짐을 그렇게 많이 갖고 가는지 몰라. 우산도 안 쓰고 양손 가득 짐이 한 보따리던데요."

한병주의 말을 들으니 인숙의 집에서 목격한 광경이 떠올랐다. 양은 냄비에서 핏물을 쏟아내던 고깃덩어리. 전쟁 대비라도 하는 것같이 많은 양의 고기를 중식도로 썰던 인숙.

"나올 때는요?"

세휘가 물었다.

"네?"

"나올 때도 그 짐 그대로 갖고 나왔어요?"

한병주는 낡은 테이프처럼 늘어진 기억을 되살리려 애를 썼다. 잠깐 이어진 정적 끝에, 한병주는 의아한 말투로 말했다.

"어라? 그러고 보니 나올 때는 짐이 없었어요."

"절벽 아래 동굴이죠?"

"네."

"마저 자요."

젖은 옷은 벗어 놓은 모양 그대로 바닥에 놓여 있었다. 속옷에서는 시큼한 냄새가 났다. 세휘는 장화를 신고 아빠가 쓰던 비옷을 걸쳤다. 우산으로 어떻게 할 수 있는 날씨가 아니었다. 비옷은 크고 무거웠다. 방수천 속에 갇힌 피부는 답답하다고 비명을 질렀다. 신발장 거울에 인숙을 꼭 닮은 여자가 서 있었다. 벌컥 문을 열고 들어온 도연이 자지러질 듯 놀란 것도 무리는 아니었다.

놀란 얼굴이 자칫 세휘의 기분을 상하게 할까 봐 내색하지 않으려 애쓰는 것도, 태풍을 뚫고 일을 하러 온 것도 제법 책임감이 있어 보였다. 초등학생으로밖에 보이지 않던 외모가 그 순간만큼은 훌쩍 자란 것 같았다.

"할머니는 방금 밥해드렸고 수민이는 방에 있어. 할머니 오래 주무실 것 같으면 그냥 가도 돼. 태풍까지 부는데 오늘은 쉬지 그랬니."

"돈 받고 일하기로 한걸요."

"그래. 그럼 이따 수민이 공부하는 것도 봐주면 좋고. 엄마는 집에 계시니?"

"네. 방금 돌아오셨어요."

도연은 거실로 올라섰다. 한 단 위에 서 있으니 장화를 신은 세휘와 키도 엇비슷했다.

"어디 나가세요?"

"넌 뭐 그렇게 궁금한 게 많니. 전화기 가져가니까 일 있으면 연락해."

세휘는 집을 나서기 전 닫힌 두 방문을 바라봤다. 엄마는 잠이 들었는지 방안이 조용했다. 수민은 볼륨을 최고로 높여 놓고 게임을 하는 중이었다. 영화라면 건너뛰고 싶은 장면이었다. 빨리 감기 버튼을 눌러 결말을 보고 싶었다. 그 끝에 뭐가 있을지 몰라도, 지금보다는 나을 거라 믿었다. 세휘는 엄마가 깨지 않게 조심스레 문을 닫았다. 밖으로 나서자 기다렸다는 듯 태풍이 사방에서 몰아쳤다.

머구리 바위까지는 걸어서 삼십 분 거리였지만 태풍 속에서 시간은 더디게 흘렀다. 장화를 신었는데도 종아리를 타고 빗물이 흘러 발바닥이 축축했다. 깨진 보도블록 사이로 새어 나온 진흙이 밑창에 들러붙어 바쁜 걸음을 붙잡았다. 세휘는 발을 털어 진흙 덩어리를 날려 보냈다.

바닷가에 도착했을 때는 집을 나왔을 때보다 훨씬 강한 바람이 불었다. 날카로운 파열음을 동반한 키를 넘는 파도가 연신 방파제를 때렸다. 해안에 쌓인 쓰레기가 머리 위로 솟구치다 떨어졌다. 세휘는 무릎까지 차오른 파도를 뚫고 머구리 바위까지 걸었다.

바위 너머가 동굴이었다. 바다 쪽으로 입을 벌리고 있어 드론을 띄우거나 직접 바다로 나가지 않는 이상 외지인들은 동굴의 존재를 알기가 힘들었다.

세휘는 동굴 안으로 들어섰다. 한 걸음을 옮겼을 뿐인데 바가지로 퍼붓는 듯한 비는 딴 세상의 일이었다. 동굴 앞으로 층층이 늘어선 바위가 자연 방파제 역할을 한 결과였다. 축축하게 젖은 고요가 세휘를 맞이했다. 화강암 천장에 맺힌 빗방울이 낙하하며 웅덩이에 수없이 많은 동심원을 만들어냈다.

동굴에 물귀신이 있다고 했지. 사람 혼을 빼버린다고 했지. 웅덩이에 꼿꼿이 서서 동굴에 들어오는 사람을 홀린다고. 그 통에 어부 여럿이 먼바다로 휩쓸려 갔다고. 어렸을 때는 그 말이 그렇게 무서웠다.

어른이 되어 찾아간 동굴에는 물귀신은 고사하고 부유하는 쓰레기밖에 보이지 않았다. 울퉁불퉁한 바닥에 발이 쑥 빠졌다. 허벅지에 한 뼘짜리 흉터를 남기지 않으려면 조심해서 걸어야 했다. 검은 물이 장화 속으로 몰려왔다. 기분 나쁜 한기가 아랫도리를 감쌌다.

여기서 고기가 잡혔을까. 한병주의 말대로 깊은 바다는 한참을 가야 했고 이 태풍 속에 해안으로 밀려올 고기가 있을 리도 만무했다. 게다가 정인숙이 가져왔다는 짐도 흔적을 찾을 수 없었다. 한병주가 묘사한 대로 그 괴물 같은 여자가 양손에 한 보따리를 들어야 할 짐이라면 이 동굴 속에 보이지 않게 감춰 놓는 건 불가능했다. 파도에 쓸려 내려갔을 수도 있겠지만, 그러기엔 동굴까지 몰아치는 파도는 너무 잠잠했다. 알려지지 않은 통로가 있을지 살펴봤지만 화강암으로 이루어진 동굴은 머구리 바위를 향해 입을 벌리고 있을 뿐, 나머지 공간은 완전히 폐쇄된 상태였다. 이 태풍 속에서 한병주가 잘못 본 게 틀림없다고 결론지었지만, 어림짐작으로 정답을 찍어 제출한 시험지를 보듯 찝찝한 기분이었다.

세휘는 무릎을 굽혀 바닥에 있는 쓰레기를 건졌다. 그 부유물 속에서도 인숙의 흔적은 찾을 수 없었다. 시장 입구 비바 나이트 전단지, 삭아서 터진 우유갑, 페트병 같은 것들이 무릎에서 찰랑거릴 뿐이었다.

장화 속에서 발이 팅팅 부었고 수초와 쓰레기가 끝없이 종아리를 간지럽혔지만 세휘는 동굴 속에서 조금 더 머무르고 싶었다. 한 발 밖 세상은 태풍이 부는 세상이었고 사람들이 실종되는 공간이었다. 적어도 이 화강암으로 만들어진 신전은 안전하게 느껴졌다. 고작 이 정도의 공간에서 안도감을 느낀다는 사실이 초라했다. 어깨가 차게 식었다. 당당한 검사, 한 가정의 엄마, 자랑스러운 딸의 모습은 존재하지 않았다. 세휘는 그 자리에 주저앉았다. 엉덩이가 축축하게 젖는 것도 개의치 않았다.

안덕의 바다는 좀처럼 잠잠해질 줄을 몰랐다. 바닷물이 어느새 허리까지 차올랐다. 밀물이 시작되는 시간이었다. 어렸을 때도 동굴에 모여 놀다 보면 어느 틈에 시간이 흘러버리기 일쑤였다. 키가 작은 아이들은 가방이 젖지 않게 머리 위에 가방을 얹었다. 빨갛고 파란 가방이 줄을 지어 해변가를 걸었다. 그 모습을 보는 어른들은 더러는 위험하다고 호통을 쳤고, 더러는 귀엽다고 손뼉을 쳤다. 동굴을 나온 세휘는 어린 시절 그랬던 것처럼, 파도가 세휘를 먼바다로 날려 보내지 않도록 조심조심 해변을 따라 걸었다. 비와 바람은 지치지 않고 연신 뒷덜미를 찔러댔다.

마침내 방파제까지 도착했다. 세휘는 방파제를 오르다 시큼한 고기 냄새에 얼굴을 들었다. 정인숙이 있었다. 우산도 쓰지 않고, 비옷도 걸치지 않았다. 어정쩡하게 벌린 다리 사이로 바람이 싱싱 부는 걸 느끼면서, 태연히 세휘를 응시하고 있다. 성게 가시같이 듬성듬성 솟은 눈썹이 미친 사람처럼 춤을 췄다.

뭘 하는 걸까. 왜 여기에 있는 걸까. 인숙에게 궁금한 것들이 너무 많았다. 이성을 가지고 생각할 수 있는 상태가 아니었다. 돌아버리기 직전의 오기로 세휘가 말했다.

"얘기 좀 해요."

세휘의 목소리는 태풍 속에 묻혔다. 인숙은 무표정하게 세휘의 입술을 바라볼 뿐이었다.

"말 좀 해봐요."

세휘가 방파제를 딛고 올라섰다. 정인숙은 그만큼 거리를 벌렸다. 세휘가 다가갈 때마다 인숙은 뒤로 물러섰다. 지켜보기만 할 뿐, 건드리지는 않겠다고 말하는 거였다. 오기가 생긴 세휘가 달리면 인숙도 성큼성큼 뒤로 물러났다.

"당신이 그랬어요? 바하두르하고는 무슨 사이에요?"

무슨 말을 해도 인숙에게 닿지 않을 것 같았다. 세휘는 쇳가루를 비비는 듯한 소리가 날 때까지 질문을 멈추지 않았다. 그렇게 쌓이고 쌓인 목소리가 언젠가는 인숙에게 닿을 거라 믿는 것처럼. 그렇게 맹티고개까지 걸었다. 고개 입구에 다다랐을 때 세휘는 지쳐있었다. 젖은 장화를 벗고 맨발로 걸었다. 그 상태로 돌멩이가 드문드문 드러난 진흙투성이 맹티고개를 오를 자신은 없었다. 인숙은 지친 세휘를 뒤로하고 고개를 넘었다. 산짐승 같은 몸놀림이었다. 천둥이 치는 하늘을 향해 아우, 하고 한 곡조 뽑았다면 그야말로 볼만한 광경이 될 것 같았다. 길이 좁아지고 수풀이 우거진 곳으로 들어가기 직전 인숙은 고개를 돌려 세휘를 봤다. 실망한 건지 미안한 건지, 아니면 배가 고프다는 건지, 어쨌건 몇 가지 감정을 구겨 넣은 인숙은 곧 수풀 너머로 사라졌다.

상것들은 본성이 천해서 상것이었다. 안덕에서 걸어서 한 시간 거리에 있는 여로읍 망태리는 천한 것들이 모여 만든 마을이었다. 일본이 물러가고 전쟁이 끝난 지가 언제인데도 양반 혈통이라는 것들은 노비 출신 어른들에게 반말을 툭툭 던지곤 했다. 소백정의 자식으로 태어난 장정호는 글도 모르고 자랐다.

봄이 오기 전 2, 3월이면 가난한 농촌 마을은 딱딱한 논바닥처럼 얼어붙었다. 농한기에는 심심한 날이 몇 달씩 이어졌다. 노름이나 계집질로 시간을 보내던 어른들은 무료함에 지쳐 아이들을 끌어내 싸움을 붙였다. 싸리눈을 피해 구들목에 처박혀 있던 아이들이 씨름판으로 끌려 나왔다.

천둥벌거숭이 둘을 붙여 놓는다고 싸움이 바로 되는 게 아니었다. 슬슬 약이 오르게 만들어야 했다. 동네에서 제일 얄미운 대호 아저씨가 그 역할을 맡았다. 대호 아저씨는 나이 어린 애 하나, 그보다 조금 나이가 많은 아이 하나를 세워두고 이렇게 말했다.

"야 때려봐. 괜찮아."

그러면서 어린 쪽을 툭툭 보채는 거였다. 괜찮다는 말에 어린놈이 큰놈에게 손이라도 대면 그게 시작이었다. 어른들은 뒹굴며 먼지가 피는 모습을 보며 깔깔댔다. 싸움은 어느 한쪽이 코피가 터져야 끝이 났다.

장정호는 대호 아저씨가 아무리 도발을 해도 응하지 않았다. 독이 오른 대호 아저씨는 고추는 달렸냐, 사내가 그래서 쓰냐고 비아냥거렸다. 나중에는 동네 아이들까지 장정호를 놀려댔다. 정작 미련해 보이는 건 어른들의 도발에 넘어간 아이들이었다. 아둔한 것들과는 친구가 되고 싶지 않았다. 덕분에 망태리에서 장정호는 늘 혼자였다. 그쪽이 편했다.

철없는 어른들과 거기에 휘말린 아이들을 말리는 건 대호 아줌마의 부인이었다. 동네 사람들이 소분이 이모, 소분이 이모 해서 장정호도 그렇게 불렀다. 코피를 흘리는 애가 있으면 저고리로 피를 닦고 개울가로 데려가 얼굴을 씻어줬다. 때린 애는 꼭 머리를 한 대 쥐어박았다. 소분이 이모는 좋은 사람이었지만, 몇 년 후 술 취한 대호 아저씨에게 맞아 죽었다. 소분이 이모가 맞아 죽을 때는 아무도 말리는 사람이 없었다.

장정호의 가족은 장정호가 열두 살 되던 때 안덕으로 거처를 옮겼다. 장정호는 거기서 학교를 졸업하고 기술을 익히러 서울로 향했다. 그 후로 한동안 안덕도 망태리도 찾지 않았다.

마지막으로 망태리에 내려간 건 소백정 아비가 죽던 날이었다. 안덕에 자리를 잡은 마당에 어쩌자고 다시 망태리로 내려가 소백정 일까지 했는지는 모르겠지만, 아무튼 간만에 잡아보는 소고삐가 힘에 부쳤는지 소를 통제하기는커녕 소가 하자는 대로 이끌려 다니다 그만 소뿔에 받혔다고 했다. 뿔이 갈비뼈를 부수고 간을 헤집어 놓았다고 했다. 사망 선고를 내린 의사가 그렇게 읊어줬다.

유서 깊은 백정 집안에 선산이 있을 리는 만무했다. 망태리 뒷산에 못자리를 정했다. 원래 살던 집에서 삼일장을 치렀다. 소백정 아비의 옆구리에 뿔을 꽂은 소는 수육이 돼서 제사상에 올랐다.

벌겋게 익은 낯들이 문상을 왔다. 씨름판에서 코피를 흘리던 꼬맹이들은 어른이 돼 나타났다. 한 번도 망태리를 떠난 적 없는 인생들이었다. 후딱 절 두 번을 끝내고, 향 내를 콧구멍에 쑤셔 넣은 뒤 장정호가 타고 온 그랜저 주위를 기웃거렸다. 서울 가서 출세하더니 고향은 잊어버린 거냐는 질타가 이어졌다. 이장은 마을 발전 기금을 내놓으라는 표현을 에둘러 하지도 않았고, 그에 동조하는 목소리들이 소란스러웠다. 소분이 이모가 없으니 말리는 사람도 없었다.

그 와중에 쪼그려 앉은 대호 아저씨가 눈에 들어왔다. 술에 취해서는 보이는 사람마다 시비를 거는 통에 주위에는 아무도 없었다. 예전과는 확연히 다른 모습이었다. 떡 벌어진 어깨는 소쿠리만큼 쪼그라들었고 허리는 구부정했다. 개기름처럼 흐르던 얄미운 표정만 여전했다. 그게 여전히 꼴 보기 싫었다. 발로 뒤통수를 후려주고 싶었다. 장정호가 이장을 보고 말했다.

"마을 발전 기금이라 그랬소."

"우리 마을에서도 자네 같은 사람들 많이 나오면 좋지 않나. 후학 양성을 위해서 힘 좀 써달라는 거지."

개뿔. 붓보다 호미를 먼저 쥐는 마을에서 후학 양성이랍시고 기금을 내놔봤자 절반은 이장과 그 수족들 주머니에 처박힐 게 뻔했다. 장정호가 이어 말했다.

"좋아요. 내가 당장 가진 현금은 없고, 저 그랜저 내놓겠수다."

이장이 눈을 반짝였다. 옆에 있던 젊은것들도 하이에나처럼 몰려들었다. 장정호는 주위에 모인 좌중을 한 번 둘러봤다.

"대신 차를 갈라서 나눠줄 수는 없으니, 한 사람을 정해야겠어요. 그 사람이 차를 내다 팔건, 혼자 갖건 하세요. 이 술 다 마시는 사람이 가지죠."

장정호가 가져온 건 오랜 시간 마당을 굴러 곰보처럼 얽은 양철 세숫대야였다. 거기에 막걸리와 소주를 섞어 부었다. 술 여섯 병이 동이 났다.

"참말인가? 이걸 마시면 저걸 준다고?"

이름도 기억나지 않는 놈 하나가 그렇게 말했다. 장정호가 그렇다고 대답했다. 그게 신호인 것처럼 여기저기서 팔을 걷어붙였다.

"흘려도 안 되고, 마신 뒤에 토해도 안 돼. 한번 시작하면 쉬어도 안 되고. 제일 먼저 성공한 사람이 갖는 거야."

먼저 하겠다고 달려든 건 스물을 갓 넘긴 청년이었다. 악어같은 하관에 이가 단단해 보였다. 턱보다 목은 더 굵었고 잔뜩 성이 난 승모근이 팔을 움직일 때마다 들썩였다.

호기롭게 시작한 도전은 세숫대야 절반을 비우지도 못하고 끝이 났다. 기다리던 도전자들의 얼굴에 안도감이 스쳤다. 장정호가 던진 제안은 제법 진지한 경연이 되어있었다. 사람들의 이목이 그쪽으로 쏠리자 대호 아저씨도 관심을 보였다. 뭔데, 뭔데 하고 묻더니 은근슬쩍 대열에 줄을 섰다. 몸을 제대로 가누지도 못하면서 그랜저를 가져갈 생각에 제 뺨을 쳐댔다.

도전자들은 차례로 떨어져 나갔다. 마당은 토사물 범벅이었나. 마을 사람들은 곡소리를 내면서도 꼭 차를 가져가겠다며 오기를 불태웠다. 순서를 기다리다 지친 청년들은 직접 술을 궤짝으로 날랐다. 소주와 막걸리 비율로 한참 실랑이하더니 계산하기 좋게 일대일 비율로 정해버렸다.

대호 아저씨 차례가 되었다. 목이 말랐다며, 차 잘 쓰겠다며, 세숫대야를 입에 대고 술을 흘려 넣었다. 목젖이 쉴 새 없이 위아래로 꿀럭였다. 지켜보던 이들은 혹여 대호 아저씨가 성공할까 걱정하는 기색이 역력했다.

막걸리와 소주를 섞어 여섯 병이었다. 일 분도 지나지 않아 그게 모두 대호 아저씨 뱃속으로 들어갔다. 대호 아저씨는 거하게 트림을 뿜어냈다.

"됐지?"

대호 아저씨가 키를 내놓으라며 손을 내밀었다. 장정호가 말했다.

"토하면 안 돼요. 한 시간만 더 참으세요, 아저씨."

대호 아저씨는 뭐 그딴 규칙이 다 있냐고 항변하려다 밖에 세워진 그랜저 생각이 났는지 얌전히 구석으로 향했다.

"그럼 난 잠이나 한숨 잘란다. 자고 나면 차가 생기겠네."

대호 아저씨가 코를 골고 누운 동안에도 시합은 계속됐다. 대부분은 대야를 비우지도 못했고, 겨우 마지막 한 방울을 비운 이들도 얼마 지나지 않아 마당에 거나하게 게워내고 말았다.

그러는 동안 사람들의 이목은 대호 아저씨에게 쏠렸다. 대호 아저씨가 그랜저를 가져가는 게 확실해지는 분위기였다. 십여 분만 있으면 정말로 그랜저를 가져갈 판이었다. 세상이 떠나가라 코를 고는 대호 아저씨의 얼굴에 흐뭇한 미소가 번졌다.

"저 사람 저러다 죽는 거 아냐?"

이장이 걱정스러운 질문에, 청년 하나가 대호 아저씨의 어깨를 흔들었다. 반응이 없었다.

"아저씨. 눈 좀 떠봐요."

코 고는 소리가 끊겼다 이어지기를 반복했다. 청년은 좀 더 힘을 줘 대호 아저씨를 흔들었다.

"아저씨. 아저씨 차 가져가야죠."

대호 아저씨가 벌떡 일어났다. 멍청해 보이는 얼굴이 주위를 둘러봤다. 차? 차 가져가야지. 세상이 빙글빙글 도는지, 목을 제대로 가누지 못했다.

멀쩡해 보이던 대호 아저씨의 얼굴에 갑자기 핏기가 가셨다. 동시에 볼이 부풀어 올랐다. 타이머를 맞춰 놓은 폭탄 같은 얼굴이었다. 대호 아저씨가 양손으로 입을 막았다.

"아저씨, 조금만 참아요. 오 분 남았어요."

장정호가 말했다. 대호 아저씨는 필사적으로 입을 틀어막았지만 소용이 없었다. 누운 자리에 그대로 먹은 걸 토해내기 시작했다. 얼마나 많이 처먹었는지 끝도 없이 토사물이 쏟아져 나왔다. 시큼한 냄새가 주변에 확 퍼졌다.

대호 아저씨는 이 상황을 믿을 수 없는 모양이었다. 무릎을 꿇은 채로 마지막 한 방울을 토해내고, 바닥까지 늘어진 침을 뱉은 후에 대호 아저씨가 말했다.

"토하고 또 마시는 건 상관없지?"

대호 아저씨는 눈물 콧물 범벅이 된 얼굴로 물었다. 웃음이 터지는 걸 힘껏 참았다. 아버지의 장례식이 진행 중이라는 사실이 도움이 됐다.

"그럼요 아저씨."

장정호가 말했다. 시합은 술이 모두 동날 때까지 이어졌다. 성공한 사람은 없었다. 초상집에서 사람 몇이 더 죽을 판이었다. 곡소리 대신 앓는 소리가 더 크게 울렸다.

"뭐, 이렇게 됐으니 나중에 서울 올라가면 발전 기금 좀 챙겨

보낼게요."

장정호가 말했다. 두 번이나 실패한 이장이 알아서 하라며 손을 저었다. 아버지의 삼일장에서 장정호는 웃었다.

그런 인생이었다. 부인이 남편한테 맞아 죽고, 애들 싸움에 노름을 하는 어른들 틈에서 학교를 졸업하고 사업까지 성공시켰다. 가슴을 답답하게 하는 응어리가 있으면 풀어야 직성이 풀렸다. 그 과정에서 누가 다쳐도 상관없었다. 독기라면 장정호 쪽이 한 수 위였고, 살아남는 데는 여태껏 만난 누구보다 자신이 있었다. 이번에도 그럴 거라 확신했다.

창을 때리던 비바람은 희한하게 안덕을 벗어나자 그 위세가 꺾였다. 안덕 쪽에만 구름을 모아 놓은 것 같았다. 창문으로 멀어지는 먹구름을 보고 있으니 목이 나른하게 꺾였다. 위협에서 멀어지는 기분이었고, 모든 게 제자리를 찾는 듯했다. 다만 아까부터 아랫배가 살살 아픈 게 거슬렸다. 삶은 달걀이 잘못된 듯싶었다. 시골 대합실에서 뭘 함부로 사는 게 아닌데, 생각할 게 많아 잘못 선택을 했다. 서울에 거의 도착했으니 참는 게 나았다. 세균 득실득실한 공중화장실보다는 호텔 방이 훨 나을 테니까.

오랜만에 찾은 서울이었다. 대기를 짓누르는 먼지와 제각각 앙칼진 서울말을 쏟아내는 승객 통에 역사에 생동감이 가득했다. 플랫폼을 찾아 들어오는 승객의 어깨는 장정호를 앞에 두고도 자비가 없었다. 장내 아나운서의 목소리가 메아리처럼 울렸다.

얼른 택시를 잡아 호텔로 옮겼으면 하는데 복통이 멈추지 않았다. 빨래를 짜듯 창자가 꼬였다. 화장실이 수십 미터 앞에 보였다. 등줄기를 타고 흐르는 식은땀이 벨트를 축축이 적셨다. 장정호는 바닥에 주저앉았다. 무릎을 꿇게 만드는 통증이 어깻죽지까지 마비시켰다. 주변 사람들이 걱정스레 쳐다보기 시작했다.

그 속에서 차분히 장정호를 응시하는 눈빛 하나가 와닿았다. 고기를 찾는 짐승의 숨소리가 들렸다. 눈을 마주쳐서는 안 된다는 생각이 들었다. 하지만 천적 앞에서 얼어붙는 게 먹잇감의 본성이었다. 자꾸 그쪽으로 관심이 갔다.

배를 부여잡고 고개를 들었다. 낡은 작업복 차림의 외국인이 그곳에 있었다. 장정호를 둘러싼 사람들 사이에 점을 찍어 놓은 듯한 검은 낯이 배를 찍어 누르는 것 같았다.

"어머 이 사람 왜 이래."

아줌마 하나가 호들갑을 떨었다. 그 소리에 사람들이 더 몰려들었다. 아줌마 입에 키친타월 한 움큼을 집어 넣어주고 싶었지만 손가락 하나 까딱할 수 없었다. 그 너머에 외국인의 눈빛이 머물렀다. 까무잡잡한 피부에 곱슬머리가 바람개비처럼 빙글빙글 돌았다. 방글라데시? 태국? 장정호는 고개를 저었다. 네팔이겠지. 그럴 것 같았다. 장정호는 일면식도 없는 어두운 얼굴의 외국인이 안덕에서 왔을 거라 믿고 있었다. 그렇게 믿고 나니 세휘가 보여준 폴라로이드 사진에서 본 것도 같았다. 이름이 바하두르라고 했다.

눈이 감겼다. 통증은 지치지 않고 장정호를 괴롭혔다. 창자가 부글부글 끓었다.

세휘는 날이 밝자마자 집을 나섰다. 하루가 지났지만 태풍은 오히려 그 기세를 한껏 뿜내는 중이었다. 재선을 노리는 박해남의 현수막이 비에 젖어 축 처졌다. 양쪽 엄지를 쭉 내민 사진도 볼품없이 주저앉았다. 안덕에 일자리를. 캐치프레이즈는 바람이 불 때마다 힘없이 나부꼈다. 세휘는 차 하나 없는 사거리를 빠른 걸음으로 빠져나갔다.

장정호를 서울로 올려보내고 나니 고민거리가 하나 줄었다. 목표는 명확했다. 장정호가 다시 안덕으로 돌아와 모든 걸 바로 잡을 수 있도록 준비하는 것. 바하두르와 세휘 모두 패를 까발린 상태였다. 어느 쪽이 먼저 다음 단계를 실행하느냐의 문제였고 이렇게 된 마당에 방법을 가릴 때가 아니었다. 세휘의 걸음은 최경식을 향해 움직이고 있었다. 수사 상황을 알아야 했다. 경찰에게도 머리라는 게 있다면 바하두르의 소재를 파악하고 있을 테고, 그러면 세휘도 바하두르를 찾건 인숙을 감시하건 손을 쓸 거였다.

막상 경찰서 앞에 도착했을 때는 한참을 망설였다. 태풍 속에서 이 기관만 우뚝 서 있는 것 같이 느껴졌다. 장정호가 이일이 끝난 뒤에도 경찰을 구워삶을 수 있을까. 그게 걱정이었다. 바하두르를 잡고 나면 장정호와 그 일당을 들쑤시는 건 아닐지. 그래서 양육권이건 정치 인생이건 엄마의 병환이건, 모두 다 수포로 돌아가는 건 아닐지.

종아리를 때리는 비를 피해 건물 안으로 들어섰다. 찢어지게 하품을 하는 민원 담당자를 보고 있으니 어째 용기가 생겼다. 최경식을 만날 차례였다. 세휘는 2층으로 올라갔다.

형사과에 들어선 세휘를 보고는 최경식의 눈이 가로로 쪽 찢어졌다.

"벌써 연락받았어요?"

그렇게 묻는 최경식의 말투의 의아함이 가득했다. 불이 나게 울리는 전화를 붙잡고 있던 수사팀장의 시선도 세휘를 향했다. 사막의 선인장처럼 듬성듬성 자리를 지키던 기자들도 마찬가지였다. 타이핑 소리가 가득하던 형사과가 세휘의 등장과 함께 얼어붙었다.

"무슨 연락이요?"

세휘가 되물었다. 최경식은 난처한 얼굴로 주위를 살폈다. 기자들은 미어캣처럼 고개를 빼고 둘을 쳐다봤다.

"여기서 말고. 따로 얘기 좀 합시다."

최경식은 세휘를 취조실로 안내했다. 닫히는 문틈으로 기자들의 탄식이 귓전을 때렸다.

"못 들었어요?"

최경식이 다시 한번 물었다. 세휘는 어깨를 으쓱 올렸다.

"뭔 얘긴지를 알아야 들었는지 못 들었는지 말을 하죠."

"어제 장 회장이 쓰러졌대요. 서울역에서요. 신분 조회하고 나서 우리한테 연락 들어왔고요."

하려던 말은 새까맣게 잊었다. 머릿속이 멍했다. 분명 안덕을 떠나서 서울로 향한 당숙이었다. 같이 탑승한 승객이 몇 있었지만 위협이 될 만한 얼굴은 보이지 않았다.

"어떻게 된 거예요?"

"속이 탄다고 소리를 질렀다는데. 그러다 기절했다나. 무슨 일인지는 병원에서 확인하겠죠."

"어디예요. 어느 병원이에요."

"터미널에서 쓰러졌으니까 가까운 곳이겠죠. 나중에 연락 주기로 했어요."

"수상한 사람 없었대요?"

"의심 가는 사람 있어요?"

"바하두르요."

최경식이 들고 있던 볼펜으로 책상을 탁, 탁 두들겼다. 박자를 맞추듯 일정하게 울리던 소리가 점점 빨라졌다. 탁탁. 그 소리에 짜증이 솟구치던 찰나 최경식은 미간을 잔뜩 찌푸리고 물었다.

"그게 누군데요?"

도움을 받을 거라 생각했는데 도리어 협조를 해줘야 할 판이었다. 세휘는 사진을 꺼냈다.

"이 사람이 범인이에요."

"그러니까 이게 누군데요."

"바하두르라니까요."

세휘가 답답하다는 듯 말했다. 최경식의 뒤이은 질문이 세휘를 더욱 답답하게 만들었다.

"이 사람이 왜 그랬대요? 어떻게 알았어요?"

경찰의 상황이 확실해졌다. 실체에 접근하지 못하고 그 긴 시간을 허비한 거였다. 기다리고 있으면 범인이 손을 들고 뚜벅뚜벅 찾아올 거라고 생각한 걸까. 머리에 마취제를 맞은 것처럼 멍청한 이들이 못마땅하면서도 안쓰러웠다. 너무 많은 사고와 범죄를 겪다 보면 어느 순간 선을 넘는 순간이 오는 법이었다. 경찰 조서에 쓰이는 A4 용지 위에서는 미사여구가 존재하지 않았다. 절제된 형용사와 명사로 이루어진 건조한 세계였다. 가져본 적 없는 권력과 재화가 얄팍한 종이 위에서 춤을 췄다. 그곳에 익숙해지고 나면 감각은 사라지고 모든 의아한 일들이 당연하게 여겨졌다. 그러면 모든 게 익숙해져 버렸다.

"날 협박했어요. 주변 사람 사진을 찍어서 보냈어요. 기숙사에서 주사기도 찾았고, 앰플도 있었어요."

"그게 이 사람이 범인이라는 증거가 됩니까?"

"내가 이 사건 파고 있다는 걸 알잖아요. 날 협박한 이유가 뭐겠어요. 왜 사진을 보냈고, 왜 주사기를 갖고 있겠냐고요."

최경식이 의자를 당겨 앉았다. 패킹이 떨어져 나간 의자가 바닥을 긁는 소리가 끔찍했다.

"그러니까 그게 어떻게 바하두르가 범인이라는 증거가 되냐니까요."

최경식은 떨떠름한 얼굴로 세휘의 대답을 기다렸다. 말문이 막혔다. 최경식의 말은 틀린 게 없었다. 손가락을 찾은 것도 실종자들의 흔적을 발견한 것도 아니었다. 바하두르가 다음 범행 대상에게 접근하던 것도 아니었으니 경찰이 용의자로 지목할 명분도 없었다. 바하두르의 정체를 파악하지 못 하고 있는 게 문제가 아니었다. 파악할 필요가 없는 거였다.

"말씀하시는 거 전부 넘겨짚는 거잖아요. 수사가 가정만 갖고 됩니까?"

"장정호 회장한테 사람 붙여야 해요."

"왜요?"

"범인이 다음으로 노리는 게 장정호 회장이니까요."

"다시 한번 물어봅시다. 그러니까 왜요. 왜 장정호 회장이 다음 타깃이라고 생각하는데요."

이 질문에도 대답할 수 없었다. 거기에 대답하려면 당숙이 벌인 짓을 설명해야 했고, 세휘의 앞날을 막는 짓이 될 거였다.

"중요한 사람이니까요. 안덕 경찰이 장정호 회장 하나 못 지켜요?"

"그럴 필요가 있어야 말이죠. 사람 하나 쓰러졌다고 무슨 경찰을 붙입니까. 그리고 우리 지금 사람 없어요. 이 난리 통에 무슨. 다 대민지원 나갔어요. 직접 가서 경호라도 서든지요."

손에 쥐었던 것이 모래처럼 흘러내리는 기분이었다. 국회의원 자리도, 엄마 치료비도, 아들의 양육권도. 취조실 문이 열리자 기다리던 기자들이 일어섰다. 초롱초롱한 눈에 기대감이 득실거렸다. 세휘는 그사이를 비집고 빠져나왔다. 당숙을 지켜야 했다는 생각밖에 들지 않았다. 최경식의 말대로 여차하면 서울로 올라가야 할 판이었다. 이가 바득바득 갈렸다.

"옷 다 젖었네. 우산 큰 거 없어요? 빌려줄까요."

최경식이 낡은 장우산을 들며 친절을 베풀었지만 세휘는 받지 않았다.

국민주택은 난장판이었다. 뿌리가 뽑혀 일어난 가로수가 입구를 막고 있었다. 연말 예산 책정 시점에 맞춰 두꺼비집을 짓듯 살포시 덮어 놓은 보도블록은 태풍을 이기지 못했다. 나무에서 떨어져나온 이파리가 눈보라처럼 휘날렸다. 바람은 나무만 날려 보낸 게 아니었다. 전봇대에 붙은 전단지는 폭격을 맞은 것 같은 모습이었고 주저앉은 간판도 몇 개나 보였다. 파란 대문의 옆집에서는 기와가 굴러떨어져 박살이 났다. 개 짖는 소리가 빗소리를 뚫고 울렸다. 세휘는 달아나듯 집으로 들어갔다.

문밖에서 부는 바람이 스토커처럼 창을 덮쳤다. 그 모습이 오히려 아늑했다. 집은 고요했다. 태풍에 대비해 문도 잘 잠가놓았다. 낡은 창틀이있지만 아빠가 고심해 고른 자재였다. 이를 악물고 바람을 버텨냈다. 선반 위에 화분이나 리모컨도 응당 있어야 할 곳에 제대로 자리를 잡고 있었다. 세휘는 고개를 갸웃거렸다.

요즘은 리모컨이 제자리에 있는 법이 없었다. 한참을 찾다 냉장고나 세탁기 안에서 발견한 적도 있었다. 엄마는 도통 물건을 제자리에 놓지 못했다. 다 끝난 빨래를 다시 세탁기에 집어넣는 게 예사였다. 이불이 식탁보 대신 깔리는가 하면 옷걸이에는 메주가 걸렸다.

그런 집이 지나치게 깔끔했다. 꼭 다른 사람이 정리한 것 같은 모습이었다. 도연이 그런 걸까 싶기도 했지만 아직 올 시간이 안 됐다.

머리끝이 쭈뼛 섰다. 집을 비운 건 고작 두 시간 정도였다. 엄마가 그사이에 집을 정리했을 리는 없었다. 세휘는 젖은 발로 방문을 열었다. 엄마가 있어야 할 자리는 깔끔하게 정리돼 있었다. 이불도 베개도 반듯했다. 엄마가 태풍 속으로 걸어갔던 날이 떠올랐다. 아빠가 익사한 채 발견됐던 방파제 근처를 어슬렁거리던 그 날. 이번에도 그때처럼 바다로 간 걸까.

"수민아."

방학이 시작된 후로 수민은 언제나 늦잠을 잤다. 새우처럼 몸을 말고 이불에 파묻힌 채로 눈을 떴다. 책상에는 밤늦게까지 게임을 한 흔적이 남아 있었다. 세휘는 널브러진 조이스틱을 수납함에 넣어두고 수민을 일으켰다.

"수민아 할머니는?"

"몰라."

수민이 눈을 비볐다. 때아닌 엄마의 침범에 불쾌한 기색을 감추지 않았다.

"할머니가 안 보여 수민아."

세휘가 나가지 않고 자리를 지키자 수민이 다시 말했다.

"모른다고 했잖아."

목에서 자갈이 구르는 것 같았다. 세휘의 방에도 엄마는 보이지 않았다. 베란다에도 화장실에도 없었다. 발이 닿는 곳마다 인위적인 깔끔함이 세휘를 맞았다. 화장실에는 장미 향 락스 냄새가 풍겼다. 그게 엄마의 흔적을 완전히 감춰 놓았다.

거실로 나온 세휘의 시선은 주방에서 멈췄다. 깔끔하게 정리된 집에서 딱 하나 거슬리는 게 눈에 들어왔다. 침침한 눈을 가늘게 뜨고 가까이 다가선 뒤에야 그 정체를 알 수 있었다.

도마 위에 작고 뾰족한 새끼손가락이 솟아 있었다.

해동이 시작된 핑크빛 손가락은 용케 균형을 잡고 있었다. 예리하게 잘려나간 단면이 붉은빛을 띠고 있었다.

경찰을 부르려던 세휘는 끝내 통화 버튼을 누르지 못했다. 이건 범인이 보낸 경고 메시지였다. 메모를 남겨놓은 건 아니지만 이쯤에서 그만두라는 의사 표시였다. 적어도 세휘가 진실에 근접했다는 사실 하나는 확실해졌다. 거기서 시작해야 했다. 세휘가 알아낸 것 중 뭐가 범인을 자극했을까.

후보를 추렸다. 바하두르, 아니면 정인숙. 어쩌면 둘 다일지도 모른다. 세휘가 가장 가까이 접근했던 둘이었다. 눈치채지 못한 사이 벌집을 건드렸는지도 모를 일이었다. 그러면 일이 복잡해진다. 뭘 바로잡아야 하는지도 알 수 없으니까.

고민 끝에 세휘가 전화를 건 쪽은 한병주였다.

"정인숙 지금 어디 있어요."

전화기 너머로 태풍 소리가 요란했다. 한병주는 긴 시간 이어진 염탐에 지친 목소리였다.

"집에서 꼼짝도 안 해요."

"오늘 하루 종일 보고 있었어요?"

"네. 쭉."

세휘는 집 안에서 쿨쿨대고 있을 그 괴물의 형상을 떠올렸다. 썩은 고기 냄새, 생선 비린내로 가득한 집을 떠올렸다. 언제나 곰팡이처럼 축축하게 젖은 모습이었지. 머리가 특히 그랬다. 물이 뚝뚝 흘렀다.

잠깐.

세휘는 전화를 끊었다. 불편한 감정이 몽글몽글 솟았다. 세휘가 만들어낸 상상 속의 인숙과 눈앞에서 목격했던 인숙 사이에 미묘하게 어긋난 부분이 있었다. 뭔가 놓치고 있다는 데서 오는 불쾌감이었다. 수사 보고서 앞에 앉아 있으면 그런 기분이 들 때가 있었다. 단박에 결론이 나는 경우는 흔치 않았다. 시간을 낭비하는 것밖에 답이 없었다.

폰을 열었다. 손바닥만 한 단말기 위에 안덕의 위성사진이 떴다. 세휘는 정인숙을 만난 곳들을 짚어봤다. 놀이터에서 마주친 게 처음이었다. 시장에서도, 바닷가에서도 목격한 적이 있었다. 경찰에 수감됐던 걸 제외하면 바다와 집을 잇는 선상에서만 인숙을 마주쳤다. 다 죽어가던 강아지를 망태 속에 넣고 다니던 모습과 아귀 같은 얼굴로 머구리 바위 아래서 불쑥 나타났던 순간이 떠올랐다.

'그 여자는 항상 젖어있었지. 지독한 비린내가 났어.'

세휘는 머구리 바위 근처를 확대했다. 파도를 받아 내는 해안이 화면에 펼쳐졌다. 인숙은 정말 바다로 나갈 때마다 낚시했을까. 놀이터에서 처음 만났던 날 통발에 물고기 대신 강아지가 있었던 왜였을까. 묵혀뒀던 의문이 한 번에 고개를 쳐들었다.

'도대체 어떤 여자가 그런 냄새를 풍길 수 있을까.'

세휘는 곧 질문이 잘못됐다는 걸 깨달았다. '어떤 여자'가 아니라, '어떤 상황'이 돼야 그런 냄새를 풍길 수 있을지 물어봐야 했다. 보습제 대신 새우젓을 몸에 바른다면 모를까.

'머리에서 물기가 뚝뚝 떨어졌지.'

인숙의 머리에서 어깨로, 바닥으로 썩은 바닷물이 뚝뚝 흘렀다. 그 광경을 떠올리는 것만으로 콧김에 비린내가 실렸다. 세휘의 상상 속에서 인숙의 형상이 뚜렷해졌다. 최면을 당한 것 같은 무표정한 얼굴 위에 푸석푸석한 버짐이 폈고 떡 벌어진 어깨 탓에 딸의 티셔츠를 빌려 입은 것 같았다. 코듀로이 바지는 상상하고 싶지 않을 만큼 지저분했다. 그늘에 몇 시간만 놔둬도 곰팡이가 필 것이 분명했다. 오줌을 지린 것처럼 가랑이 사이로 멀 새 없이 구정물이 떨어졌다. 세휘는 그 광경을 떠올리는 순간 한 가지 사실을 깨달았다. 떠올리기 싫어서 묻어뒀지만, 진작에 눈치챘어야 할 불편함의 정체였다.

'인숙은 머리만 젖은 게 아니었어. 온몸이 젖어있었지. 언제나.'

수세미처럼 구부러진 머리가 유독 눈에 띄었을 뿐이었다. 거기서 거미처럼 떨어져 내리는 구정물이 시선을 뺏은 거였다. 세휘는 성급하지만 거의 확실해 보이는 결론을 내렸다.

인숙은 낚시하던 게 아니었다. 물속에 들어간 거였다.

세휘가 접근했던 건 사람이 아니라 장소일 수도 있다. 그렇다면 동굴 근처를 어슬렁거리던 세휘가 범인을 자극한 건지도 몰랐다. 마침 실종자들의 옷이 발견된 곳도 바닷가였다.

다시 동굴로 가봐야 했다. 엄마가 거기 있을지도 모른다. 세휘가 아직 찾지 못한 것이 여전히 거기 있을지도 모른다.

"수민아 집 보고 있어. 절대 문 열어주면 안 돼. 아무도."

수민은 듣는 둥 마는 둥 하며 벽을 향해 돌아누웠다.

"알았어?"

세휘가 한 번 더 말했다. 수민은 어깨너머로 손을 까딱할 뿐이었다.

도마 위 새끼손가락은 쓰러지기 직전이었다. 얼었던 것이 녹으며 핏물이 흘렀다. 손가락의 주인은 보나 마나 이철진일 거였다. 세휘는 젓가락을 들었다. 꾸덕꾸덕한 손가락을 지퍼백에 넣었다. 손가락이 아니라 해삼을 집는 느낌이었다. 젓가락은 곧바로 쓰레기통에 버렸다. 혹시 수민이 발견할까 싶어 냉동실 가장 깊숙한 곳에 지퍼백을 숨겼다.

세휘는 비바람을 뚫고 동굴을 향해 달렸다. 여전히 쓰레기가 파도에 휩쓸려 동굴 안을 배회했다. 안덕의 절반을 날려버린 태풍은 이곳에서만 얌전했다.

세휘의 시선이 향한 곳은 동굴 안쪽의 웅덩이였다. 그곳밖에 없었다. 우물 같은 웅덩이였다. 고르지 못한 바닥 중에서도 유독 깊었다. 어른들은 그 웅덩이에서 물귀신이 나온다고 했다. 어른들이 맞을지도 모른다. 허리를 꼿꼿이 세우고 사람을 물속으로 데려가는 귀신이 정말 거기에 있을지도 모른다. 제아무리 귀신이라도 설 곳이 있어야 할 것 아닌가. 왜 그 사실을 깨닫지 못했을까. 웅덩이는 세휘를 부르고 몸은 거부하고 있다. 진실이 저 뒤에 있다고 믿는 이상 견뎌야 했다.

세휘는 웅덩이에 발을 담갔다. 종아리까지 밀어 넣자 날카로운 칼이 닿는 듯 서늘한 기운이 몰아쳤다. 하지만 그것으로 끝이었다. 귀신이 숨을 공간은 나타나지 않았다. 웅덩이는 무릎 조금 아래에서 끝이 났다.

상처를 쿡쿡 찌르던 통증에는 익숙해졌다. 차가운 물과 따뜻한 물이 섞이며 소용돌이쳤다. 그게 세휘의 호기심을 자극했다. 세휘는 발을 빼고 손을 집어넣었다. 웅덩이 벽면을 더듬으니 위에서 볼 때는 알 수 없었던 공간이 느껴졌다. 어깨까지 손을 집어넣어도 끝이 닿지 않았다. 좁지만, 분명 사람 하나는 통과할 수 있는 너비였다.

파도가 몰아쳤다. 잔잔하던 동굴에 갑자기 몰아친 물살은 세휘의 균형을 무너뜨렸다. 세휘는 웅덩이 옆 바위에 무릎을 꿇고 앉아 있었고, 바위는 물이끼로 미끄러웠다. 세휘는 넘어지며 머리를 부딪쳤다. 두개골을 찢는 소리가 동굴 벽을 울렸다.

정신이 아득한 찰나 세휘의 상반신이 웅덩이 아래로 미끄러져 들어갔다. 골반이 바위 사이에 단단히 끼었다. 차가운 바닷물이 머리를 쓸었다. 눈을 뜰 수가 없었다. 발버둥을 쳐도 몸을 빼낼 수 없었다. 얼굴이 바위에 긁혔다. 그 사이를 찬 바닷물이 비집고 들어왔다. 눈을 뜨니 막막한 어둠 사이로 화강암이 코

앞을 가로막고 있었다. 숨이 막혔다.

'죽는구나. 죽는 거야. 아무도 발견을 못 하고 질식하는 거야. 아빠가 그랬던 것처럼.'

공포는 삽시간에 정신을 지배했다. 숨을 토했다. 압력을 상실한 폐는 진공 상태를 견디지 못하고 반사적으로 숨을 들이켰다. 코와 입으로 바닷물이 몰아쳤다. 몸을 밀어 올릴 만한 곳을 찾아봐도 미끌미끌한 돌 이끼 탓에 아래로 가라앉을 뿐이었다. 동굴이 만들어낸 천연의 관이었다.

뭐라도 해봐야겠다는 생각에, 세휘는 몸을 밀어 올리는 대신 더 아래에 있는 공간으로 기어들어 갔다. 입구는 좁았지만 그 아래에는 사람 한 명이 비집고 들어갈 공간이 있었다. 이제 웅덩이 밖에 나와 있는 건 종아리뿐이었다. 지금이라도 몸을 빼는 게 낫지 않을까 싶은 생각은 잠시였고, 돌이키기에는 늦은 시점이었다. 손이 더듬는 곳을 따라 길이 이어졌다. 아래로만 향하던 길은 어느 순간 위를 바라보기 시작했다. 숨이 가빠오는 만큼 숙취 같은 두통이 엄습했다.

긴 여정이었다. 1분 남짓한 시간이 세휘에게는 영원처럼 느껴졌다. 구불구불한 바위틈을 따라 나가 마침내 좁은 구멍으로 머리를 내밀었다. 기분 좋은 공기가 그곳에 있었다. 폐가 물을 토했다. 곧이어 지독한 악취가 밀려들었다. 안덕에서, 인숙에게서 풍기던 흉측한 인상의 원천을 발견한 것 같았다.

동굴 너머의 다른 동굴이 모습을 드러냈다.

죽음의 공포 끝에 도착한 곳은 고색창연한 지옥이었다.

FILE 5.

동굴,

약속

서울은 태풍의 사정거리 밖이었다. 오전 한때 부슬비가 내린 뒤로 여름 바람이 축축하게 어깨를 스쳤다. 바하두르는 병실 밖으로 번지는 푸른 불빛을 바라봤다. 유리창은 먼지가 씻겨 내려간 하늘을 반사했고, 햇빛이 닿는 곳마다 아늑했다. 바하두르는 얌전해진 날씨를 만끽하며 길게 하품을 했다. 이가 썩은 자리마다 염증이 피어 구취가 가실 날이 없었다. 두 개 남은 껌 중에 하나를 꺼내 씹었다. 인공감미료 향이 입안에 확 퍼졌다가 안개처럼 사라졌다. 질긴 고무의 감촉만 혓바닥 위를 날뛰었다.

손이 근질거렸다. 공장 노동자로 지낸 게 십 년째였다. 이제는 승모근을 뻐근하게 만드는 근육통이 없으면 잠이 오지 않았다. 바하두르는 깍지를 끼고 손가락 마디가 뻐근할 때까지 팔을 뻗었다. 관절이 뜨거운 기름을 끼얹은 빵가루처럼 뒤틀렸다. 배에서는 배수구 뚫리는 소리가 났다.

저녁이 다 되어가는데 먹은 건 삼각 김밥이 전부였다. 안덕을 나오면서 기차표를 사느라 가지고 있던 현금 대부분을 썼다. 얼마나 병원에서 죽치고 있어야 하는지도 알 수 없으니 남은 돈은 최대한 아껴야 했다. 참는 데는 자신이 있었다. 팔목에 새겨진 흉터가 그 증거였다. 바하두르는 일렬로 늘어선 흉터를 거친 손바닥으로 쓸어내렸다. 도로 방지턱처럼 울퉁불퉁한 상처가 새겨질 때도 바하두르는 신음 한 번 내지 않았다.

바하두르가 앉은 벤치는 화단 앞에 있었다. 오전과 오후에 한 번씩 미화원이 다녀갔다. 고개를 돌려보면 간선도로를 막아선 차량의 행렬이 눈에 들어왔다. 그걸 볼 때마다 혈관이 콱 막히는 기분이었다.

벤치는 모기 소굴이었다. 신경질적인 고주파 소리가 고막을 때릴 때마다 그게 꼭 아기 울음소리 같다고 생각했다. 바하두르는 아기를 좋아했던 적이 없었다. 사람이 사람다워지는 건 최소한 말을 하면서부터라고 생각했다. 그래야 혼을 내면 겁을 먹고 고분고분해지는 존재가 되니까. 바하두르는 모기가 목덜미에 침을 밀어 넣을 때까지 기다렸다. 따끔한 통증이 느껴지는 순간 손바닥으로 빨갛게 익은 목덜미를 때렸다. 작은 풍선이 터지는 소리와 함께 피 냄새가 퍼졌다. 완전히 짜부라진 모기가 딸려 나왔다. 벤치에 손을 슥슥 문질러 닦았다.

사람들은 끊임없이 바하두르를 향해 불편한 시선을 던졌다. 구부러진 갈퀴 같은 눈알은 빠른 속도로 바하두르를 훑었다.

사람들은 진흙투성이의 구두 끝까지 스캔을 끝낸 뒤에야 점잖
은 한국인으로 돌아가곤 했다. 바하두르의 피부색은 눈에 띄
었고, 대부분 그 결과는 좋지 않았다. 연민을 느낄 만큼 창백하
지도, 풋볼 선수를 연상시킬 만큼 곱게 태닝이 된 것도 아닌 이
주 노동자의 피부색. 그게 바하두르가 스스로를 정의한 단어
였다.

바하두르는 주머니 속에 손을 넣고 작은 칼을 만지작거렸다.
인숙에게서 받은 잭나이프로 손잡이 부분에는 상어가 음각으
로 새겨져 있었다. 바하두르의 팔에 흉터를 새긴 것도 이 잭
나이프였다. 얼마나 날이 잘 들어있는지 말 그대로 피부로 느
낀 셈이었다. 병원 편의점에서 구입한 사과를 꺼내 들었다. 잭
나이프 단추를 누르자 스프링에 연결된 칼날이 마술처럼 튀
어 나왔다. 포장지를 뜯고 사과를 도려냈다. 인숙은 연습을 게
을리하지 말라고 했다. 상품에는 흠집이 나서는 안 된다고 했
다. 전시품으로 쓰일 거니까. 손가락을 잘라낼 때는 절단기를
쓴 것처럼 단면이 매끈해야 상품 가치가 있다고 했다. 사과 하
나를 다 먹을 때까지 인숙의 말을 떠올렸다. 인숙의 음성에는
감정이 없었다. 명료한 사실만 전달하는 쪽이었고 바하두르는
그런 말투가 편했다.

인숙이 기분 나쁜 인형이라면 도연은 생동감 넘치는 강아지
에 가까웠다. 인숙의 집을 찾을 때마다 도연을 볼 수 있어 다행
이었다. 도연은 좋은 선생님이었다. 어린 나이지만 영리했다.
바하두르가 어느 부분을 어려워하는지 잘 알고 있었다. 한글

을 꾹꾹 눌러쓰는 바하두르에게 칭찬을 아끼지 않는 것도 도연이었다.

장 회장이 입원한 지 이틀째였다. 지금쯤 의사들은 장 회장을 가사상태로 몰고 간 약물이 뭔지 찾아냈을 것이고, 손 쓸 도리가 없다는 것도 명확해졌을 것이다. 인숙에게서 약물 이름이 뭔지 들었지만 기억하지 못했다. 기억하지 못 하는 것들이 늘어나고 있었다. 기차 쓰레기통에 버린 약병에 적힌 라벨을 읽어봤지만 뜻을 모를 글자로 가득했다.

기숙사 소식이 궁금했다. 두고 온 짐이 그대로 있을지 걱정이었다. 가족과 주고받았던 편지도 거기 있었다. 안덕으로 내려가면 짐부터 챙겨야겠다고 생각했다. 그나마 일이 잘 풀렸을 때의 얘기였다. 잘 풀리지 않았을 때의 일은 생각하고 싶지 않았다. 생각하고 싶지 않아도 계속해서 떠오르는 게 생각이었다. 도연은 그럴 때면 노래를 부르면 된다고 했다. 모르는 소리였다. 기숙사의 동료들이 각국의 언어로 노래를 불러댈 때마다 뒷골을 방망이로 후드려 치는 기분이었다.

택시가 오가며 라이트가 눈을 찔렀다. 이곳은 끓는 솥같이 시끄럽고 분주했다. 안덕의 정적이 그리웠고, 네팔이 그리웠다. 무엇보다 탐가스가 그리웠다.

탐가스는 양철지붕을 얼기설기 엮어 놓은 굴미 지역의 농촌이었다. 바하두르는 아침저녁으로 울리던 종소리로 그곳을 기억했다. 노인들이 다카토피를 머리에 얹고 도로에 나와 앉아 있는 곳이었다. 바하두르는 커피 농사를 짓는 집에서 자랐다.

학교보다 밭에 있는 시간이 더 길었다. 손은 커피 열매를 따느라 굳은살이 사라질 날이 없었다. 거칠거칠한 돌에다 손바닥을 비비곤 했다. 그러지 않으면 세수를 할 때마다 얼굴에 상처가 났다. 일곱 남매와 함께 자랐는데 둘은 어려서 죽었다. 하나는 장티푸스, 하나는 폐렴이었다. 다섯 남매는 바하두르를 빼고 모두 결혼을 했다. 아홉 명이 함께 사는 집은 갑갑했다. 밤이면 밖으로 나와 구멍이 숭숭 뚫린 벨벳처럼 별이 반짝이는 하늘을 보며 시원하게 오줌을 갈기곤 했다. 아무것도 걱정할 일이 없던 시절이었다. 지금은 걱정과 불안으로 가득했다. 어서 이 순간이 지나가길 바랄 뿐이었다.

바하두르는 엉덩이를 털고 일어나 화장실로 갔다. 거기서 밤을 보낼 생각이었다. 검은 피부를 한 외국인이 병원 벤치에 퍼질러 있으면 추궁을 당할 게 뻔하니까. 빈칸에 들어가 자리를 잡고 문을 잠갔다. 씹던 껌을 뱉어 화장실 벽에 붙였다. 텁텁한 과일향이 섞인 침을 삼켰다. 사람들이 오갈 때마다 소변기가 물을 내려보내느라 분주했다. 핸드드라이어 돌아가는 소리는 창백한 화장실 타일에 부딪혀 요란하게 울려 퍼졌다. 이런 곳에서 잠을 잘 수 있을까 싶었지만 몸은 피로에 정직하게 반응했다. 곧 눈이 감겼다. 의심받지 않고 병실에 들어갈 방법을 고민하며 잠을 청했다. 경비원은 있지만 경찰은 보이지 않았다. 그게 조금 마음이 놓였다. 사이렌 소리는 듣고 싶지 않았다.

밤은 수백 개의 조각으로 나뉘어 이어졌다. 끊어진 필름을 이어 붙인 것처럼 곳곳이 단절이었다. 그 자리마다 기이한 악몽이 들어섰다. 발광하는 바다. 잘린 손가락. 배설물.

바하두르는 동굴 속에 울려 퍼지는 비명 소리와 함께 잠에서 깼다. 그 사이 새벽이 되어있었다. 세면대에서 머리에 물을 끼얹었다. 곱슬머리를 타고 구정물이 흘렀다. 면도를 하지 못해 수염이 얼굴 절반을 덮었다. 새벽 3시였다. 가방에서 환자복을 꺼냈다. 마스크를 쓰고 비니모자로 곱슬머리를 덮었다. 거울 속에 낯빛이 어두운 중증 환자가 나타났다. 눈이 수척했고, 조금 늙어 보였다. 바하두르는 거기에 몇 가지 가정을 더했다. 50대 가장, 지방에서 치료를 받으러 서울로 올라온, 가난하고 외로운.

'나는 간경화 환자다. 당뇨를 앓고 있다. 밤마다 화장실을 몇 번씩 들락거린다. 한쪽 다리를 전다.'

바하두르는 오른쪽 다리에 힘을 실었다. 공장 작업으로 약해진 다리가 퉁퉁 부은 것처럼 저려왔다. 배가 아팠다. 식은땀이 흘렀다. 거울을 보니 네팔 출신의 이주 노동자 대신 은퇴를 앞둔 고단한 얼굴의 트럭 운전사가 서 있었다. 복도로 걸음을 옮겼다. 다리를 질질 끌었다. 기침이 터져 나왔다. 녹색 비상구 불빛이 바닥에 깔렸다. 잠을 이루지 못 하는 환자들이 뒤척였다. 바하두르는 복도 끝에 위치한 병실로 들어섰다.

링거백이 철제 스탠드 위에 열매처럼 매달려 있었다. 기계에 의지한 호흡 소리가 고요하게 이어졌다. 소독약 냄새가 지독해 락스를 푼 수족관에 빠진 기분이었다.

장정호 회장은 문 쪽 침대에 누워 있었다. 무좀으로 범벅이 된 발이 이불 밖으로 빠져나왔다. 발톱은 흉하게 자라 휘어 있었다. 잭나이프로 장정호의 발톱을 긁었다. 비듬 같은 이물질이 병실 바닥에 날렸다. 장정호도, 같은 병동을 쓰는 환자도 반응이 없었다. 이번에는 발톱 끝을 살짝 도려냈다. 사각사각 소리가 퍼졌지만 새벽 3시의 병동은 코를 골기에 바빴다.

바하두르는 장정호의 엄지발가락과 두 번째 발가락 사이에 잭나이프를 밀어 넣었다. 세로로 선 나이프를 옆으로 돌리자 발가락 사이가 벌어졌다. 사과를 깎을 때처럼 반대편에 엄지를 올렸다. 그대로 힘을 줬다. 우두둑 소리와 함께 엄지발가락이 떨어져 나왔다. 전리품은 지퍼백에 담아 밀봉했다.

절단면에 거품처럼 맺히던 피는 발가락이 온전히 분리되던 순간부터 걷잡을 수 없이 쏟아지기 시작했다. 현실 같지 않은 그 모습을 우두커니 지켜봤다. 회색 피가 바하두르를 붙잡으려는 듯 자꾸 뿜어져 나왔다. 그 와중에도 병실은 고요했다. 다만 장정호의 몸에 연결된 기계가 이상을 알아차렸다. 잠에서 깬 아이처럼 빽빽 울어댔다. 신경을 긁기에 충분한 소음이었고, 꿈결을 헤매던 환자와 보호자가 하나둘 일어났다. 바하두르는 사람들의 시야가 어둠에 익숙해지기 전 복도를 빠져나갔다. 간호사 둘이 눈을 비비며 병동으로 달려왔다. 바하두르는 한쪽 다리를 절며 비상구를 통해 빠져나갔다. 등 뒤가 소란스러웠다. 간호사의 짧은 비명이 복도에 울렸다.

병원을 나선 바하두르는 환자복을 길가에 버리고 간선도로를 따라 달렸다. 안주머니에 넣어둔 엄지발가락이 도톰했다.

기뻤다. 신이 나서 견딜 수가 없었다.

　세휘를 맞이한 건 거미였다. 거미가 막 뭍으로 올라온 손등 위에 올라섰다. 노란 눈 여덟 개가 세휘를 훑었다. 털이 숭숭 박힌 다리로 팔을 따라 어깨까지 올라왔다. 한 마리가 아니었다. 거미로 새까맣게 뒤덮인 동굴 벽은 움직이는 벽지처럼 쉴 새 없이 일렁였다.

　당장 집으로 돌아가고 싶었지만 그럴 엄두가 나지 않았다. 웅덩이의 푸른 물결이 창백한 빛을 띠며 세휘를 밀어냈다. 고작 20미터 정도의 좁은 통로였다. 그 거리가 세휘를 죽음으로 내몰 뻔했다. 공기가 절실했다. 세휘는 바닥에 엎드려 폐에 들어간 바닷물을 토했다. 비린 미역 맛이 작살처럼 박혔다. 세휘는 몸을 일으켰다. 비린내가 가시고 나자 연이어 역한 기운이 엄습했다.

　천장 틈새로 푸른 빛이 스며들었다. 어둠에 익숙해지기까지 시간이 걸렸다. 그래서 구역질 나는 냄새의 정체도 단박에 알아채지 못했다. 동굴의 윤곽이 눈에 들어온 뒤에야 온몸에 소름이 돋았다. 젖은 머리칼을 서게 만드는 풍경에 목덜미가 딱딱하게 굳었다.

　실종자들이 그곳에 있었다. 동굴 벽에 박힌 못에 쇠사슬로 팔다리를 결박당한 채였다. 앙상하게 말라붙은 뱃가죽은 안덕에서 활개 치던 시절의 기름기를 모조리 잃어버린 모습이었다.

　배변이 발밑에 떨어져 썩어가고 있었다. 다리에도 딱딱하게

들러붙었다. 그 위로 파리와 거미가 들끓었다. 대학 시절의 고
문 경험이 생생하게 와닿았다. 남영동의 털이 숭숭 박힌 팔과
코와 입으로 쏟아지던 물의 촉감이 되살아났다. 눈 앞에 펼쳐
진 광경은 통닭구이는 비교도 되지 못했다. 이가 뽑힌 잇몸은
뭉툭했다. 탈장이 진행된 흔적도 보였다. 얼굴을 알아보기 힘
든 둘은 이미 이 세상 사람이 아니었다. 흉포한 범죄의 흔적이
이들을 무성의한 단백질과 지방 덩어리로 만들어놓았다. 내장
이 쏟아져 딱딱하게 굳은 피딱지가 거미 떼의 둥지 역할을 했
다. 천장에 난 좁은 틈으로 거미 떼가 드나들었다. 이게 마을을
장악한 거미 떼의 진원지였다.

　실종자 외에도 작은 짐승의 사체와 유골이 있었다. 오랜 시
간 숨겨 놓은 고문실이었다. 화풀이로 난도질당한 사체는 범
인이 간직했을 증오를 간직하고 있었다.

　세휘는 아직 숨이 붙어 있는 안동철 앞으로 걸음을 옮겼다.
인기척을 느낀 안동철이 고개를 들었다. 골프채를 들고 설치
던 모습은 간데없고 무기력한 노인이 그곳에 있었다. 안동철
의 얼굴 위로 원망과 애원이 동시에 스쳤다. 개처럼 가쁜 호흡
을 하며 팔딱거렸다.

　"변호사님……"

　안동철이 쇳가루를 들이마신 듯한 목소리로 말했다. 바싹 마
른 혓바닥은 사포 같았다.

　"철진아. 일어나봐. 변호사님이 왔어."

　고개를 든 이철진의 몰골은 안동철보다도 처참했다. 광대뼈

가 부러진 게 분명했다. 눈 위아래가 계란만큼 부었다. 이철진은 턱을 치켜들고 간신히 세휘를 알아봤다. 입술을 바들바들 떨더니 급기야 눈물을 흘렸다.

"살았어. 동철아 우리 살았다, 이제."

세휘가 다가섰다. 역한 냄새가 코를 찔렀다. 안동철은 턱으로 손목을 가리켰다. 쇠사슬에 묶인 손을 빼내기 위해 안간힘을 썼던 흔적이 선명했다. 어깨가 빠져 묘한 각도로 뒤틀렸다. 네 번째 손가락이 있어야 할 자리에는 고름과 피가 흘렀다.

"누가 이랬어요."

세휘가 쇠사슬을 당기며 물었다. 안동철의 입술 사이로 신음이 샜다. 땀에 젖은 손이 자꾸 미끄러졌다. 쇠사슬은 벽에 단단히 박혀 쉽게 끌려 나오지 않았다. 사슬을 고정시킨 쇠말뚝은 세휘의 손이 간신히 닿는 위치에 있었다.

"정인숙이요. 그년이 손가락을 자르고 우리를 가둬놨소."

맞은편에 있던 이철진이 거들었다.

"튀기놈도 한패요. 고물상에서 일하는 새끼……"

바하두르를 얘기하는 거였다. 벌을 서는 것처럼 손을 들고 말뚝을 뽑던 세휘는 바닥으로 내려왔다. 거미 떼가 세휘의 엉덩이를 피해 사방으로 흩어졌다. 천장에서 거미가 떨어지지는 않을까 목덜미를 움츠렸다. 세휘는 바지에 손을 닦았다. 검은 핏자국이 타이어 자국처럼 새겨졌다. 팔뚝이 감전된 것처럼 저릿저릿할 즈음에야 혼자 힘으로 될 일이 아니라는 걸 알았다.

"사람을 불러와야겠어요."

세휘가 웅덩이를 노려봤다. 다시 그곳으로 들어가야겠다는 결심을 굳혔다. 한 번 다녀온 곳이니 다시 하기는 전보다 쉬울 거였다. 심호흡을 했다. 산소가 빠져나가며 저릿저릿하던 손끝의 감각과 바위 사이에 끼어 죽어버릴지도 모른다는 공포는 떠올리지 않기로 했다. 세휘는 흙무더기가 쌓인 둔덕에 앉았다. 밀물이 몰려오면 종아리까지 물이 차오를 것 같았다. 그 전에 마을로 돌아가야 했다.

"일이 잘못되면 다음은 저 친구 차례요."

이철진이 거품 섞인 피를 뱉으며 말했다.

"납치한 순서대로 죽이는 모양입디다. 정인숙 그년이. 아무 말도 안 하고. 우리 눈을 가려요. 우리는 소리만 들었소. 칼이 배를 쓱쓱 쑤시는데…… 정두랑 영남이가 그렇게 갔어요. 한 번에 죽이지도 않아요. 몇 번을 찌르는 건지. 사람 숨 끊어지는 소리를 들으면서 애처럼 키득키득 웃어요. 그년 단단히 미쳤소. 사람이 아니란 말입니다."

이철진이 울분에 찬 토로를 하는 동안 안동철은 물에 젖은 인형처럼 축 가라앉았다.

"빨리 좀……"

안동철이 말했다. 다리가 저렸다. 욕지기가 올라 털과 가죽만 남은 고양이 사체를 밀어냈다. 뼈 안쪽이 함몰된 고양이에게는 표정이 없었다. 세휘도 그래야 할 것 같았다. 표정도 감정도 걷어 내고 가죽만 남겨놔야 이 상황을 견딜 수 있을 것 같았다.

차가운 물결이 일렁이며 천장에서 내려온 햇빛을 반사 시켰다. 눈이 부셨다. 세휘는 웅덩이에 손을 집어넣었다. 숨을 크게 들이마셨다. 공기를 씹어 삼키는 것처럼 폐 속으로 밀어 넣었다.

"가요 변호사님. 얼른 가요."

하지만 세휘는 움직일 수 없었다. 이상한 느낌이 들었다. 물결이 아까보다 거세게 일었다. 파도가 만들어내는 파장이 아니었다. 파장은 일정한 간격으로 전달되고 있었다. 쿵, 쿵, 얕게 퍼지던 물결은 시간이 지날수록 점차 짙어졌다. 난데없는 비린내가 풍기는 것 같기도 했다. 분명, 건너편에서 누가 다가오는 중이었다.

"온다…… 온다……"

안동철이 바람 빠진 타이어 같은 소리를 내며 이를 갈았다. 피부가 벗겨지는 것도 모르고 사슬에서 팔을 빼내기 위해 발악했다. 이철진은 입에 거품을 물더니 눈을 까뒤집었다. 쇠사슬이 팽팽하게 당겨졌다. 바닥이 패도록 헛걸음질을 쳤다.

세휘는 돌무더기 뒤에 납작 엎드렸다. 급히 자리를 잡는 바람에 거미 몇 마리가 찍소리도 못하고 짜부라졌다.

두 사람이 통제할 수 없는 공포에 휩싸인 사이 웅덩이 위로 해초 같은 머리카락이 모습을 나타냈다. 바위가 올라오고 있다고 착각할 만큼 거대한 머리였다. 웅덩이는 사산아를 토해내듯 인숙을 밀어 올렸다. 인숙은 골반을 빼기 위해 한참 씨름한 끝에 코르크 마개처럼 뽑혀 나왔다. 세휘와 달리 바닷물을 토하지도, 어지러움을 참으며 그 자리에 엎어져 있지도 않았다. 젖은 머리가 시야를 방해하지 않도록 쓸어 넘긴 다음 집에 온 것처럼 편안한 표정으로 주위를 살폈다.

안동철과 이철진은 울음을 멈췄다. 애원과 원망의 잔상만 동굴이 만들어내는 메아리에 뭉개졌다. 세휘는 돌무더기 너머로 고개를 내밀었다. 인숙은 주머니에서 안대를 꺼내 두 사람의 눈을 가렸다. 그리고 허리춤에서 돌돌 말린 칼집을 풀었다. 손가락 정도 길이의 잭나이프부터 손바닥만 한 사시미칼까지 차례로 정리되어 있었다. 인숙은 그중 가장 작은 칼 하나를 꺼내 들었다. 칼이 가죽에 스치는 소리가 안동철을 자극했다. 안동철은 고개를 좌우로 세차게 저어 안대를 벗으려 안간힘을 썼다. 인숙은 그 모습을 지켜보다 안동철의 허벅지에 냅다 칼을 꽂아 넣었다. 꿈에서도 들릴 것 같은 길고 끔찍한 비명이 이어졌다. 인숙은 칼을 뽑아 같은 자리에 한 번 더 찔러 넣었다. 정육점 육절기 같은 동작이었다. 실험실 기계 같아 보이기도 했다. 인숙은 언제 안동철의 비명이 시작되는지, 언제 목이 쉬고 기절을 하는지 관찰하듯 지켜봤다. 피가 강을 이뤄 흘렀다. 인숙이 콧노래를 부르기 시작했다. 여우야 여우야 뭐하니. 밥 먹는다. 무슨 반찬.

죽었니 살았니.

"여기! 여기 쥐새끼가 들어왔어!"

인숙의 움직임을 멎게 만든 건 이철진의 고백이었다. 인숙은 심드렁하게 철진을 향해 돌아섰다.

"변호사가 여기 왔다고. 지금 여기 있다고."

바보 같은 새끼가. 세휘는 바위 뒤에 몸을 움츠렸다. 인숙이 걸음을 옮기는 소리가 낮게 울렸다. 느리고 여유가 있는 걸음이었다. 도망칠 곳이 없는 우리 속에서 먹잇감을 가지고 노는 천적의 움직임이었다.

"내가 자백했잖아. 우리는 살려줘."

이철진은 그런 인숙의 등에 대고 몇 번이고 소리쳤다.

좁은 동굴이었다. 싸워봐야 세휘가 이길 승산은 없었다. 인숙은 축농증에 걸린 것처럼 코를 킁킁대며 세휘 쪽으로 거리를 좁혔다. 세휘는 발치에 있던 돌 하나를 들었다.

인숙은 세휘의 정수리 위로 고개를 디밀었다. 머리카락 끝으로 물기가 뚝뚝 떨어졌다. 우물 밑바닥처럼 두 눈은 검고 깊게 말라붙었다. 감정이 느껴지지 않는 입술이 달싹였다.

세휘는 인숙의 콧잔등을 찍어 올렸다. 가까운 거리였고, 팽팽한 긴장으로 무장한 세휘는 실수하지 않았다. 둔탁한 소리가 동굴을 울렸다. 보통 사람이었다면 어딘가 한 군데는 부러져야 했지만 인숙은 간지럽다는 듯 얼굴을 한 번 쓸어내릴 뿐이었다. 도리어 세휘의 손목이 뻐근하게 저려왔다.

인숙은 세휘의 목깃을 잡아 동굴 벽으로 날렸다. 세휘는 끈적한 고무 인형처럼 벽을 타고 미끄러졌다. 뒷골이 울렸다. 거미가 득실대는 동굴이 넓어졌다 좁아지기를 반복했다.

인숙은 눈앞이 가물가물한 세휘에게 쓸데없이 뭐라고 떠들어댔다. 한없이 초라한 느낌이 목구멍을 휘감았다. 안덕에 내려오지 않았더라면 좋았을 거라고 생각했다. 법정이 그리웠다. 적어도 그곳에는 권력을 휘두를 수 있었다. 최고형을 구형할 수도, 아량을 베풀 수도 있었다. 말 한마디 서류 몇 장으로 인생을 조종할 수 있었다. 고개를 푹 숙인 피고를 보면서 야릇한 흥분을 느끼곤 했다. 인생은 달콤한 거라 믿었고, 남은 인생에서 구걸을 하는 일은 없을 거라 생각했다.

세휘는 벽을 짚고 일어섰다. 날카로운 화강암이 세휘를 긁어댔다. 피 냄새를 맡은 거미는 다리를 타고 기어올랐다. 인숙의 바위 같은 등짝이 눈에 들어왔다. 이철진에게 화풀이를 하는 중이었다. 인숙이 어깨를 움찔할 때마다 이철진의 턱에 손바닥이 내리꽂혔다. 안대로 눈을 가린 이철진은 반격할 생각도 못 하고 어디서 날아올지 모르는 따귀에 속수무책으로 당하고 있었다. 두려움에 떠는 것도 잠시, 얼마 지나지 않아 이철진은 스르르 주저앉아 정신을 잃었다. 인숙의 손바닥이 허공을 갈랐다.

화풀이가 끝난 동굴에 인숙의 숨소리만 가득했다. 인숙에게도 뇌가 있다면, 고민을 하는 것처럼 보였다. 그 고민의 대상은 세휘일 거였다. 자신이 만들어둔 감옥에 침입한 불청객을 어떻게 처리할지 생각 중인 거였다.

"살려주세요."

명징한 위협 앞에 자존심은 아무런 힘도 발휘하지 못했다. 세휘는 무릎을 꿇었다. 두 손을 무릎 위에 올려놓았다.

"절대 말 안 할게요. 나 약속 지킬게요."

인숙이 다가왔다. 눈앞에 안대 하나가 툭 떨어졌다. 죽은 영남에게서 벗겨낸 거였다.

"써."

그게 무슨 의미인지 잘 알고 있었다. 세휘는 쉽사리 안대를 들지 못했다. 통증이 밀려들었다. 관절이 있는 곳마다 지렁이가 기는 듯한 간질거림이 멈추지 않았다. 인숙이 팔을 크게 들어 세휘의 뺨을 때렸다. 눈앞에 번쩍 불꽃이 피었다.

"쓰라니까."

어차피 자신의 뜻 대로 될 거라는 걸 아는지 인숙은 서두르지 않았다. 그저 활시위를 당기듯 바위 같은 손바닥을 치켜들 뿐이었다. 세휘는 안대를 들었다. 안대는 몹시 지저분했다. 피딱지가 딱딱하게 굳어 있었다.

"인숙 씨. 우리 얘기 좀 해요. 왜 이래야 하는 건지 말 좀 해봐요."

세휘가 태도를 바꿨다. 피해자에서 상담사로 태세를 전환할 참이었다. 인숙의 가장 깊고 어두운 면을 긁어줘야 했다. 말로 하는 거라면 자신 있었다. 논리와 설득이라면 밀릴 이유가 없었다. 상대가 그 논리를 이해할 능력만 있다면.

인숙의 볼이 딱딱하게 굳었다. 연거푸 눈앞에 불꽃이 튀었다. 뺨이 마비된 것처럼 얼얼했다. 대화할 이유도 의지도 없는 거인은 그저 세휘가 안대를 쓰고 무방비 상태가 되기를 기다리고 있었다.

세휘가 무의미한 항쟁을 포기한 건 서너 차례의 불벼락이 이어진 뒤였다. 어금니 하나가 흔들렸고 입안이 터져 피 맛이 진동했다. 구원을 기다리는 마음으로 안대를 들었다. 세휘는 희망을 놓지 않았다. 한병주가 됐건 노용기가 됐건 족제비 형사가 됐건 누군가는 세휘가 그랬듯 이 장소를 찾아낼 거라 믿었다.

그리고 그 순간은 생각보다 빨리 찾아왔다.

안대를 갖다 대는 순간, 세휘의 눈에 웅덩이가 들어왔다. 그곳에서 공기 방울이 솟았다. 웅덩이 위로 물귀신 같은 머리카락이 둥둥 떴다. 그 아래 모습을 드러낸 건 작고 하얀 손이었다.

도연의 얼굴이 수면 위로 떠올랐다. 도연은 무거운 물건을 들어 올리듯 영차, 하고 뭍으로 올라섰다. 하얀 원피스가 몸에 착 달라붙었다.

"하."

도연은 말문이 막힌 듯 동굴을 살폈다. 호기심과 공포가 뒤섞인 얼굴이었다. 제 엄마가 펼쳐 놓은 지옥을 천천히 두 눈에 새기는 중이었다. 인숙의 얼굴에 당황하는 기색이 역력했다.

세휘는 도연과 힘을 합해 인숙을 제압할 수 있을지 궁금했다. 더하기와 빼기를 하는 것만으로 시체 두 구가 늘어날 거라는 결론에 도달했다. 다른 방법이 있을 거였다. 인숙은 아직 다음 행동을 결정짓지 못했고, 도연은 복잡한 생각에 빠져 말문을 잃었다.

세휘와 인숙의 거리는 5미터쯤 됐다. 제아무리 인숙이라도 세휘의 움직임을 눈치채고 반응하기에는 시간이 걸리는 거리였다. 손이 닿는 곳에 인숙이 들고 온 가방이 있었다. 그 속에는 살과 뼈를 발라내기 위해 인숙이 갈아 놓았을 사시미칼이 들어있었고.

세휘는 인숙의 가방에서 사시미칼을 빼들었다. 인숙을 향해 돌진하는 대신 도연을 껴안았다. 작고 여린 몸이 세휘의 품 안에 들어왔다. 도연이 보험이 돼 줄 거였다. 인숙은 더이상 다가오지 않았다. 세휘는 작은 움직임으로도 경동맥을 자를 수 있도록 도연의 턱을 올려붙였다.

"가까이 오지 마."

인숙은 다가오지도 물러서지도 않았다. 방백을 펼치는 배우를 구경하듯 가상의 원을 따라 움직였다. 세휘는 인숙을 마주볼 수 있도록 인숙을 따라 돌았다.

"나 다 알고 있어. 수연이 얘기도, 장정호 회장이 무슨 짓을 했는지도."

계속하라고 말하는 듯 인숙이 걸음을 멈췄다. 동굴 밖에서 울리는 천둥소리가 희미하게 울렸다.

"복수를 꼭 이런 식으로 해야 했어? 알아. 안다니까. 수연이를 저놈들한테 갖다 바치고 나니 너도 죄책감이 들었겠지. 게다가 다음은 도연이 차례가 올 테고. 그게 싫었던 거 아냐? 이 애가 언젠가부터 친딸처럼 느껴졌던 거 아니냐고."

인숙은 영문을 모르겠다는 표정을 지었다. 적어도 그 얼굴은 진심인 걸로 보였다. 유인원 같은 인숙이 세휘의 말을 어디까지 이해하고 있을지 가늠할 수 없었다.

팔이 저렸다. 도연의 목을 겨냥한 사시미칼이 무거웠다. 형겹으로 감싼 손잡이를 통해 떨림이 느껴졌다. 도연이 떨고 있었다. 차갑게 식은 원피스를 그러쥔 두 손도, 화강암 바닥을 딛고 선 발도 오들오들 떨고 있었다. 세휘는 인숙이 듣지 못하도록 도연의 귀에 대고 속삭였다.

"괜찮아 도연아. 괜찮아."

가족이 없는 아이. 괴물의 자식. 천사의 외모로 구더기 속에서 보낸 유년기. 몇 가지 수식어를 더해야 도연을 정의할 수 있을까. 젖은 머리카락을 이마 너머로 넘기자 창백한 피부가 드러났다.

도연은 구슬프고 애처로운 속도로 고개를 돌렸다.

그제야 알 수 있었다. 도연은 울고 있지 않았다. 사시미칼로 전해지는 떨림은 공포에서 기인한 게 아니었다. 도연의 어깨가 굼실굼실 들썩였다. 베일 같은 머릿결 속에서, 도연은 입이 찢어질 듯 기괴한 웃음을 짓고 있었다.

"괜찮긴 뭐가."

도연은 돌연 세휘의 귀를 물었다. 연골을 씹는 소리가 두개골을 따라 흘렀다. 세휘가 도연을 밀쳐냈다. 어느 틈에 달려온 인숙이 밀려나는 도연을 두 팔로 들어 올렸다. 도연은 세휘의 귓바퀴를 질겅질겅 씹었다. 구겨진 콧잔등과 찡그린 눈은 꼭 비린 해산물을 먹는 것 같았다.

귀에서 흐르는 피가 어깨를 흥건히 적셨다. 도연은 그네를 타는 것처럼 편안한 자세로 인숙의 목덜미를 껴안았다. 도연이 뭔가 말하려 하자 인숙이 그쪽으로 귀를 갖다 댔다. 사근사

근한 목소리로 도연이 말했다.

"저 여자를 잡아야 해요."

지시였다. 정인숙의 가슴팍까지 밖에 오지 않는 도연이 정인숙에게 명령을 내리고 있었다.

"묶어요, 엄마. 나쁜 여자예요. 나쁜 사람이에요."

인숙의 눈빛이 변했다. 동요하던 낯은 납덩이처럼 칙칙했다. 도연의 말 한마디에 인숙은 미식축구 선수처럼 씩씩거리며 세휘를 향해 다가왔다. 어깨 위로 증기기관 같은 김이 피었다.

잡히면 죽는다는 생각밖에 들지 않았다. 다리가 마비된 것처럼 꼼짝하지 않았다. 세휘를 움직이게 만든 건 가족이었다. 집에 혼자 있을 수민과 사라진 엄마를 떠올렸다. 살아나가야 했다.

안덕은 미로 같은 도시였다. 애초에 미로 속에 대가리를 집어넣은 게 잘못이었다. 거기서 자란 것이, 거기서 태어난 것이 문제였다. 잘못 들어선 길에 정인숙이 있을 거란 걸 몰랐던 게 실수였다. 그 무지가 실수였다.

세휘는 몸을 낮춰 인숙의 무릎 안쪽을 파고들었다. 질긴 고무 같은 허벅지를 세게 깨물었다. 날생선을 씹는 것 같은 비린내가 입안 가득 퍼졌다. 인숙은 세휘의 뒤통수를 내리쳤다. 달리는 기차에 부딪힌 기분이었다. 세휘는 멀찍이 날아가는 정신을 붙잡으며 앞니가 제자리를 벗어날 때까지 허벅지살을 뜯어냈다. 벨크로가 떨어지는 소리가 났다. 세휘의 얼굴 위로 더운 피가 솟구쳤다.

인숙은 모루로 내려친 것처럼 움푹 팬 허벅지 안쪽을 물끄러미 쳐다봤다. 상처는 언젠가 나을 테니 기능만 할 수 있으면 아무래도 좋다는 눈치였다. 다리가 제대로 움직이는 걸 확인한 인숙은 썩은 나무 둥치 같은 이를 드러내며 씩 웃었다.

세휘는 웅덩이에 머리를 밀어 넣었다. 인숙의 갈퀴 같은 손이 세휘의 발을 붙잡았다. 손톱이 발목을 파고들었다. 세휘는 뒤로 돌아 인숙의 아랫배를 걷어찼다. 인숙이 뒤로 밀려나며 세휘의 발에 긴 상처를 남겼다. 인숙이 엉덩방아를 찧은 사이를 틈타 세휘는 물속으로 미끄러졌다. 짠 내가 콧속으로 비집고 들어왔다. 바위에 몸이 긁히고 옷이 찢어지는 것도 알지 못하고 터널을 빠져나왔다. 다시 머구리 바위 안쪽 동굴이었다.

높은 파고에 머구리 바위는 머리밖에 보이지 않았다. 세휘는 방파제를 향해 헤엄쳤다. 하늘은 밤처럼 검었고 비바람이 몰아쳤다. 상처가 난 곳마다 바닷물이 닿아 쓰렸다. 도움을 구하는 세휘의 목소리는 몇 설음 가지 못하고 파도에 묻혔다. 방파제에 다다라 뒤를 돌아보니 인숙이 머구리 바위 위에 서 있었다. 하혈을 하는 것처럼 허리 아래가 피로 물들었다. 인숙은 바다를 한 번, 세휘를 한 번 쳐다보며 오도 가도 못 했다. 그러다 손을 위아래로 휘휘 저었다. 오라는 것 같기도 가라는 것 같기도 했다.

세휘는 집을 향해 달렸다. 걸어서 30분 정도 걸리는 길을 어떻게 지났는지도 모르고 뛰었다. 맨발로 맹티고개를 넘었다. 거추장스러운 가슴을, 젖을 먹일 일도 남자에게 물릴 일도 없는 가슴을 도려내고 싶었다.

집에 도착한 세휘는 전화기를 들고 화장실로 뛰어들었다. 거울 속에 난장판이 된 여자가 서 있었다. 머리는 화염에 휩싸인 것 같았고 너덜너덜한 셔츠 사이로 토마토즙 같은 피가 번졌다.

족제비 형사든, 지청 동기든 힘이 되는 사람이라면 모조리 불러 모아야 할 때였다. 가능하면 좀 더 힘이 있는 쪽이 좋을 거였다. 세휘는 박성동의 전화번호를 눌렀다. 길고 느릿한 통화음이 이명처럼 울렸다.

수민이 맨발로 거실에 나왔다. 숨바꼭질하는 것처럼, 귀신 같은 몰골을 한 엄마를 살폈다. 세휘는 수민이 듣지 못하게 화장실 문을 닫았다. 수민은 재빨리 닫히는 문틈으로 발을 집어넣었다. 하얗고 가느다란 다리가 세휘의 세계를 침범했다.

"엄마. 무슨 일이에요?"

수민은 화장실 안쪽으로 발 하나를 걸치고 말했다. 전화기에서는 통화음만 울렸다.

"괜찮아 수민아. 아무 일도 없어."

"엄마 왜 그렇게 젖었어요?"

"괜찮다니까. 엄마 전화 좀 하게 비켜줄래."

수민은 문틈으로 어깨까지 집어넣고 고개를 내밀었다. 크고 검은 눈이 아래에서 위로 세휘를 훑었다.

"엄마. 혹시 동굴 다녀왔어요?"

사랑하는 아들의 눈빛은 평소와 달랐다. 세휘의 팔이 어깨에서 축 떨어졌다. 수민이 그 사이를 비집고 화장실로 들어왔다.

"안 돼요, 엄마."

"뭐가?"

"안 돼."

천천히 수민이 고개를 저었다.

"안 돼요, 엄마. 전화하면."

통화음이 그쳤다. 성동의 목소리가 화장실에 울렸다.

"여보세요? 세휘야?"

수민의 얼굴이 창백했다. 먹은 걸 쏟아냈던 그 날처럼, 당장이라도 변기를 부여잡을 듯했다. 수민은 성큼 돌아서 거실로 나갔다.

세휘가 수민을 뒤따랐다. 부엌에서 무언가 깨지는 소리가 났다, 수민은 피뢰침처럼 날카롭게 깨진 조니워커 병을 들고, 주저 없이 바지를 걷어 허벅지 안쪽을 휙 그었다. 해면체가 드러나고, 그 위로 핏방울이 맺히는 모습이 생생했다. 길게 이어지는 세휘의 비명은 빗소리에 묻혔다. 수민을 품에 안는 순간 인숙의 집에서 봤던 소설책의 제목이 머리를 스쳤다. 가스등. 범죄학 수업 시간에 들은 적이 있었다. 상황 조작을 통해 현실감과 판단력을 잃게 만드는 심리 통제 방법. 가스라이팅.

수민의 벌어진 허벅지 사이로 피가 왈칵 솟았다.

"전화 끊어요, 엄마."

세휘의 비명을 들은 성동이 애타게 세휘를 찾았다. 세휘는 통화 종료 버튼을 눌렀다.

수민의 바지 아래에는 촘촘한 간격으로 새겨진 흉터가 있었다. 정인숙과 바하두르에게 있던 것과 같은 모습이었다. 오래된 역사인 듯 이제는 모두 아물어 흔적만 남아 있었다. 뱀처럼 냉정한 눈으로 수민이 말했다.

"우리는 도연이 집으로 가야 해요."

"언제……?"

"태풍이 그치면요."

그 모습을 지켜보는 세휘의 어깨 위에 묵직한 절망이 내려앉았다. 세휘는 창밖으로 고개를 돌렸다. 정수리를 뒤덮은 비구름이 소용돌이치는 가운데, 맹티고개 너머 파란 하늘이 손톱만큼 비쳤다. 수민의 시선이 그 끝에 가 닿았다. 보라색으로 변한 입꼬리에 슬며시 웃음이 맺혔다.

북상하던 태풍은 이틀 후 동해안을 지나며 완전히 소멸했다. 수위가 낮아지며 바다에 면한 방파제에 진득한 소금기 띠 줄이 남았다. 무너진 간판과 뿌리째 뽑힌 가로수의 모습이 한때 마을을 점령했던 태풍의 위력을 떠올리게 했다. 가마솥 같은 더위가 시작됐다. 매미마저 기운을 잃고 축 늘어지는 날씨였다. 한때 안덕을 뒤덮었던 거미 떼도 그 기세가 꺾여 돌담이나 콘크리트 위에 말라붙었다.

수민은 옷장에서 가장 좋은 셔츠를 꺼냈다. 서울로 올라가면 전학 첫날에 입으려던 옷이었다. 곱사등이처럼 거울 앞에 서서 이제는 제법 자란 키를 충분히 덮어주지 못하는 셔츠를 걸

쳤다. 허벅지에 실밥을 풀지 못해 절룩절룩 걸으면서도 얼굴에 생기가 가득했다.

수민은 구부러진 골목길을 토끼처럼 뛰었다. 걸음이 느린 세휘를 재촉했다. 세휘는 신물이 올라오는 걸 참았다. 지난 이틀간 술을 퍼마시지 않으면 잠이 들지 못했다. 수민은 인숙과 도연에 대한 말만 나오면 지퍼로 잠근 듯 입을 열지 않았다.

"도연이가 얘기해줄 거예요."

그게 수민이 말한 전부였다. 그 말 하나에 마흔 시간을 기다린 거였다.

구멍이 숭숭 뚫린 철제 대문이 두 사람을 맞이했다. 사람의 손길을 받지 못한 잡초가 무릎 높이로 자랐다. 죽은 나무가 그늘을 만들어냈다. 담쟁이덩굴은 벽을 기어오르다 담벼락 끝에서 고꾸라졌다. 휘고 얽힌 덩굴 사이로 거미 떼가 기어 다녔다. 수민이 먼저 집 안으로 뛰어 들어갔다. 세휘가 그 뒤를 따랐다.

도연은 흰 드레스 차림에, 무릎을 모으고 거실 소파에 앉아 있었다. 하얀 두 손을 허벅지 위에 얹었다. 창을 투과한 햇빛이 흰 드레스에 반사돼 거실이 환했다. 수민이 그 아래 바닥에 앉았다. 도연의 허벅지에 뺨을 갖다 대고 행복한 얼굴을 했다. 꼬리만 있다면 바닥에 광이 나도록 흔들었을 게 분명했다.

도연은 맞은편 소파로 세휘를 안내했다. 세휘는 욱신거리는 허리를 가누며 도연이 지정한 자리에 앉았다.

도연은 에코백에서 술병 하나를 꺼냈다. 라벨 끝이 살짝 벗겨져 한눈에 세휘의 사무실에 있던 거라는 걸 알 수 있었다. 도연은 실험을 하듯 눈높이로 술병을 들어 컵에 따랐다. 토끼가 그려진 머그컵을 한 바퀴 휘휘 돌리고는 입에 부었다.

"으엑."

도연은 입에 담은 술을 뱉었다. 수민이 잽싸게 걸레를 들어 바닥을 훔쳤다. 시금치를 억지로 먹인다면 저런 표정을 지을까. 중학생 여자아이가 세휘의 사무실에서 훔쳐 온 로열살루트를 맛보는 모습이 정물화처럼 눈앞에 펼쳐졌다.

"이런 걸 왜 마시는지 모르겠어요. 언젠가는 나도 즐길까요."

도연은 컵에 담긴 술을 바닥에 쏟아버리고 다시 한 잔을 따랐다. 잘 데운 코코아를 마시는 것처럼 두 손으로 머그컵을 감싸고 조금씩 목으로 흘려보냈다.

"목이 타는 것 같네. 좀 드려요?"

"됐어."

"취하면 이런 기분이구나. 좋다."

도연이 소파 위에 몸을 뻗었다. 작은 기지개였다. 다람쥐 같은 여자아이였다. 동굴에서 인숙에게 명령을 내리던 모습은 찾아볼 수 없었다. 도연은 시연을 앞둔 체조선수처럼 발목을 빙빙 돌리기도 하고 어깨를 휘젓기도 했다. 그동안 세휘가 할 수 있는 거라곤 이 조막만 한 아이가 꺼낼 사연을 기다리는 거였다.

"수민아, 방에 가 있을래? 나 아줌마랑 할 얘기가 있어."

도연의 말에 수민이 벌떡 일어섰다. 세휘는 어쩐지 수민이 손이 닿지 않는 곳까지 멀리 가버릴 것 같아 일어나는 수민을 붙잡았다.

"왜. 수민이도 같이 듣게 하지."

"아직 상황이 이해 안 가시나 봐요."

도연이 침통한 표정을 지었다. 그 후 벌어진 상황은 믿을 수 없는 거였다. 도연이 보일 듯 말 듯 한 고갯짓을 하며 물어, 하고 말했다. 말이 끝나기 무섭게 수민의 눈빛이 변했다. 수민이 세휘에게 달려들었다. 개 짖는 소리까지 내면서. 이게 재미있니. 이게 재미있어? 그렇게 묻고 싶었다. 세휘는 수민의 머리를 밀어냈다.

"그만."

도연이 그렇게 말할 때까지 수민의 장난은 계속됐다.

세휘는 헤죽거리는 도연의 뺨을 걷어 올렸다. 거실을 얼어붙게 만드는 소리가 가득 울렸다. 도연의 고개가 돌아간 채로 멈췄다. 하얀 피부는 금세 붉게 달아올랐다. 사슴 같은 눈에 눈물이 차올랐다. 아파서인지 서러워서인지 알 수가 없었다. 어째서인지 그 모습이 섬뜩했다. 도연은 그렁그렁한 눈물을 닦지도 않고 수민에게 말했다.

"수민이 그림 그릴까."

수민은 최면에 걸린 것처럼 일어섰다. 목각인형처럼 걸어 방에서 가져온 건 크레파스나 파스텔이 아닌 커터칼이었다. 이가 부러져 무뎌진 칼날이 드르륵 딸려 나왔다. 수민은 칼날을 허벅지에 갖다 댔다.

"기다려."

도연이 말했다. 주저 없이 허벅지에 상흔을 남기려던 수민의 손은 아물지 않은 상처가 진물을 뽑아내고 있는 실밥 바로 아래에 멈췄다.

세휘는 소파에 앉았다. 수민은 커터칼을 들고 도연의 지시를 기다렸다. 도연은 수민의 머리를 쓰다듬었다. 두 아이가 키득대며 웃었다. 도연은 고양이처럼 그르릉거리는 수민을 방으로 돌려보냈다.

"어떻게 한 거니."

세휘의 질문에 도연은 고개를 갸웃거렸다.

"변호사잖아요. 생각해보면 알 텐데."

"몰라. 나는 그냥 이 상황이……"

"이해가 안 간다고요?"

"어떻게 그게 가능한지 모르겠어. 사람들이 왜 네 말을 듣는 건지. 우리 수민이까지……"

"사람들은 다들 상처가 있거든요. 그걸 건드리는 거예요."

"넌…… 중학생이잖아."

"그런데요?"

도연이 깔깔대며 웃었다. 투명하고 창백한 웃음이 세휘를 관통했다.

"편견이 판단을 흐리게 만든다니까."

도연은 책 한 권을 집어 들었다. 아무 페이지나 펼쳐 중얼중얼 몇 문장을 읽어가다 흥미를 잃었다는 듯 책을 접었다.

"내 말을 듣게 만들었어요. 협박을 하건, 약점을 잡건. 근데 그건 아마추어나 하는 일이더라고요. 도와주는 게 진짜예요. 내가 아니면 못 살게 만드는 거죠. 의지하는 날이 계속되면 복종하게 돼요. 복종하다 보면 그게 또 익숙해져요. 그러다 존경하게 되는 거라고요. 오케이?"

"아니. 모르겠어."

"금방 이해할 수 있을 거예요. 가르치는 데 소질이 있거든요. 좀 긴 이야기가 될 거예요. 필요해서 하는 얘기니까 들어요. 이 얘기를 끝냈을 때는 많은 게 달라져 있을 거예요."

도연은 어깨를 한 번 으쓱하고는 세휘 옆에 앉았다.

"저는 동진면에서 태어났어요. 구산에 있는 동네예요."

창밖으로 느슨하고 뜨거운 바람이 불었다. 길고 복잡한 퍼즐을 풀듯 도연은 이야기를 시작했다.

도연은 구산의 동진면에서 태어났다. 폐기물 매립장에서 침출수가 유출돼 웅현 저수지까지 악취가 들끓는 곳이었다. 하천으로 흘러나온 오염수 위에 모기가 알을 깠다. 축사에 갇힌 소들이 어둑시니 같은 모기떼의 공격에 구역질 나는 울음을 토했다. 한때 구산을 풍요롭게 만들었던 공장은 점차 몰락해가고 있었고 퇴화를 거듭하던 도시는 농업시대로 회귀하는 중이었다.

도연은 2킬로그램이 채 되지 않는 미숙아로 태어났다.

동진을 회상하면 안방에서 축 늘어져 있던 엄마가 먼저 떠오른다. 뼈밖에 남지 않은 손이 나뭇가지 같았다. 회갈색 반점과 물혹이 엄마 목을 덮었다. 도연은 엄마 손을 수건으로 닦아보곤 했다. 엄마는 짜증 난 목소리로 비키라고 소리쳤다. 그 목소리도 맥없이 방구석에 처박혔다.

도연은 수연과 함께 안방에서 시간을 보냈다. 거대한 트럭이 지나갈 때면 지진이 난 것처럼 온 집안이 떨렸다. 인형을 가지고 놀다가 글을 읽을 수 있게 된 뒤부터는 책을 읽었다. 얼마 지나지 않아 집에 있는 책을 모두 외워버렸다. 책뿐만이 아니었다. 광고 전단지와 이삿짐센터 전화번호, 가전제품 사용 설명서까지 도연의 머리에 차곡차곡 저장됐다. 그때부터는 밖에 나가는 게 재미있었다. 간판이나 신문을 읽으며 돌아다녔다. 동진면에는 아이들이 많았지만 누구도 도연의 흥미를 끌지 못했다. 도연은 이해할 수 없는 세상의 질서를 사랑했다. 이해할 수 있을 때까지 분해하고 재조립하는 걸 즐겼다. 도연의 욕구를 채우기엔 동진면은 참 재미없는 동네였다.

재미없는 시절이었지만 아무래도 좋았다. 네 가족의 행복이 오래 이어질 수만 있다면 그걸로 족했다. 엄마의 병이 나으면 모든 게 제자리를 찾을 거라 믿었다. 유년기라는 건 대체로 기대를 배신하는 편이었다.

그날도 도연은 동진면 일대를 훑고 집으로 돌아왔다. 온갖 숫자와 글자를 속으로 나열하고 계산하기 바빴다. 하루 종일 보고 들은 것들을 수연에게 전해줄 생각이었다. 하지만 정작 도연을 기다리고 있는 건 울고 있는 수연이었다. 이

불 밖으로 튀어나온 납빛의 팔이 도연을 마주했다. 어쩔 줄 모르는 수연과 달리 도연은 침착했다. 직장에 있던 아빠와 119를 부른 것도 도연이었다. 어른들이 올 때까지, 도연은 엄마의 얼굴을 한참 쳐다봤다. 움직이지 않는 엄마는 참 편하고 행복해 보였다.

10년 전 인숙을 처음 만났다. 두꺼비를 닮은 새엄마였다. 목청이 크고 성격이 괄괄했다. 어쩌자고 아빠가 저런 여자와 결혼을 하겠다는 건지 알 수 없었다. 도연은 언젠가 이 거대한 여자의 뱃속을 들여다봐야겠다고 마음먹었다. 혈관 대신 전선이 나오지 않을까 하는 생각을 하곤 했다.

공장에서 일하던 아빠는 선택해야 했다. 수주가 끊이지 않던 호황기는 오래가지 못했다. 산업이 몰락하면서 아빠도 일자리를 잃었다. 구산의 태양은 저물었고 이제는 안덕이 뜬다고 했다. 정권이 바뀌며 전략적으로 산업단지를 형성한 도시였다. 아빠는 언젠가 안덕으로 가야겠다고 입버릇처럼 말했지만 약속을 지키지 못했다. 기생충 같은 암세포가 전립선을 갉아 먹었다. 확진을 받은 지 두 달 만에 아빠가 세상을 떴다. 6인실 병동에서였다. 의사는 손 쓸 도리가 없었다고 했다. 손 쓸 도리가 없어서 섭씨 천도의 가마솥에서 아빠는 재가 됐다. 화장장 직원이 망치로 아빠를 빻고 쓰레받기로 쓸어 담았다.

약속을 지킨 건 인숙이었다. 인숙은 장례식을 마치고 바로 안덕으로 이사했다. 안덕에는 못마땅한 기운이 흐른다고 했다. 수맥이 됐건 저주가 됐건, 안덕은 세 가족에게 떠나야 할 땅이었다. 공장에서 받은 위로금이 정착할 기반이 됐다.

안덕에 이사했을 때까지만 해도 인숙은 두 딸을 위해 모든 걸 바칠 것처럼 굴었다. 아빠의 빈자리가 느껴지지 않도록 최선을 다하겠노라 말했다. 하지만 그것도 몇 개월뿐이었다. 장정호를 만난 뒤 인숙이 변했다. 살아남아야 한다고 했다. 아마 정신이 헤까닥 한 게 아닌가 싶었다. 수연을 안덕 놈들에게 바치고 있다는 건 나중에 알았다. 언니는 안덕으로 이사한 후 언제나 우울하고 실성한 것처럼 보였다.

도연이 한동안 잊고 있던 자신을 되찾은 건 열 살 생일날이었다. 수연이 선물한 조각 케이크가 유일하게 생일을 상기시켜줬다. 생크림과 초콜릿 치즈로 장식된 5000원짜리 조각 케이크는 그날 저녁 인숙의 뱃속으로 사라졌다. 어차피 먹고 싶은 생각도 없는 케이크였다. 도연은 단맛을 느끼지 못했다. 그보다는 신맛이 도연을 끌었다. 입을 얼얼하게 만드는 매운맛이 훨씬 좋았다. 자극이 필요했다. 그게 도연을 살아 있다고 느끼게 만들어줬다.

생일 저녁, 도연은 국민주택 주위를 걸었다. 채워지지 않는 허기에 목이 탔다. 비포장도로를 따라 걷다 놀이터까지 나왔다. 화단에서 뭔가가 푸드덕거렸다. 옆에 있던 아이들이 기겁하고 달아났다. 도연은 향나무를 비집고 들어가 죽어가는 비둘기를 발견했다. 흙이 묻어 비 온 날의 축구공처럼 말려 있었다. 도연이 다가가자 달아나려 했다. 도연은 새를 지그시 눌렀다. 비둘기는 쥐똥 같은 눈알을 굴리며 도연의 손을 쪼았다. 발악하는 생명의 마지막 순간을 한참 지켜봤다. 마침내 비둘기가 저항 없이 뻣뻣하게 굳던 순간, 아랫배에 탄산음료를 붓는 것 같았다. 입안에 신맛이 가득했다. 허기는 간데없이 포만감이 온몸을 채웠다. 그날 이후 구산면 하천에는 새와 고양이 사체가 떠다니기 시작했다.

살쾡이를 속에 품은 도연이었지만 겉으로는 지천으로 깔린 여자아이와 다를 바가 없었다. 인형 같은 외모는 도연을 세상으로부터 지켜주는 벙커였다. 아니 그 반대라고 해야 좋을까. 도연은 자신의 외모를 이용하는 데 소질이 있었고 사람들은 도연에게 연민을 느꼈다. 그사이 도연이 품은 괴물은 무럭무럭 자라났다. 자신의 손으로 직접 새의 목숨을 끊었던 순간이 잊히지 않았다. 구슬 같은 심장이 정지하던 순간, 부들거리며 움직임을 멈추는 순간까지도 발작하던 절박함을 다시 느끼고 싶었다.

욕구를 채우기 위해서 더 많은 재물이 필요했고 그러려면 조력자가 있어야 했다. 도연의 눈에 들어온 건 인숙이였나. 두꺼비를 닮은 새엄마는 대가리가 빈 굴착기 같았다. 괜찮은 두뇌만 꽂아 넣으면 세상 무서울 게 없는 병기가 될 거였다.

사람을 지배하는 건 지루한 작업이었지만 안덕으로 이사 온 뒤 시간이 넘쳐났다. 도연은 책을 읽었다. 닥치는 대로 많은 책을 읽었다. 소설은 좋은 교재였다. 도연은 악인들에게 집착했다. 그들이 승리를 거머쥐기를 간절히 바랐지만 대개는 악당의 몰락으로 끝을 맺었다. 언젠가는 악당이 승리하는 현실을 쓰겠다고 다짐했다.

인숙은 떡을 좋아했다. 장정호 회장을 만나고 돌아오는 길이면 어김없이 시장에 들러 갓 뽑은 가래떡을 한 소쿠리 떼왔다. 딸들의 몫은 없었다. 구렁이처럼 소쿠리를 다리로 감싸고 등을 돌린 채 김이 모락모락 솟는 떡을 지칠 때까지 입에 집어넣었다. 빈 소쿠리를 치우는 건 수연의 몫이었다. 떡 조각이 조금이라도 남아 있으면 온갖 상소리가 돌아왔기 때문에 수연은 손이 부르터라 설거지를 했다. 인숙은 다음날이면 잘 마른 소쿠리를 가지고 다시 시장으로 달려갔다.

수연이 학교에서 돌아오지 않은 어느 날도 그랬다. 신발을 던져 놓고 부엌 바닥에 앉은 인숙은 돼지처럼 떡을 처먹었다. 도연은 거실 소파에서 책을 읽던 중이었다. 컨베이어 벨트처럼 움직이던 인숙의 팔이 멈추는가 싶더니 가슴을 쳐대기 시작했다. 도연을 향해 돌아선 인숙의 얼굴이 새파랗게 질려 있었다. 인숙은 바닥에 커다랗게 글자를 썼다.

'숨.'

기도가 막힌 거였다. 응급조치 방법은 알고 있었지만 일부러 시간을 끌었다. 쓰러지기 직전까지 기다린 뒤에 눕혀놓고 체중을 실어 명치를 밟았다. 그래야 겨우 반응을 보일 여자였다. 떡이 베이킹을 끝낸 토스트처럼 튀어 나왔다.

"어떻게 한 거니."

흰자위에 벌겋게 핏줄이 선 인숙이 물었다.

"하임리히법이에요."

"넌 그런 걸 어디서 배웠어?"

"책에서요."

인숙은 먹던 가래떡을 변기에 버리려다 말고 도연에게 내밀
었다. 인숙이 처음으로 도연에게 보인 호의였다. 도연은 식어
서 굳은 떡을 받아 들고 작게 한 입 베어 물었다. 인숙은 자신
의 목숨을 구해낸 피조물이 떡을 먹는 모습을 한참 동안 지켜
봤다.

도연의 조언에 존경심 대신 매가 돌아올 때도 있었다. 이게
날 무시한다니까. 수연을 보며 하소연하듯 말했다. 수연은 엄
마 말을 잘 들으라고 했다. 도연은 시키는 대로 했다. 말 잘 듣
는 아이가 되어야 원하는 걸 얻을 수 있었다. 하여튼 무식한 종
자들이었다. 계몽시켜줘야 할 대상들이었다.

도연이 인숙의 식사에 약을 타기 시작한 건 수연이 정신과
치료를 받으면서부터였다. 수연의 치료비를 댄 건 도연이었
다. 공장 노동자들을 내 상으로 한 과외로 충당할 수 있었다. 수
연이 약을 받아오면 성분을 분석하고, 그걸 음식에 섞었다. 수
연은 핼쑥해져갔고 인숙은 행복한 돼지가 되었다.

"밥 더 없니."

입 주위에 밥풀을 묻히고 게슴츠레한 눈으로 인숙이 물었다.
도연은 방방 뛰고 싶은 걸 참았다. '얼마든지 있어요, 엄마. 많
이 드세요.'

인숙은 도연에게 많은 조언을 구했다. 처음에는 건강 문제나
부동산 같은 이야기였다. 막 가슴이 솟기 시작한 딸에게 생리

불순에 대해 묻는 인숙이 안쓰러울 때도 있었다. 도연은 서두르지 않고 현명한 조언자가 되어주었다.

"네 언니는 말이야. 우리 구세주야."

급기야 수연과 장정호 일당에 대해 털어놓기 시작했다. 박해남만 잡으면 인생이 술술 풀릴 거라고 했다. 그러면 우리 가족도 아빠가 계실 때처럼 행복해질 수 있을 거라고. 수연은 그날을 위해 잠시 희생하는 거라고. 도연은 인숙의 주둥이를 사포로 갈아버리고 싶은 마음을 누르고 인숙을 다독이곤 했다.

"알아요, 엄마. 우리 힘을 모아요."

인숙은 한마디로 오락가락하는 여자였다. 스스로 만들어낸 핑계들로 죄책감을 덮어 놓았을 뿐 양심을 제거할 수는 없는 인물이었다. 도연의 과제는 그 죄책감을 자극하는 거였다.

인숙과 친밀감을 쌓은 도연은 과감해졌다. 인숙에게 주사를 놨다. 곰 같은 인숙에게도 팔을 얼얼하게 만드는 통증이 찾아왔다. 도연은 호기심 가득한 눈으로 인숙을 쳐다봤다.

"엄마, 어때요? 아파요?"

인숙은 고개를 끄덕였다.

팔뚝과 허벅지, 종아리에 인숙이 기억하지 못 하는 상처들이 늘어났다. 크게 아팠을 텐데 생각이 나지 않았다. 인숙이 멀뚱히 상처를 들여다보고 있으면 도연이 설명해줬다. 그건 어제 부엌에서 넘어져서 생긴 상처에요. 그건 욕실에서. 모두 그럴듯하게 들렸다.

도연은 인숙의 기억을 하나씩 부정해 나갔다. 뭐야 그것도 기억 못 해요? 정말 그런 것 같아요? 잠이 부족한가 봐요. 현실과 환상을 교묘히 섞었다. 급기야 인숙은 자신을 부정하기 시작했다. 온전히 도연에게 자신을 맡기는 순간이 왔다. 의지하는 마음은 얼마 지나지 않아 복종으로 변했다.

어느 날 인숙은 창자를 발아래 드리운 길고양이가 냄비 위에 올라와 있는 걸 봤다.

"이것도 내가 그랬니."

도연은 박수를 치며 신이 나서 말했다.

"엄마가 고양이를 죽였어요! 와 정말 멋있었어요."

도연이 그렇게 말했을 때도 믿었다. 정말 기억나지 않았지만.

그 후로는 일이 쉽게 풀렸다.

"내가 잘 하고 있는 거니."

도연은 인숙의 양심에 미세한 균열이 가던 그 순간을 놓치지 않았다.

"바로 잡을 수 있어요, 엄마."

"어떻게?"

"제가 방법을 알아요. 돌아가신 아빠한테도 당당하실 수 있게 도와드릴게요."

"약속하는 거지?"

"그럼요. 우리 잊어버리지 않게 맹세해요."

도연은 인숙의 팔에 상처를 새겼다. 인숙은 그 의식을 기쁜 마음으로 받아들였다. 도연은 인숙의 팔에 붕대를 감으며 말했다.

"마트 사장부터 시작해요, 엄마."

도연은 조곤조곤한 목소리로 안덕에서 벌어진 연쇄 실종 사
건의 전말에 대해 털어놓았다. 목이 마른지 간간이 위스키를
한 모금씩 마셨다. 도연의 뺨에 홍조가 번졌다.

"말만으로 되는 게 아니에요. 약도 써야 하고, 심리도 읽어야
하니까. 공부를 많이 했어요. 진정제를 먹인 뒤에 암시를 두면
정신을 못 차리던데요. 사실 인숙 씨는 왔다갔다 해요. 개랑 고
양이 좀 잡아 오라고 하면 그게 왜 필요하냐고 꼭 되묻는다니
까요. 왜긴 왜야. 그런데 이제는 인숙 씨도 내 맘을 좀 이해하
는 것 같아요. 즐기더라니까요. 시키지도 않았는데 윤정두를
죽여버린 거 있죠. 내가 보는 데서. 와 그 시뻘건 내장이 쏟아
지는데…… 하마터면 말릴 뻔했지 뭐예요."

"그만."

세휘가 말을 끊었다.

"경고로 받아들일게."

"그래요. 나도 그편이 좋아요. 내 조력자가 냉철한 사람이었
으면 하거든요. 바하두르 아저씨는 너무 멍청했어요. 재활용
센터에서 일하니 힘은 좋지만."

"그 사람도 네 말을 들어?"

"당연하죠. 한국어 수업은 괜히 하는 줄 아시나. 메시지 드렸
는데 보셨죠?"

폴라로이드 사진 얘기를 하는 거였다. 세휘는 고개를 끄덕였다.

"언제까지 이럴 거니."

"어렸을 때 인형 가지고 논 적 있죠."

"있지."

"어떤 인형이었어요?"

"그냥 봉제 인형이었어. 테디베어."

"아이들은 왜 인형을 가지고 놀까요."

"심심해서 그렇겠지."

세휘는 짜증이 섞인 말투로 내뱉었다가 얼른 덧붙였다.

"잘 모르겠어."

"통제할 수 있어서예요. 자기가 만든 이야기 속에서 노는 거죠. 신이 된 기분이잖아요. 아이들도 아는 거죠. 난 사람의 마음을 읽는 게 재밌어요. 그러려면 몇 명쯤 죽어도 상관없다 싶을 만큼. 중독되는 거예요. 그놈들이 맞이죠. 좀 더 악했으면 했어요. 그렇게 되더라니까요. 내가 이러는 게 사이코패스라서가 아니라 정의를 위해서라고 믿고 싶었던 거예요. 고문해도 괜찮게 더 못된 놈들이 돼줘. 그런 생각을 했죠."

도연은 컵을 휘휘 저었다. 로열살루트가 찰랑거렸다.

"복수 같은 게 아니에요. 시나리오를 짰어요. 개연성이 중요하니까. 이야기를 만들어야 해요. 이게 내가 만든 세상이니까. 어라. 나 취했나 봐요, 그죠? 별소리를 다 하네."

도연의 작은 손가락이 까딱거렸다. 저 손가락 하나에 수민이의 목숨이 달려 있다는 걸 알고 있었다. 평생을 공권력에 기대 살아온 세휘였지만 지금은 법이나 정의가 공허한 허울이라는 것도 알고 있었다.

"우리 앞으로는 거짓말을 하지 않기로 해요. 내 앞에서는 그러면 안 돼요. 오래 걸려도 좋으니 고민하고 대답해요. 모르는 건 모른다고 하고, 아는 것만 말하는 거예요. 불확실한 건 불확실하다고 얘기해요. 오케이? 수민이는 아줌마를 좋아해요. 많이 의지하고 있어요. 지켜주고 싶다고 생각해요. 그런 걸 느낀 적이 있어요? 저 나이의 남자애들은 응석이나 부리기 바쁜데 수민이는 달라요. 영리한 아이잖아요."

"우리 엄마는 어디 있니."

"지금쯤 바하두르 아저씨가 모셔드렸을 거예요. 걱정 마요. 손가락은 안 잘랐어요. 치매 걸린 할머니 손가락은 내 시나리오에 없어서요."

손가락은 시나리오에 없었겠지만 엄마를 다루는 쪽이 세휘를 조종할 방법이라는 건 알고 있었을 것이다.

"네 언니는. 수연이는 어떻게 됐어."

"몰랐어요? 동굴에서 언니 무덤 뒤에 숨어 있었다더니."

인숙의 등장에 몸을 숨겼던 돌무더기가 떠올랐다. 그 아래 놓인 게 사람 시체였다는 사실을 알고도 동요가 없었다. 소설 같은 이야기를 덤덤하게 늘어놓는 도연 앞에서 무뎌진 기분이었다.

"언니는 안덕을 빠져나가지 못했어요. 터미널까지 가긴 했

죠. 변호사님 아빠 도움으로요. 그게 다였어요. 엄마한테 다시
붙잡혀서 돌아왔어요. 한 번 더 그 짓을 겪어야 했죠. 언니는
동굴에서 목숨을 끊었어요. 편지를 남겨놨어요. 그 쓰레기들
한테는 언니가 먹잇감처럼 보였을까요. 돌려먹었대요. 다섯이
서. 상납도 하고. 언니가 그때 뭐라고 했는지 알아요? 착하게
지낼 테니 그만해달라고요. 엄마를 사랑한다고."

도연은 '아 뭐야, 바보 같아.'하고 말하며 깔깔 웃었다.

"언니는 용서를 구하는 대신 칼을 쥐어야 했어요. 흉터를 남
겨야 했다고요. 죽은 언니한테서 손가락을 잘라냈어요. 손가
락은 냉동실에 얼려뒀죠. 언젠가 써먹고 싶었거든요. 냉장고
는 그런 일에 쓰는 거예요. 술이나 넣어두라고 놔두는 게 아니
라고요."

"우리 아빠는?"

"누명을 쓴 거죠, 뭐. 보고서가 하나 있었어요. 뭐 가해자가
죽었으니까 상부에 보고되는 일은 없었지만. 누가 그런 건지
는 짐작하죠? 그런데 그런 거로 자살하고 그러나? 복수하고
싶어지지 않나요. 나라면……"

도연은 거기서 말을 끊었다. 이제는 순한 양이 돼버린 세휘
를 살폈다. 어디에 돌을 놓을지 고민하는 바둑기사 같은 모습
이었다.

"좋은 사람이었다고 들었어요. 그래요?"

응. 세휘는 목 안쪽이 꽉 조이는 걸 느꼈다.

"꼭 좋은 사람들만 먼저 가지. 그러니까 좀 독하게 살자고요,

우리는. 이제 한 사람이 남았네요. 장정호 회장. 이 인간을 어떻게 할까요. 선택해보세요. 죽여요, 살려요?"

둘 중 하나였다. 당숙에게 미래를 맡기거나, 이 아이가 원하는 답을 주거나. 안덕에 내려온 이후 했던 수많은 고민 중, 유일하게 명쾌한 해답이 있는 선택지였다.

도연은 대답도 듣지 않고 히죽거렸다. 뒷짐을 지고 거실을 한 바퀴 돌며 생각을 정리했다. 주먹만 한 머릿속에서 어떤 시나리오를 그려내고 있을지 궁금했다.

"정계에 입문하셔야 해요. 그냥 입문하는 거로는 안 돼요. 좀 더 삐까뻔쩍하게…… 뭐랄까 센세이셔널해야 해요. 권력을 얻게 되겠죠. 난 내가 원하는 걸 얻게 되겠고. 당숙이 이 연극의 문을 닫아 줄 거예요. 인숙 씨나 수연 언니처럼 당신을 보내진 않을게요. 완벽한 삶을 살게 해줄 거예요. 나를 위한 울타리가 되어주면 돼요. 충분히 자랐다 싶으면 내가 먼저 떠날 거니까."

도연의 다음 말은 듣기 싫었다. 하지만 유리구슬처럼 새까만 눈을 보고 있으면 시선을 돌릴 수가 없었다. 도연은 천천히, 하지만 힘주어 말했다.

"괜찮죠? 엄마."

아침부터 기자들이 진을 쳤다. 서울에서 내려온 언론 차량이 경찰서 밖까지 늘어섰다. 해가 뜨기 시작한 지 얼마 되지도 않아 아스팔트가 달아올랐다. 젖은 겨드랑이를 식히며 기자들은 그늘을 찾았다. 세휘는 일찌감치 벤치에 앉아 브리핑을 기다렸다.

노곤하고 축축해야 할 안덕은 실종 사건이 해결됐다는 소식에 들끓었다. 밤새 조사를 마친 경찰은 범인이 곧 안덕 지청으로 이송돼 구속된다고 발표했다. 브리핑은 이송 전 마지막으로 기자들이 범인을 확인할 기회였다.

대포 같은 카메라가 도열해 있었고 마이크를 한데 모아 묶은 기자 둘이 초조하게 범인 인도를 기다렸다. 카메라 가리지 말고 앉아요. 멀찍이 자리를 잡은 기자 하나가 소리쳤다. 목을 빼고 기다리던 다른 기자가 머쓱하게 뒤를 돌아보고는 어깨를 움츠렸다.

"사진 안 찍어요?"

세휘는 앞에 앉은 한병주에게 물었다. 한병주는 강아지풀을 질겅질겅 씹으며 이 소란을 즐기고 있었다.

"사진은 카메라 기자가 찍는 거고요. 나는 기사까지 다 써뒀잖아요. 사진 붙여서 클릭 한 번만 하면 네이버 실급검은 제 겁니다."

"실급검이요?"

"실시간 급상승 검색어요. 거기 올라가면 기사 조회수가 무지막지하게 올라요. 그게 배너 수익이고요. 클릭 한 번에 삼백 원은 받을걸요. 성형외과나 대출 광고면 천 원도 받아요. 조회수 십만 찍으면 기사 하나로 오천만 원이에요."

"그거면 돼요?"

"나 서울 갑니다. 본사에서 다시 올라오래요. 사회부로."

한병주는 새 강아지풀을 물었다. 풀독이 올라 잇몸이 부었는데도 무슨 대수냐는 태도였다. 한병주는 안덕에 불어닥친 소란이 구원의 찬송가로 들릴 거였다.

"담배는 끊었어요?"

"오래 살아야지요. 서울에 미세먼지가 그렇게 심하답니다."

한병주는 한강변 신도시의 아파트를 마련해놨다고 했다. 본사까지는 차로 한 시간이 걸리는 위치였지만 기자는 어차피 다리로 일하는 직업이니 상관없다고 말했다. 서울 중구 땅값이 20퍼센트나 올라 기자 월급으로는 도저히 월세를 충당할 수 없다는 말을 덧붙였다.

기자들이 파도처럼 출렁였다. 플래시가 터졌다. 밀지 마, 하고 외치는 소리는 몰려드는 질문 세례에 묻혔다.

인숙이 모습을 드러냈다. 준비된 호송차로 이송되기 전 지정해둔 위치에 섰다. 스포츠캡 사이로 마른 곱슬머리가 삐져나왔다. 결박당한 두 손을 후드 티셔츠로 가렸다. 족제비 형사와 그 동료가 인숙의 팔짱을 끼고 있었지만 덩치로 보나 힘으로 보나 인숙이 두 사람을 끌고 다니는 쪽에 가까웠다.

모든 걸 각오한 표정이었다. 구정물이 뚝뚝 흐르던 얼굴은 곰팡이가 핀 것 같은 자국으로 얼룩이 졌다. 인숙은 치료보호소에서 1개월간 정신 감정 필요하다는 소견을 얻어낸 살인 사건 용의자로 기자단 앞에 섰다.

"범행 동기가 뭔가요."

마이크를 든 기자의 첫 질문이었다. 살해라는 단어를 쓰지 않은 건 다른 언론을 의식해서였을 것이다. 인숙은 턱이 쇄골에 닿을 듯 고개를 숙이고 말했다.

"기분이 나빠서요."

나 참. 차라리 태양 빛이 눈에 부셔서 그랬다고 하지. 나이 지긋한 기자 하나가 탄식을 뱉었다.

"원한 관계가 있었나요."

"제 딸이 강간당했습니다."

셔터 소리가 요란했다. 질문을 던진 기자의 얼굴에 흡족한 미소가 번졌다가 사라졌다.

"평소 피해자들과 자주 어울리셨다는 증언이 있는데요. 한 말씀 해주시죠."

"그 사람들이 우리 가족을 협박했습니다."

"실종자들은 어디 있습니까."

"바다에 버렸습니다. 낚싯배 타고 멀리 던졌습니다."

인숙의 말투는 시종일관 느리고 차분했다. 허리를 구부정하게 숙이고 목소리가 잘 전달될 수 있게 입을 마이크 가까이 됐다. 세상이 인숙의 말에 집중하고 있었다. 안덕의 무너져가는 집에 살던, 기괴한 여자를 향해 세상의 눈과 귀가 쏠렸다. 그 거짓말은 그럴듯하게 포장이 된 사탕 같았다. 한쪽에 청산가리를 발라놓았다는 사실을 아는 사람은 많지 않았다.

"딸에게 하고 싶은 말은 없나요."

인숙이 유일하게 반응한 순간이었다. 스포츠캡이 만들어낸 차양 아래 인숙의 눈이 기자를 향해 번득였다. 기자는 지지 않고 답변을 재촉했다. 인숙은 다시 결박당한 용의자로 돌아가 답을 마쳤다.

"제가 잘못을 했기 때문에 죗값을 치러야 합니다. 제가 살해한 사람들도 마찬가지입니다. 우리는 가해자입니다. 제 두 딸은 피해자일 뿐입니다."

인숙의 역할이 끝나는 순간이었다. 인숙이 호송차에 실릴 때까지 플래시가 멈추지 않았다. 경찰의 저지선을 뚫고 사진을 찍기 위해 다가서던 기자들도 인숙의 코앞까지 가지는 못했다. 팔을 결박당한 이 범죄자에게서는 범접 못 할 냄새가 풍겼다. 생선 비린내가 아니었다. 사람을 죽인 괴물의 냄새였다.

인숙의 자수와 동시에 수사가 시작됐다. 인숙의 냉장고에서 장정호 회장의 엄지발가락과 이철진의 새끼손가락이 발견됐다. 집 뒤쪽, 벽과 벽 사이 가득한 동물의 사체가 그대로 방송을 탔다. 기자들은 무너져가는 집과 인숙의 가정환경을 그대로 방송에 실었다. 전국을 떠들썩하게 만들었던 실종 사건은 곪은 여드름이 터지듯 세상에 까발려졌고 안덕의 실체에 대한 성토가 뒤를 이었다.

수사가 끝나고 형사팀장이 브리핑을 했다. 가죽 잠바에 어울리지 않는 포마드 머리를 하고 카메라 앞에 섰다. 족제비 형사가 그 옆에 뒷짐을 지고 섰다. 형사팀장의 브리핑은 한마디로 자화자찬이었다. 지방 선거를 앞두고 안덕의 정치 상황에도 이목이 집중된 터였다. 안덕의 이미지를 실추시키지 않기 위해 형사팀장은 침을 튀기며 열변을 토했다. 경찰들의 노고와 수개월 간 범인을 검거하기 위해 노력한 역사를 읊었다. 인숙과 다섯 희생자의 관계에 대해서도 양념처럼 한마디 얹어줬다.

한병주도 그 자리에 있었다. 경찰이 연극을 펼치는 무대 맞은편, 다리를 꼬고 앉아 과연 경찰이 무슨 말을 씨불이나 두고 보자 하는 얼굴이었다.

"질문받겠습니다."

타이핑 소리가 멎고 수십 개의 손이 일제히 하늘로 솟구쳤다. 노련한 중앙지 기자가 지목을 받기도 전에 마이크를 쥐었다.

"지금 용의자가 치료보호소에 가 있는 게 맞는가 하는 얘기도 있거든요. 직접 수사를 하신 입장에서 어떻게 생각하시는지요."

"경찰은 용의자를 체포하는 데 최선을 다했습니다. 그 후에 용의자를 검사하는 건 보호소의 몫이죠. 사견을 보태자면 신문 과정에서 용의자는 협조적이었습니다. 보호소에서 잘 판단해주시리라 믿습니다. 다음 질문."

마이크를 건네받은 건 한병주의 전 동료였다. 다이어트와는 거리가 멀어 보이는 인물로 겨드랑이가 땀으로 축축하게 젖어 있었다.

"용의자가 피해자와 평소 친하게 지냈던 게 맞습니까."

"맞습니다. 다만 용의자는 본인도 어쩔 수 없이 협조하는 관계였다고 주장하고 있습니다."

"범행은 언제부터 계획했는지 파악이 됐나요."

"특정 시점부터 계획했던 건 아니었던 거로 보입니다. 길림마트 사장인 윤정두 씨가 혼자 일하는 시간이 있다는 걸 알게 된 후에 범행을 결심하지 않았나 생각합니다."

다음 질문이 이어졌다. 날카로운 인상의 기자가 안경을 올려 쓰며 물었다.

"길림마트 사건 말인데요, 거기서 발견된 엄지손가락이 윤정두 씨가 아니라 용의자 딸의 것으로 밝혀졌다고요."

"맞습니다."

"그럼 애초에 다음 범행까지 계획했던 거 아닐까요. 계속해서 범행을 예고한 건 아닌가 하는 생각도 드는데요."

"그 부분도 추가로 확인이 필요합니다. 손가락에 페티시가 있었다는 담당관 소견이 있는 것으로 알고 있습니다."

"추가로 밝혀진 피해자는 없나요."

"아직은 없습니다. 범인을 검거했고 사건은 종결됐다고 봐도 될 것 같습니다."

한병주는 손에 든 모나미 볼펜은 심심해서 들고 나왔다는 듯 형사팀장이 브리핑을 끝낼 때까지 메모 한 번 하지 않았다. 브리핑이 끝났을 때, 한병주는 키득키득 웃었다. 근처에 있던 중앙지 기자들에게는 한병주의 웃음이 조율을 잘못한 변주곡처럼 불안하게 들렸다.

사무실로 돌아간 한병주는 노트북을 열어 그간 정리한 파일을 열었다. 사건의 가장 가까운 거리에 있으면서도 공개하지 않았던 기사였다. 불이 꺼진 사무실은 여름의 습기를 머금고 눅눅한 곰팡내를 풍겼다. 에어컨 바람은 미지근했고 타이핑

소리만 경쾌했다. 한병주는 콧잔등을 흘러내리는 안경을 연거푸 올려 썼다. 기사가 정리된 시간은 새벽 다섯 시였다.

이튿날 한병주의 기사가 포털과 커뮤니티에 도배가 됐다. 형사팀장의 열변을 정면으로 반박하는 내용이었다. 수개월 간의 잠입 취재와 녹음 파일이 신빙성을 더했다. 잉크 냄새 하나 풍기지 않는 디지털 문자는 그만큼 확산 속도도 빨랐다. 처음으로 한병주의 기사가 포털 검색어에 오르내리는 순간이었다.

한병주는 마지막 반전을 위해 세휘를 동원했다. 인숙을 처음부터 의심했던 것도 세휘였고, 실종자들의 옷을 찾아낸 것도 세휘였다. 무능력한 경찰 대신 직접 나서 사건의 진상을 밝힌 지역 변호사 조세휘의 이름이 지면 속에 몇 번이나 언급됐다. 세휘는 살인자의 딸을 입양한 의인이기도 했다. 한병주는 기사 말미에 세휘의 사진까지 실었다. 변호사 조세휘의 이름이 검색어 순위에 뜨기 시작한 건 그날 저녁의 일이었다. 한병주는 그것으로 자신의 역할을 마쳤다

도연이 기획한 대로였다.

기사가 나간 날 세휘는 시내의 작은 중국집에서 한병주를 만났다. 한병주는 요리에 손도 대지 않고 고량주로 입만 헹궜다. 세휘는 다 식은 탕수육을 앞에 두고 멀겋게 변한 한병주의 얼굴을 한참 쳐다봤다.

"왜요. 뭐 묻었습니까."

"아니요. 평소랑 좀 다른 것 같아서요."

"달라져야지요. 안덕도 지긋지긋합니다. 이 촌구석은 맘에

드는 게 하나도 없어요."

길림마트 화재 현장에서 처음 만났던 날 의뭉스러운 모습은 간데없었다. 사기꾼 같아 보이던 인간이 이제는 제법 기자티를 풍겼다.

"왜 안덕으로 좌천됐어요?"

"오보요. 정보원이 문제였어요. 스캔들 의혹이 있다고 제보가 들어와서 그걸 판 거죠. 그것 때문에 사람 하나가 죽었습니다. 알고 보니 그 양반 조울증이었더라고요. 호텔 방에서 목을 맸어요. 방해 금지 표지판까지 문고리에 걸어놓고요. 발견된 건 다음 날이었죠. 매니저가 발견했대요. 회사에서는 어떻게든 면피를 해야겠고, 방법이 있습니까. 제가 책임을 진 거죠."

"다시 돌아갈 수 있게 됐네요. 축하해요."

"저야 뭐 원점으로 돌아간 겁니다. 저보다는 변호사님이 앞가림하셔야 할 텐데요."

별 뜻 없이 꺼낸 한병주의 한마디가 세휘의 가슴을 후벼팠다. 앞가림을 잘할 수 있을까. 애 하나에게 인생과 가족을 담보로 맡긴 상황에. 그런 세휘의 마음을 알 리 없는 한병주는 고량주를 소주잔에 부어 연거푸 들이켰다.

"저도 한 잔 주세요."

세휘가 말했다.

"작은 잔 줘요?"

"아니요. 저도 소주잔이요."

한병주가 소주잔이 찰랑거릴 때까지 고량주를 따랐다. 세휘는 고량주를 한입에 털어 넣었다. 독한 술기운에 입과 식도가 따끔거렸다. 에어컨 바람에 식었던 속이 뜨끈하다 못해 펄펄 끓었다.

"당에서 연락 없습니까."

한병주가 불쾌해진 얼굴로 물었다. 세휘는 고개를 저었다.

"나중에 한자리 차지하면 제 지분도 있는 겁니다."

실실 쪼개는 표정을 보고 있으려니 소름이 돋았다. 광대 아래로 움푹 들어간 볼살 너머에서 윤정두를 본 것 같았다. 김영남의 모습이 보였다. 화를 다스릴 줄 모르던 안동철과 처세에만 능숙했던 이철진, 그리고 이 모든 사건의 원흉이 된 당숙까지 솥에 넣고 끓여낸 것 같았다.

"얼굴에 뭐 묻었냐니까요."

한병주가 다시 물었다. 세휘는 대답 대신 고량주 한 잔을 더 따랐다. 속에서 열불이 터지는데 그걸 털어놓을 데가 없다는 게 답답했다. 그래서 한 잔 더 마셨다. 한병주가 작은 눈을 끔뻑끔뻑하는 게 맘에 들지 않아 또 한 잔을 따랐다. 혼자서 한 병을 비운 뒤에야 취기가 올랐다. 대못을 박아 넣는 것 같던 두통도 사라졌다. 그동안 이 좋은 걸 왜 잊고 살았나 싶은 생각에 흥얼흥얼 노래를 부르며 집으로 돌아갔다.

거실에는 수민이 도연에게 머리를 맡긴 채 곤히 잠들어 있었다. 열린 창문으로 바람이 불며 커튼이 물결처럼 일렁였다. 도연은 술 냄새를 풍기며 돌아온 세휘를 흘겨보고 눈살을 찌푸렸다. 그러거나 말거나 세휘는 찬장을 열어 술을 찾았다. 찬장에 숨겨 놓은 술이 보이지 않았다. 조니워커도 로열살루트도 자취를 감췄다. 무겁게 빈공간이 세휘를 마주했다.

도연이 말했다.

"앞으로 술은 안 돼요. 노용기 아저씨가 주는 약도 안 되고요."

세휘는 붉게 물든 눈으로 도연을 노려봤다. 도연의 꽉 다문 입술은 열리지 않았다. 핏기없는 얼굴에 창백한 눈이 세휘를 찔러댔다. 이 아이는 절대 허락하지 않을 거였다. 그 사실이 견디기 힘들었다.

"이리 와요."

도연이 수민을 소파 가장자리로 밀어내고 말했다. 세휘는 어깨를 축 늘어뜨리고 겨울 식량을 빼앗긴 곰처럼 주방을 서성였다.

"엄마! 이리 오라니까요!"

이번에는 좀 더 앙칼진 목소리였다.

세휘는 거실로 돌아갔다. 도연이 주머니칼을 꺼냈다.

"팔 내밀어요."

세휘는 조막만 한 손 위에 팔을 올렸다. 도연이 주머니칼로 세휘의 팔을 천천히 그었다. 겨드랑이 바로 아래, 여름에도 눈에 띄지 않을 곳이었다.

"계약서 같은 거라고 하죠. 계약할 일이 많지 않으면 해요. 계약서는 서로를 믿지 못한다는 뜻이기도 하니까."

도연은 벌어진 상처를 한참 쳐다봤다. 해면체 위로 몽글몽글 솟아 나는 피를 미술 작품을 보듯이 즐겼다. 이 아이가 만화를 보면서 웃을 일은 없을 것이다. 이 아이를 웃게 하려고 어떤 일을 해야 할까. 거기까지 생각이 미친 세휘는 몸서리를 쳤다.

도연은 그렇게 세휘의 중독을 치료했다. 억압했다고 하는 게 더 나은 표현이었다. 이 영악한 아이는 보험을 드는 것도 잊지 않았다.

"이걸로는 부족해요. 감시를 붙여야겠네요."

그날 이후 바하두르가 그림자처럼 세휘를 따라다녔다. 어쩌면 바하두르 하나가 아닐지도 몰랐다. 도연이 설치한 거미줄은 감자 뿌리처럼 세휘를 엮었다. 사방에 널린 눈과 귀에 발가벗겨진 기분이었다. 김영남의 아들에게 매 맞던 박수무당처럼 시장바닥 위를 질질 끌려다니는 꿈을 꿨고, 깨어나면 등판이 축축했다.

노용기에게 도움을 구하고 싶지만 그럴 수 없다는 걸 알고 있었다. 경찰도 바산기지였다. 족제비 형사가 뭘 할 수 있을까. 게다가 족제비 형사는 일 계급 특진했으니 사건의 수혜자였다. 한병주의 기사가 휩쓸고 난 뒤의 일이었다. 그렇게 해야 경찰의 체면이 선다고 믿는 모양이었다. 경찰도 한 게 있다고 선언을 하는 것이다.

족제비 형사는 공판을 일주일 앞두고 세휘를 찾았다. 가죽잠바 대신 정장 차림이었다. 볼살이 붙어 날카로운 인상은 간데없었다. 희멀건 우유처럼 희석된 족제비였다. 아침부터 울려 퍼진 벨소리에 밖으로 나갔더니 다짜고짜 명함을 내밀었다. 최경식 형사. 안덕 경찰서 강력반 경사.

"요새는 형사도 명함 파고 다녀요?"

"그러랍디다. 이름 알리고 다녀야 제보도 많이 들어온다고요."

세휘는 주머니에 명함을 쑤셔 넣었다. 족제비 형사는 무릎이 튀어나온 추리닝 차림의 세휘를 곁눈질로 살폈다.

"좋으시겠습니다. 스타 되셨어요."

"좋을 게 있나요. 아침부터 왜 오셨어요?"

"얘기나 좀 하려고요."

"형사가 찾아와서 얘기나 하자고 그러면 차를 대접해야 하나요. 그래 본 적이 없어서 모르겠네요."

"차 마실 시간도 없어요. 궁금한 게 있어서 그래요. 장정호 회장이요."

"당숙이 왜요?"

"왜긴요. 엄지발가락이 사라졌잖아요. 이게 안 이상해요? 정인숙이 서울까지 올라가서 발가락을 가져왔겠냐는 말이에요. 냉장고에서 발가락을 찾긴 했다는데, 병원 목격자들 말로는 그때 본 수상한 사람은 정인숙이랑은 인상착의가 달라요. 그 덩치가 사람들 눈에 띄지도 않고 그런 범행을 저지르는 게 말이 되냐고요. 언론이야 이제 이 사건 약발도 떨어졌겠다 싶고, 지방 선거도 다가오니까 기운이 확 빠진 모양인데 영 찝찝하단 말이에요."

"모르겠는데요."

"저는 이게 끝이라고 생각 안 해요."

"그걸 왜 나한테 말하는데요."

"아. 스타잖아요."

성가시고 번거로웠다. 말끝마다 스타, 스타 해대는 것도 마음에 들지 않았다. 이죽거리는 면상을 갈아버리면 속이 후련하겠다 싶었다. 대사 없는 연극배우처럼 어쩔 줄 모르고 서 있는데 도연이 불쑥 뒤에서 나타났다.

"엄마 식사하시래요."

도연이 말했다. 세휘는 감추고 있던 흉터를 들킨 것처럼 도연을 등 뒤에 숨겼다.

"얘기 중이니까 들어가 있으렴."

"네, 엄마."

도연이 발랄하게 대답했다. 위화감 없이 세휘를 엄마라고 부르는 아이였다. 타고난 배우였고, 달리 말하자면 선천적인 거짓말쟁이었다.

"쟤가 그 딸이에요?"

"네."

"참 대단도 하십니다."

족제비 형사가 돌아서며 들으라는 듯 혼잣말을 했다. 대단해요, 대단해. 세휘는 들으라는 듯 힘을 줘 문을 닫았다.

사건이 벌어지고 세간의 관심이 뜸해지기까지, 도연이 벌인 행각은 정작 관심을 받아야 했을 일들을 덮어버렸다. 건설현장에서 시위를 벌이던 노조원이 진압 과정에서 사망한 사건,

기업 총수의 스캔들, 사법부 재판 거래까지. 태풍이 지나간 것처럼 권력자의 비행이 도처에 알려졌지만 언론은 한병주의 기사에 온 신경을 쏟았다. 그들의 과오가 뒤섞여 잡탕이 되고 흔적을 알아볼 수 없게 될 때까지. 세휘의 얼굴을 내보낸 신문도 있었다. 연수원 시절의 앳된 사진이 실렸다. 이렇게 주변에 사람이 많았나 싶게 여러 곳에서 연락이 왔다.

박해남도 그중 하나였다. 2선 국회의원이라는 타이틀을 내세워 세휘를 선거사무실로 불러냈다. 보좌관이 직접 전화를 했다. 박해남 의원님이 만나고 싶어 하신다고 말하는 보좌관의 목소리는 나른하고 지루하게 느껴졌다. 비슷한 전화를 수도 없이 돌렸을 것이다.

따스란 거리의 상가 1층을 임대한 선거 사무소는 양방향으로 오가는 차에서도 한눈에 볼 수 있는 위치였다. 창문을 가리는 것도 아랑곳하지 않고 5층짜리 건물에 거대한 현수막을 내걸었다. 일조권 침해라는 말이 나오지 않았을 리가 없는데도 문제가 생기지 않은 걸 보면 적당히 돈을 챙겨준 모양이었다.

보좌관의 나른한 목소리와는 달리 현장은 분주했다. 현황판에 지지율 그래프가 그려져 있었다. 자원봉사자는 여론조사 결과를 수시로 그래프에 그려 넣었다. 50대 이상에서 강세, 20대에서는 여당 인사에 비해 밀리는 형국이었지만 안덕의 인구 구성상 박해남 쪽이 유리한 모양새였다. 그런 지형도에서는 박해남 쪽의 전략이라는 게 명확해지는 법이었다. 여당의 상승세에 불만을 품고 있는 지지자들을 적당히 긁어주고 지지

할 명분을 만들어주는 것으로 세력은 규합했다. 단합된 세력이 빠른 속도로 부동층을 흡수했고 시간이 갈수록 여당 인사와의 격차는 벌어질 거였다.

박해남은 낙관적인 상황에서도 잔뜩 인상을 쓰고 그래프를 쳐다봤다. 2, 30대 층의 지지율 그래프에 시선이 머물러 있었다.

"난 이 부분이 마음에 안 들어요. 꼭 사포질을 덜한 책상 같단 말이지. 겉으로 보기에는 매끄러워 보이는데, 한 번 쓱 쓸어보면 가시가 박히는 거 있잖아요. 여기만 매끈하게 다듬으면 좋을 것 같은데 어떻게 생각해요."

"그래 보이네요."

박해남이 명함을 건넸다. 세휘도 이제는 별 쓸모가 없어진 변호사 명함을 전했다. 박해남은 명함 앞면을 톡톡 치며 말했다.

"여기 이거, 고칩시다. 변호사 말고. 이제 우리 당원 하셔야지. 당숙에게 얘기는 많이 들었어요. 그분에게 벌어진 일은 유감이지만, 살 사람은 살아야지. 이제 나한테 맡기세요. 같이 안덕을 살려봅시다."

무슨 말인지 알 것 같았다. 이 자에게도 스타가 필요한 거였다. 정의의 사도. 히어로의 전성기였다. 스크린 속에 쏟아져 나오는 '맨'들에 청춘들이 열광하는 시대였다. 박해남에게는 20대의 우상이 필요한 거였다. 설령 그게 언론이 만들어낸 허상이라도 알고 보면 무능력한 꼭두각시라도 박해남에게는 문제가 되지 않을 거였다. 언젠가는 도연이 박해남을 처리하라는 명령을 내리겠지. 그런 생각을 하며 세휘는 쓴웃음을 지었다. 영문을 모르는 박해남이 고개를 갸웃거리더니 곧 여론조사 그래프로 시선을 돌렸다.

엄마가 변기에 볼일을 보고 있다. 문을 열고. 옷을 입은 채로. 불룩한 바지 아래로 대변이 쏟아졌다. 엄마는 미안하다고 말했지만 뭐가 미안한지는 알지 못했다. 걸레로 바닥을 훔치는 날이 얼마간 이어졌다. 세탁기 돌리는 일에 지친 세휘는 엄마에게 기저귀를 입혔다. 밤마다 엄마의 방을 살폈다. 밤중에 일어나 밖을 배회하지는 않을까 걱정이 됐다. 엄마는 달빛 아래서 작은 짐승처럼 잠들어 있었다. 무릎까지 내려온 이불을 올려줬다. 엄마는 잠시 뒤척였을 뿐 다시 곤히 잠들었다.

대학병원의 의사는 병이 지속되면 엄마의 기억이 돌아오는 일이 드물 거라고 했다. 진료를 마치고 돌아오는 길에서, 엄마가 마지막까지 쥐고 있는 기억은 뭐가 될까 생각했다. 모쪼록 엄마가 세휘와 수민의 얼굴을 잊어버리는 일은 없었으면 했다.

인숙의 집에서 나던 락스 냄새가 세휘의 집에서도 풍기기 시작했다. 도연은 분무기에 희석한 락스를 넣어 집안 곳곳에 뿌렸다. 도연은 실험실 생쥐를 보듯 엄마를 관찰했다. 애정과 번거로움을 발라내고 나면 인간의 노화는 도연에게 흥미로운 연구 주제일 거였다. 자연히 두 사람이 함께 보내는 시간이 늘었다.

"할머니!"

"그래 우리 손녀."

엄마가 도연의 엉덩이를 토닥였다. 도연이 무슨 수를 썼는지는 몰라도 두 사람은 혈육인 듯 살가운 사이가 되어있었다. 진짜 손녀라고 생각하고 있는 건 아닐까. 이 불안한 균형은 언제까지 이어질 수 있을까. 차라리 엄마가 영원히 정신을 차리지 않았으면 했다. 엄마의 망각을 기원하게 될 줄은 몰랐다.

수민에게 왜 그렇게 도연을 따르는지 물어본 적이 있다. 수민은 고개를 저으며 말했다. 따르는 게 아니라 함께 가는 거라고 했다. 그러지 않았으면 엄마한테 큰일이 생겼을 거라고 했다. 수민은 자신이 엄마를 지키고 있다는 확신을 가지고 있었다. 아마 도연이 이용한 게 그 지점이었을 것이다. 어설프고 설익은 책임감.

마흔이 넘는 나이가 되면서 무수히 많은 사람을 만났다. 세휘는 몇 가지 기준으로 사람들을 분류하곤 했다. 그중 한 가지는 아이에 대한 인식이었다. 아이의 탄생을 시작이라고 여기는 쪽과 끝이라고 여기는 쪽이 있기 마련이었다. 그 둘을 구분하고 나면 피해자건 가해자건 사람들을 대하기가 좀 더 쉬웠다. 세휘는 전자였다. 아이의 탄생은 누적된 인생의 확장이었고 모험이었다. 새로 얻은 아이는 그동안 세휘가 속한 세계의 종말이었다.

도연이 세휘의 모든 것을 앗아간 건 아니었다. 적어도 양육권은 세휘의 것으로 만들어줬다. 양육 환경 조사를 나온 가사

조사관 앞에서 수민은 단호했다. 먼 길을 걸어온 조사관이 이마에 맺힌 땀을 닦아내기도 전에 수민이 말했다. 엄마랑 살아야 한다고. 그러고 싶다고. 일단 앉아서 천천히 얘기해보자는 말에 수민은 눈물까지 보였다.

"이런 게 왜 필요한지 모르겠어요. 내가 엄마랑 살고 싶다는데 그것 말고도 생각할 게 있어요?"

수민은 그렇게 말하며 도연이 있는 쪽을 쳐다봤다. 진심이었을 것이다. 엄마랑 살고 싶은 이유를 말하지 않았을 뿐이었다. 조사관은 세휘에게 알코올 중독에 대해 물었다. 보나 마나 남편 쪽에서 흘린 정보였을 것이다.

"엄마는 이제 술 한 방울도 안 마셔요. 저희가 장담할 수 있어요."

수민과 도연이 입을 모아 얘기했다. 조사관은 혹시 모를 술병을 찾아온 집을 뒤졌지만 발견한 거라고는 제사용 청주와 공업용 메탄올밖에 없었다. 어수룩한 조사관은 가정집에 왜 메탄올이 있는 건지는 묻지 않았다.

도연은 생각했던 것보다도 영악한 아이였다. 금주는 양육권으로 이어질 것이고 그래야 수민이 세휘 옆에 머무르게 될 거였다. 세휘를 조종하기 위해서는 수민이 있어야 하는 거였다. 술을 끊게 한 건 애초에 세휘를 걱정해서가 아니었다. 도연의 계획대로 남편은 항소를 포기했다. 언론에 영웅으로 오르내리는 데다 정치권에서도 관심을 보이는 세휘를 이길 승산이 없겠다고 판단한 거였다. 똑똑한 사람답게 빠른 판단이었다.

세휘의 삶은 빠른 속도로 무뎌졌다. 몸은 쉴 틈이 없었고 머리는 폐공장의 기계처럼 뻣뻣했다. 스스로 생각할 기회는 많지 않았다. 도연이 직접 스케줄을 정리하고 그대로 움직일 것을 지시했다. 고백하자면, 그건 묘하게 편했다. 변호사 사무소에서 돌아와 샤워를 하고, 수민의 이마에 입을 맞추고, 도연이 정리해둔 시민단체와 피해자 가족들에게 차례로 통화를 한 뒤에 침대에 누웠던 한순간 그 사실을 깨달았다. 내일 해야 할 일이 떠오르지 않았다. 즐겨 먹던 음식도, 오랫동안 보지 못한 친구들의 얼굴도 기억나지 않았다. 세휘는 어느새 도연의 지시를 기다리고 있었다. 도연이 예견한 일은 그대로 실행이 됐고 그건 결말을 아는 드라마를 보는 것처럼 지루했다. 세휘의 인생이 점차 칙칙한 회색빛으로 물들고 있었다. 그래서 당숙의 사망 소식을 들었을 때도 별 동요가 없었다.

당숙은 무좀 범벅인 엄지발가락을 잃어버린 채로 하루아침에 중환자실에서 영안실로 자리를 옮겼다. 의사는 기차에서 쓰러지던 순간부터 예견된 일이었다는 한마디로 소견을 마무리 지었다. 지방 일간지가 짤막하게 한 꼭지를 다뤘을 뿐 그때는 이미 언론도 관심을 거둔 일이었다.

당숙을 묻고 돌아오던 날은 유독 피곤했다. 보자기로 싼 유골함이 떨어뜨릴까 긴장한 탓에 어깨가 욱신거렸다. 장지에 흙을 덮어야 하는데 장의사가 몇 번이나 노잣돈을 요구했다. 준비해둔 5만 원 3장을 내놓고 나서야 봉분이 쌓였다. 도연이 유일하게 관심을 보이지 않는 건 한때 살아 있던 존재였다. 멀리서 장승곡을 흥얼거리던 도연은 먼저 자리를 떴다.

집으로 돌아온 세휘 코앞에 도연이 상자 하나를 던져 놓았다.

"이게 뭐게요?"

상자 속에는 폴라로이드 사진기, 그리고 바하두르의 필체로 쓴 문장들, 재활용하기에는 어려워 보이는 주사기와 피 묻은 연장들이 있었다. 도연의 행적을 설명할 얼마 남지 않은 단서들이었다.

"걱정 안 해도 돼요. 감상문 쓰라고 안 할 테니까."

도연이 어설픈 유머 감각을 발휘할 때가 제일 무서웠다. 세휘는 잠자코 도연의 지시를 기다렸다.

"버리고 와요, 엄마. 아무도 못 찾는 곳에다가."

아무도 찾지 못하는 곳이라면 안덕에 하나뿐이었다. 세휘는 상자를 챙겨 동굴로 향했다.

가는 길에 몇 번이나 주저했다. 경찰서로 갈까. 멀지 않은 곳에 족제비 형사가 있다. 한병주도 아직 발령을 기다리며 안덕 어딘가에 있을 것이다. 용기도 고물을 모으며 세휘가 연락하기를 기다리고 있겠지.

뒤를 돌아봤다. 후드티를 뒤집어쓴 바하두르는 세휘가 당황하지 않도록 천천히 뒤를 따르고 있었다. 세휘는 잠시 동요했던 마음을 달래고 걸음을 옮겼다.

공장지대를 지나 해변을 따라 동굴에 닿았다. 옷을 벗어두고 좁은 통로를 따라 동굴 너머의 지옥으로 건너갔다. 피비린내와 시체 썩는 냄새가 진동하는 그곳에 물건들을 놓았다. 바닷물에 젖은 상자가 마르는 데 한나절이 걸렸다. 그 후에 불을 붙였다.

이곳은 감옥일까.

회색 연기가 동굴을 가득 메우는 모습을 보며 세휘는 생각했다. 이런 곳도 감옥이라 부를 수 있을까. 도연이 만든 이 지옥에 교화와 반성은 없었다. 처벌만 이루어지는 곳이니 사형집행장이라고 불러야 하지 않을까. 그것도 가장 느린 속도로 사형을 집행하는 곳. 앞으로 얼마나 더 많은 사람이 이곳을 드나들게 될까.

젖은 상자에 불이 붙었다. 연기가 자욱했다. 눈이 매웠다. 기침이 터져 나왔다. 우우우. 바람 소리인지 신음 소리인지 알 수 없는 곡성이 들려왔다. 세휘는 동굴을 빠져나왔다.

검은 하늘이 안덕의 바다를 낮게 드리웠다. 북풍이 불었다. 먼바다에서 해무가 끝없이 밀려왔다.

〈끝〉

콘크리트

1판 1쇄 펴냄 2020년 5월 1일
1판 2쇄 펴냄 2021년 9월 8일

지은이 | 하승민
발행인 | 박근섭
편집인 | 김준혁
펴낸곳 | 황금가지

출판등록 | 2009. 10. 8 (제2009-000273호)
주소 | 06027 서울 강남구 도산대로 1길 62 강남출판문화센터 5층
전화 | 영업부 515-2000 **편집부** 3446-8774 **팩시밀리** 515-2007
홈페이지 | www.goldenbough.co.kr

도서 파본 등의 이유로 반송이 필요할 경우에는 구매처에서 교환하시고
출판사 교환이 필요할 경우에는 아래 주소로 반송 사유를 적어 도서와 함께 보내주세요.
06027 서울 강남구 도산대로 1길 62 강남출판문화센터 6층 민음인 마케팅부

ISBN 979-11-5888-658-5 03810

㈜민음인은 민음사 출판 그룹의 자회사입니다.
황금가지는 ㈜민음인의 픽션 전문 출간 브랜드입니다.